David Lozano Garbala

Puerta Oscura

Totenreise

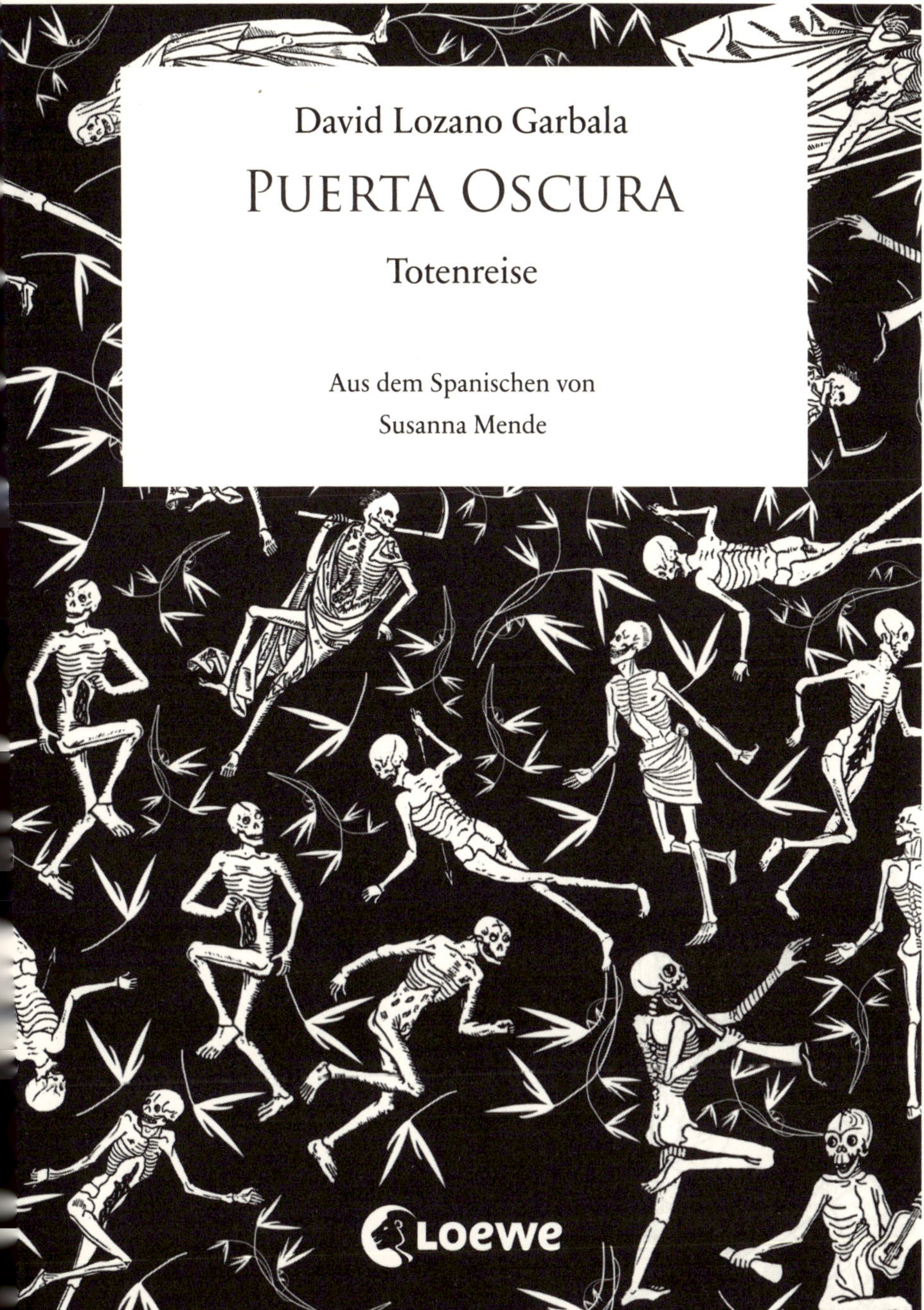

David Lozano Garbala

Puerta Oscura

Totenreise

Aus dem Spanischen von
Susanna Mende

Loewe

FSC
Mix
Produktgruppe aus vorbildlich bewirtschafteten Wäldern und anderen kontrollierten Herkünften

Zert.-Nr. GFA-COC-001223
www.fsc.org

ISBN 978-3-7855-6863-7
1. Auflage 2010
Originaltitel: La Puerta Oscura – El Viajero

German edition published by arrangement with Ediciones SM
Aus dem Spanischen übersetzt von Susanna Mende
Umschlagillustration: Alfonso Ruano, Pablo Nuñes
Umschlaggestaltung: Christian Keller
Printed in Germany (003)

www.loewe-verlag.de

Für meine Brüder: Carlos, Jorge und Fernando,
Wanderer im Abenteuer des Lebens

Jetzt zeigen sich des Wanderers Blick
Gestalten knöchern und starr.
Und schwingen sich zu toller Musik
in Reigen wild und bizarr.
Dieweil gleich einem lautlosen Strom
sich in die ewige Nacht
zur Tür hinausstürzt Phantom um Phantom.
Und nimmermehr lächelt – doch lacht!

Edgar Allan Poe: Das Spukschloss

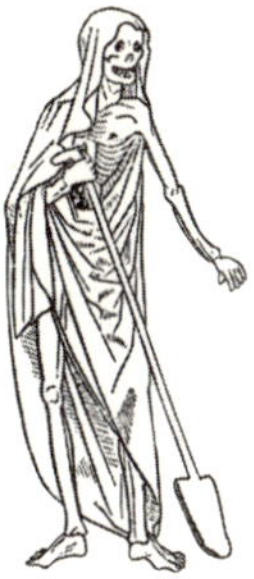

PASCAL LAG AUF dem alten Sofa im Wohnzimmer seiner Großmutter und sah fern, als auf einmal Licht vom Flur hereinfiel. Verwundert wandte er den Blick vom Fernseher ab. Die Lampe im Badezimmer war angegangen und flackerte und zuckte, als würde sie jeden Moment durchbrennen. Er richtete sich auf. Was war das? Seine Großmutter war längst schlafen gegangen, und gewöhnlich schlief sie fest und tief, nichts konnte sie stören.

»Großmutter?«

Pascal bekam keine Antwort. Er stellte den Fernseher leiser. Das weiße Zucken erhellte noch immer das dunkle Zimmer, und er fragte noch einmal: »Großmutter? Bist du das?«

Niemand antwortete. Pascal wurde unruhig, irgendetwas stimmte nicht. Er stand auf, um nachzusehen.

Das Licht der Neonröhre im Bad flackerte in den Flur und ließ die alten Porträts an den Wänden gespenstisch lebendig erscheinen. Die hohe, gewölbte Decke, typisch für alte Pariser Häuser wie dieses, verstärkte die unheimliche Wirkung noch. Pascal bekam Angst, wenn er es auch nie zugegeben hätte.

Er sah, dass die Schlafzimmertür geschlossen war; Großmutter schlief also. Wie war nur das Licht im Badezimmer angegangen? Und warum flackerte es so?

Pascal drückte auf den Schalter im Flur, doch die kleinen Wandleuchten reagierten nicht. Er schluckte. Was war nur los? Seine Halsschlagader pochte und er spürte seinen Herzschlag. Langsam ging er zu der halb geöffneten Badezimmertür, von wo das Flackern kam.

Er streckte die Hand aus und stieß vorsichtig die Tür auf. Ein klagendes Quietschen ertönte, endlos lang gezogen, bis die Klinke an die gekachelte Wand schlug. Pascal blickte zu der Neonröhre an der Decke, die noch immer gegen ihr endgültiges Erlöschen ankämpfte. Das Geräusch, das sie machte, erinnerte ihn an das Sirren von UV-Lichtfallen, die Insekten töteten.

Da war niemand. Pascal pfiff leise durch die Zähne, um seine Anspannung zu vertreiben; vergeblich. Er hob den Arm und betätigte den Lichtschalter: nichts. Die Leuchtstoffröhre erlosch nicht, zuckte einfach weiter.

Er begriff das nicht, Panik begann in ihm aufzusteigen, doch er riss sich zusammen; immerhin war er schon fünfzehn und kein kleiner Junge mehr. Irgendeine rationale Erklärung würde es dafür schon geben.

Pascal betrat das Badezimmer und versuchte, seinen Herzschlag zu beruhigen. Er drehte sich um die eigene Achse; alles war wie immer. Als er in der Bewegung innehielt, entdeckte er seine schlanke Silhouette im Fenster, ein Bild, das mit dem Flackern der Neonröhre auftauchte und wieder verschwand. Er trat ein wenig näher, betrachtete seine knochigen Schultern, den schmalen Hals, die blassen Wangen. Seine grauen Augen, die beinahe unter den langen schwarzen Haaren auf der Stirn verschwanden, blickten ängstlich.

Pascal senkte den Blick, wie er es immer tat, wenn ihn etwas verunsicherte, das es zu tarnen galt und niederzukämpfen. Doch diesmal half es nichts und er blickte wieder auf. Hinter ihm erhellte derselbe blinkende Lichtschein den großflächigen Spiegel über dem Waschbecken.

Er wollte sich eben umwenden, als etwas Seltsames geschah: Der Spiegel beschlug, als hätte gerade jemand heiß geduscht. Langsam drehte er sich um; das musste er sich genauer ansehen.

Mit einem Schritt war er am Waschbecken. Tatsächlich war die große Spiegelfläche vollständig beschlagen. Und dann, auf einmal, bildeten sich fünf Streifen. Sie waren schmal und ungleichmäßig und verliefen vertikal.

Was war das?

Erschrocken bemerkte Pascal, dass die Linien auf dem feuchten Belag von den Fingern einer gespreizten Hand stammten, die auf der anderen Seite langsam über den Spiegel glitt. Er ging noch näher heran und suchte sein Bild.

Nichts.

Aber dann: Zwischen den fünf Streifen – entdeckte er ein regloses Frauengesicht, das ihn aus der Dunkelheit heraus anblickte!

Pascal schrie auf und wollte zurückweichen, doch dafür blieb ihm keine Zeit. Plötzlich drangen die Arme der Gestalt durch das beschlagene Glas und streckten sich nach ihm aus – was auf der Spiegeloberfläche Wellen auslöste, als hätte sich diese in eine ölige Flüssigkeit verwandelt.

Eisige Hände packten sein T-Shirt mit überraschender Kraft und versuchten, ihn auf die andere Seite zu ziehen. Pascal verlor das Gleichgewicht. Er kippte nach vorn, stürzte mit dem Oberkörper in den Spiegel und schaffte es im letzten Moment, sich am Rahmen festzuklammern, um nicht von der gelatineartigen Oberfläche verschlungen zu werden.

So verharrte er wie zwischen zwei Welten, als beugte er sich über eine gefährliche Fensterbank in einen Abgrund. Pascals Blick bot sich eine undurchdringliche Finsternis, und in der Mitte des weiten Raums stand jene Person, die eben noch versucht hatte, ihn auf ihre Seite zu ziehen. »Du bist der Wanderer«, behauptete die seltsame Gestalt. »Hilf mir …«

Die Frau, die schon ziemlich alt war, weinte.

1

AM 26. OKTOBER machte Dominique Herault seinem Freund Pascal den ungewöhnlichen Vorschlag, eine Wahrsagerin aufzusuchen. Einfach so, aus Spaß. Pascal wusste nicht so recht, was er davon halten sollte. Sollten sie sich von einer zwielichtigen Hexe etwas über ihre Zukunft erzählen lassen? Schon eine witzige Vorstellung … aber auch irgendwie beunruhigend.

Allerdings gab es etwas, das er wirklich gerne wissen wollte. Und das war, ob Michelle Tauzin sich endlich für ihn entscheiden würde. Wochenlang hatte er es vor sich hergeschoben, um dann endlich, am Tag zuvor, den Mut zu finden und ihr zu sagen, dass er total in sie verknallt war. Bisher waren Dominique und er nur locker mit ihr befreundet, wie mit einem Kumpel eben, doch das hatte ihn, Pascal, nicht davon abhalten können, endlich damit herauszurücken, was er wirklich für sie empfand. »Könntest du dir vorstellen …«, hatte er gefragt, »dass wir beide …«, und den Satz nicht beendet. Seither wartete er mit quälender Ungeduld auf ihre Antwort.

Michelle sah unheimlich gut aus, doch außerdem war Pascal

fasziniert von ihrer Willenskraft, ihrer klaren Beobachtungsgabe und ihrem Gefühl für Gerechtigkeit und Verantwortung gegenüber anderen. Sie war in allem so anders als er.

An ihrer Seite fühlte er sich sicher, und das machte sie sowohl interessant als auch unnahbar. Doch eine richtige Beziehung zueinander konnte auch Stress bringen. Wäre Michelle bereit, sich darauf einzulassen?

Dominique hatte nicht gerade positiv auf seinen Vorstoß bei Michelle reagiert, das war nicht zu übersehen gewesen, denn der Freund war jemand, der sonst über alles lachte, doch diesmal war er ernst geblieben. Es war klar, wenn Michelle Ja sagte, würde sich ihr beider Verhältnis ändern. Auch wenn er Dominiques Reaktion ein wenig egoistisch fand, warf Pascal es ihm nicht vor. Das würde vorbeigehen, er konnte einfach nicht lange sauer sein.

»Wenn das Leben sowieso nur kurz ist, wozu das Leiden unnötig verlängern?«, pflegte Dominique in schwierigen Situationen zu sagen. Pascal hoffte, dass sich sein Freund auch diesmal an diese Philosophie halten würde. Er selbst war sich seiner Sache jedenfalls sicher: Wenn es um Michelle ging, war kein Hindernis zu groß.

Schon seit Monaten raubte sie ihm den Schlaf, ging ihm einfach kaum aus dem Kopf, und schließlich konnte er nicht mehr anders, als mit seinem Geständnis ihr bisher normales, freundschaftliches Verhältnis zueinander zu riskieren.

Michelle hatte vor Überraschung nur mit einem zögernden »Ich brauche ein wenig Zeit, um darüber nachzudenken, ich will das, was wir haben, nicht aufs Spiel setzen« geantwortet. Pascal wäre eine etwas deutlichere Antwort lieber gewesen (vor allem, wenn es sich um ein Ja gehandelt hätte), doch zumindest hatte er kein endgültiges Nein bekommen. Wenn Michelle sich nicht sicher war, dann offenbar, weil auch sie etwas für *ihn* empfand, das über bloße Freundschaft hinausging. Und diese Wahrsagerin, die sie aufsuchen würden, könnte ihm vielleicht einen Hinweis darauf geben, wie Michelles Antwort letztlich ausfallen würde.

Sie standen vor einem schmutziggrauen Gebäude in einer der ältesten Ecken von Paris, der Stadt, in der Pascal mit seinen Eltern lebte, seit sie Spanien vor zehn Jahren verlassen hatten. Dominique und er waren über einen Durchgang, den *Impasse de l'Hôtel d'Argenson*, dorthin gelangt, in eine enge Gasse im Viertel *Le Marais*.

Alles hier machte einen heruntergekommenen, schmutzigen Eindruck, und so zögerten die beiden, ob sie wirklich das Haus betreten sollten. Doch nun waren sie einmal hier: Pascal mit seiner dunklen Lederjacke und den tief sitzenden Hüfthosen, an deren Bund die Unterhose hervorsah, und Dominique mit weit geschnittenen Skaterklamotten, der Kappe und einem wie immer coolen Gesichtsausdruck in seinem Rollstuhl. Sie sahen sich an.

»Nun los! Nur mutige Männer gehen in die Geschichte ein«, versuchte Dominique den Freund aufzumuntern.

»Das hat nichts mit Mut zu tun, wenn man etwas macht, von dem nicht klar ist, was es bringt; es ist eher Leichtsinn«, beeilte sich Pascal zu korrigieren. »Ich bin gerne ein Feigling. Das weißt du genau.«

Pascal war bei Weitem nicht so draufgängerisch wie sein Freund. Trotzdem hatte er sich hierherschleifen lassen … und nun also begaben sie sich in den Keller des alten Hauses, wo sich die Wohnung der Wahrsagerin befand. Ein junger, ungelenker Typ, der noch keine zwanzig war, kassierte den geforderten Betrag und führte sie dann wortlos zu ihr.

»Danke, Edouard«, sagte sie zu ihm. »Und jetzt pass genau auf, was ich tue: alles ist wichtig.«

Besagter Edouard gehorchte und blieb neben ihnen stehen. Pascal und Dominique schlossen daraus, dass er wohl so etwas wie ein Lehrling der Wahrsagerin war, was ihnen ein ungläubiges Lächeln entlockte. Gab es tatsächlich Leute, nur ein paar Jahre älter als sie, die daran interessiert waren, das zu lernen? Zumal, wenn man sich so umsah, es sich nicht gerade um eine lukrative Beschäftigung zu handeln schien. Schließlich hielt die Alte ihre spiritistischen Sitzungen in diesem dunklen Keller ab, alles hier war feucht und muffig.

Allerdings sah sie tatsächlich wie eine Hexe aus. Ihr schwerer Körper steckte in einer bunten Tunika und die dicke Haarmähne stand wild von ihrem Kopf ab. Sie begrüßte die beiden Jungen mit ernster Miene und kam gleich zur Sache. Sie ignorierte das Zögern ihrer jungen Kunden, wies Pascal an, sich zu setzen, und eröffnete die Sitzung, indem sie mit ihren Händen eine Kristallkugel umfasste, die auf dem Tisch vor ihr sanft schimmerte.

Gebannt sahen die beiden zu. Pascal konnte es nicht vermeiden, die Finger der Hexe anzustarren: Sie waren spindeldürr und die langen Nägel sahen aus wie krumme, verbogene Haken.

Offenbar für den Fall, dass die beiden Besucher an ihren übernatürlichen Fähigkeiten zweifeln könnten, begann sie,

Aussagen über sie zu machen. Ihre Augen wanderten zwischen ihnen hin und her.

»Du«, sie blickte bohrend auf Dominique, »kannst wegen einer Krankheit seit zwölf Jahren nicht mehr gehen.«

Dominique blieb der Mund offen stehen; das hatte er nicht erwartet. Da er im Rollstuhl saß, war seine Behinderung nicht zu übersehen, aber sie hatte den genauen Zeitraum seiner Erkrankung genannt. Woher wusste sie das? Trotzdem war er nicht bereit, sich darauf einzulassen; irgendein Schwindel musste dahinterstecken.

Pascal hielt den Atem an, als die Wahrsagerin ihren Blick nun auf ihn richtete. Doch wurde ihr Gesichtsausdruck jetzt weicher, als sie ihm zuflüsterte: »In deinen Adern fließt spanisches Blut, stimmt's?«

Pascal nickte stumm; sein Vater war Spanier, und er selbst war in Spanien geboren. Für den Anfang war das nicht schlecht.

»Der alten Daphne entgeht nichts.« Sie sprach heiser und krächzte, als wären ihre Stimmbänder verrostet. »Ich sehe viel mehr, als ihr denkt«, sagte sie, »ich kann in euch hineinschauen.«

Dann forderte sie ihre Besucher auf, näher an den Tisch heranzurücken. Sie gehorchten.

»Was wollt ihr wissen?«

Pascal zögerte nicht lange.

»Ich ...«, begann er vorsichtig und sah verstohlen zu Dominique herüber, »also, ich habe einer Freundin gesagt, dass ich in sie ... nun ja, mächtig verliebt bin, und ob sie sich vorstellen könnte ...« Wie gestern beendete er den Satz nicht.

Trotz seiner Anspannung merkte Pascal seinem Freund erneut ein gewisses Unbehagen bei diesem Thema an. Eifersucht aus Freundschaft? Wenn Michelle sich für ein Ja entschied, würde er Dominique schon zeigen, dass die Freundschaft zwischen ihnen nicht in Gefahr war.

Über das runzelige Gesicht der Wahrsagerin ging ein Lächeln.

»Die Liebe ...«, sagte sie und blickte versonnen, während sie sechs Karten aus ihrem Rock hervorholte und auf den Tisch legte. »Die Liebe ist eine der größten Kräfte der Natur. So viele Dinge sind aus Liebe geschehen ... Großzügige Opfer sind gebracht, aber auch schreckliche Verbrechen sind in ihrem Namen begangen worden.«

Die Beleuchtung in diesem Kellerraum bestand lediglich aus dem Schein mehrerer Kerzen, ihr Flackern lief über die Wände. Edouard, der »Lehrling«, verhielt sich ganz still. Daphne beschränkte sich nun eine Weile darauf, mit ihren knochigen Fingern über die leuchtende Kristallkugel zu gleiten und tief in sie hineinzuschauen. Schließlich lehnte sie sich zurück und hob zwei von den Karten auf, die vor ihr lagen.

»Das Mädchen heißt Michelle, nicht wahr?«

Dominique und Pascal nickten verblüfft.

»Die Antwort des Mädchens kann ich nicht ausmachen, denn etwas ... etwas schiebt sich dazwischen, lässt mich nicht richtig sehen.«

Pascal, der den Worten der Hexe wie gebannt lauschte, bemerkte, wie sein Herz kurz aussetzte. Abgesehen von der fehlenden Antwort: Was hatte die Alte da in der Kugel gesehen?

»Ich erkenne undeutlich ... ich erkenne dunkle Wolken, die

sich über uns schließen«, flüsterte Daphne, während ihre Finger über die Kugel fuhren. »Und eine weite Reise, die für einen von euch kurz bevorsteht. Eine Reise, bei der diese Michelle ebenfalls dabei sein wird, ich kann es nur nicht genauer sehen. Das ist merkwürdig …«

Dominique in seinem Rollstuhl verspürte angesichts dieser Worte das Bedürfnis zu lächeln. Doch das ernste Gesicht seines Freundes hielt ihn davon ab. Eine Reise, die kurz bevorstand. Er hatte seine Zweifel. Die Herbstferien gingen diese Woche gerade zu Ende, und die nächsten Ferien gab es erst in ungefähr zwei Monaten. Damit war die Schwindlerin für ihn aufgeflogen. Allerdings – sie hatte Michelles Namen erraten!

Die Wahrsagerin hob jetzt ihren Blick und sah Pascal durchdringend an.

»*Du* bist derjenige, der die Reise unternehmen wird«, behauptete sie. »Zweifellos. Und wie ich schon sagte: Deine Freundin wird dich auf deinem Weg begleiten.«

Na ja, wenn ich mit Michelle rechnen kann, ist es ja halb so schlimm, dachte Pascal. Und laut wollte er wissen: »Mit dieser Reise ist also keine … keine Beziehung zwischen uns beiden gemeint?«

»Nein«, sagte die Wahrsagerin entschieden.

Dominique schien sich über die Information zu freuen, was Pascal, der jetzt nervös auf seinem Stuhl hin und her rutschte und Daphne erneut fragend anblickte, etwas störte. Ob wahr oder nicht – erzählte ihm die Frau auch alles, was sie da irgendwie herausfand, oder behielt sie etwas für sich? Der Besuch bei dieser Wahrsagerin, den sie aus Jux begonnen hatten, verlief ganz anders, als sie gedacht hatten. Er würde hier nicht nur weggehen, ohne Michelles Antwort erfahren zu haben, sondern noch mit einer weiteren Unbekannten. Einer Reise.

»Können Sie das Ziel der Reise ausmachen?«, erkundigte sich Dominique, um festzustellen, wie weit diese Daphne mit ihrer Flunkerei gehen würde. »Wenn Sie schon nicht sagen können, wie sich Michelle entscheiden wird …«

Daphne setzte ein gezwungenes Lächeln auf.

»Keine Kristallkugel der Welt kann das Ziel deiner Reise zeigen«, erwiderte sie ausweichend und blickte Pascal kurz an. »Du wirst dich an einen Ort begeben, der auf keiner Karte verzeichnet ist …«

Plötzlich durchfuhr sie ein Zittern und sie verstummte. Mehr wollte sie nicht preisgeben, denn es war schrecklich, was sie gesehen hatte, und noch wusste sie auch nicht, wie sie es deuten sollte. Zu verworren waren die Bilder, noch immer ohne inneren Zusammenhang. Doch eines war klar: Schwere Prüfungen würden diesen Jungen auf seinem Weg erwarten.

Pascal spürte deutlich, dass da etwas war, was sie verschweigen wollte. Doch irgendetwas trieb ihn, weiterzufragen. »Hat dieser abgelegene Ort«, seine Stimme klang belegt, »an den ich angeblich reisen soll … hat er trotzdem einen Namen?«

Die Miene der Wahrsagerin versteinerte. Auch Dominique wartete gespannt, und plötzlich lief ihm ein Schauer über den Rücken. Das war nicht mehr lustig.

Daphne griff erneut in die Rocktasche und förderte einen Stapel Tarotkarten ans Licht, fügte die anderen, die vor ihr auf dem Tisch lagen, hinzu und begann sie zu mischen. Dann verteilte sie sie verdeckt auf dem Tisch, und ihr rechter Zeigefinger schob eine davon beiseite.

»Willst du es wirklich wissen?«, fragte sie Pascal in einem letzten Versuch, sich davor zu drücken. »Manchmal ist es besser, sich von den Ereignissen überraschen zu lassen. Man ist fast nie für das Schicksal bereit.«

Kaum merklich nickte er, und die Wahrsagerin drehte langsam die geheimnisvolle Karte um, die sie mit ihrer Hand verdeckt hatte.

Allen drei stockte der Atem; auf der Karte war ein Skelett abgebildet, halb in ein Tuch gehüllt, das eine Sense auf der Schulter trug. Es war der Tod.

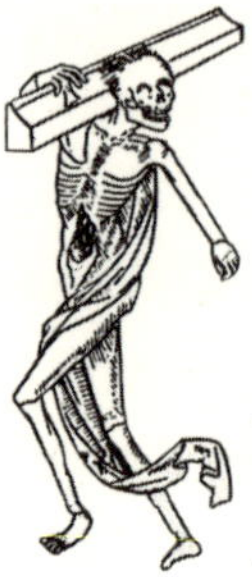

2

KAUM WAREN DIE Jungen aus ihrem Kellergemach verschwunden, hatte Daphne auch ihren Lehrling Edouard fortgeschickt. Sie wollte allein sein und darüber nachdenken, was sie gesehen hatte. Doch je mehr sie sich den Kopf zermarterte, desto weniger wusste sie damit anzufangen, und für diesen Tag gab sie es auf, mehr aus den Bildern der Kristallkugel herausdeuten zu wollen.

Doch in den nächsten Tagen erhielt Daphne weitere rätselhafte Zeichen, die sie nicht deuten konnte. Außerdem schlief sie schlecht. Wie war die geheimnisvolle Reise dieses spanischen Jungen zu verstehen? Würde er etwa bald sterben? Würde sich in Paris etwas Übernatürliches ereignen? Auf ihren Streifzügen durch die Winkel der Stadt konnte sie eine große Energie spüren. Schon lange war sie nicht mehr so unruhig gewesen.

Auch heute war sie wieder unterwegs. Es wurde schon dunkel und die Kälte machte sich bemerkbar. Daphne hüllte sich fest in ihre weiten, bunten Kleider, in denen sie bei den Fußgängern, die ihr begegneten, wie stets verwunderte Aufmerksamkeit erregte. Sie überquerte gerade den *Place Joachim du Bellay*, mit seinem Brunnen der Unschuldigen in der Mitte, als plötzlich lautes, klägliches Kinderweinen erklang, das in der Weite des Platzes laut widerhallte. Das Weinen steigerte sich zu durchdringenden Schreien, die beinahe die Fensterscheiben der umliegenden Gebäude zum Bersten brachten. Der Himmel hatte währenddessen eine purpurne Färbung angenommen, und die Wolken wurden von einem kräftigen Wind getrieben.

Erschrocken blieb Daphne stehen. Sie drehte sich einmal um sich selbst und suchte nach der Richtung, aus der die Schreie kamen. Sie konnte nichts Ungewöhnliches entdecken, kein Kind war in der Nähe. Wer schrie da nur? Und was noch erschreckender war: Warum bewegten sich die wenigen Passanten um sie her, als wäre nichts geschehen? Warum reagierten sie nicht auf das Weinen, das über den Platz hallte? Womöglich sahen und hörten die Leute nichts, was nur bedeuten konnte, dass das, was sie vernahm, nicht von dieser Welt war, dass nur eine Person mit übersinnlichen Fähigkeiten es wahrnehmen konnte.

Daphne war alarmiert. Eine Gänsehaut lief ihr über den Rücken. Sie war eine mutige Frau, doch nun griff sie nach dem schützenden Amulett, das sie stets um den Hals trug, und hielt es fest umklammert; sie hätte dem Spuk mit ihren Kräften gern ein Ende bereitet, doch war es für sie nicht ungefährlich. Schließlich würde sie damit offenkundig machen, unfreiwillig zur Zeugin dieses Vorgangs geworden zu sein. Und sie wusste nicht, was dahintersteckte …

Minuten vergingen, bis sie allein auf dem Platz war. Und nun geschah ein Zweites. Plötzlich stürmten Bilder auf sie ein, die sie schwindelig machten, die sie in Trance versinken ließen, und im Geiste reiste sie in eine andere Dimension von Paris.

Die Schreie der unsichtbaren Kinder wurden immer lauter, und das Echo ihrer hohen Stimmen erklang wie in Wellen. Daphne, die wie gelähmt war, spürte jetzt ein heftiges Beben unter ihren Füßen, und ein paar Sekunden später bildeten sich in der Mitte des Platzes, vorbei an dem Brunnen der Unschuldigen mit seinen Stufen, tiefe Risse, wie bei einem Erdbeben.

Sie wurden breiter und breiter, und endlich gaben sie den Blick auf ein unerwartetes Bild frei: Grabsteine und Knochen. Daphne erbleichte, und ihr fiel wieder ein, dass dieser Platz sich über einem alten Friedhof befand, der vor über zweihundert Jahren geschlossen worden war. Wie konnte sie das nur vergessen?

Die Schreie wurden noch lauter, doch Daphne nahm sie kaum mehr wahr, mit weit aufgerissenen Augen starrte sie jetzt den Brunnen auf dem Platz an, aus dem es trotz des heftigen Bebens noch immer sprudelte. Es war Blut. Ein zäher roter Strom, der über die Treppenstufen hinablief und sich weit ringsum über den Boden ergoss.

Und jetzt konnte sie die weinenden Wesen sehen. Und zum ersten Mal erfuhr sie, was wirkliche Angst war.

***

Die Ellenbogen auf die Knie gestützt, saß Pascal am Straßenrand und wartete mit abwesendem Gesichtsausdruck auf seine Freunde. Da er als Erster am Treffpunkt war, hatte er die Stöpsel seines iPod in den Ohren, doch er hörte dem Rap, der gerade lief, nicht zu.

Er nutzte die Wartezeit zum Nachdenken. Auch wenn die Begegnung mit der Wahrsagerin schon ein paar Tage zurücklag, drehten sich seine Gedanken noch immer um ihre seltsame Prophezeiung: eine Reise, die ihn zum Tod führen würde. Sollte das heißen, dass er auf irgendeiner Fahrt sterben konnte, womöglich bei einem Verkehrsunfall? Oder würde er vielleicht einem Toten begegnen? Und was hatte das mit Michelle zu tun? Wieso sollte sie überhaupt in diese Sache verstrickt werden?

Er seufzte resigniert. Das passte nicht zusammen, außer, sie war es, die sterben würde ... Michelle tot? Pascal verwarf augenblicklich den Gedanken. Was für ein Unsinn!

Doch bei allem, was diese verworrenen Vorhersagen auch bedeuten mochten: Mindestens ebenso beschäftigte ihn der Gedanke an die noch immer offene Frage, die er Michelle gestellt hatte. Noch immer hatte er keine Antwort. Michelle. Groß, blond, glattes langes Haar, schlank mit vielversprechenden Rundungen ... Sie war ein Jahr älter als Dominique und er, sechzehn, und besuchte die *Premier*, den ersten Abiturjahrgang an derselben Schule wie sie beide. Sie wohnte im Internat, da ihre Familie in einem Dorf ziemlich weit weg von Paris lebte, und sie gehörte zu den Freaks an der Schule, denn sie stand auf Gothic: Sie trug stets Schwarz und schminkte ihre Augen dunkel. Ihr gefiel alles, was mit Geistern zu tun hatte: Filme, Bücher, Videospiele ... Und sie vertrat ihre Haltung ohne Kompromisse: Vor allem dies unterschied sie von ihm. Wenn Pascal sie beide mit einer Farbe darstellen würde, so stand ihrem unbedingten »Schwarz« das ihn so anzog, sein ebenso unbedingtes »Grau« gegenüber. Grau, die nichtssagende Farbe der Mittelmäßigkeit. Und trotzdem machte er sich Hoffnungen … Gleich würde er sie sehen.

Es war Freitag. Pascal hatte sich für den Nachmittag mit ihr und Dominique verabredet, sie wollten sich an der Pyramide des Louvre treffen, inmitten der majestätischen Gebäude des berühmten Museums, um am Seine-Ufer spazieren zu gehen. Als er sie endlich durch einen der Zugänge von der Metro her auf den Platz kommen sah, erhob er sich und ging ihr entgegen. Sie war gekleidet wie immer: Mantel, Hose und Stiefel in Schwarz, die Augen mit einem Lidschatten geschminkt, der ihrem Gesicht einen teuflischen Ausdruck verlieh, absolut aufregend.

»Was geht ab?«, fragte sie ein wenig befangen, als sie endlich vor ihm stand. Sie musterte ihn einen Moment und lächelte. »Ich weiß, du wartest auf was …«, sagte sie dann leise. »Aber ich kann dir noch nichts sagen. Schlimm?«

»Nein, natürlich nicht«, erwiderte Pascal, während er seinen iPod verstaute.

Wieder lächelte sie.

»Stimmt nicht. Aber trotzdem danke. Außerdem, wenn ich so drüber nachdenke, dann bedeutete es ja wohl etwas …«

»Einverstanden, mehr musst du wirklich nicht sagen.« Er sah vor sich hin.

Michelle biss sich auf die Unterlippe: »Egal, wie ich mich entscheide, es darf unsere Freundschaft nicht gefährden. Siehst du das nicht auch so?«

Er nickte wortlos.

»Pascal, was ist mit dir? Du bist irgendwie komisch …«

Jetzt seufzte er.

»Bin ich nicht! Ich bin vielleicht ein bisschen angespannt, aber ich krieg mich schon wieder ein.«

»Super!« Sie beugte sich zu ihm und gab ihm einen Kuss auf die Wange. »Auf einen Freund wie dich könnte ich nicht verzichten.«

Einen Freund wie mich, wiederholte Pascal in Gedanken. Aber ich möchte mehr. Versteh das doch endlich! Ich möchte mehr!

Da sahen sie Dominique in seinem Rollstuhl auf sie zukommen.

»Hallo, Leute!«, rief er und überwand geschickt ein paar Stufen. »Entschuldigt die Verspätung! Ich hoffe, ihr seid nicht genervt, aber dafür könnt ihr eure Beine benutzen.«

Der zweite Satz passte zu Dominiques unverblümter Art.

»Wie geht's?«, fragte Michelle und beugte sich nun auch zu ihm, um seinen sehnsüchtigen Lippen ihre Wangen hinzuhalten.

»Nicht so gut wie dir, du herzloses Biest. Wenn Pascal dir nicht genügt, kannst du immer noch mich haben …«

Die Stichelei bestätigte Michelle, dass die beiden Freunde über ihr bisheriges Schweigen gesprochen hatten. Sie beschloss zurückzuschlagen: »Aber Dominique, was weißt du schon von Beziehungen? Ich dachte, deine Spezialität wäre Sex, und das auch noch virtuell. Seit wann interessierst du dich für die echte Liebe?«

»Das kannst du gut, einen Behinderten fertigmachen«, beschwerte er sich. »Jetzt hast du's dir echt vermasselt …«

Auch wenn es so aussah; Pascal glaubte nicht, dass Dominique die Bemerkung Michelles wirklich witzig fand. Und dahinter stand, dass der Freund, so sehr er es auch zu verbergen suchte, es anscheinend noch immer nicht geschafft hatte, damit klarzukommen, dass sie beide womöglich ein Paar würden. Es war schwer für ihn …

»Ich habe mich nur gewehrt, Kumpel, mehr nicht«, rechtfertigte sich Michelle, ohne zu bemerken, welchen Konflikt die beiden insgeheim ausfochten. »Und mach nicht so ein Gesicht, wir kennen dich.«

»Nun gut«, gab Dominique nach. »Ich verzeihe dir. Wir schließen für eine Weile einen Nichtangriffspakt, okay?«

Alle waren einverstanden, und während sie über die Schule sprachen, durchquerten sie auf dem Weg zur Seine die Tuilerien, die alten königlichen Parkanlagen, an deren Ende man die schmalen Umrisse des ägyptischen Obelisken auf dem *Place de la Concorde* erkennen konnte. Pascal trat hinter seinen Freund, um dessen Rollstuhl zu schieben, und bekam dafür ein: »Danke, Darling!«

»Hast du schon mal Lineage II gespielt?«, fragte Pascal, denn er kannte Dominiques Leidenschaft für alles, was mit Computern zu tun hatte, besonders für Online-Computerspiele wie Lineage.

»Selbstverständlich«, antwortete er. »Aber alle meine Gegner sind so schwach, dass ich mich langweile, wirklich. Ich spiele besser allein.«

Michelle und Pascal glaubten ihm, das war keine Koketterie. Sie wussten über seine Computerkünste Bescheid. Er war ein echter Hacker! Informatik, Mathematik und Lesen waren Dominiques große Leidenschaften, drei Hobbys, bei denen der Rollstuhl kein Hindernis darstellte; anders war es bei den Mädchen ... »In der virtuellen Welt rennt niemand schneller als ich ...«, hatte er einmal gesagt.

Die Spätnachmittagssonne schimmerte golden, und eine frische Brise, die vom Fluss herüberwehte, kräuselte die Wasseroberfläche der Teiche. Hinter dem Park, am gegenüberliegenden Ufer der Seine, erhoben sich die Fassaden der Gebäude an der *Rue de Rivoli*, einer Luxusmeile mit eleganten Geschäften.

»Michelle, du musst deine Kontakte für mich spielen lassen«, bat Dominique, als sie den Fluss erreichten. »Heute Abend hab ich etwas vor mit euch.«

Pascal war überrascht; er hatte gedacht, sie würden ins Kino gehen.

»Und was soll das sein, dass du sogar Michelles Hilfe brauchst?«, wollte er wissen. Doch es kam keine Antwort.

***

Ja, Daphne sah sie. Und erkannte sie. Diese Wesen, die weinten und klagten, deren Blut hier hervorkam, waren die Geister der unschuldigen Kinder, Opfer eines grausamen Verbrechens, das weit zurücklag. Der Brunnen, der für sie auf diesem Platz errichtet worden war, trug seinen Namen in Erinnerung an sie. Doch die Bewohner von Paris hatten die Kinder, die Unschuldigen, längst vergessen.

Und diese Geschöpfe blickten sie, Daphne, jetzt an, während sie durch die Luft schwebten und ihr das weit zurückliegende

Massaker wieder in Erinnerung brachten. Der Blutteppich zu ihren Füßen breitete sich aus, langsam, unaufhaltsam, und Daphne spürte durch ihre Schuhe hindurch die ekelerregende Flüssigkeit, wie den tödlichen und langsamen Fluss glühend heißer Lava.

Dieses finstere Schauspiel, das Beben, die Risse im Boden, das Blut, all dies musste eine Nachricht aus dem Jenseits sein, eine Warnung. Daphne, eine erfahrene Interpretin der Sprache verirrter Seelen, hatte nicht den geringsten Zweifel daran.

Sie schloss die Augen und presste ihre Hände auf die Ohren, um die erneut über den Platz hallenden Schreie der Kinder aus dem Jenseits in ihrem Kopf zu dämpfen und aus der Trance zu erwachen. Sie musste in die wirkliche Welt zurückkehren und diese entsetzliche Vision verlassen. Irgendetwas Schlimmes stand in Paris bevor.

Langsam verebbten die Schreie, und Minuten später hob sie den Blick und stellte fest, dass der *Place Joachim du Bellay* wieder aussah wie immer. Sogar der Wind, der zuvor darüber hinweggefegt war, hatte sich gelegt. Sie war zurückgekehrt in ihre Dimension. Niemand hatte irgendetwas mitbekommen, niemand beachtete die wunderliche Alte, die mit steinerner Miene den Brunnen anstarrte, um den herum jetzt ein paar Jugendliche Skateboard fuhren.

Zitternd und bleich ließ sich Daphne auf die nächste Bank sinken.

Was konnte das alles bedeuten?

***

Dominique hatte also heute Abend etwas vor mit ihnen. Neugierig wandte sich Michelle im Weitergehen zu ihm um und lächelte ihn an: Dominique mit seinem Blondschopf, Oberkörper und Arme kräftig vom jahrelangen Schieben des Rollstuhls, in dem er aufrecht und mit der Würde eines Königs saß. Mit verschwörerischer Miene begegnete er ihrem Blick. Michelle sah seine blauen Augen, mit denen er sie betrachtete; Augen, die stets eine konzentrierte Energie versprühten, eine Energie, die er aufgrund seiner Behinderung auf keine andere Weise als mit schlagfertigen Sprüchen loswerden konnte.

Dominiques Selbstvertrauen wirkte anziehend. Jemand, der sich von seiner vollen Stimme, von seinem strahlenden Lächeln oder seinen witzigen Grimassen beeindrucken ließ, bemerkte den Rollstuhl unter ihm nicht mehr. Michelle passierte das häufig. Und oft war sie überrascht von sich selbst, wenn sie ihrem Freund deshalb die zahlreichen anzüglichen Bemerkungen nachsah.

Das Mädchen ahnte, worum Dominique sie bitten würde.

»Welcher Tag ist heute, ihr Dummköpfe?!«, fragte er herausfordernd. »Einunddreißigster Oktober! Und was geschieht in dieser magischen Nacht?«

Michelle stellte fest, dass sie recht gehabt hatte, doch sie schwieg amüsiert. Ein paar Touristenschiffe durchpflügten das Wasser der Seine, bis sie unter der *Pont Royal* verschwanden.

»Du meinst doch nicht diesen amerikanischen Halloweenquatsch«, bemerkte Pascal.

»Halloween hat ursprünglich nichts mit Amerika zu tun«, wies ihn Michelle zurecht.

»Ach nein, Frau Doktor Tod?« Dominique, der ihr wegen ihrer schwarzen Erscheinung diesen Spitznamen gegeben hatte, war überrascht.

»Das glauben die meisten Leute«, erklärte sie, »aber es stimmt nicht. Das Wort Halloween ist die moderne englische Version von All-hallow-Even, was in etwa ›Allerheiligenabend‹ bedeutet. Die ersten englischen und irischen Kolonisten, die nach Amerika kamen, nahmen ihre Bräuche mit, zu denen die Hexennacht vom einunddreißigsten Oktober auf den ersten November gehörte. Irgendwann wurde er in den Vereinigten Staaten zwar mehr als in Europa gefeiert, doch es ist ein europäischer Brauch.«

»Wenn du so gut Bescheid weißt, dann erklär mir auch, wer diese ganze Nummer mit den Toten erfunden hat«, fragte Dominique interessiert.

Wie viele Gothic-Anhänger wusste Michelle über Halloween bestens Bescheid.

»Diese Nacht war das wichtigste Fest der Kelten«, antwortete sie, »es läutete den Anfang des Winters ein. Am Tage holten die Druiden die Mistelzweige für ihren Zaubertrank von den Bäumen. Und nachts loderten zahlreiche große Feuer, die ganze Siedlung versammelte sich und Tiere wurden geopfert. Die Leute zündeten Kerzen an und meinten eine besondere Nähe zu den Verstorbenen zu spüren. Sie glaubten sogar, so die Überlieferung, mit ihnen kommunizieren zu können.«

»Hübsche Geschichte«, erwiderte Dominique. »Aber natürlich hast du dich schlau gemacht. Nicht schlecht. Obwohl ich diese Information in null Komma nichts auch bei Google gekriegt hätte.«

»Ihr beiden habt Halloween doch noch nie gefeiert«, stellte

Michelle fest und überging das zweifelhafte Kompliment, »und ihr könnt mit Gruselgeschichten nichts anfangen. Deswegen legt ihr euch doch dauernd mit mir an.« An dieser Stelle hielt sie inne und lächelte listig. »Ich weiß längst, worauf du hinauswillst, du mieser Heuchler. Du willst zu der Party.«

Pascal begriff noch immer nicht recht, worum es eigentlich ging.

»He«, beschwerte er sich, »erklärt mir vielleicht mal jemand, worüber ihr redet? Ich verstehe nur Bahnhof.«

»Natürlich, mein Freund«, antwortete Dominique. »Einer von Michelles Goth-Freunden schmeißt eine Party bei sich zu Hause. Und sag jetzt nicht Nein«, er blickte Michelle fragend an, »denn bestimmt bist du eingeladen, oder?«

»Ich streit's nicht ab«, sagte sie lachend. »Ich hätte nur nicht gedacht, dass ihr Lust habt mitzukommen. Seit wann hast du was für Gruselpartys übrig?«

Dominique machte ein verschmitztes Gesicht. »Seit ich aus vertraulichen Quellen weiß, dass die Weiblichkeit dort umfassend vertreten sein wird«, fügte er grinsend hinzu. »Können wir auf deine Unterstützung zählen?«

»Okay, okay, ich nehme euch mit«, willigte Michelle ein. »Die Party findet bei Jules Marceaux statt, um elf. Seine Eltern sind verreist, die Sache klingt vielversprechend. Jeder zahlt fünf Euro für Essen und Trinken. Ach, noch etwas, man muss sich verkleiden.«

»Wie bitte?« Das Letzte gefiel Pascal überhaupt nicht. »Muss das unbedingt sein?«, fragte er und verzog das Gesicht.

Dominique hingegen war begeistert.

»Ist gut, kein Problem. Ich rieche schon all die süße Haut.«

Er tat so, als schnuppere er hungrig in die Luft. »Denkt an die Klugheit der Natur; Raubtiere fressen bei Nacht …«

»Für mich bist du eher ein Aasfresser als ein Raubtier«, schoss Michelle zurück und zerwühlte sein Haar. »Aber mindestens genauso gefährlich, und mit Rädern!«

»Michelle hat recht, du bist irgendetwas zwischen Hyäne und Geier«, fügte Pascal hinzu und grinste.

»Und du, wenn du nicht bald ein bisschen aus dir rausgehst, irgendetwas zwischen Nonne und Eremit!«, erwiderte Dominique. Und leiser: »Heute Abend will ich sehen, wie du frontal angreifst; so machst du … einer gewissen Lady Druck.«

Natürlich hatte auch Michelle ihn gehört, und Pascal hätte schwören können, ein kurzes Stirnrunzeln bei ihr gesehen zu haben. Störte sie die Vorstellung, ihn mit anderen Mädchen flirten zu sehen? Das machte ihm Hoffnung.

»Okay, okay.« Es konnte nicht schaden, sie ein bisschen eifersüchtig zu machen. »Ich tu, was ich kann.«

Michelle hatte sich halb abgewendet, sagte jedoch nichts; sie blieb stehen, um auf den Fluss zu schauen. Auch Pascal stoppte und hielt Dominiques Rollstuhl an. Ein paar Meter weiter unten, auf der Promenade, liefen die Leute am Wasser entlang, die Mantelkragen hochgeschlagen, die Hände in den Taschen.

»Gibt es eigentlich satanische Riten?«, wechselte Dominique das Thema. »In einer solchen Nacht …«

»Jetzt reicht's aber«, erwiderte Michelle und gab ihm einen sanften Klaps auf die Wange. »Wir Gothic-Fans sind ganz normale Leute! Du änderst dich wohl nie.«

Aber eigentlich wollte Michelle gar nicht, dass sich Dominique änderte. Auch wenn er gern freche Bemerkungen machte, wusste sie genau, dass all das nur Show war, eine Fassade, um mit seiner Behinderung fertigzuwerden. Ein Versuch, den anderen Jungs ähnlich zu sein. Der wahre Dominique hatte unter der Schale, die er trotzig vor sich hertrug, einen sensiblen Kern, von dem kaum jemand etwas ahnte. Eine Sensibilität, die er außerdem nie zugegeben hätte. Doch Michelle kannte auch diesen Dominique ... Langsam brach die Dunkelheit über der Stadt herein. Und die drei Freunde trennten sich. Dominique und Pascal mussten mit ihren Eltern besprechen, wie lange sie wegbleiben durften, eine Frage, die Michelle dank der großzügigen Bestimmungen des Internats erspart blieb.

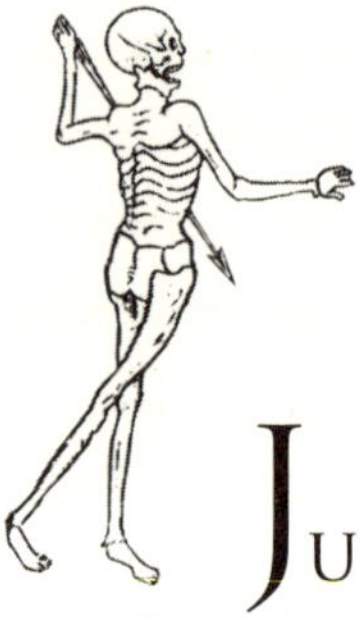

3

JULES MARCEAUX GING mit Michelle in dieselbe Klasse, die B der *Premier*, am Pariser Marie-Curie-Gymnasium. Er war groß und schlank, und sein dichtes blondes Haar fiel ihm in das blasse Gesicht, verdeckte halb die vorstehenden Wangenknochen. Gothic-Fan, der er war, begannen seine tief liegenden Augen immer dann zu leuchten, wenn das Gespräch auf Gruselthemen kam.

Jules hatte künstlerische Neigungen und fertigte für sich lebensgroße Monster aus Gummi. Mit seiner kompletten Horrorkollektion von mehr als zwanzig Figuren war er ein echter Freak. Er lebte in der *Rue Chaveau-Lagarde 2*, in der Nähe der *Madeleine*, einer Kirche die man vom Fenster des Salons aus sehen konnte. Das gesamte Gebäude, das vom Ende des 19. Jahrhunderts stammte, gehörte seit Generationen seiner Familie. Neben ein paar Büros und Läden gab es nur eine einzige private Mieterin, der Rest des Hauses wurde von dem Ehepaar Marceaux und dem einzigen Sohn, Jules, bewohnt. Die Marceaux, eine verarmte Großbürgerfamilie, besaßen nicht genügend Geld, um das alte Gebäude zu sanieren; es machte einen etwas heruntergekommenen Eindruck – was aber Jules und seinen Goth-Freunden absolut gefiel.

Pascal, auf dem Weg zu der ominösen Party, wurde unwillkürlich an die Wahrsagerin erinnert, als ihm ein paar verkleidete Gestalten über den Weg liefen, die offenbar wie er zu einer Halloweenfeier gingen. Er verdrängte den Gedanken an sie jedoch wieder, wollte sich nicht auch noch heute Abend und diese Nacht mit dieser Daphne und ihrer Prophezeiung beschäftigen … Er war ohne Kostüm unterwegs, angeblich, weil er nichts Passendes gefunden hatte.

Es musste eben auch ohne gehen; warum sollte er sich nur mit irgendeinem albernen Umhang oder Hut oder einer gespenstischen Maske amüsieren können. Natürlich war es das Erste, das er gefragt wurde, als er in der Nähe von Jules' Haus auf seine Freunde traf.

»Und du, warum hast du dich nicht verkleidet?« Michelle sah ihn von oben bis unten an. »Ich habe euch doch gesagt, dass es Bedingung ist.«

»Ich weiß ja«, brummelte er. »Aber ich hatte nichts Brauchbares … Das war nicht vorgesehen!«

»So viel braucht es ja auch gar nicht.« Dominique zeigte auf sich: ein paar alte Klamotten, die mit roter Farbe beschmiert waren, und ein Plastikdolch an der Seite. »Du musst ein bisschen Fantasie entwickeln, Kumpel.«

Pascal blickte zu Boden und kratzte sich am Hals, eine seiner typischen Reaktionen.

»Die hab ich nicht, wie ihr wisst. Und wenn ich mich verkleide«, er hob den Kopf, »dann als Ungeduldiger.«

Michelle bemerkte den ironischen Unterton, aber sie reagierte nicht auf die Anspielung. Sie ging als Vampirin verkleidet, allerdings trug sie das falsche Gebiss mit den langen Eckzähnen jetzt noch nicht, weil es sie am Sprechen hinderte.

»Mach dir keine Sorgen, Pascal«, sie lächelte herausfordernd. »Bei Jules gibt es einen Haufen alter Klamotten, bestimmt findest du dort etwas.«

»Danke«, sagte er nicht gerade begeistert. »Wenigstens falle ich dadurch auf, dass ich als Einziger nicht kostümiert bin.«

Kurz darauf standen sie vor Jules' Haus. Pascal drückte auf einen der Klingelknöpfe, und eifrig stießen sie das alte blaue Holzportal auf, das sie hineinführte. Es war zehn nach elf, und im vierten Stock hatte die Party bereits begonnen.

An die dreißig als Monster verkleidete Gothic-Fans waren anwesend.

»Woher kommen denn die ganzen Leute?«, fragte Dominique an Michelle gewandt. »In unserer Schule gibt es doch gar nicht so viele Goths.«

»Es sind auch Freunde von anderen Schulen da. Und ein paar von uns kleiden sich auch nur so, wenn sie am Wochenende ausgehen.«

»Wochenendgoths …«, flüsterte Dominique. »Schlimmer geht's wohl nicht.«

Die Gäste hatten sich über zwei Salons verteilt, in denen zahlreiche Sessel und Sofas standen, und in der Küche war eine Art Buffet errichtet worden. Gläser und Teller waren aus Plastik. Die Zimmer und das alte Mobiliar schrien genauso nach Erneuerung wie das Gebäude selbst.

»Willkommen in meinem bescheidenen Heim.« Jules war zu ihnen getreten und begrüßte sie auf zeremonielle Weise, verkleidet als Dr. Frankenstein und mit einem alten Leuchter in der Hand; von den brennenden Kerzen tropfte das Wachs. Er küsste Michelle zur Begrüßung auf die Wangen. »Und ihr«, wandte er sich an die Jungen, »seid Dominique und Pascal, nehme ich an.«

Er kannte sie vom Sehen, sie waren sich im Gymnasium schon oft begegnet. Jules' Augen funkelten mehr denn je in seinem geschminkten Gesicht. Sie gaben sich die Hand, und die beiden Freunde bedankten sich für die Einladung.

»Bedankt euch bei Michelle, ihr kennt sie ja. Es ist nicht leicht, ihr einen Wunsch abzuschlagen.«

Jules musterte Pascal nun eingehender. »Du bist ja gar nicht angezogen für die Schauernacht«, stellte er fest. »Komm mit, das müssen wir ändern, und zwar sofort. Vor Mitternacht, der Stunde der Toten, musst du so verkleidet sein, dass sich die anderen gruseln.«

»Wir warten hier auf dich«, sagte Dominique. »Mal sehen, ob du es schaffst, uns zu erschrecken.«

»Das bezweifle ich«, erwiderte Pascal düster.

Sein Freund gab ihm einen Klaps auf den Arm. »Mach schon, dein Gesicht hat den Vorteil, dass es einem selbst bei minimaler Veränderung Angst einjagt.«

Pascal erwiderte nichts, und während Dominique und Michelle die Küche ansteuerten, folgte er der hageren Gestalt von Jules, der sich im gespenstischen Schein seiner Kerzen bereits eilig in Richtung Treppe bewegte.

Nachdem sie ein Dutzend hoher Stufen erklommen hatten, blieb der Gastgeber vor einer Tür stehen, die zum Dachboden führte, und öffnete sie. Der Raum war riesig. Er hatte doppelte

Stockwerkhöhe, und dem Staub nach zu urteilen, hatte ihn seit Jahren niemand mehr betreten. Jules stellte den Kerzenständer auf einem Tischchen neben dem Eingang ab und drückte einen Schalter. Das dünne Licht der einzigen Deckenlampe erhellte den Boden nur spärlich.

»In diesem Haus wird nichts weggeworfen«, erklärte Jules. »Deshalb wandert alles, was nicht mehr gebraucht wird, hier herauf und wird vergessen. Mein Urgroßvater und Großvater haben es schon so gemacht, also kannst du dir vorstellen, was sich alles angesammelt hat. Ich glaube, nicht einmal meine Eltern haben eine Vorstellung davon.«

»Verstehe.« Pascal war noch immer nicht so recht motiviert. »Und wo finden wir hier etwas zum Verkleiden für mich?«

»Also, von ein paar Sachen weiß ich, wo sie sind, wie zum Beispiel in der Truhe meiner Urgroßmutter Lena«, er winkte mit der Hand, ihm zu einer riesigen, geschnitzten Truhe zu folgen. »Da drin sind jede Menge Klamotten. Bestimmt findest du etwas für dich, das meiste sind natürlich Frauensachen. Aber du kannst dich ja als Mörderin verkleiden.«

Das fehlte gerade noch, als Frau … Pascal seufzte resigniert. Aber vielleicht würde ihm die Aufmachung ja auch helfen, mit den anderen Mädchen zu flirten! Könnte er als Mörderin vielleicht Michelle eifersüchtig machen … Er trat zu der gewaltigen Truhe, die noch viel älter aussah als der Rest des Mobiliars. Jules hob mühsam den quietschenden Deckel und klappte ihn auf. Das Innere quoll über von Kleidern und Hüten, von alten Schuhen und allen möglichen anderen Sachen.

»Mann, das ist wirklich ein Haufen Zeug«, stellte Pascal fest. »Hat deine Urgroßmutter Kleider gesammelt?«

Jules lächelte.

»Nein. Aber sie ist vor genau einhundert Jahren spurlos verschwunden. Eine seltsame Geschichte. Man nimmt an, dass sie ihren Mann, meinen Urgroßvater eben, verlassen hat, und niemand ist ihr je wieder begegnet. Sie hat nichts mitgenommen, deshalb ist alles hier hineingewandert. Familiengeheimnisse.«

»Was für eine Frau!«

Jules lachte laut auf.

»Das kannst du wohl sagen. Hör mal, ich lass dich in Ruhe was aussuchen, ich muss mich wieder um meine Gäste kümmern. Du weißt ja, wo du uns findest, okay? Und beeil dich, es sind nur noch zwanzig Minuten bis Mitternacht, wir wollen auf die Toten anstoßen, und wir vergeben einen Preis für das beste Kostüm!«

»Okay, danke, ich bin gleich wieder bei euch.«

Jules nahm den Kerzenständer und verließ den Dachboden, wobei er die Tür hinter sich schloss. Pascal, der nicht gern allein zurückblieb, war froh über das bisschen Deckenlicht, auch wenn es für die Größe des Raums mit dem abgeschrägten Dach viel zu schwach war. Er beschloss, sich zu beeilen. Er würde es sowieso nicht schaffen, eine anständige Verkleidung zu finden, egal wie lange er suchte.

Auf Zehenspitzen beugte er sich über die riesige Truhe, die so hoch war, dass ihm der Rand beinahe bis zur Brust reichte. Er zog alles heraus, was ihm brauchbar erschien, eine endgültige Auswahl würde er anschließend treffen. Nach ein paar Minuten, in denen er sich durch die staubigen Kleidungsstücke gewühlt hatte, entdeckte er eine angelaufene silberne Kette mit einem silbernen Anhänger daran. Als er nach ihr griff, geriet sie auf dem glatten Stück Stoff, auf dem sie lag, in Bewegung und verschwand auf Nimmerwiedersehen.

»Merde!«

Pascal richtete sich auf. Ausgerechnet ... Er klopfte sich den Staub von Hose und Pullover und zog sich dann etwas von den Kleidungsstücken an, die nach dem ersten Aussieben übrig geblieben waren. Als Nächstes stellte er sich vor einen großen Spiegel mit Goldrahmen, der am anderen Ende des Dachbodens auf mehreren Kisten stand. Pascal sah sich an und er fand, dass er ziemlich lächerlich aussah. Was sollte er jetzt machen? Gleich würde es zwölf schlagen, und er musste sich beeilen.

Er beschloss, rasch weiterzusuchen, diesmal aber richtig, also kehrte er zurück zur Truhe. Er krempelte die Ärmel hoch, stemmte sich auf den Rand, schwang sich hinüber und landete auf dem weichen Kleiderberg. Eine dichte Staubwolke stieg auf, Pascal hustete, doch dann tauchte er hinab in die Tiefen der Truhe, um nach der Halskette zu suchen, die ihm so gut gefallen hatte.

Plötzlich vernahm er die Kirchturmuhr der *Madeleine*, die zwölf Mal schlug. Es war Mitternacht. Doch der entfernte tiefe Klang war nicht das Einzige, was ihn überraschte, denn auf einmal hörte er über sich einen lauten Knall, und er saß im Dunkeln. Pascal erschrak, augenblicklich machte sich Platzangst in ihm breit. Der Truhendeckel musste zugefallen sein, doch wie war das möglich? Er war weit zurückgeklappt gewesen und obendrein viel zu schwer. Außer ... außer jemand hatte das mit Absicht getan. Sollte das ein Scherz sein? Oder war jemand auf den Dachboden gestiegen und hatte die offene Truhe gesehen? Das war überhaupt nicht lustig. Er musste unbedingt ans Licht zurück. Vorsichtig tastete er nach dem Deckel und stemmte sich kräftig dagegen. Nichts, das Ding bewegte sich keinen Millimeter.

In diesem Moment wurde die Truhe von einem starken Schaukeln erfasst, das ihn aus dem Gleichgewicht brachte.

Irgendjemand schien das Möbelstück wegschaffen zu wollen. Er verstand das nicht. Ein Halloweenstreich? War er das Opfer?

Ein erneutes heftiges Rütteln schleuderte ihn hin und her, und er schlug mit der Stirn gegen das harte Holz. Er stöhnte vor Schmerz, während er die Arme schützend um den Kopf schlug und sich zusammenkauerte. Die ungeheure Kraft, mit der die Truhe herumgeschleudert wurde und er mit ihr, wurde durch die Kleider, zwischen denen er saß, ein wenig gemindert.

Dann plötzlich war es, als würde jemand die Truhe in die Höhe heben und ruckartig wieder abstellen. Aber das war unmöglich, das alte Teil mit den Klamotten und nun auch mit ihm darin, es musste weit über hundert Kilo wiegen! War das hier ein schlechter Traum? Pascal zwickte sich in die Hand und die Antwort war negativ: Es tat weh.

So unglaublich es war, es passierte wirklich. Das nachfolgende Rütteln und Schaukeln und Drehen vertrieb sämtliche Zweifel; erschrocken stellte er fest, dass auf einmal die Schwerkraft aufgehoben war und der Raum um ihn her sich weitete. Dann begann er in dem Nichts, das ihn umgab, mit wachsender Geschwindigkeit zu rotieren. Sein Magen krampfte sich zusammen, ihm wurde schwindelig und er schrie laut auf.

Wann würde dieser Irrsinn enden? An irgendeinem fernen Ort musste man seinen verzweifelten Schrei vernommen haben, denn so unverhofft, wie es angefangen hatte, hörte das heftige Drehen wieder auf. In seiner Angst und Panik drängte sich die Prophezeiung von Daphne in sein Bewusstsein. Vielleicht war er soeben gestorben, ohne nur das Geringste davon bemerkt zu haben. Aus Angst, das Drehen und Schaukeln würde wieder anfangen, blieb er eine Weile reglos liegen. Er tastete nach seinem Handy und zog es vorsichtig aus der Hosentasche. Er musste Hilfe rufen. Doch das Display verriet ihm: Er war in einem Funkloch.

4

DIE PARTY WAR in vollem Gang. In den beiden Salons drängten sich verkleidete Gestalten und tanzten in Grüppchen – zu Gothic-Rock natürlich. Auf den Sofas saßen mehrere knutschende Paare, die versuchten, dabei ihre dämonische Aufmachung nicht zu zerstören, die sie später ja noch vorführen sollten.

Der Gastgeber vermied elektrisches Licht, stattdessen waren mehrere große Kerzenständer aufgestellt, um eine Beleuchtung wie im neunzehnten Jahrhundert zu schaffen; perfekt zur Totenfeier um Mitternacht.

»Pascal lässt sich ganz schön Zeit.« Mit einem Blick auf sein Handy stellte Dominique fest, dass er ihnen auch keine Nachricht geschickt hatte. »Bei dem Tempo, das er vorlegt, wird ihm auch die Kostümschau entgehen.«

Michelle neben ihm seufzte. Sie wiegte sich, ein Glas in der Hand, im Rhythmus eines düsteren Songs in den Hüften. Im dämmrigen Licht konnte man Jules' Gummimonster ausmachen, die sehr lebendig aussahen.

»Du kennst ihn doch, es ist ihm bestimmt peinlich, in

irgendwelchen alten, ihm vielleicht viel zu großen Klamotten herumzulaufen. Warum ist er nicht einfach mal locker und macht sich einen Spaß daraus?«

Dominique sah das genauso.

»Ja, manchmal ist er einfach zu schüchtern.«

Die beiden wussten, dass Pascals Problem im Grunde nicht seine Schüchternheit war; dahinter steckte tiefe Unsicherheit. Ihm fehlte es an Selbstvertrauen.

»Langsam, Kumpel«, wandte sie ein. »Dein Extrem ist noch schlimmer. Du bist zu …«

»… genusssüchtig? Ist das ein Problem? Genuss ist wichtig. *Carpe diem* heißt ein alter Spruch. Man muss das Leben genießen. Zeit zum Ausruhen hat man, wenn man tot ist.«

Michelle wiegte sich weiter in dem dunklen Sound der Musik. Sie war bereit, Dominiques Spiel ein Stück weit mitzuspielen: Er dachte eigentlich nicht so, jedenfalls nicht so radikal.

»Es gibt noch etwas anderes im Leben als Genuss, Dominique«, sagte sie. »Du kannst nicht alles diesem einen Ziel unterordnen. Das kann nicht gut gehen.«

»Schon möglich.«

»Pascal fehlt es lediglich ein bisschen an Initiative.« Sie lächelte ironisch. »Dir fehlt eine Menge mehr. Also reiß dich zusammen.«

»Wie tiefgründig ihr Gruftis doch seid!«, sagte er und tat, als wollte er ihr den Rock hochheben, was sie mit einem Schritt zurück quittierte. »Dieses unvollkommene Wesen schlägt dir vor, Pascal suchen zu gehen.«

Michelle nickte. »Ja, los. Mal sehen, ob wir ihn rechtzeitig zur Kostümschau finden.«

»Und hör auf, so provozierend zu tanzen!«
Erneut lächelte sie.
»Dich macht doch alles an, was sich bewegt und atmet.«

***

Dunkelheit. Die Minuten verstrichen, und es herrschte völlige Stille. Alles tat ihm weh, das Herz klopfte laut und der Angstschweiß rann ihm in die Augen. Doch er versuchte, sich zu beruhigen. Das Problem war nun, herauszufinden – merkwürdigerweise schien ein Teil der alten Kleidung verschwunden –, welche der Truhenseiten, die er abtastete, der Deckel war. Er hatte keine Ahnung, und ohne das zu wissen, konnte er sich nicht aus dieser rätselhaften Falle befreien. Es ärgerte ihn, dass er nicht einmal ein Feuerzeug hatte, und er begnügte sich mit dem Schimmer des Handydisplays. Zumindest bekam er noch genug Luft, obwohl er ein ungutes Gefühl hatte. Es war, als wäre er lebendig begraben.

War er das tatsächlich? Befand er sich, ohne es zu wissen, in der Erde, gefangen in einem großen rechteckigen Kasten, der zu seinem Sarg geworden war? Er geriet in Panik. Voller Schrecken erinnerte er sich an einen bekannten Dokumentarfilm, der Bilder von der Exhumierung eines Mannes zeigte, der aus Versehen lebendig begraben worden war. Das Holz im Innern des Sarges war überall zerkratzt und der Leichnam hatte Mund und Augen zu einem furchtbaren Schrei aufgerissen, den niemand hatte hören können. Aber das Schlimmste war, dass die Fingernägel des Toten völlig zersplittert und blutverkrustet waren, genauso wie die offenen Fingerknöchel. Das Opfer hatte während seines Todeskampfes vergeblich versucht, sich zu befreien ... Würde er, Pascal, auch so enden?

Es kostete ihn Mühe, sich vorzustellen, dass er sich noch immer bei Jules Marceaux befand. Er musste sich zwingen, an etwas Bestimmtes zu denken, musste sich ablenken, etwas tun; er beruhigte sich allmählich; ihm fiel wieder ein, dass er suchen musste, auf welcher Seite der Deckel der Truhe war, wenn er sich aus diesem Gefängnis befreien wollte. Im Schimmer des Handy tastete er die erste Längsseite ab und achtete auf jedes Detail. Nichts. Er tastete die zweite Längsseite ab – mit dem gleichen Ergebnis. Als er sich auf Knien vorwärtsbewegte, zu einer der Seiten, passierte erneut etwas Seltsames: Er fand sie nicht. So einfach und so absurd. Wo eigentlich die hölzerne Wand sein sollte, griffen seine Hände ins Leere. Auch im Lichtschein seines Handys war nichts auszumachen. Unmöglich, so groß war die Truhe nun auch nicht. Wieder strich er über die Begrenzungen links und rechts von ihm, kein Zweifel, sie waren noch da, wo sie sein sollten. Dann streckte er vorsichtig ein Bein aus in Richtung der Wand, die er suchte. Wieder nichts. Sie fehlte unbegreiflicherweise.

Aber warum sah er dann nur Dunkelheit? »Hallo, ist hier jemand?«, rief er laut, und verzögert kam das Echo seiner Stimme zurück und verhallte. Es bestand kein Zweifel, es gab eine Öffnung, eine Truhenwand war verschwunden und an ihrer Stelle tat sich ein langer Tunnel auf. Unbegreiflich, aber wahr. Es hatte keinen Sinn zu warten, nichts war schlimmer als seine derzeitige Situation, also ließ Pascal sich auf alle viere nieder und kroch den Gang entlang. Es war völlig still. Wohin dieser dunkle Stollen wohl führte?

Es war zehn nach zwölf. Würden seine Freunde ihn suchen, oder würden sie davon ausgehen, dass er sich weigerte, verkleidet auf der Party zu erscheinen? Wieder rief er, erhielt jedoch keine Antwort.

Der Tunnel gewann an Höhe, und nach ein paar Dutzend Metern konnte Pascal bereits gebückt gehen. Er tastete die Wände entlang und bemerkte, sie waren in eine Wölbung übergegangen; es fühlte sich an, als wäre er in einer riesigen Röhre. Plötzlich hörte er ein Geräusch vor sich. Erschrocken hielt er an, versuchte, das Dunkel zu durchdringen – und erblickte zwei glänzend gelbe Augen mit schmalen, fast katzenhaften Pupillen, die ihn aus einiger Entfernung betrachteten. Er blieb auf seiner Stelle wie festgewachsen, und seine Anspannung verwandelte sich erneut in Panik. Er war nicht allein. Ein modriger Geruch drang zu ihm, der ihm Übelkeit verursachte. Dieser Blick, der sich inmitten der Finsternis auf ihn gerichtet hatte, verströmte etwas Böses.

5

BEVOR SIE PASCAL suchen gingen, trat ein Mädchen zu ihnen, das sich als Selbstmörderin verkleidet hatte. Sie trug ein fast durchsichtiges Nachthemd und um den Hals eine Schlinge aus einem dicken Strick. Ihre vollen Lippen, die sie schwarz geschminkt hatte, hoben das Weiß ihrer Zähne hervor, wenn sie lächelte.

»Hallo, Michelle.«

»Hallo, Melanie. Wie geht's?«

»Super, diese Party ist der Wahnsinn. Hast du Raouls Verkleidung gesehen?«

Dominique zögerte nicht lange damit, die Aufmerksamkeit dieser ersten Beute mit ihrem wilden Haar und der rundlichen Figur, die unter dem Hemd zu erkennen war, auf sich zu lenken: »Michelle, willst du mich nicht vorstellen?«

Genervt verdrehte sie die Augen.

»Das wollte ich gerade tun, sei bloß nicht so aufdringlich. Melanie, darf ich dir Dominique vorstellen, ein Freund von mir.«

»*Enchanté*, Melanie«, sagte er übertrieben höflich.

Sie küssten sich auf die Wangen.

»Der Rollstuhl ist stark.« Die Selbstmörderin zeigte darauf. »Wir kennen uns nicht, oder?«

»Nein, aber das lässt sich ändern.« Dominique ließ das Gelächter über sich ergehen und verschwieg, dass der Rollstuhl nicht zu seiner Kostümierung gehörte. »Wir haben die ganze Nacht dazu.«

»Dominique gehört nicht zu unserer Clique«, beeilte sich Michelle zu erklären, »deshalb kennst du ihn nicht, Melanie, und gruselige Sachen interessieren ihn eigentlich auch überhaupt nicht.«

»Nun, ich lass mich gern eines Besseren belehren«, lenkte Dominique ein. »Womöglich entdecke ich ja hier, was mir entgeht, und ich werde einer von euch.«

»Mach, was du willst.«

»Gefällt dir die Party denn, Dominique?«, fragte Melanie amüsiert.

»Oh ja. Ihr wisst, wie man so etwas aufzieht. Obwohl mich der Tod wirklich kein bisschen interessiert. Wo es doch lebende Mädchen gibt …«

Melanie fing an zu lachen.

»Pech für dich, die Toten können keine Körbe verteilen, keine Einzige würde dich abblitzen lassen. Aber mit uns wirst du es schwer haben, wir suchen etwas anderes als ein brünstiges Männchen.«

»Genau«, ergänzte Michelle. »Bei den Lebenden wird er keinen Erfolg haben. Den letzten Kuss hat er im vergangenen Jahr bekommen, und zwar von seiner Mutter.«

»Schon gut!«, Dominique breitete abwehrend die Arme aus.

»Michelle ist schon zu viel für mich, also werde ich es bestimmt nicht mit euch beiden aufnehmen. Ich ergebe mich.«

Melanie gab ihm lächelnd einen Klaps auf die Wange.

»Mach dich locker. Die Nacht ist noch lang«, mahnte sie ihn. Und an sie beide: »Wir sehen uns später, okay?«

Michelle und Dominique nickten.

»Bitte, Dominique, versuch dich normal zu benehmen«, flüsterte Michelle ihrem Freund zu, als sie wieder allein waren.

»Wenn ich das tue, werde ich erst recht auffallen.«

Sie begaben sich in die Küche, wo Jules Marceaux mit zwei Freunden Drinks mixte.

Michelle sprach ihn an. »Jules, Pascal ist noch nicht zurück. Wo hast du ihn denn hingeschleppt?«

»Du findest ihn auf dem Dachboden. Der Aufzug endet hier in dieser Etage, nimm also die Treppe zum obersten Stockwerk und dann rechts. Beeil dich, wir fangen in ein paar Minuten mit der Show an. Hier, für die Abstimmung.«

Er gab ihr eine Liste mit den Namen der Gäste, denen Nummern zugeordnet waren, und dazu jeweils ein Kästchen, wo sie eine Note von eins bis zehn eintragen sollten. Niemand durfte für sich selbst stimmen.

Dominique wartete am Fuß der Treppe, und Michelle beeilte sich, zum Dachboden hinaufzusteigen. Doch sie konnte ihren Freund nirgends sehen. Die Deckenlampe, die ihr schwaches Licht in den vollgestellten großen Raum warf, bewegte sich sanft wie ein Pendel. Etwas weiter hinten machte Michelle eine riesige verschlossene Truhe aus. Um sie herum lagen Kleidungsstücke verstreut. Sie trat näher.

»Ja, Pascal muss hier gewesen sein, um sich ein paar Klamotten zusammenzusuchen.« Michelle sprach laut vor sich hin. Sie betrachtete die Truhe genauer. Ein paar bunte Stofffetzen hingen eingeklemmt heraus. Mühsam hob sie den schweren Holzdeckel an und blickte auf massenhaft zerknüllte Kleidungsstücke. Nachdem sie das alte Möbelstück wieder geschlossen hatte, trat sie zurück und sah sich kurz auf dem Dachboden um.

»Also hier ist Pascal nicht mehr«, sagte sie sich. »Wieso haben wir ihn dann unten nicht gesehen?«

Dann stieg sie die Treppe hinab zu ihrem Freund, der auf dem Podest allerlei kunstvolle Drehungen mit seinem Rollstuhl vollführte, um die Zeit totzuschlagen. Er war verwundert, als er sie allein kommen sah.

»Was ist? Kein Glück gehabt? Will er nicht runterkommen?«

Sie schüttelte den Kopf: »Pascal ist nicht da oben. Keine Ahnung, wo er sich versteckt hat.«

»Das ist Halloween, stimmt's? Voller Geheimnisse.« Dominique überlegte einen Moment, dann betrachtete er das Display seines Handys und schüttelte den Kopf. »Vielleicht ist er ja auf der Toilette.«

Michelle hielt das ebenfalls für möglich, und sie kehrten zurück in die Wohnung.

***

Die gelben Augen erloschen, verschwanden im schwarzen Nichts, wie sie erschienen waren. Dennoch wartete Pascal ein paar lange Sekunden, ehe er seinen Weg vorsichtig fortsetzte. Das Herz klopfte ihm bis zum Hals. Was, wenn dies fremde

Wesen lediglich seine leuchtenden Augen geschlossen hatte, sodass er sie in der Dunkelheit nicht mehr sehen konnte? Was, wenn es auf ihn wartete, ein paar Dutzend Meter vor ihm? Die Knie zitterten ihm, sein Atem stockte, aber nichts geschah. Schritt für Schritt bewegte er sich weiter.

Plötzlich stieß er gegen eine glatte Fläche vor sich, die den Weg vollständig versperrte. Tastend stellte er fest, dass es sich um eine Tür handelte, nach oben hin gerundet, in die verschiedene Symbole eingraviert waren. Er machte einen Halbmond aus.

Es gab keine Klinke, so versuchte er die Tür aufzustoßen, doch sie gab nicht nach. Seine Finger ertasteten zwei Vertiefungen so groß wie Handflächen, und einer Eingebung folgend, legte er seine Hände darauf. Ein leises Klicken war zu hören, und die Tür begann sich aufzulösen. Sanftes Licht strömte ihm entgegen, und verwundert blickte er in eine weite Landschaft.

Was er sah, war so anders als alles, was er bisher gesehen hatte, dass er sich kaum überwinden konnte, den Tunnel zu verlassen. Er fühlte sich ängstlich wie ein junges Tier, das sich plötzlich in einer unbekannten Umgebung befindet und sich weigert, den schützenden Bau zu verlassen.

Vor Pascal lag im silbrigen Licht eines Mondes ein Pfad, der sich in der Ferne verlor, voller Windungen, als führte er um unsichtbare Objekte herum. Nichts anderes war sichtbar, Himmel oder Erde, alles war in eine undurchdringliche Dunkelheit getaucht, und der leuchtende Pfad schien darin zu schweben. Es war unmöglich, Entfernungen abzuschätzen oder die Dimensionen des weiten Raums auszumachen. Auch an anderen

Stellen, sah Pascal jetzt, schimmerten Wege, die, wie ein gläsernes Spinnennetz, zusammen eine blasse Lichtstruktur bildeten.

Doch es war nicht der Mond, von dem dies leuchtende Geflecht sein Licht erhielt, es strömte wie aus sich selbst heraus. Aber das Unglaublichste war, dass die gesamte Szenerie völlig unbewegt war. Ohne es sich erklären zu können, hatte Pascal den Eindruck, auf eine Fotografie zu blicken. So streckte er vorsichtig den Arm aus, um sicherzugehen, dass er kein Bild auf Papier vor sich hatte. Nichts rührte sich, und noch immer war kein Geräusch zu hören. Er beugte sich weiter nach vorn und fand seinen Eindruck bestätigt: In der statischen Atmosphäre wehte nicht das kleinste Lüftchen. Kein Lebewesen weit und breit, weder Tier noch Pflanze, nur die unberührte Oberfläche des Pfads. Die Stille vermittelte einen Eindruck von Ewigkeit und schien, je länger er lauschte, wie ein fernes, unendliches Echo.

Wo war er nur gelandet? Plötzlich durchfuhr es Pascal wie ein Blitz: Er war nicht etwa nur weit weg von Paris, von seinem Zuhause. Er war gar nicht mehr in seiner Welt! Er bekam einen trockenen Mund. Wie konnte das sein? Das da vor ihm existierte nicht, konnte nicht existieren. Er kniff sich noch einmal, und wieder spürte er Schmerz, was nur eins bedeuten konnte: Es war kein Traum.

Er beschloss, hinauszutreten, wo er sich ganz aufrichten und tief durchatmen konnte.

Er blickte sich um und suchte in seinem wirren Kopf nach einer Beschreibung für das, was vor seinen Augen lag. Alles, was ihm dazu einfiel, rief ihm sofort die unheimliche Prophezeiung der alten Daphne ins Gedächtnis: Was er sah, war eine … tote Landschaft.

Oder vielleicht doch nicht? Wieder hatte er etwas gehört, das aus der Dunkelheit gekommen war. Schritte.

***

»Hier ist er auch nicht.« Dominique war ratlos. »Bleibt nur noch eine Möglichkeit.«

»Ja.« Michelle hatte den gleichen Gedanken wie ihr Freund. »Er muss gegangen sein. Aber warum? Ist ihm das so peinlich, wenn ihn meine Goth-Freunde verkleidet sehen?«

»Glaub ich nicht. Es muss einen anderen Grund geben; mich wundert allerdings, dass er von hier weg ist, ohne uns Bescheid zu sagen. Das passt nicht zu ihm.«

Michelle öffnete ihre Tasche und nahm das Handy heraus.

»Ich rufe ihn an«, sagte sie, »mal sehen, ob ich Glück habe.«

Währenddessen verkündete Jules mit lauter Stimme, dass im großen Wohnzimmer das Defilee der Kostüme begann, der Aufmarsch aller verkleideten Gäste.

»Nichts, ich krieg ihn nicht.« Michelles Stimme klang besorgt. »Das ist wirklich seltsam.«

»Zufall oder Absicht?«, fragte sich Dominique laut.

»Warum sollte er sein Handy ausschalten?«, erwiderte Michelle. »Bestimmt ist er irgendwo, wo es keine gute Verbindung gibt, oder …«

»Michelle, er ist wahrscheinlich verschwunden, weil ihm danach war, und er hat uns einfach nichts gesagt! Ich finde es nur logisch, dass er sein Handy ausgeschaltet hat, um nicht erreichbar zu sein. Deshalb glaube ich auch nicht, dass ihm etwas Schlimmes passiert ist.«

»Es wird doch nicht …«, Michelle fühlte sich langsam schuldig, »daran liegen, dass ich ihm … noch keine Antwort gegeben habe, oder?«

Dominique schloss die Möglichkeit aus.

»Ach was, nein. Denk daran, dass wir uns bereits auf eine Strategie geeinigt hatten, um dir heute Abend ein bisschen Druck zu machen.«

Das Mädchen sah auf die Uhr.

»Ich gebe ihm noch zehn Minuten. Wenn er bis dahin …«

»Ich würde gerne aus meinem Rollstuhl aufstehen und mit dir tanzen, weißt du?«, sagte Dominique verschmitzt, um die Freundin aufzuheitern.

Michelle zwang sich zu einem Lächeln.

»Was bist du nur für einer«, sagte sie und strich ihm über das Haar.

***

Das Geräusch von Schritten kam nicht wieder, also dachte Pascal, dass er es sich eingebildet hatte. Auch wenn das natürlich nicht ausreichte, um ihn tatsächlich zu beruhigen, würde er seinen Erkundungsgang doch fortsetzen.

Der helle Pfad begann direkt am Tunnel und er weitete sich zu einem mehrere Meter breiten lichten Weg. Pascal machte einen Schritt auf der makellosen Oberfläche. Wieder spürte er seinen trockenen Hals. Es kam ihm vor, als schwebte er mitten im Universum; allerdings einem Universum ohne Planeten,

Satelliten und Sterne. Grenzenlos. Finsternis überall, außer unter seinen Füßen. Eine endlose Brücke durch das Nichts.

Die Tür hinter ihm schloss sich wieder und versperrte den Zugang zum Tunnel. Pascal nahm allen Mut zusammen, tat ein paar weitere Schritte und reckte den Kopf. Hier, wo der Pfad breiter wurde, konnte er in der Dunkelheit links und rechts des Weges nach und nach die Schatten toter Bäume und kleiner hügelartiger Erhebungen ausmachen, erleichtert stellte er fest, dass es offenbar auch hier eine Welt gab, und sie wurde realer, deutlicher, je länger er versuchte, etwas zu erkennen. Er wurde mutiger und verließ den Weg, um die wüstenartige Landschaft näher zu betrachten: Erdspalten, trockene Büsche, mächtige Baumstämme mit kahlen, knorrigen Zweigen und die Umrisse lang gezogener, welliger Dünen.

Plötzlich klang durch die Stille ein Geräusch, das dem im Tunnel vorhin sehr ähnelte. Er erinnerte sich an die gelben Augen, die ihn dort beobachtet hatten, und hastig drehte er sich zu dem Weg zurück, doch er konnte nichts ausmachen.

Überrascht stellte Pascal fest, dass sich der Leuchtpfad plötzlich in viel größerer Entfernung befand als zuvor. Und das, obwohl er nur ein paar Schritte hinaus in die Dunkelheit getan hatte. Etwas Gefährliches schien sich im Umkreis zu regen, und plötzlich wurde ihm bewusst, dass manche Tiere ihre Opfer erst in einen Hinterhalt lockten, bevor sie sie schlugen. Pascal fühlte sich wie eine Beute, die sich mit selbstmörderischem Leichtsinn auf unbekanntem Terrain bewegte. Wieder waren jetzt auch Schritte zu hören. Der Junge schluckte. Nervös hastete er zum Leuchtpfad zurück, ohne genau zu wissen, ob das, was da herumschlich, ihm nicht folgen würde.

Zu den Schritten gesellte sich ein ersticktes Flüstern und schweres Atmen. Pascal wollte gar nicht wissen, was für eine Kreatur in dieser ewigen Finsternis lebte, also stürzte er hastig auf die helle Zone zu.

Das Wesen hinter ihm machte keine Anstalten mehr, sich zu verbergen, und kam näher und näher. Pascal wagte es nicht, sich umzudrehen; es wäre sein Ende gewesen, ins Stolpern zu geraten, und er fürchtete, dass ihn der Schrecken lähmen und dem Monster, das ihn jagte, erst recht ausliefern würde.

Es war, als würde er in Zeitlupe laufen. Das Flüstern und Atmen hinter ihm vervielfältigte sich auf einmal und kam jetzt aus verschiedenen Richtungen. Ein ganzes Rudel finsterer Kreaturen lechzte nach ihm. Frischfleisch.

***

Eine halbe Stunde nachdem die Glockenuhr im Foyer Mitternacht geschlagen hatte, klappte der Lehrer Henri Delaveau seinen Aktenkoffer zu und machte sich auf den Weg zum Ausgang. Er war noch in der Schule gewesen, um ein paar Arbeiten zu erledigen, denn am Montag waren die Herbstferien zu Ende, und dann hätte er eine Menge zu tun.

Es war außer ihm niemand mehr da. Die Schule lag im Dunkeln, bis auf die orangefarbenen Leuchtpunkte der Notausgangsschilder. Henri genoss die Stille; er stellte sich den Lärm vor, den die Schüler verursachten, sobald sie morgens hier hereinströmten. Deshalb zog er die Abendkurse für Erwachsene vor.

Als er in den Flur zum Ausgang einbog, blieb er überrascht

stehen. Vor sich sah er im Halbdunkel die Umrisse eines Mannes, der ihm den Rücken zuwandte. Zwischen ihnen lagen ungefähr dreißig Meter.

Der Unbekannte rührte sich nicht, als Delaveau ihn laut ansprach: »Hallo? Wer sind Sie? Was machen Sie hier? Die Schule ist geschlossen.«

Nichts. Stille. Reglos wie eine Skulptur stand der Mann da.

Er wirkte nicht wie ein Lehrer.

»Hören Sie?« Henri ging näher auf ihn zu. »Sie haben hier nichts verloren.«

Er wurde nervös. Aus geringerer Distanz bekam die Gestalt des Fremden einen finsteren Zug, den er anfänglich nicht bemerkt hatte. Seine Kleidung war zerfetzt und er verströmte einen unangenehmen Geruch. Ein Dieb? In diesem Fall hätte er ihn auf frischer Tat ertappt, doch warum rührte er sich nicht? Vielleicht stand er ja unter Drogen. Diese Leute heutzutage …

Er ging noch ein Stück weiter und wollte das Licht einschalten, um zu sehen, ob der Unbekannte dann reagieren würde. Er zog das Handy aus seiner Jackentasche; beim geringsten Problem würde er die Polizei benachrichtigen.

Da drehte sich die Gestalt im Halbdunkel zu ihm um. Henri seufzte erleichtert und machte noch ein paar Schritte. Doch als er den Mann anblickte, blieb er wie angenagelt stehen. Diese Augen … diese unmenschlichen Augen, die ihn fixierten, hatten einen gelblichen Schimmer und sie blitzten gefährlich. Im nächsten Augenblick öffnete der Fremde den Mund und zeigte sein Gebiss. Fänge wie bei einem Raubtier. Jetzt hob der Mann die Hände, und das Geräusch langer Krallen, die aneinanderschlugen, wurde hörbar. Es gab keinen Zweifel, dieser entsetzliche Fremde hatte es auf ihn, Delaveau, abgesehen. In Erwartung von frischem Fleisch knirschte die Kreatur mit ihren Zähnen. Delaveau warf einen Blick zur nahen Ausgangstür. Sie war zu weit weg; zwischen ihr und ihm stand dieses monströse Wesen und machte seine Flucht unmöglich. Henri schrie auf, als die Bestie ohne Eile auf ihn zukam. Blind vor Entsetzen rannte er los, wobei er seine Aktentasche wegschleuderte. Doch wohin sollte er? War nicht jeder Winkel, in den er sich verkriechen würde, eine Falle, die ihn seinem Verfolger geradezu ausliefern würde? In seiner Panik fiel ihm der Notausgang ein, und er überlegte fieberhaft, wie er am schnellsten dorthin gelangen konnte. Im Laufen drehte er sich um und wurde Zeuge einer bizarren Verwandlung: Ohne stehen zu bleiben, duckte sich sein Verfolger, erlitt einen Krampf, um kurz darauf auf allen vieren weiterzulaufen … Verwandelt in einen Wolf, mit vor Hunger schäumenden Lefzen. Noch nie im Leben hatte Delaveau solche Angst gehabt.

Mit jedem Meter, den er rannte, legte die Bestie drei zurück, und laut hörte er die Tatzen hinter sich auf den Boden schlagen. Der Notausgang, er war unerreichbar für ihn, er würde sterben, wenn er weiterhin darauf zusteuerte, also stürzte er im Gang durch eine offen stehende Tür, schlug sie fest hinter sich zu, stemmte seinen Körper mit aller Kraft dagegen und drehte den Schlüssel herum. Doch kaum wähnte er sich fürs Erste in Sicherheit, als er etwas hörte, das ihm das Blut in den Adern gefrieren ließ: Draußen an der Tür kratzten wütend die Krallen des Tieres.

6

PASCAL WAR NOCH immer nicht über sein Handy zu erreichen. Michelle schenkte den Wolfsmenschen, Draculas und anderen Verkleideten um sie herum keine Aufmerksamkeit mehr. Irgendwie fühlte sie sich schuldig an Pascals Verschwinden.

Bald wäre sie dran, ihr Kostüm bewerten zu lassen, doch das war ihr egal. Sie trat an eines der Fenster, von denen aus man die *Madeleine* sehen konnte, und fragte sich, was wohl passiert wäre, wenn sie ihm heute Nachmittag mit einem Ja auf seine Frage geantwortet hätte. Womöglich wären sie dann nicht auf diese Party hier gegangen, wo sie doch wusste, dass Pascal diesen Halloween-Zauber nicht besonders mochte. Ihr gefiel seine Art, und doch, das war der springende Punkt, war sie sich ihrer Gefühle ihm gegenüber nicht wirklich sicher. Und wenn die Beziehung nicht funktionierte? Dann würde auch ihre Freundschaft nicht mehr dieselbe sein oder gar in die Brüche gehen. Das wollte sie nicht.

Andererseits: Sie hatte ja auch nicht Nein zu Pascal gesagt, sie brauchte nur ein bisschen Zeit …

Dominique tat so, als würde er die Mädchen begeistert taxieren, die an ihm vorbeigingen, doch in Wirklichkeit war auch er beunruhigt.

»Sollen wir draußen nach ihm suchen?«, fragte Michelle.

Dominique rollte nah zu ihr hin und beugte sich vor, um seinen Arm um ihre Taille zu legen.

»Ich mache mir auch Sorgen«, gestand er. »Aber wir haben keine Ahnung, wohin er gegangen sein könnte, wir werden ihn nicht finden.«

»Und wenn wir bei ihm zu Hause anrufen?«

Dominique zuckte mit den Schultern.

»Wenn du willst. Aber es ist fast ein Uhr morgens, wir werden seine Eltern aufwecken und ihnen einen mordsmäßigen Schrecken einjagen. Und wenn nachher nichts ist …«

»Stimmt.« Dominique hatte recht.

»Geben wir ihm noch eine halbe Stunde«, sagte der Freund und zog Michelle zu sich herunter, damit er ihr einen Kuss auf die Wange geben konnte. »Wenn er bis dahin nicht zurück ist, machen wir uns auf die Suche nach ihm. Und jetzt entspann dich, du musst gleich dein Kostüm vorführen.«

***

Henri Delaveau sah, dass er sich im Elternsprechzimmer befand. Er strich sich mit der Hand über die Stirn, um den Schweiß abzuwischen, der ihm in die Augen tropfte. Hemd und Jacke waren ebenfalls schweißgetränkt. Ohne sich von der Tür wegzubewegen, bekam er einen Stuhl zu fassen, klemmte ihn unter die Klinke, lief dann rasch zu dem schweren Schreibtisch und zog ihn unter Aufbietung aller Kräfte vor die Tür, blockierte den Eingang. Dann versuchte er herauszufinden, was draußen vor sich ging. Kein Geräusch drang zu ihm. War das Monster etwa verschwunden? Er bezweifelte es, und bestürzt und noch immer voller Angst wurde ihm klar, dass er einer für Vampirgeschichten typischen Verwandlung beigewohnt hatte, der Verwandlung eines solch blutrünstigen Wesens in einen Wolf. Sein Verstand weigerte sich, das zu glauben.

Er nahm sein Handy und rief die Polizei an. Damit man ihn nicht für einen Spinner hielt, sagte er lediglich, dass er in der Schule von ein paar bewaffneten Einbrechern angegriffen worden sei und nicht wüsste, wie lange er sich noch verstecken könnte. Er nannte die Adresse und schaltete das Handy aus.

Jetzt musste er einfach durchhalten, bis die Polizei kam. Wenn sie lange bräuchte, würde er durchdrehen.

Ganz vorsichtig, damit kein Schritt ihn verriet, löste er sich von der Tür. Nachdem er ein paar Sekunden gewartet und festgestellt hatte, dass sich draußen nichts rührte, durchsuchte er den Raum nach einem Gegenstand, mit dem er sich verteidigen konnte. Es gab kein Fenster, nur einen großen Spiegel genau gegenüber der Tür, vor den er trat: Er sah aus wie ein leibhaftiges Gespenst. Wieder bemerkte er diesen unangenehmen Geruch. Dann geschah es: Der Schreibtisch, mit dem er eben den Eingang verrammelt hatte, flog zur Seite, der Türflügel wurde mit brachialer Gewalt aufgestoßen und knallte gegen die Wand. Putz fiel herab, und in dem Spiegel wurde der Gang draußen sichtbar. Doch er war leer. Delaveau wandte ruckartig den Blick ab und drehte sich um. Und nun sah er es: Jener zerlumpte Fremde stand in der Tür. Und aus seinem bleichen, ausgemergelten Gesicht starrten ihn zwei gelbe Augen an. Wie ein Vampir, musste Delaveau noch einmal entsetzt feststellen und konnte es noch immer nicht glauben. Woher war diese teuflische Gestalt nur gekommen?

Ihm blieb keine Zeit mehr: Ein gewaltiger Satz des Vampirs, und der Lehrer spürte den durchdringenden Schmerz, als sich die Fangzähne in seinen Hals bohrten. Er wurde augenblicklich schwach und bewegungslos. Kein Muskel regte sich, während die Bestie das Blut aus ihm saugte.

In der Ferne ertönten Polizeisirenen. Sie kamen rasch näher, aber es würde zu spät sein.

***

Pascal erreichte rechtzeitig den Leuchtpfad und hörte hinter sich das Schnappen von Zähnen. Dann, als er auf dem schimmernden Boden lag, kniff er die Augen zu und wartete darauf, dass ihn die Wesen, die ihn verfolgten, angreifen und verschlingen würden.

Doch nichts passierte. Während endlos langer Sekunden erwartete er seinen Tod, aber das Fauchen der Kreaturen kam nicht näher. Pascal wagte es, die Augen zu öffnen, und schöpfte ein klein wenig Hoffnung. Er war noch immer am Leben und hatte gerade eine wichtige Lektion in dieser fremden Welt gelernt: Solange er sich auf dem Leuchtpfad aufhielt, war er offensichtlich vor den Gefahren der Dunkelheit sicher.

Als er sich von seinem Schreck erholt hatte und sich erhob, fiel sein Blick auf etwas, das ihm zuvor nicht aufgefallen war.

Hinter einem kleinen Hügel – in dem sich die Tür zu dem Gang befand, durch den er gekommen war – erstreckte sich ein großer See. Sein schwarzes, stilles, dunstverhangenes Wasser ging in den dunklen Horizont über.

Pascal eilte über den Pfad und trat ans Ufer. Die dunklen Fluten hatte eine ölige Konsistenz und verströmten einen widerlichen Gestank.

Er traute sich nicht, seine Hand in die modrige Flüssigkeit zu tauchen, doch er beugte sich darüber, um festzustellen, was für eine seltsame Materie das war. Seine Spiegelung auf der Oberfläche, schwach zu erkennen im Licht des Pfades hier am Ufer, wurde auf einmal deutlicher und verwandelte sich in unbekannte Gesichter, die zu stummen Leidensmienen verzerrt waren. Aus weit aufgerissenen Mündern riefen die Gestalten etwas, doch Pascal erreichten nur ein paar kreisförmige Wellen, und dicke Blasen stiegen auf. Erschrocken machte er einen Satz zurück und wartete darauf, dass die Wesen, deren Bild er flüchtig erhascht hatte, aus dem See auftauchten. Zum Glück taten sie es nicht. Was war das nur? Was wollten sie ihm sagen? Gab es in dieser reglosen Wirklichkeit denn nichts als Schrecken?

Pascal verharrte einen Moment, um sich von dem Anblick zu erholen. Nebelfetzen trieben ihm entgegen. Da nahm er, inmitten der Stille, ein Plätschern wahr, das sich in regelmäßigen Abständen wiederholte. Etwas tauchte in dieses ölige Wasser ein. Ein Paddel?

Aus dem Dunst traten die Umrisse eines Menschen in einem Boot hervor, das rasch näher kam. Wer wagte es, auf diesem von toten Gesichtern gezeichneten Gewässer zu fahren?

Das dunkle Boot erreichte das Ufer und legte an. Es schwankte nicht. Derjenige, der es führte, stand ohne ein Wort aufrecht in dem Gefährt. Er trug einen weiten Umhang und sein Gesicht war von einer Kapuze bedeckt. Pascal spürte, dass der Mann ihn anblickte, also blieb er abwartend stehen. Es war das erste menschliche Wesen, das er in dieser merkwürdigen Umgebung sah.

Pascal wagte es nicht, die Stille zu durchbrechen. Plötzlich aber ließ ihn das Klirren einer Kette und ein Hecheln auffahren. Es kam seitlich vom Ufer des Sees. Mit zusammengekniffenen Augen versuchte Pascal den Nebel zu durchdringen, während der geheimnisvolle Bootsmann ihn reglos beobachtete.

Was er endlich sah, musste ein Versehen der Natur sein: Ein riesiges Tier, das einem deformierten Hund glich, versuchte sich von seiner eisernen Kette loszureißen, offenbar um ihm entgegenzustürzen. Das absolut Anormale an dem Tier, abgesehen von seiner Größe, waren die ... drei Köpfe! Und während sie ihn anblickten, zeigten alle drei ihre aufgerissenen Mäuler mit den scharfen Zähnen. Schaum trat hervor und tropfte auf den Boden.

Die Kette hielt dem Reißen des muskulösen Körpers stand, und das Hecheln verwandelte sich in ein böses Knurren. Nach einem letzten Blick auf den reglosen Bootsmann wollte Pascal besser nicht abwarten, wie lange die eisernen Glieder um den Hals des Tiers noch hielten, und nahm die Beine in die Hand.

Er entfernte sich wieder von diesem dunklen, öligen Gewässer und warf nur hin und wieder einen Blick über die Schulter, um festzustellen, ob ihm der geheimnisvolle Bootsmann folgte. Doch er blieb allein auf seinem Weg. Jetzt achtete er darauf, sich genau in der Mitte des Pfads zu bewegen, um sich von der trügerischen, gefährlichen Dunkelheit links und rechts fernzuhalten. Plötzlich wurde ihm bewusst, wie allein er war.

Es kam ihm unmöglich vor, Entfernungen abzuschätzen, denn das ihn umgebende Dunkel war immer gleich. Da es keinerlei Festpunkte gab, ging er einfach immer weiter und sagte sich, dass jeder Weg irgendwohin führte.

Nach, wie es ihm vorkam, ungefähr einer halben Stunde stellte Pascal fest, dass der Leuchtpfad auf eine Steinmauer zuführte, und was das Verblüffende war: Sie kam ihm vertraut vor. Und dann, als er schließlich direkt davorstand, erkannte er sie: Es war die Mauer des Friedhofs von *Montparnasse*, eines der bedeutendsten von Paris. Er sah sogar die über den Mauerrand aufragenden spitzen Dächer von ein paar der alten Gruften und die Zweige der indischen Kastanien. Er konnte es nicht glauben: Dieser Weg führte zu einem Ort, der in seiner Welt existierte.

Er hörte Stimmen, menschliche Stimmen, die von dem Gelände des Friedhofs kamen, was eine unbeschreibliche Fröhlichkeit in ihm auslöste. Er war nicht allein in diesem Albtraum! Erst jetzt bemerkte er, wie erschöpft er war, doch das war ihm egal; er beschleunigte seinen Schritt und betrat den weiträumigen Friedhof.

Seine Begeisterung wurde sogleich gedämpft; suchend glitt sein Blick über die Wege, doch entdeckte er lediglich einsame Gräber und Bäume. Da war nichts. Aber er hatte doch Gesprächsfetzen gehört!

Pascal lief die langen Wege entlang, gesäumt von Grabsteinen, die im schwachen Licht ein Gewirr von Schatten warfen.

Plötzlich vernahm er ein Wispern, doch erst als die Worte wiederholt wurden, konnte er sie verstehen. »Er ist am Leben«, hatte jemand geflüstert. Pascal sah sich um, versuchte auszumachen, wer da in seiner Nähe war, jedoch ohne Erfolg.

Dann auf einmal hörte er, wie nicht weit entfernt eine Grabplatte von ihrer Einfassung glitt. Obwohl er gern Gesellschaft gehabt hätte, gefiel Pascal dieses Geräusch absolut nicht. Es klang unheimlich, und nach dem, was er bis hierher erlebt hatte, konnte er kaum mehr zwischen Wirklichkeit und Traum unterscheiden. In dieser Nacht schien einfach alles möglich zu sein, hier in dieser Welt, die mit seiner irgendwie verbunden war, einer Welt, die ihn aus irgendeinem Grund angelockt und aus seinem bisher ganz normalen Leben gerissen hatte.

Nun war es ganz dicht hinter ihm, das Wispern.

»Er ist am Leben!«

Pascal wirbelte zu der Stimme herum. Vor ihm stand ein Mann in einer seltsamen Uniform.

7

DIE KRIMINALBEAMTIN Marguerite Betancourt betrachtete den Leichnam, über den ein Blitzlichtgewitter ging. Ihr Kollege Marcel Laville, ein Gerichtsmediziner, machte Aufnahmen von dem Toten und dem Ort des Verbrechens, während sie geistesabwesend die Amethystkette an ihrem Hals streichelte. Den ersten Verdacht, dass es sich um einen versuchten Diebstahl mit Todesfolge handelte, hatte sie bereits von vornherein ausgeschlossen. Das hier sah anders aus. Besser gesagt, viel schlimmer: dieser leblose Körper, der wie eine verrenkte Marionette auf dem Boden lag, Hals und Gesicht blau verfärbt, und erst der angstverzerrte Ausdruck auf dem Gesicht …

»Männlich, blond, fünfunddreißig Jahre alt. Sag mir mehr, Marcel«, bat sie den Mediziner, einen großen, breitschultrigen Mann von vierzig mit graumeliertem Haar, der sich jetzt über den Toten gebeugt hatte. »Beweise mir, dass es sich hier um mehr handelt als ein konventionelles Verbrechen.«

»Dafür brauchen wir keine Laboruntersuchungen«, erwiderte er. »Das ist in der Tat ein ungewöhnliches Verbrechen.

Man hat dem Burschen das gesamte Blut abgezapft. Er könnte das Opfer irgendeines Ritualmords sein.«

Marguerite nickte ohne große Überzeugung.

»Das wäre sicherlich der reizvollste Versuch einer Erklärung«, meinte sie und sah sich um. »Doch es gibt weder irgendwelche Graffiti noch mysteriöse Zeichnungen, auch keine anderen ungewöhnlichen Objekte oder Schmuck. Nein«, sie schüttelte den Kopf, »nach einer Zeremonie sieht das hier nicht aus. Oder sie hatten es eilig, haben alles wieder zusammengerafft und gemacht, dass sie fortkamen.«

»Vielleicht wurde das Ritual an einem anderen Ort vorgenommen, und danach hat man den Toten hierhergebracht«, mutmaßte Marcel, der sich inzwischen aufgerichtet hatte und sie mit seinen großen braunen Augen ansah.

»Nein«, widersprach die Kriminalbeamtin erneut. »Der Mann hat vor seinem Tod über Handy die Polizei verständigt, und da war er bereits hier im Gebäude. Das passt nicht. Doch es gibt eine andere Sache, die mich noch mehr beunruhigt.«

Der Gerichtsmediziner betrachtete die Fingernägel des Opfers, bevor er etwas sagte: »Ich höre dir zu, Frau Kommissarin.«

»Du bist der Wissenschaftler. Wenn man berücksichtigt, wie schnell wir nach dem Anruf hier an Ort und Stelle waren – wie verliert ein menschlicher Körper in so kurzer Zeit sein gesamtes Blut?«

»Gute Frage. Ich finde nicht einmal Verletzungen, bis auf ein paar leichte Kratzer am Hals.« Er überlegte. »Doch für mich schließt sich eine weitere Frage an: Wie macht man das, ohne einen einzigen Tropfen zu vergießen? Auf dem Boden sind keine Flecken. Ritualmord oder nicht – das ist das Erstaunlichste, was ich seit Jahren gesehen habe, Marguerite.«

»Na großartig«, murmelte sie verdrießlich. »Natürlich muss ausgerechnet ich heute Nachtdienst haben.«

***

Der Mann war ungefähr mittleren Alters und er stand in militärischer Haltung vor Pascal, zeigte anklagend mit dem Finger auf ihn und wiederholte:

»Was willst du hier? Du bist am Leben!«

»Nun … ja, ich bin am Leben«, sagte Pascal zögernd und begriff nicht, was daran verkehrt sein sollte. »Wieso sagen Sie das?«

Der andere runzelte entrüstet die Stirn.

»Was heißt hier … Wieso sagen Sie das? Du sprichst mit Capitaine Armand Runné, also etwas mehr Respekt, bitte.«

Seine Stimme hatte einen merkwürdigen Nachhall, was Pascal überraschte: Jedes Wort, das er sprach, erklang wieder und wieder, wie ein Echo, bis es in der Dunkelheit verhallte.

Pascal bat eilig um Entschuldigung. Er konnte es sich nicht leisten, den einzigen – hoffentlich – normalen Menschen zu verärgern, dem er auf dem ganzen Weg bisher begegnet war. »Verzeihung, ich wollte Sie nicht beleidigen. Ich bin nur nervös und …«

Nun erklang das Echo auch bei ihm. Pascal seufzte, denn es zwang ihn, möglichst langsam zu sprechen, wenn sich der Nachhall der Worte nicht überlagern sollte. Aber er *musste* loswerden, was ihm alles zugestoßen war in dieser Nacht. Also nannte er seinen Namen und schilderte in groben Zügen die Ereignisse, seit er in die Truhe auf Jules' Dachboden geklettert war. Und während er redete, fühlte er sich besser.

»Ich weiß noch immer nicht, wo ich bin«, gestand er schließlich. »Na gut, das hier ist der Friedhof von *Montparnasse*. Aber ich kapiere es nicht ... Denn wenn das stimmt – dann ist der Rest von Paris verschwunden?«

Der andere lächelte.

»Paris existiert noch immer, und so, wie du es kennst. Dies hier ist nur ... ein Ausschnitt.« Und beeindruckt fügte er hinzu: »Du hast die Pforte durchschritten. Es ist also wieder geschehen.«

Pascal wusste nicht, was er sagen sollte, und er verstand auch die letzten Worte nicht. Der Capitaine kam noch einen Schritt auf ihn zu und stand nun unmittelbar vor ihm. Er streckte langsam die Hand aus und berührte den Jungen vorsichtig an der Wange. Pascal zuckte zurück. Die Finger des Mannes waren eiskalt.

»Ihre Hand ist ja ganz kalt!«, beschwerte er sich, während er sich die Wange rieb.

Einen langen Augenblick schwieg der Capitaine verblüfft. »Jetzt muss ich mich entschuldigen, Pascal«, sagte er dann schließlich. »Es ist so lange her, dass ich das mit eurer Temperatur ganz vergessen hatte ...«

Pascal begriff nicht recht: »Eure Temperatur? Was ist so lange her?«

Der andere betrachtete ihn eingehend, während er abschätzte, welche Wirkung seine Worte haben würden: »Es ist lange her, dass ich einen Lebenden berührt habe.«

Pascal zuckte zusammen angesichts dessen, was das heißen musste, doch er weigerte sich, diesen Satz und seine Bedeutung zu akzeptieren, weil es ihn noch weiter von seiner Welt entfernte und weil es ihm Angst machte.

»Was meinen Sie damit?«, fragte er mit dünner Stimme und wich zurück.

»Du musst keine Angst haben.« Der Capitaine hatte längst seine Strenge verloren. »Die Gefahr ist dort draußen, woher du gekommen bist, nicht hier. Es ist ein Wunder, dass du es bis zu uns, auf den Friedhof von *Montparnasse*, geschafft hast, ohne dass dir etwas zugestoßen ist.«

Wie mechanisch wandte Pascal sich um und ging langsam auf den Friedhofsausgang zu. Er wollte weg von diesem Ort, von diesem … Mann; er wollte zurück in sein bisheriges Leben, und doch wollte er irgendwie auch wissen, was es mit diesem Capitaine auf sich hatte, der so merkwürdige … Sachen von sich gab.

»Sagen Sie mir, wer Sie sind und was das alles soll!«, rief er also, vielleicht in der Hoffnung, dass sich nicht bewahrheiten würde, was er befürchtete, in der Hoffnung, nicht allein zu sein, dass da jemand war, der ihm so etwas wie ein Schutz sein konnte.

»Ich bin Capitaine Armand Runné«, wiederholte der Mann, »und ich bin im Jahre 1899 im Krieg gefallen. Ich bin ganz hier in der Nähe begraben, in der nächsten Reihe links.«

Pascal beschleunigte seinen Schritt.

Auch wenn das äußerst ungewöhnlich klang, es schien zumindest zu erklären, wieso der Leutnant eine so merkwürdig alte Uniform trug, wie aus dem Film.

»Geh nicht«, bat der Soldat neben ihm. »Du hast allein dort draußen keine Möglichkeit zu überleben, das ist nicht deine Welt …«

»Was mache ich dann hier?«, platzte Pascal heraus und kämpfte mit den Tränen. »Ich will zurück!«

»Das kannst du auch, wirklich.« Runné blieb an seiner Seite. »Vertrau mir, es ist verständlich, dass du verängstigt bist. Aber hier bist du nicht in Gefahr.«

»Aber …« Der Junge warf einen Seitenblick auf den Mann und schüttelte den Kopf. »Es kann nicht sein, dass Sie tot sind, es kann nicht sein …«

»Wie die anderen Dinge, die du auf dem Weg hierher gesehen hast, stimmt's?« Der Capitaine blieb stehen. Er fasste nach Pascals Schulter, hielt ihn mit festem Griff und zwang den Jungen zu stoppen. »Ich bitte dich, mir den Puls zu messen.«

Er streckte Pascal nun seinen Arm entgegen, doch der schüttelte den Kopf. Der Capitaine versuchte es mit einer anderen Strategie: »Darf ich dir etwas zeigen, das dich überzeugen wird?«

Pascal wusste, dass er keine Wahl hatte: Entweder dies hier oder auf dem Pfad zurück in die immerwährende Dunkelheit gehen, mit all den Gefahren, die da womöglich auf ihn lauerten … Im Augenblick hatte er nicht den Mut für die zweite Variante, also nickte er und folgte dem vermeintlichen Toten. Bald erreichten sie ein Grab, auf dem eine Art Obelisk aus grünlichem, dunkel angelaufenem Metall stand, darauf ein großes Medaillon mit einem eingravierten Bildnis, das folgende Inschrift trug:

CAPITAINE
ARMAND
RUNNÉ
1857
1899

Der Soldat stellte sich neben den Obelisken, das Gesicht in gleicher Höhe wie das Bildnis auf dem Medaillon. »Vergleiche«, bat er Pascal. »Meine verwitwete Frau hat dem Bildhauer viel Geld bezahlt, also solltest du trotz des schwachen Lichts die Ähnlichkeit erkennen.«

Pascal folgte widerstrebend der Aufforderung, und trotz aller Ablehnung musste er feststellen, dass es eine unleugbare Ähnlichkeit gab.

»Sind … sind Sie also wirklich tot?« Pascal war kurz vorm Durchdrehen. Wenn er nicht verrückt werden wollte, brauchte er ein paar logische Erklärungen. So oder so, irgendwas, mit dem er etwas anfangen konnte. Also fragte er:

»Aber warum kann ich Sie dann sehen, warum sprechen Sie mit mir? Bin ich etwa auch tot?«

Der Soldat beeilte sich, diese Möglichkeit auszuschließen: »Nein, nein. Wie ich schon sagte: Du lebst, in deinen Adern fließt Blut und deine Augen leuchten!«

Erst jetzt stellte Pascal fest, dass die Augen des Capitaines ausdruckslos waren, wie erloschen. Sein Gegenüber lächelte jetzt.

»Wir sind in Paris, Pascal. Wenn auch in einer anderen Dimension, wofür du noch mehr Beispielen begegnen wirst. Freut mich, dich kennenzulernen.«

Der Capitaine schüttelte ihm energisch die Hand.

»Aber …«, stammelte Pascal, »wenn Sie über hundert Jahre tot sind … Ich weiß nicht, Ihr Körper, er wirkt wie lebend. Außerdem reden Sie wie ich …«

Der andere wischte die Zweifel mit einer Geste weg und hob zu einer Erklärung an – doch da näherten sich ihnen mehrere Gestalten. Pascal, der sich ein wenig beruhigt hatte, zuckte erneut zusammen und wollte umso schneller den Rückzug von hier antreten. Doch der Capitaine hielt ihn am Arm fest.

»Warte!«, bat er. »Erschrick nicht, denk daran, du bist auf einem Friedhof. Hier gibt es viele wie mich. Und niemand wird dir gefährlich.«

Frauen und Männer, Kinder und Greise, allen gemeinsam jener erloschene Blick …

Ein junger Mann von vielleicht fünfundzwanzig Jahren löste sich aus der Gruppe.

»Guten Tag, Pascal«, begrüßte er ihn. »Ich bin einer der langjährigsten Bewohner dieser … Welt. Dieses Friedhofs, will ich sagen. Ich heiße Charles Lafayette.«

Er reichte ihm seine kalte Hand, die Pascal reflexartig schüttelte. Irgendwie hatte er das Gefühl, neben sich zu stehen, so unwirklich, wie das alles war. Trotzdem fühlte er sich verpflichtet, etwas zu sagen: »Also … also du siehst nicht alt aus«, stellte er mit brüchiger Stimme fest und löste damit ein allgemeines Schmunzeln aus.

»Wie zu erkennen ist«, erklärte der junge Mann sichtbar amüsiert, »nagt hier an unseren Körpern nicht der Zahn der Zeit, also sind wir in bester Verfassung. Vor allem, wenn jemand jung stirbt, wie in meinem Fall. Herzlich willkommen in der Welt der Toten, Pascal.«

Die Welt der Toten … Als müsste es erst diesen unmissverständlichen Satz geben, wurde Pascal deutlich darauf hingewiesen, wo er sich befand – und vor allem: dass die Prophezeiung der Wahrsagerin sich bestätigte: die Spielkarte mit dem Sensenmann, eine Reise zum Tod. Das Einzige an der Voraussage, das sich nicht erfüllt hatte, war, dass Michelle nicht bei ihm war. Pascal vermisste sie auf diesem unglaublichen Trip, ebenso seine Familie und seinen Freund Dominique. Es war einfach zu viel, um allein damit fertigzuwerden. Auch wenn es nur ein paar wenige Stunden waren, dass er, eingeschlossen in der Truhe auf Jules' Dachboden, diese Reise begonnen hatte, kam es ihm so vor, als wäre er schon seit Monaten unterwegs.

Er fragte sich, welche Rolle Michelle bei diesem absurden Abenteuer spielen sollte, falls die Wahrsagerin auch damit recht gehabt hatte und sie ebenfalls darin verwickelt war.

Noch konnte er es sich nicht vorstellen.

8

DER JUNGE LAFAYETTE erzählte seine Geschichte. »Vor neunhundert Jahren heiratete ein junger venezianischer Edelmann, der Baron Fabrizio della Bellanza, ein Fräulein von edler Abstammung, Adriana Balici, deren Familie ebenfalls in der Lagunenstadt lebte. Es war für beide die große Liebe und der Traum vom Glück, der sich zu erfüllen schien. Doch schon bald wurde der Traum zerstört: Adriana erkrankte schwer, ohne Aussicht auf Heilung, und auf dem Sterbebett schwor sie ihrem Fabrizio, ihn in der anderen Welt niemals zu vergessen, und er glaubte ihr.

Fabrizio, fast wahnsinnig vor Schmerz, verbrachte Tage damit, wie ein Gespenst durch die Räume seines Palastes zu wandeln, die bis vor Kurzem noch von Adrianas lautem Lachen erfüllt gewesen waren. Alles war leer und sinnlos für ihn, und sein gebrochenes Herz fand keinen Trost.

Adriana, die vom Totenreich aus die Verzweiflung des Geliebten sah und selbst nicht weniger verzweifelt war, bat schließlich voller Schmerz darum, dass man ihren Mann Fabrizio von seiner Qual erlöste, und sie tat es wieder und wieder, und sie tat es mit solcher Inbrunst, dass man ihr Gehör schenkte.«

Gebannt hing Pascal an Lafayettes Lippen. Auch die anderen Gestalten, die im blassen Licht um sie her standen, lauschten aufmerksam.

»Fabrizio verfügte über eine prächtige Truhe in seinen Gemächern«, fuhr Lafayette fort, »ein Hochzeitsgeschenk des großen Dogen von Venedig. Dort bewahrte er einige seiner Kostbarkeiten auf, wertvolle Schätze aus aller Herren Länder. Diese Truhe nun wurde im Reich der Toten dazu ausersehen, für Fabrizio zum Tor zu werden, um zu seiner Geliebten zu gelangen.«

»Und«, Pascal wollte trotz seiner Verwirrung die ganze Geschichte hören, »waren die beiden am Ende vereint und glücklich?«

Lafayette lächelte.

»Niemand weiß es. Aber«, fügte er hinzu, »darum geht es auch nicht.«

Pascal versuchte, das Gehörte zu verdauen.

»Mit dieser Geschichte willst du mir also sagen …«

»Seit der Reise des Baron della Bellanza«, bestätigte Lafayette und nickte, »gibt es in der Welt der Lebenden dieses Tor, das zum Reich der Toten führt. Ein in einer alten Truhe verborgener Zugang, der lange Zeit ungenutzt blieb und den du offensichtlich entdeckt hast: die Dunkle Pforte.«

Pascal schluckte. Ein paar Augenblicke schwieg er.

»Aber eines verstehe ich nicht«, sagte er dann. »Bestimmt ist irgendein Mitglied der Familie Marceaux, wann auch immer in den zurückliegenden Jahren, schon einmal in die große

Truhe gestiegen, so wie ich heute, um etwas zu suchen. Also müsste den Marceaux bekannt sein, was damit passiert. Aber das ist nicht so, das kann ich versichern. Sie haben keine Ahnung.«

»Die Truhe ist das Tor, aber das heißt nicht, dass es immer offen steht«, erklärte Lafayette. »Der Schritt von einer Welt zur anderen ist zu gefährlich. Der Zugang ist nur alle hundert Jahre möglich, am Jahrestag der Reise des Barons. Und selbst dann steht sie auch nur für eine Minute nach der Zeitmessung der Lebenden offen, und zwar um Mitternacht, wenn der Tag der Toten beginnt, Allerheiligen. Der erste November.«

Pascal rechnete kurz nach und erstarrte. Natürlich, dieser Jahrestag begann genau um zwölf Uhr nachts an Halloween. Er hatte sich tatsächlich in der ersten unheilvollen Minute des neuen Tages in der Truhe befunden.

»Heute Nacht sind es weitere hundert Jahre, die seither vergangen sind«, verkündete der Capitaine. »Und du … Es war vorherbestimmt: Du solltest genau an diesem Ort sein, Pascal.«

»Genau dort hätte ich nicht sein sollen«, widersprach er. »Oh Mann …«

»Schicksal oder Zufall? Das wirst du nie erfahren.« Lafayette sprach in einem geheimnisvollen Tonfall. »Seitdem sie existiert, haben nur sechs Menschen diese Schwelle übertreten, du eingeschlossen. Lange Zeit war der Ort, an dem die Dunkle Pforte sich befand, in Vergessenheit geraten; bis sie in den Halloween-Nächten von 1808 und 1908 wieder benutzt wurde. Aber mach dir keine Sorgen. Die Pforte wird für dich offen stehen, für deine Rückkehr.«

Der junge Mann hatte Pascals Gedanken erraten.

»Ich kann also gehen, wann ich möchte?«

»Natürlich. Das ist das Privileg des Auserwählten. Jedenfalls, solange du den Zeitraum deines Aufenthalts nicht überschreitest. Sieben Tage.«

»Und was passiert, wenn man die Zeit verpasst?«, wagte er zu fragen.

Lafayette zögerte nicht mit der Antwort: »Dann bleibst du für immer in dieser Welt. Aber keine Angst, man muss nur Obacht geben. Der Baron della Bellanza *wollte* schließlich nicht in seine Welt zurück. Doch seit damals konnten alle, die durch die Dunkle Pforte gingen, über diese Macht verfügen: Von jetzt an kannst du kommen und gehen, wann du willst, immer durch die Truhe auf dem Dachboden der Marceaux. Niemand sonst hat diese Möglichkeit.«

Sie konnten über diese Macht verfügen ... Pascal dachte über die Worte nach. Eine seltsame Formulierung, denn sie bedeutete nicht, dass alle Reisenden davon Gebrauch gemacht hatten. Gab es wohl einen, der in der Welt der Toten hängen geblieben war, außer diesem Baron? Oder der in der Welt der Lebenden nichts von seiner Besonderheit gewusst hatte? Das würde er später herausfinden. Für jetzt aber hatte er genug.

Auf einmal stiegen die Bilder der eigenen, irdischen Welt in Pascal auf, und ein dringendes Bedürfnis, seine Eltern, den Freund Dominique und die Sonne zu sehen, schnürte ihm die Kehle zu. Und vor allem war da Michelles Gesicht.

»Ich werde darüber nachdenken«, beeilte er sich zitternd zu sagen, »ob ich wiederkomme. Danke. Jetzt aber ... Jetzt muss ich erst einmal zurück in mein Leben. Das ist einfach zu viel, entweder ich gehe auf der Stelle von hier fort oder … oder ich werde, glaube ich, verrückt.«

Alle, die ihn umringten, traten beiseite, um ihm Platz zu machen. Auch für sie war das, was heute passiert war, ungewöhnlich.

»Trägst du immer solche Kleider?«, fragte eine Kinderstimme. Als er sich umdrehte, sah er ein kleines Mädchen von ungefähr acht Jahren, das ihn anlächelte. Pascal befiel eine tiefe Traurigkeit über diesen frühen Tod, der sich vielleicht schon vor langer, langer Zeit ereignet hatte …

Er blickte an sich hinunter und sah, dass er noch immer die lächerliche Verkleidung für die Party bei Jules trug, auch wenn sie seit seiner Flucht vor den Bestien Risse und Flecken bekommen hatte.

»Wie heißt du?«, fragte er das Mädchen, während er in die Hocke ging.

»Marian.«

»Na ja … heute Abend war ein Kostümfest wegen Halloween, und …«

Ein anderer Toter, der einen Motorradhelm in der Hand hielt, richtete auf einmal das Wort an ihn: »Und das ist deine Kostümierung? Nicht gerade Furcht einflößend.«

Pascal wusste nicht, was er erwidern sollte. Der andere hatte vollkommen recht. Doch unter den gegebenen Umständen war der Einwand fehl am Platz.

»Ich heiße Frederick«, fuhr der Mann fort. »Zweiunddreißig Jahre alt, Motorradunfall. Wenn du willst, können wir dir dabei helfen, auf der Kostümparty mit einer … authentischeren Verkleidung Eindruck zu machen.«

Bei dem Gedanken daran, wo er sich befand, wollte Pascal gar nicht über die Bedeutung des Wortes »authentisch« nachdenken.

»Wir brauchen nicht lange, du wirst es nicht bereuen«, drängte dieser Frederick ihn. »Nutze deinen neuen Status als Wanderer zwischen den Welten.« Er stockte und blickte einen Moment lang nachdenklich vor sich hin. Dann aber schwärmte er: »Ich bin früher auch oft auf solchen Partys gewesen. Ich erinnere mich gern daran … Also, raff dich auf. Wir haben einen Schminkfachmann unter uns, der lange in einem Bestattungsinstitut gearbeitet hat und dem wir natürlich alle zu tiefstem Dank verpflichtet sind.« Sämtliche Anwesenden lachten über die Bemerkung. »Er ist wirklich professionell, wie du dir vorstellen kannst.«

Pascal rieb sich die Augen, es war alles so verrückt, so total abgedreht. Doch die Toten dieses Friedhofs, sie waren noch da und betrachteten ihn fasziniert. Zum ersten Mal wurde ihm bewusst, dass er nicht das Opfer, sondern der Protagonist, der Held dieses Ereignisses war.

»Ist das wirklich ernst gemeint?«

Die Umstehenden lachten wieder, und ein paar knufften sich freundschaftlich. Es war deutlich, dass sie schon lange keinen Besuch mehr von einem Lebenden gehabt hatten.

»Ich weiß, dass das nach einem Scherz klingt«, gestand Frederick lächelnd, »aber du wirst ihn gleich kennenlernen.« Er suchte die versammelte Gruppe ab. »Jemand soll Maurice rufen, wir brauchen seine Dienste.«

Pascal war vollkommen wehrlos angesichts dieser, im wahrsten Sinne des Wortes, unwirklichen Situation.

»Helft ihr mir später, wieder zur Pforte zu kommen?«, stammelte er.

Die Toten erwiderten seine flehenden Blicke mit einem komplizenhaften Lächeln. »Verlass dich darauf, Pascal.«

***

Als die letzten Partygäste in ihren Kostümen vorbeidefilierten, beschloss Michelle, nun schon Pascals Eltern anzurufen. Vielleicht war er ja schon nach Hause gegangen. Sie wollte sich in eine stille Ecke zurückziehen, als Dominique sie plötzlich am Arm packte.

»Was ist denn?«, fragte sie und bemerkte seine aufgerissenen Augen.

»Du solltest dir die Kostümschau besser bis zum Ende anschauen, Michelle. Sonst verpasst du etwas.«

Halb verärgert folgte Michelle seinem Blick und begriff augenblicklich, was Dominique meinte.

Ihr verschwundener Freund kam nämlich gerade die Treppe herunter, um sich der letzten Gruppe von Monstern anzuschließen, die sich für das Defilee bereit machten. Seine Erscheinung war allerdings so spektakulär, dass er alle anderen in den Schatten stellte. Alles blickte ihn an, Jules bekam den Mund nicht mehr zu, und auch ohne Stimmen zu vergeben oder Punkte, zweifelte keiner daran, dass er der Gewinner der Halloween-Kostümschau war.

Pascal spürte, wie sein Auftritt bewundert wurde. Und es stimmte: Er hatte sich bis zur Perfektion in einen Leichnam aus dem achtzehnten Jahrhundert verwandelt. Die weiße

Perücke, die er trug, hob sich kaum von der wächsernen Schminke ab, die sein Gesicht bedeckte, und auch seine Hände wiesen denselben Farbton auf. Seine gesamte Erscheinung glich der eines Toten, und das Publikum zeigte ihm seine Anerkennung durch heftigen Applaus.

Seine Verkleidung bestand aus einem Anzug der Epoche, bedeckt mit Staub und Resten getrockneter Blumen, was die anwesenden Goths besonders entzückte. Es fehlte nichts: der samtene Gehrock, das Spitzenhemd mit Jabot und Ärmelbesatz, die eng anliegenden Kniehosen, die in weiße Wadenstrümpfe übergingen. Die Schuhe mussten einmal schwarz gewesen sein und hatten eine Silberschnalle auf dem Spann. Und als i-Tüpfelchen des Ganzen stützte sich Pascal auf einen alten Gehstock mit einem Griff aus Elfenbein, während er mit der anderen Hand hin und wieder ein seidenes Taschentuch so zum Gesicht führte, wie man es ihm gezeigt hatte. In einer der Taschen trug er sogar eine Dose Schnupftabak …

***

Trotz all der Bewunderung, die ihm entgegenschlug, wollte Pascal am liebsten allein sein. Er war erschöpft und angespannt zugleich, und er wünschte sich nichts sehnlicher, als in Ruhe und Abgeschiedenheit über all das nachdenken zu können, was er gesehen und erlebt hatte. Aber zuvor musste er wohl doch noch diese Prüfung überstehen: die Party. Niemand durfte Verdacht schöpfen, nicht einmal seine Freunde. Was ihm da widerfahren war, konnte er im Augenblick mit niemandem teilen.

Doch dann überkam ihn ein Gefühl von Zufriedenheit, als er zwischen den Köpfen, die sich ihm zugewandt hatten, Michelles hübsches Gesicht entdeckte, das ihn anstrahlte. Es war nicht zu übersehen, wie stolz sie auf ihn war. Dominique neben ihr klatschte die ganze Zeit und rief: »Gut gemacht!« Und jetzt spürte er: Das war auf einmal *sein* Abend. Zum ersten Mal war er in der Welt der Lebenden uneingeschränkt der Mittelpunkt, die Party drehte sich in diesem Augenblick ganz allein um ihn. Und Michelle hatte alles mitbekommen.

Pascal bemerkte, dass seine Uhr stehen geblieben war; die Zeiger standen auf Mitternacht, genau dem Zeitpunkt, zu dem er in die Welt der Toten eingetreten war.

Zwei Tage später sollte Pascal bei seiner Großmutter übernachten. Dort würde ihm die geheimnisvolle Gestalt im Badezimmerspiegel beweisen, zu spät beweisen, dass seine neue Rolle als Wanderer zwischen den Welten nicht nur Folgen für das Reich der Toten hatte.

Denn auch in der Welt der Lebenden gab es Gespenster.

***

Melanie verließ die Party bei Jules nur widerwillig so früh, denn schließlich hatte sie es geschafft, mit Raoul, einem zwei Jahre älteren Jungen, auf den sie schon länger ein Auge geworfen hatte, zu tanzen. Obwohl er verdächtig redselig war – sein Atem verströmte den unverwechselbaren Geruch nach Marihuana – und versucht hatte, sie zum Bleiben zu überreden, blieb Melanie nichts anderes übrig, denn sie wusste, dass ihre Eltern sehr streng waren, was die Uhrzeit anging. Sie gab ihm einen flüchtigen Kuss auf die Lippen und ging in ihrer Verkleidung als Selbstmörderin davon.

Die Nacht empfing sie mit kalten Windstößen, die ihren langen dunklen Mantel gegen die Stiefel schlagen ließen. Der Winter stand vor der Tür.

»Melanie!«

Überrascht drehte sie sich beim Klang der vertrauten Stimme um: Es war Raoul. Anscheinend hatte der Kuss ziemlich große Wirkung auf ihn gehabt …

»Hey! Was machst du hier?«, fragte Melanie und sah ihn mit ihren großen, geschminkten Augen an. »Ich dachte, du wolltest auf der Party bleiben …«

Raoul zuckte mit den Schultern.

»Ich hab's mir anders überlegt. Es ist nicht gut, wenn du allein nach Hause gehst, oder?«

Melanie lächelte und dachte, wie kalkulierbar das Verhalten der Jungs doch war.

»Natürlich nicht. Paris ist nicht gerade eine sichere Stadt.«

»Also los. Ich begleite dich. Wo wohnst du?«

Melanie schüttelte den Kopf.

»Danke, Mann. Aber meine Eltern haben gesagt, ich soll ein Taxi nehmen. Um diese Zeit …«

»Aber es ist noch früh! Komm, wir laufen ein Stück und ich bringe dich zu einem Taxistand, okay?«

Melanie sah Raoul an. Das Angebot war verlockend, denn es bedeutete einen kurzen Spaziergang, bevor sie nach Hause fuhr, und sie hatte Lust darauf. Entwaffnet von seinem unschuldigen Lächeln stimmte sie zu: »Einverstanden. Aber nur kurz, ja? Ich bin nicht scharf auf einen Anpfiff.«

Die beiden schlenderten nebeneinander in Richtung *Boulevard Haussmann*. Nach ein paar Minuten erreichten sie den Park *Monceau*, der nachts geschlossen war.

»Lass uns über den Zaun springen«, schlug Raoul vor. »So gewinnen wir Zeit.«

Den Park zu durchqueren bedeutete in der Tat eine Abkürzung, doch Melanie war nicht recht überzeugt von der Idee. Sie blickte zu den dunklen, dichten Bäumen hinüber und zu den wenigen Laternen, die den Park erleuchteten. Suchte Raoul etwa eine Gelegenheit, um seinen Mut unter Beweis zu stellen?

»Ohne mich«, sagte sie, »versuch nicht, mich zu beeindrucken. Parks sind nachts gefährlich.«

Wie ein lästiges Kind ließ Raoul nicht locker: »Dieser nicht, ich kenne ihn gut. Und ihn zu umrunden dauert ganz schön lang.« Er blickte auf die Uhr. »Auf der anderen Seite ist ein Taxistand. Komm, wir sind schneller dort, als du denken kannst. In zwanzig Minuten bist du zu Hause.«

Er setzte eine erwartungsvolle Miene auf, doch Melanie zögerte noch immer. »Ab und zu muss man auch mal etwas Verrücktes machen«, dachte sie. Und zudem war dieser kleine Flirt interessant genug, um ihren Freundinnen davon zu erzählen. Aber dennoch … Als würde er wissen, was in ihr vorging, trat Raoul plötzlich ganz nahe an sie heran und legte seine Hände um ihre Taille. Eine angenehme Wärme durchströmte sie, die sie bis in ihr Gesicht spürte. »Gib dir einen Ruck …«, die tiefe Stimme des Jungen klang heiser.

Sekunden später hatte sich Melanie an ihn geschmiegt und küsste ihn leidenschaftlich. Sie konnte jetzt nicht mehr Nein sagen, und kurz darauf kletterten sie über das schmiedeeiserne Gitter, das den Park umgab, und liefen rasch unter den Bäumen hindurch. Nur der unverwechselbare Ruf einer Eule durchbrach die Stille.

»Bitte!«, rief Raoul lachend und blieb stehen, um Luft zu schöpfen. »*So* schnell muss es nun auch nicht gehen, was meinst du?«

Nur zu gern gewährte Melanie ihm – und auch sich selbst – noch fünf Minuten, mehr jedoch nicht. Dass sie auf seinen verrückten Einfall eingegangen war, bedeutete nicht, irgendwelche Dummheiten … anzustellen. Sie küssten sich ein zweites Mal.

Als Melanie die Augen öffnete, sah sie, dass sie sich inmitten der Grünanlage befanden, tief im Dunkeln, außerhalb der Sichtweite der umliegenden Häuser. Das machte sie auf einmal nervös, und sie wollte so schnell wie möglich zu den erleuchteten Straßen zurück.

»Denk dran, ich muss nach Hause …«, bemerkte sie.

»Schon gut.«

Der Junge streichelte ihr Haar, als sie auf einmal ein heftiges Flügelschlagen in ihrem Rücken bemerkten. Als sie sich umdrehten, sahen sie eine Gruppe Vögel plötzlich aus den Bäumen hinter ihnen aufsteigen.

»Siehst du?«, meinte Raoul. »Die Vögel wollen auch noch nicht schlafen gehen.«

»Sehr witzig. Irgendetwas hat sie aufgescheucht, meinst du nicht?«

Der Kerl begriff aber auch gar nichts. Von irgendwoher war

jetzt ein Knacken zu hören, das Geräusch eines brechenden Zweiges. Beunruhigt sah Melanie um sich.

»Was war das?«, fragte sie mit zitternder Stimme.

»Ein Eichhörnchen vielleicht«, versuchte Raoul die Sache herunterzuspielen. »Bild dir nicht irgendwelche Sachen ein. Ich hab's dir doch gesagt, ich kenne den Park wirklich gut.« Doch Melanie konnte das nicht überzeugen. »Ein Eichhörnchen ist viel zu leicht, das war es nicht«, bemerkte sie. »Gehen wir endlich?«

Raoul beschwichtigte sie weiter.

»Nur keine Panik, dann war es eben irgendein Penner. Ich habe keine Angst, und du solltest auch keine haben, du bist ja bei mir.«

Melanie wollte etwas erwidern, als sie plötzlich merkte, dass es überhaupt keine Geräusche mehr im Park gab. Selbst die Eule war verstummt. Und zwar genau seit dem Knacken. Ihr fiel ein, dass Tiere viel früher als die Menschen bemerkten, wenn Gefahr drohte. Sie fluchte stumm. Warum waren sie nur über den Zaun gesprungen?

»Lass uns gehen«, bat sie den Jungen, »bitte. Mir ist unheimlich.«

»Ihr Mädchen seid schon komisch ... Also gut, gehen wir.«

Zwischen den Bäumen entdeckte Melanie zwei schimmernde Punkte. Einen Moment lang erloschen sie, dann glommen sie wieder auf.

Melanie schluckte schwer.

Das waren keine Lichter. Ihre Gedanken rasten. Das war ein Blinzeln gewesen. Oh Gott. Es waren gelbe Augen, die sie aus dem Dickicht heraus beobachteten. Sie konnte sich nicht beherrschen und flüsterte Raoul zu, was sie gerade gesehen hatte. Der Junge fing laut an zu lachen.

»Bitte, Melanie, wir sind doch schon auf dem Weg, du brauchst nicht irgendwelche Sachen zu erfinden!«

»Ich meine es ernst, schau doch selbst!«

Raouls Blick folgte Melanies Finger, doch die winzigen Lichtpunkte waren verschwunden. Um zu beweisen, wie unbegründet Melanies Ängste waren, ging er ein paar Meter in die Richtung und verschwand zwischen den Bäumen. Dem Mädchen lief ein Schauer über den Rücken.

»Raoul, komm zurück!« Melanie war kurz davor, die Nerven zu verlieren. »Du brauchst das nicht zu machen! Lass mich nicht allein!«

»Dann komm eben her!«

Raoul drehte sich zu ihr um und breitete die Arme aus. Hinter ihm waren die Büsche und Bäume in der Dunkelheit.

Raoul wollte gerade etwas sagen, doch da geschah es: Melanie wurde Zeugin, wie hinter ihm zwei Klauen auftauchten, sich in die Schultern des Jungen gruben und ihn in die Dunkelheit zerrten. Ihm blieb nicht einmal Zeit zu schreien. In Sekundenschnelle war Raoul verschwunden.

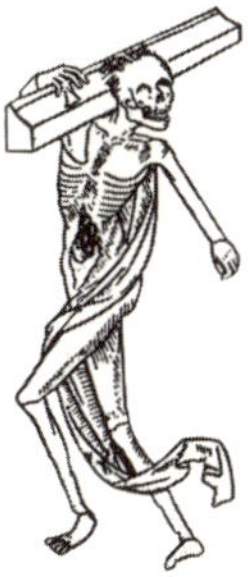

9

SIE WUSSTE, DASS es noch mehr Opfer geben würde, wenn sie sich jetzt nicht beeilten. Die grauenvolle Art, wie Delaveau zu Tode gekommen war, legte nahe, dass es sich um einen Serienmörder handelte. Deshalb gab sie trotz der späten Stunde noch Instruktionen an die gesamte Dienstmannschaft: »Ich brauche die Laborergebnisse unbedingt morgen. Und am Montag gehen Louis und Jacques in die Schule, um die Befragungen durchzuführen; fangt mit dem Lehrerkollegium an und macht dann bei den Schülern des Opfers weiter. Eine weitere Gruppe sind die Eltern der Schüler, besonders die von denen, die durchgefallen sind. Man kann nie wissen, es gibt Leute, die können nicht verlieren. Am Wochenende kümmern wir uns um die Familie des Ermordeten und den Fachbereichsleiter, der Delaveau zuletzt lebend gesehen hat.«

Die vier Polizeibeamten, die ihr zuhörten, nickten. Kommissarin Betancourt strich mit den Fingern über ihre Amethysthalskette.

»Noch immer keine Zeugen?«

»Niemand hat den Vorfall gesehen, Marguerite«, antwortete ihr Kollege Pierre Bresson. »Der Lehrer war zu diesem Zeitpunkt allein im Gebäude.«

Die Kommissarin schnaubte.

»Und wie ist der Mörder dann reingekommen? Die Türen sind nämlich nicht aufgebrochen worden …«

Bresson ergriff erneut das Wort: »Vielleicht hat er sich durch eines der Fenster im oberen Stock Zugang verschafft. Zwei standen offen.«

»Die sind viel zu hoch«, erwiderte Marguerite. »Kann unser Mörder etwa fliegen?«

»Vielleicht hat er eine Leiter benutzt …«

»Ach was, Pierre!«, widersprach sie.

»Es gibt keine Zeugen, und wir sind mitten in Paris. Vielleicht hatte er einen Schlüssel, was uns vielleicht zu seinen Kollegen, dem Verwaltungspersonal und dem Pförtner führt. Überprüft, ob es noch andere Mitarbeiter gibt, die einen Schlüssel haben, irgendwelche Übungsleiter. Man weiß nie. Dem Anschein nach hat das Opfer ein ziemlich ruhiges Leben geführt«, schloss Marguerite. »Aber ich trau dem Schein nicht. Findet heraus, ob er irgendein Geheimnis hatte, Alkohol, Drogen, Spielsucht, Frauen … die Art und Weise, wie man ihn getötet hat, ist höchst merkwürdig, das sieht eher nach einer raffinierten Abrechnung aus. Wir müssen das Motiv für das Verbrechen finden!«

Damit war die Besprechung beendet.

***

Wie eine Besessene rannte Melanie in entgegengesetzter Richtung davon. Sie wusste nicht, wohin sie lief, doch das war ihr egal; sie hatte nur einen Gedanken: Weg von der unbekannten Gefahr! Die Bestie, die ihren Freund mitgenommen hatte, konnte aus dem Dickicht hervorkommen und ihr nachsetzen. Der Park war zu einem Jagdrevier geworden, und sie war die Beute.

Im Laufen schlugen ihr Zweige wie Peitschen ins Gesicht, doch sie spürte keinen Schmerz. Wieder und wieder drehte sie sich um, fiel zu Boden und rappelte sich hoch. Ihre Knie waren aufgeschürft und ihr Kostüm hing in Fetzen herunter. Wo war nur der Zaun? Wie konnte nur so etwas geschehen, mitten in Paris?

Wind kam auf und fuhr in die Bäume. Sie hörte Autos und wusste damit, dass sie in der Nähe des Gitters war. Das gab ihr Mut. Melanie nahm eine Abkürzung quer über eine Wegbiegung – und wäre beinahe gegen eine Gestalt geprallt. Sie hing an einem Baum. Ihr blieb beinah das Herz stehen, als sie erkannte, dass die glasigen Augen von Raoul unmittelbar vor ihr auf sie gerichtet waren. Sie sah seinen übel zugerichteten Körper. Der Hals des Jungen, an dem noch immer Blut in dünnen Rinnsalen herunterlief, wies eine tiefe Bissspur auf.

Etwas sagte ihr, dass die Bestie noch in der Nähe war und sie erwartete. Ein modrig riechender Windstoß traf Melanie, und sie wusste, dass sie sich nicht irrte. Sie rannte weiter und schrie kreischend um Hilfe. Schon konnte sie das Parkgitter sehen. Doch sie hatte nicht den Hauch einer Chance. Die Klauen packten ihre Beine, und scharfe Krallen bohrten sich hinein, bis auf die Knochen. Mit einem heftigen Stoß wurde Melanie gegen einen Baum geschleudert. Dieses furchtbare Monster hatte ungeheure Kräfte.

Sie versuchte fortzukriechen, aus ihrem Mund kam nur noch ein leises, schmerzerfülltes Wimmern. Das schauderhafte Wesen aber beugte sich langsam über sie. Es leckte sich die Lippen, während es seine Eckzähne Melanies Hals näherte.

Augenblicke später war nur das widerlich saugende Geräusch des trinkenden Ungeheuers zu hören.

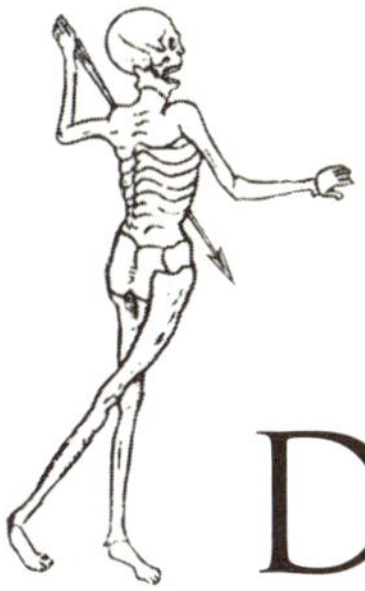

10

DOMINIQUE HATTE SICH für den späten Samstagvormittag mit Pascal verabredet. Der war wie zwiegespalten. Er hätte die Verabredung wegen der besonderen Umstände gern verschoben, um allein zu sein, doch zugleich hatte er auch Furcht, sich dem Erlebten allein zu stellen. Es war total vertrackt.

Dominique kam pünktlich zur verabredeten Zeit; sie hatten es zu einer Tradition gemacht, sich nach jeder Party zu treffen. So konnten sie das, was sie in ihrem Jargon »die besten Schachzüge« nannten, besprechen.

Pascal beschloss, sich nichts anmerken zu lassen. Sie würden über Mädchen reden und den Erfolg seiner Kostümierung. Das alles kam ihm kindisch, harmlos und dumm vor angesichts dessen, was er gerade durchgemacht hatte, doch er musste damit klarkommen …

Dominique, der nicht wusste, was im Kopf seines Freundes vor sich ging, hatte bereits losgelegt. Wie Pascal es vorhergesehen hatte, brachte er das Gespräch sofort auf seine Verkleidung in der Halloweennacht.

»Hab ich in letzter Zeit irgendetwas verpasst?«, fragte Dominique argwöhnisch. »Dein Auftritt gestern, und dazu dieser Blick, der … so anders war.«

Pascal versuchte seine Unruhe mit einer gelangweilten Miene zu tarnen.

»Ach was, nichts hast du verpasst. Und mein Blick ist derselbe wie immer.«

»Von wegen. Es war, als hättest du eine Überdosis Selbstachtung genommen. Ich sehe dich noch die Treppe herunterkommen. Du gingst sogar aufrechter!« Dominiques Tonfall wurde ein wenig schärfer: »War es nur das perfekte Kostüm oder hat Michelle dir endlich gesagt, dass sie dich liebt?«

»Michelle? Nein, schön wär's. Was du da offenbar zu sehen meinst, hat dann wohl mit meinem gestrigen Erfolg zu tun.«

Dominique wirkte nicht sehr überzeugt, doch er musste sich mit der Antwort zufriedengeben. Es war deutlich, dass er seinem Freund vorerst nicht mehr entlocken konnte. Allerdings schickte er noch eine Bemerkung hinterher. »Um es in Computersprache zu sagen«, meinte er, »es ist, als hätte man bei dir auf Reset gedrückt, und mit ein paar Sachen fängst du jetzt bei null an. Du bist eine aktualisierte Version deiner selbst.«

Pascal machte ein genervtes Gesicht.

»Hör schon auf. Wenn du so drauf bist, kannst du genauso gut Lineage II spielen gehen.«

Dominique tat so, als würde er ernsthaft über diese Möglichkeit nachdenken.

»Verlockend, aber nein. Ich bleibe. Wir müssen reden.«

»Worüber?«

»Jetzt, wo du dich fit gemacht und gezeigt hast, wozu du in

der Lage bist«, verkündete Dominique sichtbar stolz, »ist der Moment gekommen, dir ein Geheimprojekt anzuvertrauen, von dem Michelle bereits weiß. Es wird dein Leben garantiert verändern ... mein Wort darauf.«

Pascal war dankbar, über etwas anderes sprechen zu können. »Erzähl«, sagte er, mal sehen, was du diesmal wieder ausgeheckt hast.«

Dominique ließ sich das nicht zweimal sagen. Er lehnte sich in seinem Rollstuhl zurück und griff nach einer Tasche mit Reißverschluss, aus der er eine Mappe zog. Die legte er vor sich auf Pascals Schreibtisch.

»Mach dich auf etwas gefasst«, verkündete er feierlich. »Was ich dir zeigen werde, ist unbezahlbar. Von jetzt an wird das mit den Mädels viel einfacher sein ...«

»Hab ich's mir doch gedacht, dass deine Erfindung in diese Richtung geht. Du bist krank.«

Es war nicht das erste Mal, dass Dominique ihn mit Einfällen überraschte, die eher fantasievoll als praktisch waren.

»Sei nicht voreilig«, verteidigte sich Dominique, »diesmal habe ich stundenlang geschuftet, und was herausgekommen ist, das ist es wirklich wert. Außerdem bekommst du es gratis.«

Dominique reichte ihm eine weiße Pappe über den Tisch, mit einer Tabelle darauf, die bereits mit Daten und Rubriken versehen war. Pascal runzelte die Stirn: »Was soll das sein?«

»Ich habe mir eine Strategie zum Anbaggern ausgedacht.« Dominique grinste. »Auf der vertikalen Tabellenachse befinden sich die Kategorien von Mädchen, die ich analysiert habe: A, die Streberin; B, die Sportliche; C, die Umweltbewusste;

D, die Langweilerin; E, scharfe Tussi; F, Yuppie … und auf der horizontalen Achse die unterschiedlichen Typen von Jungs, auf die Mädchen im Allgemeinen stehen: I, der Anführer; II, der coole Typ; III, der Wohlerzogene; IV, der Abenteurer; V, der Angeber … Ich habe sie mit römischen Zahlen versehen, damit die Kästchen nicht mit denen verwechselt werden, die für die Benotung vorgesehen sind.«

Pascal brach in schallendes Gelächter aus.

»Du bist einzigartig, Dominique! Du hast deinen eigenen Rekord im Rumspinnen gebrochen! Damit hast du dich ernsthaft beschäftigt?«

Dominique stimmte in das Gelächter ein: »Okay, ich weiß, dass das ein bisschen daneben klingt, aber warte mal die Ergebnisse ab.«

»Du hast dich wirklich dahintergeklemmt.«

Pascal klopfte dem Freund auf die Schulter.

»Ja, es hat sich gelohnt. Das wird das Anbaggern revolutionieren, auch wenn es dir im Augenblick noch seltsam vorkommt …«

Dominique ließ sich weiter ausführlich über seine bahnbrechende Erfindung aus, was Pascals Gedanken dann doch wieder abschweifen ließ … ins Reich der Toten … Er sah die Truhe der Familie Marceaux plötzlich vor sich, hörte den Deckel über sich zufallen, spürte das heftige Drehen und Wanken des alten Möbels. Die Dunkle Pforte …

»Ob du mich verstanden hast«, wiederholte Dominique jetzt und runzelte die Stirn.

»Ja, klar«, erwiderte Pascal rasch und straffte sich. »Also erklär mir, wie deine … ›Strategietabelle‹ funktioniert.«

»Wenn du das Mädchen bereits eingestuft hast, zum Beispiel bei A: Streberin«, die beiden beugten sich über die Tabelle, während Dominique seinen Zeigefinger auf den betreffenden Buchstaben legte, »fährst du die ganze Reihe mit den Kästchen entlang und schaust dir die Punktzahl an, die dieser Mädchentyp bei den Profilen der Jungs erzielt, bis du die höchste erreicht hast. In diesem Fall ist die höchste Punktzahl die des romantischen Jungen. Du musst also versuchen, wie ein Romantiker zu erscheinen, wenn du sie anbaggern willst.«

»Verstehe.«

Dominique wollte seinen Freund gerade überreden, mit der Tabelle zu »experimentieren«, wie er es nannte, als es klingelte.

»Das sind bestimmt Michelle und Mathieu«, bemerkte Pascal. »Sie haben gestern gesagt, dass sie vielleicht vorbeikommen, weil ich allein bin.«

»Bestens, aber wir müssen deine Teilnahme an diesem Projekt festmachen, ja?«

Schon waren die beiden anderen oben. Mathieu, ein dunkelhaariger, großer Junge mit breiten Schultern, ging in die gleiche Klasse wie Pascal und Dominique; er hatte sich vor Kurzem bei seinen besten Freunden als schwul geoutet. Pascal wusste, dass Michelle sich schon unbändig darauf freute, die Gesichter zu sehen, wenn das allgemein publik würde. Mathieu war ein absoluter Mädchenschwarm.

»Hallo, wie geht's«, grüßte Michelle. »Soso, ihr beschäftigt euch also mit der berühmten ›Dominique'schen Tafel‹.«

Dominique gefiel diese spontane Namensgebung. »Dominique'sche Tafel« klang gut. Mathieu wollte natürlich gleich wissen, worum es ging, und zähneknirschend, weil er noch in der Anfangsphase war, weihte Dominique ihn ebenfalls in sein Projekt ein.

»Du musst auch eine für Schwule machen«, schlug Mathieu ihm lachend vor. »Damit könntest du reich werden.«

»Ihr braucht das nicht!«, meinte Dominique. »Das schwierige Element in jeder Beziehung ist die Frau. Zwischen Typen ist alles viel einfacher, nehme ich an.«

In diesem Moment klingelte Michelles Handy. Sie zog es aus der Tasche und ging ran. Kurz darauf wandte sie sich mit höchst erstaunter Miene ihren Freunden zu.

»Ihr werdet es nicht glauben …«, platzte sie heraus. »Das war Jules. In der Schule ist ein Lehrer ermordet worden.«

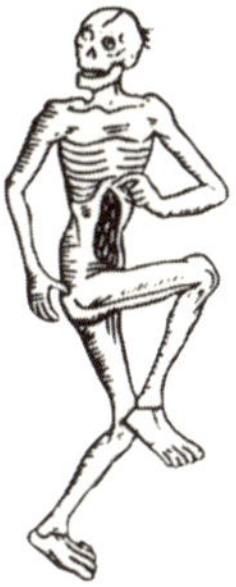

11

ES WAR NUN nicht mehr weit bis Mitternacht – an diesem Sonntag. Daphne würde ihren ganzen Mut zusammennehmen, um eine riskante Aktion auszuführen: herauszufinden, was in Paris die beunruhigenden Anzeichen provozierte, die sie wahrnahm. Und dazu musste sie ein totes Wesen befragen, ein Vorgang, der für einen Lebenden eine große Gefahr barg.

Sie war bereit, sie auf sich zu nehmen. Die Wahrsagerin wurde von seltsamen Träumen heimgesucht, hatte Visionen von Orten in der Stadt mit großer übersinnlicher Kraft und bemerkte Zeichen aus dem Jenseits. In den siebzig Jahren ihres Lebens war ihr nie zuvor etwas Ähnliches passiert. Sie war sich dessen bewusst, dass irgendetwas von großer Tragweite in der Welt geschah, doch hatte sie noch nicht herausgefunden, was es war. Und das bereitete ihr große Sorgen.

Sie hatte die Gegend, wo früher die alten Markthallen standen, fast erreicht: Es waren noch zwei Minuten bis zur *Rue l'Arbre Sec*, wo sich einst ein Galgenbaum befunden hatte, die Hinrichtungsstätte der Todeskandidaten.

Es war ein Ort, der von den Parisern kaum als etwas Besonderes wahrgenommen wurde – von ihr allerdings schon, weil sie dort eine ungewöhnliche Energiekonzentration spürte, ein Zusammenfließen von Vergangenheit und Gegenwart, wo Leben und Tod miteinander in Verbindung standen. Sie sollte sich an diesem Ort nicht aufhalten, und schon gar nicht um diese Zeit. Aber sie tat es.

Daphne atmete mehrmals tief ein und aus und versuchte sich zu beruhigen. Noch eine Minute bis Mitternacht. Noch konnte sie umkehren. Einen Augenblick spielte sie mit dem Gedanken, nicht in das Geschehen einzugreifen, dem Schicksal seinen Lauf zu lassen, auch wenn das eine Katastrophe für die Lebenden bedeuten konnte. Doch sie brachte es nicht fertig, sich herauszuhalten; sie allein hatte in Paris die Fähigkeit, zu tun, was jetzt nötig war und unabdingbar.

Daphne ging ein paar Schritte, bis sie vor einem Brunnen in der Straße stand, eingelassen in die Fassade eines alten Hauses. Sie betrachtete das muschelförmige Becken und darüber, unter einem Wappen, ein bronzenes Männergesicht mit ernstem Ausdruck, aus dessen Mund die Röhre ragte, aus der das Wasser floss. In der Ferne erklangen Glockenschläge. Es war zwölf Uhr, die Stunde des Teufels.

Sie stimmte einen alten Psalmengesang an, warf einen letzten Blick in die Straße und schloss die Augen, um mit der Selbsthypnose zu beginnen. Nach wenigen Sekunden schon fiel sie in Trance, war den gewaltigen Energien des Ortes schutzlos ausgeliefert und wurde von heftigen Krämpfen geschüttelt. Sie meinte durch eine unendliche, große Leere zu gehen, so grenzenlos wie das Universum selbst. Ihr Körper war einen Moment lang einem so großen Druck ausgesetzt, dass sie glaubte, ihre Lungen würden platzen. Dann ging ihre Seele auf Reisen.

***

Michelle, das Gesicht hinter einem dicken, schwarzen Schal versteckt, war auf dem Weg nach Hause. Ihre hohen Absätze klapperten auf dem Asphalt. Es war spät geworden bei Mathieu, wo sie gemeinsam ein Referat vorbereitet hatten, das sie morgen in der Schule halten mussten, und jetzt beschleunigte sie ihren Schritt, um so schnell wie möglich zurück ins Internat zu kommen.

Trotzdem bekam Michelle dieser einsame nächtliche Spaziergang gut, weil er ihr Gelegenheit zum Nachdenken bot. Schon seit ein paar Tagen schob sie die Entscheidung wegen Pascal vor sich her, wohl wissend, dass ihr Verhalten eine Geduldsprobe für ihren Freund bedeutete. Doch sie musste ihre Gefühle Pascal gegenüber ehrlich unter die Lupe nehmen. Was empfand sie wirklich für ihn? War es das, was Pascal sich so wünschte?

Ihre Schritte hallten über das Pflaster, keine Menschenseele war außer ihr unterwegs. Auf einmal vernahm Michelle ein lautes Flügelschlagen. Sie hob den Kopf. War da etwas zwischen den Dächern der kleinen Häuser? Es sah aus wie das Wehen von dunkler Kleidung. Neugierig blieb sie stehen. Was ihre Aufmerksamkeit erregte, war die Schwere der Bewegung in der Luft, wie von etwas Größerem als einem Vogel. Sie ließ den Blick über die Dachschrägen gleiten, ohne etwas Ungewöhnliches zu entdecken. Nicht einmal einen Nachtvogel. Nichts.

Plötzlich fiel ihr auf, dass es vollkommen windstill war, nicht das geringste Lüftchen regte sich. Merkwürdig. Es veranlasste sie, erneut nach der Ursache für das zu suchen, was sie meinte gesehen zu haben. Auf einem der dunklen, leicht schrägen Dächer glaubte sie eine reglose Gestalt zu sehen, die sie beobachtete. Wie konnte das sein? Narrten ihre Sinne sie? Oder war es einfach nur ein großer, seltsam geformter Kamin? Doch sogleich nahm sie wahr, dass dieses geheimnisvolle Wesen so etwas wie Augen haben musste, die beunruhigend glänzten, ja, es war eine … menschliche Gestalt und sie war eben aus ihrem Versteck geschlüpft.

»Es belauert mich«, dachte Michelle mit wachsender Angst. »Es beobachtet mich nicht nur, es belauert mich.«

Der nächtliche Spion, der sich offensichtlich ertappt wusste, machte nun ein paar mühelose Schritte über die Dachschräge, und Michelle konnte ausmachen, dass es sich um einen Mann mit blassem Gesicht handelte, der in einen dunklen Umhang gehüllt war. Doch da war dieser Blick. Gelb. Giftig. Trotz der Entfernung spürte sie, wie die seltsamen Augen sie förmlich durchbohrten.

Was war das? Warum glänzten die Augen dieses Kerls nur so?

Der Unbekannte setzte ein sarkastisches Lächeln auf und machte noch ein paar Schritte. Dann sprang er.

***

Daphne öffnete die Augen und fand sich in der *Rue de l'Arbre Sec* wieder. Das Fehlen von Mond und Sternen bestätigten ihr, dass dies tatsächlich nicht mehr ihre Welt war. Klar, es war Paris. Das Paris der Toten, wohin ihr Geist gelangt war, indem er ihren Körper im Reich der Lebenden verlassen hatte. Sie befand sich auf einer okkulten Reise.

Daphne fühlte sich vollkommen ruhig.

Es gab keine Laternen, nur ein blasser Lichtschein schien aus allen Richtungen zu kommen. Es war weder kalt noch windig, und man hörte keinerlei Geräusche. Niemand war zu sehen.

Doch sie war nicht allein, das spürte sie.

Daphne drehte sich langsam um und bemerkte die dunkle Silhouette des abgestorbenen Baums, an dem die Hinrichtungen erfolgt waren, der ein paar Meter entfernt von ihr aufragte. Von einem der nackten Zweige hing ein dicker Strick, gespannt vom Gewicht eines Körpers, der leicht hin und her schwang; der Leichnam eines Erhängten. Der Tote drehte den Kopf, den er wegen der Schlinge gesenkt hielt, und fixierte sie mit Augen, die keine Pupillen besaßen. Es war ein leerer Blick, doch gerade diesem Nichts wohnte eine so große, zerstörerische Macht inne, dass Daphne zu Boden sank, unfähig, diese dunklen Augenhöhlen, die sich auf sie gerichtet hatten, zu ertragen. Erschrocken stellte sie fest, dass ihr Körper begann, auf den Baum, auf den Erhängten zuzukriechen; sie konnte nichts dagegen tun, es war, als würde er ihr nicht gehören, als würde er von einer magnetischen Kraft angezogen. Sie musste herausfinden, was da mit ihr passierte, ehe sie den hungrigen Wurzeln des Baums zu nahe käme und verschlungen würde; nie wieder könnte ihr Geist ins Reich der Lebenden zurückkehren und müsste für immer in diesem rissigen Baum voller verdammter Seelen bleiben.

Daphne versuchte zu sprechen, doch sie brachte nur ein Flüstern heraus. Sie musste sich beruhigen, oder sie würde versagen.

***

Einen Augenblick lang dachte Michelle, dass es sich um einen Selbstmörder handelte, und fast war sie erleichtert, als sie Zeuge der Aktion des Kerls mit den glänzenden Augen wurde, der ins Leere sprang. Doch augenblicklich wurde ihre klar, dass etwas Ungewöhnliches geschah: Der Unbekannte hatte sich nicht vom Dach gestürzt, sondern hielt sich in der Luft und kam mit wachsender Geschwindigkeit auf sie zu. Er fiel nicht. Er flog.

Die Szene hatte etwas von schwarzer Magie. Der Mann hatte bei seinem Flug nicht einmal seinen bohrenden Blick abgewandt.

Michelle hatte plötzlich einen trockenen Mund. Es gab keinen Zweifel mehr: Dieses Wesen war nicht menschlich, konnte es nicht sein. Sie stieß einen Angstschrei aus und rannte los. Ihr Überlebensinstinkt trog sie nicht.

Auf ihrer panischen Flucht bog Michelle mehrmals in andere Straßen ein, doch der Schatten des Verfolgers tauchte jedes Mal wieder auf, und sein boshafter Blick bohrte sich ihr geradezu spürbar in den Rücken.

Michelle wollte um Hilfe rufen, doch sie brachte lediglich ein Krächzen heraus. Die Fenster der Häuser, an denen sie wie ein Blitz vorbeischoss, waren dunkel, die Leute schliefen und konnten nicht ahnen, was sich hier unmittelbar vor ihren Fenstern abspielte.

Die Bestie spielte mit ihr Fangen. Erbarmungslos. Wie die Katze mit der Maus.

Michelle rannte wie besinnungslos.

Das Glas einer Laterne neben ihr zerbarst, und sie stürzte im Dunkeln zu Boden. Sie hatte keine Gelegenheit mehr, aufzustehen, denn die bedrohliche Gestalt war innerhalb von Sekunden bei ihr. Sie hätte auch nicht mehr weitergekonnt, so erschöpft, wie sie war. Da aber blieb ihr Blick an einem dicken Holzknüppel hängen, der ganz in der Nähe auf dem Boden lag. Mit letzter Kraft angelte sie danach, packte ihn und schwang ihn mit grimmiger Miene. Sie würde sich bis zum Schluss wehren.

Ihr Gegner, stellte sie fest, strömte einen stechenden, unangenehmen Geruch aus. Übelkeit stieg in ihr hoch, sie krümmte sich zusammen.

Es war eine blitzschnelle Bewegung. Michelle kam nicht dazu, sie abzuwehren; die Klaue der Gestalt schloss sich wie ein Fangeisen um ihr Handgelenk und verdrehte ihren Arm, bis sie mit schmerzerfülltem Stöhnen den Holzstock fallen ließ. Dieses Wesen hatte eine ungeheure Kraft.

Die Kreatur lächelte und zeigte ihre Fangzähne. Genießerisch streichelte sie Michelles zartes Gesicht mit ihren kalten Fingern.

***

Ihr Körper kroch gegen ihren Willen weiter, angezogen von den Augen des Erhängten, von den Wurzeln des abgestorbenen Baumes.

»Ich bin Daphne, die Hellseherin!«, rief sie. »Ich gehöre zum Reich der Lebenden und ich bin gekommen, um von der Vierten Macht Gebrauch zu machen!«

Der Leichnam reagierte nicht, doch die Wahrsagerin bemerkte, dass die leichte Pendelbewegung seines Körpers schwächer wurde. Daphne hatte die heilige Kraft erwähnt, die sich auf die Vereinigung der Lebenden Seher bezog, der sie angehörte und die seit Menschengedenken etwas bewahrte: Jeder Verstorbene, dem ein Seher, der sich auf dieses Gesetz berief, eine Frage stellte, war verpflichtet, wahrheitsgemäß zu antworten.

»Erhängter!« Daphne versuchte, sich ihre Angst nicht anmerken zu lassen, als sie der grauenvollen Gestalt näher und näher kam, sodass sie deren faulen Atem schon riechen konnte. »Ich stelle dir eine Frage!«

Der Leichnam knurrte verärgert. Das Pendeln nahm wieder zu.

Die Wahrsagerin, die ihr Amulett umklammert hielt, stellte ihre Frage: »Was geht in dieser Stadt vor sich?«

»Viele Dinge«, antwortete der Erhängte mit krächzender Stimme.

»Verstoße nicht gegen die Vierte Macht!«, warnte sie ihn. »Ich stelle dir die Frage noch einmal, Toter!«

»Daphne, Daphne … wir werden uns an dich erinnern …«

Der Mund des Leichnams bewegte seine rissigen Lippen. Aus dem Baumstamm erklangen weitere Stimmen; sie riefen den Namen der Wahrsagerin im Chor, mit einem ungeduldigen und drängenden Tonfall, der ihr das Blut in den Adern gefrieren ließ. Doch sie ließ sich nicht einschüchtern und stellte ihre Frage erneut: »Toter, etwas, das unsere beiden Welten verbindet, treibt sein Unwesen in Paris. Was ist es?«

Der Erhängte schrie auf und hielt in seinen pendelnden Bewegungen inne. Seine Augen verloren ihre magische Kraft. Während Daphne ihm lauschte, kämpfte sie weiter gegen die unsichtbaren Tentakel des toten Baums an, die sie noch immer über den Boden zu dem unförmigen Stamm ziehen wollten – der sich von Körperresten nährte. Wenn es ihnen gelingen würde, sie nah genug herbeizulocken, würde Daphne, zersetzt in giftige Sekrete, innerhalb von Sekunden verschwunden sein.

»Die Dunkle Pforte, Daphne«, sagte der Erhängte schließlich, der es nicht wagte, der Vierten Macht zu trotzen, »sie hat sich erneut geöffnet. Ein Sterblicher, ein Wanderer zwischen den Welten, hat die Pforte zu unserem Reich durchschritten …«

Daphne stockte der Atem. Vor ihrem geistigen Auge erschien der Junge, Pascal, dem sie vor ein paar Tagen geweissagt hatte. Alles bekam langsam einen Sinn. Die Dunkle Pforte hatte sich geöffnet, und der Wanderer – es war jener spanische Junge! Sie hätte es wissen müssen.

»Weißt du, wer es ist?«, fragte der Erhängte. »Sag es mir.«

Daphne ging nicht in diese zweifache Falle. Wenn sie die Unterhaltung mit dem Toten fortsetzte, würde sie unweigerlich in die Fänge des Baums geraten, und zudem durfte sie es nicht zulassen, dass der Erhängte die Information dazu benutzte, um mit dem Bösen zu verhandeln.

Die Existenz eines Wanderers zwischen den Welten war von unschätzbarem Wert für alle Reiche und deren Lebewesen. Und für die Toten.

Sie machte sich daran, die Trance zu beenden, damit ihr Geist wieder ins Reich der Lebenden zurückkehren konnte.

12

DIE FRAU IM Spiegel des Badezimmers. Ihre Hände griffen nach ihm.

»Hilf mir …«, bettelte die Frau im Spiegel noch immer. »Du kannst es, du bist der Wanderer …«

Pascal hing zur Hälfte in der Dunkelheit, während er sich mit aller Kraft an den Spiegelrahmen klammerte, dass seine Fingerknöchel weiß hervortraten. Er war nicht gewillt, seine eigene Wirklichkeit zu verlassen, doch wollte er auch herausfinden, was hinter dem Spiegel vor sich ging. Außerdem erinnerte ihn der Blick in diese Dunkelheit stark an das Reich der Toten.

Das Erscheinen der seltsamen Frau hatte seinen bedrohlichen Ausdruck verloren. Sie wirkte jetzt eher hilfsbedürftig.

»Bist du … bist du ein Gespenst, ein Geist?«, fragte er unsicher.

Sie nickte stumm, ohne ihren durchdringenden Blick abzuwenden. »Dann bist du also tot«, stellte er fest und schluckte. »Wieso bist du mit meiner Welt verbunden?«

»Ich heiße Melissa«, erzählte sie, »vor sechs Jahren hat mich der Tod ereilt, doch ich kann nicht in Frieden ruhen, weil noch etwas zu erledigen ist … Hilf mir … Ich will endlich gehen, das Zwischenreich, zu dem ich verdammt bin, verlassen …« Die Frau sah sich hin und wieder um, als fürchtete sie sich vor irgendetwas.

»Ich bin Pascal«, stellte er sich vor.

»Ich weiß: Du bist der Wanderer …« Der Griff ihrer Hände wurde fester. »Hilf mir … Wenn du es nicht tust, muss ich weitere hundert Jahre in dieser schrecklichen Einsamkeit ausharren, bis der nächste Auserwählte die Pforte durchquert …«

Pascal berührte die tiefe Traurigkeit, die diese Tote ausstrahlte, aber wie sollte er ihr helfen?

»Sag, was du von mir willst«, flüsterte er.

Voller Hoffnung richtete die Frau ihren Blick auf ihn, und während ihre blasse Gestalt in der Dunkelheit schwebte, stammelte sie: »Der Brief … du musst den Brief holen …«

Sie zerrte erneut an seinen Armen, und diesmal verlor Pascal das Gleichgewicht. Er stieß einen Schrei aus, als er in den Spiegel stürzte und sich in einer Spirale drehte, die ihn weiter und weiter in den Raum katapultierte. Endlich landete er auf einer porösen, unebenen und feuchten Fläche. Zum Glück war er nicht verletzt.

Er sah sich nach der Frau um, doch sie war nirgends auszumachen. Dichte Dunkelheit umgab ihn. Als er schließlich den Blick hob, konnte er in großer Höhe den Schimmer eines winzigen Lichts ausmachen. Verwundert kam er zu dem Schluss, dass es sich um den Spiegel handeln musste, durch den er gestürzt war. So weit war er durch den Raum gefallen?

Doch es gab keinen Zweifel. Der Schimmer kam von der Beleuchtung im Badezimmer seiner Großmutter auf der anderen Seite des Spiegels.

Tatsächlich befand er sich also in »Sichtweite« der Wohnung, in der seine Großmutter schlief, und gleichzeitig unendlich weit davon entfernt. Es war widersinnig und schwer zu begreifen.

Wie aus dem Nichts tauchte plötzlich das weibliche Gespenst, dessen unnachgiebiges Betteln zu Pascals Sturz in diesen leeren Raum geführt hatte, wieder auf.

»Was willst du von mir?«, fragte er und versuchte, sich seine Verwirrung nicht anmerken zu lassen. »Ich verstehe nicht …!«

Seine Worte wurden zu einem Echo, das aus weiter Ferne widerhallte, als befänden sie sich in einer riesigen Höhle.

Die Frau wischte sich die Tränen ab, und ihr angespannter Gesichtsausdruck nahm einen dankbaren Zug an.

»Ich …«, begann sie und senkte die Augen, »bin keines natürlichen Todes gestorben. Vor sechs Jahren habe ich mir das Leben genommen. Ich habe mich mit Tabletten vergiftet, weil ich mein Unglück nicht mehr ertragen konnte … Ich hatte ein wahres Monster zur Welt gebracht, unseren einzigen Sohn Daniel. Er war das personifizierte Böse, und er hasste uns. Du machst dir keine Vorstellung davon, was es für eine Mutter bedeutet, von ihrem eigenen Sohn gehasst zu werden …«

Eine Selbstmörderin. Pascal begann sich unwohl zu fühlen.

»Meine Großmutter sagte immer, dass der Selbstmord eine Lösung sei, die nur die Mutigen wählen«, bemerkte sie. »Es war ein Irrtum, das habe ich zu spät begriffen. Doch selbst die Seelen der Menschen, die diesen schrecklichen Fehler begangen haben, verlassen das Leben und kommen auf die andere

Seite«, erklärte sie mit verlorenem Blick. »Doch ich konnte nicht!« Sie stöhnte. »Die Ursache für meinen Tod ist eine zu große Last. Als Tote bin ich die Sklavin meines eigenen Lebens. Und das ist so grausam. Du kannst mich erlösen, Wanderer. Damit ich in Frieden ruhen kann.«

»Bist du dir sicher?«, wagte er zu fragen. »Was müsste ich denn tun?«

Die Frau, die neben ihm im Raum schwebte, ließ mit der Antwort nicht auf sich warten: »Mein Entschluss, mich umzubringen, zog etwas nach sich, das ich nicht vorhergesehen hatte: Mein Mann wurde des Mordes angeklagt.«

Pascal schüttelte fragend den Kopf.

»Und wie ...?«

»Ich hatte einen Abschiedsbrief hinterlassen«, sagte die Frau schluchzend. »Ich habe einen roten Umschlag genommen und ihn gut sichtbar hingelegt. Ich habe meinen Mann geliebt, niemals hätte ich ihn in eine solche Lage gebracht. Aber mein Sohn, Daniel, dem wir angedroht hatten, dass wir ihn enterben würden, wenn er sich nicht änderte, kam vor ihm nach Hause, in unsere Wohnung. Als er sah, was passiert war, nahm er den Brief an sich und arrangierte es so, dass es aussah, als hätte sein Vater die Tat begangen. Merkst du, was für einen Sohn wir hatten? Es hat funktioniert: Er bekam das Familienvermögen ... und mein Mann sitzt noch immer im Gefängnis.«

Pascal war erschüttert.

»Bisher war ich unfähig, meinen Mann unter diesen Umständen zu verlassen, und blieb im Zwischenreich, in seiner Nähe«, fuhr das Gespenst fort. »Aber ich kann nicht mehr! Du musst den Brief finden, den ich hinterlassen habe, und ihn der

Polizei übergeben! Erst dann werden sie den Unschuldigen freilassen, und ich kann gehen! Ich bitte dich, hilf mir!«

»Ich … ich bin nicht sicher, ob ich dir helfen kann. Ich weiß nicht einmal, wo ich anfangen soll … Und wenn euer Sohn den Brief vernichtet hat?«

»Das hat er nicht. Er hat ihn bei sich zu Hause versteckt. Es gibt Menschen, die mit der Erinnerung an ihre Taten leben können, ohne Gewissensbisse«, stellte die Frau traurig fest.

Ein bedrohliches tiefes Knurren hallte auf einmal durch die Weite des Raums, in dem sie miteinander sprachen. Das Gespenst machte ein erschrockenes Gesicht und klammerte sich wieder an Pascal, der jetzt begriff, weshalb die Frau sich hin und wieder umgewandt hatte; sie waren nicht allein in dieser düsteren Umgebung.

»Sie haben dich gehört«, sagte sie geheimnisvoll.

Wieder ertönten die bedrohlichen Geräusche. Sie kamen aus einer großen Öffnung im Boden, die Pascal erst jetzt entdeckte. Gleich darauf nahm er etwas Großes, Unförmiges wahr, das sich durch das Dunkel bewegte, und begriff die Angst der Frau: Sie sahen aus wie Wesen aus einem Albtraum.

In Pascals Furcht mischte sich Ekel. Es waren gigantische Würmer von mehreren Metern Länge. Ihre fetten Leiber waren von einer schleimigen, eitrigen Hülle umgeben, und sie hinterließen eine breite Schleimspur, die in der Dunkelheit grün phosphoreszierte. Würmer, die zu den Aasfressern gehörten und Leichen verschlangen, mutiert zu unnatürlichen Größen.

Die Kreaturen bewegten sich nervös hin und her, als hätten sie Witterung aufgenommen. Ganz offensichtlich – sie hatten

Pascal entdeckt, deshalb waren sie hervorgekrochen. Die Augen in ihren Köpfen waren verkümmert, wohingegen die Münder riesig und mit einer großen Zahl unregelmäßiger Zähne versehen waren, über die unruhig eine dicke, mit Pusteln bedeckte Zunge glitt. Ihr stinkender Atem verpestete alles ringsum.

Es waren drei, und sie schoben sich langsam in Pascals Richtung. Es machte den Eindruck, als würden sie zerfließen, statt sich vorwärtszubewegen. Doch sie kamen voran und waren schon gefährlich nah.

Pascal sah auf seine leeren Hände. Unter diesen Bedingungen konnte er sich den Kreaturen nicht entgegenstellen, und er hatte auch nicht die Absicht, es zu tun. Doch vor Ekel war er wie gelähmt, konnte seine Beine nicht bewegen.

»Du musst gehen!«, flehte ihn die Frau an. »Mir können sie nichts tun, ich bin ein Geist. Aber du bist am Leben, dich können sie auffressen, wie sie es mit dem toten Fleisch tun.«

Er blickte sie an und versuchte, seine Panik niederzukämpfen.

Ein erneutes Knurren der Monsterwürmer erklang.

»Verdammter Mist!«, stieß er schließlich hervor. »Ich verschwinde! Wie komme ich hier weg?«

Die Frau zeigte auf den entfernten Punkt weit oben in der Dunkelheit. Das Licht des Spiegels.

»Schnell«, sagte sie. »Du musst hinaufsteigen. Wenn du noch zögerst, dann werde ich niemals erlöst …«

Pascal drehte sich eilig auf dem Absatz um und rannte los. Er stolperte häufig. Schnell bemerkte er, dass der Anstieg des porösen Grundes steiler wurde, bis sein Lauf zu einer Klettertour wurde, dem Spiegel entgegen, der noch immer schimmerte und ihm die Sicherheit seiner Welt versprach. Dank der rauen Oberfläche fand Pascal mit Leichtigkeit Haltegriffe, an denen er sich emporhangeln konnte, auch wenn er mit seinen schwitzenden Händen hin und wieder abrutschte.

Schnell erreichten auch die Würmer den Rand der Steigung. Die weiche Konsistenz ihrer Körper machte ihnen den Aufstieg leicht. Sie kamen ihrem Opfer immer näher, während sie ihre Spur von der grünlich dampfenden Flüssigkeit hinterließen.

Atemlos und wie rasend kletterte Pascal empor und musste mit einem entsetzten Blick über die Schulter feststellen, dass die Monster nur noch wenige Meter von ihm entfernt waren. Viel näher als der Spiegel, der ihn mit seinem Licht anspornte, seine Flucht fortzusetzen. Er musste ihn erreichen.

Schon streckte der vorderste seiner schleimigen Verfolger den Körper, und der aufgerissene Kiefer streifte beinahe Pascals Turnschuhe. Durch den ganzen Körper spürte er die feuchte Wärme der Zunge des Tieres, das ihn gierig einzuholen versuchte.

Pascal würde es nicht zum Spiegel schaffen; schon konnte er hören, wie sich der Riesenwurm sein Maul leckte. Und hinter ihm glitten die Körper der beiden anderen.

Plötzlich fielen Pascal trotz seiner Panik die Augen dieser Kreaturen ein, die verkümmert waren, weil sie wie Maulwürfe in ewiger Dunkelheit lebten. Natürlich, er machte einigen Lärm bei seinem Aufstieg, und die Würmer folgten den Geräuschen; daher die Kopfbewegungen. Sie konnten ihn gar nicht sehen.

Ein höchst riskantes Manöver nahm in seinem Kopf Form an, doch er hatte nichts zu verlieren; so, wie die Dinge standen, würde er es kaum zu der Öffnung über ihm schaffen, wenn ihm nichts Rettendes einfiel.

Während er im Hang weiterkletterte, tastete er nach lockeren Steinen, bis er schließlich einen fand, der faustgroß war; genau das, was er brauchte. Ein paar Augenblicke später – gleich würde er den ersten Biss in seinem Bein spüren – nahm er seine ganze Kraft zusammen und beschleunigte mit letzter Anstrengung seinen Aufstieg. Dann stoppte er und warf den Stein mehrere Meter nach links. Der riesige Kopf des Wurms änderte die Richtung, als er das Geräusch hörte, und wich von dem Weg ab, der ihn zu seinem Opfer geführt hätte. Pascal, der den Atem anhielt, bewegte sich mit äußerster Vorsicht und warf noch einen zweiten Stein. Er wollte die Kreaturen noch weiter von sich weglocken.

Den Wurm unmittelbar hinter ihm schien die neue Richtung zu verwirren und er zögerte, während er sein tropfendes Maul hin- und herbewegte. Wenn er auf den Trick nicht hereinfiel, war Pascal geliefert. Er schloss die Augen und blieb so lange reglos stehen, bis er Krämpfe bekam. Jede Bewegung, das kleinste Bröckeln des Gesteins unter ihm, war tödlich.

Schließlich bewegte sich der Wurm in die falsche Richtung, und die beiden anderen folgten ihm. Selbst jetzt erlaubte Pascal sich kaum zu atmen, doch wieder bückte er sich, griff nach seiner Munition und warf noch mehr Steine, damit die Monster nicht stehen blieben. Als er fand, dass sich die Ungeheuer in ausreichendem Abstand befanden, kletterte er so schnell er konnte weiter, immer weiter nach oben, bis es ihm gelang, den

Spiegelrahmen zu umfassen. Die Monster hinter ihm brüllten und wälzten ihre schwerfälligen Körper wieder auf die richtige Spur.

Pascal war nicht gewillt, auf sie zu warten. Er holte Schwung, und mit einem Satz hing er halb im Badezimmer seiner Großmutter.

Er packte den Rahmen an der Innenseite und zog sich weiter hinein, zog und zog, und endlich spuckte ihn der Spiegel wie bei einer Geburt aus. Endlich wieder in seiner Welt, fiel er auf den Boden, wo er ein paar Minuten liegen blieb, nach Atem rang und die Stille und Ruhe genoss. Was er da gerade erlebt hatte, war völlig unglaublich!

Er fühlte sich schmutzig, sein ganzer Körper schmerzte und seine Kleider waren zerfetzt. Doch er lebte … und er war stolz. Er hatte es geschafft zu entkommen. Er ganz allein.

Als er sich zu dem Spiegel umdrehte, entdeckte er auf der beschlagenen Oberfläche eine Botschaft:

DANIEL LEBOBITZ
RUE BABYLONE 68

Pascal kannte die Straße, die nicht weit entfernt von den *Champs-Élysées* gelegen war. Er lächelte resigniert. Die Geisterfrau hatte ihm den Namen und die Adresse ihres Sohns mitgeteilt. War er, Pascal, wirklich so verrückt, sich darauf einzulassen?

Er spürte Zweifel in sich aufsteigen. Er war hin- und hergerissen zwischen dem Mitgefühl für die gequälte Frau und der furchtbaren Angst, die jegliche Aktion als Wanderer zwischen den Welten in ihm auslöste. Er fühlte sich diesem »Auftrag« noch nicht gewachsen. Nein, es war zu früh. Die Sache der Lebobitz musste warten.

Pascal stand auf.

»Später«, schwor er sich. »Ich kümmere mich später darum.«

Das Licht im Badezimmer war jetzt erloschen, das unruhige Flackern, das ihn hierhergerufen hatte, verschwunden.

Pascal atmete im Dunkeln tief durch und genoss die Luft, die ihm im Vergleich mit den aufgeladenen und abgestandenen Dünsten der anderen Dimension frisch vorkam. Den Kopf an die Wand gelehnt, spürte er auf seinen Schultern die kalten Fliesen.

Obwohl er es abgelehnt hatte, sich gleich um die Belange jener Melissa, oder besser ihres Geistes, zu kümmern, was ihn fürs Erste entlastete, war er beunruhigt. Seine neue Rolle als Wanderer zwischen den Welten, das sah er nun deutlich, war kein Spiel; seine Lebensumstände hatten sich dramatisch verändert und er machte sich mit dem Gedanken vertraut, dass nicht einmal mehr in seiner eigenen Welt alles beim Alten bleiben würde. Was ihm da passiert war – es war unmöglich ein Zufall; es hatte mit der ersten Reise in die andere Dimension zu tun. Das Jenseits verfügte also über Verbindungen zur Welt der Lebenden. Und er war es, der diese Verbindung »erfüllte«, der die Rolle des Mittlers übernehmen sollte.

Ja, er hatte gerade entdeckt, dass es ein Leben nach dem Tod gab; eine Bestätigung dessen, wovon Philosophen, Theologen und Wissenschaftler schon immer geträumt haben. Und jetzt gab es für ihn kein Zurück mehr.

Doch die Aufgaben, die seiner harrten – und er zweifelte

nicht daran, dass weitere auf ihn warteten –, sie würden viel von ihm verlangen. Nein, nicht nur viel. *Alles* würde er geben müssen.

Und es war klar, dass er die Dunkle Pforte schon bald wieder durchschreiten würde – und wenn es vielleicht zunächst nur darum ging, mehr über die Welt dahinter zu erfahren.

13

DER ERSTE SCHULTAG nach den Ferien war ein strahlender Tag. In der Schule hingegen war nur die Rede von der Ermordung des Lehrers. Die Nachricht war so schaurig, dass das seltsame Verschwinden von Raoul und Melanie an den Rand des Interesses gedrängt wurde. Die meisten Gäste von Jules' Party glaubten, dass es sich um eine gemeinsame Flucht handelte, etwas höchst Romantisches natürlich, doch bei Weitem nicht so spannend wie ein echter Mord.

Die Anwesenheit der Polizei, wenn auch diskret, war zu spüren, und in bestimmten Abständen sah man Polizeibeamte, die Lehrer oder Schüler ins – vorübergehend okkupierte – Büro der Schulleitung brachten, um sie dort zu befragen. Während Marguerite die Aktivitäten ihres Teams überwachte, nutzte sie die Gelegenheit, Jules Marceaux in seiner Eigenschaft als Gastgeber der Party zu befragen, da sie sich auch um den Fall der beiden vermissten Jugendlichen kümmerte. Allerdings brachte das Gespräch nicht viel ans Licht, und bald ließ sie den hageren Jungen gehen, um sich um die dringendere Untersuchung zu kümmern: den Mord an Delaveau.

Pascal und Dominique registrierten, was vorging. In der großen Pause waren sie zusammen mit den anderen im Hof und aßen ihre Brote. Doch Delaveau war für sie und die meisten anderen fast ein Unbekannter, er war erst in diesem Jahr an ihre Schule gekommen und zuständig für den Erwachsenenunterricht. Während sie also zunächst noch über den rätselhaften Mord an ihm sprachen und sich in Vermutungen ergingen, wechselten sie bald das Thema. Auch Pascal, der kaum geschlafen hatte und müde aussah, beschäftigte sich mit anderen Dingen. Mit seinem nächtlichen Erlebnis mit dem Badezimmerspiegel natürlich – und vor allem wuchs in ihm so etwas wie Neugier auf das andere, das Neue in seinem Leben, sodass er jetzt überlegte, wie er an die Truhe auf Jules' Dachboden herankommen konnte. Er dachte an Michelle und er war versucht, ihr alles zu erzählen, damit sie ihm half. Doch er wollte nichts überstürzen. Außerdem war sie an diesem Morgen nicht in die Schule gekommen. War sie etwa krank? Gleich nach dem Unterricht würde er sie anrufen.

Auch Dominique war bei seinem aktuellen Lieblingsthema. »Dieser Tod darf meiner Erfindung nicht die Show stehlen«, sagte er verärgert und verstaute die Mappe mit seiner Tabelle hinter dem Sitz des Rollstuhls. »Es ist schon genug darüber geredet worden, jetzt soll die Polizei ihre Arbeit machen, oder nicht?«

»Keine Sorge, du Einstein des Sex«, Mathieu nahm einen Schluck aus seiner Coladose, »das ist alles noch ziemlich frisch.«

»Schaut, da ist Alice!« Dominique folgte mit begierigen Blicken der Gestalt einer Mitschülerin. »Es ist klar, dass sie zur

Kategorie G gehört, auch wenn ich für die Ausarbeitung meiner Tabelle nicht mit ihr gesprochen habe. Mal sehen, welche die beste Strategie ist, um ihr auf die Pelle zu rücken … wie ich's mir gedacht hatte, eine G-IX. Sieh einer an!«

»Das ist viel zu kopflastig«, mischte sich Pascal nun ein, auch um sich ein wenig von seinen Gedanken abzulenken. »Dabei geht etwas Entscheidendes verloren. Ich weiß zwar«, fügte er hinzu und ahnte schon, was sein Freund darauf erwidern würde, »dass ich nicht der Geeignetste bin, um darüber zu sprechen. Aber deine Tabelle zwingt einen, zu lügen und sich zu verstellen.«

»Also Folgendes«, begann Dominique seine Verteidigung, »meine Erfindung ist dazu gedacht, jemanden anzubaggern, nicht zu heiraten. Es geht darum, Erfolg zu haben unter effizientem Zeiteinsatz: mit dem ausgewählten Mädchen etwas zum Laufen zu bringen, das war's. Die Liebe ist etwas anderes.«

»Aber was ist mit der Spontaneität?«, schaltete sich Mathieu ein. »Das merkt ein Mädchen doch, wenn das geplant ist. Das wird nicht funktionieren.«

Dominique wirkte verärgert und ließ seinen Blick über Mathieus ein Meter neunzig und über seine breiten Schultern gleiten.

»Du hast gut reden, so wie du gebaut bist … und dabei ist der Körper, den du hast, nicht einmal dein Verdienst, sondern das Ergebnis eines genetischen Zufalls. Ich freue mich für dich, aber es ist ungerecht. Damit du's weißt.«

Mathieu lächelte.

»Und dabei ärgert es dich nicht einmal, dass ich diesen wundervollen Luxuskörper an Typen verschwende, oder? Du fragst dich nur, was du damit bei Mädchen erreichen könntest, stimmt's?«

Alle brachen in Gelächter aus.

»Schon gut, ich hab die Antwort verdient«, lenkte Dominique ein. »Aber im Ernst, es muss schön sein, anderen zu gefallen, ohne etwas dafür tun zu müssen.« Er blickte an sich hinunter. »Manchmal fühlt sich der Stuhl an, als würde ich ihn auf dem Rücken schleppen, wirklich. Ich *träume* sogar davon, gehen zu können, wisst ihr? Und davon, ein Mädchen auf Augenhöhe anzuschauen.«

In der Gruppe war es mucksmäuschenstill geworden, und Mathieu bereute seine Bemerkung. Dominique sprach eigentlich nie davon, wie schwer es ihm fiel, damit zurechtzukommen, an den Rollstuhl gefesselt zu sein, nie von der Krankheit, die er als kleiner Junge hatte. Vielleicht machte ihm die unvorhergesehene Situation zwischen Michelle und Pascal mehr zu schaffen, als er sich eingestehen wollte.

Chantal, eine Freundin von Michelle, ging neben Dominique in die Hocke und sah ihn an: »Dominique, du musst kapieren, dass du keine Strategien brauchst ... Du bist witzig und du bist klug, und dann dieser Blick ... Um für ein Mädchen interessant zu sein, musst du nicht rennen können. Ich denke, es genügt, wenn du ihr Händchen halten kannst.« Sie grinste und richtete sich wieder auf. »Jetzt muss ich los, ich hab noch eine Verabredung in dieser Pause.«

»Danke, Chantal«, flüsterte er sanft. Und lauter: »Es tut mir leid, ich weiß nicht, was heute mit mir los ist. Es ist nur irgendwie ermüdend, immer so zu tun, als wäre alles okay.«

Jetzt ließ sich wieder Mathieu vernehmen: »Aber das musst du doch gar nicht, niemand verlangt das von dir. Schau mich an«, fügte er hinzu. »Glaubst du, schwul zu sein, ist einfach? Manchmal würde ich sonst etwas tun, um mich in ein Mädchen verlieben zu können ... Und alle wissen, dass ich mit mir selbst bisweilen nicht zurechtkomme.«

Die drei schauten sich an und fingen plötzlich an zu lachen.

»Das ist ja wie Gruppentherapie«, stöhnte Dominique kopfschüttelnd.

»Du bist schuld«, sagte Pascal und schlug ihm auf die Schulter. »Du bist schon seit Tagen komisch drauf.«

Dominique musste sich eingestehen, dass Pascal recht hatte. Was er auch zu unterdrücken versuchte, war der »Faktor« Michelle ...

»Auf die Paralympics der Freundschaft also!« Er hob seine leere Dose. »Danke, Leute. Wirklich. Manchmal verliert man einfach den Überblick und braucht ein bisschen Aufmunterung. Das ist alles.«

Er war rot geworden, denn es war ihm jetzt ein bisschen peinlich, so die Fassung verloren zu haben. Außerdem: Eigentlich gönnte er seinem Freund ja dieses »Mädchen Michelle«; es war nur so schwer für ihn, manchmal ...

In diesem Moment ertönte die Klingel, und die Schüler kehrten langsam in das Schulgebäude zurück. Dominique winkte Pascal zu sich.

»Hör mal«, er räusperte sich und lächelte dann verschwörerisch. »Ich habe die Tabelle konsultiert. Michelle und du, ihr passt wirklich gut zusammen. Das wird schon.«

Pascal ahnte, was in ihm vorging. »Okay«, sagte er deshalb

nur knapp und versuchte abzulenken. »Weißt du eigentlich, was mit ihr ist? Sie ist heute nicht gekommen.«

»Keine Ahnung«, erwiderte Dominique. »Gestern hat sie mit Mathieu bis spät an einem Referat gearbeitet. Vielleicht musste sie sich ja ausschlafen …«

»Nein, du kennst sie doch, sie kommt sonst immer pünktlich in die Schule.«

Sie erreichten das Klassenzimmer.

Der Himmel über Paris begann sich zuzuziehen. Am Ende des Vormittags würden sie erfahren, dass man im Leichnam des Lehrers Henri Delaveau nicht einen Tropfen Blut gefunden hatte.

***

Der Montagnachmittag verging ohne besondere Vorkommnisse. Pascal hatte Michelle nicht erreichen können, und er hatte es auch nicht permanent probiert. Mehr und mehr nahm der Gedanke von ihm Besitz, den zweiten Besuch im Reich der Toten nicht lange vor sich herzuschieben.

Es dunkelte bereits, als er vor Jules' Tür stand. Nervös drückte er auf den Klingelknopf.

Er hatte natürlich auch die Idee gehabt, Daphne aufzusuchen, die Wahrsagerin, weil sie so viel über die bevorstehenden Ereignisse zu wissen schien. Auch sollte sie ihm bestätigen, dass das alles wirklich so war, was er da erlebt hatte; so etwas wie eine Sachverständige … Doch es war ihm nicht gelungen, den Ort wiederzufinden, wo er und Dominique sie getroffen hatten. Der Freund war mit ihm durch die verschlungenen

Gässchen des *Marais'* gegangen, und er, Pascal, konnte sich nicht mehr an den Weg erinnern. Dominique wollte er nicht danach fragen, weil der sicher argwöhnisch geworden wäre und Fragen gestellt hätte …

»Ja?«

»Jules?«

»Ja.«

»Hier ist Pascal Rivas.« Er schluckte. »Ich habe bei deiner Party vor ein paar Tagen etwas auf dem Dachboden liegen lassen, als ich mich verkleidet habe. Könnte ich vielleicht raufkommen und es holen?«

»Na klar. Ich mach dir auf.«

Ein Summen ertönte, und kurz darauf erklomm Pascal die Treppe, die zum Dachboden führte. Das Problem war nur, dass Jules ihn begleitete. Wie sollte er ihn loswerden?

»Ich bin nicht sicher, wo ich es hingelegt habe«, sagte Pascal. »Falls du was zu tun hast, will ich dich nicht abhalten, ich sag dir dann Bescheid.«

Jules zögerte einen Augenblick, doch als von unten ein durchdringendes Telefonklingeln ertönte, schloss er rasch die Tür auf und machte auf dem Absatz kehrt. »Okay, Pascal. Bis gleich.«

»In Ordnung. Ich brauche bestimmt nicht lange. Vielen Dank.«

Jules verschwand die Treppe hinunter, und Pascal betrat den Raum. Ohne zu zögern wandte er sich der riesigen alten Truhe zu, die sich an diesem vergessenen Ort befand. Wenn die Marceaux' das Alter des Möbelstücks gekannt hätten – sie hätten es bestimmt längst für ein Vermögen verkauft.

Pascal näherte sich langsam der Dunklen Pforte. Theoretisch stand sie ihm, seit er zum Wanderer geworden war, stets offen. Er konnte jederzeit die Reise ins Totenreich antreten. Er würde bald wissen, ob dies tatsächlich stimmte.

Als er mit den Fingern über den massiven Holzdeckel strich, bekam er eine Gänsehaut. Einen Augenblick verhielt er noch, an dieser heiligen Pforte des Todes … dann klappte er entschlossen den Deckel auf. Im Inneren der Truhe herrschte das gleiche Durcheinander der Kleider von der verschwundenen Urgroßmutter Lena, darunter das Kostüm, das er aus dem Reich der Toten mitgebracht hatte. Er wollte die zweite Reise zu dem geheimen Ort auch dazu nutzen, die Klamotten zurückzugeben.

Mit klopfendem Herzen kletterte er in die Truhe. Er zog den Deckel zu, und sofort umgab ihn wieder die schon vertraute Dunkelheit. Pascal schloss die Augen und versuchte, sich auf das Ziel zu konzentrieren, damit er keine Platzangst bekam. Dann kauerte er sich zwischen die Kleidungsstücke, legte schützend seine Arme um den Kopf und wartete, was geschehen würde.

Ein, zwei Minuten vergingen, und es herrschte absolute Stille. Dann die erste heftige Bewegung des Möbelstücks. Ein geheimnisvoller Nebel bildete sich um ihn, dem ein leichtes Vibrieren folgte, doch es war schwächer, als Pascal es in Erinnerung hatte. Es bestand kein Zweifel mehr. Er würde wirklich die Reise wieder antreten können, wie man es ihm gesagt hatte. Aber was würde mit ihm diesmal im Reich der Toten passieren?

Auf einmal fiel ihm ein, dass er dem Lehrer Henri Delaveau

begegnen könnte, und ein Schauer überlief ihn. Wenn dies geschähe, könnte ihm der Verstorbene vielleicht verraten, wer sein Mörder war.

***

Entschlossen, seine Erfindung noch an diesem Montagnachmittag auszuprobieren, war Dominique auf dem Weg zur Schule. Er wollte sich allein ins Abenteuer stürzen, der Welt beweisen, dass er ein Genie war.

Er entdeckte bald Marie, die sich im Foyer aufhielt. Sie stand vor der Pinnwand, wo der Schulkalender hing. Sie kannten sich nicht näher, doch er hatte bereits ein Auge auf sie geworfen und sich ausreichend informiert, um sie auf seiner Strategietabelle einordnen zu können: Sie gehörte zur Kategorie H, die Ängstliche.

Dominique überflog das Profil des Jungen, das er benutzen musste, um seine Eroberung zu starten: Typ I, der Anführer, hatte eine gute Bewertung, doch die meisten Punkte verzeichnete Typ XI, Der Mutige – der Beschützer. Logisch. Aber wie sollte er einem Mädchen ein Gefühl von Sicherheit vermitteln, wenn er in einem Rollstuhl saß? Irgendwie musste er es versuchen.

»Hallo«, sagte Dominique, als er neben ihr zum Stehen kam. »Du bist Marie, stimmt's?«

Überrascht drehte sie sich um.

»Hallo. Kenne ich dich?«

»Wir haben einen gemeinsamen Freund«, log er. »Ich heiße Dominique und gehe in die Vierte.«

»Okay. Was willst du?«

Sie küssten sich auf die Wangen.

»Nichts weiter, ich bin zufällig hier«, erwiderte Dominique wie nebenbei und ging dann zum Angriff über.

»Das mit Delaveau«, sagte er, »ist ganz schön heftig. Man hat ihm das Blut abgesaugt!«

Marie, die sich bereits wieder der Pinnwand zugewandt hatte, blickte ihn erneut an.

»Stimmt das also?«, fragte sie mit erschrockenem Gesicht. »Ich dachte, das wäre nur so ein Gerücht …«

Dominique schüttelte ernst den Kopf.

»Nein, es stimmt. Ein Freund von mir ist bei der Polizei. Er hat es bestätigt.«

Noch eine Lüge. Doch einen Freund bei der Polizei zu haben, hatte etwas Beruhigendes.

»Echt krass …«, sie hatte die Hand vor den Mund geschlagen. »Warum sollte das jemand tun? Der arme Kerl …«

Dominique fand, dass Marie noch hübscher aussah, wenn sie ein besorgtes Gesicht machte.

»Das ist noch nicht einmal das Schlimmste«, fuhr er fort. »Das Schlimmste ist, dass Mörder an den Ort des Verbrechens zurückkommen.« Er sah sich um. »Vielleicht ist er ja schon da. Hast du jemanden gesehen, der dir unbekannt vorkam?«

Maries Gesichtsausdruck wurde noch ängstlicher. Sie fixierte zwei junge Männer, vermutlich Handwerker, die gerade durchs Foyer liefen, mit ihren schönen, weit aufgerissenen Augen.

»Nein … ich habe nicht darauf geachtet …«

Dominique fand, es lief gut, doch er musste ihr noch mehr Angst einjagen: »Mein Freund sagt, es handelt sich um einen

Ritualmord. Deshalb hat man ihn wie ein Schwein ausbluten lassen.«

»Ritualmord?«

»Ja, so etwas wie eine Zeremonie mit Menschenopfern. Vielleicht haben sie hier ja eine schwarze Messe gefeiert, und die Mörder sind Satansanhänger.«

Maries schockiertes Gesicht war das Zeichen für Dominique, Nägel mit Köpfen zu machen.

»Es wird langsam dunkel. Bist du allein hier?«

Sie nickte stumm.

»Das hätte ich nicht sagen sollen, wie dumm von mir. Aber mach dir keine Sorgen; ich wollte gerade gehen, also kann ich dich nach Hause begleiten.« Wie zu erwarten war, zögerte sie, also ergänzte Dominique das Angebot mit einer weiteren falschen Information. »Diese Mörder halten nach Leuten Ausschau, die allein unterwegs sind, das ist nicht so riskant für sie. Zusammen sind wir weniger interessant für diese Bestien.«

Sie zögerte einen Moment, nickte aber dann. Dominique setzte ein vertrauenerweckendes Lächeln auf.

»Ganz ruhig, es wird nichts passieren. Ich versprech's dir.«

Er sah sich in seiner Einschätzung bestätigt; es handelte sich tatsächlich um ein H-Mädchen.

***

»Er ist an Blutverlust gestorben, es gibt keine Anzeichen von Misshandlung«, stellte der Gerichtsmediziner fest und ging um den Obduktionstisch herum, auf dem der Leichnam lag. »Er hat keinerlei Verletzung am Körper: Organe, Muskeln und

Knochen sind intakt, und es gibt auch keine inneren Verletzungen. Der Schädel war unversehrt. Nicht einmal blaue Flecken sind auf der Haut zu erkennen, also hat man ihn weder geschlagen noch gefesselt.«

Marguerite, die einen weißen Kittel trug, trat an den Tisch und beugte sich über den Toten.

»Was willst du damit sagen?«, stieß sie nervös hervor. »Dass er sich freiwillig das Blut abzapfen ließ? Ein großzügiger Spender vielleicht? Ich hoffe, du hast mich nicht deswegen rufen lassen.«

»Nein, natürlich nicht. Aber etwas gibt es, das merkwürdig ist.«

Marguerite richtete sich auf und blickte ihr Gegenüber scharf an.

»Los, raus damit. Wir sind mit der Untersuchung noch kein Stück vorangekommen.«

Es schien den Arzt Überwindung zu kosten, und er starrte einen Moment lang auf seine Instrumente.

»Was ist los, Marcel?«

Der Gerichtsmediziner seufzte resigniert: »Hast du dich nicht gefragt, wie sie ihm das Blut abgezapft haben?«

Die Ermittlerin zuckte mit den Schultern.

»Das ist deine Sache. Am Tatort haben wir jedenfalls keine Verletzungen entdeckt.«

Marcel nickte.

»Wie schon gesagt, es gibt keine. Das Problem ist nur, dass man einem Menschen nicht das gesamte Blut abzapfen kann, ohne ihm eine Wunde zuzufügen. Wissenschaftlich unmöglich. Als Einziges käme eine innere Blutung infrage, die in eine natürliche Körperöffnung kanalisiert wäre, doch das ist, wie gesagt, nicht der Fall. Keine inneren Verletzungen.«

Marguerite wurde langsam ungeduldig. »Rede nicht um den heißen Brei herum, Marcel. Jede Minute zählt, und die Presse rückt uns auf die Pelle. Das ist ein echter Leckerbissen für diese Hyänen, und etwas müssen wir ihnen sagen.«

»Zwei winzige Verletzungen am Hals habe ich entdeckt«, gestand der Gerichtsmediziner, ohne sie anzuschauen. »Direkt über der Halsschlagader.«

»Das ist es!«, freute sich Marguerite. »Warum hast du das nicht gleich gesagt? So könnte man ihm das Blut abgezapft haben, oder?«

»Schon möglich. Ich habe sogar an der Ader selbst eine Verletzung entdeckt. Doch es gibt ein Problem: der Zustand dieser Verletzung, ihre Vernarbung. Sie sieht aus, als wäre sie mindestens eine Woche alt.«

»Wie bitte?«

Der Gerichtsmediziner zuckte ratlos mit den Schultern. »Es ist unmöglich, dass die Wunden in dem Zeitraum zwischen dem Verbluten des Mannes und seiner Ankunft hier vernarbt sind, Marguerite. Anders gesagt: Die einzigen Wunden, die dieser Körper aufweist, müssen ihm bereits vor einer Woche zugefügt worden sein.«

Die Kommissarin schnaubte und blies dabei ihre mächtigen Wangen auf. »Ist es nicht möglich, dass sie irgendeinen Beschleuniger benutzt haben, damit die Wunden schneller verheilen?«

Marcel schüttelte den Kopf. »Das ist ein Vorgang, den man nicht so leicht beschleunigen kann.«

»Willst du damit letztlich sagen, dass du noch immer nicht weißt, wieso in dieser Leiche nicht mehr ein einziger Tropfen Blut ist?«

»Ich habe wirklich keine Ahnung.«

Das entsprach nicht ganz der Wahrheit. Er hatte eine Vorstellung davon, wie sich die Sache abgespielt hatte, doch war es eine so unwissenschaftliche Hypothese, dass er sie lieber für sich behielt. Sie zur Diskussion zu stellen, hätte außerdem bedeutet, ein Geheimnis zu verraten, das er seit vielen Jahren wie seinen Augapfel hütete. Dazu war er nicht bereit.

»Wenn du möchtest, kann ich dir bei der Ausarbeitung eines Berichts helfen, um die Journalisten abzulenken«, bot sich Marcel an.

»Die Journalisten sind das eine«, sagte Marguerite. »Aber ich will vor allem dem auf die Spur kommen, der das getan hat, und du bist dabei überhaupt keine Hilfe. Mein Gott, du bist fast zwanzig Jahre Gerichtsmediziner!«

»Was soll ich dir sagen? So etwas habe ich noch nie gesehen, das kannst du mir glauben. Ich werde ein paar Kollegen anrufen und ihnen den Fall schildern. Das ist alles, was ich im Moment tun kann.«

»Einverstanden. Sag Bescheid, sobald du etwas weißt; ich bin rund um die Uhr auf dem Handy erreichbar, bis wir den Fall aufgeklärt haben. Auf Wiedersehen.«

Die Kommissarin drehte sich um und verschwand mit großen Schritten aus dem Saal. In der Luft blieb ein Hauch ihres schweren Parfüms zurück.

Marcel beugte sich über den Hals des Leichnams und suchte die merkwürdigen Narben. Da waren sie: zwei Punkte von einem Millimeter Durchmesser, umgeben von einem leichten Bluterguss. Eine dunkle Ahnung befiel ihn.

Und dann noch das Verschwinden von zwei Jugendlichen in derselben Nacht, in der Delaveau ermordet worden war.

War es ein Zufall, dass beide in die Schule gingen, an der der Lehrer unterrichtet hatte?

Hoffentlich tauchten sie bald wieder auf, und zwar lebend.

14

DOMINIQUE UND MARIE passierten eine schmale Straße, die von alten Gebäuden gesäumt war. Wie Dominique und Pascal wohnte auch Marie nicht an einer der breiten Pariser Alleen, von denen es so viele gab, zum Beispiel den nahe gelegenen *Boulevard Haussmann*, der einem keine Angst einflößte, wenn die Dämmerung hereinbrach.

Sie waren ganz allein unterwegs, und das gelbliche Licht der Laternen spiegelte sich in den verglasten Eingangstüren wider, an denen sie vorbeikamen. Pfützen im Rinnstein verrieten, dass es vor Kurzem geregnet hatte.

»Soll ich dich wirklich nicht schieben?«, fragte sie und blieb stehen. »Es macht mir nichts aus.«

»Nicht nötig, danke.« Ihm war klar, dass er sich eine solche Schwäche nicht erlauben konnte. »Ich bin daran gewöhnt. Hast du gesehen, was ich für Arme habe?«

Marie vergaß für einen Moment ihr Unbehagen und lachte. Dominique forderte sie auf, seinen Bizeps zu berühren.

»Schon gut«, wehrte sie lachend ab. »Du bist stark.«

Er machte weiter ein paar halbherzige Scherze in der leeren

Straße, die für diese Uhrzeit eigentlich *zu* leer war. Eigentlich war dies der ›perfekte Moment‹ für einen Flirt, doch ihm war seltsam zumute. Er konnte nicht genau sagen, warum, aber seit einer Weile hatte er keine Lust mehr darauf. Er wollte ebenfalls so schnell wie möglich nach Hause.

»Was ist los?«, fragte Marie. »Du bist auf einmal so ernst.«

Dominique schüttelte den Kopf. »Ich habe an die Prüfungen gedacht, das ist alles.«

Sie ließ sich nicht davon überzeugen. »Lüg mich nicht an. Ich hab selbst ein komisches Gefühl, es ist, als würde uns jemand beobachten, weißt du? Aber wahrscheinlich bilde ich mir das nur ein. Ich bin froh, dass du mich begleitest.«

Wenn sie Angst hatte, vergrößerten sich Maries Augen und wurden noch blauer. Dominique, der sie noch ein Stückchen mehr dafür bewunderte, musste sich eingestehen, dass sie das Angstgefühl viel besser hatte benennen können als er. Genau das musste es nämlich sein: Irgendjemand folgte ihnen den ganzen Weg. Doch ganz gleich, wie oft er sich umdrehte, er konnte nichts Verdächtiges entdecken.

»Ist es hier immer so leer?«, fragte er nervös.

Sie zuckte mit den Schultern. »Eigentlich nicht …«

»Beeilen wir uns«, sagte er unruhig. »Je eher wir da sind, desto besser. Es ist schon spät.«

Gelogen. Es war nicht spät. Zumindest nicht für diese Jahreszeit. Es war erst vor einer halben Stunde dunkel geworden, und seither hatte Dominique das Gefühl, dass etwas Schlimmes passieren würde. Und sein Instinkt sagte ihm, dass sie Schutz suchen mussten. Egal wo, aber sie mussten sich in Sicherheit bringen.

Sie setzten ihren Weg fort. Dominique schob energisch seinen Rollstuhl und zwang seine Begleiterin so, ihren Schritt zu beschleunigen. Sie sagten nichts mehr.

»Noch vier Eingänge«, verkündete Marie.

Dominiques Blick glitt durch die Straße, ohne irgendetwas unmittelbar Bedrohliches zu entdecken. Trotzdem verließ ihn das beklemmende Gefühl nicht. Das war ein schlechtes Zeichen.

Ein paar Meter vor ihnen war ein Miauen zu hören. Es klang kläglich. Dominique packte Marie am Arm und zwang sie, stehen zu bleiben. Sie würden keinen Schritt weitergehen, ehe sie nicht herausgefunden hätten, wo das hergekommen war.

»Was ist?« Sie war wie gelähmt. »Hast du was gesehen?«

Er legte einen Finger auf die Lippen.

Wieder ein Miauen. Jetzt konnte Dominique das graue Tier sehen, das sich auf einem Balkon im ersten Stock des nächsten Hauses befand. Doch was er sah, beruhigte ihn kein bisschen.

Die Katze, die auf irgendwas in der Dunkelheit starrte, stand dicht an die Gebäudewand gepresst. Sie machte einen Buckel und hatte das Fell aufgestellt.

»Siehst du etwas?«, flüsterte er und versuchte, den Katzenaugen zu folgen, ohne irgendetwas entdecken zu können. »Wenn ein Tier so ängstlich ist …«

Marie zitterte, ohne zu begreifen, was eigentlich passierte.

»Tut mir leid, ich sehe nichts«, flüsterte sie zurück. »Können wir vielleicht weiter? Ich möchte nach Hause …«

Dominique hörte ihr nicht zu. Von seinem Rollstuhl aus beobachtete er unablässig den kurzen Wegabschnitt, der sie von Maries Zuhause trennte. Gegenüber, dort, wo die Katze hinstarrte, lagen mehrere Hauseingänge im Dunkeln. Versteckte sich dort jemand? Dominique war nicht gewillt, den Weg fortzusetzen.

»Lass uns von hier verschwinden ...«, sagte er mit rauer Stimme und wendete seinen Rollstuhl. »Bevor es zu spät ist.«

»Aber ich wohne doch gleich da vorn.«

»Herrgott, Marie, irgendetwas wartet dort auf uns. Lauf!«

***

Michelle sah eine Zeit lang nur verschwommene Bilder, bevor sie wieder richtig zu sich kam. Sie blickte sich um und stellte fest, dass sie sich in einem Raum befand, der im Halbdunkel lag. Ein durchdringender, widerwärtiger Geruch stieg ihr in die Nase.

Wo war sie?

Langsam kam die Erinnerung zurück. Die eiskalten Augen, die sie fixiert hatten, fielen ihr wieder ein und lösten Panik in ihr aus. War sie von diesem seltsamen Wesen etwa entführt worden? Das alles erinnerte an einen schlechten Traum, einen Albtraum. Doch es war kein Traum. Es war tatsächlich geschehen, denn sie hatte Schmerzen und fror hier auf dem Boden, auf dem sie lag.

Je wacher sie wurde, desto klarer arbeitete ihr Verstand. Als Nächstes bemerkte sie den Knebel, der so fest saß, dass ihre Mundwinkel wehtaten. Ihre Arme waren auf dem Rücken zusammengebunden und fühlten sich taub an. Es gab keinen Zweifel: Sie war irgendwo gefangen.

Und nackt. Michelle stellte fest, dass ihr jemand sämtliche

Kleider weggenommen hatte, weshalb sie die beißende Kälte direkt auf ihrer Haut spürte.

Sie versuchte aufzustehen, gefesselt, wie sie war, doch ohne Erfolg. Durch eine verglaste Öffnung an der Decke fiel ein Lichtschein. Im Halbdunkel erkannte sie mehrere Marmorplatten neben sich.

Es waren Grabsteine. Erschrocken stellte Michelle fest, dass man sie in eine Familiengruft gebracht hatte. Sie war umgeben von Grabstellen. Nun erkannte sie auch den Gestank, der sie umgab: Es war Verwesungsgeruch. Der Geruch des Todes.

Ihr ersticktes Schluchzen wurde immer lauter und sie begann sich wie verrückt zu winden. Es dauerte ein paar Minuten, bis sie sich wieder ein wenig beruhigt hatte. Sie durfte ihre Energien nicht verschwenden, die würde sie womöglich noch brauchen. Also keine Panikattacken mehr. Erst dann gelang es ihr, den gruseligen Ort, an dem sie sich befand, näher in Augenschein zu nehmen.

Marmor, Gräber, auch in die Wände eingelassen, und eine schmale Treppe, die zu einer geschlossenen Falltür hinaufführte. Sonst nichts. Es gelang ihr, den Nachnamen zu entziffern, der sich auf sämtlichen Grabplatten befand: Gautier. Ihr Blick fiel auf den Boden neben sich. Dort war ein Zeichen aufgemalt, das sie als Goth augenblicklich erkannte. Es handelte sich um ein umgekehrtes Pentagramm, einen sogenannten Drudenfuß: ein Stern in einem Kreis mit fünf spitzen Winkeln, von denen einer nach unten zeigte. Daneben waren diverse Behältnisse platziert worden, darunter eine kleine Schale mit einer dunkelroten Flüssigkeit, die verdächtig nach Blut aussah. Michelle kam zu der beunruhigenden Überzeugung, dass es sich um ihr Blut handelte, denn wenn sie den Kopf drehte, spürte sie ein Brennen und etwas Klebriges am Hals.

Sie hatte gedacht, dass ihre Lage nicht noch schlimmer werden könnte, doch wie sie nun feststellen musste, hatte sie sich getäuscht. Es war klar, dass alles für ein Teufelsritual vorbereitet worden war, bei dem ihr eine wichtige Rolle zukam. Und wie sie gelesen hatte, wurden bei solchen Zeremonien üblicherweise Menschenopfer gebracht.

Ihr Überlebenswille gewann die Oberhand über ihre Angst. Wenn sie nichts unternahm, würde sie diese Grabstätte tot verlassen. Sie musste entkommen von hier, irgendwie, bevor ihr geheimnisvoller Entführer auftauchte.

***

Als Pascal die Öffnung durchschritt, stand er wieder in der leblosen Landschaft, die ihn schon beim ersten Mal erwartet hatte. Dunkelheit, Stille und unter seinen Füßen ein sich schlängelnder Pfad aus mattem Licht, der hinter dem unsichtbaren Horizont verschwand. Die Angst vor dem Unbekannten erwachte wieder. Er atmete tief durch, um sich zu beruhigen. War es verrückt gewesen, hierher zurückzukommen? In einiger Entfernung erkannte er wieder die pechschwarze Oberfläche des Sees und den metallischen Glanz der Nebeldecke. Er dachte an das modrige Wasser, mit den rufenden Gesichtern darin, und ein Schauer lief ihm über den Rücken. Zu seiner Erleichterung konnte er weder den Bootsmann noch das Ungeheuer mit den drei Köpfen entdecken.

Er ging weiter. Die Kleider über dem Arm, die ihm als Halloween-Kostüm gedient hatten, machte er sich auf den Weg zum Friedhof *Montparnasse*. Es bestand keine Gefahr, dass er sich verlief, denn es gab nur diesen einen Weg, nach wie vor, und auch keinerlei plötzliche Abzweigung.

Seine Ankunft auf dem Friedhof war anders als beim ersten Mal, da bereits alle auf ihn warteten. Pascal wurde herzlich in Empfang genommen.

»Mit deiner Rückkehr bist du zur Legende geworden«, begrüßte Lafayette ihn zufrieden. »Du hast wohl Gefallen gefunden an der Magie des Heiligen und der Ahnen.«

»Bisher habe ich keine besonders gute Figur abgegeben«, gestand Pascal, der an seine Angst auf dem Weg hierher bei seinem ersten »Besuch« dachte, aber auch an die Frau im Spiegel, der er später helfen wollte ...

Da er wusste, dass die Geister früher oder später von seinem Nein gegenüber Daniel Lebobitz' Mutter erfahren würden, wollte er ihnen lieber selbst davon erzählen.

»Man kann nicht gleich die erste Schlacht gewinnen«, machte ihm Capitaine Runné mit einem Schulterklopfen Mut, sobald er geendet hatte. »Das wird schon, da sind wir uns sicher. Du wirst die Aufgaben, die auf dich warten, lösen. Vertrau auf dich, wie wir es ebenfalls tun.«

»Ich denke ebenso«, stimmte Lafayette zu. »Dieses Hausgespenst ... das kann warten, bis du so weit bist. Der Fehler lag in seiner Ungeduld und nicht in deinem Verhalten. Besonnenheit ist eine unterschätzte Tugend.«

Pascal fühlte sich von den Worten bestärkt. Früher oder später, wie er sich selbst schon gesagt hatte, würde er auf die Bitte dieses Geistes im Spiegel eingehen.

»Danke für euer Verständnis«, sagte er. »Das alles ist für mich total neu.«

»Die großen Momente im Leben sind immer ein Bruch mit dem Alten, eine radikale Veränderung«, behauptete Lafayette. »Man sollte eine solche Gelegenheit nutzen. Und du hast es getan, indem du zurückgekehrt bist. Wir freuen uns«, fügte er hinzu und klopfte ihm auf die Schulter.

Pascal lächelte. »Ihr wart gleich alle zur Stelle, als ich eben hier eintraf; anders als beim ersten Mal ...«

»Der einzige sichere Ort für uns sind unsere Gräber«, erklärte der Capitaine. »Wenn wir also etwas Ungewöhnliches bemerken, verstecken wir uns, bis wir sicher sind, dass keine Gefahr besteht. Aber du bist ein Freund, also haben wir auf Vorsichtsmaßnahmen verzichtet.«

Pascal runzelte nachdenklich die Stirn.

»Aber wenn ihr tot seid ...«, fragte er, »wovor solltet ihr dann Angst haben?«

Die Verstorbenen warfen einander Blicke zu. Der junge Charles Lafayette ergriff das Wort: »Diese Welt hier ist nur ein Durchgangsort, Pascal. Nur ganz wenige werden, wenn sie sterben, direkt ins Reich des Guten oder Bösen geschickt. Die meisten von uns müssen einige Zeit hier verbringen, in einer Art Paralleldimension zur Welt der Lebenden. Wir nennen es das Zwischenreich.«

Davon hatte Pascal schon gehört, von der Frau im Spiegel, oder besser, ihrem Geist.

»Im Guten oder Bösen ist alles endgültig«, fuhr Runné fort. »Doch im Zwischenreich sind die Seelen noch verwundbar. Deshalb müssen wir uns schützen.«

»Wovor denn?«, wollte Pascal wissen.

»Vor dem Bösen«, erklärte Lafayette. »Das Böse ist immer hungrig auf neue Seelen. Wir sind seine Nahrung. Deshalb lauert es in der Dunkelheit auf uns. Und deshalb müssen wir vorsichtig sein.«

»Durch die ewige Dunkelheit dieser Welt irren schreckliche Kreaturen«, erklärte Runné, »die einen Toten, wenn sie ihn außerhalb der geheiligten Zone entdecken, angreifen und in unbekannte Abgründe reißen. Und dort erwartet ihn ein ewiger Todeskampf, ohne Aussicht auf Erlösung.«

Pascal erinnerte sich an die schrecklichen Gesichter im Wasser des schwarzen Sees, und offenbar wussten die anderen von ähnlich Gequälten, denn für einen Augenblick verstummten alle. Nur das Echo der Unterhaltung war zu hören, hallte wider von den Grabsteinen, bis es in der Dunkelheit hinter den Friedhofsmauern verhallte.

»Jetzt wo ihr tot seid, könnte man annehmen, ihr seid vom Bösen befreit … Es ist ungerecht, dass ihr noch immer in Gefahr seid …«, wandte Pascal ein.

»Wenn es einen Weg gibt, besteht auch immer die Möglichkeit, ihn nicht zu gehen«, erwiderte Lafayette. »Und noch ist unser Schicksal nicht besiegelt. Selbst hier haben wir die Freiheit zu wählen. Ohne die Existenz des Bösen könnten wir uns nicht für das Gute entscheiden. Das ist genauso wie die Dunkelheit; es würde sie ohne das Licht nicht geben.«

Pascal nickte, während ihm eine weitere Frage einfiel. »Warum gibt es in dieser Zwischenwelt zwar diesen Friedhof von *Montparnasse*, so wie er auch in der wirklichen Welt existiert, aber nicht das ganze Paris?«

»Hier materialisieren sich nur die heiligen Orte«, antwortete Runné. »Deshalb siehst du diesen Ort, aber nicht den Rest der Stadt.«

Pascal nickte erneut.

»Wenn man dem Leuchtpfad folgt«, Runné streckte den Arm aus, »kommt man zu anderen Friedhöfen und heiligen Stätten. Und zu einer zweiten Ebene dieses Zwischenreichs. Dort findest du alle konkreten Dinge ohne spirituellen Wert, die es in deiner Dimension gibt: Häuser, Autos, ganze Städte – doch alles ist leer und es herrscht keinerlei Bewegung. Dies ist eine Unterwelt, in der nur die Essenz der Dinge weiterexistiert. Verstehst du? Und inmitten dieser apokalyptischen Landschaft warten die Hausgeister darauf, wie jene Frau, die sich dir im Spiegel zeigte, dass irgendjemand auf ihr Rufen reagiert und sie befreit.«

Wieder nickte Pascal, obwohl er noch eine ganze Weile brauchen würde, um all das Gehörte zu verdauen. Doch er fragte noch weiter: »Und wovon hängt es ab, wie viel Zeit ihr hier verbringt?«, wollte er wissen und ließ seinen Blick langsam über die vielen Gestalten gleiten, die ihn umringten.

Lafayette zuckte mit den Schultern.

»Wer weiß. Ich nehme an, dass man für das, was man im Leben tut, eine Quittung bekommt«, sagte er lächelnd. »Natürlich habe ich ein paar Fehler gemacht. Eines Tages werde ich dir meine Geschichte erzählen.«

»Die Zeit vergeht hier außerdem nicht wie in deiner Welt, Pascal«, teilte ihm Runné mit. »Sie vergeht genau siebenmal schneller. Sieben Stunden in dieser Welt entsprechen einer in deiner. Das Verhältnis unterliegt den Gesetzen der Magie. Die

Sieben ist eine mystische Zahl, die in den Religionen des Orients und Okzidents eine besondere Rolle spielt. Schon in Babylon wurde sie wegen ihrer Beziehung zu den vier Mondphasen verehrt, von denen jede sieben Tage dauert. Und in der Apokalypse, der Schrift über das Ende des irdischen Daseins, werden sieben Siegel erwähnt, die Gottes Menschheitsplan hüten. Und sieben Mal«, jetzt machte er ein ernstes Gesicht, »kann auch ein Wanderer Zeit im Zwischenreich verbringen, ohne sich selbst dazu zu verurteilen, für immer hierbleiben zu müssen.«

Pascal schwieg dazu; das wusste er bereits, und er wusste auch, dass er es unter keinen Umständen vergessen durfte.

»In dieser Dimension, in der wir uns befinden, ist auch das Reich der Finsternis«, fuhr Runné fort. »Es beginnt hinter den Grenzen unseres Zwischenreichs. Dort vergeht die Zeit nicht, weil dort die Unendlichkeit herrscht. Doch das spielt keine Rolle; es handelt sich um eine sehr gefährliche Zone, die du als Wanderer nicht kennenlernen wirst.«

Pascal holte tief Luft, wieder einmal überwältigt von der spektakulären Wendung, die sein altes Leben genommen hatte.

»Ich wollte euch noch etwas fragen. Warum ist der Geist jener Frau überhaupt bei mir im Spiegel erschienen? Wie konnte er … oder sie wissen, dass ich der Wanderer bin?«

»Die Öffnung der Dunklen Pforte ist so bedeutend, dass sich die Neuigkeit überall herumgesprochen hat«, bemerkte Lafayette.

»Ja, das ist den Toten nicht entgangen«, warf Runné ein. »Du hast dich in eine mächtige Person verwandelt, in dir vereinen sich Leben und Tod. Kein anderes Wesen genießt dieses Privileg. Du wirst das schon noch merken. Es könnte sein, dass du von jetzt an in deiner Welt so etwas wie das mit dem Spiegel öfter erlebst. Du musst nicht erschrecken, außer das Böse wendet sich an dich, in diesem Fall vermeidest du die Begegnung am besten. Zumindest bis du ein wenig erfahrener bist.«

Stille trat ein. Alle warteten auf Pascals Reaktion.

»Es ist unglaublich«, stellte er fest, »es kommt mir immer noch wie ein Traum vor ... Ich weiß nicht, ob ich dem gewachsen bin. Ob ich wirklich eine Hilfe sein werde, als der Mittler zwischen dem Reich der Toten und der Welt der Lebenden, mit allem, was von mir erwartet wird.«

»Du bist all dem gewachsen«, behauptete Lafayette im Brustton der Überzeugung, und um es noch einmal zu bekräftigen, nahm er Pascal in seine eisigen Arme.

Ein anderer Toter trat zu ihm, rothaarig und mit zahlreichen Sommersprossen im Gesicht. Er trug einen Schal.

»Ich bin der jüngste Verstorbene. Ich heiße Maurice Pignant.«

Pascal reichte ihm die Hand. Sie war ebenfalls kalt.

»Meine Todesanzeige war am vergangenen Sonntag, dem zweiten November, im *Figaro*. Du kannst nachschauen, wenn du in deine Welt zurückkehrst, dann wirst du feststellen, dass es wirklich stimmt.«

Pascal dachte, dass es bei allem, was er in der Zwischenzeit erlebt hatte, gar nicht mehr nötig war, sich zu vergewissern; er zweifelte nicht daran, dass das hier so real war wie Schulunterricht.

»Die große Entdeckung ist, dass es mehrere Dimensionen

gibt, die eine einzige, große, vielfältige Wirklichkeit bilden«, schloss Lafayette seine langen Ausführungen ab.

Eine einzige Wirklichkeit. Der junge Verstorbene, Maurice Pignant, erinnerte Pascal an Delaveau. Der Moment war gekommen, die Spur dieses schrecklichen Mordes aufzunehmen.

»Ist hier ein Lehrer namens Henri Delaveau angekommen?«, fragte er ernst.

15

IHRE PRAXISERFAHRUNG IST vollkommen ausreichend«, sagte der Schuldirektor, der hinter seinem Schreibtisch saß. »Wir haben sowieso keine Zeit, ein Auswahlverfahren durchzuführen, weshalb Ihre Bewerbung wie gerufen kommt, Monsieur …«

»Varney«, sagte der blasse Mann, der auf der anderen Seite des Schreibtischs saß. »Alfred Varney.«

»Monsieur Varney, hat man Ihnen den Stundenplan von Monsieur Delaveau schon erläutert? Die Erwachsenenkurse beginnen ziemlich spät.«

»Ja, ich bin im Bilde. Aber das macht nichts, ich bin es gewohnt, am Abend zu arbeiten. Es gefällt mir.«

»Perfekt. Über das Finanzielle wissen Sie ebenfalls Bescheid. Mir tun die Umstände leid, unter denen Sie Ihren Vorgänger ersetzen müssen …«

»Sein Tod muss ein schwerer Schlag für Sie und Ihr Kollegium sein.«

»Das stimmt. Wir können es noch immer nicht glauben. Armer Henri, er war ein guter Lehrer.«

»Einen Kollegen zu verlieren ist traurig. Und ein bisschen seltsam ist es schon, durch einen so tragischen Todesfall an eine Stelle zu kommen ...«

Der Direktor aber versuchte sofort Varneys Bedenken zu relativieren.

»Sie dürfen sich für die Vorkommnisse nicht verantwortlich machen. Es war ein Zufall, mehr nicht. Wann könnten Sie denn anfangen?«

»Gleich morgen, wenn Sie möchten. Bildung duldet keinen Aufschub.«

»Selbstverständlich. Dann ist Ihre erste Unterrichtsstunde Geschichte.«

»Mein Spezialgebiet«, freute sich Varney. »Ich werde Sie nicht enttäuschen, Herr Direktor.«

»Davon bin ich überzeugt! Gutes Gelingen!«

»Danke.«

Delaveaus Nachfolger erhob sich. Er war groß und schlank und trug einen makellosen dunklen Anzug. Sein Gesicht mit den sanften Zügen stand im Kontrast zu seinem durchdringenden Blick. Er verabschiedete sich vom Direktor und ging zur Tür.

»Übrigens«, sagte der Direktor, »Sie bluten ein wenig an der Unterlippe. Gleich nebenan ist ein Waschraum.«

»Na, so was! Vielen Dank.«

Doch Varney ging nicht zu dem Waschraum; er nahm lieber die Zunge, um sich das Blut abzulecken. Es war nicht seines.

***

»Henri Delaveau? Hier heißt niemand so«, antwortete Runné. »Ist er vor Kurzem gestorben?«

»Er wurde am letzten Freitag ermordet«, berichtete Pascal.

»Wie seltsam«, stellte Lafayette fest. »Ein solcher Fall sorgt normalerweise für ziemliches Aufsehen, das hätten wir mitbekommen.«

»Vielleicht hat man ihn auf dem *Père Lachaise* begraben …«, meinte Pascal.

»Trotzdem wüssten wir davon«, sagte Lafayette. »Das ist wirklich seltsam. Wie schon gesagt, die Anzahl der Personen, die direkt zum Guten oder Bösen gelangen, ohne durch das Zwischenreich zu kommen, ist verschwindend gering.«

Pascal nickte und bedauerte es, dass er nichts über den Mord in Erfahrung bringen konnte. Es wäre genial gewesen, der Polizei helfen zu können und sich auf diese Weise in einen echten Helden zu verwandeln. Michelle wäre überrascht gewesen.

»Und wenn ich euch erzähle, wie man ihn getötet hat … Man hat ihm das ganze Blut abgesaugt! Zumindest geht so das Gerücht.«

»Was hast du gesagt?«, fragte Lafayette. Auch die anderen horchten auf.

»Man hat ihm das Blut abgesaugt. Anscheinend war nicht ein Tropfen mehr übrig. Ich habe ihn kaum gekannt, er unterrichtete vornehmlich am Abend. Doch es heißt, er sei ein guter Typ gewesen. Ich verstehe nicht, wie jemand ihm das antun konnte …«

Seine Zuhörer warfen sich unruhige Blicke zu.

»Pascal«, begann Lafayette ernst, »wir möchten dich bitten,

dir deinen ersten Besuch hier ins Gedächtnis zu rufen, einverstanden?«

Pascal nickte.

»Von dem Moment an, als du durch die Dunkle Pforte gegangen bist, hast du da irgendjemanden bemerkt? Oder warst du die ganze Zeit … allein?«

Die Anwesenden starrten Pascal mit ihren toten Augen an.

»Also …«, begann er, »das Einzige, was ich zu sehen gemeint habe, waren Augen. Doch das war nur ganz kurz, vielleicht habe ich es mir eingebildet … Und ein ekelhafter Geruch war da noch. Nach Verwesung.«

Jetzt blickte Lafayette bestürzt.

»Pascal. Welche Farbe hatten die Augen?«

»Gelb, daran erinnere ich mich genau. Mir war ganz schön mulmig, sie waren irgendwie … aggressiv.«

Lafayette stöhnte, und ein entsetztes Raunen ging durch die Menge.

»Es ist wieder passiert, wie furchtbar!«, sagte Lafayette tonlos.

Pascal konnte sich nicht mehr beherrschen: »Was ist wieder passiert?«

Maurice Pignant ergriff das Wort. »Es gibt etwas über die Dunkle Pforte, das man dir nicht erzählt hat«, sagte er aufgeregt. »Unsere Welten sind in einem empfindlichen Gleichgewicht. Es gibt zwischen ihnen ein heiliges Gesetz, das besagt, dass sich die Anzahl der Personen in jeder Wirklichkeit nicht verändern darf.«

»Ich kann nicht folgen«, gestand Pascal verwirrt. »Was hat das mit dem Tod des Lehrers zu tun?«

Pignant bat ihn mit einer Handbewegung um Geduld: »Dein Erscheinen hier hat dazu geführt, dass jemand sich von dieser Welt in die Welt der Lebenden begeben hat.«

»Was?« Jetzt hatte Pascal begriffen. »Es gibt einen Toten, der sich in meiner Welt herumtreibt? Im Ernst?«

»Ich fürchte, ja«, antwortete Lafayette.

Pascal wurde auf einmal klar, in welcher Beziehung das zum Tod des Lehrers stehen konnte.

»Ihr wollt doch nicht etwa sagen … dass dieser Tote der Mörder von Delaveau ist?«

»Pascal«, schloss Lafayette. »Du musst wissen, dass es in unserer Welt nur ein einziges Geschöpf mit gelben Augen gibt … und das ist abgrundtief böse.«

***

Michelle lag noch immer auf dem Boden. Erschöpft musste sie eine Pause machen, ohne die Fesseln an ihren Händen gelockert zu haben. Auch war es ihr nicht gelungen, die Bewegungsfähigkeit ihrer Beine zurückzugewinnen. Sie schwitzte, obwohl ihr die Kälte unter die Haut gekrochen war, was sie zugleich zittern ließ.

Zudem hatte sie vollkommen das Zeitgefühl verloren, auch das Gefühl für Tag und Nacht, da sich die Beleuchtung des Raums nicht änderte. Wie lange lag sie wohl schon hier? Das Blut in der Schale war noch nicht vollständig geronnen, doch das hieß nur, dass man es ihr erst vor Kurzem entnommen hatte.

Weitere Fragen ließen ihr keine Ruhe. Wann würde die Teufelszeremonie stattfinden? Und warum hatte man sie dafür ausgewählt?

Da zuckte sie zusammen. Ein Quietschen ertönte; es kam von der Falltür, die sich geöffnet hatte. Michelle erstarrte, als in dem Viereck eine Gestalt auftauchte: das Wesen, das sie entführt hatte. Sie sah sein Lächeln, die sadistische Gier darin, die weit hervorstehenden Eckzähne und die gelben Augen. Michelle konnte es nicht glauben: Sie war in den Klauen eines Vampirs! – Als er bemerkte, dass sie wach war, kam er herunter und berührte sie mit seiner eisigen Hand. Michelles Herz raste. Vergeblich versuchte sie sich zu befreien. Ein lauter, nicht enden wollender Schrei kam tief aus ihrer Kehle, der irgendwann in ein heftiges, stilles Schluchzen überging. Mit angstvollen Augen verfolgte sie, was das blutrünstige Ungeheuer weiter tat.

Der Vampir ging zu dem Drudenfuß, stellte ein paar Gegenstände darauf, die sie nicht erkennen konnte, und zündete die Kerzen an, die im Kreis um das Symbol standen. Ohne sich aus der Ruhe bringen zu lassen, trug er die Schale mit dem Blut zu ihr und presste ihr den Hals zu, als wollte er sie erwürgen, während er die Schale darunterhielt. Schockiert hörte Michelle ein widerliches Plätschern und hätte vor Ekel und Angst beinahe das Bewusstsein verloren.

Nun kehrte er auf seine Position in der Mitte des Drudenfußes zurück, wo er die Schale mit dem frischen Blut abstellte. Dann kniete er sich nieder und murmelte Verse in einer altertümlichen Sprache, während er seltsame Verbeugungen und Gesten vollführte.

Michelle war kurz davor, durchzudrehen, als der Vampir zu

ihr trat und sie auf den Drudenfuß zertte. Entsetzt stellte sie fest, dass sie wie auf einem Altar als Opfer dargeboten werden sollte. Die Anwesenheit des Bösen in dieser satanischen geometrischen Form war so deutlich, dass sie diese um sich herum wie eine starke Energie wahrnahm.

Der Vampir zog sich ein wenig zurück, während sich die Atmosphäre im Raum zu verdichten schien. Michelle war unfähig, sich von der Stelle zu rühren. Dunkelheit umgab sie auf einmal.

Kurz darauf befiel sie ein heftiger Schmerz, der auf jedem Zentimeter ihres nackten Körpers brannte. Eine unsichtbare Kraft schien sie zu packen und gnadenlos an ihren Gliedmaßen zu zerren. Michelle, die sich schreiend zur Wehr setzte gegen diese teuflische Kraft, spürte, wie sich ihr Körper dehnte. Dichter Nebel drang in den Raum, und in Tränen und Schweiß gebadet gab sie jeden Widerstand auf. Immer stärker wurde sie dieser unsichtbaren Kraft ausgesetzt, und sie meinte zu spüren, wie sich Haut und Muskeln von ihren Knochen lösten. Sie wollte nur noch sterben.

Der Vampir kauerte währenddessen auf dem Boden, ohne dem satanischen Geschehen auf dem Drudenfuß weiter Beachtung zu schenken.

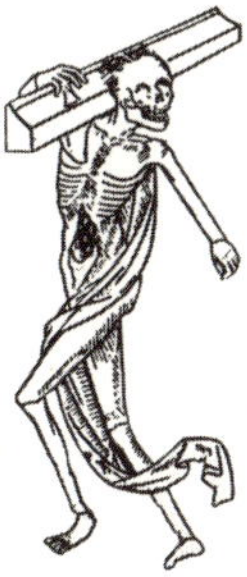

16

JULES TRAT AN die Treppe und rief nach Pascal. Es war schon eine ganze Weile her, dass er ihn auf dem Dachboden allein gelassen hatte, und er war noch nicht heruntergekommen. Als Jules keine Antwort bekam, beschloss er hinaufzugehen, um dem Freund beim Suchen zu helfen. Es war schon ziemlich spät; in ein paar Minuten würde man ihn zum Abendessen rufen.

»Pascal? Bist du so weit?«, fragte er, während er die letzten Stufen nach oben ging. Noch immer keine Antwort. Er hatte die Hand bereits auf die Türklinke gelegt, als seine Mutter von unten rief: »Jules? Kommst du einen Moment?«

»Was ist?«, fragte er laut.

»Hilf mir bitte, diese Kisten auf die Straße zu tragen. Ich will sie vor dem Abendessen hier weghaben!«

Jules seufzte.

»Ich bin gleich zurück, Pascal!«, rief er und sprang die Treppe wieder hinunter.

***

Marguerites Gestalt auf der anderen Seite der Mattglastür kam rasch näher. Der Gerichtsmediziner Marcel Laville machte sich auf ein Gespräch gefasst, das anstrengend werden würde. Vor allem um diese späte Stunde an einem Montag. Die Energie, die die Kommissarin verströmte, war beeindruckend.

Ein lautes Klopfen erklang.

»Herein!«, rief er und erhob sich.

Marguerite stapfte herein und reichte ihm eine schweißnasse Hand.

»Hallo, Marcel! Ich bin sofort gekommen, als ich deine Nachricht auf dem Anrufbeantworter gehört habe. Du hast also Fingerabdrücke von dem Verdächtigen am Tatort gefunden? Endlich! Bisher treten wir nur auf der Stelle, was diesen Fall betrifft. Es ist, als wäre man hinter einem Geist her.«

Marcel nickte stumm und rieb sich den Nacken. Der Vergleich war passender, als sie ahnen konnte. Er bot ihr einen Stuhl an und lehnte sich selbst zurück. Er musste sie vorbereiten, bevor er von dem seltsamen Fund berichtete, den er am Tatort gemacht hatte – und das, ohne sein eigenes Geheimnis zu verraten.

»Die Kriminaltechniker haben ziemlich viele Spuren um den Leichnam herum entdeckt, weil der Raum, in dem der Lehrer ermordet wurde, als Elternsprechzimmer dient. Allerdings war nichts Brauchbares dabei, jedenfalls nicht auf den ersten Blick.«

»Und auf den zweiten? Deshalb hast du mich doch angerufen, oder?«

Marcel Laville spielte mit seinem Stift, obwohl er wusste, dass Marguerite sich nicht gern auf die Folter spannen ließ.

»Hast du mich hergebeten, um mir zu zeigen, wie geschickt du mit dem Kuli umgehen kannst?«, fragte sie mit der gewohnten Ironie. »Denn wenn das so ist …«

»Nein, ist es nicht, Marguerite.«

»Dann verplempre nicht unsere Zeit. Erzählst du's mir, oder sollen wir warten, bis es weitere Opfer gibt?«

Marcel schluckte.

»Der mutmaßliche Mörder hat beim Verlassen des Raums einen blutigen Fingerabdruck hinterlassen.«

Marguerite konnte nicht umhin, sich zu fragen, wie sich der Täter mit Blut beschmieren konnte, wenn es am Tatort nicht einen Tropfen davon gegeben hatte. Vielleicht beim Verwischen der Spuren, oder als er das Instrument, mit dem er dem Lehrer das Blut abgezapft hatte, verstauen wollte. Egal, was es war, sie würde es herausfinden – doch verglichen mit der dringenden Notwendigkeit, den Mörder zu finden, war das eher nebensächlich.

»Bravo, Marcel!«, rief sie aus. »Was sagt denn unsere Datenbank dazu?«

Der Gerichtsmediziner wirkte irgendwie verstört, was der Kommissarin nicht entging. »Keine Ahnung, Marcel, was im Moment mit dir los ist, aber es ist bestimmt nicht so wichtig, wie unseren Mörder zu finden.«

Er nickte.

»Stört es dich, wenn ich rauche?«

»Ob es mich stört? Herrgott, nein! Rauch, wenn du willst, von mir aus die ganze Schachtel. Aber antworte mir bitte.«

»Die Fingerabdrücke sind bei uns nicht erfasst, aber wir haben die Laborergebnisse mit anderen Datenbanken abgeglichen, und es gibt eine Übereinstimmung mit dem Kommissariat in Belfort.«

»Weiter.«

»Eine Verhaftung im Jahr 1950«, schickte Laville voraus.

Die Kommissarin war überrascht.

»Das sind schon Jahrzehnte! Unser Mörder ist ein Greis?«

Marcel schüttelte den Kopf.

»Nein, Marguerite. Unser Mörder ist … tot. Er starb vor sechzig Jahren im Gefängnis. Er hieß Luc Gautier, verhaftet wegen Vergewaltigung und Mord, verstorben am zwölften Juni neunzehnhundertfünfzig.«

Marguerite riss die Augen auf.

»Was hast du gesagt?«

Marcel Laville kratzte sich erneut am Kopf und zuckte mit den Schultern.

***

Als Jules die Tür aufstieß und den Dachboden betrat, saß Pascal gerade rittlings auf dem Truhenrand, um herauszuklettern. Er war sehr blass.

»Ha… hallo, Jules«, stammelte er. »Ich … ich hab gefunden, wonach ich suchte, vielen Dank.«

Jules nickte.

»Was hast du denn gemacht? Bist du in die Truhe geklettert?«

»Ich wusste nicht mehr, wo ich noch suchen soll«, verteidigte sich Pascal. »Am Ende der Party herrschte ein solches Durcheinander …«

»Klar.« Jules konnte seine Neugier nicht verbergen. »Gar nicht so leicht, etwas in dem alten Teil zu finden. Was war es denn?«

Pascal hatte diese Frage erwartet, also zog er rasch die Hausschlüssel aus der Tasche und hob sie hoch.

»Vielen Dank, Jules«, sagte er. »Ich gehe jetzt, es ist ziemlich spät, und ihr wollt sicher zu Abend essen. Die Party war unglaublich, wirklich. Ihr Goths wisst wirklich, wie man richtig feiert. Und das Haus hier ist echt abgefahren, passt gut zu dir.«

Jules lächelte zufrieden: »Ja, es war wirklich phänomenal! Ein hübsches Totengedenken.«

Damit verabschiedeten sie sich.

Jules hatte nicht bemerkt, welche Wirkung seine Worte auf Pascal gehabt hatten: Die Toten haben wohl nichts von deiner Party bemerkt, wollte er am liebsten antworten, ihre Welt ist weit fort, sie erwarten die Ewigkeit auf Inseln blassen Lichts inmitten der Dunkelheit. Sie können nicht kommen. Und das ist gut so.

Sie können nicht kommen … Nur, dass sich im Moment ein böses Wesen in der Welt der Lebenden herumtreibt, das bereits sein erstes Opfer geholt hat: Delaveau. Zumindest war das Lafayettes Vermutung gewesen, als er das Wesen mit den gelben Augen als Vampir bezeichnet hatte. Es würde weitere Morde geben, wenn man ihn nicht aufhielt. Pascal ging das nicht aus dem Kopf.

Genau das war früher einmal geschehen, wie ihm Lafayette berichtet hatte. Mit der Öffnung der Dunklen Pforte im neunzehnten Jahrhundert, um Mitternacht des 31. Oktober 1810, war ein anderes Monster in die Welt der Lebenden eingetreten, das zahlreiche Grausamkeiten verübt hatte, bis man es zur Strecke bringen konnte. Seine letzten Verbrechen waren so unvorstellbar grausam gewesen, dass sein Name in die Geschichte eingegangen war: *Jack the Ripper*. Dieses intelligente Wesen befriedigte seine niederen Instinkte und tötete achtzig Jahre lang. Doch der Mörder war irgendwann übermütig geworden, er schien sich mit jedem neuen Tod brüsten zu wollen, und das war es, was ihm schließlich zum Verhängnis wurde. Einige Zauberer spürten ihn auf und töteten ihn. Damals hatte sich die Dunkle Pforte in der englischen Hauptstadt befunden, deren düstere viktorianische Architektur zusammen mit dem Nebel den perfekten Hintergrund für das »Werk« eines seelenlosen Mörders bildete.

Pascal durchfuhr ein Schauer, als er begriff, weshalb dieser Mörder im Jahre 1888 spurlos verschwunden war. Die offizielle Version besagte, dass sich die verheerende Spur der Bluttaten, die sich durch das Londoner Viertel Whitechapel gezogen hatte, plötzlich verlor. Einfach so. Pascal begriff jetzt das Ende, das Jack the Ripper zur Legende gemacht hatte, und dass diejenigen, die ihn beseitigt hatten, sich wie der Mörder selbst im Verborgenen aufhielten …

Pascal hielt den Atem an.

Paris wusste nichts von der Gefahr, die sich zusammenbraute. Konnte man etwas tun, um den neuerlichen Vampir aufzuhalten?

Pascal rechnete nach: Die Flucht des Barons della Bellanza hatte vor neunhundert Jahren stattgefunden, und die Pforte öffnete sich alle hundert Jahre. Also hätten in beinahe tausend

Jahren außer ihm höchstens acht Personen von dem Geheimnis erfahren können – wobei es nur sechs gewesen waren, wie man ihm in der anderen Welt gesagt hatte. Sechs Wanderer, die den Zugang von sechs Untoten zur Welt der Lebenden ausgelöst hatten. Waren die anderen ebenfalls böse Geister gewesen? Er würde so bald wie möglich danach fragen, um abschätzen zu können, ob die Dunkle Pforte für die Lebenden ausschließlich eine Gefahr oder vielleicht auch eine Chance darstellte.

Pascal befand sich auf dem Heimweg. Er lief durch Straßen, die er wie seine Westentasche kannte. Es war kalt und er bemerkte, dass er noch zu aufgewühlt war, um schlafen zu gehen. Der gerade erst beendete Besuch im Totenreich wirkte in ihm nach. Er beschloss, einen Spaziergang zu machen, bevor er nach Hause ging; das würde ihm guttun, er musste seine Gedanken ordnen, seine nächsten Schritte planen. Er rief seine Eltern an und behauptete, er müsse bei Dominique noch eine Hausaufgabe erledigen. Er log sie nicht gerne an, doch er fand, dass es manchmal das kleinere Übel war und einem eine Menge Erklärungen ersparte.

Er ging den *Boulevard Malesherbes* entlang und weiter den *Boulevard Haussmann*, nachdem er den *Place Saint-Agustin* in Richtung *Arc de Triomphe* überquert hatte. Es herrschte kaum Verkehr um diese Zeit kurz vor Mitternacht. Die Luft war feucht. Er würde über die *Champs-Élysées* zurückgehen, die Bäume, die sie säumten, waren kahl um diese Jahreszeit. Einige Viertel von Paris, durch die er kam, waren nur schwach beleuchtet, doch das machte einen Teil des Charmes der Stadt aus, fand er – wenngleich: In einer dieser dunklen, alten Ge-

genden fiel ihm der Vampir, der offenbar sein Unwesen trieb, wieder ein. Und zugleich wusste er um seine erste große Aufgabe … gekoppelt mit der Gewissheit, dass er diese Aufgabe nicht allein, nicht völlig auf sich gestellt bewältigen konnte. Er brauchte Unterstützung, und es wurde ihm klar, dass es an der Zeit war, sein Geheimnis zu lüften. Er musste diese Wendung in seinem Leben mit jemandem teilen, und die Verantwortung, die daraus erwuchs.

Lafayette hatte ihn darauf hingewiesen, dass ein Wanderer zu sein etwas Besonderes war, das im Geheimen bleiben sollte, um niemanden in Gefahr zu bringen, weder sich selbst noch mögliche Eingeweihte. Die Wanderer, die diesen Rat nicht befolgt hatten, hatten zumeist ein böses Ende gefunden.

Pascal war generell bereit, auf Lafayette zu hören, allerdings schloss er seine beiden besten Freunde von dieser Zurückhaltung aus. Er brauchte sie bei diesem Abenteuer.

Deshalb beschloss er, dass sein erster Vertrauter Dominique sein sollte. Danach, wenn er sich ihm erklärt hatte, wollte er es auch Michelle erzählen, doch wollte er damit noch ein wenig warten. Seine Gefühle ihr gegenüber machten alles schwieriger. Er musste ihre Antwort auf seine Frage kennen … Er wollte nicht, dass sie sich – was immerhin denkbar war – in ihrer Entscheidung von seiner Reise in das Totenreich beeinflussen ließ. Sie sollte ihn, Pascal, wählen, nicht unbedingt den Wanderer zwischen den Welten.

Und was war mit seinen Eltern? Sollte er mit ihnen darüber reden? Einerseits spürte Pascal den Wunsch, es zu tun, denn nichts war ihm so wichtig wie die Meinung seiner Eltern, die er manchmal indirekt einholte, indem er auf dem Wohnzimmertisch ein Referat, eine Beurteilung oder eine Klassenarbeit liegen ließ.

Doch er beschloss, vorerst nicht mit seinen Eltern über die Dunkle Pforte zu reden, er wollte seine Familie nicht beunruhigen. Auch hätte es bedeutet, sie in Gefahr zu bringen, und dazu konnten sie ihn daran hindern, uneingeschränkt zu agieren. Nein, noch nicht. Noch gab es zu viele Unbekannte. Später vielleicht.

In dem Schaufenster eines Modegeschäfts sah er sein Spiegelbild. Das Glas musste ein wenig gewölbt sein, denn er sah größer aus. »Vielleicht bin ich auch gewachsen, weil ich jetzt ... sozusagen zu einer ziemlich mächtigen Clique gehöre«, dachte er lächelnd.

Verfügte er über irgendwelche Zauberkräfte? Pascal streckte den Arm aus und hielt die offene Handfläche vor die Scheibe. Er starrte in sein Spiegelbild und versuchte sich zu konzentrieren, ohne genau zu wissen, worauf. Doch außer dass ihm der Arm bald wehtat, passierte nichts ... Er lächelte über sich selbst und wollte sich gerade von der Scheibe abwenden – als sich plötzlich eine dunkle Gestalt auf ihn stürzte. Er erschrak zu Tode. Er spürte, wie er am Kragen gepackt und mit dem Rücken gegen das Schaufenster gedrückt wurde.

»Was treibst du da?«, verlangte eine knarzende Stimme von ihm zu wissen. Ein vertrautes Gesicht starrte ihn aus wenigen Zentimetern Entfernung an.

»Daphne!«, rief er überrascht aus.

»Und du bist Pascal, der Wanderer! Das weiß ich bereits. Darf man vielleicht erfahren, wo du gesteckt hast? Glaubst du, du kannst einfach so dein altes Leben weiterleben, nachdem du die Dunkle Pforte übertreten hast? Wieso bist du nicht gleich zu mir gekommen, nachdem es passiert ist?«

Pascal wand sich in ihrem Griff.

»Ich …«, stammelte er, »wieso sollte ich zu Ihnen …«

Die Wahrsagerin sah sich misstrauisch um.

»Papperlapapp, gehen wir, die Dunkelheit ist gefährlich, vor allem für dich. Und sag du zu mir, denn wir beide sind irgendwie aus dem gleichen Holz.«

Die beiden traten an die Bordsteinkante und fuhren kurz darauf in einem Taxi Richtung *Marais*. Während der Fahrt sagte keiner von ihnen ein Wort, der Fahrer sollte nicht aufmerksam gemacht werden …

Als sie in der dunklen Kellerwohnung waren, wo Daphne ihre Wahrsagerei betrieb, musste Pascal feststellen, dass sich seit seinem ersten Besuch eine Menge verändert hatte; die Fenster waren verschlossen und verriegelt, in sämtlichen Ecken befanden sich Kreuze und seltsame Amulette und Kerzen brannten … Dieser Ort wirkte wie ein spirituelles Hauptquartier, bereit, einer längeren Belagerung standzuhalten.

Daphne, die nicht mit Sicherheit sagen konnte, welche Gefahren drohten, hatte besondere Vorsicht walten lassen und sich vorbereitet …

Die beiden setzten sich auf ein schmuddeliges Sofa, doch gleich darauf erhob sich Daphne wieder, um sich ein großes Glas Kognak einzuschenken. Pascal brachte sie eine Cola.

»Pascal, erzähl mir von der Dunkle Pforte«, bat sie ihn, nun um einiges entspannter.

Der Junge nickte stumm und erzählte ihr dann von der unglaublichen Entdeckung im Haus von Jules Marceaux, die ihn zum Wanderer gemacht hatte. Unter den aufmerksamen Blicken der Wahrsagerin berichtete er in allen Einzelheiten.

»Ich hatte Visionen von dir«, verkündete ihm Daphne, als Pascal geendet hatte. »Schon vor Tagen habe ich herausgefunden, was passiert ist, obwohl ich es zunächst nicht zu deuten wusste, es nicht mit meiner Prophezeiung über dich in Verbindung gebracht habe. Wie konnte ich nur so blind sein? Warum bist du nicht gleich zu mir gekommen?«

Pascal zuckte mit den Schultern.

»Ich wollte ja, aber ich konnte dich nicht finden. Außerdem habe ich es zu dem Zeitpunkt noch nicht so recht glauben können, da war immer noch ein Rest Zweifel, und wirklich sicher, ob ich meine Rolle annehmen sollte, war ich mir auch nicht ...«

»Herrgott, noch mal!«, schimpfte Daphne. »Was brauchst du denn noch, um es zu glauben? Hast du jenseits der Pforte die andere Welt gesehen oder nicht? Und das Zweite: Wenn man die Pforte übertritt, gibt es kein Zurück mehr. Selbst wenn du wolltest, könntest du diese neue Rolle nicht ablehnen. Und es wäre gefährlich, Pascal. Sehr gefährlich.«

Pascal wurde nervös.

»Und wenn ich nicht mehr in das Reich der Toten ...?«

Daphne schnitt ihm das Wort ab.

»Täusch dich nicht. Selbst hier unter den Lebenden drohen einem Wanderer Gefahren.«

»Ja, ja, ich weiß«, sagte er. »Ein totes Wesen hat die Pforte durchquert und ist jetzt hier in Paris. Es ist ein Vampir. Er hat vermutlich einen Lehrer meiner Schule getötet.«

Daphne wiegte besorgt den Kopf hin und her.

»Ein Vampir, und er hat vielleicht schon getötet! Das Wesen, das durch die Dunkle Pforte gekommen ist, war mir unbekannt, auch wenn ich es irgendwie spüren konnte.« Sie schwieg einen Moment lang nachdenklich. »Aber das passt: Jedes Mal wenn ein Lebender durch die Dunkle Pforte tritt, kommt ein Wesen aus der anderen Welt zu uns.« ... Wieder schwieg sie eine Weile. Dann sah sie Pascal fest in die Augen.

»Dieser Lehrer, Pascal, er war einfach nur Nahrung für ihn. Die schrecklichen Vampire mit ihren gelben Augen brauchen Blut in der Welt der Lebenden, um nicht zu verwesen. Doch eigentlich sucht das Monster nach dir.«

Ihre Worte trafen Pascal wie ein Hieb, und er japste nach Luft.

»Was ... was sagst du da bloß ...«, stammelte er und merkte, dass ihm schwindlig wurde.

»Als Wanderer bist du der Einzige, der ihn in die Finsternis zurückschicken kann, die er nie hätte verlassen dürfen«, fuhr Daphne mit ernster Miene fort. »Deshalb wird er dich aus dem Weg räumen wollen. Auch wenn er noch nicht weiß, wer du bist, was ein Vorteil für dich ist.«

»Mein Gott ...!« Pascal wusste nicht, was er sagen sollte. Zum ersten Mal wurde ihm die furchtbare Gefahr bewusst, in der er geschwebt hatte, als er eben allein im Dunkeln durch die Straßen gelaufen war. »Du sagst, Vampire haben gelbe Augen? Dann, Daphne, dann hat er mich gesehen. Als ich die Dunkle Pforte durchschritten habe.«

Daphne machte ein finsteres Gesicht: »Dann erkennt er dich also. Dein Bild wird sich ihm eingebrannt haben. Zwar ist Paris eine große Stadt, aber ...«

Pascal sank der Mut.

»Er wird mich finden, Daphne.«

Sie war derselben Meinung.

»Als Wanderer verströmst du eine zu starke Energie, als dass er dich nicht bemerken würde. Aber mach dir keine Sorgen, wir werden es ihm schwer machen; ich werde dich auf eine Begegnung mit ihm vorbereiten. Häng dir dieses Medaillon um.«

Die Hellseherin zog aus der Tasche ihrer Tunika ein Stück versilbertes Metall, auf dem eine Sonne eingraviert war und das an einer dünnen Kette hing. Pascal gehorchte und legte es sich um den Hals.

»Das ist ein Amulett gegen das Böse. Es kündigt dir an, wenn Gefahr droht. Wenn sich etwas Böses dem Medaillon nähert, wird das Metall kalt. Trag es immer unter der Kleidung, direkt auf der Haut, hole es hervor, falls dich irgendetwas angreifen sollte, und halte es hoch. Ich trage ebenfalls eines auf der Brust.«

»Mach ich«, versprach Pascal mit dünner Stimme. »Danke, Daphne.«

»Verlier es nicht, ich habe nur noch ein einziges, das ich jemand anders geben muss. Mein ganzes Leben habe ich diese Talismane aufbewahrt, doch jetzt ist der Moment gekommen, sie zum Einsatz zu bringen. Dafür wurden sie vor Jahrhunderten hergestellt, von einem berühmten Alchemisten des Mittelalters. Allerdings«, fügte sie hinzu, »hat er den Verstand verloren, so besessen war er davon, den berühmten Stein der Weisen zu finden. Das Böse im Gewand des Ehrgeizes hat seinen Geist zerstört.«

Pascal nickte nervös. Er hatte noch etwas anderes auf dem Herzen.

Zögerlich fragte er: »Als wir uns kennengelernt haben, hast du behauptet, dass Michelle, das Mädchen, deretwegen ich zu dir gekommen war, ebenfalls etwas mit dieser Sache zu tun haben würde. Was wird das sein? Wie wird sie mit all dem verstrickt sein?«

Daphne zuckte mit den Schultern.

»Die Sache fängt gerade erst an, du wirst schon noch dahinterkommen, hab Geduld. Abgesehen von ihr – das Wichtigste bist im Augenblick du, und du bist es, der sich schützen muss. Bedenke, dass sich die Vampire nur bei Nacht hinauswagen, da ihnen das Sonnenlicht wehtut. Tagsüber brauchen wir uns also keine Sorgen zu machen. Doch sobald die Sonne untergeht, musst du dich an einem sicheren Ort verstecken, den du unter keinen Umständen verlassen darfst. Verstehst du, Pascal? Das ist sehr wichtig.«

Pascal schaute verwirrt drein.

»Ich … Aber ich bin doch ein ganz normaler Typ«, sagte er. Es klang kläglich, als wollte er nicht glauben, was er hörte. Doch Daphne stieß ein Lachen aus, das sowohl Nervosität als auch Ungeduld verriet.

»Nicht mehr, Pascal. Nicht mehr.«

***

Düsteres Wortgemurmel drang an Michelles Ohr, begleitet von einem gleichmäßigen und dumpfen Trommelschlag. Nur langsam kam sie zu sich. Ihr Körper schmerzte. Sie lag gefesselt auf einem Karren, jemand hatte ihr eine Art weiße Tunika angezogen, während sie bewusstlos gewesen war.

Noch immer steckte der Knebel in ihrem Mund, doch ihre Nase nahm einen Geruch nach abgestandener, verbrauchter Luft wahr. Schwül und verderbt. Michelle fragte sich, wie man das Bedürfnis nach Frischluft verspüren konnte, wenn man draußen unter freiem Himmel war. Sie überlegte. War sie es denn? Verschwommene Felsumrisse zu beiden Seiten des Wegs schienen es zu bestätigen.

Zweifellos hielt sie sich draußen auf. Doch sie wusste, dass sie noch nie an diesem Ort gewesen war. Sie hob ein wenig den Kopf und versuchte, in der Dunkelheit etwas zu erkennen. Plötzlich spürte sie einen Brechreiz, den sie kaum unterdrücken konnte. Ihr wurde schwindelig und erneut verlor sie das Bewusstsein. Als sie ihre Augen wieder öffnete, stellte sie überrascht fest, dass verhüllte Gestalten mit Fackeln in den Händen den Weg beleuchteten. Sie befand sich inmitten eines schweigsamen Gefolges von zehn Männern, die schwarze Habite mit weiten Ärmeln und spitzen Kapuzen trugen. Ein paar zogen den Karren, auf dem sie lag, mit stoischer Langsamkeit, niemand sprach ein Wort.

Die düsteren Gestalten schienen Angehörige irgendeines geheimnisvollen Ordens zu sein, vielleicht eines, der Satan anbetete. Michelle fühlte Angst in sich aufsteigen. In ihrer weißen Kluft bot sie den Anblick einer Jungfrau, die für eine Opferung vorbereitet worden war.

Tränen stiegen ihr in die Augen, ließen sich nicht beherrschen, rannen ihr still über das Gesicht. Sie fühlte sich ausgeliefert, hilflos und allein, schicksalsergeben.

Die Trommel, die den düsteren Zug begleitete, erklang in einem gleichmäßigen Rhythmus, und ihre Schläge hallten in der reglosen Umgebung wider. Es war merkwürdig, ihr schien nach und nach, als holte gerade dieser Trommelschlag sie aus ihrer Stimmung, als würde der dumpfe, stetige Takt ihr einen Anflug von Kraft verleihen. Sie straffte sich.

Mit Aufmerksamkeit betrachtete sie nun die Umgebung. Sie zogen über ein weites Plateau. Zu beiden Seiten breitete sich eine Wüstenlandschaft aus, bedeckt von Schatten und abgestorbenen Bäumen.

Eines der Räder des Karrens, der sie trug, stieß gegen einen Stein, und Michelle bekam einen heftigen Stoß, der sie vor Schmerz aufstöhnen ließ. Doch niemanden schien es zu kümmern.

Obwohl sie nicht sagen konnte, wie viel Zeit seit ihrer Entführung vergangen war, hatte sie die seltsame Ahnung, dass sie bereits nicht mehr in ihrer Welt war.

Die Trommel erklang weiter in ihrem monotonen Rhythmus. Das Gefolge zog ohne Pause über das Plateau. Irgendwann endete es, und Berge tauchten aus dem Dunkel auf, zeichneten sich ab vor einem ungewissen Himmel. Zwei gewaltige Felsmassive lenkten den Blick auf sich, und in großer Höhe machte Michelle eine Brücke aus, eine schmale Hängebrücke aus Seilen und Brettern, die über den Grund führte, auf dem sie und ihre Entführer dahinzogen. Sie fragte sich, wer wohl diese wacklige Verbindung über den Abgrund überqueren würde. Sie fragte sich, wer in dieser untröstlichen Einöde leben mochte, und einmal mehr fragte sie sich, wohin man sie brachte …

Plötzlich kam Bewegung in die Gruppe der Vermummten. Eine der Gestalten, die den Karren zogen, drehte sich zu ihr um, und sie sah, was sich unter der Kapuze verbarg. Die Person unter dem dunklen Habit hatte kein Gesicht. Michelle meinte, einen nackten Schädel gesehen zu haben.

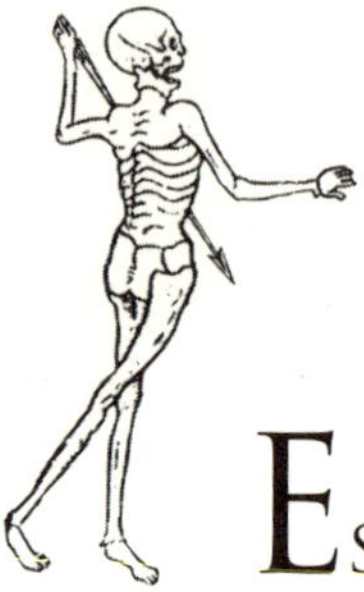

17

ES WAR EIN strahlender Morgen. Gedankenverloren betrachtete Marguerite Betancourt die Gruft, ohne genau zu wissen, was sie hier, auf dem *Père Lachaise*, eigentlich wollte. Benannt nach dem Beichtvater des Königs Ludwig XIV., dem Jesuiten François d'Aix de La Chaise, beherbergte dieser Friedhof die letzten Ruhestätten so berühmter Leute wie Oscar Wilde, Jim Morrison oder Frédéric Chopin.

Dank des Gräberverzeichnisses hatten sie die Gruft der Familie Gautier schnell gefunden. Und dort stand Marguerite jetzt in Begleitung ihres Kollegen, des Gerichtsmediziners, und blickte skeptisch auf die Anlage.

Zu beiden Seiten des Eingangs, einer Metalltür, die von Rost und Moos überzogen war, ragten zwei Engelsstatuen auf, die ihre Gesichter mit den Händen bedeckten. Das Grabmal, das so etwas wie einen Tempel darstellen sollte, war ziemlich heruntergekommen. Es musste seit Jahrzehnten nicht mehr besucht worden sein, geschweige denn gepflegt, obwohl der Name Gautier noch immer auf einem Fries über dem Türsturz zu entziffern war.

Marguerite hantierte einen Moment am Türschloss und gleich darauf betraten sie das Innere der Totenstätte, die sie mit einer Staubwolke und Spinnweben empfing.

Der Gerichtsmediziner hatte noch immer diesen abwesenden Gesichtsausdruck, der ihn schon seit Tagen nicht mehr verließ. Jede Entdeckung hinsichtlich des Verbrechens schien sein ohnehin düsteres Gesicht noch mehr zu verdunkeln.

Sie entdeckten mehrere Gräber, die alle zum Gautierclan gehörten, und eine schwere Falltür im Boden, die sich keinen Millimeter bewegen ließ.

»Hier ist ja dieser Luc«, sagte Marguerite kurz darauf, als sie vor einer der Grabplatten stand. »Nantes, sechster März 1894. Paris, zwölfter Juni 1950. Hier ruht unser Mörder? Seine Familie muss wirklich Geld gehabt haben, ein hübsches Mausoleum. Doch wie ich sehe, haben sie die Gräueltaten, die er vor seinem Tod begangen hat, auf dem Grab nicht vermerkt …«

»Hättest du es getan, wenn er zu deiner Familie gehört hätte?«, wollte Marcel wissen. »Hättest du auf die Verbrechen hingewiesen?«

»Nein, natürlich nicht. Aber ich hätte ihm nicht einmal ein Grab gegeben, diesem …«

»Verstehe. Aber ein Stück Erde steht nun einmal jedem zu, ganz gleich, ob Schurke oder Held oder einfach nur Durchschnittsbürger …«

Beide schwiegen, während sie weiter auf das Grab starrten. Marguerite schien nicht sehr motiviert zu sein, ganz im Gegensatz zu dem Gerichtsmediziner, der fest daran glaubte, dass Luc Gautier der Schlüssel zu allem war.

Er hätte Marguerite gerne erzählt, dass der Fingerabdruck,

den man gefunden hatte, zu dem ungewöhnlichen Verdacht passte, den er hegte. Doch er traute sich nicht. Er hielt es für besser, wenn sie ihre eigenen Schlüsse zog, anstatt sich mit ihr über eine Theorie zu streiten, die sein Geheimnis gefährden konnte. Es standen mehr als ein paar Leben auf dem Spiel, ein Umstand, den sie weder wissen konnte noch sollte. Deshalb würde Marcel so lange den Mund halten, wie die Umstände es ihm erlaubten.

»Lebt noch irgendjemand von der Familie?«, fragte Marguerite.

»Nein. Luc war nie verheiratet und hatte auch keine Kinder. Seine Eltern hatten weder Geschwister noch Nichten oder Neffen, soweit man weiß, sind die Gautiers mit dem Tod der Mutter im Jahr 1960 gestorben.«

»Wie kann es nur sein, dass er uns noch immer das Leben schwer macht? Das ergibt keinen Sinn. Im Gefängnis konnte es keine Verwechslung gegeben haben, und er ist nicht mehr lebend dort rausgekommen. Andererseits: Ist es so unwahrscheinlich, dass aus Versehen eine andere Person begraben wurde und er freikam?«

»Ist das deine Hypothese? Willst du den Richter um eine Exhumierung bitten mit dem Argument, dass es hier vielleicht eine Verwechslung gegeben hat?«

Marguerite schüttelte den Kopf.

»Natürlich nicht. Aber es wäre die einzige Theorie, die eine gewisse Logik besäße. Doch selbst wenn sie zutreffen würde, dann wäre Gautier jetzt über hundert. Ist der Fingerabdruck, den man gefunden hat, auch sicher seiner?«

»Ja. Die Kollegen aus Belfort wollten dem Computer auch

nicht glauben, also haben sie es überprüft, bevor sie es uns mitgeteilt haben.«

Eine alte Dame mit einer Gießkanne in der Hand tauchte in der Tür auf. Auf dem *Père Lachaise* traf man häufig Leute, die freiwillig fremde Gräber pflegten.

»Brauchen Sie vielleicht Wasser?«, fragte sie mit sanfter Stimme. »Ich habe noch ein wenig übrig …«

»Nein danke«, antwortete Marcel.

»Bleiben Sie dieser Gruft besser fern«, riet ihr Marguerite. »Der Kerl, der unter dieser Grabplatte liegt, hat es nicht verdient, dass man sich um ihn kümmert. Zumal auch keine Blumen hier drin wachsen …«

Die alte Frau erschrak bei diesen Worten und ging eilig davon.

»Das hättest du nicht sagen sollen«, warf ihr der Gerichtsmediziner vor. »Sie hat es gut gemeint, und sie konnte nicht wissen …«

»Es ist einfach, den guten Samariter zu geben, während die anderen sich die Finger schmutzig machen«, unterbrach sie ihn und sah ihn herausfordernd an.

Marcel seufzte. »Niemand hat dich gezwungen, Polizistin zu werden«, entgegnete er. »Aber ich weiß auch, dass du den Job niemals aufgeben würdest, egal wie hart und undankbar er manchmal ist.«

Sie stieß ein nervöses Lachen hervor.

»Wahrscheinlich hast du recht. Aber dieser Fall … überfordert mich. Zum ersten Mal in meinem Leben weiß ich nicht, wo ich ansetzen soll.«

Marguerite zuckte mit den Schultern.

»Bei dem, was wir bisher haben«, überlegte sie laut, »weiß ich nicht, ob uns ein Richter die Genehmigung erteilen würde, das Grab von Gautier zu öffnen und eine Überprüfung seiner DNA vorzunehmen.«

»Die Genehmigung werden wir nicht bekommen«, behauptete Marcel kategorisch. Überrascht sah sie ihn an.

»Und wieso bist du dir da so sicher?«

»Weil du sie bei Richter Bertrand Fabatier beantragen müsstest.«

Weitere Erklärungen waren überflüssig. Der Name traf Marguerite wie ein Faustschlag. Natürlich würde er der Exhumierung niemals zustimmen. Marguerite hatte vor einem Jahr einen der Söhne des Richters wegen Vandalismus festgenommen; ein Schandfleck für die Familie, den Fabatier ihr zuschrieb. Niemals würde er sie bei einem Fall unterstützen, oder zumindest würde er die Genehmigung so lange wie möglich hinauszögern.

»Du hast recht«, sagte sie zu Marcel gewandt. »Wir müssen das auf eigene Faust machen.«

Laville erbleichte und wollte nicht glauben, was seine Kollegin ihm da vorschlug, vor allem weil es bedeutete, dass sie es nachts tun mussten.

»Hältst du das wirklich für eine gute Idee, Marguerite?«, fragte er. Dann betrachtete er die Ränder der Grabplatte, die ziemlich sauber waren. War sie etwa vor Kurzem erst entfernt worden?

***

Die unerwartete Begegnung mit Daphne und ihre Eröffnung, dass er akut gefährdet sei, dass der Untote, der aus dem Totenreich entwichene Vampir, es auf ihn abgesehen hatte, ließ Pascal in Aktion treten: Er wollte schnellstens mit seinem Freund Dominique reden. Gemeinsam war man stärker.

Die einzige Gelegenheit an diesem Vormittag bot sich während der Pause, doch es standen zu viele Leute herum. Außerdem hatte sein Freund ebenfalls etwas zu erzählen: sein erfolgreicher Flirt mit Marie am Vorabend.

»Ich hatte zwar noch nie mit ihr geredet, aber ich wusste ein paar Sachen über sie, und sofort war mir ihr Profil klar«, erzählte Dominique nicht ohne Stolz. »Dann habe ich meine Strategietafel angewendet und einen auf mutig und selbstsicher gemacht. Ich hab ihr Angst eingejagt, um ihr dann zu Hilfe zu kommen, ich bin ein taktisches Genie.«

»Und bist du tatsächlich bei ihr gelandet?« Mathieu, der zu ihnen kam, wollte es nicht glauben. »Vielleicht wollte sie einfach nur nett zu dir sein.«

»Von wegen«, widersprach Dominique. »Wir haben Telefonnummern ausgetauscht, und morgen treffen wir uns wieder. Da läuft was, haha. Es hat schon gestern ganz schön gefunkt. Aber irgendwie ist dann was Komisches passiert, also haben wir es fürs Erste dabei belassen. Ich glaube, jemand ist uns gefolgt.«

Pascal, in seiner neuen Rolle als Wanderer, wurde plötzlich hellhörig.

Er sah, dass den Freund noch immer Schauer überliefen, als er davon erzählte. »Noch nie habe ich ein so intensives Gefühl von Gefahr verspürt wie in der Straße, in der Marie wohnt«, erzählte Dominique. »Ich weiß es nicht … Aber was wäre passiert, wenn wir einfach weitergegangen wären?«

Pascal verbarg seine Unruhe und klopfte dem Freund beruhigend auf die Schulter. Doch während Mathieu noch weiter mit Dominique über das Mädchen Marie plauderte, dachte er über das nach, was er eben gehört hatte: dieses Gefühl von großer Gefahr, von dem Dominique berichtet hatte. Musste er diese seltsame Episode mit seiner eigenen Situation in Verbindung bringen?, fragte er sich, verwarf jedoch den Gedanken wieder: Dominique hatte nichts mit der Dunklen Pforte zu tun. Wieso sollte er auch? Das ergab keinen Sinn …

Die Klingel ertönte und die Schüler drängten langsam ins Schulgebäude zurück. Zwei Stunden später sprach er den Freund an; sie standen allein am Ausgang der Schule. Ungeduld quälte ihn. »Hör mal, ich muss was Wichtiges mit dir besprechen. Essen wir zusammen zu Mittag?«

Dominique hoffte, dass es nicht um Michelle ging. Trotz seiner guten Vorsätze wollte er, was das betraf, nicht mehr leiden als unbedingt nötig.

»Ist es so dringend?«, fragte er. »Ich muss eigentlich nach Hause.«

»Ja. Ich kann nicht länger damit warten.«

Und vielleicht war es Pascals Tonfall, vielleicht auch der angespannte Ausdruck seines Gesichts, jedenfalls entging Dominique nicht, dass die Sache wichtig war.

»Einverstanden, wir essen zusammen. Ich schicke meiner Mutter eine SMS, damit sie Bescheid weiß. Hast du Michelle gesehen?«, fragte er nun doch nach ihr; vielleicht unbewusst, um das Thema abbrechen zu können. »Kommt sie auch?«

Pascal machte eine abwehrende Geste.

»Sie war auch heute nicht in der Schule, du hast es ja auch bemerkt, und gestern hat sie mich nicht zurückgerufen. Ich will ihr nicht auf die Nerven gehen, aber wenn sie sich heute nicht meldet, rufe ich sie im Internat an …« Er räusperte sich. »Jetzt will ich aber mit dir reden, allein.«

Dominique schaute seinen Freund aufmerksam an.

»Du ziehst mich Michelle vor? Was ist denn los mit dir?«

Pascal schwieg einen Augenblick.

»Hat Michelle etwas zu dir gesagt?«, fragte er dann.

»Nein, sie hat nur gemeint, dass du dich seit der Party verändert hättest, das ist alles. Was ist dort passiert, Pascal? Bist du von Außerirdischen entführt worden und hast uns nichts davon erzählt?«

Fast wäre Pascal zusammengezuckt. Wie nah Dominique damit der Wahrheit kam!

Doch er antwortete nicht darauf. »Los, lass uns in die Mensa gehen«, sagte er nur und schob Dominiques Rollstuhl vor sich her.

Pascal suchte einen Tisch aus, der ein wenig abseits stand. Was er zu erzählen hatte, war absolut nichts für fremde Ohren.

Plötzlich zitterten ihm die Hände, und vor lauter Angst, dass Dominique über ihn lachen würde, hatte er auf einmal keinen Hunger mehr. Dominique war so cool, so rational, wie sollte er ihm das Ganze nur glaubhaft machen? Er nahm mehrere Anläufe, machte jedoch jedes Mal im letzten Moment einen Rückzieher und brachte keinen Ton heraus.

»Bist du ein Spion?«, zog Dominique ihn schließlich auf.

»Mir kannst du es erzählen. Aber nur, wenn du mich nachher nicht umbringen musst, klar?«

Er lachte laut auf, doch Pascal ging auf den Scherz nicht ein. »In der Partynacht ist wirklich etwas passiert«, sagte er endlich, ohne Dominique anzusehen. »Etwas Unglaubliches. Deshalb habe ich es bisher noch nicht erzählt.«

Dominique trank einen Schluck Wasser und schaute Pascal aufmerksam an.

Und nun begann Pascal zu erzählen, erst zögerlich, doch dann sprudelte es nur so aus ihm heraus. Er hielt nur inne, um zwischendurch Luft zu holen oder sich verstohlen umzusehen, ob nicht inzwischen an einem der Nachbartische jemand saß.

»Es ist eine seltsame Welt«, erzählte er. »Dieser merkwürdige lichte Pfad, die vollkommen leere Stille, diese Toten, die alle darauf warten, dass das Gute sie holt. Sie sehen noch genauso aus wie zu dem Zeitpunkt, als sie starben. Man kann ihre Körper berühren. Ihre Haut ist eiskalt. Und ihre Augen sind glanzlos. Na ja, wie sollen sie auch glänzen, wo es in dieser Dimension so gut wie kein Licht gibt?«

Pascal wich dem skeptischen Blick seines Freundes aus. Was Dominique dachte, war ihm deutlich anzusehen: Was für eine verrückte Geschichte!

»Sie haben mich sehr gut behandelt«, fuhr Pascal fort. Sie waren es auch, die mir die Kleider für die Halloweenparty gegeben und mir das mit der Dunklen Pforte erklärt haben.«

Fast bewunderte Dominique den Einfallsreichtum seines Freundes, mit dem der sich seine Geschichte ausgedacht hatte.

Er grinste. »Mal sehen, ob ich das alles so richtig verstanden habe«, sagte er. »Die Truhe bei den Marceaux ist also die Tür zu dieser Welt?«

»Ja. Doch Jules' Familie weiß das nicht, weil die Tür sich nur unter ganz bestimmten Bedingungen öffnet. Ich war auch nicht dafür ausersehen, der neue Wanderer zu werden. Es war ein Zufall.«

»Wer weiß«, wandte Dominique halb ernst ein, um den Freund nicht vor den Kopf zu stoßen. »Die Wahrsagerin wusste es doch wohl; sie hatte also recht, stimmt's?«

»Die alte Daphne ist dem Zufall lediglich zuvorgekommen.«

Sie schwiegen einen Moment und Pascal griff nach seinem Glas, um einen Schluck Wasser zu trinken.

»Auch wenn diese Welt … ich weiß nicht, wie ich es sagen soll, neutral ist, herrscht dort keine friedliche Atmosphäre. Es gibt Gefahren.«

»Aber sie sind tot, wenn man dir glauben will«, wandte Dominique ein. »Was soll ihnen schon passieren?«

»Das Böse lauert dort in der Dunkelheit«, antwortete Pascal. »Und es ernährt sich von den Seelen der Toten oder ihrem Geist oder was weiß ich. Das Böse hat außerdem sein eigenes Gebiet, es existiert mitten im Zwischenreich. Es gibt eine Grenze zwischen beiden …«

Pascal war klar, dass all dies für Dominique schwer verdaubar war, deshalb erzählte er lieber nichts von Delaveaus Tod und der Anwesenheit seines Mörders in der irdischen Welt, hier, in Paris. Eine Anwesenheit, die auch ihn selbst betraf …

»Pascal.«

»Ja?«

»Was du mir hier erzählst – das meinst du doch nicht ernst, oder? Nimmst du irgendwelche Drogen? Du hast vielleicht irgendeinen Quatsch gemacht, aber das ist nicht schlimm … Du hörst einfach wieder auf damit.«

»Nein, Dominique. Du weißt, dass ich keine Drogen nehme. Ich bin auch nicht betrunken. Was ich dir erzählt habe, ist wahr, so wahr, wie wir hier sitzen. Du musst mir glauben, du bist der Einzige, der davon weiß.«

»Na, dein Glück, dass du so schweigsam bist, sonst wärst du bereits in der Sprechstunde irgendeines Psychiaters.«

»Dominique, ich brauche deine Hilfe.«

Doch der schnaubte.

»Ist dir klar, was du von mir verlangst?« Er wurde lauter. »Ich bin dein Freund und du kannst jederzeit auf mich zählen, das weißt du. Aber es ist nicht leicht, dir diese Zombiegeschichte abzunehmen. Was soll das? Willst du wegen Michelle ein Goth werden?«

Pascal stöhnte.

»Wie kann ich dich nur überzeugen?«

»Du hältst also an deiner Paranoia, deinem Wahnsinn fest?«

»Es ist kein Wahnsinn. Es ist die Wirklichkeit, Dominique.«

»In Ordnung, ich habe eine Idee, wie du mich von deiner Geschichte überzeugen kannst.«

»Lass hören.«

»Der Friedhof, den du angeblich besucht hast, ist *Montparnasse*, stimmt's? Und nehmen wir einmal an, dass du noch immer diese … diese Reisen machen kannst.« Pascal nickte. »Okay, meine Großmutter ist dort begraben. Sie starb, als ich sechs Jahre alt war, und meine Eltern haben mich einen Abschiedsbrief schreiben lassen und ihn in ihren Sarg gelegt. Er steckt in einem Umschlag.«

Er räusperte sich. »Ich erinnere mich noch genau daran, was ich geschrieben habe. Nur ich kenne den Brief. Wenn du mir sagst, was drinsteht, hast du mich überzeugt.«

Die beiden schauten sich einen Augenblick lang an.

»Einverstanden«, sagte Pascal, »mir bleibt wohl nichts anderes übrig.«

»Hör mal, Pascal, ich will dir wirklich nicht zu nahe treten«, lenkte Dominique jetzt ein, »aber was du da erzählst, klingt so fantastisch. Du weißt, dass ich ein sehr rationaler Mensch bin, und es kostet mich echt Überwindung, dir zuzuhören. Es ist nicht persönlich gemeint. Super, dass du zuerst zu mir gekommen bist, aber im Ernst. Ich meine, wenn du willst, können wir ein andermal in Ruhe darüber reden.«

Pascal musste sich eingestehen, dass er zu viel von seinem Freund verlangt hatte; Dominiques Verhalten war nachvollziehbar. Wenn die Situation umgekehrt gewesen wäre, hätte er bestimmt genauso reagiert.

»Mach dir keine Sorgen«, antwortete er, »du hast recht. Ich kann nicht erwarten, dass du eine solche Geschichte auf Anhieb glaubst …«

Dominique fand es langsam nicht mehr witzig und er machte sich ernsthaft Sorgen über den Geisteszustand seines Freundes.

»Das Problem ist, auf Jules' Dachboden zu kommen, ohne auch ihm etwas zu erzählen«, bemerkte Pascal.

Dominique verlor langsam die Geduld. Er wollte die Sache so schnell wie möglich vom Tisch haben.

»Dann lass uns gleich gehen! Es ist eine gute Zeit und wir schleichen uns ins Haus, wenn jemand die Tür öffnet.«

»Und die Tür zum Dachboden?«, fragte Pascal. »Wie öffnen wir die?«

Dominique lächelte; er würde nicht zulassen, dass sein Freund sich auf einmal drückte.

»Kein Problem. Eine meiner zahlreichen Fähigkeiten ist, Schlösser zu knacken«, sagte er und fügte ironisch hinzu: »Ein wenig vertrauenswürdiger Freund hat es mir gezeigt.«

Pascal war von Letzterem nicht begeistert, doch er nickte und stand auf. Bei aller Ernsthaftigkeit und Dramatik, um die es hier ja ging … er freute sich auf das Gesicht Dominiques, wenn er erst sah, dass alles stimmte, was er erzählt hatte. Der Freund würde noch ganz schön blöd aus der Wäsche gucken!

Dominique bemerkte ein kleines Lächeln auf Pascals Lippen, während sie den Schulhof überquerten.

»Siehst du schon wieder diesen Hund mit den drei Köpfen?«, fragte er ihn, während er seinen Rollstuhl über das Pflaster bewegte. »Was ein solches Tier wohl frisst …«

Pascal wollte schon wütend antworten, als Mathieus Stimme unmittelbar hinter ihnen erklang. Anscheinend hatte er Dominiques letzte Bemerkung gehört: »Hallo, ihr zwei. Was war das eben mit dem Hund mit drei Köpfen?«

Die beiden stoppten und drehten sich zu ihm um.

»Ach, ich habe Dominique nur von einem komischen Traum erzählt«, antwortete Pascal.

Mathieu schien enttäuscht zu sein: »Ach so. Ich dachte, es ging um Mythologie.«

»Mythologie? Wieso das?«, wollte Dominique wissen.

»Das ist eins meiner Lieblingsthemen«, erklärte Mathieu. »Neben Geschichte. Und als ich das von Zerberus gehört habe, da …«

»Zerberus?«, unterbrach ihn Pascal.

Mathieu setzte eine leidende Miene auf: »Habt ihr etwa noch nie von der Fähre des Charon gehört? Unglaublich!« Auch Dominique konnte sich nicht erinnern, schon einmal davon gehört zu haben. Er war nicht besonders interessiert.

»In der griechischen Mythologie«, erklärte Mathieu, »ist Charon eine Gottheit aus der Unterwelt. Seine Aufgabe ist es, die Fähre über den Fluss Styx zu lenken, mit der er die Verstorbenen aus dem Reich der Lebenden ins Reich der Toten bringt.«

Pascal stand der Mund offen und Dominique schüttelte den Kopf. Das hatte gerade noch gefehlt, die fixe Idee seines Freundes stimmte mit einem alten Mythos überein. Jetzt würde es noch schwieriger sein, Pascal die Sache auszureden.

»Erzähl weiter, Mathieu«, bat Pascal.

Der ließ sich das nicht zweimal sagen: »Wenn jemand stirbt, wird seine Seele vom Gott Merkur bis zum Fluss Styx geleitet. Dort muss er auf die Ankunft von Charons Fähre warten, die durch die Wasser der Hölle gleitet. Da man die Überfahrt bezahlen muss, wird dem Toten eine Münze in den Mund gelegt. Die Fähre bringt ihn ans andere Ufer zum Totenreich, dessen Eingang von Zerberus, dem Hund mit den drei Köpfen, bewacht wird; ich dachte, ihr redet über den. Seine Aufgabe ist es, darauf zu achten, dass kein Lebender die Welt der Toten betritt und dass kein Toter aus ihr verschwindet. Eine irre Geschichte, was? Michelle kennt sie bestimmt.«

»Natürlich«, sagte Dominique ernst, »aber es ist trotzdem nur ein Mythos.«

Pascal sah seinen Freund an.

»Merkst du was?«, schien er ihm sagen zu wollen. »Das stimmt überein mit ...«

»Du liebe Güte!« Dominique wusste nicht, wie er die Situation wieder unter Kontrolle bringen sollte, ohne dass Mathieu etwas mitbekam. »Gehen wir nun endlich?«

»Ja«, sagte Pascal. »Wir müssen dringend etwas erledigen, Mathieu. Und vielen Dank für die Story, es war eine große Hilfe. Wir unterhalten uns bei Gelegenheit noch mal darüber.«

»Okay, wir sehen uns.«

Mathieu drehte sich nach ein paar Schritten um, um den beiden nachzuschauen. Was ist nur los mit denen?

Pascal und Dominique entfernten sich, jeder mit einem anderen Vorsatz. Der Augenblick der Wahrheit war gekommen.

18

AN JENEM NACHMITTAG strich Daphne voller Unruhe über ihre Kristallkugel. Sie zitterte leicht.

»Es ist tatsächlich wieder passiert«, stellte sie fest. »Nicht zu glauben.«

»Was ist passiert?«

Neben ihr saß Edouard, ihr Lehrling, den sie ausgewählt hatte, weil er ein junger Mann mit ungewöhnlichen Fähigkeiten war. Sie ließ ihn an vielem, was sie tat, teilhaben, doch diesmal war sie nicht bereit, ihr Geheimnis mit ihm zu teilen; es war zu riskant. Sie hatte Träume gehabt und die Botschaft des Erhängten hatte sich bewahrheitet. Sie war dem Wanderer sogar schon begegnet.

Nach hundert Jahren war es also wieder geschehen. Und dann war auch noch ein Vampir in die irdische Welt hinübergewechselt, und alles und jedes, das sich in Daphnes Umfeld befand, war damit akut in Gefahr. So auch Edouard.

»Erzählst du es mir nicht?«, fragte ihr Lehrling erneut.

»Nein. Das würde dich in große Gefahr bringen, Edouard.« Daphne warf einen prüfenden Blick auf die Wohnungstür.

»Und es ist zu früh, du bist noch nicht so weit, es mit dem Bösen aufzunehmen.« Sie fixierte ihn. »Du musst gehen.«

»Gehen?«, fragte Edouard überrascht.

»Jetzt sofort.« Daphne nickte besorgt. »Du bist noch jung, die Zukunft gehört dir. Setz sie nicht aufs Spiel.« Sie blickte ihn lange an, als sähe sie in ihm ihre eigene Vergangenheit. »Vertrau meinem Urteilsvermögen, wie du es bisher gemacht hast.«

Sie erhob sich aus ihrem Sessel. Entschlossen ging sie zu einem Schrank und nahm aus einer Schublade ein silbernes Medaillon, das identisch mit dem war, das sie am Abend zuvor Pascal gegeben hatte.

»Ein Vampir geht in unseren Straßen um«, verriet sie lediglich. »Diese Wesen halten sich eigentlich im Reich der Finsternis auf. Doch gelangen sie unter die Lebenden, so brauchen sie frisches Blut. Deshalb weiß ich, dass er wieder töten wird, wenn er es nicht bereits getan hat … Für alle Fälle gebe ich dir das hier mit.« Sie reichte Edouard den Anhänger. »Das ist ein Talisman, der das Böse vertreibt. Hoffentlich wirst du ihn nicht brauchen, doch falls du dem Vampir begegnen solltest, wird er deine mentalen Fähigkeiten erkennen und könnte dich angreifen. Häng ihn dir um den Hals.«

»Danke, Daphne.«

»Noch etwas«, fügte sie hinzu. »Das Metall des Medaillons ist aus einer besonderen Legierung gemacht; es reagiert auf das Böse, indem es kalt wird. Wenn das passieren sollte, versteck dich an einem hellen Ort. Und komm nicht auf die Idee, dich auf einen Kampf mit dem Vampir einzulassen, er wird dich vernichten.«

Daphne war ruhig. Seit Jahrzehnten hatte sie sich auf eine solche Situation vorbereitet und sich in zahlreichen Disziplinen wie der Magie, dem Kartenlegen und der Wahrsagerei geübt. Schon immer hatte sie gewusst, dass es irgendwann passieren würde, auch, wo sich die Dunkle Pforte befand und wann genau sie sich wieder öffnen würde. Nun gut; der Moment war gekommen. Die Pforte hatte sich aufgetan, und ein Junge war im Jenseits gewesen und hatte einen unumkehrbaren Prozess in Gang gesetzt.

»Wir werden uns eine Weile nicht sehen«, teilte Daphne ihrem Schüler mit und sah ihn bedauernd an. »Aber du musst mir gehorchen.«

»Bitte, Daphne …«

»Wir haben keine Zeit«, schnitt sie ihm das Wort ab. »Allein die Tatsache, dass du hier bist, ist gefährlich. Auch wenn du eine große Begabung besitzt – du bist noch nicht so weit. Früher oder später wird mich der Vampir finden, weil ich die Einzige in Paris bin, die ihm wirklich die Stirn bieten kann, und ich will nicht, dass dir etwas zustößt. Er ist sehr mächtig, und ich kann nicht für deine Sicherheit garantieren. Ich gebe dir Nachricht, wenn die Gefahr vorüber ist. Ich verspreche es, Edouard.«

Der junge Mann nickte und senkte den Kopf. Zwei Gefühle waren im Widerstreit in ihm: Er wollte seine Lehrmeisterin nicht allein lassen, er war auch neugierig auf das, was geschehen würde – doch hatte er auch Angst vor dem Unbekannten. Und er wusste, Daphne war nicht ohne Grund besorgt.

»Du musst fort, jetzt gleich«, drängte die Wahrsagerin, und so erhob er sich, nahm seine Sachen und wandte sich zur Tür.

»Auf Wiedersehen, Daphne«, verabschiedete er sich. »Und viel Glück.«

Sie nickte.

»Danke. Aber nun schnell, man soll das Schicksal nicht herausfordern.«

Als sie allein war, trat Daphne vor ein Regal, das vollgestellt war mit alten Büchern: Magie, Hexerei, satanische Riten, Spiritismus … alles war da, Wissen von Generationen Erleuchteter und auch dunkler Kräfte. Mit ihren knochigen Fingern glitt sie über die Buchrücken, bis sie fand, was sie suchte. Sie trug den Folianten zum Tisch und blätterte darin.

»Diese Zeilen wurden im vierzehnten Jahrhundert von einem Wanderer verfasst«, murmelte sie vor sich hin, »der das Wissen um die Dunkle Pforte weitergeben wollte, bevor er starb. Es ist in lateinischer Sprache verfasst …«

Ehrfürchtig betrachtete sie die im Laufe der Jahrhunderte verblassten Zeilen.

»Hier steht es: *Ne oportet te respicere, viator ad transendum portam. Umbra tua quae ad originem passuum tuis progredit non est.* Blicke nicht zurück, Wanderer, wenn du die Pforte überschreitest. Es ist nicht dein Schatten, der deiner Spur folgt.«

Der Wanderer und ich wissen, dass es ein Vampir ist, dachte Daphne. Wie bei einer Partie Schach auf Leben und Tod war ihre Sorge jetzt, den nächsten Zügen dieses Wesens zuvorzukommen. Sie trat ans Fenster. Die Dämmerung brach über Paris herein. Der Himmel verdüsterte sich, bizarre Wolken gingen darüber hin. Schnell wollte Daphne sich abwenden und sich zum Gehen fertig machen, da hielt sie auf einmal inne. Sie hatte eine Vision: Sie sah ein schönes Mädchen, das schrie, während es in einen unendlich tiefen Brunnen stürzte. Es fiel und fiel und entfernte sich von dem Licht, das oben herrschte, bis nur noch das Echo ihrer Stimme zu hören war.

Daphne erwachte aus der plötzlichen Trance und ein Name kam ihr leise über die Lippen: Michelle.

Sie wusste, dass es sich um das Mädchen handelte, über das Pascal bei seinem ersten Besuch eine Auskunft verlangt hatte. Etwas war ihr zugestoßen. Etwas sehr Schlimmes.

***

Die Nacht war bereits hereingebrochen. Edouard ging langsam den Hügel hinauf, der zu *Sacré-Cœur* führte. Er wohnte am *Montmartre*, dem einstigen Zentrum der Pariser Boheme, der Künstler .... Touristen waren auf den erleuchteten Treppen und neben der Seilbahn zu sehen, wie fast immer hier.

In seinem Kopf wirbelte alles durcheinander, und die Vorstellung, diese Stadt mit einem Vampir zu teilen, ließ ihn seinen Schritt beschleunigen; immer wenn er in eine verlassene Straße kam, hier auf dem *Montmartre*, bewegte er sich von Lichtkegel zu Lichtkegel der Laternen, als wären es Felder eines Brettspiels.

Seine Gedanken wurden jäh unterbrochen, als plötzlich ein mächtiges Bild vor ihm am dunklen Himmel auftauchte: ein blutiger Mond.

Edouard blieb wie angewurzelt stehen. Es war ein Zeichen, das er als Medium wahrnehmen konnte, und er schloss die Augen und drehte sich einmal um die eigene Achse; wonach er suchte, war mit offenem Blick nicht zu erkennen.

Er nahm etwas Bedrohliches wahr. Doch die Gefahr hatte sich gut versteckt, er konnte sie nicht genau lokalisieren, obwohl sie, er spürte es, ziemlich nah war. Etwas belauerte ihn. Edouard schluckte schwer. Er war noch ungefähr dreihundert Meter von dem Haus entfernt, in dem er wohnte. Würde er es bis dorthin unbehelligt schaffen?

Sein Amulett war merklich kälter geworden, er spürte es deutlich zwischen T-Shirt und Pullover, wohin es gerutscht war.

Er rief sich Daphnes Rat ins Gedächtnis: einen hellen Ort aufsuchen. Edouard öffnete die Augen und studierte die Umgebung, um herauszufinden, wie er der Gefahr am besten aus dem Weg gehen konnte. Er fluchte stumm, als er feststellte, dass es nicht einmal eine Kneipe in der Nähe gab. So bog er in eine Gasse ein, die ihn auf eine der wenigen breiteren Straßen führen würde. Doch auf halbem Weg sah er hinter sich einen Mann in einem dunklen Mantel, der vor dem überdachten Eingang eines kleinen Lebensmittelmarktes stand und in die Schaufensterscheibe sah.

Edouard beschleunigte seinen Schritt. Doch die nächste Straßenecke schien, statt näher zu kommen, immer weiter von ihm wegzurücken. Er stoppte kurz und blickte zu dem Mann zurück. Das war kein Mensch. In diesem Körper war kein Leben.

Der Unbekannte wandte sich im gleichen Moment zu ihm um und zeigte ein strahlendes Lächeln, das zwei Fangzähne entblößte.

Das genügte Edouard, um die Beine in die Hand zu nehmen. Die Gestalt im Mantel folgte ihm mit eisigem Blick. Der Vampir hatte den Ort, an dem er ihm auflauerte, geschickt gewählt; eine Gegend abseits der *Montmartre*-Touristenwege, die um diese Zeit ziemlich verlassen war.

Die Angst verlieh Edouard ungewohnte Kräfte. Doch jedes Mal, wenn er sich umdrehte, um festzustellen, ob er seinen Verfolger abgehängt hatte, entdeckte er ihn ganz in der Nähe: hinter einem Baum, neben einem Brunnen, zwischen geparkten Autos. Außer Atem blieb er stehen. Um diese Zeit war alles geschlossen und dunkel.

Da griff der Vampir an.

Mit der Geschwindigkeit einer Raubkatze war er bei ihm. Edouard wusste nicht, wie er reagieren sollte, als der Unbekannte plötzlich vor ihm stand, seinen Arm ausstreckte und seine Hand wie ein Fangeisen um seinen Hals legte. Edouard lief unter dem eisernen Griff der Finger rot an und bekam keine Luft mehr.

Das Monster hob ihn einen halben Meter in die Luft, als würde er nur ein paar Gramm wiegen. Edouard zappelte wie eine Marionette, brachte jedoch keinen Laut heraus, und der Vampir trug ihn in einen langen, dunklen Hausdurchgang.

***

Es war ziemlich spät geworden. Dominique wartete abseits auf der Straße. Er war unten geblieben: Natürlich hatten beide, er und Pascal, nicht bedacht, dass es keinen Fahrstuhl von Jules' Wohnung bis hinauf in den Dachstuhl gab. So unterwies Dominique seinen Freund rasch in der »Technik« des Schlossknackens, und Pascal war allein ins Haus gegangen.

Dominique war zufrieden mit seinem Einfall, dem Brief an seine Großmutter … und konnte sich vor Ungeduld kaum bezähmen. Wie würde der Freund wohl mit der bevorstehenden Niederlage umgehen?

Da ging die Eingangstür auf und Dominique reckte den Kopf, um zu sehen, ob es sich um Pascal handelte. Er war es. Er hatte nicht lange gebraucht. Während Pascal näher kam, versuchte Dominique am Gesicht seines Freundes abzulesen, was geschehen würde. Doch Pascal machte eine gleichgültige Miene.

»Wie ist es gelaufen?«, fragte Dominique. »Weißt du nun, was ich meiner Großmutter geschrieben habe?«

»Nein.«

Dominique lächelte zufrieden. »Wie kommt's?«, fragte er. »Ich dachte, du kannst mit den Toten reden und so weiter?«

Jetzt war es an Pascal zu lächeln. »Das ist eine Frage der Erziehung. Man öffnet keine fremden Briefe.«

Dominique machte ein verständnisloses Gesicht. »Was willst du damit sagen?«

Pascal steckte seine Hand in die rechte Hosentasche. Als er sie wieder herauszog, hielt er einen fleckigen und vergilbten Briefumschlag darin, den er seinem Freund überreichte.

»Was ist das?«, fragte Dominique verständnislos.

»Dreh ihn um.«

Dominique gehorchte. Seine Selbstsicherheit war wie weggewischt, als er die im Laufe der Jahre verblasste Schrift las: »Für Großmama«.

Es war seine Schrift, sein Brief.

»Aber … wie …?«

Dominique fehlten die Worte. Mit reglosem Ausdruck starrte er auf den Umschlag. Er öffnete ihn, ohne es zu wagen, seinen Freund anzuschauen. Drin lag der Text, den er als kleiner Junge geschrieben hatte. Die Welle der Erinnerungen, die ihn überkam, ließ ihn in Tränen ausbrechen.

»Mein Gott, Pascal«, stammelte er endlich und holte tief Luft. »Ich glaube, du musst mir deine Geschichte noch einmal erzählen.«

***

Der Vampir schob sein Gesicht dicht an Edouards heran, und dieser roch seinen stinkenden Atem.

»Wo ist sie …?«, flüsterte er mit Grabesstimme. »Wo ist die Pforte …?«

»Was für eine …«, krächzte er und hoffte, dass ihn die Finger, die sich in seinen Hals gruben, nicht strangulieren würden. »Ich weiß nicht, was Sie …«

Der Vampir entblößte erneut seine Fangzähne und blickte ihn hasserfüllt an. Edouard spürte die Kälte seines Amuletts, das er versäumt hatte seinem Angreifer entgegenzuhalten. Es war plötzlich so rasch gegangen …

Auf einmal waren Schritte zu hören. Jemand kam in den Durchgang. Der Vampir blickte mit seinen bösen Augen in die Richtung, aus der die Geräusche kamen, und drehte sich dann wieder zu seinem Opfer um. Er lächelte und übermittelte ihm eine letzte Botschaft: »Wir sehen uns wieder …«

Dann machte die Kreatur eine brüske Bewegung mit dem Arm und schleuderte Edouard mehrere Meter durch die Luft gegen eine Wand. Von dem heftigen Aufprall verlor er beinahe das Bewusstsein, mit einem Schrei stürzte er zu Boden. Das Monster war verschwunden, doch stattdessen kam ein Mann auf ihn zu. »Nicht bewegen, du hast dir vielleicht das Rückgrat verletzt!«, befahl ihm der Fremde. »Mein Name ist Marcel Laville. Ich bin Arzt. Ein Krankenwagen ist schon unterwegs.«

***

Daphne stieß laute Flüche aus. Pascals Handy hatte noch immer keine Funkverbindung, und sie musste ihn dringend finden, um ihn über ihre beunruhigenden Vorahnungen hinsichtlich Michelle zu unterrichten. Vielleicht war es noch nicht zu spät, um Schlimmeres zu verhindern.

Daphne lief schon eine ganze Weile durch das Zentrum von Paris und suchte nach Pascal. Es war auch spät für sie, wenn sie die Gefahr bedachte, in der sie selbst sich befand. Die Nacht war zu ihrem Feind geworden.

Ihre Intuition führte sie zu einer Schule. Trotz der späten Stunde waren die Türen wegen der Abendkurse offen. Daphne schlüpfte hinein, und kaum hatte sie die Eingangshalle betreten, durchströmte ihren Geist eine heftige Bilderflut, die sie am Weitergehen hinderte. Fast blind schaffte sie es bis zu einer Toilette, wo sie sich einschloss, um sich von den Visionen zu erholen. Hätte sie nicht schon davon gewusst – es wäre nicht mehr nötig gewesen, dass ihr jemand erzählte, wo der Lehrer Henri Delaveau getötet worden war.

Sobald sie sich ein wenig erholt hatte, öffnete Daphne die Toilettentür einen Spalt weit und spähte auf den Flur. Was sollte sie als Nächstes tun? Wie dem Mädchen Michelle auf die Spur kommen?

Sie trat auf den Flur und ging ihn mit der größtmöglichen Selbstverständlichkeit entlang, bis sie an eine Ecke kam, die zurück zur Halle führte. Dort beobachtete sie eine an sich harmlose Situation: Ein Mann, der ein Lehrer zu sein schien, durchquerte eilig das Foyer und schälte sich währenddessen aus einem dunklen Mantel.

Daphne spürte auf einmal Kälte auf der Brust. Zuerst begriff sie nicht … doch dann fiel ihr der Talisman ein, den sie um den Hals trug, und ein Schauer überlief sie. Sie holte das Amulett hervor: Es hatte eine eisige Temperatur angenommen. Das Böse war ganz in der Nähe.

Daphne blickte wieder zur Eingangshalle. Der Lehrer war plötzlich stehen geblieben und drehte jetzt langsam den Kopf in ihre Richtung. Hinter ihm befand sich ein großer Spiegel, und da sah sie es: Der Spiegel war leer.

19

ZU HAUSE ANGEKOMMEN, erzählte Pascal dem Freund von seinem Besuch im Reich der Toten. Diesmal hing dieser geradezu an seinen Lippen.

»Beim ersten Besuch ist meine Uhr stehen geblieben; beim zweiten haben sich die Zeiger dann in der Geschwindigkeit jener Welt gedreht. Wie lange habe ich gebraucht?«, wollte Pascal wissen.

»Um die vierzig Minuten. Also musst du so ungefähr fünfundzwanzig Minuten in der Truhe gewesen sein.«

»Ja, ich schätze, dass ich ungefähr drei Stunden im Jenseits war. Die Zeit vergeht dort schneller, ich nehme an, weil die Zeitspannen dort riesig sind. Es ist eben … eine andere Dimension, aber sie existiert im gleichen Raum wie unsere, verstehst du?«

»Jaja, wie im Film. Hör mal …« Dominique hielt einen Moment inne, »hast du … hast du meine Großmutter gesehen?«

»Nein. Ich war nicht einmal an ihrem Grab. Ich habe ein paar Toten von der Sache berichtet, und sie übergaben mir den Brief.«

»Irre.«

»Du hast Glück gehabt«, gestand Pascal. »Wenn deine Großmutter nicht auf dem *Montparnasse* begraben worden wäre, hätte ich dir den Brief nicht bringen können.«

»Warum? Sind denn im Tod nicht alle gleich?«

»Ja, aber sie bilden so etwas wie unabhängige Gemeinschaften auf den einzelnen Friedhöfen, die über den Leuchtpfad miteinander verbunden sind.«

»Und dazwischen herrscht Dunkelheit!«, fügte Dominique hinzu. »Coole Sache. Ich stelle mir das Ganze irgendwie als ein Computerspiel vor. Damit könnten wir uns eine goldene Nase verdienen.«

Pascal fiel ein, dass er seinem Freund noch gar nicht erzählt hatte, was sich in der Dunkelheit verbarg. Fast musste er lachen.

»Du und dein Computer, das ist eine stabile Liebesbeziehung«, sagte er und lachte nun wirklich.

»Das ist kein Scherz, wir machen das.«

»Wenn du meinst.«

Einen Augenblick lang schwieg Dominique. Er musste über so viele Dinge nachdenken und sie erst einmal verdauen.

»Ich glaube, dass alles so geplant war«, behauptete er dann. »Dass du auf den Dachboden gehen solltest, die Truhe finden und so weiter …«

»Erzähl keinen Blödsinn, ich wollte ja nicht einmal auf die Party«, wandte Pascal ein.

»Erinnerst du dich denn nicht daran, was die Wahrsagerin gesagt hat? Das mit deiner Reise. Und diese Karte, die sie uns gezeigt hat … das war der Tod! Das passt alles zusammen!«

»Das war alles purer Zufall, basta.«

»Von wegen«, widersprach Dominique. »Den Mut, den du gezeigt hast, hat dir nicht die Dunkle Pforte gegeben. Der war bereits in dir, auch wenn wir es nicht bemerkt haben. Wichtige Ereignisse passieren nicht einfach so. Dafür bist du geboren worden. Und die Wahrsagerin hat das erkannt.«

»Ich kann es einfach nicht glauben.«

»Denk in Ruhe darüber nach.«

Pascal, der sich unbehaglich fühlte, wollte das Thema wechseln: »Dieses Mädchen, bei der du deine Strategietabelle angewendet hast, um sie nach Hause zu begleiten – wirst du sie noch mal treffen?«

Doch von Dominique kam nur ein ungefähres »Vielleicht«, und Pascal merkte unschwer, dass der Freund nicht darüber reden wollte. Sie schwiegen ein paar Augenblicke, dann entschloss Pascal sich, doch noch mehr preiszugeben von dem, was ihn mit der Dunklen Pforte verband – und »ihren« Folgen.

»Sieh mal«, sagte Pascal und streifte sich die Kette über den Kopf. »Dieses Medaillon ist magisch, die Wahrsagerin, Daphne, hat es mir gegeben. Es spürt das Böse auf und kann es sogar vertreiben, sagt sie.«

»Echt irre.« Dominique spürte die Wärme, die von dem Amulett ausging, als er es mit den Fingerkuppen berührte. Es war mehr als gewöhnliche Körperwärme. »Hast du die Wahrsagerin etwa wiedergesehen?«

»Vor ein paar Tagen haben wir uns auf der Straße getroffen. Sie war auf der Suche nach mir, sie weiß eine Menge Dinge.«

In diesem Augenblick kam Pascals Mutter herein, um ihnen

zu sagen, dass es Zeit zum Abendessen sei, und sie mussten das Gespräch unterbrechen. Dominique rief seine Eltern auf dem Handy an und bat um Erlaubnis, noch bleiben zu dürfen. Während sie dabei halfen, den Tisch zu decken, warf er Pascal die ganze Zeit verschwörerische Blicke zu. Pascal aber fühlte sich nicht wohl in seiner Haut, angesichts der Tatsache, dass seine Eltern vollkommen ahnungslos waren über das, was mit ihm geschehen war, doch wollte er sein Schweigen ihnen gegenüber nicht brechen. Immerhin hatte es ihn sehr erleichtert, sich seinem Freund gegenüber zu öffnen. Wenngleich er ihm noch deutlicher sagen musste, dass dies, was er nun wusste, kein Spiel war. Noch hatte er ihm nicht von seiner Begegnung mit den schrecklichen Wesen erzählt, die in der Finsternis lauerten … und dem einen Monster in der Welt der Lebenden.

***

Daphne zog ihren Kopf zurück. Erschrocken presste sie sich gegen die Wand, um aus dem Blickfeld des Lehrers zu verschwinden, der noch immer mitten im Foyer stand und seinen durchdringenden Blick in ihre Richtung schickte.

Der Talisman schmerzte jetzt vor Kälte auf ihrer Brust, was ihren Verdacht bestätigte. Das Böse befand sich direkt vor ihr, es hatte sie beinahe entdeckt. Ein paar Sekunden eher, und sie wären sich im Foyer begegnet … diese Begegnung hätte tödlich sein können. Sie konnte es noch immer sein, Daphne war nicht vorbereitet. Es war einfach zu früh!

Dieser Kerl musste es sein, das Wesen, das durch die Dunkle Pforte gekommen war! Daphne ließ sich von der harmlosen

Erscheinung der »Person« nicht täuschen: Dieser Körper dort, in ein paar Metern Entfernung, war nur eine leblose Hülle, unter der sich etwas verbarg, das kein Mensch war, sondern eine gefährliche Bestie. Die Konzentration von Macht, die sie um das Wesen herum spürte, war unglaublich groß.

Daphnes Geist, der sämtliche psychischen Verteidigungsmechanismen aktiviert hatte, spürte, dass das Monster im Begriff war, ihre Anwesenheit aufzudecken. Ihr war, als sende das Wesen seine gelben Raubtieraugen nach ihr aus, als wären sie nur noch wenige Zentimeter von ihr entfernt.

Ihr wurde klar, dass der Vampir sie wegen der Energie, die ihr Körper verströmte, auffinden würde, so wie Schlangen jagten, indem sie die Wärme ihres Opfers wahrnahmen.

Sie war ein Medium und ihre mentalen Fähigkeiten verrieten sie an jemanden mit übersinnlichen Kräften. Wenn sie dieser Begegnung lebend entkommen wollte, musste sie ihren Geist blockieren, durfte an nichts denken, musste sich für eine Weile in eine ganz normale Person verwandeln. Es war die einzige Möglichkeit, dem Vampir zu entkommen.

Angestrengt versuchte sie es. Eine verzerrte Stimme erklang in ihrem Kopf, die sie rief und aufforderte, zum Eingang zu gehen. Daphne kniff die Augen zu und versuchte, an nichts zu denken. Wenn sie auch nur den kleinsten Fehler beging, wäre sie geliefert.

Zwischen den turbulenten Signalen, die durch das Foyer schwirrten, war ein Ruf zu hören: »Monsieur Varney, die Schüler erwarten Sie.«

Niemand antwortete. Daphne hielt ihre mentale Abwehr aufrecht, denn der Alarm wurde nicht schwächer. Schließlich sagte eine dunkle Stimme die erlösenden Worte: »In Ordnung, danke. Ich komme.«

Das beruhigende Geräusch von Schritten, seinen Schritten, war zu hören, die sich über den Flur entfernten. Ihr Amulett wurde wieder wärmer. Wie durch ein Wunder war sie davongekommen.

Daphne würde weder den dunklen Klang der Stimme noch diesen Namen vergessen: Varney. Denn sie würden sich wiedersehen. Und sie schwor sich, dass sie das nächste Mal vorbereitet sein würde.

Kurz darauf trat sie auf die Straße. Es hatte zu regnen begonnen, doch sie war dankbar dafür. Sie ließ sich den Regen übers Gesicht laufen, und es machte ihr nichts aus, dass ihr Haar nass wurde. Sie genoss es, sich lebendig zu fühlen.

***

»Willst du mir wirklich nichts erzählen?«, hakte Marcel nach, der im Türrahmen des Krankenzimmers lehnte und den Jungen ansah. »Ich arbeite für die Polizei.«

Edouard schüttelte erneut den Kopf.

»Ich bin Ihnen sehr dankbar für Ihre Hilfe. Doch es ist nicht der Rede wert, mir ist ja nichts gestohlen worden.«

Der Gerichtsmediziner war überrascht.

»Aber du hast zwei gebrochene Rippen, Prellungen am ganzen Körper und Blutergüsse am Hals! Willst du nicht, dass wir diesen brutalen Kerl finden, der dir das angetan hat? Du musst Anzeige erstatten. Wer weiß, was hätte passieren können, wenn ich nicht plötzlich gekommen wäre …«

Edouard konnte es sich vorstellen, was hätte passieren können, doch er blieb stur. Was sollte die Polizei in diesem Fall ausrichten? Er musste viel dringender Daphne erzählen, was ihm zugestoßen war, aber er hatte sie zu Hause nicht erreichen können. Warum hatte die Frau nur kein Handy? Unter anderen Umständen hätte er versucht, ihr mental eine Nachricht zu übermitteln, doch er fühlte sich zu schwach.

Eine Krankenschwester betrat das Zimmer.

»Sie werden draußen erwartet, Doktor Laville.«

Marcel nickte und folgte ihr auf den Flur, wo Marguerite auf ihn wartete.

»Wie ich sehe, arbeiten wir heute Nacht beide«, sagte sie. »Was treibst du hier um diese Zeit? Ich brauche dich hundertprozentig für den Fall Delaveau.«

»Ich bin bei einem Jungen, der überfallen wurde, Marguerite. Aber er will keine Anzeige erstatten …«

»Ein Grund, sich nicht darum zu sorgen. Mach dich lieber auf die Suche nach unserem Mörder! Sollen sich doch andere mit nächtlichen Schlägereien beschäftigen.«

»Es gibt ein paar merkwürdige Dinge bei dem Überfall …«

»Ich meine mich zu erinnern«, sagte Marguerite, »dass du schon mit einem merkwürdigen Fall befasst bist. Also kümmre dich gefälligst um diesen.«

Marcel lächelte.

»Ich mag deine höfliche Art, wenn du einen um etwas bittest.«

Sie zuckte mit den Schultern.

»Erinnerst du dich an die beiden Jugendlichen, die am letzten Freitag nach einer Party verschwunden sind?«

Marcel nickte.

»Du weißt, dass wir erst an ein kleines Liebesabenteuer dachten.«

»Ja, es sah ganz danach aus«, erwiderte der Gerichtsmediziner und nickte. »Hast du etwas herausbekommen? Hat man sie gefunden?«

»Nein. Das ist es ja, was mir Sorgen macht. Zwei junge Leute, die sich spontan zu so etwas entschließen, können nicht länger als einen Tag verschwunden bleiben. Aber sie sind schon seit vier Tagen wie vom Erdboden verschluckt.«

»Und wenn es geplant war?«

»Nein, ihre Freunde behaupten, dass sie sich bis zu diesem bewussten Abend kaum kannten.«

»Das klingt wirklich seltsam.« Plötzlich stutzte Marcel. »Warum hat man dir den Fall übergeben? Es geht da nicht um Mord.«

Marguerite setzte eine Leidensmiene auf.

»Aber sie gehen auf die gleiche Schule wie der ermordete Lehrer. Und man vermutet Zusammenhänge. Übrigens gehen viele der Partygäste auf diese Schule, der Gastgeber eingeschlossen. Da gibt es viele Möglichkeiten …«

Sie schnaufte durch die Nase. »Und wenn der verletzte Junge, den du da in dem Krankenzimmer hast, ebenfalls dazugehört, erschieße ich mich, dann sind wir schneller fertig.«

Die beiden brachen in Gelächter aus.

»Ganz ruhig, Marguerite. Denk dran, der Junge ist schon neunzehn.«

»Na und? In der Zwischenzeit halte ich alles für möglich. Er könnte die Klasse wiederholt haben, oder?«

Während sie sich auf dem Flur unterhielten, war es Edouard in seinem Zimmer endlich gelungen, Daphne über Festnetz zu erreichen. Sie wollte umgehend in ein Taxi steigen und zu ihm kommen. Sie hatte keine Zeit zu verlieren und sie fühlte sich für das Geschehene mitverantwortlich. Zum Glück war Edouard am Leben.

Am Eingang der Krankenstation begegnete Daphne der Kommissarin und dem Gerichtsmediziner. Überrascht von der exzentrischen Aufmachung der Frau – weiter bunter Burnus und wirre Mähne – folgten ihr die beiden mit Blicken.

»Wen diese Vogelscheuche wohl besucht?«, fragte sich Marguerite laut, während sie der Frau nachblickte, um zu sehen, welches Zimmer sie betrat. »Na, so was, sie geht zu dem Jungen, bei dem du warst. Was es in Paris nicht alles gibt …«

Marcel antwortete nicht; auch er hatte Daphne beobachtet, als sie den Flur entlanggegangen war.

20

DREI UHR MORGENS, und er konnte nicht schlafen. Pascal lag in seinem Bett, geplagt von bösen Ahnungen. Er dachte an die dunkle Gefahr, vor der Daphne ihn gewarnt hatte – in diesem Moment lief der Vampir durch die Straßen und suchte ihn –, an den Umstand, dass er Michelle nicht erreichen konnte, und das ausgerechnet jetzt, wo er sie besonders dringend brauchte. Allein das sich verdichtende Gefühl, dass ihr Verschwinden irgendetwas mit der Dunklen Pforte zu tun haben könnte, machte ihn ganz krank. Ob ihr etwas geschehen war?

Vor ein paar Stunden hatte Pascal versucht, sie auf dem Handy anzurufen. Doch sie war nicht erreichbar gewesen. Er hatte sich ebenfalls mit ihrem Internat in Verbindung gesetzt, wo man ihm mitgeteilt hatte, dass Michelle vor ein paar Tagen von ihrer Familie abgeholt worden und für eine Woche verreist sei. Das hatte er nicht erwartet.

Warum hatte sie ihnen nichts davon erzählt? Ein leises Quietschen unterbrach seine Gedanken, und er öffnete die Augen. Das Geräusch schien aus dem Einbauschrank zu kommen;

doch das war nicht möglich: die Türen des Schranks waren abgeschlossen. Wie sollten sie allein aufgehen?

Nach ein paar Sekunden hatten sich seine Augen an die Dunkelheit gewöhnt, und er konnte tatsächlich in der Mitte des Schranks einen schmalen dunklen Spalt erkennen, als ob die Türen ein wenig offen stünden.

Die Sache mit dem Badezimmerspiegel fiel ihm wieder ein. Bekam er etwa Besuch? Er nahm all seinen Mut zusammen und stand auf. Ein Wanderer durfte nicht feige sein.

Barfuß und im Dunkeln ging er langsam zum Schrank, dessen Türen weiter aufschwangen und wieder dieses klagende Geräusch von sich gaben. Erschrocken blieb Pascal stehen. Noch nie war ihm ein Schrank so bedrohlich vorgekommen. Was verbarg sich darin? Zweifelnd blickte er zur Zimmertür. Vielleicht sollte er lieber seine Eltern rufen?

Doch er wusste, dass das nicht infrage kam. Inzwischen stand er nur noch einen halben Meter von dem geheimnisvollen Möbel entfernt. Alles war still jetzt, kein Quietschen und kein Knarren mehr. Er kämpfte gegen das Bedürfnis an, sich im Bett zu verkriechen, und rieb seine schweißnassen Hände an der Pyjamahose. Sein Atem ging stoßweise.

Er kniff die Augen zusammen, um besser zu sehen, was sich im Innern des Schranks befand. Dann plötzlich sprangen die Türen noch weiter auf, und aus dem dunklen Spalt schnellte blitzschnell ein behaarter Arm hervor und packte ihn.

Pascal hatte keine Chance, zurückzuweichen. In Sekundenbruchteilen hatten sich die rauen Finger in seinen Oberarm gegraben und versuchten, ihn in den Schrank zu ziehen. Die Kälte der Berührung verbrannte ihm die Haut.

Pascal schrie und warf sich zurück, doch der ausgestreckte Arm zerrte mit immer größerer Kraft an ihm. Schon war Pascal fast im Schrank verschwunden, doch er wehrte sich weiter, stemmte sich mit aller Kraft dagegen.

Im Flur waren die Schritte von seinen Eltern zu hören, die von seinem Schreien geweckt worden waren.

»Pascal? Alles in Ordnung?«, fragte sein Vater und rüttelte an der Zimmertür; sie hatte sich von selbst verschlossen und verwehrte ihnen den Zutritt.

»Pascal!«, rief seine Mutter. »Was ist los? Mach uns bitte auf!«

»Besser so«, sagte er sich grimmig. »Sie sollen nicht hereinkommen und sehen, was hier passiert. Unter keinen Umständen!«

Sein Vorsatz half ihm, die lähmende Angst zu überwinden. Er war der Wanderer!

Er berührte mit der Rechten das Amulett auf seiner Brust, das ihm Daphne gegeben hatte, während er sich mit der anderen Hand an dem Schrank abstützte, um nicht von der dunklen Öffnung verschlungen zu werden. Er umklammerte das Medaillon, zog sich die Kette über den Kopf und hielt es weit ausgestreckt und so konzentriert in die Dunkelheit, dass er nicht einmal mehr den Arm spürte, der noch immer an ihm zerrte.

Plötzlich spürte Pascal, wie das Medaillon eine warme, kraftvolle Energie verströmte, die immer weiter zuzunehmen schien. Auf einmal gab es einen gewaltigen Funkenschlag, ein Glühen erfüllte den Schrank, und Pascal sah, wie darin eine dunkle Gestalt unter Zucken und Stöhnen verbrannte. Als das Energiefeld erlosch, taumelte Pascal geschwächt zurück und stürzte zu Boden. Ein scharfer Schmerz durchströmte den Arm, der das Medaillon hielt, doch er war gerettet. Er hatte den unerwarteten Kampf mit einem Wesen aus dem Jenseits gewonnen. Fast glühte nun er innerlich, doch es war Stolz, der ihn erfüllte.

Die Zimmertür ging endlich auf, und seine besorgten Eltern kamen herein und halfen Pascal eilig beim Aufstehen. Dann machten sie Licht an.

»Was ist denn passiert?«, fragte seine Mutter. »Geht es dir gut?«

Pascal, der sich den tauben Arm rieb, warf einen raschen Blick auf sein Zimmer, bevor er antwortete. Die Schranktüren hatten sich wieder geschlossen, als wäre nichts geschehen. »Ein Albtraum«, log er. »Entschuldigt.«

»Du musst dich nicht entschuldigen, Junge«, beeilte sich sein Vater zu sagen. »Und die Tür? Hattest du abgeschlossen? Wir konnten erst nicht herein …«

Eine zweite Ausrede war nötig. »Nein«, erwiderte er. »Aber sie klemmt manchmal. Das muss es gewesen sein.«

»Geht's dir wirklich gut?« Seine Mutter war nicht so leicht zu beruhigen. »Dein Gesicht …«

Pascal blickte ihr in die Augen. »Es geht mir gut«, sagte er. »Wirklich.« Und er unterstrich seine Aussage mit einem ruhigen, nachdrücklichen Nicken.

21

MARGUERITE STIESS EINEN Fluch aus. Dieser Mittwochmorgen fing nicht gut an. Sie war in eine Pfütze getreten, und Schlammspritzer bedeckten nun ihr Hosenbein. Außerdem erinnerten sie die tiefen Spuren, die sie in dem matschigen Boden hinterließ, an ihr Übergewicht.

»Das bringt Pech!«, murrte sie und starrte auf das schmutzige Bein. »Warum haben sie ausgerechnet in diesem blöden Park etwas gefunden?«

Sie befand sich im Park *Monceau*. Ein Jogger, der früh seine Runden gedreht hatte, war auf eine Blutspur gestoßen und hatte ein paar Körperteile entdeckt, also hatte er die Polizei verständigt. Marguerite wandte sich zu einer nahen Baumgruppe, wo mehrere Mitarbeiter der Spurensicherung standen.

»Hallo, Marcel.« Sie musste feststellen, dass der Kollege ihr wieder einmal zuvorgekommen war. »Wie weit seid ihr?«

»Hallo, Marguerite. Der Zeuge hatte recht. Es handelt sich um menschliche Körperteile.«

Sie nickte.

»Gibt es Hinweise auf irgendeinen aktuellen Fall?«, wollte sie wissen, während sie sich umsah.

»Bis vor ein paar Minuten hätte ich es nicht für möglich gehalten, weil die Spuren hier schon ein paar Tage alt sind«, antwortete Marcel. »Doch wir haben Glück.«

Der Gerichtsmediziner hielt ihr einen Plastikbeutel mit einem blutverschmierten Turnschuh hin. Sobald Marguerite die Marke sah, verdüsterte sich ihre Miene.

»Mein Gott … Du meinst … die beiden Jugendlichen, die von der Halloweenparty verschwunden sind?«

»Ja. Wir machen Gentests, aber das hier stimmt mit der Beschreibung der Schuhe überein, die der Junge an dem Abend getragen hat. Wir sind außerdem nicht weit von dem Haus entfernt, wo die Party stattfand.«

Nachdenklich betrachtete Marguerite die Bäume.

»Schade, dass die hier nicht reden können«, bemerkte sie. »Sie haben alles gesehen …«

»Ich bin sicher, dass du sie bei einer Befragung zum Reden bringen würdest«, sagte ihr Kollege mit einem ironischen Lächeln.

»Schön wär's, Marcel.« Sie kratzte sich am Kopf. »Die beiden, der Junge und das Mädchen, sind also gar nicht abgehauen, sondern hatten noch am selben Abend eine … schicksalhafte Begegnung.«

»Sobald wir den Laborbericht haben, kann ich genau sagen, wie lange die Körperteile im Freien gelegen haben.«

»Beeilt euch. Wissen wir bereits, ob sie von einem einzigen Körper oder von beiden stammen?«

»Noch nicht, das sag ich dir heute Nachmittag.«

»Ich frage, um die Möglichkeit auszuschließen, dass der Junge das Mädchen getötet hat und geflohen ist oder umgekehrt.«

»Natürlich, Marguerite.« Marcel nickte.

»Wenn wir Glück haben, finden wir in den nächsten Stunden weitere Hinweise. Ich habe angeordnet, den gesamten Park zu sperren. Wir werden ihn Zentimeter für Zentimeter durchkämmen. Wer diese Spuren hinterlassen hat, ist nicht hierher geflogen. Und die Leichen müssen ja irgendwo sein …«

Der Mediziner wagte eine beunruhigende These: »Kannst du dir vorstellen, dass derjenige, der das getan hat …«

»Derselbe Täter ist, der Delaveau tötete?«, beendete Marguerite die Frage. »Ich will nicht einmal daran denken. Eine Person in Paris, die fähig ist, innerhalb so kurzer Zeit drei Menschen umzubringen? Beten wir, dass dem nicht so ist. Ich glaube nicht, dass es in der Geschichte der Kriminalistik jemals einen Serienmörder gab, der es so eilig hatte. Oder einen solchen Appetit.«

Appetit. Marcel hatte schon immer die bildhafte Art gemocht, in der sich die Kommissarin ausdrückte, und diesmal kam es ihm besonders passend vor.

»Für jemanden, der es eilig hat, hinterlässt unser Mörder nicht gerade viele Spuren«, stellte er fest.

»Nur die Ruhe. Noch wissen wir nicht, ob dieser Tod das Werk von Delaveaus Täter ist. Die Vorgehensweise scheint auch anders zu sein; die Ermordung des Lehrers war sehr sauber, hier gibt es hingegen eine Menge Blut.«

»Du hast recht. Trotzdem …«

Sie winkte ab.

»So viele ungeklärte Fragen … Und überhaupt: Die schlimmen Verbrechen scheinen in letzter Zeit einzig und allein in der Gegend zu passieren, für die das Zentralkommissariat zuständig ist«, beschwerte sich Marguerite. »Verschwundene Personen, Morde … alles in den Bezirken *Madeleine* und *Marais*. Ich kann mir vorstellen, dass die Kollegen in anderen Distrikten keinen Handschlag tun.«

»Stimmt.« Marcel nickte. »Es konzentriert sich hier. Glaubst du, dass es irgendeinen Grund dafür gibt?«

»Wenn, dann werde ich ihn finden, das versichere ich dir. Sieh mal!« Marguerite zeigte auf eine Gruppe Schaulustiger, die außerhalb der Polizeiabsperrung stand. »Siehst du diese Frau? Die so aussieht wie eine Hexe?«

Marcel sah in die Richtung, in die Marguerite zeigte. »Wen meinst du?«, fragte er.

»Die in dem blauen Umhang«, erwiderte sie. »Ich habe sie schon einmal gesehen. Aber ja, wir sind ihr im Krankenhaus begegnet …«

»Bist du sicher?«

»Wie kannst du nur jemanden in einem so sonderbaren Aufzug vergessen? Nun gut, dann zeig mir mal den Rest.«

Während sie tiefer in die Baumgruppe eindrangen, fragte sich Marguerite zum ersten Mal, ob der Gerichtsmediziner ihr irgendetwas verheimlichte. Log er oder erinnerte er sich wirklich nicht an die Frau? Seit ein paar Tagen benahm er sich ziemlich merkwürdig.

***

An dem Morgen, als Pascal und Dominique in der Pause gerade beschlossen hatten, den restlichen Unterricht zu schwänzen, um Michelle zu suchen, trat von hinten jemand auf sie zu. Sie unterbrachen das Gespräch und drehten sich um. Es war Vincent Turpin, der Geschichtslehrer.

»Pascal, komm bitte mit, da will dich jemand abholen.«

Er war überrascht.

»Mich abholen? Sind meine Eltern gekommen?«

»Nein, es ist deine Großmutter. Komm, beeil dich, es ist anscheinend dringend.«

Komisch. Vor allem, weil seine Großmutter doch noch immer krank war. Wer konnte das sein? Rasch verabschiedete sich Pascal von seinem Freund.

»Ich ruf dich so bald wie möglich an, ja?«, sagte er zu ihm und folgte dem Lehrer, während Dominique ihnen beunruhigt nachschaute.

Als sie die Eingangshalle erreichten, blieb Turpin stehen. »Da ist sie«, sagte er und zeigte auf eine ältere Frau, die mit dem Rücken zu ihnen am Eingang stand. »Ich muss in den Unterricht.«

»In Ordnung, danke.«

Obwohl Pascal klar war, dass es sich bei der alten Frau nicht um seine Großmutter handeln konnte, ließ er sich dem Lehrer gegenüber nichts anmerken. Er hatte sie in der Tat gleich erkannt.

Er ging auf die Frau zu, die sich umdrehte, als sie seine Schritte hörte. Wie Pascal vermutet hatte, war es Daphne. Was machte sie hier? Die beiden sahen sich an. Die Wahrsagerin wirkte angespannt.

»Was ist los?«, fragte er nervös. »Wieso kommst du hierher?« Und in einer plötzlichen Eingebung: » Hat es mit dem Mädchen … hat es mit Michelle zu tun?«

»So ist es, aber ich möchte nicht hier darüber reden. Du weißt von unserem allerersten Treffen, als du mit deinem Freund zu mir gekommen bist, dass das Mädchen irgendwie in die Sache verstrickt ist. Auch wenn ich zu diesem Zeitpunkt nicht gewusst habe, wie. Jetzt weiß ich es. Also komm.«

Pascal merkte, wie sein Puls sich beschleunigte. Was war mit Michelle passiert? Alles andere war auf einmal unbedeutend. »Einen Moment«, bat Pascal und versuchte sich wieder zu fangen. »Dominique soll auch mitkommen.«

Er würde seinen Freund bitten, so zu tun, als sei er krank, damit man ihn aus dem Unterricht gehen ließ; bei seinem schauspielerischen Talent war das sicher kein Problem für Dominique.

Daphne zögerte einen Moment. »Bist du sicher?«, fragte sie. »Willst du wirklich das Leben deines Freundes aufs Spiel setzen?«

Nachdenklich biss sich Pascal auf die Lippen.

»Er soll entscheiden. Aber erst einmal kommt er mit.«

»Weiß er etwas?«

»Ja.«

»Hol ihn.« Daphne war einverstanden. »Ich warte draußen auf euch, dieser Ort hier ist vom Bösen ganz verseucht, und wir dürfen uns nicht verraten. Und sprich sonst mit niemandem über die Dunkle Pforte. Das macht den Wesen der Finsternis die Sache nur leichter.«

Minuten später verließ Dominique die Schule, nachdem er

sich im Büro des Direktors entschuldigt hatte. Er habe hohes Fieber und fühle sich nicht wohl. Wie immer übertrieb er maßlos. Daphne und Pascal warteten ganz in der Nähe auf ihn. Sie luden seinen Rollstuhl ins Auto und machten sich auf den Weg zu Daphnes Kellerwohnung. Unterwegs bot Daphne Dominique auch das Du an. »Das erleichtert die Kommunikation«, sagte sie.

22

BEVOR SIE DAS Thema mit Michelle anschnitt, setzte Daphne zunächst Dominique über die Existenz eines Vampirs ins Bild, wovon er sichtlich beeindruckt war.

»Das ist noch nicht alles«, fügte Daphne hinzu. »Ich habe den Vampir sogar schon getroffen. Es war ein Zufall. Ich bin ihm gestern Abend begegnet, in eurer Schule, fast hätte er mich entdeckt. Ich habe gehört, wie ihn der Hausmeister gerufen hat. Es ist Alfred Varney, der Ersatz für Delaveau.«

»Bist du sicher?«, fragte nun Pascal, nicht weniger beeindruckt. Dieser Vampir lebte also mitten unter ihnen, wie ein ganz normaler Mensch. Und was noch viel schlimmer war: Er befand sich bereits in seinem, in Pascals näherem Umfeld. War die Gefahr für ihn also bereits so nah?

»Ja, natürlich«, erwiderte Daphne. »Und es ergibt durchaus einen Sinn. Auch wenn er bisher weder die Dunkle Pforte noch dich gefunden hat, wird sich der Vampir daran erinnern, in welcher Gegend von Paris du zum ersten Mal die Pforte durchschritten hast, weshalb er sich nicht weit von Jules' Wohnort entfernte; und die Schule ist in der Nähe. Er hat sein erstes Opfer ganz unter dem Gesichtspunkt der Nützlichkeit für seine Suche nach der Pforte ausgewählt. Delaveau war ideal; er arbeitete in der Gegend, die ihn interessiert, und gab Abendkurse, weshalb der Vampir ihn bei seiner Arbeit ersetzen kann, während er weiter seinen Plan verfolgt. Für dieses Monster ist es ein einfaches Spiel, sich eine gesellschaftliche Tarnung zuzulegen. Außerdem ist es wahrscheinlich, Pascal, dass er deine Anwesenheit in dieser Schule von Anfang an spürte, und so kann er dort herumschnüffeln, ohne dass jemand Verdacht schöpft.«

Dann kam Daphne zum Thema: »Und jetzt das Wesentliche. Ich muss wissen, ob ich mit meinen Vermutungen richtigliege: Was wisst ihr über den Verbleib von Michelle?«

»Sie ist verreist, mit ihrer Familie«, sagte Pascal bekümmert. »Ich habe es vom Internat erfahren, wo ich anrief, denn sie hat uns nichts gesagt. Seit Sonntag ist von Michelle nichts mehr zu hören.«

Daphne seufzte.

»Das deckt sich mit meinem Verdacht«, bemerkte sie. »Habt ihr diese angebliche Reise überprüft?«

Pascal und Dominique sahen sich beunruhigt an.

»Eigentlich nicht«, antwortete Pascal. »Warum sollten wir?«

»Würden die vom Internat lügen?«, fragte Dominique.

Für Daphne war der Augenblick gekommen, ihnen ihre Vorahnung mitzuteilen, doch vorher wollte sie noch eine Sache wissen: »Ab wann war sie am Sonntag allein?«

Pascal befiel langsam Panik, und Dominique, auch wenn er es sich nicht anmerken ließ, ebenfalls. Worauf zielte Daphne nur ab?

»Mathieu hat mir gesagt, sie sei ziemlich spät von ihm weggegangen, erst nach dem Abendessen«, antwortete Pascal.

Daphne nickte wissend. »Und es war natürlich dunkel. Das war kein Zufall …«

»Was ist denn los?«, fragte Dominique ungeduldig.

Die alte Wahrsagerin schaute die beiden abwechselnd an. »Ich hatte eine Vision. Und ich bin mir ziemlich sicher, was sie zu bedeuten hat: Michelle ist von dem Vampir entführt worden.«

Die Worte trafen die beiden wie ein Peitschenhieb. Pascal machte ein entgeistertes Gesicht und Dominique schüttelte den Kopf.

»Ich werde im Internat anrufen«, verkündete Dominique und zückte sein Handy. »Ich kenne eine Freundin von Michelle, die ebenfalls dort wohnt, Cécile. Vielleicht weiß sie etwas. Bestimmt gibt es eine normale Erklärung dafür, weshalb Michelle nicht dort ist.«

»Nimm das Festnetz«, schlug Daphne vor.

Kurz darauf sprach Dominique mit dem Mädchen, das Pascal nur aus Erzählungen kannte. Das kurze Gespräch stellte Dominique nicht ganz zufrieden, und er rief noch einmal im Internat an, um mit der Verwaltung zu sprechen.

Pascal beneidete wieder einmal die energische Art seines Freundes. Er hingegen war noch immer so erschrocken, dass er keinen klaren Gedanken fassen konnte.

Nachdem Dominique das Gespräch beendet hatte, wandte er sich an die beiden: »Es ist ein paar Tage her, dass Michelles Familie dem Internat mitgeteilt hat, dass sie verreisen würden«, erzählte er.

Diese Nachricht ließ in Pascal ein wenig Hoffnung aufkeimen, obwohl der Gesichtsausdruck seines Freundes nicht sehr überzeugt wirkte. Doch Pascal war gewillt, sich an jeden Strohhalm zu klammern … Vielleicht, sagte er sich hoffnungsvoll, hatte eine unverhoffte Reise Michelle ja vor dieser Bedrohung gerettet, von der Daphne sprach.

»Haben sie dir gesagt, wer sie über die plötzliche Abwesenheit eurer Freundin unterrichtet hat?«, fragte Daphne scharfsinnig. »Ich wette, es waren nicht ihre Eltern.«

»Du hast recht«, stimmte Dominique zögerlich zu, »es war angeblich ein Onkel von Michelle. Die Aufsicht hat mir gesagt, dass sie ihn nicht kenne, dass er aber gut gekleidet und sehr höflich gewesen sei.«

»Konnte sie ihn dir beschreiben?«, fragte Daphne.

»Ja, mehr oder weniger. Sie hat mit ihm gesprochen.«

Dominique berichtete den beiden die Einzelheiten. Schon bevor er geendet hatte, war sich Daphne sicher: »Das war der Vampir«, behauptete sie düster. »Die Beschreibung passt. Er war beim Internat, als es schon dunkel war, stimmt's?«

Dominique nickte. »Ja. Er war am Sonntagabend gegen halb neun da.«

»Kurz bevor das Mädchen entführt wurde«, schloss Daphne. »Michelle war in diesem Moment bei eurem Freund Mathieu. Dieser verdammte Vampir hat sich ganz schön beeilt … Tut mir leid, Jungs«, entschuldigte sich Daphne, dass ich euch so schlechte Nachrichten bringe.«

»Mein Gott …«, stammelte Pascal verzweifelt und versuchte, sich wieder zu fangen. »Das alles ist meine Schuld; musste ich denn auch durch diese entsetzliche Pforte gehen …«

»Wirklich unglaublich.« Dominique richtete sich in seinem Rollstuhl kerzengerade auf. »Wozu hat sich der verdammte Vampir aber die Mühe gemacht, das mit der Reise vorzutäuschen?«

»Wenn die Polizei sich einschaltet, könnte das seine Bewegungsfreiheit einschränken«, antwortete Daphne. »Die stärkste Waffe eines Vampirs ist eine unauffällige Erscheinung, und er wird nicht darauf verzichten wollen. Zumindest noch nicht.«

»Die Sache wird immer komplizierter«, behauptete Dominique, der dieselben Ängste wie Pascal durchlitt. »Wie es aussieht, ist Michelle tatsächlich gekidnappt worden. Ihre Freundin im Internat, mit der sie das Zimmer teilt, hat mir gesagt, dass sie nichts mitgenommen hätte. Weder Waschzeug noch Kleidung. Nicht einmal eine Zahnbürste. Sehr verdächtig. Ganz schön überstürzt für einen Familienausflug, oder?«

Pascal stiegen die Tränen in die Augen. Dominique dagegen war wütend. Wäre er zu Hause gewesen, hätte er irgendetwas kaputt geschlagen.

***

Das Büro der Kommissarin war nicht besonders groß und wegen des schmalen Fensters, das auf einen Hinterhof zeigte, schlecht belüftet. Überall lagen sorgfältig gestapelte Akten herum, auf dem Schreibtisch, über den Boden verteilt, und an der Tür stand ein alter Garderobenständer, wo Marguerites Mantel hing; daneben war ein zerkratzter Metallschrank abgestellt, dessen große Schubladen heraushingen.

Marcel war der Raum, in dem er so oft mit Marguerite gearbeitet hatte, bestens vertraut. Er zog seinen Trenchcoat aus und setzte sich ihr gegenüber an den Schreibtisch, wo sie sich in einem Drehstuhl fläzte.

»Man hat also die Leichen gefunden, von denen die Körperteile stammen«, begann Marcel.

Marguerite nickte. »Ja, sie hingen an einem Baum! Und frag mich nicht, wie sie dahin gekommen sind!«, stieß sie wütend hervor. »Die Toten hatten ihre Papiere dabei, also besteht kein Zweifel: Es handelt sich um die beiden Jugendlichen, die nach der Halloweenparty verschwunden sind. Ganz wie in einem Horrorstreifen, oder?«

»Und ob. Soll ich berichten?«

»Leg los.«

»Wir haben im Labor die Körperteile analysiert. Es muss die beiden noch am Abend ihres Verschwindens erwischt haben.«

»Das habe ich mir schon gedacht. Sie sind auf dem Heimweg ermordet worden …«

Marguerite griff nach ihrer Amethystkette, schob sich einen der Steine zwischen die Lippen und kaute geistesabwesend darauf herum.

»Die unwahrscheinlichste These scheint die richtige zu sein, Marcel«, fuhr sie dann fort. »Und die besorgniserregendste. Dieser Doppelmord könnte von demselben Täter verübt worden sein, der den Lehrer Delaveau umgebracht hat.«

Marcel blickte sie erstaunt an.

»Glaubst du das wirklich?«

»Sieht ganz danach aus. Den beiden Jugendlichen wurde ebenfalls … das Blut abgesaugt, wenn auch nicht so fein säuberlich. Außerdem hatten sie zahlreiche andere Verletzungen, der Körper des Mädchens war übel zugerichtet. Unser Mörder ist ordentlich in Fahrt gekommen. Er findet das wohl witzig.«

»Wenn deine Theorie stimmt, haben wir es mit einem Typen zu tun, der dazu in der Lage ist, drei Personen in einer Nacht bestialisch zuzurichten«, unterbrach sie der Gerichtsmediziner verblüfft. »Eine regelrechte Tötungsmaschine.«

»Und eine perfekte dazu, denn der Täter hat wieder keine Spuren hinterlassen«, stellte Marguerite fest. »Man könnte fast den Eindruck gewinnen, dass er sich über uns lustig macht.«

Der Gerichtsmediziner wusste, wie gewissenhaft seine Kollegin bei der Arbeit war, also stellte er eine Frage, deren Antwort er bereits kannte: »Habt ihr ein Täterprofil erstellt? Ich nehme an, ihr habt genug Informationen dafür.«

»Selbstverständlich.« Die Kommissarin stand auf und war mit wenigen Schritten an der Wand hinter ihr, wo ein riesiger Stadtplan von Paris hing. »Es gibt zwei Stellen, an denen die Leichen gefunden wurden.« Sie wies auf zwei aufgeklebte Punkte. »Die Fundorte weisen darauf hin, dass sich unser Mörder im ältesten Teil von Paris bewegt, dem zweiten, dritten und vierten Bezirk. Auch wenn im Fall der Jugendlichen der Fundort der Leichen nicht genau mit dem Tatort übereinstimmt, sind wir beinahe sicher, dass das Verbrechen auf dem Parkgelände geschehen ist; weitere Blutspuren, die wir gefunden haben, legen es nahe.«

»Unser Mörder bewegt sich in einem engen Radius«, stellte Marcel fest. »Er scheint den Rest des Stadtgebiets für seine Verbrechen gar nicht in Betracht zu ziehen. Das ist seltsam, denn das erhöht sein Risiko.«

»Er soll ruhig so weitermachen. Uns interessiert, warum er das tut. Was für ein Motiv hat er? Was haben die Opfer noch gemeinsam, außer dem Marie-Curie-Gymnasium?«

»Vielleicht haben sie nur gemeinsam, dass sie zur falschen Zeit am falschen Ort waren.«

Marguerite schnaubte.

»Hoffen wir, dass das nicht stimmt, sonst wird es viel schwieriger, ihn zu kriegen. Wir tappen jetzt schon total im Dunkeln.«

»Was kannst du mir noch über das Täterprofil sagen?«, hakte Marcel nach.

»Die Blutspuren im Park weisen darauf hin, dass die Jugendlichen nicht gemeinsam starben. Wir denken, sie wurden getrennt, damit der Mörder leichteres Spiel hatte.«

»Also auf jeden Fall ein Einzeltäter«, stimmte Marcel zu. »Wenn es eine Gruppe gewesen wäre, hätte man die Opfer nicht nacheinander angreifen müssen. Was allerdings nicht ins Bild passt, sind die Leichen im Baum. Wie sollte eine einzelne Person das bewerkstelligen?«

»Wenn sie jung ist und stark genug, denke ich, geht das schon. Beides Eigenschaften, die wir ebenfalls in unserem Profil haben. Mit einer gewissen Beweglichkeit kann man auf diese Bäume klettern. Und die beiden Jugendlichen waren nicht wirklich schwer …«

»Aber Luc Gautier ist ein alter Mann …«, erwiderte Marcel.

»Nerv mich nicht, Marcel. Willst du diesen Fingerabdruck wirklich ernst nehmen? So langsam habe ich den Eindruck, dass jemand ihn dort platziert hat, um uns auf eine falsche Fährte zu locken.«

»Okay, du hast ja recht, vergessen wir also diesen Hinweis vorerst.«

»Die Art des Angriffs und das, was der Mörder anschließend mit den Leichen gemacht hat, führt uns zu der Annahme, dass es sich um einen männlichen Angreifer handelte. Was seine Persönlichkeit betrifft, muss es eine gefühllose, berechnende und äußerst intelligente Person sein. Jemand, der weiß, wie und wann er angreifen muss, ohne gesehen zu werden. Außerdem muss er ein Sadist sein, wenn man sein Interesse am Blut seiner Opfer berücksichtigt.« Sie hielt einen Moment inne. »Wir fragen uns außerdem, ob der Mörder nicht vielleicht über medizinische Kenntnisse verfügt, weil wir noch immer nicht herausgefunden haben, wie er seinen Opfern das Blut abzapft. Als wäre er ein Vampir!«

Der Gerichtsmediziner blickte Marguerite aufmerksam an.

»Wenn wir nicht weiterkommen«, vermutete sie pessimistisch, »sehe ich mich schon sämtliche Medizinstudenten und praktizierenden Ärzte in Paris überprüfen … vielleicht sogar noch die Veterinäre … Ich will nicht einmal daran denken.«

»Ich mache mich heute noch einmal an die Leichen, Marguerite«, versuchte der Gerichtsmediziner sie zu beruhigen. »Mal sehen, ob ich etwas Neues finde.«

»Die Zeit arbeitet gegen uns«, stellte sie abschließend fest. »Das Profil, das wir erstellt haben, zeichnet einen gnadenlosen Serienmörder. Also wächst mit jedem Tag die Gefahr, dass er wieder zuschlägt.«

Marguerite dämmerte so langsam, dass sie es mit dem schwierigsten Fall ihrer Laufbahn zu tun hatte.

»Ich kriege ihn«, behauptete sie. »Es gibt kein perfektes Verbrechen, der Mörder kann nicht alles kontrollieren. Irgendwann muss er einen Fehler machen.«

»Gewiss«, stimmte der Gerichtsmediziner zu, »das perfekte Verbrechen gibt es nicht. Aber es gibt auch keine perfekte Ermittlung. Auch wir irren uns und vernachlässigen manchmal Dinge. Deshalb gibt es Verbrechen, die nie aufgeklärt werden. Wir sind genauso menschlich wie die Verbrecher selbst, vergiss das nicht.«

Marcel war sich nicht sicher, ob es richtig war, dies zu sagen, und insgeheim stellte er sich die eigentliche Frage: Hatten sie es mit einem menschlichen Wesen zu tun?

»Wir werden keine Fehler machen«, schwor sich Marguerite. Sie griff nach einem Blatt Papier mit den Adressen der Angehörigen der beiden ermordeten Jugendlichen. Denn noch stand ihr die schreckliche Aufgabe bevor, diese vom Tod ihrer Kinder zu unterrichten. Außerdem war da noch der anschließende Besuch im Leichenschauhaus, um die verstümmelten Leichname zu identifizieren … Marguerite hätte dies beides auch an einen Untergebenen delegieren können, doch sie wollte sich dem nicht entziehen; wenn sie diese Verbrechen aufklären wollte, musste sie auch dies übernehmen. Das war sie den Opfern schuldig.

»Marcel.«

»Deine Stimme klingt, als wolltest du mich um einen Gefallen bitten, Marguerite.«

»Du hast recht. Hast du Lust auf einen Friedhofsbesuch heute Abend? Ich will das mit dem Fingerabdruck des Toten klären, und da wir keine Genehmigung haben, müssen wir warten, bis es dunkel ist.«

Den Worten der Kommissarin folgte ein langes Schweigen.

»Marcel?«

»Das meinst du doch nicht im Ernst, oder?«

Empört legte sie die Stirn in Falten: »Du kennst mich doch; ich kann einen Hinweis nicht einfach außer Acht lassen … egal wie absurd er sein mag. Und da wir im Moment nichts anderes haben …«

Marcel war sich der Gefahr wohl bewusst, mitten in der Nacht dieses Grab aufzusuchen. »In Ordnung«, stimmte er schließlich widerstrebend zu. »Und wie hast du dir das vorgestellt?«

Marguerite lachte laut auf. »Aber Marcel, du willst mir doch nicht erzählen, dass du Angst hast.«

***

Es war später Nachmittag, und sie waren noch immer in Daphnes Wohnung, wo sie lediglich eine Kleinigkeit gegessen hatten. Wer hatte angesichts der sich überstürzenden Ereignisse schon Hunger?

Wenigstens hatten sich Pascal und Dominique ein wenig beruhigt. Sie saßen mit der Wahrsagerin am Tisch mit der kristallenen Kugel.

»Ich dachte, der Vampir wäre auf der Suche nach dir«, sagte Daphne gerade, »doch gestern Abend wurde mein Lehrling Edouard angegriffen, und was er mir dann im Krankenhaus erzählte, hat mir die Augen geöffnet. Dieses Wesen aus dem Jenseits ist viel schlauer, als ich gedacht habe. Dabei habe ich es sowieso schon für intelligent gehalten.«

»Ich verstehe nicht«, flüsterte Pascal mit gesenktem Blick. »Was hat das mit Michelle zu tun?«

Pascal hätte am liebsten laut geschrien. War Michelle tatsächlich entführt worden? Er wollte es nicht wahrhaben. Sich vorzustellen, dass sie litt, war unerträglich.

»Der Vampir hat auf seinem Streifzug durch die Stadt die mentalen Kräfte meines Lehrlings entdeckt«, berichtete Daphne. »Sie müssen sich zufällig begegnet sein. Deshalb ist er ihm gefolgt. Er wollte von ihm kein Blut, sondern Informationen.«

»Edouard ist also noch am Leben?«, fragte Dominique.

»Ja, obwohl er verletzt ist. Ich weiß auch nicht, ob das zufällige Auftauchen eines Passanten ihm das Leben gerettet hat, klar ist nur, dass der Vampir vor seiner Attacke mit ihm gesprochen hat und dann verschwunden ist.«

»Der Vampir hat mit ihm gesprochen?« Dominique war verblüfft. Pascal, der die ganze Zeit an Michelle denken musste, hörte kaum zu.

»Ja. Er hat ihm eine Frage gestellt, die mich überrascht hat: nicht über den Wanderer zwischen den Welten, sondern über den Ort, an dem sich die Dunkle Pforte befindet. Es war nur so, dass Edouard bis zu diesem Zeitpunkt noch nichts von einer Dunklen Pforte wusste.«

»Das heißt …«, begann Pascal endlich.

»Das heißt, dass der Vampir nicht nur dich sucht, sondern eben auch die Pforte«, beendete Dominique den Satz. »Also bist du nicht in Gefahr, oder?«

»Warum sollte der Vampir dann Michelle entführen?«, fragte Pascal verständnislos.

»So einfach ist das alles nicht«, bemerkte Daphne. »Könnt ihr euch nicht vorstellen, warum er die Pforte finden will?«

»Nein, ich versteh's nicht«, stellte Pascal fest. »Angenommen, er will nicht in seine Welt zurück, dann müsste er sich ganz im Gegenteil von der Pforte möglichst fernhalten.«

Daphne nickte.

»Das wäre logisch. Deshalb bin ich davon ausgegangen, dass er auf der Suche nach dir ist, weil du als Wanderer über besondere Fähigkeiten verfügst und eine Bedrohung für ihn bist. Du kannst ihn nämlich zerstören oder ihn wieder in die ewige Finsternis verbannen. Doch das Vorgehen des Vampirs ist viel ausgeklügelter. Überlegt doch: Wenn er die Pforte nämlich findet und sie zerstört, kann er auf jeden Fall in dieser Welt bleiben.«

»So perfekt ist der Plan nicht«, behauptete Pascal, das Bild von Michelle vor Augen. »Mich gibt es dann ja immer noch. Wenn du also sagst, dass ich ihn zerstören kann ... Ich werde alles tun, um Michelle zu retten.«

»Und ich helfe dir dabei«, fügte Dominique hinzu.

Daphne kratzte sich nachdenklich am Kopf.

»Der Plan wäre perfekt, wenn es dem Vampir gelingt, die Dunkle Pforte zu vernichten, während du dich im Reich der Toten aufhältst«, stellte sie fest. »Dann kommst du nämlich nicht mehr zurück.«

»Verdammt«, Pascal schnappte nach Luft. »Dann ist ab sofort Schluss mit meinen Reisen ins Jenseits. Ich habe allerdings sowieso nicht daran gedacht, mich jetzt von der Stelle zu rühren, ehe ich herausgefunden habe, wo Michelle ist.«

Voller Mitgefühl schüttelte Daphne den Kopf: »Ich fürchte,

das wird nicht möglich sein, sie zu finden, zumindest nicht in dieser Welt.« Sie seufzte. »Und an dieser Stelle kommt die Entführung eurer Freundin ins Spiel. Was ich euch dazu zu sagen habe, wird euch nicht gefallen.«

Daphne erhob sich aus ihrem Sessel und trat vor die Bücherwand. Dort zog sie einen dicken Band mit einem speckigen schwarzen Einband heraus, auf dem ein fünfeckiger Stern in Rot abgebildet war. Daphne öffnete das Buch mit einer gewissen Beklommenheit und blätterte darin, bis sie gefunden hatte, was sie suchte. Sie las ein paar Zeilen still für sich.

»Hier steht es«, sagte sie. »Es gibt ein verbotenes satanisches Ritual, das es ermöglicht, einen lebenden Menschen als Opfergabe ins Reich des Bösen zu schicken.« Sie sah die beiden Jungen an. »Eine andere Möglichkeit gibt es nicht; der Vampir muss diesen Weg mit Michelle gegangen sein. Und allein das passt zu meiner Vision; sie ist nicht tot, aber auch nicht mehr in unserer Welt, das spüre ich.« Daphne hielt inne und überlegte. »Das satanische Ritual, es ist so geheim ...«, sagte sie dann, »ich kann mir nicht vorstellen, dass mehr als zwei oder drei Menschen es kennen. Außerdem benötigt man dafür ein paar Dinge, die sehr schwer zu bekommen sind. Deshalb ist auch nicht bekannt, dass irgendjemand es jemals angewandt hätte. Bis jetzt.«

Pascal konnte nicht mehr still sitzen. Wollte Daphne ihnen etwa weismachen, dass man Michelle in die Hölle gebracht hatte? Ihm wurde ganz schwindlig.

»Die einzig mögliche Auslegung meiner Vision ist diese«, schloss Daphne ernst. »Da der Vampir ein Wesen der Dunkelheit ist, kennt er natürlich das Ritual, und dank seiner Verbrechen hat er auch«, sie räusperte sich, »das Material, um es zu vollziehen.«

Verbrechen. Der einzige Mord, von dem die beiden Freunde wussten, war der an Delaveau, doch Daphne hatte im Plural gesprochen: Es gab also noch mehr Opfer. Und sie waren die Voraussetzung für das satanische Ritual.

»Willst du etwa sagen …?«, stammelte Pascal.

»Ja«, gestand Daphne. »Mein Gefühl sagt mir, dass er die Zeremonie mit Michelle durchgeführt hat. Und ich ahne, dass sie erfolgreich verlaufen ist.«

»Bist … bist du sicher?«, fragte Dominique leichenblass.

»Ja«, bestätigte sie. »Und der Vampir weiß von meinen magischen Kräften. Deshalb rechnet er damit, dass ich es dir, Pascal, erzähle.« Sie blickte ihn mitfühlend an. »Tut mir leid, Junge. Wirklich. Deshalb habe ich euch gesagt, dass wir es mit einem ziemlich intelligenten Gegner zu tun haben. Jetzt hat er eine Geisel in der anderen Welt, womit er dich zwingt, erneut durch die Dunkle Pforte zu gehen, um sie zu befreien.« Wieder traf ihn dieser sanfte Blick. »Auf diese Weise stellst du keine Gefahr mehr im Reich der Lebenden dar und befindest dich am idealen Ort für ihn, um die Pforte zu zerstören. Wenn ihm dieser Plan gelingt, wird ihn niemand mehr aufhalten. Die wenigen Zauberer, die derzeit in der Welt sind, haben nicht genug Macht, ihm in den Arm zu fallen, wenn der Wanderer im Reich der Toten gefangen ist. Ein meisterhafter Schachzug, das muss man schon sagen. Meine erste Vorahnung, als ich Michelle mit deiner Reise in Verbindung gebracht habe, hat sich erfüllt.«

»Aber … woher weißt du, dass es Michelle ist, die entführt

wurde?«, wollte Pascal wissen und weigerte sich, das Gehörte zu akzeptieren. »Sie hat weder Fähigkeiten wie Edouard, noch wusste sie etwas von meiner Sache …«

Daphne hatte gehofft, dieses Thema nicht anschneiden zu müssen, um Pascal weiteren Kummer zu ersparen. Doch nun stand die Frage im Raum, und ihr blieb nichts anderes übrig, als zu antworten: »Die Wesen des Bösen können bestimmte Fähigkeiten wahrnehmen und ebenso besonders starke Gefühle. Und die Liebe ist so eines, Pascal. Ich weiß nicht, ob sie deine Freundin sein wollte, aber angesichts der Ereignisse kann ich sicher sagen, dass sie etwas für dich empfindet. Wenn das nicht so wäre, dann hätte der Vampir sie nicht so leicht gefunden.«

Pascal stiegen wieder die Tränen in die Augen, nur mühsam hielt er sie zurück. Dominique legte ihm zum Trost einen Arm um die Schultern. Er war ebenfalls kurz davor, die Fassung zu verlieren.

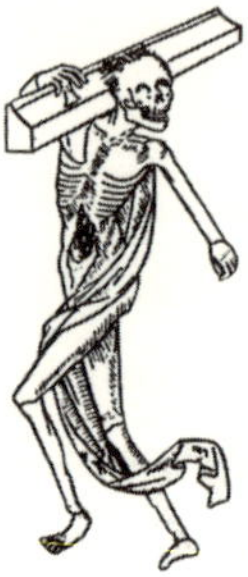

23

ES WAR MITTWOCH, halb neun Uhr abends. Die Nacht war über Paris hereingebrochen, und die letzten Touristen verließen das Gelände von *Père Lachaise*, die berühmten Grabstellen von bedeutenden Künstlern, Wissenschaftlern und Politikern. Marguerite und Marcel, der Gerichtsmediziner, schlugen währenddessen die Zeit vor dem Tor des riesigen Friedhofs tot. Sie warteten darauf, dass auch die letzten Angestellten den Ort verließen, um sich heimlich Zugang zu verschaffen.

Der Torbereich wurde lediglich vom trüben Licht einiger weniger Laternen erhellt. Der baumbestandene Bereich rings um den Parkplatz war hingegen in absolute Dunkelheit getaucht.

Marcel zündete sich eine Zigarette an.

»Ist das zur Tarnung oder bist du so nervös?«, fragte Marguerite; sie stand an ihr Auto gelehnt, die Arme über der Brust gekreuzt.

»Letzteres. Liegt wohl am Stress.«

»Wie ist es möglich, dass jemand, der mit Leichen arbeitet,

bei einem Friedhofsbesuch nervös wird?«, wollte sie schmunzelnd wissen.

Der Gerichtsmediziner hätte ihr eine einfache Antwort darauf geben können; wenn sie gewusst hätte, was er wusste, wäre sie genauso unruhig gewesen.

»Es ist niemand mehr da«, stellte er stattdessen fest, ohne auf Marguerites Kommentar einzugehen. Er wollte es so schnell wie möglich hinter sich bringen. »Gehen wir rein?«

Die Kommissarin war einverstanden. Sie hatten sich das Friedhofsgelände genauer angesehen und einen Zaunabschnitt ausgewählt, der etwas versteckt lag, also holten sie eine Leiter aus dem Kofferraum und wandten sich unauffällig ihrem Ziel zu. Sicherheitshalber trugen sie ihre Polizeiausweise bei sich, falls sie jemand bei ihrer heimlichen Aktion überraschen sollte.

Kurz darauf befanden sie sich auf dem Friedhofsgelände und leuchteten mit ihren Taschenlampen in die Dunkelheit. Die Leiter versteckten sie unter ein paar Büschen. Jeder trug einen Rucksack mit Werkzeug, das sie für die Exhumierung brauchen würden.

Die Stille an diesem düsteren Ort war vollkommen und wurde hin und wieder lediglich von Geräuschen gestört, die von den umliegenden Straßen kamen. Schweigend setzten die beiden sich in Bewegung. Bald warf der schwache Schein von Laternen ein blasses Licht auf die gepflasterten Wege zwischen den Grabsteinen und Familiengruften.

»Wie anders alles aussieht, wenn es dunkel ist«, bemerkte Marguerite endlich leise und stimmte ein sanftes Lachen an, in das ihr Kollege nicht einfiel. »Beeindruckend, was?«

Bis zur Gruft der Familie Gautier war es nicht weit. Nach wenigen Minuten hatten sie ihr Ziel erreicht. Die Grabanlage in Form eines griechischen Tempels wirkte zu dieser Stunde auf Marguerite viel erhabener als im grellen Tageslicht.

Sie trat an das Gittertor und machte sich erneut an dem Schloss zu schaffen.

»Es ist offen«, flüsterte sie überrascht. »Jemand muss nach uns hier gewesen sein. Ich dachte, von der Familie wäre niemand mehr am Leben.«

Am Leben vielleicht nicht – aber tot schon, dachte Marcel und schwieg dazu.

Vorsichtig trat er näher, um sich selbst zu überzeugen. Tatsächlich war nicht abgeschlossen, und die Tür war nur angelehnt. Ein leichter Stoß genügte und sie öffnete sich quietschend.

Marguerite wollte schon hineingehen in das Grabmal, als der Gerichtsmediziner sie am Arm packte. »Und wenn jemand drin ist?«

Obwohl Marcel im Grunde recht hatte, kam Marguerite seine Vorsicht ziemlich absurd vor. Wieso sollte hier jemand sein? Wahrscheinlich war das alte, rostige Schloss einfach kaputtgegangen ... zufällig. Widerstrebend nahm sie die Pistole aus dem Holster und ging vorsichtig auf die Gruft zu. Der Gerichtsmediziner, der ihr folgte, fingerte aus seinem Rucksack einen mittelgroßen Silberdolch, den Marguerite verdutzt betrachtete.

»Was zum Teufel ist das denn, Marcel?«

Ein wenig beschämt zuckte er die Schultern. Seine These über den Urheber der Verbrechen und sein eigenes Geheimnis brachten ihn in immer peinlichere Situationen. Marcel, der das Doppelspiel langsam satthatte, nahm sich vor, der Kollegin bald reinen Wein einzuschenken.

»Du weißt, dass ich keine Pistole trage, und irgendetwas musste ich ja mitbringen, für alle Fälle. Außerdem«, log er, »kann ich ihn als Hebel benutzen und den Grabstein lösen oder an der Leiche zum Einsatz bringen …«

»Tu, was du nicht lassen kannst.« Marguerite hatte ihre ganze Aufmerksamkeit auf die Gruft gerichtet. »Komm, beeilen wir uns.«

Drinnen begutachteten sie im Schein ihrer Lampen die verschiedenen Grabstellen unter ihrer dicken Schicht von Staub und Spinnweben, umrundeten die Falltür in der Mitte, bis sie endlich vor dem Grab von Luc Gautier stehen blieben.

Von draußen, von irgendwoher, war auf einmal ein angestrengtes, kaum unterdrücktes Keuchen zu hören, das die Stille durchbrach, und das kurze Knirschen von berstendem Glas.

***

Capitaine Runné schlenderte durch die Friedhofsgassen und grüßte Bekannte und Grabnachbarn, denen er begegnete. Er erreichte das Gitter und starrte sehnsüchtig in die Dunkelheit und auf den Leuchtpfad, der sich in der Ferne verlor. Manchmal sah man in der Düsternis dort draußen die Silhouetten umherirrender Seelen; es waren die Seelen von Menschen, die nicht begraben worden waren und sich deshalb im Zwischenreich befanden.

»Capitaine.«

Runné drehte sich um. Charles Lafayette stand mit besorgter Miene vor ihm.

»Was ist los, Charles?«

»Wie ich sehe, weißt du es noch nicht. Irgendjemand hat in der Welt der Lebenden das satanische Ritual durchgeführt.«

Der Capitaine riss die Augen auf.

»Was hast du gesagt?«

»Ein lebendes Mädchen ist ins Reich des Bösen entführt worden. Die Zeremonie war erfolgreich.«

»Wer hat das gewagt?« Runné war wie vor den Kopf geschlagen.

»Denk an das, was unser junger Wanderer gesagt hat. Es muss der Vampir gewesen sein, er ist der Einzige, der das Wissen und die Macht hat, um so etwas zu tun. Aber wozu? Er hat sich nicht dem Wanderer genähert, sondern ein unschuldiges Opfer gesucht ... das ergibt keinen Sinn.«

Runné dachte einen Augenblick nach, bevor er antwortete.

»Ich weiß nicht, Charles. Vielleicht handelt es sich um eine Opfergabe. Wenn du im Reich der Finsternis leben würdest, wolltest du da nicht auch deinen Herrn zufriedenstellen?«

Lafayette zuckte mit den Schultern. »Kann sein. Aber denk daran, dass der Vampir nicht mehr dort ist, sondern sich unter den Lebenden befindet.«

»Jedenfalls ist noch genug Zeit, um etwas zu unternehmen. Der Weg ins Reich des Bösen ist weit, also wird es noch eine Weile dauern, bis das Mädchen geopfert wird. Zuerst müssen sie sie ganz tief in die Finsternis hineinführen, und ein Wanderer kann ihr in dieses Gebiet folgen. Pascal könnte sie retten, sofern er dazu bereit ist.«

»Was schlägst du vor?«, fragte Lafayette.

»Wenn Pascal uns nicht bald wieder besucht«, antwortete er, »müssen wir ihm durch einen Geist eine Nachricht übermitteln. Die Situation erfordert es.«

»Wir wissen nicht, wie er darauf reagiert«, erwiderte Lafayette.

»Stimmt«, entgegnete der Capitaine entschlossen. »Aber wir müssen es versuchen ... Wenn Pascal sein Schicksal akzeptiert und sich auf die Suche nach dem entführten Mädchen macht, müssen wir ihm dabei helfen.«

»Glaubst du denn, dass er stark genug dafür ist?«, fragte Lafayette, aus Angst, Pascal könnte von diesem Abenteuer nicht mehr lebend zurückkommen.

»Sein Herz schlägt«, sagte Runné. »Und durch seine Adern fließt junges Blut. Das Leben ist stärker als jede Waffe. Er kann es schaffen.«

Trotz der bestimmenden Worte seines Freundes schien Lafayette nicht überzeugt zu sein.«

»Und das Gute?«, fragte er. »Handelt das Gute nie? Kann es diesmal dem jungen Wanderer nicht helfen? Das Böse treibt sein Unwesen, ungehemmt, und das Gute ... es greift nicht ein. Das ist nicht gerecht!«

Runné lächelte nachsichtig.

»Man merkt, dass du noch nicht so lange hier bist wie ich, Charles. Hab Geduld«, sagte er seufzend und senkte die Lider. »Aus der Distanz von Jahrhunderten kann man alles viel besser verstehen. Das Böse ist überall aktiv, es führt dich in Versuchung, aber es kann dir nichts tun, solange du nicht vom Weg abkommst und den Regeln folgst. Das Böse greift dich nicht an, es begegnet dir nur, wenn du nicht bist, wo du sein solltest. Deshalb greift das Gute nicht ein, damit du selbst über deine Schritte entscheiden kannst.«

»Ja, das verstehe ich. Ich weiß, dass ich, wenn ich mich von meinem Grab entferne und bewusst die Dunkelheit betrete, in die Hände des Bösen fallen kann. Doch mit Pascal verhält es sich anders. Er kann sich nicht wirklich entscheiden und er stellt sich etwas viel Mächtigerem entgegen ...«

Runné nickte bedächtig.

»Bedenke, dass es sich um den Wanderer zwischen den Welten handelt und nicht um irgendeinen Lebenden«, sagte er. »Aber trotzdem, ich meine mich zu erinnern, dass es ein Wesen gibt, das in Bezug auf die Dunkle Pforte das Gute verkörpert. Es ist ein Wesen, das als Wächter der Dunklen Pforte bekannt ist; jemand, der zur Welt der Lebenden gehört und dessen Aufgabe es ist, den Wanderer zu schützen. Es heißt, dass die Bruderschaft der Wächter diese Aufgabe von Generation zu Generation weitergibt, obwohl nicht bekannt ist, ob jemals einer von ihnen tatsächlich eingegriffen hat. Vielleicht ist es nur nicht bekannt geworden oder es handelt sich nur um einen Mythos ...«

»Ich hoffe, dass der Wächter existiert. Pascal wird ihn brauchen. Und selbst dann ...«

Der Capitaine seufzte.

»Dich kann man nur schwer zufriedenstellen, Charles. Woran denkst du?«

Lafayette zuckte ein wenig ratlos mit den Schultern.

»In mir sträubt sich alles dagegen, wie diese Welt funktioniert, angesichts der sichtbaren Passivität des Guten. Ich denke an das Schicksal dieses Mädchens … und ich kann deine Erklärung nur schwer akzeptieren, Armand. Es kommt mir noch immer ungerecht vor.«

Runné nahm sich einen Augenblick Zeit für die Antwort.

»Das ist eine Frage der Perspektive, mein Freund. Auf der Suche nach Antworten versuchst du die gleiche Logik auf das Gute wie auf das Böse anzuwenden, und das ist falsch. Das Gute funktioniert so nicht, es beruht auf anderen Prinzipien als das Böse.«

»Dann«, unterbrach ihn Lafayette, »willst du also sagen, dass diese andere … Natur es dem Guten erlaubt, nicht zu handeln, während eine Unschuldige geopfert wird?«

Runné schüttelte den Kopf.

»Nein, mein Lieber, ganz im Gegenteil. Das Gute ist bereits aktiv.«

Diese Behauptung überraschte Lafayette und er wartete darauf, dass sein Freund fortfuhr.

»Pascal wird die Herausforderung annehmen«, behauptete der Soldat. »Und so wird er ganz unbewusst zum Instrument des Guten.«

Lafayette begann langsam zu begreifen. »Du willst also sagen, dass das Gute …«

»… durch den Wanderer verbreitet wird. Pascal ist kein Engel, doch das Gute benutzt ihn wie ein Instrument für seine Zwecke.«

Lafayette nickte.

»Und wenn der Wanderer bei seiner Mission versagt?«, fragte er unsicher.

Runné blickte sein Gegenüber eindringlich an.

»Ich weiß es nicht, Charles«, gestand er. »Ich möchte gern glauben, dass das Gute in diesem Fall über eine Alternative verfügt. Hoffentlich kommt es nicht so weit.«

»Hoffentlich.«

»Vertrauen wir auf Pascal«, sagte Runné. »Wir können von hier aus das Gute nicht begreifen, egal wie lange wir uns darüber unterhalten. Wir sind tot, doch wir sind noch immer menschliche Wesen. Wie uns diese trostlose Landschaft beweist, sind wir dem Bösen immer noch näher als dem Guten. Daher verstehen wir es viel besser.«

»So ist das Leben … und der Tod«, sagte Lafayette schulterzuckend. »Wenn du möchtest, werde ich dir helfen.«

»Dann los. Wir haben keine Zeit zu verlieren.«

***

Kein Zweifel, jemand war außer ihnen auf dem Friedhofsgelände, und zwar unmittelbar in ihrer Nähe.

Die beiden schalteten ihre Taschenlampen aus und verhielten sich ruhig. Marguerite, die zum Eingang der Gruft gegangen war, spähte, die Pistole in der Hand, hinaus.

Marcel blickte auf die Waffe seiner Kollegin. Arme, naive Marguerite. Wenn seine Vermutungen zutrafen, würden die Kugeln gar nichts nützen. Das konnte er nicht zulassen.

Vorsorglich hatte er nicht nur einen silbernen Dolch dabei, sondern, entgegen seiner Aussage, keine Schusswaffe zu besitzen, auch einen Revolver. Einen Revolver, in dessen Trommel silberne Patronen steckten. Leise zückte er ihn und jetzt fühlte er sich sicherer, wenn auch nur ein bisschen.

Es war wieder still geworden. Die beiden verließen die Gruft und wandten sich vorsichtig in die Richtung, aus der die Geräusche gekommen waren.

Kurz darauf setzte das Keuchen wieder ein. Es gab keinen Zweifel, es kam aus einer Grabstätte unweit von ihnen. Sie konnten allerdings nicht ausmachen, woher genau, weil andere Grabstellen dazwischen lagen, also tasteten sie sich im Dunkeln voran, bis sie freie Sicht hatten.

Im Schein einer Laterne sahen sie endlich eine gebeugte Gestalt neben einem Steinkreuz stehen. Die aufgehäufte Erde daneben verriet, dass dieser Jemand den Sarg ausgegraben hatte und an etwas zerrte, das sie nicht sehen konnten.

»Polizei! Bleiben Sie, wo Sie sind, und nehmen Sie die Hände hoch!«, rief Marguerite, während sie die Taschenlampe einschaltete und die Waffe auf die schattenhafte Gestalt richtete. Der Unbekannte machte einen Satz und war in Sekundenschnelle zwischen den Gräbern verschwunden. Marguerite nahm die Verfolgung auf.

»Marguerite, warte, wir sollten uns nicht trennen!«, warnte sie Marcel, bevor er ihr nachlief.

Kurz darauf stoppten sie. Auf dem Friedhof war es völlig still. Nichts rührte sich mehr.

»Er will bestimmt zu den Bäumen, wo kein Licht hinfällt«, stellte Marguerite mit leiser Stimme fest. »Das müssen wir verhindern.«

»Lassen wir ihn doch«, bat der Gerichtsmediziner. »Er hat sich gut versteckt, es würde bestimmt Stunden dauern, ihn in dem Dickicht zu finden …«

Stille. Marguerite, die nicht gewillt war, ihre Suche abzubrechen, setzte sich, ohne ihrem Kollegen zu antworten, mit vorgehaltener Pistole in Bewegung. Marcel, dessen Anspannung wuchs, beobachtete die Umgebung, um sie gegebenenfalls zu beschützen.

Als die Kommissarin halb gebückt zwischen zwei Gräbern entlangschlich, erhob sich plötzlich vor ihr ein Schatten, doch bevor sie reagieren konnte, war die Gestalt über ihr, und etwas traf sie messerscharf im Gesicht. Marguerite stöhnte und spürte einen stechenden Schmerz. Blut quoll aus ihrer getroffenen Wange. Das konnte sie indes nicht daran hindern, mehrere Schüsse abzugeben, die dem Angreifer jedoch kaum etwas anzuhaben schienen, denn er setzte schon zur zweiten Attacke an.

Da erklangen noch zwei Schüsse, und die Gestalt, die sich erneut auf sie stürzen wollte, krümmte sich zusammen und wand sich vor Schmerzen, bevor sie stöhnend in der Dunkelheit verschwand.

»Alles in Ordnung?«, fragte Marcel, der neben Marguerite aufgetaucht war.

Überrascht betrachtete sie den Gerichtsmediziner, der noch immer den Revolver in seinen ausgestreckten Händen hielt. Dann stützte sie sich auf eine Grabplatte und ließ ein paar Sekunden verstreichen, bevor sie antwortete.

»Hast du nicht gesagt, du hättest keine Schusswaffe?«, fragte sie ihn, nachdem sie Luft geschöpft hatte.

»Na ja, ich habe immer ein letztes Mittel parat …«, erwiderte er ausweichend.

Marguerites Atem ging noch immer stoßweise, doch sie lächelte unter Schmerzen.

»Du bist immer für eine Überraschung gut, Marcel. Und ich habe dich für einen harmlosen Wissenschaftler gehalten, einen Labortypen ... Danke, ich schulde dir etwas!«

Marcel bewunderte sie dafür, dass sie in einer solchen Situation zu Scherzen aufgelegt war.

»Soll ich einen Krankenwagen rufen?«, fragte er besorgt. »Deine Verletzung sieht ziemlich übel aus.«

»Halb so schlimm.« Die Kommissarin drückte ein Taschentuch auf ihre Wange, während ihr das Blut in dünnen Rinnsalen über den Hals lief. »Wir sind außerdem noch nicht fertig hier.«

»Bist du verrückt? Du musst dich unbedingt von einem Arzt untersuchen lassen!«

»Später. Gehen wir zur Gruft zurück. Womit hat mich dieses Schwein angegriffen? Hast du sein Gesicht gesehen?«

»Ich habe gar nichts gesehen«, log Marcel. »Es gab fast kein Licht, und der Kerl war ziemlich schnell. Nach den Schnitten zu urteilen, muss er mindestens ein Messer benutzt haben.«

Er wusste, dass das nicht stimmte. Die klaffenden Wunden, die sich über das Gesicht seiner Kollegin zogen, waren zu gleichmäßig: Es waren die Spuren von Krallen.

Auf ihrem Weg zurück zur Gruft kamen sie an dem Grab vorbei, wo sie die merkwürdige Gestalt des Angreifers zum ersten Mal ausgemacht hatten. Entsetzt mussten sie feststellen, dass das, was der Kerl nach dem Ausheben des Grabs gepackt hatte, die Leiche eines Kindes war, erst kürzlich hier bestattet. Marguerite wurde übel. Trotz dieses makabren Funds konnten sie nicht länger hierbleiben, also setzten sie ihren Weg zwischen Kreuzen und Grabsteinen fort. Keiner sagte etwas.

Als sie die Gruft wieder erreichten, schlüpften sie hinein. Sobald sie vor Luc Gautiers Grab standen, holten sie das Werkzeug aus ihren Rucksäcken und machten sich fieberhaft an die Arbeit. Allerdings sah Marcel hin und wieder hinüber zu der Falltür im Boden der Gruft, die seinen Blick magnetisch anzuziehen schien.

Als sie nach ein paar Minuten den Sarg öffnen wollten, fiel von draußen ein Blinklicht herein.

»Wahrscheinlich Kollegen«, vermutete Marguerite und presste das Taschentuch auf die blutenden Wunden. »Anwohner müssen unsere Schüsse gehört und die Polizei informiert haben. Schnell, sie werden gleich hier sein.«

Der Verschluss des Sargs war defekt, und der vor Schmutz starrende Deckel ließ sich leicht abnehmen. Langsam beugten sich die beiden darüber.

Nichts. Der Sarg war leer. Es gab lediglich eine mit Erde und undefinierbaren Pflanzenresten bedeckte Samtverkleidung, an der ein paar Haare klebten.

»Das verstehe ich nicht«, gestand Marguerite. »Wo ist die Leiche? Das verstehe ich überhaupt nicht.« Verdattert sah sie ihren Kollegen an.

Marcel hingegen wusste es zu deuten: Luc Gautier war als Vampir wiedererwacht. Und Vampire verließen nachts ihr Grab, um zu jagen. Das passte zu seiner Theorie. Er war sich sicher, dass sie Gautiers Leiche am Morgen in dem Sarg vorgefunden hätten, und in überraschend guter Verfassung.

Wir haben ihn wohl verpasst, sagte er im Stillen zu sich selbst.

Der Strahl ihrer Taschenlampen verriet der Polizeistreife

draußen ihren Aufenthaltsort, und kurz darauf waren die Kollegen vor der Gruft und forderten sie auf, herauszukommen.

»Eine Sache noch«, sagte Marguerite zu dem Gerichtsmediziner, bevor sie dem Befehl Folge leistete. »Ich habe nicht danebengeschossen, der Typ war schließlich nur einen halben Meter entfernt. Aber es waren anscheinend deine Schüsse, die ihn richtig verletzt haben …«

Marcel hatte genug davon, sich zu verstellen, vor allem, weil er wusste, dass die Umstände ihn früher oder später dazu zwingen würden, etwas von sich preiszugeben …

»Marguerite, meine Kugeln waren aus Silber«, gestand er.

»Aus Silber?« Sie sah ihn durchdringend an, und ohne weiteren Kommentar ging sie mit erhobenen Händen und der deutlich sichtbaren Polizeimarke hinaus. Ihr blutüberströmtes und schmutziges Gesicht sah Furcht einflößend aus.

Die Polizisten waren völlig überrascht, als sie feststellten, um wen es sich bei den angeblichen Vandalen handelte, die sie beim Grabschänden erwischt zu haben glaubten.

Als Marcel hinaustrat, war er in Gedanken weit weg. Er hatte Marguerites Angreifer wiedererkannt; schließlich hatte er die Autopsie an dem Leichnam vorgenommen. Es handelte sich um Henri Delaveau, den ermordeten Lehrer des Gymnasiums.

Marcels sah sich in seinen schlimmsten Ahnungen bestätigt. Der Lehrer war von den Toten auferstanden. Doch er war nicht mehr er selbst.

***

Noch immer saßen Pascal und Dominique an Daphnes Tisch mit der Kristallkugel. Voller Entsetzen über das Gehörte schwiegen sie seit einer Weile. In ihren Gedanken waren sie bei Michelle, fragten sich, was dieser Vampir mit ihr anstellen mochte. Es war unvorstellbar. Beide standen unter Schock und fühlten sich verantwortlich für das, was ihr widerfahren war; wenn sie gleich am ersten Tag, an dem sie nicht zur Schule gekommen war, etwas unternommen hätten, hätten sie sie womöglich beschützen können. Doch sie waren ganz auf die Antwort fixiert gewesen, die sie Pascal geben wollte, und hatten ihr Fehlen falsch gedeutet. Und jetzt war es zu spät.

Daphne brach das Schweigen. »Da ist noch etwas.«

Dominique und Pascal horchten auf.

»Ich rede von Raoul und Melanie«, fuhr sie fort und seufzte. »Wenn ich richtig verstanden habe, sind die beiden Jugendlichen, die am Partyabend verschwunden sind, Mitschüler von euch, stimmt's?«

Die beiden nickten stumm und ahnten bereits, was Daphne ihnen sagen wollte.

»Seid ihr befreundet mit ihnen?«, fragte sie leise.

»Nein«, beeilte sich Dominique zu antworten, »nur Bekannte. Willst du etwa andeuten …«

Wieder seufzte Daphne.

»Sie sind ebenfalls … dem Vampir … zum Opfer gefallen«, sagte sie stockend, »man hat ihre Leichen gefunden, ich selbst habe gesehen, wie die Polizisten sie im Park *Monceau* geborgen haben.« Sie sah von einem zum anderen. »Die Polizei hat ihren Tod bestimmt mit dem Verbrechen an Henri Delaveau in Verbindung gebracht, das fühle ich, doch haben sie das noch nicht öffentlich gemacht, um die Bevölkerung nicht zu beunruhigen.«

Dominique, der noch bis vor Kurzem geglaubt hatte, dass all diese Geschichten reiner Aberglaube seien, konnte es nicht fassen: »Aber warum sie?«, empörte er sich.

»Ich denke, sie hatten das Pech, dem Vampir im falschen Moment zu begegnen. Es war seine erste Nacht in dieser Welt, und er muss einen enormen Appetit gehabt haben. Es gibt keine andere Erklärung dafür. Wenigstens wird der Vampir nun seine Raubzüge etwas reduzieren«, vermutete sie. »Aber wie gesagt, er muss ziemlich geschwächt gewesen sein, als er hier ankam, außerdem, denke ich, brauchte er für seine satanische Zeremonie Menschenblut.«

»Ja, er hat andere Prioritäten«, fügte Pascal resigniert hinzu. »Er will die Pforte finden … bevor ich Michelle …«

War damit die Frage beantwortet, die Dominique und Daphne insgeheim bewegte?

»Du wirst sie also suchen«, stellte die Wahrsagerin vorsichtig fest.

Pascal wäre gern allein gewesen, um nachzudenken. Er war an einem Punkt angelangt, an dem er sich entscheiden musste: entweder Feigheit, wobei er das Mädchen, das er so mochte, ihrem Schicksal überlassen würde, oder der Mut, sein Leben auf der weitesten und gefährlichsten Reise zu riskieren, die ein Mensch sich nur vorstellen konnte. Eine größere Herausforderung gab es nicht.

Nur er, der Wanderer zwischen den Welten, konnte Michelle vor einem schrecklichen Tod retten.

Was sollte er tun? War er dieser Herausforderung gewachsen?

Eine Ewigkeit verging, während er hin und her überlegte. Doch konnte er Michelle ihrem Schicksal überlassen? Das würde er sich nie verzeihen.

Und zum ersten Mal in seinem Leben sagte er ein deutliches Ja. Er würde nach ihr suchen. Selbst wenn es seine erste und letzte große Tat sein sollte.

»Ich werde es tun, Daphne«, verkündete er und fragte sich im gleichen Augenblick, wann seine Selbstsicherheit wieder zu bröckeln anfangen würde.

Doch Dominique, der vom Mut seines Freundes beeindruckt war, sah ihm fest in die Augen. »Ich werde dir helfen, Pascal«, bekräftigte er. »Wann immer du mich brauchst.«

Daphne nickte zufrieden. Niemand wusste, was die kommenden Ereignisse für sie, wie sie hier miteinander saßen, bereithielten, doch sie würden mit allen Mitteln kämpfen. Bis zum Schluss. Jetzt, am Ende ihres Lebens, wusste die Wahrsagerin, dass die jahrzehntelangen Übungen, das immerwährende An-sich-Arbeiten einen Sinn gehabt hatte.

»Also, lasst uns bald loslegen«, sie erhob sich aus ihrem Sessel. »Wir müssen zu Jules, aber nicht mehr heute. Es ist dunkel draußen und der Vampir spaziert dort herum.«

»Du meinst, ich sollte durch die Pforte …?«, fragte Pascal mit fester Stimme und erhob sich ebenfalls.

»So ist es.« Daphne nickte. »Ich kann dir in dieser Welt helfen, aber nicht im Jenseits. Deshalb musst du zurück zu den Toten, ihnen erzählen, was passiert ist, und um Hilfe bitten. Aber wie gesagt, bis morgen müssen wir noch warten.« Sie bemerkte die beunruhigten Gesichter der beiden und verstand ihre Ungeduld. »Glaubt mir, in den nächsten Stunden wird

Michelle nichts Ernsthaftes passieren. Ich setze euch zu Hause ab, wo ihr unbedingt bis morgen nach Tagesanbruch bleiben müsst. Wir treffen uns so früh wie möglich, so verlieren wir weniger Zeit.«

»Du willst, dass wir uns morgen gleich nach dem Aufstehen treffen?«, fragte Dominique skeptisch. »Ich bin wirklich der Erste, der Michelle retten will, doch donnerstags haben wir bis Mittag Unterricht, und wenn gleich drei Leute fehlen, wird das ganz schön auffallen.«

Pascal stimmte Dominique zögernd zu. »Das stimmt. Wenn die Schule unsere Eltern benachrichtigt«, sagte er, »ist es mit unserer Bewegungsfreiheit vorbei.«

Daphne seufzte, während sie die Möglichkeiten abwog.

»In Ordnung«, sagte sie schließlich. »Das Wichtigste ist, dass uns niemand dazwischenfunkt, wenn wir einmal angefangen haben, also werden wir noch ein paar Stunden opfern. Geht in die Schule und esst zu Hause zu Mittag, ganz wie gewohnt. Ich will, dass ihr morgen um Punkt vier wieder hier seid. Noch etwas?«

Die Jungen schwiegen einen Moment. Nein, im Augenblick gab es keine Fragen.

»Dann los«, sagte Daphne. »Seid morgen pünktlich und passt auf euch auf.«

Pascal und Dominique nickten ernst und stiegen die Kellertreppe nach draußen empor.

Daphne folgte ihnen und beschloss, vorerst eine scheußliche Sache zu verheimlichen, die sie tun müssten, sobald Pascal die Welt der Lebenden verlassen hatte. Etwas, das sie und Dominique zum *Institute Anatomique Forense* führen würde.

Minuten später waren die drei auf der Straße und machten sich auf den Weg zu Daphnes altem Auto, wobei sie sich aufmerksam umsahen. Pascal und Dominique dachten laut über einen Vorwand nach, unter dem sie am nächsten Tag auf Jules' Dachboden kommen konnten. Da ihnen nichts einfiel, einigten sie sich darauf, Jules in das Geheimnis einzuweihen.

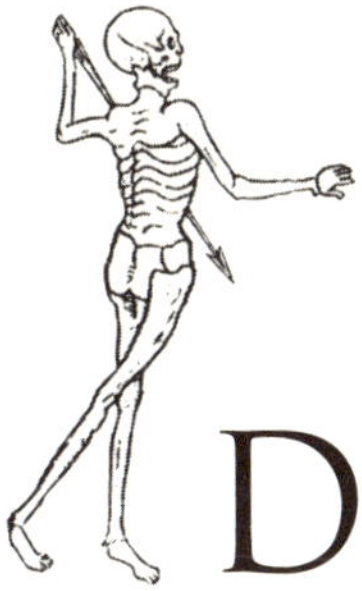

24

Die morgendliche Szene sprach für sich: ein großes Büro, ein elegant gekleideter Mann, der hinter seinem Schreibtisch stand, mit strenger Miene gestikulierte und auf die beiden Beamten auf der anderen Seite einredete.

Marguerite und der Gerichtsmediziner mussten sich von Hauptkommissar Antoine Bessier eine scharfe Zurechtweisung anhören, die sie über die Konsequenzen aufklärte, falls die Grabschändung in der Gruft ans Licht kam.

Marcel blieb die Ironie, die in den Worten steckte, nicht verborgen: Es wäre das Beste, was passieren konnte, wenn alles ans Licht kam, denn nur im Licht waren sie geschützt. »Sie beide sind erfahrene Polizisten«, stellte der Hauptkommissar fest. »Setzen Sie nicht Ihre Karriere mit solchen Eskapaden aufs Spiel. Noch einmal werden wir Ihnen nicht den Rücken decken. Was fällt Ihnen ein, derart die Vorschriften zu verletzen? Wir haben Glück, dass sich niemand um die Gruft kümmert, andernfalls … Meine Güte, wenn das der Staatsanwalt mitbekommt …«

»Bertrand Fabatier hätte uns niemals die Erlaubnis erteilt«, verteidigte sich Marguerite, »Sie wissen das. Er hasst mich. Wir können unsere Zeit nicht mit einem launischen Richter verplempern, Herrgott noch mal.«

»Kommen Sie mir nicht mit persönlichen Animositäten«, warf ihr der Vorgesetzte vor und versuchte dem heiklen Thema auszuweichen. »Irgendwelche vagen Vermutungen sind kein Grund, gegen die Vorschriften zu verstoßen.«

»Und was sagen Sie zu der verschwundenen Leiche von Luc Gautier?«, konterte Marguerite, die einen Verband über ihrer verletzten Wange trug. »Denken Sie an die Spur, die wir von ihm an Delaveaus Tatort gefunden haben. Und wir müssen jeder Spur nachgehen, ganz gleich, wie unwahrscheinlich es ist, was sie uns vermitteln könnte. Es geht darum, herauszufinden, welchen auch immer gearteten Zusammenhang es zwischen dem Mord und Gautier gibt. Das ist unser Problem. Nicht mehr und nicht weniger.«

Bessier winkte ab.

»Wir haben ein ganz anderes Problem, Betancourt!«, donnerte er. »Hören Sie, wir mussten die Medien bereits von den Morden an den beiden Jugendlichen im Park *Monceau* unterrichten. Zum Glück bringt niemand sie mit Delaveaus Tod in Verbindung. Aber das wird nicht ewig so bleiben, und sobald bekannt wird, dass in Paris jemand herumläuft, der fähig ist, in einer Nacht drei Morde zu begehen, und von dem wir nichts, aber auch gar nichts wissen, wird das Panik auslösen und zu Chaos führen. Und dann wird mich der Präfekt zu sich bestellen und verlangen, dass Köpfe rollen. Kann sein, dass meiner rollt, doch es wird nicht der einzige sein, ist das klar?«

»Aber …«, Marguerite wollte sich noch nicht geschlagen geben.

»Gar nichts aber! Ich will keine Erklärungen, und ich will auch gar nicht wissen, was Sie vorhaben, Marguerite. Aber schnappen Sie diesen Psychopathen, bevor er ein weiteres Mal mordet.«

Marguerite seufzte. »Und wenn das bedeutet, dass wir wieder gegen die Vorschriften verstoßen müssen?«

Der Hauptkommissar sah sie an, als wollte er sie mit seinem Blick vernichten. Er ließ sich Zeit mit seiner Antwort, und es klang, als hätte er Mühe, die Worte zu artikulieren.

»Tun Sie, was Sie nicht lassen können«, sagte er zähneknirschend. »Doch diskreter, vor allem, wenn es darum geht, einen Richter zu übergehen. Finden Sie den Mörder.«

»Einverstanden.«

»Verschwinden Sie, die Zeit ist knapp. Marguerite«, fügte der Hauptkommissar hinzu, während sie aufstanden. »Ihre letzte Frage ist nicht gestellt worden, verstanden?«

***

Michelle starrte angestrengt in den düsteren Himmel und hielt nach schimmernden Sternen Ausschau, während der Karren den Weg entlangholperte. Sie versuchte, irgendeinen Lichtpunkt zu finden und die von ihren Fesseln verursachten Schmerzen zu ignorieren. Sie drehte ihren Kopf so, als erwartete sie einen heilsamen Regen, der jedoch nicht kommen wollte. Nur Dunkelheit, so weit das Auge reichte. Sie starrte nach oben und gab sich irgendwann geschlagen. Wo waren nur die Sterne? Einer am ganzen Firmament hätte ihr genügt. Mehr verlangte sie nicht.

Michelle dachte an ihre Eltern. Sie erinnerte sich an ihre traurigen und zugleich stolzen Gesichter, als sie sich am Vorabend ihres ersten Tages in Paris vor dem Internat verabschiedet hatten. Das war jetzt schon zwei Jahre her, doch die Bilder dieses Tages waren noch ganz frisch. Michelle hatte damals ihr Heimatdorf verlassen, um in Paris aufs Gymnasium zu gehen, und ihre Eltern hatten sie in dem Wunsch voll unterstützt. So wie sie sie immer in allem unterstützt hatten … Plötzlich schnürte es Michelle die Kehle zu, und die Tränen rollten ihr über die Wangen. Sie spürte, wie sie ihr bis zu den Lippen liefen, die von dem Knebel auseinandergedrückt wurden. Auch für sie war es zuerst nicht einfach gewesen, ihr Zuhause zu verlassen und mit Fremden zusammenzuleben. Doch schließlich hatte sie sich eingewöhnt und fühlte sich sehr wohl in Paris, vor allem dank ihrer Freunde Pascal, Dominique, Mathieu oder Jules.

Sie schluchzte. Wie hatte man sie nur so brutal aus ihrem Leben reißen können? Wie konnten ihre Erinnerungen daran nur so fern erscheinen?

Die unsichtbare Trommel, die das Tempo des Gespensterzugs vorgab, wurde in stets gleichem Takt geschlagen.

»Wenn die letzten Tage eines zum Tode Verurteilten von einem Soundtrack begleitet würden, dann wäre das die Melodie«, dachte Michelle.

***

Halb fünf Uhr nachmittags auf dem Dachboden. Das intensive Gespräch zwischen den Anwesenden war beendet. Jules, der sich nach den für ihn bestimmten, unglaublichen Eröffnungen wieder gefasst hatte, betrachtete die riesige Truhe mit ehrfürchtiger Miene. Daphne ging es nicht viel anders, wenn sie es sich auch nicht anmerken ließ. Seit Jahrzehnten träumte sie davon, einmal vor einer Dunklen Pforte zu stehen, und sie konnte es kaum glauben, dass dies nun in Erfüllung ging. Sie ließ sich in diesem Moment von der machtvollen Aura mitreißen, die diese Schwelle zwischen Leben und Tod verströmte. Eine heilige Schwelle, die jedoch nicht sie, sondern nur Pascal, der Wanderer, übertreten konnte. Aber das war ihr gleichgültig. Ihre eigentliche Aufgabe als Wahrsagerin war es, in stiller Anonymität zu handeln. Seit Urzeiten hatten Druiden und Zauberer diese unsichtbare Rolle gespielt, waren heimliche Lenker, welche Könige und Prinzen, selbst die Kanzler und Präsidenten der modernen Völker unterstützten. Daphne genügte der Anblick der sargähnlichen Truhe. Sie suchte nicht nach Ruhm.

Jules überlief erneut eine Gänsehaut, doch es war nicht Angst, die sie hervorrief. Immer schon hatte er an das Jenseits und an eine Verbindung der Dunkelheit zur Welt der Lebenden geglaubt, also hatte es ihm keine Mühe gemacht, das, was ihm Pascal, Dominique und die Wahrsagerin erzählt hatten, zu glauben. Alle seine Überzeugungen wurden aufs Großartigste bestätigt. Selbst die unglaubliche Geschichte vom geheimnisvollen Verschwinden seiner Urgroßmutter Lena vor einem Jahrhundert passte, auch wenn er es nicht erwähnte. Er bedauerte lediglich, dass er nicht derjenige gewesen war, der entdeckt hatte, was es mit dieser unscheinbaren mittelalterlichen Truhe auf sich hatte.

»Spätestens wenn ich hineinsteige und verschwinde, wirst du alles glauben«, bemerkte Pascal.

Jules glaubte es jetzt schon, es war so etwas wie eine »gute Nachricht« für ihn. Er hatte auch keine Angst. Für ihn handelte es sich um einen Traum, der wahr geworden war, und die Truhe war der Schatz, der sämtliche Antworten enthielt. Er hoffte nur, dass Michelle nicht der Preis für diese Entdeckung sein würde. Ihre Entführung war die »schlechte Nachricht«, auf die er gern verzichtet hätte. Die anderen hatten ihn auch darin eingeweiht.

»Denk daran, dass du das alles unbedingt für dich behalten musst«, warnte ihn Daphne, der nicht ganz geheuer war bei der wachsenden Zahl von Personen, die von der Dunklen Pforte wussten. »Es herumzuerzählen würde dein Leben in Gefahr bringen … und das aller anderen auch.«

»Keine Sorge«, erwiderte Jules. »Ich will all dies, was ihr mir erzählt habt, gar nicht mit jemandem teilen.«

Pascal kletterte in die Truhe. Er trug einen Rucksack mit Proviant, Wasser und Kleidung bei sich.

»Mit dir öffnet sich die Dunkle Pforte«, erklärte Daphne, »und du kannst alles, was du willst, von einer Welt in die andere transportieren. Nichts wird Schaden nehmen.«

Bevor Jules die Truhe über Pascal schloss, rollte Dominique heran und umarmte seinen Freund. Pascal bemerkte, dass sich die Augen seines Freundes gerötet hatten.

»Finde sie, Alter«, flüsterte Dominique ihm zu. »Und bring sie zurück.«

Seine Stimme zitterte und er hielt lieber den Mund, bevor ihm noch die Tränen kamen. Pascal spürte, wie tief die Empfindungen für Michelle auch bei seinem Freund waren.

»Dominique, was Michelle betrifft …«, sagte er leise.

Doch der andere schnitt ihm mit einer Geste das Wort ab.

»Vergiss es. Ich kann gegen diesen Rollstuhl ankämpfen, aber nicht gegen die Gefühle Michelles. Natürlich empfindet sie etwas für dich. Ich hatte nie eine Chance. Aber du kannst sie kriegen. Genau deshalb musst du sie zurückbringen.«

Daphne trat nun näher, um Pascal einen letzten Rat zu geben, womit sie den beiden Jungen unbewusst half, die Gefühlswogen wieder zu glätten.

»Sei vorsichtig, Pascal. Nicht nur Michelle ist auf dich angewiesen. Es steht eine Menge auf dem Spiel.« Pascal nickte ernst.

»Und denk daran, ich bin ein Medium«, mahnte sie weiter. »Versuch irgendwie mit mir Kontakt aufzunehmen, damit wir wissen, was man dir in der Welt der Toten gesagt hat.«

»Und wie soll das gehen?«

»Frag dort nach«, antwortete sie. »Ich kann Nachrichten nicht versenden, aber empfangen. Und verschwende keine Zeit, sondern komm so schnell wie möglich wieder zurück.«

Diese letzte Bemerkung rief Dominique auf den Plan. »Warum?«, wollte er wissen.

Daphne redete nur widerwillig weiter: »Wenn der Wanderer eine bestimmte Zeit im Zwischenreich überschritten hat, kann er nicht mehr zurückkehren.«

»Sieben Tage«, präzisierte Pascal. »Die vierundzwanzig Stunden hier bei uns bedeuten.«

»Also musst du morgen um diese Zeit wieder zurück sein?«, wollte Dominique wissen; es war eine wichtige Information. Sie mussten diese Aktion ja vor Eltern und Freunden geheim halten.

Pascal schaute Daphne an, die mit den Schultern zuckte.

»Kommt darauf an«, antwortete sie. »Wenn Pascal sich auf das Territorium des Bösen wagt, bleibt die Zeit stehen, bis er wieder im Zwischenreich ist. Außerhalb dieser Übergangsregion vergeht die Zeit nicht. Dort, wo die Ewigkeit herrscht, hat Zeit keine Bedeutung.«

Dominique nickte. Also würden sie, wenn Pascal länger als vierundzwanzig Stunden fortblieb, nicht wissen, ob er auf ewig im Jenseits umherirren müsste, weil er – aus welchen Gründen auch immer – die Zeit im Zwischenreich überschritten hatte, oder sich im Bereich des Bösen bewegte, ohne jede Zeit.

Diese Ungewissheit würde bis zur letzten Sekunde an ihnen nagen.

Alles war damit nun gesagt, und sie durften den nächsten Schritt nicht länger hinauszögern.

Jules schloss den Deckel und Pascal hockte im Dunkeln. Die anderen draußen hielten den Atem an. In ein paar Minuten würden sie feststellen, dass ihr Freund sich nicht mehr im Innern der Truhe befand. Und Jules würde einen endgültigen Triumphschrei ausstoßen.

Das Leben war ewig; es ging dort drüben weiter, irgendwie. Das war die große Entdeckung.

Jules dachte nach, und er begann Ereignisse miteinander in Beziehung zu setzen, die es ihm später vielleicht erlaubten, einige Familiengeheimnisse zu lüften. Doch all das konnte warten, bis Michelle befreit war. Das war das Wichtigste.

Daphne schaute auf ihre Uhr. Schon fünf. Die Zeit lief.

Schweigend richteten sie ihre Blicke auf die Truhe. War der Übertritt Pascals erfolgt, würde keiner von ihnen, die hier warteten, noch derselbe sein …

***

Marcel, der Kittel, Haube und Mundschutz trug und dessen Augen von einer riesigen Plastikbrille bedeckt waren, stand am Obduktionstisch, seine behandschuhten Hände führten die Pinzette mit erfahrenem Geschick.

Die Tür ging auf und Marguerite mit ihrem dicken Verband im Gesicht kam herein.

»Wie schön, dass wir weiterarbeiten können, stimmt's?«, sagte sie. »Wenn man uns diesmal nicht suspendiert hat …«

»Marguerite, du kannst nicht einfach ohne die vorgeschriebene Kleidung hier hereinplatzen«, wies sie der Gerichtsmediziner zurecht. »Das weißt du genau.«

»Wie ich sehe, hält man sich hier genauestens an die Vorschriften«, bemerkte sie lächelnd. »Aber wir müssen uns über die Sache auf dem Friedhof unterhalten, du kannst mir nicht länger aus dem Weg gehen.«

Marcel legte die Pinzette auf ein Tablett; er räusperte sich. »Einverstanden«, sagte er dann. »Warte draußen auf mich, ich bin gleich da.«

Er hielt Wort, und kurz darauf saßen sie in seinem Büro.

»Du bist mit einem Revolver zu unserem Treffpunkt gekommen, der mit Silberpatronen geladen war«, kam Marguerite direkt zur Sache.

»Ich hatte eine Ahnung, das ist alles.«

»Das ist natürlich nicht alles. Ahnung wovon?«

»Könntest du bitte leiser sprechen?«

Marcel Laville begann, mit einem Kugelschreiber zu spielen. Es war an der Zeit, die Karten auf den Tisch zu legen, zumindest einiges von dem, was ihn bewegte preiszugeben. Einige Informationen … ohne sich allzu sehr zu blamieren.

»Seit Tagen stelle ich mir die Frage, ob wir es nicht mit etwas Übernatürlichem zu tun haben«, begann er zögerlich.

Marguerite zwinkerte nicht einmal. Sie hatte selbst schon daran gedacht.

»Kannst du ein bisschen genauer werden?«

»Die Art und Weise, wie die Opfer zu Tode gekommen sind, die Spur zum alten Gautier, nicht zu wissen, wie die Körper ihr Blut verloren haben … Muss ich noch etwas hinzufügen?«

»Ja, ich will, dass du es aussprichst, Marcel. Benenne diese ›übernatürliche Bedrohung‹.«

»Du bist wirklich gnadenlos, Marguerite.« Der Gerichtsmediziner blickte sie an. »Ich glaube, dass wir es mit einem … Vampir zu tun haben.«

Sie schwieg.

»Das ist absurd«, bemerkte sie schließlich. »Vampire sind eine Erfindung. Und du bist ein Wissenschaftler.«

»Wir erklärst du dir dann, dass deine Schüsse den Angreifer nicht verletzt haben?«

Marguerite kaute auf der Unterlippe, während sie sich eine Antwort überlegte.

»Das wissen wir nicht. Vielleicht hat er einfach nur so lange durchgehalten, bis deine noch hinzukamen. Manche Menschen sind ziemlich zäh ...«

»Interessante Hypothese«, stellte er ironisch fest. »Nur dass die Person, die dich angegriffen hat, alles andere als kräftig war. Würdest du mir eine andere Frage beantworten?«

»Schieß los, Doktor Abergläubisch.«

»Insgesamt muss der Kerl fünf Kugeln abbekommen haben.«

»Davon gehe ich aus.«

»Wir haben in der Umgebung keine einzige Blutspur gefunden. Deshalb haben wir ihn auch nicht identifizieren können. Was denkst du? Ein menschliches Wesen würde bei solchen Verletzungen Blut verlieren, oder nicht?«

»Vielleicht war er dick angezogen und das Blut wurde von seiner Kleidung aufgesogen.«

Der Gerichtsmediziner lächelte.

»Überzeugen dich deine Argumente mehr als meine, Marguerite?«

»Wenigstens sind meine physisch möglich.«

Marcel war bereit, seinen Trumpf auszuspielen: »Um was wettest du mit mir, dass wir die fünf Kugeln finden, wenn wir das Grab von Henri Delaveau öffnen?«

Die Kommissarin riss die Augen auf. »Was redest du da für einen Unsinn? Nach dem Schlamassel, in den wir uns wegen der Spur von Gautier geritten haben, willst du das Gleiche noch mal machen? Nein danke. Ich möchte meinen Job lieber behalten. Dafür werden wir niemals eine Genehmigung bekommen, und jetzt erst recht nicht. Außerdem«, fügte sie sarkastisch hinzu, »würde das bedeuten, dass tatsächlich er die Schüsse abbekommen hat. Und ich dachte, Delaveau wäre seit Tagen tot! Wie wenig ich doch bei der Sache bin …« Ihr Ausdruck verdüsterte sich. »Komm schon, streich den Lehrer von deiner Liste der Angreifer und mach dich ernsthaft an die Arbeit. Benutze deinen Verstand, der dich doch sonst nicht im Stich lässt. Zumindest bisher, denn langsam machst du mir Angst…« Marguerite stand auf und ging zur Tür.

»Hör zu«, gestand sie im Gehen, »ich schätze dich wirklich sehr, aber deine Theorien kann ich nicht akzeptieren. Ich denke nicht daran, meine Pistole gegen einen spitzen Holzpflock einzutauschen oder mir Knoblauch um den Hals zu hängen, kommt nicht infrage«, sie holte tief Luft, bevor sie fortfuhr. »Ich bestreite ja gar nicht, dass wir ein paar merkwürdige Hinweise haben. Doch ich bin überzeugt davon, dass es eine rationale Erklärung für alles gibt. Wir haben sie nur noch nicht gefunden. Ich muss allerdings wissen, ob ich weiterhin auf dich zählen kann und ob du in diesem Fall professionell wie sonst auch vorgehen willst.«

Marcel seufzte. »Natürlich bin ich dabei, Marguerite. Wir sind beide mit der Sache betraut, auch wenn wir unterschiedlich ermitteln.«

»Das mit dem Ermitteln kannst du mir überlassen«, erklärte sie, »kümmre du dich um deinen Kram; Feldforschung, um danach im Labor zu schuften. Deine Sache ist die Analyse.«

Der Gerichtsmediziner lachte laut auf, doch er sagte nichts.

»Ist dir klar, dass man dir den Fall entziehen und dich in die Psychiatrie stecken wird, wenn ich deine Theorie herumerzähle?«, warnte ihn Marguerite.

»Genau deshalb wirst du es nicht tun. Du brauchst mich. Ich bin noch immer der Beste auf meinem Gebiet, wie du weißt.«

»Sieh zu, dass ich keine Zweifel kriege, Marcel, du alter Fuchs. Aber ich werde dich zwingen, endlich Urlaub zu machen, wenn wir damit fertig sind.«

Marguerite wandte sich zur Tür, drehte sich aber ein letztes Mal um: »Dann war also Delaveau mein Angreifer? Und du denkst, meine Projektile sind in seinem Grab ... Wie hast du ihn eigentlich identifiziert, wo er doch keinerlei Spuren hinterlassen hat?«

»Als er dich angegriffen hat, habe ich ihn erkannt. Ich habe bei ihm die Obduktion durchgeführt, deshalb kenne ich sämtliche Gegenstände, mit denen er begraben wurde. Ich habe seine Uhr gesehen, als er dich geschlagen hat.«

»Begraben? Aber werden die Leichen der Opfer nicht im Kühlraum aufbewahrt?«

»Nur bis zur Obduktion, wie du weißt. Hier, im Institut, sind nur noch die Körper von Melanie und Raoul«, teilte ihr der Gerichtsmediziner mit. »Morgen kommt der Bestattungsdienst, um sie abzuholen. Die Begräbnisse sind am Nachmittag. Doch das Begräbnis von Delaveau hat bereits stattgefunden. Zufällig ist sein Grab auf dem *Père Lachaise*. Noch eine Frage?«

Marguerite lächelte. »Hör zu«, wehrte sie hochmütig ab, »bestimmt ist diese Uhr kein Einzelstück, aber eigentlich ist es auch völlig egal, aus dem einfachen Grund, weil es nicht sein kann. Vampire gibt es nicht, und ich werde es dir beweisen.«

»Betreibe heute zumindest die Nachforschungen allein«, bat Marcel. »Bitte. Tu es mir zuliebe ...«

»Marcel, ich werde nicht ruhen, bis ich den Mörder gefunden habe, du hast den Hauptkommissar doch gehört. Und das bedeutet, rund um die Uhr zu arbeiten. Übrigens suche ich auch den Leichnam von Gautier. Wenn er nicht in seinem Grab ist, muss er irgendwo anders sein. Er ist im Gefängnis gestorben, also dürfte es nicht so schwer sein, ihn zu finden. Falls dir dazu etwas einfallen sollte, etwas Brauchbares, meine ich, sag Bescheid.«

Marguerite verließ mit energischem Schritt das Büro. Marcel saß nachdenklich da und dachte an die Körper der beiden jungen Leute, die, nur mit Laken bedeckt, noch immer im Kühlraum waren.

Würden sich Melanie und Raoul in Vampire verwandeln, wie es mit dem Lehrer geschehen war? Sollte er etwas tun, um es zu verhindern? Er wollte ihre jungen Körper nicht noch mehr verstümmeln.

Marcel war bedrückt. Und er machte sich große Sorgen um seine Kollegin, die nicht wusste, worauf sie sich da einließ. Das Geheimnis, das er hütete, lastete immer schwerer auf ihm.

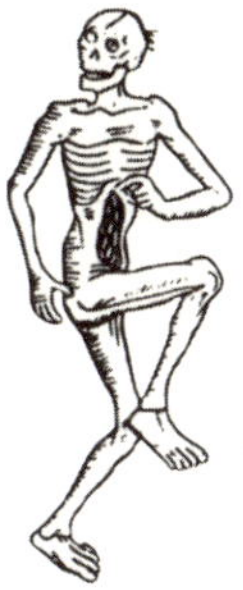

25

PASCAL GING DEN Leuchtpfad entlang, der zur Friedhofsmauer von *Montparnasse* führte, und hielt sich dabei vorsichtig in der Mitte. Hin und wieder hörte er seltsame Geräusche, und einmal sah er in der Ferne eine Gestalt auf einer der zahlreichen Abzweigungen. Er fragte sich, ob es eine der umherirrenden Seelen war, jemand, der noch nicht begraben war und seine Wartezeit damit verbrachte, große Strecken zurückzulegen, ohne auf einem der Pariser Friedhöfe endgültig zur Ruhe kommen zu können. Er würde Lafayette fragen.

Pascal war neugierig darauf, auch die anderen Pfade entlangzugehen. Bisher kannte er nur den zu den Gräbern von *Montparnasse*. Wohin führten wohl die anderen vielen Lichtschlangen, die sich in der Dunkelheit verloren? Er ahnte, dass er es bald herausfinden würde.

Auf einmal hörte er ein Geräusch und blieb stehen. Es war eine liebliche Stimme, die ihn rief.

»Komm, hilf mir …«

Die Stimme machte etwas, das ihn verwirrte, das ihn wie aus

heiterem Himmel plötzlich tieftraurig werden ließ und ihn zugleich vollkommen in ihren Bann schlug. Es war, als würde er von ihr geradezu magnetisch angezogen, von ihr aufgesogen, mit Haut und Haar. Die sanften Worte schienen ihn gleichzeitig zu streicheln und zu locken.

»Komm, hilf mir …«

Was für ein wundervolles Geschöpf das sein musste, auch wenn der Ruf aus der unsicheren Dunkelheit kam.

Trotz seiner Verzauberung bemerkte Pascal, dass ihm jemand nachlief. Ein Mädchen, das etwas rief, was für ihn bestimmt war, er indes nicht verstehen konnte.

Doch die Rufe berührten ihn auch nicht. Er verließ den Pfad und ging weiter der süßen unbekannten Stimme entgegen, deren Anziehungskraft sich mit jedem Schritt noch zu steigern schien … Er fühlte sich wie im Paradies.

Bevor er die erleuchtete Zone jedoch ganz verlassen hatte, packte ihn plötzlich etwas an der Schulter, und verärgert drehte er sich um. Es war das Mädchen, das ihm nachgelaufen war, und besorgt sprach sie zu ihm, ohne ihn loszulassen. Doch er konnte sie noch immer nicht verstehen, so entrückt, wie er von jener anderen Stimme war.

»Komm, hilf mir …«

»Komm, hilf mir …«

Pascal versuchte sich von der Unbekannten loszureißen. Er wurde gebraucht, er musste dem Ruf folgen. Doch das Mädchen ließ nicht locker, während sie hörbar zu ihm sprach und versuchte, ihn zum Pfad zurückzuziehen.

Plötzlich schlug sie ihm ins Gesicht, mit voller Kraft. Die verzauberte Atmosphäre war von einem Augenblick auf den anderen wie ausgelöscht. Jene sinnliche Stimme, die ihn so angezogen hatte, klang jetzt verzerrt und wurde auf einmal zu einem wütenden, wüsten Geschrei.

***

»Wie viel Zeit haben wir, bevor Michelles Verschwinden entdeckt wird?«, fragte Daphne, die bereits alles organisiert hatte.

Die drei waren noch immer auf dem Dachboden und bewachten die Dunkle Pforte.

»Ihre Eltern rufen sie normalerweise alle ein, zwei Wochen einmal an«, gab Dominique zur Auskunft. »Die machen keinen Stress; sie wissen, dass Michelle allein zurechtkommt und es nicht leiden kann, wenn man sie kontrolliert. Wenn sie aber in den nächsten Tagen keine SMS an sie schickt oder im Internat telefonisch nicht erreichbar ist, schlagen die Eltern bestimmt Alarm.«

»Na gut«, sagte Daphne. »Wir haben also offenbar noch ein paar Tage. Mehr, als wir im Grunde brauchen, da Pascal innerhalb der vierundzwanzig Stunden nach unserer Zeitrechnung wieder hier sein muss.«

»Ich finde das alles ja ziemlich abgefahren und ich bin total dabei«, schaltete Jules sich ein. »Aber sollten wir das mit der Entführung nicht der Polizei melden?«

»Das bringt nichts«, meinte Dominique. »Stell dir vor, wie die Polizei reagiert, wenn wir denen erzählen, dass ein Mädchen von einem Vampir entführt und ins Jenseits verschleppt worden ist … Und wenn wir behaupten, sie sei verschwunden, und das Internat dagegen bestätigt, dass sie verreist ist …«

»Du hast vollkommen recht, Dominique«, meinte Daphne. »Und die Polizei kann uns nicht helfen. Wie sollte sie? Nein, nein, das ist allein unsere Angelegenheit, wir müssen das Problem selbst lösen.«

Jules zuckte mit den Schultern. »Okay, ihr habt sicher recht. Sagt also, was zu tun ist.«

Daphne lief nervös auf und ab.

»Pascal muss sich gerade seiner eigenen Herausforderung stellen, aber wir hier auch. Sobald der Vampir bemerkt, dass der Wanderer wieder die Pforte überschritten hat, wird er kommen, um sie zu zerstören.«

»Verdammter Mist.« Dominique brach der Schweiß aus. »Willst du damit sagen, dass es unsere Aufgabe ist, die Dunkle Pforte zu beschützen?«

»Siehst du vielleicht noch jemand anderen?« Daphne blickte ihn durchdringend an. »Es gibt nur uns. Denk daran, was passiert, wenn die Pforte zerstört würde und Pascal noch immer in der anderen Welt wäre.«

»Aber wie sollen wir uns gegen ein solches Ungeheuer verteidigen?« Dominique war erschrocken, einen solchen Einsatz hatte er nicht vorausgesehen. »Du hast mit so etwas Erfahrung, aber wir …«

Daphne wandte sich an Jules. »Also, Jules, mein lieber Gothic-Enthusiast, jetzt kannst du beweisen, ob deine Begeisterung für das Jenseits echt ist.«

Jules richtete sich kerzengerade auf. Er fühlte sich herausgefordert. »Was soll ich tun?«

»Erzähl Dominique, wie man sich gegen einen Vampir verteidigt.«

Jules lächelte. Er wusste alles darüber. Er fühlte sich ein wenig wie Van Helsing in *Dracula*, der alles über die bösen Erscheinungen dieser Welt wusste.

»Man kann sie nicht mit den üblichen Waffen töten«, begann er. »Nun ja, sie sind weder lebendig noch tot, deshalb nennt man sie ja auch die Untoten. Man darf ihnen nicht in die Augen sehen, weil sie dann von einem Besitz ergreifen. Sie hassen Knoblauchgeruch und Kruzifixe, man kann ihr Spiegelbild nicht sehen, und Sonnenlicht tut ihnen weh, weshalb sie nur nachts unterwegs sind.«

»Und was tun sie tagsüber?«, fragte Dominique.

»Sie schlafen oder dämmern lethargisch vor sich hin«, erklärte Daphne. »Normalerweise benutzen sie dazu den Sarg, in dem sie begraben wurden. Und sobald die Sonne untergeht, erwachen sie.«

»Um sie ein für alle Mal unschädlich zu machen, muss man sie mit geweihtem Silber angreifen, in jeder Form«, fuhr Jules fort. »Doch sie sterben erst richtig, wenn man ihnen mit einem Holzpflock das Herz durchbohrt.«

»Wenn möglich, Eichenholz«, ergänzte Daphne. »Und danach …«

»… muss man sie enthaupten«, schloss Jules eifrig. »Und ihren Körper verbrennen.«

»Wenn's weiter nichts ist«, bemerkte Dominique ironisch.

Daphne griff nach einer Tasche, die sie mitgebracht hatte, und nahm mehrere Gegenstände heraus. Dann gab sie den beiden Jungen jeweils einen Silberdolch und ein Glasfläschchen, das eine durchsichtige Flüssigkeit enthielt.

»Nehmt das«, sagte sie. »Von jetzt an müsst ihr auf den Angriff von einer solchen Kreatur gefasst sein. Das Silber schwächt sie sehr; wenn ihr sie mit diesen Dolchen ernsthaft verletzt, könnt ihr sie sogar außer Gefecht setzen. Das andere ist Weihwasser. Es verbrennt ihre tote Haut. Spritzt es auf den Vampir, wenn ihr in Gefahr seid.«

»Vielen Dank.« Dominiques Stimme verriet, dass er nicht besonders scharf darauf war, Dolch und Wasser einsetzen zu müssen. Jules dagegen streichelte seine Waffe und stellte sich vor, wie er den Vampir besiegte.

»Jules, du hast etwas Wichtiges vergessen.« Daphne sah, wie die Nachmittagssonne durch die Dachluke hereinfiel, und sie versuchte, die Zeit zu schätzen, die ihnen bis zum Einbruch der Dunkelheit blieb. »Der Biss eines Untoten vergiftet dein Blut und macht ebenfalls einen Vampir aus dir. Ein Vorgang, der nicht mehr rückgängig zu machen ist. Und es gibt bereits drei Opfer, Monster, die ihrerseits jederzeit erwachen können, wenn sie es nicht schon sind. Die Gebissenen brauchen normalerweise mehrere Tage, bis sie als Untote wieder auferstehen, doch wenn es so weit ist ....« Die Vorstellung ließ sie kurz innehalten. »Außerdem dienen sie dem Vampir, der sie zu Untoten gemacht hat, also werden sie – in unserem Fall – seinem Befehl gehorchen, die Dunkle Pforte zu finden. Das sind dann noch ein paar Feinde mehr.«

Dominique war wie versteinert und auch Jules war jetzt blass geworden. Eine Vampirplage?

»Du, Jules«, befahl Daphne, deren Augen entschlossen blitzten, »denk dir irgendetwas aus, damit sich deine Eltern nicht wundern, wenn du und ein paar Freunde von dir die kommenden Nächte hier oben auf eurem Dachboden verbringen.

Bis Pascal zurückkommt, dürfen wir alle nicht von hier weichen.«

»Einverstanden«, sagte er. »Meine Eltern werden nichts mitkriegen, weil wir den Dachboden nicht benutzen. Überhaupt gerät meine Familie nicht so leicht aus der Fassung. Wir sind alle ein bisschen seltsam … und was mich selbst betrifft, wird mir schon was einfallen.«

Dominique überlegte ebenfalls, wie er die Erlaubnis seiner Eltern bekommen konnte, ein paar Nächte nicht zu Hause zu schlafen.

»Wenn du Zeit hast, Jules, dann mach es hier ein bisschen gemütlicher«, fügte Daphne hinzu. »Räum auf und such etwas, womit man das Dachfenster abdecken kann, wenn es dunkel wird, und bring Taschenlampen und auch etwas zu essen herauf …«

»Wir sollen das hier also in einen Bunker verwandeln«, stellte Dominique fest. »Um gegen den Angriff des Vampirs gewappnet zu sein …«

»Es wird nicht mehr lange dauern, bis er das Gebäude hier gefunden hat. Er sucht schon nächtelang. Und vergesst eins nicht: Ein Vampir kommt nirgendwo hinein, wenn man ihn nicht ausdrücklich einlädt. Haltet die Türen also verschlossen, dann gibt es keine Probleme. Und wir, Dominique, werden zuvor, also heute noch, dem *Institute Anatomique Forense* einen Besuch abstatten. Doch erst müssen wir noch zu mir, um ein paar Sachen zu holen.«

Dominique schluckte schwer. »Du willst doch nicht …«, begann er.

»Wenn wir Glück haben, sind die Leichen von Raoul und

Melanie noch immer dort. Mach nicht so ein Gesicht«, versuchte sie ihn aufzumuntern. »Es ist noch immer hell, also besteht keine Gefahr.«

»Das sind ja großartige Aussichten«, stellte Dominique fest. »Warum muss, was gut ist, auch gefährlich sein?«

»Wer nicht wagt, der nicht gewinnt«, sagte Daphne. »Man kann nicht alles haben. Das Leben selbst ist schon ein Wagnis. Noch könnt ihr einen Rückzieher machen …«

»Nein, nein. Wir müssen Pascal helfen«, sagte Dominique nun entschlossen und straffte sich. »Egal, wie gefährlich und gruselig es wird! Er braucht uns hier. Und wir bleiben bis zum Schluss. Für ihn und für Michelle. Wir sind dabei, oder, Jules?«

»Und ob«, antwortete der, »ihr könnt auf mich zählen.« Er lächelte, schon immer hatte er etwas Gruseliges erleben wollen.

Dominique wandte sich wieder an Daphne: »Also dann mal los.«

»In Ordnung«, antwortete sie zufrieden. »Der Wanderer hat jetzt seine eigene Truppe von Sterblichen.«

***

Die Ohrfeige, der Schlag ins Gesicht, holte Pascal augenblicklich aus seiner Trance, und er versuchte, auf den Weg zurückzukehren, wie es das Mädchen von ihm verlangt hatte. Doch ein Tentakel hatte sich um sein Bein geschlungen und beim ersten Ruck stürzte Pascal zu Boden.

»Halt dich fest!«, rief seine Retterin und versuchte, ihn in den sicheren Bereich des Leuchtpfads zu ziehen. »Oder du kommst nie wieder zurück!«

Der Tentakel, oder besser das Wesen, zu dem er gehörte, verstärkte seine Anstrengungen. Pascal schrie und trat mit seinem freien Bein nach dem Fleischarm.

»Ein Stein, rasch!«, rief er dem Mädchen zu, während sein Körper sich mit jedem Ruck ein Stück weiter vom Pfad entfernte. »Gib mir einen Stein, einen, der schimmert!«

Jeder Zentimeter, den er der Dunkelheit näher kam, war jetzt von einem hungrigen Heulen und Stöhnen erfüllt, schauerlich klang es in seinen Ohren.

»Es sind Nachträuber, Ghule!«, rief ihm das Mädchen zu, als sie ihm den Stein reichte. »Es kommen immer mehr, sie sehen aus wie Hyänen. Wenn sie dich ganz vom Pfad ziehen, fressen sie dich. Wehr dich!«

Pascal umklammerte den Stein und schlug mit aller Kraft zu. Und er traf. Der schwarze Tentakel sprühte Funken, und er hörte ein dumpfes Brüllen, das das allgemeine Heulen und Stöhnen verstummen ließ. Sein Bein war frei.

Der metallische Schimmer hatte Licht in die Dunkelheit geworfen, und Pascal bot sich ein grauenerregender Anblick: Hyänenartige Monster drängten sich vor ihm, doch auch andere Gestalten, in unterschiedlichen Verwesungsstadien, die verrotteten Arme, an denen stellenweise die Knochen sichtbar waren, nach ihm ausgestreckt. Kieferknochen klapperten auf der Suche nach Nahrung. Ein paar dieser Kreaturen wiesen noch menschliche Züge auf, andere hatten nur noch einen nackten Schädel und betrachteten ihn aus leeren Augenhöhlen.

Pascal ließ den Stein fallen, das schreckliche Bild fiel zurück in die Dunkelheit, und er wurde von dem Mädchen in die Mitte des Leuchtpfads gezogen. Die kalte Hand, die ihn berührte, verriet ihm, dass sie ebenfalls tot war. Sie war eine umherirrende Seele.

26

NÜCHTERN UND MAJESTÄTISCH ragte das Gebäude vor ihnen auf. Es war umgeben von einem Garten, durch den sich ein asphaltierter Weg schlängelte. Der rückwärtige Eingang, wohin die Verstorbenen gebracht oder von den Bestattungsinstituten abgeholt wurden, stand offen. Das *Institute Anatomique Forense*.

»Wie sehe ich aus?«, fragte Daphne, die sich als »nette alte Dame« verkleidet hatte.

Dominique lächelte trotz seiner Nervosität. »Großartig, bestimmt gehst du als Melanies Großmutter durch.«

»Das Gute an solch einem Ort ist, dass es kein Überwachungssystem gibt. Wer geht schon freiwillig da hinein?«

Sie standen noch immer auf der Straße, als eine korpulente Frau mit einem Verband im Gesicht das Gebäude verließ. Sie ging an ihnen vorbei, zunächst ohne sie zu beachten, dann aber nach ein paar Schritten blieb sie stehen und drehte sich um. Neugierig sah sie jetzt die beiden an.

»Hallo«, sagte sie und kam näher. »Ich bin Kommissarin Marguerite Betancourt. Dürfte ich Ihre Papiere sehen?«

»Ist irgendetwas?«, fragte Daphne überrascht. »Dürfen wir nicht hier sein?«

Die beiden Frauen taxierten sich gegenseitig. Daphne betete, dass die Kommissarin ihre Tasche, die sie in der Hand hielt, nicht durchsuchen würde.

»Doch, dürfen Sie«, antwortete Marguerite. »Eine Routinekontrolle, mehr nicht.«

Sie zeigten ihre Ausweise. Dominique hatte die Frau gleich erkannt. Sie war in der Schule nicht zu übersehen gewesen: Es war die Leiterin der Untersuchung des Mordfalls Delaveau.

Auch die Kommissarin hatte ein gutes Gedächtnis für Gesichter. Doch beinahe hätte sie die alte Frau, die diesmal ganz normal gekleidet war, nicht wiedererkannt. Sie würde sich ihren Namen merken und ihn überprüfen. Das waren zu viele Zufälle: am Abend im Krankenhaus, dann im Park *Monceau* und jetzt hier …

»Ach …«, fragte sie, während sie die Papiere zurückgab, »waren Sie nicht vor ein paar Tagen im *Hospital Pitié Salpêtrière*? Ich meine, Sie gesehen zu haben.«

»Ja.« Daphne war überrascht, doch sie beschloss, nicht zu lügen. »Mein Lehrling war an dem Abend überfallen worden. Waren Sie auch dort?«

»Ja.« Die Kommissarin ließ sie nicht aus den Augen. »Was für ein Zufall, nicht wahr?«

Die letzten Worte klangen sarkastisch, doch Daphne tat so, als hätte sie es nicht bemerkt.

Marguerite sah sich das Paar genau an. Sie brannte darauf, mehr darüber zu wissen, herauszufinden, in welchem Verhältnis die alte Frau und der Junge im Rollstuhl zueinander standen, doch verzichtete sie im Moment auf Fragen. Sie würde es schon herausfinden.

»Wollten Sie ins *Institute Anatomique Forense*?« Sie zeigte auf das Gebäude. »Weil Sie hier vor dem Eingang …«

Daphne schüttelte rasch den Kopf. »Nein, Gott sei Dank nicht«, sagte sie. »Wir haben uns zufällig hier getroffen.«

Stille trat ein, während Marguerite sie anstarrte.

»Und du? Müsstest du nicht in der Schule sein?«, fragte sie Dominique.

»Ich habe heute Nachmittag keinen Unterricht«, antwortete er.

»Dann noch einen schönen Tag«, verabschiedete sich Marguerite und ging davon.

Dominique und Daphne wollten schon erleichtert aufatmen, als sich die Kommissarin noch einmal umdrehte. »Auf welche Schule gehst du, Dominique?«

Daphne hätte ihm gerne signalisiert, dass er lügen sollte, doch ihr blieb keine Zeit.

»Auf die Marie Curie.«

Marguerite strich über ihre Halskette, deren Perlen leise klapperten.

***

Pascal saß keuchend auf dem schimmernden Boden. Er war gerade noch mal davongekommen.

»Danke, wirklich«, sagte er und versuchte das Pochen in seinen Schläfen zu besänftigen. »Du hast mir das Leben gerettet.«

Das Mädchen lachte. »Gar nicht so leicht, das in dieser Welt zu tun. Es war mir ein Vergnügen.«

»Dieser Gesang«, sagte Pascal, »er hat mir meinen Willen geraubt, ich konnte gar nicht mehr klar denken. Es hätte mich fast umgebracht, weil ich auf diese Monster zugegangen bin; so etwas ist mir noch nie passiert. Wer hat mich denn da gerufen … und dann mit einer so verführerischen Stimme?«

»Sirenen. Sobald du ihren Gesang hörst, musst du dir die Ohren zuhalten und an etwas anderes denken«, erklärte ihm das Mädchen. »Es sind verdammte Seelen, die durch die Dunkelheit irren und deren klagenden Gesängen man nicht widerstehen kann. Sie werden so genannt, weil ihre Zauberkraft an Gestalten aus dem Heldenepos des Odysseus erinnert. Deren Gesang war so schön, dass die Seeleute, die ihn hörten, von ihnen unweigerlich angezogen wurden und mit ihren Schiffen auf gefährliche Riffe aufliefen.«

Pascal nickte.

»Aber warum taten sie das?«

»Das weiß niemand, weil keiner von denen, die ihrem Gesang gefolgt sind, jemals wieder zurückgekommen ist.«

»Und diese Ghule …«

Sie lächelte. »Für einen Wanderer weißt du eine Menge nicht.« Da erst bemerkte Pascal, dass sie ihn erkannt hatte. Logisch! Ein Lebender an diesem Ort war natürlich auffällig. »Die Ghule nutzen den verlockenden Gesang der hiesigen Sirenen. Sie sind Aasfresser. Das Böse hat sie dazu gemacht. Sie schleichen im Dunkeln herum und versuchen, ihren riesigen Appetit auf Fleisch zu befriedigen, während sie verwesen. Am Ende landen sie im Reich des Bösen. Ich weiß nicht, was sie zuvor in ihrem Leben gemacht haben, um so zu enden, es ist scheußlich …«

Er schwieg einen Augenblick. »Du weißt also, wer ich bin«, sagte er dann. »Ich heiße Pascal, und du?«

»Beatrice. Ich bin eine umherirrende Seele. Dauernd bin ich unterwegs, weil ich kein Grab habe, in dem ich mich während der Wartezeit ausruhen kann.«

Pascal wurde trotz der absonderlichen Situation neugierig. »Warum hast du kein …«, sagte er zögernd und hoffte, dass ihr die Frage nicht unangenehm war. »Hat man dich nach deinem Tod nicht auf einem Friedhof beigesetzt?«

Es schien ihr nichts auszumachen. »Ich habe die Welt der Lebenden vor zehn Jahren verlassen, aber man hat meine Leiche nie gefunden, also konnte man mich auch nie beisetzen; es gibt nur einen Grabstein, an dem meine Familie Blumen niederlegt.«

»Das … das tut mir leid«, sagte Pascal und es war ihm unangenehm, dass er dieses Thema angeschnitten hatte.

Doch Beatrice lachte nur. »Mach dir keine Sorgen, ich komme schon klar mit meinem Schicksal. Hier fühlt sich alles anders an.«

Pascal seufzte erleichtert und war froh über die ungezwungene Art des Mädchens. Deshalb traute er sich auch weiterzufragen: »Und wie kommst du hier zurecht? Ist ja ganz schön gefährlich …«

»Ich verlasse nie die leuchtenden Wege. Außerdem können wir umherirrenden Seelen uns viel schneller fortbewegen als alle anderen Wesen in dieser Welt. Deshalb war ich auch rechtzeitig da, um dich zu retten.«

Das Mädchen war ausgesprochen hübsch, wie Pascal sah, er konnte den Blick gar nicht abwenden. Ihre Haut war zart, fast durchscheinend, das dunkelbraune Haar fiel ihr bis auf die Schultern, und unter den engen Jeans und dem T-Shirt konnte man ihren wohlgeformten Körper erkennen. Ihre leichten Schlitzaugen und schmalen Augenbrauen gaben ihr eine exotische, asiatische Note. Sie hatte ein sanftes, ehrliches Gesicht, und Pascal schockierte die Vorstellung, dass sie tot war.

»Du ... du siehst wirklich hübsch aus.« Er konnte selbst nicht glauben, dass er das gesagt hatte. Was sollte das ausgerechnet jetzt? Er log nicht und hatte auch nichts Böses getan, doch er musste an Michelle denken, und das machte ihm ein schlechtes Gewissen.

»Danke«, antwortete sie mit einem Lächeln. »Der Tod hat mich ziemlich früh überrascht, ich war erst siebzehn.«

Ihre freundliche, offene Antwort macht es Pascal unmöglich, nach der Ursache ihres Todes zu fragen.

»Ich danke dir für alles, Beatrice, doch jetzt muss ich zum Friedhof *Montparnasse*, es ist dringend ...«

»Niemand könnte dich besser dorthin führen als ich. Du wirst bereits erwartet, los.«

Umso besser, da konnte er sie weiter befragen.

***

»Sie sagen, Sie sind die Großmutter?«

Die Mitarbeiterin des *Institute Anatomique Forense* war nicht gerade sympathisch. Sie sah Daphne misstrauisch an.

»Ja, ich muss das Mädchen noch einmal sehen, bevor ich sie

für immer verliere …«, antwortete die Wahrsagerin mit weinerlicher Stimme.

Die Mitarbeiterin zögerte. »Ihre Bitte ist ziemlich ungewöhnlich … Und wer ist der Junge da?«

Ein Arzt, der das Gespräch mit angehört haben musste, unterbrach sie. »Ich bin Doktor Marcel Laville. Gibt es ein Problem?«

Laville, der Daphne aus anderen Gründen als die Kommissarin sofort erkannt und sie auch irgendwie erwartet hatte, erfüllte ihre Bitte ohne Umschweife. Zusammen mit Dominique führte er sie zu den Kühlräumen.

Dominique bemerkte, wie seine Hände, die schweißnass waren, von den Rädern seines Rollstuhls abrutschten. Er hatte noch nie einen Toten gesehen.

Sie erreichten einen weiten Saal, blendend weiß, in dem es durchdringend aseptisch roch. Dann betraten sie einen großen Kühlraum, vollgestellt mit Tischen und Gerätschaften. Links von ihnen war eine Art riesige Metallwand, in die einzelne Fächer eingelassen waren. An jeder Tür dieser Fächer war ein Schild mit einem Namen angebracht. Als der Arzt das richtige gefunden hatte, packte er den Türgriff und zog daran. Eine Bahre rollte heraus, auf der man in einem Plastiksack die Umrisse eines menschlichen Körpers erahnen konnte. Dann öffnete Laville den Reißverschluss, und Daphne und Dominique konnten das verletzte Gesicht eines jungen Mädchens erkennen. Sie schien zu schlafen, obwohl ihre extreme Blässe verriet, dass sie tot war.

»Würden Sie uns bitte einen Moment allein lassen?«, bat Daphne. »Wir möchten uns gerne verabschieden.«

Der Arzt schien zu zögern, war dann aber einverstanden. Sein Zögern allerdings war nur gespielt, um seine Rolle auch weiterhin geheim zu halten. Er durfte nicht zu früh eingreifen. Das verlangte seine andere Identität.

Marcel lächelte. Natürlich würde er dieses seltsame Paar allein lassen, ihm war klar, was sie vorhatten. »Rufen Sie mich, wenn Sie fertig sind«, sagte er höflich und machte sich auf den Weg zur Tür.

Als Marcel Laville gegangen war, legte Daphne ihre Rolle als trauernde Großmutter ab. Ohne zu ahnen, dass der Gerichtsmediziner den Vorgang über eine Kamera beobachtete, überprüfte sie ein paar Dinge: »Wie spät ist es? Da wir in einem Keller sind, können wir nicht genau sagen, wie lange wir noch Tageslicht haben.«

Dominique sah auf die Uhr. »Viel Zeit haben wir nicht.«

»Dann sollten wir uns beeilen.«

Daphne öffnete ihre große Tasche und nahm zwei Holzpflöcke, einen Holzhammer, ein riesiges Messer, Knoblauch und eine kleine Flasche Benzin heraus. »Bist du so weit?«, fragte sie Dominique, der tief ein- und ausatmete, um sich zu beruhigen. Das, was ihnen jetzt bevorstand, hätte er nicht gebraucht, um zu beweisen, dass er fest zu seinem Versprechen stand, Michelle und Pascal beizustehen. Aber was sollte es … Er musste diese Aufgabe erfüllen.

»Ja, ja, ich bin so weit«, antwortete er also und gab seiner Stimme Festigkeit. »Los geht's.«

Zuerst nahm Daphne den Körper des Mädchens genau unter die Lupe. Auf Anhieb entdeckte sie, in Höhe der Halsschlagader, zwei winzige Narben.

»Ja, Melanie wurde gebissen. Sie ist jetzt ein Vampir und sie kann jederzeit erwachen. Es würde mich nicht wundern, wenn sie gestern schon versucht hätte, von hier zu verschwinden. Doch sicher war sie noch zu schwach. Sie braucht eine Dosis Blut, um sich zu stärken.«

Dominique glaubte vor Angst in Ohnmacht zu fallen. Demnächst würde das tote Mädchen die Augen öffnen. Und sie waren hier, in diesem Saal. Waren sie verrückt?

Daphne legte ihr Werkzeug auf eine Ablage und ging zur Tür, um sie zu verriegeln. »Wir wollen nicht gestört werden, stimmt's?« Sie zwinkerte Dominique zu. »Such das Fach von Raoul und öffne es.«

Irritiert von ihrem lockeren Tonfall, rollte Dominique an der Metallmauer entlang, es klang, als hätte sie ihn um ein Taschentuch gebeten. Wie ging das, in einer so gruseligen Umgebung?

Er entdeckte Raouls Namen auf einem der Schilder in halber Höhe und zog die Bahre heraus.

»Öffne jetzt den Reißverschluss und schau dir die Verletzungen am Hals an«, sagte Daphne. Langsam und mit zitternden Fingern befolgte er ihre Anweisung.

»Ja, Daphne. Er ist auch gebissen worden.«

»In Ordnung. Am besten, wir verlieren keine Zeit und rammen ihnen den Pflock gleichzeitig ins Herz. Es könnte sein, dass die Zeit für ihr Erwachen unmittelbar bevorsteht. Wir dürfen kcin Risiko eingehen.«

Dominique stockte der Atem. Sein Adrenalinspiegel schoss in die Höhe. »Ich dachte, das würdest du erledigen«, gestand er.

»Das hatte ich auch vor, aber ich kann nicht zwei Pflöcke zugleich hineinstoßen, verstehst du?«

»Klar.«

Daphne trat zu ihm und legte ihm eine Knoblauchkette um den Hals. Dominique trug bereits eine Goldkette mit einem Kruzifix.

»Du darfst auf keinen Fall zögern«, mahnte ihn Daphne. »Egal was du hörst oder siehst, du treibst ihm den Pflock ins Herz. Hör nicht auf, bevor du es nicht geschafft hast. Um den Rest kümmre ich mich.«

Dominique schluckte schwer. Er nickte und schaute auf die Gegenstände in seinen Händen, ein schwerer Hammer und ein Holzpflock.

»Auch wenn dir kein Herzschlag hilft, versuch das Herz genau zu treffen«, flüstere ihm Daphne zu, die sich nicht weit von ihm in derselben Haltung über Melanie gebeugt hatte. »Und setz die Spitze des Pflocks direkt darüber an.«

Von draußen war ein Donnern zu hören. Ein Gewitter zog auf.

»Der Herr ist mein Hirte«, begann Dominique mit zitternder Stimme zu beten, »mir wird nichts mangeln. Er weidet mich auf einer grünen Aue und führet mich zum frischen Wasser.«

Er betete weiter, bis er zu einer Zeile kam, die ihm besonders mutmachend erschien. »Und ob ich schon wanderte im finsteren Tal, fürcht ich kein Unglück …«

27

Tatsächlich wurde Pascal auf dem Friedhof schon erwartet. Zahlreiche Tote hatten sich neben dem Haupteingang versammelt.

»Wie ich sehe, kennst du Beatrice bereits«, stellte Lafayette anerkennend fest. »Sie ist nett, nicht wahr? Ein gutes Mädchen. Sie kommt uns regelmäßig besuchen.«

»Wie könnte ich euch vergessen?«, erwiderte sie und verteilte Küsschen an Freunde und Bekannte.

»Wie sieht's aus in deiner Welt, Pascal?«, wolle Lafayette besorgt wissen. »Wir ahnen, dass du keine guten Nachrichten bringst.«

Pascales Gesichtsausdruck wurde ernst. »Schlecht. Der Vampir hat ein lebendes Mädchen in die Finsternis entführt.«

Die Anwesenden nickten, ebenfalls mit ernsten Gesichtern.

»Wir wissen es! Diese verdammte Kreatur!«, rief Capitaine Runné aus. »Das böse Wesen, das die Dunkle Pforte durchschritten hat, treibt sein Unwesen, und zwar gnadenlos. Eine Lebende zu entführen …«

»Dieses Mädchen, Michelle, ist eine Freundin von mir«, erläuterte Pascal. »Deshalb will der Vampir sie ins Reich des Bösen bringen …«

Die Menge verstummte betroffen.

»*Merde!*«, bemerkte der Capitaine. »Das erklärt so einiges. Und dein Gesicht verrät dich, mein Junge; sie ist nicht nur eine Freundin, oder?«

Pascal wurde rot. »Nein«, gestand er. »Sie ist mehr als das.«

»Die Liebe ist ein machtvolles Gefühl«, sagte Runné. »Es liegt in der Luft. Du musst sofort etwas unternehmen, wenn du Michelle befreien willst. Ich nehme doch an, dass du das willst …«

»Klar!«, antwortete Pascal entschlossen. »Ich tue alles, was nötig ist. Deshalb bin ich hier.«

»So muss es sein«, gestand Lafayette. »Du bist wirklich der Wanderer!«

Plötzlich war ein Schrei zu hören. Jemand kletterte hastig von der Friedhofsmauer, und in die Menge kam Bewegung. Viele machten sich eilig auf den Weg zu ihren Grabstellen.

»Verflixt, muss das ausgerechnet jetzt sein«, schimpfte Runné verärgert. »Wir bekommen noch mehr Besuch.«

Charles nickte und Pascal fragte: »Besuch?« Er begriff nicht. »Und warum verschwinden dann alle?«

»Das ist kein Höflichkeitsbesuch«, erklärte ihm der Soldat. »Unsere Mauerwachen warnen uns, wenn sich Wesen aus der Finsternis nähern. Das kommt allerdings sehr selten vor. Nur, wenn sie sehr hungrig sind. Sie hoffen darauf, einen von uns zu erwischen, bevor wir alle in unseren Gräbern verschwunden sind. Denn dort sind wir in Sicherheit, unsere Grabstellen sind unantastbar für sie.«

Pascal erbleichte. Das Erlebnis mit den Sirenen hatte ihm gereicht. »Aber ist es nicht so, dass diese Wesen den Leuchtpfad, der zum Friedhof führt, gar nicht betreten können?«

»Das machen sie auch nicht«, antwortete der Capitaine, ohne sich aus der Ruhe bringen zu lassen. »Sie klettern von außen, aus der Dunkelheit, über die Mauer. Es sind Ghule. Aber sie sind für uns nicht wirklich gefährlich. In unseren Gräbern sind wir sicher vor ihnen. Außerdem bleiben sie nie lange.«

Wieder diese ekelhaften Ghule! Pascal schauderte.

»Und ich? Wie kann ich mich schützen?« Er wurde langsam nervös, während er dabei zusah, wie die anderen sich auf den Weg zu ihren Grabstellen machten.

»Keine Sorge, wir lassen dich nicht im Stich«, versicherte Lafayette. »Wir verstecken dich in der Gruft der Familie Blommaert; ein paar von ihnen sind bereits ins Reich des Guten gerufen worden, also ist genug Platz für dich.«

»Ich soll mich in einer Gruft verstecken?« Pascal gefiel die Vorstellung nicht, obwohl alles besser war, als völlig ungeschützt auf die Ankunft der Ghule zu warten.

Runné nickte. »Dir bleibt nichts anderes übrig. Es ist nur, bis die Gefahr vorbei ist.«

Es war fast niemand mehr zu sehen von den Toten des Friedhofs, und Lafayette, der zwischendurch nach oben auf die Mauer geklettert war, um in die Dunkelheit zu spähen, sprang wieder herunter. Er verabschiedete sich von Pascal: »Ich muss mich ebenfalls verstecken! Sei vorsichtig, und komm erst wieder heraus, wenn wir dir Bescheid sagen!«

»In Ordnung, Charles«, murmelte Pascal.

Sie sahen, wie er sich eilig entfernte.

Schweigend machten sich Runné und er auf den Weg zum Grab der Blommaert, als das erste bedrohliche Stöhnen zu hören war. Einzelne Ghule waren schon auf dem Gelände und nahmen Witterung auf. Pascal spürte geradezu körperlich, wie die Augen der Kreaturen sich auf seinen Rücken hefteten.

Endlich erreichten sie den Ort, an dem sich Pascal verstecken sollte, eine mittelgroße Gruft, deren Eingangstür von zwei Säulen in griechischem Stil flankiert war; darüber lief ein Fries mit den Nachnamen zweier Familien: Caccia und Blommaert.

Das Stöhnen und Heulen wurde immer lauter. Runné klopfte an die Tür der Grabstätte und erklärte ihre Lage.

»Kein Problem«, sagte Samuel Blommaert, ein junger Mann von elegantem Aussehen. »Komm herein, Wanderer! Schnell.«

»Vielen Dank, Capitaine«, sagte Pascal zu Runné und schlüpfte zwischen den beiden Säulen hindurch.

»Das ist das Mindeste, was wir tun können. Alles Weitere liegt in deiner Hand.«

Runné verschwand zwischen Kreuzen, Obelisken und Grabsteinen in Richtung seiner eigenen Grabstätte.

Als Pascal drinnen war, beeilte sich Samuel, die Tür zu blockieren, während er ihm seine Eltern vorstellte, die sich ebenfalls noch immer in dieser Zwischenwelt befanden. Dann schlüpfte das freundliche alte Ehepaar in die Särge, die in Wandnischen gegenüber der Eingangstür angeordnet waren. Samuel wartete einen Moment, schloss dann die Holzdeckel und schob schwere Steinplatten vor die Nischen.

»Wenn diese Viecher hier hereinkommen sollten, um dich zu schnappen«, erklärte der junge Blommaert und machte seine eigene Nische hinter einer Marmorplatte zurecht, »dann werden wir es ihnen zumindest schwer machen.«

Pascales Unruhe wurde unerträglich.

»Danke, dass ihr mich aufgenommen habt«, sagte er mit brüchiger Stimme. »Aber wo kann ich mich verstecken?«

»Es genügt, dass du dich vom Eingang fernhältst. Und du solltest keinen Lärm machen. Mehr kann ich dir nicht raten.«

»Sehr ermutigend«, flüsterte Pascal und ging an einer Wand in die Hocke.

»Ach, mach dir keine Sorgen. Ich glaube nicht, dass du heute eine Verabredung mit dem Tod hast. Es gibt einen Grund dafür, dass du der Wanderer bist.«

Wieder fragte sich Pascal, warum ausgerechnet er zu diesem Wanderer geworden war. Schicksal oder Zufall? Er strahlte in diesem Moment, geduckt, ängstlich und schwitzend, nicht gerade Würde aus.

Samuel kletterte in einen Sarg aus schimmerndem Edelholz, der in seiner Wandnische stand, und zog von innen die Marmorplatte davor. Jetzt sah es in der Gruft so aus, als hätte sich seit dem Tod des letzten Familienangehörigen hier nichts gerührt. Selbst der Staub schien an seinem Platz zu sein, und es herrschte die berühmte Grabesstille.

Ein paar Minuten vergingen. Pascal erschrak, als er das Heulen von Ghulen direkt vor der Gruft hörte. Sie waren da. Wie war das? Die Särge der anderen waren für sie unantastbar, so musste er es sein, den sie hier rochen.

Er vernahm das Hecheln der scheußlichen Wesen und hielt seinen Atem an. Trotz der vielen Personen, die über den Friedhof verstreut waren oder hier, unmittelbar mit ihm in diesem

Raum, ganz in seiner Nähe reglos verharrten, war er in Wirklichkeit völlig allein. Niemand konnte ihm helfen, wenn die Kreaturen ihn fanden.

Was würde aus Michelle werden, wenn ihm etwas zustieß, war sein letzter Gedanke, bevor er vor Panik nicht mehr denken konnte.

Einer der Ghule war vor dem Eingang der Blommaert-Gruft stehen geblieben. Er presste sein Gesicht gegen das rechteckige Fenster in der Tür und hielt gierig nach seiner Beute Ausschau. Die Türklinke bewegte sich, und die Holzbohlen, die den Zutritt versperrten, begannen zu ächzen und zu vibrieren und waren kurz davor, aus ihren Halterungen zu springen. Dieses Monster wollte wirklich herein.

Pascal betete mit geschlossenen Augen und hoffte, dass sein Zähneklappern nicht zu hören war. Er schwitzte. An seine Wand gekauert, wartete er reglos ab. In seiner Angst beneidete er die anderen, die in ihren Särgen in Sicherheit waren.

»Manchmal wäre man besser eine Leiche«, dachte Pascal.

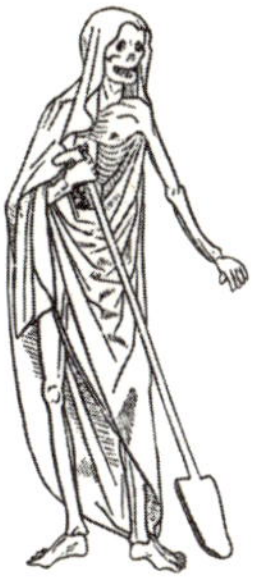

28

DAPHNES HAMMER SAUSTE schwer auf den Holzpflock nieder. Ein markerschütternder Schrei erklang und Melanie öffnete die gelben Katzenaugen. Doch Daphne schlug erneut entschlossen zu und trieb den Pflock in ihr Herz. Das Mädchen drehte und wand sich, doch es nützte ihr nichts. Da erhob sich plötzlich ein stürmischer Wind, Gegenstände flogen durch die Luft, als wären sie lebendig, und ein paar der Neonröhren an der Decke zerplatzten.

Die Schreie des Mädchens waren im gesamten Kellergeschoss zu hören und sie zuckte im Todeskampf. Schaum quoll ihr aus dem Mund, während sie nach Daphne schnappte, doch trotz ihrer ungeheuren Kräfte konnte sie sich nicht erheben.

Dominique führte seinen eigenen Kampf. Er hatte seinen ersten Hieb mit dem Hammer verzögert ausgeführt, erst nachdem er Daphnes geübten Schlägen zugesehen hatte. Melanies Schrei riss Raoul aus seinem Vampirschlaf, bevor er ihn außer Gefecht setzen konnte. Als Dominique endlich den Holzpflock zückte, sahen ihn bereits die schmalen Pupillen des Leichnams an. Er war wach und hungrig.

Dominique überlief ein Schauer, alles in ihm verkrampfte sich.

Der junge Vampir lächelte boshaft. Dominique versuchte sich zu beeilen, doch es war zu spät: Eine eiskalte Hand packte mit verzweifeltem Überlebenswillen seinen Arm.

Dieses Wesen hatte tief verwurzelte Instinkte, sie schützten es und brachten es zugleich dazu, bestialisch zu töten.

Melanie, in ihrem Todeskampf, wand sich noch immer unter Stöhnen und Schreien. Vergeblich versuchte sie, den Pflock aus ihrem Herzen zu ziehen. Daphne, die schweißüberströmt war, holte mit dem großen Messer aus, um das Tötungsritual zu vollenden. Jede Sekunde zählte.

Dominique stieß einen Schmerzensschrei aus, als er spürte, wie ihm der Vampir den Arm verdrehte und ihn zwang, den Hammer loszulassen. Dann packten ihn zwei Hände mit langen Fingernägeln am Hals, zerrissen die Knoblauchschnur wie auch die Goldkette mit dem Kruzifix und warfen beides weit von sich auf den Boden. Eisige Finger zogen Dominique an Raouls gierigen Mund, denn der Vampir war noch immer zu schwach, um sich zu erheben. Daphne erkannte den Ernst der Lage, ließ das Messer fallen und hob Dominiques Pflock und Holzhammer vom Boden auf. Entschlossen stürzte sie sich auf Raoul.

Überrascht und hasserfüllt blickte der Vampir zu der zweiten Angreiferin, die bereits den Pflock über seinem Herzen angesetzt hatte und den Hammer hob. Raouls gekrümmte Finger ließen den Hals seines Opfers los, um Daphne abzuwehren, doch Dominique konnte ihn lange genug festhalten, damit Daphne dem Pflock den ersten Schlag versetzen konnte. Ein

Knacken verriet, dass das Brustbein des Vampirs zerbrochen war, und das Eichenholz drang tief in seinen Körper ein.

Er weitete die Augen, als er spürte, wie er gepfählt wurde, und stieß einen ohrenbetäubenden Schrei aus, der sämtliche Instrumente und Flaschen auf den Tischen ringsum wegfegte. Dominique ließ die Hände des Vampirs los und klammerte sich an seinen Rollstuhl. Doch der begann zu wackeln, bis er umstürzte und Dominique zu Boden riss.

Es herrschte ein Höllengetöse, während von draußen noch immer Donnerschläge des tosenden Gewitters zu hören waren.

Trotz allem fiel der Hammer erneut, und der Pflock traf Raouls Herz. Der Vampir begann zu spucken und sich zu winden. Aus seinem angeschwollenen Hals drangen laute Schmerzensschreie.

Er schien seinem Ende zu nahen, doch auf der Bahre nebenan war Melanie kurz davor, sich ihren Pflock aus dem Körper zu reißen.

»Dominique!«, rief Daphne. »Das Messer!«

Der Junge robbte über den Fußboden, bis er das Messer erreichte.

***

Doktor Laville stand die ganze Zeit vor dem Eingang zum Kühlraum und verweigerte jedem, der kam, für eine Weile den Zutritt. Die Schreie und das Getöse drangen kaum durch die dicken Mauern und wurden zudem von dem fast unablässigen Donner des Gewitters übertönt. So konnte Laville einigen Polizeimitarbeitern gegenüber behaupten, es würden dringende Reinigungsarbeiten durchgeführt …

»Keine Sorge«, sagte er mit der Autorität des Vorgesetzten, »es ist alles unter Kontrolle. Gehen Sie zurück an die Arbeit. Es ist gleich wieder ruhig.«

Als die Kollegen gegangen waren, postierte Laville sich wieder vor der Tür des Raums, bereit einzugreifen, denn nur er verfügte über das notwendige Material. Die Tür war abgeschlossen, doch im Ernstfall würde er sie aufbrechen. Er wusste genau, was er zu tun hatte.

***

Das Rütteln an der Tür zur Gruft hörte auf. Der Ghul schien langsam das Interesse zu verlieren. Pascal hoffte es jedenfalls und atmete auf. Doch bald musste er feststellen, wie sehr er sich geirrt hatte. Ein unangenehmes, scharfes Kratzen war zu hören. Pascal sträubten sich die Haare, denn er erkannte das durchdringende Geräusch: Der Ghul umrundete die Gruft, während er mit seinen Krallen dabei über die Wände fuhr. Pascal erkannte die Klaue hinter einem winzigen Fenster. Die fauligen Finger schlugen dagegen, wodurch es Risse bekam. Zum Glück wäre die Öffnung jedoch zu klein gewesen, um hindurchschlüpfen zu können, und der Ghul setzte seine Runde fort.

Das Monster betastete und beschnüffelte das alte Gemäuer und kletterte sogar aufs Dach. Pascal konnte die Schritte über sich hören, was ihn noch mehr in Angst versetzte. Doch endlich schien der Ghul sich mit schwerfälligen Schritten zu entfernen. Pascal wagte nicht, es zu glauben. War die stinkende Kreatur wirklich verschwunden?

Pascal verharrte starr. Die Zeit stand still in dieser Unterwelt. Doch irgendwann drang in sein Bewusstsein, dass auch draußen auf dem weiten Gelände wieder Ruhe herrschte. Hatten die Monster etwa den Friedhof verlassen?

***

Daphne, die den Vampir an den Haaren gepackt hatte, drückte ihm das Messer an den Hals und brachte ihre Arbeit zu Ende. Raoul hörte auf, um sich zu schlagen, als der Kopf vom Rumpf getrennt war. Da lag er nun, den Pflock in der Brust und die Arme weit von sich gestreckt.

Doch noch war das Ritual nicht beendet. Noch immer konnte das Böse aus diesem toten Fleisch fahren.

Daphne wandte sich Melanie zu und schlug erneut auf den Holzpflock, den sie sich noch immer aus der Brust zu ziehen versuchte. Dann bat sie Dominique, der wieder in seinem Rollstuhl saß, um das Messer und tat auch hier, was zu tun war.

Bald war auch das Mädchen verstummt. Ihre Finger mit den langen Nägeln hielten den Pflock noch immer umklammert, während ihr Gesicht einen Ausdruck von Wut und Schmerz zeigte.

Daphne hielt völlig erschöpft inne. Trotz ihrer Energie spürte sie nach der riesigen Anstrengung ihr Alter. Dominique, der sich ebenfalls von dem Schock erholte, bemerkte es.

»Soll ich etwas für dich tun?«, fragte er ganz bleich. »Sag schon.«

»Heb die Körper von ihren Bahren und leg sie in der Mitte des Raums auf den Boden.«

Dominique gehorchte und kämpfte gegen den Ekel und die Angst an, die die Leichname in ihm auslösten.

»Und jetzt schieb alles andere beiseite, damit es vom Feuer nicht beschädigt wird.«

Dominique fiel wieder ein, dass der letzte Teil des Rituals zur Vernichtung von Vampiren darin bestand, die Körper zu verbrennen.

»Bitte«, ließ Daphne sich wieder vernehmen, »kipp jetzt diese Tische um und schieb sie möglichst weit weg. Wir gehen dahinter in Deckung, weil das Benzin explodieren wird. Warte dort auf mich.«

Während Daphne auf den Schalter drückte, der die Entlüftungsanlage des Raums in Gang setzte, damit durch die Deckengitter ein Großteil des Rauchs abziehen konnte, räumte Dominique Tische und Instrumente beiseite. Dann trat die Wahrsagerin mit der Flasche Benzin in der Hand zu den Vampiren und übergoss sie damit.

Dominique ging in Deckung. Sekunden später war auch Daphne bei ihm. Dann nahm sie ein Bündel Streichhölzer und band sie mit einer dünnen Schnur fest zusammen.

»Wenn ich nur ein einzelnes Streichholz werfe, geht es aus und ich würde vielleicht auch nicht treffen«, erklärte sie. »So sind die Chancen, dass es klappt, viel höher.«

Sie zündete die Hölzer an, warf die Minifackel von sich und kauerte sich dann schwerfällig neben Dominique auf den Boden.

Versteckt hinter den Tischen konnten sie nichts sehen, doch

der Knall und die Hitzewelle, die über sie hingingen, verrieten ihnen, dass es funktioniert hatte. Sobald die Hitze nachließ und das Feuer erloschen war, traten sie zu den verbrannten Körpern.

Der Geruch nach Fäulnis war unerträglich.

29

ALLE BEGLÜCKWÜNSCHTEN Pascal zu seinem Mut, dass er diese gefährliche Situation überstanden hatte. Nachdem die Ghule verschwunden waren, kamen immer mehr Tote aus ihren Gräbern und eilten zur Gruft der Blommaert. Pascal erkannte das Mädchen Marian, Frederick, den Motorradfahrer, Maurice Pignant und Charles Lafayette, der mit einem Freund sprach. In diesem Moment kam auch Beatrice über den Leuchtpfad auf den Friedhof. Sie schenkte Pascal ein strahlendes Lächeln, das ihn ein wenig verwirrte. Noch immer brachte sie ihn in Verlegenheit, auch wenn er nicht genau wusste, wieso.

»Vielen Dank, wirklich«, wiederholte Pascal. »Aber jetzt müsst ihr mir helfen, Michelle zu finden.«

»Damit haben wir gerechnet«, sagte Capitaine Runné. »Aber du kannst dich nicht einfach in dieses Abenteuer stürzen. Du brauchst … eine spezielle Vorbereitung.«

»Was meinst du damit?«, wollte Pascal, der seinen Aufbruch nur ungern verzögerte, wissen. »Ich muss doch so rasch, wie es geht, weiter.«

»Ich meine deine Ortskenntnisse, Pascal. Glaubst du etwa, dass ein Marsch durch die Dunkelheit dasselbe ist wie irgendein x-beliebiger Ausflug aufs Land? Ganz ruhig, die Zeit, die du dir mit einem kleinen Umweg nimmst, schlägst du später schnell wieder heraus. Aber du willst doch, dass deine Mission dort unten erfolgreich beendet wird. Du willst doch mit Michelle zurückkommen.«

»Einverstanden«, sagte Pascal zähneknirschend. »Was muss ich tun?«

»Beatrice bringt dich bis zum Wohnsitz von Constantin De Polignac, dem ältesten Toten in dieser Dimension«, erklärte Runné. »Er befindet sich seit über fünfhundert Jahren in der Wartezone. Er ist der Weise unter den Weisen und er ist der Einzige, der dir für den Weg ins Reich der Finsternis Ratschläge geben kann ... Beherzige, was er dir vorschlägt, und du wirst dein Ziel erreichen.«

Pascal bemerkte eine gewisse Traurigkeit in den Augen des Capitaines.

»Du würdest mich gerne begleiten, stimmt's?«, erriet Pascal. »Dann komm doch mit.«

Runné lächelte freundlich.

»Ich würde alles tun, um mitzukommen. Es wäre ein letzter Militäreinsatz für mich alten Soldaten, sehr reizvoll«, seufzte er. »Aber es geht nicht, ich bin keine umherirrende Seele, und außerhalb dieser Mauern bin ich verloren. Ich wäre nur eine Last für dich. Nein. Aber wir werden hier auf euch warten, und wenn du uns irgendwie brauchst ...«

»Ja«, Lafayette war näher gekommen. »Man hat nicht oft die Gelegenheit, der Macht des Bösen einen Schlag zu verpassen.

Du hast hier viele Freunde, Pascal. Du kannst weiterhin auf uns zählen.«

Auch andere kamen heran, um ihm Glück zu wünschen. Das Mädchen Marian küsste ihn mit ihren kalten Lippen auf die Wangen. Es wurde ein richtiges Verabschiedungskomitee daraus, alle wollten ihn wie zur Ermunterung berühren – doch auch, um seine warme Haut zu spüren.

Pascal, den ein wohliger Schauer überlief, war dankbar für diese Zeichen der Zuneigung und umarmte seinerseits alle, die sich von ihm verabschiedeten. Ein Gefühl der Verbundenheit kam in ihm auf und der Verlässlichkeit. Er wusste, hier an diesem Ort waren Wesen, die es gut mit ihm meinten.

»Das hier ist aber nicht der einzige Platz in dieser Zwischenwelt, auf den du zurückgreifen kannst«, sagte Lafayette. »Neuigkeiten verbreiten sich in Windeseile. Auf den Friedhöfen von Prag und Madrid oder dem von *Highgate* in London wissen alle von deinem Plan; selbst auf *La Recoleta*, einem vornehmen Friedhof in Buenos Aires. Auch bei den Toten funktionieren die Buschtrommeln.«

Pascal wusste nicht, was er sagen sollte. Die Welt der Toten stellte eine eigene Gemeinschaft dar, die seiner irdischen ähnlicher war, als er sich hätte vorstellen können.

»Du und Beatrice müsst nun gehen«, teilte ihm Runné mit und deutete in die Dunkelheit. »Eine echte Herausforderung erwartet dich. Sei tapfer.«

Pascal seufzte.

»Das werde ich sein, Capitaine.«

***

Vorsichtig öffnete Daphne die Tür. Der Flur war leer.

»Wie ist das möglich?«, fragte sich Dominique und rollte näher heran. »Bei dem Lärm, den wir veranstaltet haben …«

»Keine Ahnung«, erwiderte die Wahrsagerin und fragte sich im Stillen, ob sie vielleicht von irgendwoher Unterstützung hatten, von der sie nichts wusste. Und während sie dieser Gedanke bewegte, hatte sie ein bestimmtes Gefühl, etwas gab es hier, etwas, das dafür sorgte, dass sie von diesem Ort problemlos wieder verschwinden könnten. »Ich spüre eine unsichtbare Hand, die uns beisteht«, sagte sie zu Dominique und der sah sie fragend an. »Mehr weiß ich auch nicht.« Sie zuckte mit den Schultern. »Noch nicht«, fügte sie hinzu. Und nach einer kleinen Pause: »Nun gut. Dann lass uns jetzt endlich von hier verschwinden.« Sie klopfte sich ihr Kleid ab. »Schnell, wir sollten das Schicksal nicht überstrapazieren.«

Die beiden nahmen einen Aufzug und bewegten sich eilig in Richtung Ausgang.

Erst jetzt seufzte Marcel Laville erleichtert auf. Alles war verlaufen, wie er es erhofft hatte. Der Gerichtsmediziner ging über den Flur und betrat den Leichenraum.

»Meine Güte, die haben ganz schön gewütet«, dachte er. Er schloss von innen die Tür ab, damit niemand anders das Chaos sah. Er drehte die Belüftungsanlage weiter auf, um die letzten Reste des durchdringenden Geruchs und den verbliebenen Rauch zu vertreiben, und machte sich ans Aufräumen. Zum Glück waren die meisten Mitarbeiter schon nach Hause gegangen.

Er hatte die ganze Nacht, und es gab eine Menge zu tun.

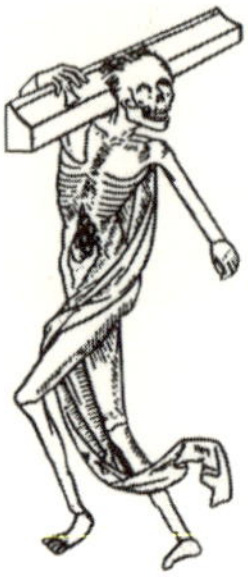

30

IM BLASSEN SCHEIN der Leuchtpfade kamen Pascal und Beatrice gut voran, und da sie sich in der Mitte des Wegs hielten, blieben ihnen weitere unangenehme Begegnungen wie vor ein paar Stunden erspart. Hin und wieder sahen sie in der Ferne die eine oder andere umherirrende Seele, die die Hand zum Gruß hob.

»Kann ein Lebender sich von hier aus mit anderen Lebenden verständigen?«, fragte Pascal. Seit sie vom Friedhof *Montparnasse* aufgebrochen waren, überlegte er, wie es ihm wohl gelingen könnte, seine Freunde zu benachrichtigen, dass es ihm gut ging, dass er die erste Gefahr überstanden hatte ... Sicher warteten sie jenseits der Pforte schon auf seine Meldung. Auch war er begierig darauf zu erfahren, was ihnen passiert war.

»Als Wanderer kannst du es tun. Aber du brauchst dazu ein Medium, ein besonderes Wesen in deiner Welt, das Nachrichten aus dieser Dimension empfangen kann. Kennst du solch ein Medium?«

»Ja, es ist eine Wahrsagerin. Sie heißt Daphne.«

»Kommt mir bekannt vor. Ich glaube, sie gehört zu den

Mächtigen. Dann wirst du keine Probleme haben, auch wenn es zuerst nicht einfach sein wird, den Kontakt aufzunehmen. Ich kann es dir später zeigen.«

Beatrice lächelte ihn an. Sie tat das oft und Pascal mochte es. Doch dachte er nicht weiter darüber nach, denn seine Führerin beschleunigte jetzt ihren Schritt. Sie schwebte bisweilen geradezu vor ihm her, sodass er fast Mühe hatte, ihr zu folgen.

Schließlich erreichten sie ein riesiges Bauwerk, flankiert von zwei mächtigen Türmen. Der erleuchtete Pfad, auf dem sie gingen, führte direkt zum Eingang des Gebäudes. Pascal und Beatrice blieben stehen.

Vor ihnen ragte eine großartige Fassade auf, deren Holztor in einem spitzen, steinernen Bogen mindestens fünf Meter hoch sein musste.

»Das ist ja tatsächlich eine Kathedrale …«, stellte Pascal beeindruckt fest.

»Du weißt doch, dass in diesem Zwischenreich die leuchtenden Wege nur zu Gebäuden von spiritueller Bedeutung führen«, erklärte Beatrice. »Hast du noch nie etwas von Constantin De Polignac gehört? Er ist ein Adliger aus dem 15. Jahrhundert. Seine Familie war mit viel Geld am Bau des Gotteshauses beteiligt, deshalb liegt der gesamte Clan in einer der Kapellen hier begraben.«

»Seine Freigiebigkeit scheint ihm nach seinem Tod aber nicht viel genützt zu haben, so lange, wie er schon wartet …«

Beatrice lachte.

»Er hat in den Kriegen seinerzeit eine Menge Grausamkeiten begangen.«

Das Mädchen betätigte einen schweren Türklopfer, der bei

jedem Schlag feierlich dröhnte. Kurz darauf öffnete sich das Tor, und ein Mann mit langem Bart und buschigen Augenbrauen erschien vor ihnen. Er trug ein Mönchsgewand, das seine etwas rundliche Figur kaum verbarg. »Guten Tag, Beatrice«, begrüßte er das Mädchen. »Wie ich sehe, bist du in guter Gesellschaft.«

»Hallo, Claude. Das ist der Wanderer.«

Pascal spürte, wie ihn der Mann mit unsteten Augen von Kopf bis Fuß musterte. Sein Gesichtsausdruck verriet Skepsis: Etwas jung, der Bursche, zu jung vielleicht, schien er zu denken. Und schmalbrüstig dazu. Doch aus seinem Mund kamen nur freundliche Worte: »Sei willkommen im Haus des Grafen von Blois, Wanderer. Und tritt ein.«

Die beiden gehorchten und betraten die Kathedrale. Sie waren überrascht, einige Dutzend Personen vorzufinden, die feierlich und voller Ehrerbietung beiseitetraten und so einen Durchgang bildeten. Ein paar verbeugten sich sogar, als sie vorübergingen.

Sie tun es meinetwegen, schoss es Pascal durch den Kopf. Er war völlig überrascht, doch fühlte er sich nicht unwohl. Es machte ihm die Stellung deutlich, die er in dieser Welt innehatte. Es ehrte ihn, doch zugleich bedeutete es auch Verantwortung … Er war der Wanderer. Seine Gegenwart überwand unsichtbare Grenzen, seine Existenz war bis über die Grenzen von Leben und Tod hinaus bekannt. Pascal merkte, wie eine warme Welle seinen Körper durchflutete, und er spürte das Schlagen seines Herzens.

»Willkommen, Pascal und Beatrice.«

Ein großer alter Mann mit weißem Haar, der in kostbaren

Kleidern steckte, trat zu ihnen. Er umarmte zuerst Beatrice und danach mit großer Feierlichkeit auch Pascal.

»Endlich lernen wir uns kennen«, sagte er in förmlichem Ton. »Ich bin Constantin De Polignac, Graf von Blois. Ich freue mich.«

Dann führte er sie beide in die Räume der Sakristei, um sich dort ungestört mit ihnen unterhalten zu können.

»Wenn ich früher von diesem Besuch gewusst hätte, dann hätte ich ein Fest vorbereiten lassen«, entschuldigte sich der Graf. »Ich bin berühmt für meine Feste, nicht wahr, Beatrice?«

»Ja, das stimmt. Doch wir sind zu Euch gekommen, um Eure Hilfe zu erbitten.«

Der Graf hob seine mit Ringen geschmückte Hand.

»Ich weiß, Beatrice. Es hat sich herumgesprochen. Mir ist bekannt, was dieser junge Mann vorhat: Er will ein Mädchen namens Michelle retten, die in dem verbotenen satanischen Ritual geopfert werden soll.«

Pascal konnte sich nicht zurückhalten: »Habt Ihr sie gesehen? Wisst Ihr etwas von ihr?«

De Polignac schüttelte den Kopf, während er sie zu einer Gruppe hochlehniger Holzstühle mit rotem Samtpolster führte.

»Wir wissen nichts über das Mädchen«, gestand er düster. »Wir bekommen hier keine Nachrichten aus dem Reich der Finsternis. Er blickte Pascal an. »Deine Mission ist riskant, Wanderer. Bist du dir sicher, dass du es tun willst? Wirklich sicher?«

Also das wollte der liebenswürdige alte Herr herausfinden. Pascal zögerte nicht.

»Das bin ich.«

»Gut. Denn das ist äußerst wichtig. Die größte Gefahr bei dieser Mission ist dein eigener Zweifel; die meisten Schlachten der Geschichte wurden aus Mangel an Überzeugung verloren, nicht an Mitteln.«

Der Graf schwieg einen Augenblick, ehe er wieder das Wort ergriff.

»Im Reich der Finsternis, hinter dem Zwischenreich, wirst du auf eine Welt treffen, die aus verschiedenen Dunkelzonen besteht«, begann er. »Je tiefer du hinabsteigst, desto weniger Licht gibt es. Niemand weiß, was im Zentrum der Finsternis existiert, vielleicht das Böse in reinster Form, das, was wir die Hölle nennen. Dorthin soll Michelle verbracht werden. Und von dort gibt es keine Rückkehr. Weder für sie noch für dich, wenn du ihr so weit folgst.« Polignac hielt einen Moment inne. »Es heißt, dass das Böse eine eigene Anziehungskraft besitzt, und je näher du dem Kern kommst, desto stärker ist das Feld, das dich anzieht. Deshalb musst du dich beeilen, solange die Diener des Bösen das Mädchen noch durch die oberen Ebenen führen. Dort hat ein Wanderer gewisse Aussichten auf Erfolg.«

Das alles klang in Pascals Ohren nicht gerade aussichtsreich, doch er hörte weiter zu.

»Viel mehr kann ich dir nicht sagen; bisher ist niemand von dort zurückgekehrt, um darüber zu berichten. Doch bevor ich dir noch mehr Informationen über die ersten Ebenen gebe, möchte ich dir etwas anbieten, das dir bei deinem gefährlichen Unternehmen nützlich sein wird: das Wissen um den magischen Koffer.«

Pascal und Beatrice warteten gespannt ab. Was meinte der Graf?

»Du solltest drei Gegenstände, drei Artefakte, mit magischen Eigenschaften bei dir haben, die du dir in der Welt der Lebenden beschaffen musst: einen Stein, der dir wie ein Kompass die Richtung anzeigt, in der sich das Zentrum des Bösen befindet; einen Dolch, dessen Legierung in einer Schmiede des Guten hergestellt wurde, und einen Talisman, durch den man seinen Herzschlag tarnt und der es dir erlaubt, als Toter zu gelten … Nicht überall wird ein Lebender freundlich empfangen! Diese drei Elemente werden in einem Versteck aufbewahrt, und zwar in deiner Welt.«

De Polignac verstummte. Es war nicht zu übersehen, dass er auf eine Reaktion wartete.

»Vielen … vielen Dank, mein Herr«, stammelte Pascal und schloss an: »Und darf ich Euch fragen, Herr Graf, wo sich dieser Schatz befindet?«

De Polignac nickte freundlich und setzte seine Ausführungen fort. Als er geendet hatte, war klar, was Pascal nun als Erstes tun musste: Er bat Beatrice, ihm zu sagen, wie er sich mit seinen Freunden in Verbindung setzen konnte.

***

Marcel Laville befand sich im Obduktionssaal und hielt den Hörer ans Ohr.

»Bestattungsinstitut Théophile Lussac«, sagte eine vertraute Stimme.

»Olivier?«

»Ja, am Apparat.«

»Hallo, hier ist Marcel Laville. Wie ich höre, hast du in deinem Job auch nie Feierabend.«

»Als ob du das nicht wüsstest«, antwortete der andere, »sonst würdest du um diese Zeit ja nicht anrufen. Wie geht's, Marcel? Ich nehme an, du meldest dich wegen der jungen Leute aus dem Park. Wir kommen morgen zu dir, um sie abzuholen.«

Der Gerichtsmediziner legte sich seine Worte zurecht.

»Ja, genau darum geht's. Nun ... weißt du noch, dass du mir einen Gefallen schuldest?«

»Natürlich. Und jetzt willst du ihn einlösen, was? Sag mir, wie ich dir helfen kann. Aber schnell, ich hab's ein bisschen eilig; morgen sind mehrere Beerdigungen.«

»Also ... wir mussten noch ein paar Untersuchungen an den Toten vornehmen. Ihre Verletzungen waren so entsetzlich, dass es unmöglich war, die Körper wieder so herzurichten, dass ihre Angehörigen gebührend Abschied nehmen könnten. Also haben wir sie bereits eingeäschert.«

Am anderen Ende der Leitung war es einen Moment still.

»Marcel, habt ihr das etwa ohne Erlaubnis der Familie getan?«

»Ich fürchte, ja, Olivier.«

»Du weißt genau, dass Angehörige ihre Verstorbenen meistens noch einmal sehen wollen; das wird ihnen überhaupt nicht gefallen.«

»Deshalb rufe ich dich an. Du holst die Asche ab, gibst sie in zwei eurer Urnen und ... nun ja, so können sie dann auch der Toten gedenken. Sag ihnen, dass wir die Kosten für die Einäscherung übernehmen.«

»Aber …«

»Lass mich jetzt bitte nicht im Stich. Versuch ihnen zu vermitteln, dass das schon öfter so gehandhabt wurde, und häng es bitte nicht an die große Glocke. Ich hatte vor Kurzem erst Ärger mit meinem Vorgesetzten.«

»Okay, einverstanden«, gab Olivier nach. »Aber es darf nicht noch einmal vorkommen …«

»Wird es nicht, das verspreche ich dir.«

Marcel legte auf und seufzte geräuschvoll. Er hatte unten im Keller bereits sämtliche Spuren beseitigt. Niemand würde jemals erfahren, was hier gerade geschehen war. Niemand. Schon gar nicht Marguerite. Es stand viel mehr auf dem Spiel als das Leben von ein paar Einzelnen. Etwas, das er mit der Kommissarin nicht teilen konnte, obwohl er sehr gern auf sie gezählt hätte.

Und er hatte eine Aufgabe: Um eine Invasion von Untoten zu verhindern, musste er sich ab jetzt um die neuen Opfer des Vampirs kümmern. Bis man ihn schnappen würde. Er hoffte, dass dies bald geschehen würde.

***

Jules keuchte, obwohl es ihm eigentlich jedes Mal leichter fiel, Dominique die letzten Stufen hochzuhieven. Doch der Rollstuhl allein wog schon einiges, und die Hellseherin konnte ihm dabei nicht helfen …

Schließlich befanden die drei sich auf dem Dachboden, und sofort zog die Dunkle Pforte ihre ganze Aufmerksamkeit auf sich.

Noch immer war von Pascal nichts zu sehen und zu hören. Sie schauten auf die Uhr und rechneten sich aus, wie lange ihr Freund sich bereits in der Welt der Toten aufhielt. Jedes Mal, wenn er darüber nachdachte, was hier eigentlich passierte, überkam Jules ein seltsames Gefühl. Diese riesige Truhe bedeutete, dass sich bei ihm, in seinem Haus, ein Zugang direkt zur Hölle befand. Das war einfach ungeheuerlich …

Sobald sie es sich auf einem durchgesessenen altmodischen Sofa und einem zerfledderten Sessel ein wenig bequem gemacht hatten, begann Dominique zu erzählen, wie Daphne und er die beiden jungen Vampire getötet hatten. Seine Stimme verriet ungläubigen Stolz.

»Nicht zu fassen«, sagte Jules schließlich beeindruckt und fühlte sich fast ein wenig schwindlig. »Vampire, echte Vampire.« Sein Blick ging zu der Wahrsagerin hin, die der Erzählung mit geschlossenen Augen gefolgt war, hin und wieder spielte ein Lächeln um ihre Lippen …

Nachdem Dominique geendet hatte, betrachtete er Jules. Die dunklen Klamotten waren für seinen mageren Körper viel zu groß und heute hatte er die Augen nicht geschminkt. Bis zur Halloweenparty hatten sie sich in der Schule kaum gegrüßt, doch jetzt, wo sie sich ein bisschen besser kannten, erwies sich Jules als netter und umgänglicher Typ. Er hatte etwas Träumerisches, etwas, das ihn an Pascal erinnerte.

»Du solltest mal an die Sonne gehen und ein bisschen zunehmen«, empfahl Dominique ihm. »Du bist nur Haut und Knochen.«

Jules lächelte.

»Ich versuch's ja schon. Ich bin wirklich die ganze Zeit am

Futtern. Doch irgendwie nehme ich kein Gramm zu. In meiner Familie sind alle ziemlich dünn. Und was die Sonne betrifft … lieber nicht. Ich kriege schnell einen Sonnenbrand und dann pellt sich meine Haut. Ich bin nicht gerade als Sonnenanbeter geboren.«

Dominique nickte.

»Erzähl mir doch etwas von dir«, bat er ihn. »Ich denke, dass wir eine Menge Zeit zusammen hier oben verbringen werden.«

Daphne hörte ihnen weiter zu, ohne sich einzumischen. Es war nicht schlecht, fand sie, wenn sich die beiden ein bisschen besser kennenlernten.

»Was soll ich dir erzählen?«, erwiderte Jules, während er an einem Kästchen herumspielte, das er zwischen den Möbeln gefunden hatte.

Dominique zuckte mit den Schultern.

»Ich weiß nicht. Was du willst. Zum Beispiel, ob du Videospiele magst.«

Jules warf ihm einen listigen Blick zu.

»Das ist doch dein Ding«, sagte er zu ihm. »Du bist ein Computerfreak, stimmt's?«

»Ich bin ein großer Fan, ja.«

»Ich nicht. Ich mag zwar Spiele, aber echte, mit Brett und Würfeln …«

»Und mit Figuren. Ein Klassiker also«, bemerkte Dominique ironisch. »Was hast du gegen Computerspiele?«

»Das ist nicht dasselbe! Man sieht die anderen Spieler nicht einmal, es fehlt mir das Gegenüber. Ich finde, die Wirklichkeit ist immer besser als das Virtuelle.«

»In der Zwischenzeit gibt es doch eine Menge Online-Spiele, bei denen man die Mitspieler auch sehen kann, mit einer Webcam.«

Jules winkte ab.

»Das kann man nicht vergleichen. Eine echte Partie erlebt man anders. Die Reaktionen des Mitspielers, und dann die gemeinsame Spannung, wenn man darauf warten muss, was der Würfel anzeigt.«

Dominique lachte.

»Am Ende überzeugst du mich noch davon, man merkt, dass es dir gefällt. Bist du Spieler oder Master?«

»Master, ich leite die Partie.«

»Und was spielst du?«

»Anima Beyond Fantasy.«

»Ich hab's doch gesagt. Ein Klassiker …« Dominique beschloss, das Thema zu wechseln. »Bist du schon lange mit Michelle befreundet?«

»Nein, nicht so lange«, antwortete Jules, »seit zwei Jahren vielleicht. Wir haben uns in der Schule kennengelernt und uns gleich super verstanden. Sie ist einzigartig, oder?«

Gerade wollte Dominique einstimmen in diese Begeisterung Jules', als er auf Daphne gegenüber aufmerksam wurde. Ein Stöhnen kam plötzlich über ihre Lippen, ihre Züge verhärteten sich und sie knirschte mit den Zähnen.

»Daphne!«, rief Dominique erschrocken aus. »Was ist mit dir?«

Die Wahrsagerin, die ihn und Jules nur mit halb geöffneten Augen ansah, wurde plötzlich von Krämpfen geschüttelt und versuchte vergeblich zu sprechen. Ihre Zunge gehorchte ihr nicht mehr. Mühsam erhob sie sich, schleppte sich zu einem Tisch, wo sie einen Bleistift nahm und etwas notierte. Auf einmal schnappte ihr Kopf zurück, als hätte sie jemand an den Haaren gezogen, und als sie ihn wieder aufrichtete, sahen Jules und Dominique erschrocken, dass ihre Augen sich verdrehten.

Hatte sie etwa einen epileptischen Anfall?

Daphne schrieb hektisch und wie im Delirium weiter auf den Zettel vor sich.

Nein, das kann nicht sein. Ein Epileptiker kann nicht schreiben, sagte sich Dominique, der versuchte, einen kühlen Kopf zu bewahren. Rasch schob er seinen Rollstuhl neben Daphne, um lesen zu können, was sie niederschrieb. Ihre Hand zitterte und fuhr mühsam über das Papier, und währenddessen gab die Wahrsagerin kehlige Laute von sich.

Hier ist Pascal – hier ist Pascal – hier ist Pascalllllllllllllllllllllll
llllllllllllllllllll

»Mein Gott«, flüsterte Jules, der sich neben Dominique gestellte hatte. »Daphne ist in Trance … Pascal hat Kontakt zu ihr aufgenommen. Er spricht durch sie mit uns.«

»Dominique …« Das war das erste klare Wort, das Daphne herausbrachte, wenn auch mit einer völlig veränderten Stimme.

»Ich bin hier, Pascal!«, rief Dominique. »Wir hören dir zu! Wie geht es dir?«

»Ich brauche euch«, fuhr die seltsame Stimme fort. »Ihr müsst etwas für mich tun …«

***

Marguerite saß in ihrem Büro und kaute mit abwesendem Gesichtsausdruck auf ihren Lippen. Der Drehstuhl, in dem sie lehnte, quietschte unter ihrem Gewicht. Den Verband auf ihrem Gesicht, der ihr lästig war, hatte sie abgenommen. Er störte sie beim Nachdenken.

Kein Krankenhaus hatte in jüngster Zeit einen Mann mit Schussverletzungen behandelt, wie sie nach ein paar Anrufen herausgefunden hatte. Entweder war ihr Angreifer auf dem nächtlichen Friedhof gestorben, dann würde auch der Leichnam bald auftauchen, oder ein befreundeter Arzt hatte ihm geholfen, oder aber, die dritte Möglichkeit, er verfügte selbst über besondere medizinische Kenntnisse.

Diese Hypothese konnte auch eine mögliche Antwort auf eine der Unbekannten im Fall Delaveau sein. Wenn der Mörder tatsächlich ein außergewöhnlicher Mediziner war, dann passte alles zusammen. Allerdings konnte das auch bedeuten, dass ihr Angreifer auch mit den Morden an Raoul und Melanie zu tun hatte, wovon ihr Freund Marcel sowieso auszugehen schien …

Und dann war da noch diese verrückte Alte, der sie schon viel zu oft begegnet war, wenn man die Ausdehnung von Paris bedachte. Deshalb hatte sie bereits Nachforschungen über sie angestellt. Sie wurde Daphne genannt und verdiente sich ihren Lebensunterhalt als Wahrsagerin. Das hatte gerade noch gefehlt. Marguerite hoffte, dass diese Information nicht zu Marcel durchdringen würde, denn das würde seine wilden Theorien nur beflügeln. Sofern Marcel die Hexe nicht eh schon kannte.

Verärgert raufte sich Marguerite die Haare. Die Sache war

ganz schön kompliziert! Verschiedene Ereignisse ohne sichtbare Verbindung schienen miteinander zu tun zu haben und bildeten ein verschlungenes Netz, das ihrem Blick verborgen blieb.

Verlor sie etwa ihre Spürnase?

Da wurde an die Tür geklopft. Es war René, ein junger Kollege, den sie um einen Gefallen gebeten hatte.

»Ich habe die Information, Marguerite.«

»Genial, schieß los. War dieser Dominique Herault auf der Party, von der Raoul und Melanie verschwunden sind?«

René lächelte selbstzufrieden.

»Ja. Obwohl er gar kein Gothic-Anhänger ist. Er gehört zu keiner Gruppe. Ich weiß gar nicht, was er dort zu suchen hatte, und ich gehe mal davon aus, dass er mit einem der Gäste befreundet ist.«

Diese Neuigkeit interessierte Marguerite, doch sie ließ sich nichts anmerken.

»Befreundet mit wem?«

»Mit einer gewissen Michelle Tauzin, sie ist ein Jahr älter als er. Das Mädchen lebt in einem Internat, gute Noten, sie geht auf das Marie-Curie-Gymnasium. Klassenkameradin von Jules Marceaux.«

»Natürlich. Sehr gut. Vielen Dank, René.«

Ein neuer Name auf der Liste der möglichen Beteiligten, auch wenn sie noch nicht wusste, was er zu bedeuten hatte. Doch zumindest hatte der Serienmörder sein Tempo etwas verlangsamt. Das gab ihr eine Atempause, um mit den Untersuchungen fortzufahren. Solange nicht an die Presse durchsickerte, dass die Morde an Raoul und Melanie mit dem von

Delaveau zu tun hatten, würde es in Paris ruhig bleiben, was für die Arbeit ganz entscheidend war.

Marguerite beschloss, sich der Wahrsagerin an die Fersen zu heften. Sie würde sie die nächsten Stunden nicht mehr aus den Augen lassen. Mal sehen, was sie entdecken konnte.

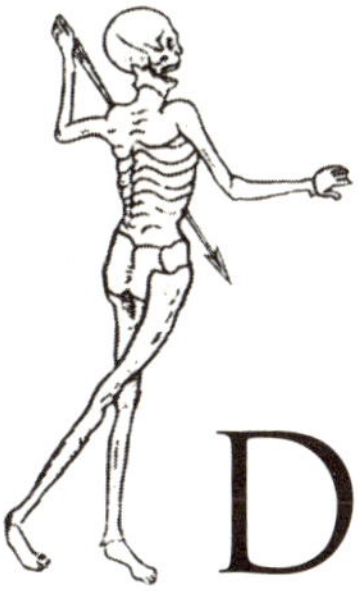

31

DIE TELEPATHISCHE Verständigung war beendet. Mit tief gesenktem Kopf und leicht schwankend in einem halb bewussten Zustand, ließ Daphne sich zu ihrem Sessel führen. Nur langsam, nach und nach, erwachte sie. Sie wirkte völlig erschöpft und die beiden Jungen warteten schweigend ab, bis sie wieder ansprechbar war. »Solch eine Trance kostet eine Menge Energie«, erklärte sie mit mühsamer Stimme. Sie atmete tief. »Doch das ist nicht wichtig. Allein wichtig ist, dass es Pascal gelungen ist, sich mit uns in Verbindung zu setzen. Ich bin tief beeindruckt. Der Junge verschwendet wirklich keine Zeit.«

»Es war unglaublich«, bemerkte Jules bewundernd. »Wir haben tatsächlich mit ihm gesprochen. Wie ist das möglich?«

»Echt nicht zu fassen«, stimmte Dominique ihm zu und schüttelte entgeistert den Kopf.

»Erzählt«, bat Daphne unruhig. »Geht es Pascal gut? Setzt er seine Mission fort? Was hat er gesagt? Als Medium bekomme ich nicht mit, was ich übermittle, ich bin nur das Mittel zum Zweck.«

Dominique versuchte sie zu beruhigen: »Es geht ihm gut, alles läuft bestens.«

»Gott sei Dank. Was hat er gesagt?«

»Mach dich auf etwas gefasst. Nach allem, was wir bereits im Leichenschauhaus erlebt haben … müssen wir uns noch einmal auf die Socken machen. Und zwar sofort.«

Das gefiel Daphne überhaupt nicht.

»Aber es ist bereits dunkel.«

Dominique zuckte mit den Schultern. »Nichts zu machen. Pascal behauptet, es wäre äußerst wichtig. Ohne die magischen Gegenstände, drei Artefakte, die wir für ihn besorgen und in die Truhe legen müssen, kann er sich nicht auf die Suche nach Michelle machen. Wenn wir im Besitz dieser Gegenstände sind, musst du ein paar Worte auf Lateinisch sprechen; du hast sie vorhin auf diesem Blatt Papier notiert. Das alles muss sofort geschehen.«

»Das Problem ist, dass die Artefakte in einem Koffer sind, der von einem Geist bewacht wird«, fügte Jules hinzu. »In einem Haus, ziemlich entfernt von hier, in einem Vorort von Paris. Also ist es nicht so einfach.«

Die Wahrsagerin nickte wissend.

»Ich habe mir schon gedacht«, murmelte sie, »dass der Wanderer Talismane braucht, um sich in der Dunkelheit bewegen zu können.« Nachdenklich sah sie die beiden Jungen an. »Dominique, diesmal wirst du hierbleiben und auf die Truhe aufpassen, so kannst du dich auch ein bisschen ausruhen. Ich glaube nicht, dass der Vampir den Dachboden bereits entdeckt hat. Falls irgendetwas passieren sollte, falls du irgendetwas Verdächtiges bemerkst, während wir unterwegs sind …«

Eine beunruhigende Vorstellung, die alle einen Augenblick lang schweigen ließ. Es gab keine Gewissheit. Was, wenn der Vampir trotz Daphnes Vermutung auf einmal hier auf dem Dachboden auftauchte?

»… dann ruf Jules sofort auf dem Handy an«, fuhr Daphne fort und gab ihm weitere Instruktionen. Wie er die Zugänge zum Dachboden mit Weihwasser zu besprühen hatte; wie er sich mit Waffen aus Silber verteidigen konnte und weitere Schutzmaßnahmen, um das Monster abzuwehren. Dominique nickte und schluckte zugleich schwer. Er mochte Herausforderungen, doch das hier war selbst ihm eine Spur zu heftig.

»Und wir«, wandte sich Daphne an Jules, »wir fahren zuerst zu mir, denn ich brauche ein paar spezielle Dinge, die uns bei dem Geist helfen werden, der den Koffer hütet. Hat Pascal euch die Adresse gegeben?«

»Ja«, antwortete Jules. »*Rue Biron.*«

Die Wahrsagerin öffnete ihre Tasche und holte das Werkzeug heraus, das sie benutzt hatten, um die Vampire im Keller des Instituts zu töten.

»Hat Pascal Genaueres über den Geist gesagt, mit dem wir es zu tun bekommen werden?«, fragte sie.

»Eigentlich nicht«, erwiderte Dominique. Doch obwohl er Jules nicht darum beneidete, demnächst einem leibhaftigen Geist gegenüberzustehen … ihn belastete in diesem Augenblick vor allem der Gedanke, dass er auf diesem Dachboden allein zurückbleiben würde.

***

Die Katakomben von Paris, die um diese nächtliche Zeit für Touristen geschlossen waren, bestanden aus einem unterirdischen Gewirr von verschlungenen Stollen, in denen die Überreste Tausender Toter aus dem achtzehnten Jahrhundert lagerten, die von stillgelegten Friedhöfen stammten. Die Schädel waren übereinandergeschichtet worden und bildeten Reihen von Knochenwänden, die nach Jahren sortiert waren. Zwischen diesen Wänden schlich eine große Gestalt umher, so leise, dass sie über den rauen Boden zu gleiten schien. Ihre gelben Augen versprühten Hass und Ungeduld.

Es war Varney, der vermeintliche Lehrer am Gymnasium, auf dem Weg zu einer Verabredung mit Henri Delaveau, den er vor Tagen in einen Untoten verwandelt hatte. Delaveau suchte jetzt Nahrung auf dem Friedhof und wartete darauf, dass sein Herr ihm endlich erlaubte, lebende Menschen anzugreifen, um seinen Blutdurst zu stillen. Die beiden Vampire befanden sich in einem der Gänge mit Schädeln, die auf das Jahr 1789 datiert waren. Delaveau, von den silbernen Kugeln, die ihn auf dem Friedhof getroffen hatten, schwer verletzt, war stehen geblieben und hatte sich an die Wand gelehnt. Mühsam hob er den Kopf, als er merkte, dass sein Schöpfer, Varney, neben ihm stand. Er hatte ihn nicht kommen hören.

Der Vampir kam sogleich zur Sache.

»Wo ist die Dunkle Pforte?«, flüsterte er mit heiserer Stimme, ohne den kläglichen Zustand seines Zöglings mit einem Blick zu beachten.

Delaveau senkte den Blick.

»Tut mir leid … Ich habe sie noch nicht gefunden … Ich konnte nicht … man hat mich angeschossen.«

Varneys Gesicht verzerrte sich vor Wut. Er streckte den Arm aus und ergriff seinen Diener am Hals, hob ihn hoch und schleifte ihn an der Knochenwand entlang.

»Du hast mir nicht gehorcht.« Varney brachte die Worte nur mühsam hervor. »Du hast dich gezeigt, obwohl ich es verboten hatte, und obendrein hat es nichts gebracht. Dafür wirst du büßen.«

Delaveau schaute ihn ängstlich an, doch er hatte nicht einmal die Kraft, dieses mächtige Wesen um Nachsicht zu bitten. Er ahnte, dass sein Tod unmittelbar bevorstand.

»Du wirst es für alle Zeit bereuen«, sagte er, ohne seinen kalten Blick von dem Geschöpf abzuwenden, das er selbst mit seinem giftigen Biss erschaffen hatte.

Die letzten Geräusche, die den nächtlichen Frieden der Katakomben störten, verursachte der Körper von Delaveau, als er über den Boden geschleift wurde. Der frühere Lehrer wusste noch immer nicht, was ihn dort erwartete, wo sein Herr ihn hinbrachte, doch war ihm klar, dass er diese Welt nicht mehr betreten würde.

***

»Endlich ein Lebenszeichen von der Wahrsagerin, dieser Hexe«, dachte Marguerite, die um die Uhrzeit schon halb schlief und genug davon hatte, das Haus zu beobachten, in dem Daphne ihr Geschäft betrieb. Sie begriff nicht, wie sich jemand den Lebensunterhalt mit einer solchen Tätigkeit verdienen konnte. Gab es denn so viele Leichtgläubige? War es so einfach, den Leuten das Geld aus der Tasche zu ziehen? Was für eine Schande, sich Unbildung und Aberglauben so zunutze zu machen …

Doch da war noch etwas viel Beunruhigenderes. Die Wahrsagerin war in Begleitung eines ziemlich jungen Burschen in ihr Haus gegangen und betrat nun wieder mit ihm die Straße. Der Junge war ein anderer als der am Vortag, doch er kam ihr dennoch bekannt vor. Was führte diese seltsame Person im Schilde? Und was hatte sie mit den jungen Leuten zu schaffen? Je länger sie an dem Fall arbeitete, desto undurchsichtiger kam ihr alles vor.

Jetzt war Daphne mit ihrem Begleiter in ihr klappriges rotes Auto gestiegen. Marguerite kehrte umgehend zu ihrem zurück, um ihnen zu folgen. Sie konnte es sich nicht erlauben, diese Spur, die einzige Verbindung zum Fall Delaveau, zu verlieren.

Moment mal … dieser Junge …

Ihr war plötzlich etwas eingefallen. Nervös zog Marguerite ein Notizbuch aus ihrer Handtasche. Sie fand sofort, wonach sie suchte.

Ja, das war er, jetzt erinnerte sie sich. Groß, dünn, schwarz gekleidet und im Kontrast dazu ziemlich blass … Sie kannte den Jungen, der mit der Wahrsagerin ins Auto gestiegen war. Es war Jules Marceaux, der Gastgeber der Halloweenparty.

Waren denn sämtliche Gäste dieser verfluchten Party in diesen Fall verwickelt?

Sie musste ihre Überlegungen unterbrechen, denn Daphnes Wagen entfernte sich in eine unbekannte Richtung.

***

»Hier ist es«, sagte Jules, als er die Hausnummer auf dem Schild entdeckte, das an einem verrosteten und von wildem Efeu überwucherten Zaun hing.

Daphne parkte den klapprigen Wagen unter ein paar Bäumen und schaltete den Motor aus. Sie ließ die Scheinwerfer an, um sich in der Dunkelheit besser orientieren zu können.

Bevor sie aus dem Wagen stiegen, betrachteten sie einen Moment lang das zweistöckige Gebäude. Es war ein altes Palais aus dem siebzehnten Jahrhundert, unbewohnt und in ziemlich heruntergekommenem Zustand. In der näheren Umgebung gab es sonst keine weiteren Häuser.

»Hier ist schon lange niemand mehr gewesen«, bemerkte Jules, während er den verwilderten Garten und die zersprungenen Fenster im Obergeschoss betrachtete. »Trotzdem ist das ein ziemlich abgefahrenes Gebäude. Ideal für ein Spukhaus. Jeder Regisseur würde sich einen Arm dafür abhacken, hier einen Gespensterfilm drehen zu dürfen.«

Er redete ununterbrochen, denn er hatte Angst.

»Bist du sicher, dass das hier die Adresse ist, die Pascal uns gegeben hat?«, zweifelte Daphne und unterbrach damit den Redefluss Jules'. »Dieses Abbruchhaus?«

Sie schüttelte den Kopf. Hier übernachteten bestimmt häufig Landstreicher. »Ich kann mir nicht vorstellen, dass hier auch nur der geringste Gegenstand von Wert ist, geschweige denn ein Koffer mit drei wertvollen Artefakten.«

»Vielleicht hat sich aber auch gar niemand reingetraut«, flüsterte Jules, dem bei der Vorstellung, dass sie das Haus gleich betreten würden, ganz mulmig wurde.

Daphne schaute ihn an.

»Mit einem Spielfilm kann man das hier nicht vergleichen, nicht wahr?«

Jules nickte, ohne den Blick von der schmutzigen Fassade abzuwenden. Ein Vorhang wehte leicht aus einer der Fensternischen.

»Du hast recht, Daphne«, stimmte er zu. »Weißt du, ich mag Angst, aber nur in der Fiktion.«

»Das hier ist das wirkliche Leben.« Sie lächelte nun. »Uns bleibt nichts anderes übrig, als hineinzugehen.«

Sie stiegen aus dem Wagen und nach wenigen Metern stießen sie das schmiedeeiserne Tor auf, das zum Garten führte. Die verrosteten Angeln quietschten, als das Gitter nachgab.

Einen Augenblick blieben sie stehen, weil sie plötzlich das deutliche Gefühl hatten, beobachtet zu werden.

»Das ist normal, dass es uns so vorkommt«, bemerkte Daphne. »Menschen reagieren intuitiv. Und wir wissen, dass ja wohl jemand im Haus ist.«

Jules überlief eine Gänsehaut. Sein hageres Profil verriet seine Anspannung.

Sie gingen bis zur Eingangstür, deren Flügel, vom Schmutz verklemmt, sich nicht öffnen ließen. Erst nach mehreren Versuchen gaben sie nach. Als sie endlich ins Haus gelangten, schalteten sie ihre Taschenlampen ein. Im Lichtstrahl entdeckten sie eine breite Treppe, die in den ersten Stock führte.

Daphne wollte hinaufgehen, doch Jules hielt sie am Arm zurück. »Pascal hat gesagt, dass sich der Koffer im Keller befindet«, flüsterte er ihr zu.

Daphne nickte und wandte sich zur Kellertreppe. Nichts war zu hören. Vorsichtig gingen sie Schritt für Schritt. Dann plötzlich, beim Betreten der ersten Stufe, wurde die Stille jäh zerrissen. Tausendfache Schreie ertönten. Ein kalter Wind fuhr durch das Haus, Türen knallten, Fenster barsten und Vorhänge flatterten im Wind.

Jules hatte nur noch einen Gedanken: Fort von hier!, doch Daphne packte ihn am Arm.

»Warte«, rief sie gegen das Getöse an. »Wir können nicht ohne den Koffer gehen. Lass dir keine Angst einjagen, das ist genau das, was der Geist bezweckt.« Sie zog ihn weiter die Treppe hinab; langsam ließ der Lärm nach. »Denk an etwas anderes, achte nicht auf das, was um dich herum passiert.«

»Das ist leicht gesagt ...« Jules' Stimme zitterte und sein blasses Gesicht war schweißüberströmt.

Langsam näherten sie sich dem Kellergewölbe. Unten angekommen, verharrten sie einen Augenblick. Dann auf einmal schlug unmittelbar vor ihnen eine Glastür zu und in der Scheibe sahen sie die schauerliche Spiegelung einer erhängten Frau, die sie aus offenen Augen feindselig anstarrte.

Das war zu viel. Jules flüchtete die Treppe hinauf, ohne dass Daphne ihn aufhalten konnte. Sie versuchte zwar, ihm zu folgen, ihn zurückzuholen, doch eine unsichtbare Kraft hinderte sie daran und stieß sie auf die Treppe. Daphne fiel schwer auf die kantigen Stufen. Für einen Moment blieb sie liegen, um Luft zu schöpfen. Sie war überrascht; eine so heftige Reaktion des Geistes hatte sie nicht erwartet. Langsam bekam nun auch sie Angst.

Und Jules? Wo war Jules?

***

Dominique wartete mit dem Handy am Ohr. Es war schon spät, aber er kannte die Gewohnheiten der Rivas, der Eltern Pascals, und wusste, dass er um diese Zeit noch anrufen konnte.

»Ja, bitte?«

Pascals Mutter meldete sich.

»Hallo, Frau Rivas. Hier ist Dominique.«

»Hallo. Wie geht's?«

»Gut, danke.« Er räusperte sich kurz. »Pascal hat Ihnen doch gesagt, dass wir heute …«

»Ja«, unterbrach sie ihn, »er hat mir erzählt, dass er in dieser Nacht nicht hier schlafen würde, weil ihr bei einem gemeinsamen Schulfreund ein Referat vorbereitet. Wie es aussieht, seid ihr ein paar Tage ziemlich beschäftigt. Wie läuft es denn?«

»Bestens. Aber wir haben noch eine Menge zu tun. Pascal hat mich gebeten, Sie anzurufen und Ihnen auszurichten, dass wir morgen vielleicht hier zu Mittag essen, um uns gleich wieder an die Arbeit zu machen. Er ist gerade mit Jules auf dem Dachboden und sucht nach einem alten Ordner, den wir dringend brauchen. Ich kann ihnen im Rollstuhl dabei nicht helfen …«

»Klar«, sagte sie und ihre Stimme verriet, dass sie andere Sachen im Kopf hatte. »Na gut, richte Pascal aus, dass er mir eine SMS schicken soll, je nachdem, wie ihr euch entscheidet. Falls er tatsächlich nicht zum Essen kommt, erinnere ihn daran, dass er morgen bei seiner Großmutter übernachten muss. Es geht ihr zwar wieder besser, aber wir wollen sie nachts noch nicht allein lassen.«

»Na klar, richte ich ihm aus.«

Das hatten sie bereits einkalkuliert: Pascal hatte mit seiner

Großmutter gesprochen, damit sie ihn deckte, falls er nicht rechtzeitig zurück sein sollte, und die alte Dame war erfreut darüber, die Komplizin ihres Enkels zu sein.

Dominique wollte sich schon verabschieden, als Pascals Mutter noch hinzufügte: »Und es wäre mir lieb, wenn er vorher zu Hause vorbeikäme«, sagte sie. »Bestimmt habt ihr trotzdem noch genug Zeit für eure Arbeit.«

»Na ja«, begann er und streichelte das Handy, das Pascal ihm vor seinem Aufbruch in die Welt der Toten gegeben hatte. »Wir haben ganz schön Stress. Ich weiß nicht, ob Pascal dafür Zeit hat … Aber machen Sie sich keine Sorgen, spätestens übermorgen ist er wieder zu Hause.«

Er lächelte, nachdem er die Aus-Taste gedrückt hatte. Nun musste er nur eine ähnliche kleine Lügengeschichte bei seinen eigenen Eltern anbringen, um sie auf sein Fortbleiben vorzubereiten.

Es würde ihm nicht schwerfallen.

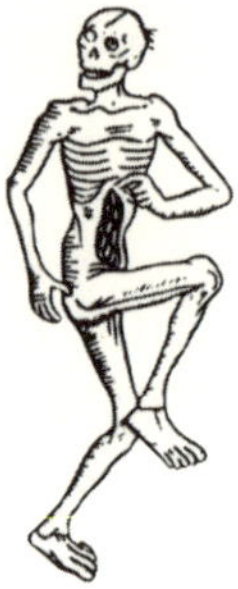

32

SOBALD DAPHNE UND Jules in dem heruntergekommenen Gebäude verschwunden waren, schaltete Marguerite die Schweinwerfer ihres Wagens ein und fuhr langsam näher. Sie parkte versteckt hinter ein paar Büschen, stieg aus und folgte den beiden. Da sie allein war und nicht wusste, was sie erwartete, zückte sie die Pistole. Sie stellte fest, dass das Gittertor offen stand, und ging weiter zum Haupteingang. Plötzlich fuhr sie zusammen. Furchtbare Schreie waren zu hören, Glas splitterte und lautes Türenschlagen drang nach draußen. Was war da los?

Die Schreie wollten nicht aufhören, und von überall her ertönte heftiges Donnern. Da waren Menschen in Gefahr! Sie ging mutig weiter, betrat das Haus und richtete ihre Waffe in das Dunkel. In diesem Moment fiel krachend die Tür hinter ihr zu.

Man hatte sie eingeschlossen. Marguerite fluchte stumm. Die konnten sich auf etwas gefasst machen.

***

Währenddessen lief Jules panisch in Richtung Ausgang. Doch bemerkte er mit Schrecken, dass sämtliche Türen vor ihm auf seinem Weg plötzlich zuschlugen. Mit Mühe und in größter Hast gelang es ihm, sie zu öffnen, bis er zum Ausgang kam: Hier versagten seine Kräfte. Die Türflügel bewegten sich keinen Millimeter.

Erneut waren Schreie zu hören; die Zugluft wurde stärker, ein Kronleuchter an der Decke schwang hin und her und Staub rieselte herab. Alles um Jules herum begann sich zu drehen.

Er war eingeschlossen, aber er war nicht allein. Da war noch etwas, er spürte, wie es näher kam. Außerdem sank schlagartig die Temperatur um ihn her, und er spürte die eigene warme Atemluft auf seinem Gesicht. Langsam drehte er sich um die eigene Achse, ohne auch nur die geringste Idee zu haben, was als Nächstes geschehen würde.

Plötzlich spürte er, wie sein Körper automatisch auf eines der Fenster zusteuerte. Unaufhaltsam glitt er durch die Vorhalle, doch das Fensterglas war zersplittert, und gefährlich gezackte Scherben erwarteten ihn. Näher und näher geriet er, schon streckte er hilflos abwehrend die Arme aus, da vernahm er hinter sich ein Klirren und sein Körper blieb wenige Meter vor den tödlichen Glassplittern stehen. Er drehte sich um.

Es war Daphne. Sie hatte einen großen Spiegel zerschlagen und rief: »Geist! Der Wanderer schickt uns!«

Augenblicklich trat wieder Stille ein. Daphne blickte auf den geretteten Jules, fast ging ein Lächeln über ihr Gesicht, dann fasste sie nach ihrem Talisman auf ihrer Brust und stellte fest, dass dieser nicht erkaltet war; also besaß der Geist keine bösen

Eigenschaften. Sie begriff, dass sich seine Aufgabe darauf beschränkte, auf den Koffer aufzupassen und unerwünschte Besucher zu vertreiben – oder zu töten, falls nötig. Er würde sich zurückziehen, sobald jemand Würdiges die drei magischen Gegenstände an sich nahm. Sie vertraute darauf, dass sie die Richtigen waren.

Das Wort »Wanderer« schien tatsächlich Eindruck auf den Geist gemacht zu haben, denn die Stille dauerte an.

Angespannt wartete Daphne.

»Jules, komm langsam zu mir herüber«, flüsterte sie.

Der Junge ging mit weichen Knien unsicher auf sie zu. Er hielt den Atem an, doch nichts geschah.

Als er neben Daphne stand, wandte sie sich noch einmal an den Geist: »Der Wanderer braucht die drei Artefakte!« Und in Jules' Richtung fragte sie leise: »Wie hieß noch mal der Mann, der Pascal von den magischen Gegenständen und dem Ort hier erzählt hat?«

»Constantin De Polignac«, antwortete Jules, seine Stimme war wie ein Hauch.

»Constantin De Polignac schickt uns!«

Alles blieb ruhig, was Daphne als ein gutes Zeichen nahm. Sie wies mit dem Kopf in Richtung Keller und zum zweiten Mal machten sie sich auf den Weg dorthin. Jules biss die Zähne zusammen, um seiner Angst Herr zu werden. Er versuchte sich vorzustellen, dass er sich in einem dieser Horrorfilme befand, die er so mochte. Der Trick half.

Unbehelligt betraten sie die Treppe, alles blieb ruhig. Langsam stiegen sie hinab, erreichten das Gewölbe, durchquerten einen kleinen Vorraum und standen schließlich in einem riesigen ehemaligen Weinkeller. Ein dicker Staubteppich lag auf dem Lehmboden, und in der Mitte, auf einer Art Altar, stand der Koffer.

Er war nicht besonders groß, aus dunklem Holz gefertigt und mit Bronzebeschlägen versehen.

»Bleib hier stehen und halte den Rucksack bereit«, flüsterte Daphne. »Ich hole die Sachen.«

Die Taschenlampe fest umklammert, ging die Wahrsagerin auf den Altar zu. Sie blieb vor dem Koffer stehen und holte tief Luft.

Jetzt kam der bis dahin heikelste Teil: den Deckel anheben. Sie tat es betont langsam, und mit angehaltenem Atem sah sie in das Innere des hölzernen Behälters. Tatsächlich blickte sie auf drei Gegenstände: ein Schwert, dessen Klinge schimmerte, als der Schein der Taschenlampe darüberglitt, einen flachen, durchsichtigen Stein und ein Armband aus den geschliffenen Perlen eines grünen Minerals mit weißer Maserung.

Dies nun war der entscheidende Moment: Wenn die Stille beim Berühren der Gegenstände nicht durchbrochen wurde, hätten sie es geschafft. Wenn nicht …

Auf einmal waren Schüsse zu hören, und Daphne spürte im gleichen Augenblick, dass der Geist, der sie beobachtete, den Keller verließ.

»Ich weiß nicht, was da oben los ist, aber das ist unsere Gelegenheit!«, rief sie Jules zu.

Rasch griff sie nach dem Stein, während sie Jules den Dolch und das Armband reichte.

»Und jetzt los, Jules, zur Treppe. Ich folge dir!«

Er gehorchte, und die Lichter der Taschenlampen vollführten einen absurden Tanz, während sie hastig die Stufen erklommen. Jules hätte es schneller geschafft, doch wollte er lieber in Daphnes Nähe bleiben.

***

Marguerite begriff ihre Situation noch immer nicht. Sie hatte gerade Gebrauch von ihrer Dienstwaffe gemacht. Doch seltsamerweise war es ihr nicht gelungen, mit den Schüssen die Tür zu öffnen. Noch beunruhigender fand sie, dass nach der Knallerei niemand auftauchte. Wo trieben sich Daphne und der Junge nur herum? Und war sonst niemand im Haus?

Sie fragte sich, ob das seltsame Paar vielleicht hierhergekommen war, um irgendein Ritual zu vollziehen. Am Ende handelte es sich noch um eine satanische Sekte mit Menschenopfern und allem Möglichen. Sie musste sich so schnell wie möglich aus diesem Raum befreien.

Ungeduldig nahm Marguerite die durchlöcherte Tür in Augenschein.

»Einfaches Holz …«, stellte sie grimmig fest. »Das werden wir ja sehen.«

Sie ging ein paar Schritte zurück, um Anlauf zu nehmen. Zumindest konnte sie ihren schweren Körper als Rammbock einsetzen.

Sie atmete mehrmals tief ein und aus. Da, auf einmal, hörte sie Schritte auf der anderen Seite der Tür. Jemand rannte aus dem Haus und entkam! Und sie war noch immer eingesperrt! Wütend machte sie sich bereit, die Tür zu sprengen. Doch ein Knacken über ihr ließ sie innehalten; es kam von dem alten

Kronleuchter, der von der Decke hing, einer wuchtigen Metallkonstruktion mit zahlreichen Armen, an denen Glaskristalle baumelten. Plötzlich löste sich der gewaltige Leuchter aus seiner Verankerung und stürzte auf sie herab. Im letzten Moment hechtete sie zur Seite. Mit ohrenbetäubendem Lärm krachte er auf den Boden, und Tausende kleiner Glassplitter flogen durch die Luft.

»So ein verdammter Mist!«, murmelte sie, während sie ausgestreckt am Boden lag.

***

»Hast du das gehört?«, rief Jules, als sie hinaus in den Garten stürzten.

»Ja!«, rief Daphne zurück. »Nicht umschauen! Lauf rasch zum Auto!«

Doch wenn sie sich umgewandt hätten, so hätten sie vielleicht die Gestalt eines Mannes entdeckt, der gerade dabei war, ins Haus zu schlüpfen.

***

Die Tür, die sich nicht hatte öffnen lassen, schwang plötzlich auf. Marguerite, die noch immer am Boden lag, hob den Kopf, brachte aber vor Überraschung kein Wort heraus.

»Hallo, Marguerite. Bist du in Ordnung?«

Es war Marcel Laville, der Gerichtsmediziner. Sein Gesichtsausdruck war besorgt.

»Was tust du denn hier?«

Laville zuckte mit den Schultern und half ihr aufzustehen. »Ich glaube, wir hatten dieselbe Idee. Die Wahrsagerin hat uns beide hierhergeführt, unabhängig voneinander.«

Marguerite sah ihn misstrauisch an: »Aber du kanntest sie doch gar nicht …«

Eine kurze Stille entstand.

»Nun ja … du hast sie mir im Park *Monceau* gezeigt, erinnerst du dich?«

Marguerite nickte mit gerunzelter Stirn.

»Ich bin draufgekommen, als ich sie heute Nachmittag in der Nähe des *Institute Anatomique Forense* getroffen habe. Da habe ich beschlossen, ihr zu folgen, um herauszufinden, ob du recht hattest mit deinem Verdacht …«

Marguerite musste gestehen, dass seine Erklärung durchaus Sinn ergab. Sie selbst hatte die Wahrsagerin zusammen mit dem Jungen direkt vor dem Eingang des Gebäudes gesehen.

»Entschuldige, Marcel«, sagte sie. »Aber so langsam gehen mir die Nerven durch.«

»Schon gut«, antwortete er. »Dieser Fall macht uns allen ziemlich zu schaffen.«

»Hast du im Palais irgendetwas entdeckt?«, fragte sie. »Irgendeine Spur?«

Marcel schüttelte den Kopf.

»Nichts, Marguerite. Das ist einfach ein verlassenes altes Gebäude, ich habe keine Ahnung, weshalb die zwei hierhergekommen sind. Drogenhandel?«

»Das bezweifle ich. Und selbst wenn, das interessiert mich nicht. Ich will lediglich Hinweise auf die Morde an Delaveau, Raoul und Melanie.«

Plötzlich war ein Motorengeräusch zu hören.

»Sie entwischen uns!«, rief Marguerite und rannte in die Halle zum Ausgang. Von dort sah sie gerade noch ein Paar Rücklichter, die in der Dunkelheit verschwanden. Es war der Wagen der Wahrsagerin.

»Na toll«, bemerkte sie, machte jedoch keine Anstalten, ihnen zu folgen.

»Und wennschon«, bemerkte Marcel. »Du weißt, dass sie nicht die Antworten haben, die du suchst. Sie können dir auch nicht weiterhelfen.«

»Da bin ich mir nicht so sicher«, erwiderte Marguerite. »Meine Spürnase sagte mir, dass ich diese Hexe nicht aus den Augen lassen darf. Zumindest bis ich irgendetwas in der Hand habe.«

»Ich hoffe, dass es sich dabei nicht um ein neues Opfer des Vampirs handeln wird.«

Sofort bereute Marcel seine Worte. Wie erwartet, setzte Marguerite eine genervte Miene auf.

»Fängst du schon wieder damit an?«, beschwerte sie sich. »Lass diesen Blödsinn, es handelt sich um einen Mörder aus Fleisch und Blut. Hoffentlich hat er in der Zwischenzeit genug von seinem Treiben.«

Marcel erwiderte nichts, obwohl er wusste, dass sie sich mit den Ermittlungen beeilen mussten. Das Wesen würde bald wieder frische Nahrung brauchen. Und was machte Delaveau inzwischen? Hatten ihn die Silberkugeln vielleicht getötet?

33

EINE MITTELALTERLICHE Gemäldegruppe mit biblischen Motiven über dem Altar, Holzbänke und eine Kanzel. Pascal sah Seitenkapellen und wachsbedeckte Kerzenhalter, in denen Kerzenstümpfe mit qualmenden Dochten steckten. Ein leichter Weihrauchgeruch stieg ihm in die Nase. Sie befanden sich noch immer in der Kathedrale und genossen die Gastfreundschaft des Grafen De Polignac.

Neugierig erkundeten sie sämtliche Winkel der Kirche, während sie auf Nachrichten aus der Welt der Lebenden warteten. Wenn es nach Pascal gegangen wäre, hätte er sich längst auf den Weg gemacht. Wo war wohl Michelle in diesem Moment? Woran dachte sie?

»Wie schnell du lernst«, bemerkte Beatrice neben ihm bewundernd. »Du hast dich mit deinen Freunden problemlos verständigen können.«

Es war ihm leichtgefallen. Eine Frage der Konzentration, etwas, das ihm seit Kurzem immer besser gelang.

Pascal bedankte sich für das Kompliment mit einem Lächeln.

»Es bleibt mir gar nichts anderes übrig«, sagte er. »Ich hatte nicht gerade viel Zeit, um mich an meine neue Rolle zu gewöhnen.«

»Das stimmt. Das Böse rechnet mit deiner Unerfahrenheit und möchte diesen Vorteil natürlich nutzen. In Zukunft wird es allerdings nicht so leicht sein, dich mit deinen Freunden wieder in Verbindung zu setzen.«

»Was meinst du?«

Pascal hatte langsam etwas gegen Überraschungen.

»Ich weiß es vom Grafen. Die Verständigung wird immer schwieriger, je weiter du in die Finsternis vordringst.«

»Wie mit der Funkverbindung von Handys?«, fragte Pascal und schluckte.

»Genau. Irgendwann ist es nicht mehr möglich, mit der Welt der Lebenden Verbindung aufzunehmen. Vielleicht ist es sogar besser so«, fügte sie nachdenklich hinzu.

»Wie meinst du das?«

Beatrice wandte sich zu ihm um. »Wenn die Verständigung fortgesetzt würde, könnten die Freunde in deiner Welt das endlose Klagen der Verdammten hören.«

Pascal, dem ein Schauer über den Rücken lief, musste ihr recht geben. Allein die Vorstellung war unerträglich …

»Ihr beide!« Graf Polignac rief sie aus der Sakristei. »Wo habt ihr euch versteckt?«

Sie antworteten wie aus einem Munde und eilten zu ihm.

»Sie haben es geschafft!«, rief der Graf triumphierend. »Deine Freunde haben ihren Teil erfüllt, wir haben registriert, wie sie die Artefakte in der Truhe deponiert haben. Jetzt müssen wir das Ritual vollziehen, damit die heiligen drei Dinge die

Schwelle zwischen Leben und Tod überwinden, etwas, das bei leblosen Gegenständen nicht so schwierig ist. Zumindest hoffe ich es; es ist schon lange her, dass ich es vollführt habe.«

Jetzt, wo der Moment des Aufbruchs nahte, spürte Pascal wieder, wie sich sein Magen zusammenkrampfte. De Polignac entging das nicht.

»Denk daran, Pascal; du musst davon überzeugt sein, dass du diese Mission antreten willst.«

Pascal nickte heftig: »Das bin ich, wirklich. Es sind nur die Nerven, das ist alles.«

»Gut. Dann lasst uns gehen.«

Der Graf führte sie zu einer der Seitenkapellen. Auf dem Boden dort waren Kerzen in Form eines Mondsymbols aufgestellt worden, in dessen Mitte sich eine Schale mit winzigen Steinen befand. Ringsherum hatten sich zahlreiche Tote in grauen Gewändern aufgestellt.

»Grau, die Farbe des Wartens«, erklärte Beatrice mit leiser Stimme. »Schwarz für das Böse und Weiß für das Gute. Grau ist für den Übergang.«

De Polignac trat an einen kleinen Altar, auf dem ein Buch lag, die Pergamentseiten aufgeschlagen. Nachdem er den Anwesenden einen prüfenden Blick zugeworfen hatte, begann er laut vorzulesen.

Pascal verstand kein Wort von dem, was er hörte, und fragend richtete er seinen Blick auf Beatrice. Flüsternd erklärte sie, dass der Graf Worte verlas, in einer Sprache, die in der Welt der Lebenden schon seit Langem nicht mehr existierte.

Als De Polignac endete, schloss er das Buch und mit einer Handbewegung befahl er den Anwesenden, die Kerzen ringsum auf dem Boden zu löschen. Damit endete das Ritual und die Toten verließen leise die Kapelle. Der Graf trat vor zu Beatrice und Pascal.

»Einige von ihnen gehen jetzt in den Tunnel, der mit der Dunklen Pforte verbunden ist. Du kennst ihn ja bereits, Pascal. Ich bin sicher, dass es uns gelungen ist, die magischen Artefakte auf unsere Seite zu holen.«

Es dauerte nicht einmal eine halbe Stunde, bis De Polignac mehrere in roten Samt gehüllte Gegenstände vor sich hatte, die Beatrice und Pascal neugierig betrachteten.

»Der Augenblick ist gekommen, Pascal«, stellte der Graf fest und wickelte die Objekte aus dem Samt. Zufrieden zeigte er den Schatz. Es waren genau die drei Dinge, die gebraucht wurden. Pascals Freunde hatten Wort gehalten.

»Du hältst das Armband des Scheintods in Händen«, erklärte der Graf, während er es Pascal überreichte. »Verwahre es gut, und wenn dein Herzschlag dich nicht verraten darf, dann trage es am linken Handgelenk, der Seite des Herzens, und das Herzklopfen wird nicht zu spüren sein. Aber übertreib es nicht«, fügte er ernst hinzu, »sonst bleibt dein Herz wirklich stehen, und du bist tot.«

»In der Finsternis sterben …«, flüsterte Beatrice. »Etwas Schlimmeres gibt es nicht.«

»Danke für die Ermunterung«, beschwerte sich Pascal, der nichts brauchen konnte, das ihm Angst einjagte. »Los, weiter, bevor ich es mir anders überlege.«

De Polignac reichte ihm nun das Schwert, das von einer Scheide geschützt war.

»Normalerweise trägt man es offen am Gürtel«, sagte der

Graf und betrachtete missbilligend Pascals tief geschnittene Hosen, wo oben der Rand seiner Calvin-Klein-Unterhose herausschaute. »Aber in deinem Fall …«

Pascal hatte keine Lust, ihm zu erklären, wie sich Jugendliche im 21. Jahrhundert kleideten. Es war keine Zeit dafür, und es war auch nicht so wichtig.

Er betrachtete die ungefähr fünfzig Zentimeter lange Scheide aus schwarzem Leder, an der ein kurzer Riemen befestigt war. Er hob den Riemen über den Kopf und legte ihn sich auf die Schulter, sodass das lederne Band quer über die Brust verlief und das Schwert an seiner Hüfte hing.

»So geht's. Wie findet ihr das?«

»Sieht gut aus«, bemerkte Beatrice.

»So funktioniert es auch«, stellte Constantin De Polignac fest. »Wenn auch sehr unkonventionell.«

Andere Tote waren näher gekommen und beobachteten die Vorbereitungen. Pascal zog das Schwert aus der Scheide.

»Wie leicht es ist!«, stellte er überrascht fest und schwang die schimmernde Klinge.

»Denk immer daran, dass deine Feinde Geister sind«, sagte der Graf. »Und um sie zu verletzen, ist nicht die Waffe an sich entscheidend, sondern das Material, aus dem sie gefertigt ist. Weder in deiner noch in dieser Zwischenwelt gibt es das Metall, aus dem dieses Schwert geschmiedet wurde. Geh achtsam damit um. Es hat einen unschätzbaren Wert.«

»Eine so tödliche Waffe, dass sie Tote töten kann«, schloss Beatrice voller Bewunderung. »Ein Schwert, das die Geister an so abgelegene Orte schickt, dass sie von dort nicht zurückkehren können. Ich glaube, es ist in guten Händen.«

Dabei strich sie über die Faust, in der Pascal die Waffe hielt, und lächelte ihn strahlend an.

Pascal sah, dass Beatrice und De Polignac auf einen Kommentar von ihm warteten, doch er hatte ein Problem. Zwar war er sehr beeindruckt von dem Gehörten, aber er musste gestehen: »Ich kann doch gar nicht damit kämpfen. Wie kann das Schwert mir dann nützen?«

Der Graf zeigte ihm, wie man es festhalten musste.

»Sei entschlossen«, sagte er zu ihm. »Mit derselben Sicherheit, mit der du läufst, musst du auch die Waffe halten. Wenn sie in deiner Hand zittert, wirst du sie verlieren und dem Bösen ausgeliefert sein.«

Fast hätte Pascal die Augen verdreht. Sie sollten endlich aufhören, ihn mit Drohungen aufzumuntern. Er konnte dergleichen nicht gebrauchen.

»Das Schwert wird für dich kämpfen«, fügte De Polignac hinzu. »Ihr werdet ab jetzt eine lebenswichtige Symbiose eingehen: Es braucht eine Hand, um seine Fähigkeiten im Kampf zu zeigen, und du brauchst seine Erfahrung in der Kunst, Mann gegen Mann zu kämpfen.«

»Verstehe ich richtig?«, wunderte Pascal sich. »Dieses Schwert kämpft von allein?«

»Es wird deine Hand führen«, behauptete De Polignac feierlich. »Diese uralte Klinge hat schon viel totes Blut vergossen. Du hältst es einfach fest in deiner Hand und folgst seinen Bewegungen. Du bist der Wanderer, du besitzt die Kraft, dass es gelingt. Bist du bereit für eine Probe?«

Pascal blieb keine Zeit für weitere Fragen. Beatrice und der Graf geleiteten ihn hinaus aus der Kathedrale. Ein Stück weit vor dem Portal kamen mehrere Tote auf sie zu, die einen großen Eisenkäfig hinter sich herzogen. Ein Ghul saß darin und warf sich wütend gegen die Gitterstäbe. Erschrocken wich Pascal zurück. Das bedrohliche Knurren hallte über den Platz.

»Ihr wollt doch nicht …«

Er bekam keine Antwort, stattdessen stand er schon unmittelbar vor dem Käfig, der von den heftigen Bewegungen des Monsters darin erschüttert wurde. Es richtete seinen Blick auf Pascal und brüllte gierig auf.

Schwitzend hob Pascal das Schwert. Die Klinge zitterte in seinen Händen.

»Festhalten!«, rief der Graf. »Gut festhalten!«

»Du kannst es!« Beatrices Stimme machte ihm Mut.

Er umklammerte das Schwert so fest, dass er spürte, wie sich die Fingernägel in seine Handflächen gruben. Das Zittern der Klinge hörte auf, und plötzlich strömte eine beruhigende Wärme durch seine Unterarme.

»Jetzt«, verkündete er mit ungewohnter Sicherheit.

Pascal fühlte sich in diesem Moment so ausgeliefert wie ein Gladiator in einer römischen Arena. Die Käfigtür öffnete sich, und der Ghul kam mit zuckenden Bewegungen herausgeschossen. Er streckte die Arme nach ihm aus, und man konnte seine langen schwarzen Fingernägel sehen, die wie Krallen gekrümmt waren.

Pascal blieb keine Zeit zum Nachdenken. Seine rechte Hand, die nun das Schwert umklammerte, fuhr auf einmal von selbst durch die Luft und die Klinge traf den Körper des Monsters und zerteilte es mit einem einzigen Streich.

Dem Ghul war es nicht einmal gelungen, seine Beute auch

nur zu streifen, bevor er sein Dasein aushauchte. Er war nur noch ein Haufen verwesendes Fleisch.

Pascal holte tief Luft, und mit überlegener Miene säuberte er das Schwert und steckte es zurück in die Scheide. »Echt abgefahren!«

»Glückwunsch!« Der Graf umarmte ihn stürmisch. »Du bist wirklich bereit. Verstehst du, dass wir uns davon überzeugen mussten?«

Dann gab ihm Beatrice einen Kuss auf die Wange und Pascal hasste sich dafür, dass er rot wurde.

Constantin De Polignac reichte ihm nun den letzten der drei Artefakte für seine Reise in die Welt der Finsternis: einen flachen, durchsichtigen, runden Stein, der an einer seitlichen Stelle hell blinkte.

»Das wird dein Kompass sein«, sagte der Graf. »Das Blinken zeigt dir die Richtung an. So wirst du auch immer wissen, wohin du gehen musst, und kannst dich nicht verirren.

»Okay.« Pascal nahm den Kompass-Stein, betrachtete ihn eingehend, drehte ihn in der Hand und steckte ihn dann in den Proviantrucksack. »Vielen Dank.«

De Polignac schwieg einen Moment, dann lächelte er.

»Deine Freunde haben uns außerdem eine Nachricht übermittelt«, sagte er und übergab ihm ein zerknittertes Stück Papier.

Pascal war gerührt. Er strich das Blatt glatt, bevor er las, was darauf geschrieben stand. Es war nur ein einziger Satz aber er erkannte Dominiques geschwungene Schrift sofort: *Wir glauben an dich*.

Pascal schluckte. Wie viel vier kleine Wörter sagen konnten!

Er war unendlich dankbar für diese Botschaft und steckte das Stück Papier in die Hosentasche, um es in schwierigen Situationen fühlen zu können, um erneut diesen einen Satz hervorzuholen und lesen zu können, um sich in Erinnerung zu rufen, dass seine Freunde ihm zur Seite standen.

»Beatrice wird dich begleiten«, teilte der Graf zu Pascals Überraschung mit. »Als umherirrende Seele kann sie sich auch in der Dunkelheit bewegen und dir helfen, schneller voranzukommen.«

Ihr Gesichtsausdruck verriet Pascal, dass sie bereits darüber gesprochen hatten und sie einverstanden war.

Zwar war er froh, sich nicht allein in dieses Abenteuer stürzen zu müssen, doch zugleich fand er, dass er dies Angebot nicht annehmen könne. Beatrice kannte Michelle ja nicht einmal: »Bitte«, sagte er, »ich will nicht, dass du dich deshalb in Gefahr begibst …«

Sie setzte ihr unschuldiges Lächeln auf.

»Denk daran, dass du der Wanderer bist«, entgegnete sie. »Das Totenreich will dich als Verbindung zur Welt der Lebenden nicht verlieren. Ich begleite dich als Verstärkung, mehr nicht.«

»Sie hat recht«, stimmte De Polignac zu. »Natürlich geht es dir um deine Freundin, doch es steht viel mehr auf dem Spiel, hier, für uns … Dein Leben ist uns ungeheuer wertvoll; es darf nicht leichtfertig aufs Spiel gesetzt werden.«

Pascal schluckte, er wusste nicht, was er darauf antworten sollte. »Je nach Lage der Dinge kann es sein«, fuhr der Graf fort, »dass du plötzlich umkehren musst. Auch ohne das Mädchen.«

Pascal klopfte das Herz bis in den Hals.

»Zurückkehren?«, stammelte er. »Ohne Michelle?«

Constantin De Polignac war anzusehen, dass er sich unbehaglich fühlte. Doch er musste darüber sprechen, jetzt, unmittelbar bevor der Junge aufbrach. Er war derjenige, der ihn auf alles, was ihm zustoßen konnte, vorzubereiten hatte.

»Wir verstehen, was du für sie empfindest«, begann er erneut. »Doch du könntest vor eine solche Entscheidung gestellt werden.«

»Aber ich kann sie doch nicht dortlassen und einfach zurückkehren …«

»Vielleicht kommt es ja gar nicht so weit«, sagte Beatrice leise, die das Erschrecken von Pascal verstand. Und sie legte tröstlich ihre Hand auf seine Schulter.

»Hoffentlich«, seufzte nun auch De Polignac und blickte Pascal eindringlich an. »Du musst dir aber darüber im Klaren sein, im richtigen Moment das Richtige zu tun. Wie würdest du dich also entscheiden, vor die Wahl gestellt?«

Pascal antwortete nicht.

De Polignac wartete auf seine Reaktion, den Blick unverwandt auf ihn gerichtet. Schließlich wandte er sich ab und ging zur Kathedrale zurück. Beatrice folgte ihm und schließlich auch Pascal. Er holte das Mädchen ein, durchschritt neben ihr das Portal, doch noch immer kam kein Wort über seine Lippen.

Die drei kletterten auf einen der Türme, um sich den riesigen dunklen Raum ringsum anzusehen, der von Leuchtpfaden durchzogen war.

»Ihr geht in dieses Gebiet«, teilte ihnen der Graf mit und

zeigte dorthin, wo die leuchtenden Wege endeten. »Dahinter beginnt das Reich der Finsternis, das von unserem durch den Wächterturm getrennt ist; sein Tor wird vom Orden der Wächter beschützt. Du als Wanderer kannst hindurch. Sobald du die Welt der Finsternis betrittst, bleibt die Zeit stehen, bis du wieder ins Reich des Wartens zurückkehrst.«

Pascal testete seinen Stein. Das Blinken bestätigte die Worte des Grafen: Das Böse lag in der angezeigten Richtung.

»So wie Fährmann und Zerberus den Eingang zum Reich der Toten bewachen, passt der Orden der Wächter auf die Bewegungen innerhalb unseres Reiches auf. Das Tor des Wachturms ist geschlossen und hindert die verdammten Geschöpfe daran, vom Reich der Finsternis auf unser Gebiet zu wechseln.« Pascal nickte aufmerksam. »Die Wächter garantieren das Gleichgewicht unter den Gebieten. Sie bewachen jegliche Zugänge, die zwischen den Regionen existieren.«

»Jedem Toten wird ein bestimmter Ort zugewiesen, je nachdem, wie sein Leben war, ein Ort, von dem er sich nicht entfernen kann«, erklärte Beatrice. »Nur im Zwischenreich gibt es einen vorübergehenden Platz, bis der Ruf des Guten erklingt oder das Böse einen holt.«

Pascal nickte, davon hatte er schon gehört und es verstanden. Doch jetzt sah er einen Widerspruch in dieser Ordnung.

»Die Ghule sind Wesen des Bösen, oder?«, fragte er deshalb. »Trotzdem bewegen sie sich auf eurem Gebiet.«

Beatrice nickte bestätigend.

»Einige Wesen des Bösen haben die Erlaubnis, sich im Zwischenreich aufzuhalten«, antwortete sie. »Ihr Ursprung, ihre Herkunft ist nicht eindeutig bestimmbar.«

»Und warum dürfen sie das?«

»Niemand weiß es genau«, schaltete sich De Polignac ein. »Das war schon immer so, von Anbeginn der Zeiten an. Vielleicht damit den Wartenden in unserem Reich stets ihr mögliches Schicksal vor Augen geführt wird.«

Pascal blickte nachdenklich vor sich hin, bevor er die nächste Frage stellte.

»Das Reich des Bösen, das Zwischenreich«, begann er. »Wo ist dann eigentlich das Reich des Guten?«

De Polignac und Beatrice setzten zugleich ein wissendes Gesicht auf, als hätten sie diese Frage erwartet.

»Nicht in dieser Dimension.« Der Graf zuckte mit den Schultern. »Man kommt nur dorthin, wenn man geholt wird. Mehr ist nicht bekannt.«

Eine Weile schwiegen die drei, es schien alles gesagt zu sein, doch war da noch immer die Antwort auf jene Frage offen, die der Graf vorhin gestellt hatte. »Pascal, wie würdest du dich entscheiden, vor die Wahl gestellt …?«

Pascal wusste, dass der Graf auf ein Wort von ihm dazu wartete. Und da kam es auch schon: »Was würdest du also tun?«, fragte De Polignac. »Du weißt, wovon ich spreche. Ich nehme an, du bist dir des Privilegs bewusst, der Wanderer zu sein.«

Privileg oder Strafe? Pascal begriff inmitten seiner Angst, dass es keine böse Absicht von De Polignac war, ihn so in die Enge zu treiben. Der Graf wollte ihm lediglich die Augen für mögliche Hindernisse auf dem Weg öffnen, und er hatte sich das Vertrackteste bis zum Schluss aufbewahrt.

»Einverstanden«, sagte Pascal ergeben. »Wenn die Aussichten zu schlecht sind, kehren wir ohne Michelle zurück.«

Pascal wusste, dass er nicht dazu in der Lage wäre. Er würde lieber dem Bösen erliegen, als seine Freundin im Stich zu lassen. Er hatte nichts zu verlieren; ohne sie zurückzukehren, wäre die Hölle. Auch wenn es ein Gedanke war, der ihm, dem Wanderer, nicht entsprach.

Kurze Zeit später sah Constantin De Polignac die Gestalten von Beatrice und Pascal in der Dunkelheit verschwinden.

»Hoffentlich muss er sich nicht entscheiden«, flüsterte der Graf, den Pascal nicht hatte täuschen können. »Hoffentlich nicht.«

34

ALS DIE ERSTEN Sonnenstrahlen durch das Oberlicht des Dachbodens fielen und die Staubpartikel sichtbar machten, die in der Luft schwebten, öffnete Daphne die Augen. Sie fühlte sich ganz steif. Die lange Nacht war vorüber, der neue Tag brach an, und damit kehrten Sicherheit und Frieden zurück. Der Vampir war nunmehr in seinen Schlupfwinkel zurückgekehrt und hatte seine Suche bis heute Nacht, bis zum Einbruch der nächsten Dunkelheit eingestellt.

Also war es an der Zeit, die Bewachung der Truhe, der Pforte ins Jenseits, zu beenden und sich der Aufgabe zuzuwenden, die nur bei Tageslicht erledigt werden konnte: die Zuflucht des Vampirs zu finden.

Daphne wurde sich der Merkwürdigkeit ihrer Situation bewusst und sie lächelte leise. Nachts versteckten sie und die beiden Jungen sich, während Varney sie suchte, und tagsüber tauschten sie die Rollen und machten sich auf die Jagd nach dem Monster. Wer würde dieses tödliche Spiel gewinnen?

Daphne wälzte sich auf der Matratze, die Jules mit Rücksicht auf ihr Alter auf den Dachboden gebracht hatte.

Die Jungen schliefen in ihren Schlafsäcken auf dem Boden. Jules war erschöpft von den Ereignissen der letzten Nacht und sein Schlaf war unruhig und von Albträumen geplagt. Das war nur zu verständlich.

Daphne tat es leid, die beiden wecken zu müssen, doch es ging nicht anders. Jede Minute zählte.

»Los, Jungs!«, rief sie mit krächzender Stimme. »Wir müssen aufstehen!«

Grummelnd und die Glieder streckend, öffneten Dominique und Jules die Augen. Sobald sie sich jedoch an die letzte Nacht erinnerten, war die Müdigkeit wie weggewischt.

»Wie spät ist es?«, fragte Jules.

»Halb acht«, erwiderte Dominique, der nach seinem Rollstuhl Ausschau hielt. »Also, der Vampir hat die Pforte noch nicht gefunden, stimmt's? Heute Nacht haben wir keinen Besuch bekommen …«

Daphne wiegte den Kopf. »Das stimmt, aber ich fürchte, es dauert nicht mehr lange, bis wir ihm begegnen werden.«

»Du liebe Zeit.« Jules entschied, dass es noch zu früh war, um Angst zu haben. Er brauchte erst einmal einen Kaffee.

»Was Pascal wohl gerade macht?«, fragte Dominique mit schläfriger Stimme. »Vielleicht hat er ja schon eine Spur von Michelle.«

»Hoffentlich«, meinte Daphne. »Er sollte so schnell wie möglich wieder zurückkommen.«

»Wie lange ist er denn schon dort?«, fragte Jules. »Ich meine, in der Zeit der Toten gerechnet.«

Dominique überschlug die vergangenen Stunden, seit er in die Truhe gestiegen war, um die Zahl dann mit sieben zu multiplizieren. Obwohl das nicht viel nützte; falls Pascal das Zwischenreich bereits verlassen hatte und sich in das Reich des Bösen hineinbewegte, konnte man sich auf die bekannte Zeitrechnung nicht mehr verlassen.

»Jules, du bleibst heute Vormittag am besten zu Hause«, sagte Daphne. »Wir sollten immer ein Auge auf die Pforte haben, um Pascal hier im Diesseits zu empfangen. Dominique und ich versuchen herauszufinden, wo der Vampir sich tagsüber versteckt. Während sie ruhen, sind diese Kreaturen bekanntlich angreifbar, das ist unsere Chance.«

»Einverstanden«, sagte Jules gähnend. »Auch wenn ich euch gerne begleiten würde. Die Jagd nach Vampiren ist ein echter Klassiker.«

»Keine Sorge, dazu wird es noch Gelegenheit geben«, bemerkte Daphne und lächelte Jules zu. »Und haltet eure Handys bereit; wir drei hier müssen jederzeit gegenseitig erreichbar sein. Und was Pascal betrifft: Ich passe auf, falls er sich wieder mit mir in Verbindung setzen will. Wenn er sich längere Zeit nicht melden sollte, werden wir eine spiritistische Sitzung abhalten, um herauszufinden, wie es ihm geht.«

»Beeindruckend«, bemerkte Jules. »Eine spiritistische Sitzung. Das habe ich mir schon immer gewünscht.«

Sie in Gefahr zu wissen, änderte alles.

Er ging zur Truhe hinüber und hob den Deckel. Natürlich waren die geweihten Gegenstände verschwunden.

»Deine Zeremonie war erfolgreich, Daphne«, sagte Jules. »Du hast alles in die andere Welt geschickt.«

***

Michelle, die sich ganz steif fühlte, seufzte. Trotz ihrer Situation war sie angesichts der gleichförmigen Umgebung eingenickt.

Später konnte man hinter den Wänden des felsigen Pfads eine dunkle Ebene erkennen. Bald würden sie diesen endlosen Weg verlassen, nachdem sie tagelang – obwohl es eigentlich nur Nächte waren – durch ein überwältigendes Bergmassiv gefahren waren.

Sie hatten Michelle vor Kurzem etwas zu essen und Wasser gegeben; es schien wichtig zu sein, dass sie lebend ans Ziel kam. Sie lag noch immer ausgestreckt da, zu kraftlos, um sich zu wehren. Nachdem sie gegessen hatte, war sie von den schrecklichen Gestalten, die sehr darauf achteten, ihre Haut nicht zu berühren, wieder gefesselt und geknebelt worden.

Zwischen unruhigen Träumen, in denen sie mit ihren Eltern und Freunden zusammen war, stöhnte sie bei jedem Schlagloch vor Schmerz auf. Ihre Handgelenke hatten von den Fesseln tiefe Schürfwunden. Hin und wieder drehte sich eins der gespenstischen Wesen, die sie bewachten, um und betrachtete mit seinen leeren Augenhöhlen genüsslich die Blutstropfen auf Michelles zarter Haut.

Der Zug hielt nie an und folgte dem düsteren Trommelrhythmus, bewegte sich durch undurchdringliche Dunkelheit, deren Magnetismus zunahm, je tiefer sie eindrangen.

Die einzige Veränderung war, dass sie in ihrer Gefangenschaft nicht mehr allein war. Ein Junge von etwa zehn Jahren lag gefesselt und geknebelt neben ihr. Michelle hatte er schrecklich leidgetan, als sie ihn herbeigeschleppt hatten, doch jetzt konnte sie nur noch an sich selbst denken.

Um diesem Albtraum für ein paar Augenblicke zu entkommen, dachte sie an den Tag, als Pascal sie gebeten hatte, seine Freundin zu werden. Sie hatte das Gefühl, dass seither Jahrhunderte vergangen waren.

Was ihre Freunde, ihre Eltern wohl gerade machten?

»Bestimmt suchen sie nach mir«, dachte sie, um sich Mut zu machen.

Doch sogleich kam ihr ein deprimierender Gedanke: Es schien unmöglich zu sein, sie von Paris aus in dieser unbegreiflich dunklen, ja, toten Welt zu finden.

Zum ersten Mal fragte sich Michelle, ob sie vielleicht schon tot war.

***

Der Morgen war ohne Zwischenfälle verlaufen. Jules hatte seine Mutter gebeten, in der Schule Bescheid zu geben, dass er sich nicht wohlfühlte, und dazu ein leidendes Gesicht aufgesetzt ... Was prompt zum Erfolg führte: Sie griff augenblicklich zum Telefon. Dominique hatte ein ähnliches Manöver vollführt: Ihm wäre extrem übel seit heute früh; irgendetwas sei ihm nicht bekommen und er würde hier in der Nähe einen Arzt aufsuchen ... Jules, der den Dachboden für kurze Zeit verlassen hatte, stieg gerade aus der Dusche, als seine Mutter an die Badezimmertür klopfte.

»Jules!«

»Ja?«

»Du hast Besuch, also beeil dich!«

Er wunderte sich.

»Ist es Dominique?«

»Nein, eine Frau namens Marguerite Betancourt. Wer ist das?«

Jules tat einen Moment, als hätte er nicht verstanden. Marguerite Betancourt? Er kannte niemanden, der so hieß, und schon gar keine Erwachsene. Obwohl ihm der Name irgendwie bekannt vorkam. Wer konnte das sein? Langsam trocknete er sich ab.

»Du hast doch nicht irgendetwas angestellt?«, fragte seine Mutter besorgt.

»Ach was! Mach dir keine Sorgen.«

»Der Aufzug ist schon auf unserem Stockwerk, Jules. Sie ist da. Ich führe sie in den Salon, ja?«

»Okay, danke. Ich bin gleich da.«

***

Sie konnten das Tor bereits sehen; ein großer Steinbogen, der in eine dicke Mauer von mehr als einem Dutzend Metern Höhe eingefügt war. Über dem Tor ragte ein bedrohlich aussehender, düsterer Wachturm in die Höhe.

Allein das Näherkommen an den Durchgang löste in Pascal und Beatrice ein Gefühl von Beklemmung aus, das wohl erst dann wieder verschwinden würde, wenn sie sich davon entfernten.

In die Mauer waren seltsame Symbole eingemeißelt. Sie wirkten – Pascal fand kein anderes Wort dafür – majestätisch. Die ganze Anlage machte einen uralten Eindruck, so alt, als wäre es das Werk einer erloschenen Zivilisation.

Es gab keine Torflügel, die den Durchgang versperren konnten, und im Mauerwerk befanden sich Öffnungen, aus denen die Wächter, die Pascal nicht zu Gesicht bekam, gewiss die Umgebung beobachteten. Pascal frage sich, ob er als Wanderer tatsächlich diesen Grenzposten zum Reich des Bösen einfach passieren konnte. Was würde passieren, wenn nicht?

Rufend kündigte er sich als Wanderer an.

Doch alles blieb ruhig. Kein Wächter zeigte sich, obwohl er zu spüren meinte, dass Beatrice und er beobachtet wurden. So passierten sie unbehelligt das Tor und setzten ihren Fuß auf den Boden des Bösen. Ein merkwürdiges Gefühl breitete sich in Pascal aus und über seinen Rücken lief ein Schauer. Aufmerksam, Schritt vor Schritt, liefen sie weiter, und erst als sie ein gutes Stück von der Grenze entfernt waren, blieben sie stehen und betrachteten ihre Umgebung.

Das Reich der Finsternis war noch dunkler als die Welt, die sie gerade verlassen hatten. Hinter ihnen lag eine weite Ebene und vor ihnen schien dies flache Land plötzlich abzubrechen.

Sie wanderten weiter und gelangten schließlich auf einen Weg, der an einer Steilküste entlangführte. Unter ihnen wogte ein Meer aus Dunkelheit, das die Felswände geradezu verschluckte. Wenn man es wagte, hinabzublicken, und das Schwindelgefühl verschwand, konnte man den Eindruck gewinnen, dass die Felsen schwebten.

Trotz der allseits spürbaren bedrückenden Atmosphäre von Bösartigkeit und Gefahr bewunderte Pascal die raue Schönheit dieser Landschaft. Es war paradox: Die Dunkelheit, die darüber lag, war so rein, dass sie zu schimmern schien, als würde sie aus sich selbst heraus von einem blassen Licht erhellt.

Ein Licht, das für sie sehr nützlich war. Sie durften nicht vergessen, dass es in dieser Welt von Ghulen und anderen nicht minder grausamen Wesen nur so wimmelte. Sie befanden sich im Reich des ewigen Schmerzes, der Wut und des Hasses. Und der hungrigen Seelen.

Außerdem war es kalt, wie die Atemwolken aus Pascals Mund bestätigten. Dass sie bei Beatrice fehlten, erinnerte ihn wieder einmal daran, dass sie kein lebendes Wesen war wie er …

Pascal dachte an Michelle. Wo hier wurde sie versteckt? Vielleicht befand sie sich sogar in ihrer Nähe und litt unsagbare Ängste, weil sie nichts von seinem Kommen wusste?

Wie schlimm musste es ihr ergehen, in ihrer völligen Hilflosigkeit, dem Gefühl des Ausgeliefertseins und der Angst.

Sie mussten sie so schnell wie möglich befreien.

Schweigend liefen sie eine Weile, wobei Pascal von ihrem Weg aus immer wieder in die Tiefe neben ihnen blickte.

»Schau mal, die Felswand«, sagte er schließlich zu Beatrice, um sich abzulenken. »Sieht aus wie ein Felsen, der vom Meerwasser ausgewaschen wurde. Die Dunkelheit bewirkt das Gleiche. Wie merkwürdig.«

»So ungewöhnlich und merkwürdig ist es nicht«, antwortete sie. »Das Böse richtet nun einmal Schaden an. Es stellt alles und jedes auf die Probe und es schwächt, auf wen es sich richtet. Ohne dass man es merkt, ergreift es von einem Besitz. Genauso wie es diesem Felsen geschieht.«

Pascal antwortete nicht sogleich. Er dachte über Beatrices Worte nach, während sie ihren Weg fortsetzten. »Dann ist es also nur eine Frage der Zeit?«, fragte er schließlich besorgt. »Das Böse gewinnt immer.«

Beatrice widersprach augenblicklich: »Das sehe ich nicht so. Nein, es ist nicht unbedingt zwangsläufig. Es kommt immer darauf an, wie etwas beschaffen ist. Und«, setzte sie lächelnd hinzu, »ich denke, dass du, der Wanderer, und ich, die umherirrende Seele, gemeinsam die Kraft haben, zu widerstehen.«

»Ich hoffe, du hast recht, und ich will es gerne glauben«, sagte Pascal, der eine Aufmunterung gut brauchen konnte …

Wenig später verlief die Steilküste in einem weiten Bogen, doch sie bewegten sich weiterhin geradeaus und damit landeinwärts. Das Gebirge zeigte auch dort zahlreiche Schluchten von ungeheurer Tiefe, die sie umgingen, indem sie der Richtung, die ihnen der Stein anzeigte, folgten. Hin und wieder hörten sie einen Schrei aus der Ferne oder auch ein Geräusch in ihrer Nähe, und sie blieben stehen, um festzustellen, ob ihnen aus der Dunkelheit eine Gefahr drohte. Sie mussten aufpassen, auch wenn sie mit ihrem Kompass auf dem sichersten Weg waren.

»Dort unten ist es viel gefährlicher«, flüsterte Beatrice ihm zu und zeigte auf einen schmalen Pfad, der kaum erkennbar zwischen den Felswänden entlangführte. »Doch es ist die Strecke, die von den Wesen des Bösen benutzt wird. Das hat mir zumindest De Polignac gesagt.«

Pascal nickte und wollte sich lieber nicht vorstellen, wie Michelle über diesen Tausende von Metern tiefer liegenden Weg gezerrt wurde.

»Beatrice …«, fragte Pascal mit leiser Stimme. »Wie bist du eigentlich gestorben? Wenn du nicht darüber sprechen willst, ziehe ich die Frage natürlich zurück …«

Beatrice wandte sich zu ihm. Pascal hatte das Gefühl, dass

von ihren großen klaren Augen, die sich von der dunklen Umgebung abhoben, ein Strahlen ausging. Es war schwer zu glauben, dass sie tot waren …

»Ist schon in Ordnung, Pascal«, beschwichtigte sie ihn mit einem traurigen Lächeln. »Es war ein Flugzeugunglück. Wir hatten schon zur Landung angesetzt. Ich sollte nach einem längeren Auslandsaufenthalt wieder zu meiner Familie zurückkehren. Doch es sollte anders kommen, die Würfel waren schon gefallen. Stundenlang hatte ich im Flieger gesessen und Musik gehört, ohne zu wissen, dass dies die letzten Momente meines Lebens sein würden.« Sie seufzte, als könnte sie es immer noch nicht glauben. »Es geschah bei der Landung. Das Fahrwerk klemmte, die Maschine schoss über die Landebahn hinaus und verwandelte sich in einen Feuerball. Alles verbrannte, selbst vom Flugzeugrumpf blieb nicht viel übrig, und meinen Körper gab es nicht mehr nach dieser Katastrophe. So konnten mich meine Eltern nicht im Familiengrab beerdigen und ich bin eine umherirrende Seele. Manchmal begegne ich auf den Leuchtpfaden anderen Passagieren aus dem Flugzeug.«

Pascal schluckte. »Das tut mir leid.« Seine Stimme war rau.

»Das muss es nicht, Pascal. Es gibt Menschen, die leben ein langes Leben, aber sind deshalb nicht glücklich. Ich habe mein Leben bis siebzehn zumindest total genossen. Das Einzige, was ich bedaure, ist, dass ich meinen Eltern den Schmerz über meinen Tod nicht ersparen konnte. Es muss sie sehr getroffen haben.«

Pascal räusperte sich.

»Das lag nicht in deiner Hand«, versuchte er sie zu trösten,

»und die schönen Erinnerungen an dich haben ihnen bestimmt geholfen.«

»Ich hoffe, du hast recht.«

Die beiden setzten ihren Weg stumm fort. Irgendwann fielen Pascal seine Freunde wieder ein. »Sollten wir uns nicht mit Daphne, Dominique und Jules in Verbindung setzen?«, fragte er. »Sie machen sich bestimmt Sorgen.«

»Noch nicht«, antwortete Beatrice. »Aber sobald wir den Kronosfelsen erreichen.«

Der erste Reisetag ging zu Ende; ein Teil davon war bereits im Zwischenreich vergangen. Beatrice, die sich bewusst war, dass Lebende schlafen müssen, schlug Pascal eine Rast vor.

»Es ist sehr wichtig, dass du ausgeruht bist«, erklärte sie. »Schließ die Augen und versuche zu schlafen. Ich passe währenddessen auf.«

Tatsächlich war Pascal erschöpft. Er zog eine kleine Decke aus dem Rucksack, breitete sie auf dem Boden aus und richtete sich darin ein.

»Wir haben noch einen langen Weg vor uns«, fügte Beatrice hinzu. »Also, versuch dich auszuruhen.«

»Einverstanden. Aber wenn von irgendwoher Gefahr droht, weck mich«, bat Pascal.

»Natürlich.«

Stille kehrte ein und kurz darauf hörte man nur noch Pascals gleichmäßigen Atem. Mehrere Stunden saß Beatrice wachsam neben ihm. Doch alles blieb ruhig, und als Pascal erwachte, konnten sie ihren Weg problemlos fortsetzen.

Auf dem hügeligen Land, auf dem sie dahinzogen, wucherten zahlreiche Dornbüsche, die so leblos waren wie alles andere hier. Doch bald ging die karge Vegetation in ein Sumpfgebiet über, in dem Schlamm und schwarzes Wasser brodelten.

»Sei vorsichtig«, warnte Beatrice und zeigte auf die Schlammlöcher, die überall zu sehen waren. »Das Schlimmste daran sind weder die Tiefe noch die giftigen Gase, die ihnen entströmen. Halte dich fern davon.«

Ihr Gesicht war plötzlich noch blasser geworden. Erschrocken fragte Pascal sich, was sie wohl damit meinte. »Danke«, brachte er dann mühsam hervor und zog seine Hose hoch, während er genau auf seine Schritte achtete. Vorsichtig setzten sie ihren Weg durch das morastige Gelände fort. Hin und wieder streiften sie die nackten Zweige eines toten Baums, der aus dem feuchten Boden ragte. Schwebende Gase machten ihnen das Atmen schwer. Beatrice bewegte sich über den Grund, als würde sie gleiten, doch aus Rücksicht auf Pascal drosselte sie ihr Tempo. Vor ihnen befanden sich jetzt zwei riesige Schlammflächen, zwischen denen es nur einen schmalen Streifen mit festem Grund gab. Sie mussten dort entlang, eine andere Möglichkeit gab es nicht, doch konnten sie keinen ausreichenden Sicherheitsabstand zu den schwarzen Flächen einhalten. Hinter sich hörte Pascal plötzlich ein widerwärtiges Glucksen im schlammigen Wasser. Es verursachte ihm Gänsehaut.

»Beatrice, was auch immer dies Geräusch verursacht, es kommt näher«, flüsterte er seiner Führerin zu.

35

DER ERSTE EINDRUCK, den Jules von der Besucherin hatte, war, dass sie nicht lange um den heißen Brei herumreden würde. Sie hatte außerdem eine beachtliche Verletzung im Gesicht, die sie wie durch ein Wunder nicht entstellte.

Sobald er die Frau sah, wusste er, wen er vor sich hatte, er war ihr in der Schule im Zusammenhang mit Delaveaus Tod begegnet. Er hatte ihr ein paar Fragen über die verschwundenen Mitschüler beantwortet …

Ihre Glupschaugen unterzogen Jules' hagere und große Gestalt einer eingehenden Musterung, als er den Salon betrat, und sie hielt es nicht einmal für nötig, ihn zu begrüßen.

»Erinnerst du dich an mich? Ich bin Kommissarin Marguerite Betancourt«, sagte sie mit ihrer tiefen Stimme. »Wir haben im Gymnasium über die verschwundenen Schüler gesprochen. Ich ermittle auch im Fall der Ermordung des Lehrers Delaveau.«

Jules, den die geballte Kraft ihres mächtigen Körpers ein wenig einschüchterte, nickte, während er ihr einen Sessel anbot, in den sie sich hineinplumpsen ließ. Er setzte sich ebenfalls und schlug die Beine übereinander. Sein Haar war noch nass vom Duschen, und es tropfte auf sein schwarzes T-Shirt.

»Was gibt's denn?«, murmelte Jules. »Meine Mutter war ein bisschen … überrascht von Ihrem Besuch.«

»Du nicht?«

»Doch, natürlich.«

Jules starrte auf den Teppich und trommelte mit den Fingern auf seinen Oberschenkel. Er wusste nicht, was ihn erwartete, und der Gedanke an die Truhe oben auf dem Dachboden, die Dunkle Pforte, verunsicherte ihn.

»Du bist sechzehn.«

»Ja. Kann meine Mutter an dem Gespräch teilnehmen?«

Marguerite wusste, dass sie nichts dagegen einwenden konnte, da Jules minderjährig war. Doch weil sie ihn lieber ohne Rückendeckung befragen wollte, packte sie ihn an einem empfindlichen Punkt: »Ja. Kann sie. Ich dachte allerdings, du wärst alt genug, um dich selbst um deine Angelegenheiten zu kümmern.«

Jules überlegte. Obwohl er sie durchschaute, wollte er lieber darauf eingehen, denn seine Mutter sollte unter keinen Umständen Verdacht schöpfen, in welche Richtung auch immer.

»In Ordnung«, akzeptierte er, »ich brauche sie auch nicht.«

»Umso besser.«

Marguerite betrachtete Jules' Hände, die so blass waren, dass man die Adern durchschimmern sah. Zweifellos die perfekte Haut für Gothic-Klamotten. In diesem Moment erinnerte Jules sie an Brandon Lee in *The Crow*, auch wenn er viel dünner war.

»Bist du nervös?«, fragte sie ihn unvermittelt, als die Stille unbehaglich wurde.

»Nein.«

Natürlich war er das. Jules hätte längst auf dem Dachboden sein müssen, um die Truhe zu bewachen. Unruhig fragte er sich, was die Frau nur von ihm wollte.

»Eine ziemlich seltsame Sache, das mit Raoul und Melanie«, begann Marguerite. »Sie waren auf deiner Party und dort sind sie zum letzten Mal lebend gesehen worden. Eine intensive Nacht, dies vergangene Halloween, stimmt's?«

»Okay«, dachte Jules bei sich. »Solange die Sache in diese Richtung läuft, ist nichts dabei.«

»Ja.«

Die Kommissarin verengte die Augen und betrachtete den Jungen ihr gegenüber noch einmal eingehend: ein Heavy-Metal-T-Shirt, schwarze Hose, Armbänder an beiden Handgelenken.

»Also, erzähl es mir«, sagte sie trocken. »Was für Spielchen treibt ihr da? Je früher du damit rausrückst, desto besser für alle Beteiligten.«

Jules hob den Kopf.

»Vernehmen Sie mich etwa?«

Marguerite fand die Frage irgendwie amüsant und ihr Gesicht nahm einen sanfteren Ausdruck an. Sie wusste, dass sie ihn einschüchtern konnte, auch wenn sie ihn ein bisschen unterschätzt hatte.

»Noch nicht«, antwortete sie. »Ich dachte, wir könnten deinen Eltern den Schrecken ersparen, dich auf das Kommissariat zu bestellen … und so weiter.«

»In Ordnung. Ich weiß nur nicht, was Sie meinen. Welche Spielchen …? Wir haben gefeiert. Das war alles.«

Die beiden beäugten sich. Marguerite merkte, dass sie ein wenig an Terrain verloren hatte, sie musste aufpassen.

»Du siehst müde aus«, stellte sie arglistig fest. »Bist du spät ins Bett gegangen?«

»Nein … ich … na ja, ich hab ziemlich lang gelernt.«

»In deinem Zimmer, nehme ich an …«

»Ja … in meinem Zimmer.«

»Sollen wir deine Mutter bitten, das zu bestätigen?«, fragte sie und blickte Jules durchdringend an.

Jules schwieg. Unbewusst schlug er mit einem seiner Stiefel auf den Boden.

»Ich weiß eine Menge Dinge«, behauptete Marguerite in dem Versuch, Jules Hinweise auf die letzte Nacht zu entlocken. »Fangen wir doch mit Daphne an.«

Jules fuhr in die Höhe. Er sah die Kommissarin mit einer Mischung aus Überraschung und Trotz an.

»Ich weiß nicht, von wem Sie sprechen.«

Seine Stimme klang feindselig. Marguerite musste feststellen, dass er sich nicht so leicht geschlagen geben würde.

»Ich dachte, du bist ein intelligenter Junge«, bemerkte sie, »das hätte uns beiden eine Menge Zeit erspart. Merkst du nicht, dass es sinnlos ist zu lügen? Soll ich dir ein paar Informationen liefern? Zum Beispiel einen Namen: Dominique Herault.«

Man konnte Jules das Zaudern ansehen. Marguerite war klar, dass er kurz davor war, klein beizugeben, doch sie zähmte ihre Ungeduld wie ein Falschspieler. Sie spürte die Anwesenheit der Mutter hinter der geschlossenen Tür des Salons. Viel mehr Zeit würde sie ihnen wahrscheinlich nicht mehr geben, und wenn sie hereinkäme würde das den Druck, den sie aufgebaut hatte, um Jules zum Reden zu bringen, erheblich vermindern. Sie musste ihn drankriegen.

»Ich muss wohl doch das Haus erwähnen, zu dem ihr gestern Abend im Auto der Hellseherin gefahren seid.« Jetzt hatte sie alle ihre Trümpfe auf den Tisch gelegt. »Soll ich dir genauer erzählen, was ihr dort gemacht habt?«

Sie hatte keine Ahnung, und sie brannte darauf, es in Erfahrung zu bringen. Wenn sie sich allerdings Jules und diese Daphne so ansah, konnte sie sich nicht vorstellen, dass die beiden etwas mit den schrecklichen Morden an Delaveau, Raoul und Melanie zu tun hatten. Vielleicht steckten sie ja in irgendeiner anderen illegalen Sache. Aber Marguerite wollte sämtlichen Spuren und Verdachtsmomenten nachgehen.

Jules überlegte indessen fieberhaft, was er der Kommissarin auftischen konnte. Auf keinen Fall wollte er preisgeben, was Daphne und er in dem alten Palais gesucht – und gefunden hatten …

»Das war nur ein Psychofonie-Treffen«, antwortete er schließlich. »Wir hatten ein Aufnahmegerät dabei und haben uns eine Weile dort herumgetrieben. Das war's. Meine Mutter weiß nichts davon, denn sie mag es nicht, dass ich so etwas mache. Sie hat mir schon ein Ouijabrett weggenommen. Und was Dominique Herault betrifft, kann ich nichts weiter sagen; er war auf meiner Party, aber ich kenne ihn kaum.«

Marguerite wurde klar, dass sie nicht weiterkam. Jules machte ihr etwas vor, keine Frage; ein Psychofonie-Treffen … lächerlich! Doch für einen Gothic-Fan absolut plausibel. Sie taxierte den Jungen. Obwohl sie ihr Ziel nicht erreicht hatte, fand sie Jules, der sich so standhaft gezeigt hatte, sympathisch.

»Ist das alles?«, fragte sie schlicht.

»Ja. Und es wäre nett, wenn Sie meiner Mutter nichts davon sagen würden.«

Lächelnd stand Marguerite auf und tätschelte ihm die Wange. »Wir sehen uns wieder. Grüß die Wahrsagerin von mir.«

»Ich weiß nicht, ob ich sie noch mal wiedersehe.«

Minuten später stand Jules am Fenster und sah zu, wie sich die Kommissarin in Richtung *Madeleine* entfernte. Er seufzte erleichtert. Diese Marguerite Betancourt hatte kein einziges Mal Pascal erwähnt. Und damit war klar, dass sie im Grunde nichts von der Sache wusste, in die sie verwickelt waren. Zufrieden schloss er das Fenster.

***

Beatrice war die Erste, die den schmalen Pfad zwischen den Sumpflöchern überquerte, um die Gefahr abzuschätzen, der sich Pascal aussetzen würde. Langsam legte sie die Strecke zurück. Nichts passierte.

Jetzt war Pascal dran, der zwischen Ungeduld – noch immer hörte er Geräusche hinter sich – und Angst schwankte.

»Komm, Pascal.«

Beatrice sprach leise und versuchte, ihn mit Gesten zu ermuntern. Die Tatsache, dass ihr nichts geschehen war, überzeugte ihn nicht so recht. Niemand würde eine umherirrende Seele angreifen, wenn hinter ihr ein Lebender war.

Außerdem spürte Pascal auf einmal die Kälte von Daphnes Talisman auf der Haut; irgendwo in der Nähe lauerte Gefahr. Doch er hatte keine Wahl. Vorsichtig lief er los, den Blick auf Beatrice gerichtet, die ihn erwiderte.

Die ersten Meter ging alles gut. Ungefähr auf der Mitte des Weges aber plätscherte es auf einmal gefährlich in dem Schlammloch rechts von ihm. Voller Angst versuchte Pascal loszurennen, doch umsonst. Ein Tentakel schoss wie eine Peitsche aus dem Sumpfwasser und schlang sich um sein Bein. Beatrice schrie erschrocken auf, als sie sah, dass Pascal zu Boden fiel und beinahe in den Sumpf gestürzt wäre, wo der Schlamm auf einmal wie kochend zu brodeln begann.

Beatrice, die unmöglich tatenlos zusehen konnte, wollte Pascal zu Hilfe eilen, doch ein bedrohliches Platschen in ihrer Nähe warnte sie davor.

»Halte durch, Pascal!«

Der Tentakel an seinem Bein zog und zerrte, immer näher geriet er an das Schlammloch, wild griff er um sich nach einem Halt und plötzlich hielt er einen kantigen Stein in der Hand. Er packte ihn und schlug auf den Tentakel ein, das Tier, das versuchte, ihn ins Wasser zu ziehen. Doch es half nichts. Schon waren seine Füße am Rand des Schlamms, das Wasser wurde noch mehr aufgepeitscht, und angsterfüllt sah Pascal, wie ein ekelhaftes Wesen auftauchte, eine Art Riesentintenfisch mit einem wulstigen Körper, von dem der Schlamm tropfte. Das Monster brüllte auf, es bewegte seinen Kopf hin und her und zeigte einen riesigen Schlund voller spitzer Zähne. Zahlreiche weitere Tentakel erhoben sich und fuhren aus in Richtung Pascal.

»Das Schwert!«, schrie Beatrice. »Benutze das Schwert!«

Pascal reagierte sofort. Wieso hatte er nur nicht gleich daran gedacht!?

Mit einem schnellen Griff zog er es aus der Scheide, spürte dankbar die Wärme der Waffe, als seine Finger sich um den Griff schlossen, die Energie, die ihn innerhalb von Sekunden durchströmte. Er ließ sich lenken und durchtrennte mit dem ersten Hieb den Tentakel des Monsters.

Das Wesen brüllte auf, so laut, dass der Boden erbebte. Aus der Wunde sickerte eine klumpige Substanz, während die anderen Tentakel auf das sumpfige Wasser schlugen, das in alle Richtungen spritzte. Ein paar der Greifarme trafen Pascal, als er sich erhob, doch wehrte er sie mit dem Schwert ab. Virtuos schnitt es durch die Luft, bildete einen schützenden Schirm um ihn, und Schritt für Schritt näherte Pascal sich Beatrice und war schließlich außerhalb der Reichweite der Bestie. Ein letztes Mal aufbrüllend, versank das Tier im Sumpf …

Eilig ließen sie das Morastgebiet hinter sich und sanken erst dann erschöpft zu Boden. Doch machten sie keine längere Rast, aus Angst vor weiteren unliebsamen Begegnungen.

»Bisher stimmt alles mit den Voraussagen des Grafen überein«, stellte Beatrice fest. Sie zog den Notizzettel aus ihrer Hosentasche und warf einen Blick darauf. »Aber wir müssen weiter, Pascal. Es sind noch ungefähr zwei Stunden, bevor wir uns ausruhen können. Hier ist es einfach zu gefährlich.«

Pascal erhob sich mühsam und seufzte.

»Okay, gehen wir weiter«, sagte er. »Ich laufe lieber bis zur völligen Erschöpfung, als noch einmal einem solchen Monster in die Quere zu kommen.«

36

SÄULEN, DIE GLÄSERNE Trennwand des Portiers, eine großzügige Eingangshalle, von der mehrere um diese Zeit leere Flure abgingen. Im Marie-Curie-Gymnasium war Unterrichtszeit. Daphne ließ sich schlecht gelaunt auf eine Bank sinken. Da Dominique in Begleitung eines Erwachsenen war, würden die Lehrer sich zumindest nicht darüber wundern, dass er nicht im Unterricht war. Und sollte es trotzdem eine Bemerkung geben, so würde er sagen, getreu der Meldung seiner Mutter, bereits beim Arzt gewesen zu sein ... Die Tatsache, dass er im Rollstuhl saß, würde ihn vor weiteren Fragen bewahren. Sie hatten so getan, als wollten sie mit der Vertretung von Henri Delaveau sprechen, doch niemand schien etwas über ihn zu wissen, außer dass er Abendkurse gab. In seiner kurzen Vertretungszeit hatte er weder die Gelegenheit gehabt, sich mit seinen Kollegen bekannt zu machen, noch sich irgendwie darum bemüht.

»Nach dem Unterricht geht er gleich wieder«, hatte ihnen der Hausmeister mitgeteilt. »Allerdings ist er sehr höflich. Er grüßt jedes Mal.«

»Wir wissen noch immer nichts über diesen Varney«, stellte Daphne fest. »Vor allem wissen wir nicht, wo er sich aufhält, also, wo er wohnt.«

»Der Direktor hat bestimmt ein Vorstellungsgespräch mit ihm geführt«, erwiderte Dominique. »Von ihm könnte man einiges erfahren.«

»Natürlich, aber an ihn können wir uns nicht wenden.«

»Irgendwo bewahrt er die Akten der Mitarbeiter auf.«

Daphne nickte.

»Darum kümmert sich normalerweise die Sekretärin. Aber sie würden uns da nicht ranlassen.«

»Kannst du deine hellseherischen Fähigkeiten nicht einsetzen?«, fragte er.

»Dafür bräuchte ich etwas von ihm«, gestand Daphne. »Der Ort, an dem Delaveau ermordet wurde, ist bereits gereinigt worden, und es gibt so viele Leute hier, Schüler, Lehrer, Eltern. Ich kann meine Fähigkeiten nicht zum Einsatz bringen.«

»Wie schade.«

»Gib mir dein Handy«, sagte Daphne auf einmal entschlossen. »Anders geht es anscheinend nicht.«

Dominique blickte sie fragend an, während er ihr das Telefon reichte.

»Was hast du vor? Ich hab nicht mehr viel Guthaben.«

»Komm, wir sollten uns hier nicht so zeigen.«

Die beiden verschwanden in einem der kleineren Elternsprechzimmer. Daphne schloss die Tür hinter sich.

»Wie ist die Nummer von der Schule?«

Verwirrt nannte Dominique sie ihr. Daphne wählte und hielt sich das Telefon ans Ohr.

»Bitte«, begann sie mit ernster Stimme, als jemand abhob, »ich muss dringend mit Monsieur Varney sprechen.«

»Tut mir leid. Er hat erst am Abend Unterricht.«

»Es ist sehr dringend«, beharrte sie. »Wissen Sie vielleicht, wo ich ihn finden kann?«

»Nein, ist mir nicht bekannt. Ich kann Ihnen nicht weiterhelfen. Bitte rufen Sie nach acht noch einmal hier an.«

Stille. Daphne legte sich ihre Lüge zurecht, um sie so überzeugend wie möglich vorzubringen.

»Hören Sie, es handelt sich um seinen Vater … Er ist heute Morgen gestorben. Wir wollen es ihm mitteilen, bevor er es von Dritten erfährt. Sie verstehen bestimmt, dass das eine … delikate Angelegenheit ist.«

Die Stimme am Telefon nahm einen respektvollen Tonfall an.

»Das tut mir sehr leid. Ich … Wir können nicht … Bitte warten Sie einen Moment, ich befrage den Pförtner, er weiß vielleicht etwas.«

Daphne bedeckte das Handy und wandte sich an Dominique, der amüsiert dem Täuschungsmanöver von Daphne gelauscht hatte.

»Dominique, sieh mal nach, was in der Pförtnerloge passiert.«

Er öffnete die Tür und rollte hinaus, war aber kurz darauf wieder zurück.

»Der Pförtner spricht mit der Sekretärin«, berichtete er.

»Das sieht gut aus.«

»Hören Sie?«

Daphne beeilte sich zu antworten: »Ja.«

»Eigentlich dürfen wir keine Auskünfte über unsere Mitarbeiter geben, doch in Anbetracht der Umstände …«

»Ich bin Ihnen überaus dankbar, wirklich. Wenn die Angelegenheit nicht so ernst wäre, würde ich Sie auch nicht damit behelligen.«

Daphne machte Dominique Zeichen, mitzuschreiben. Er zog Papier und Kugelschreiber aus seinem Rucksack: »In Ordnung, *Rue Camille Peletan 24*, erster Stock rechts«, wiederholte sie. »Vielen, vielen Dank.«

Man hatte ihr außerdem mitgeteilt, dass Monsieur Varney keine Telefonnummer angegeben habe, doch das war egal. Wenn Daphne richtiglag, dann wäre tagsüber sowieso niemand ans Telefon gegangen. Wahrscheinlich nicht einmal nachts, weil er dann unterwegs war.

»Auf geht's, Dominique«, sagte Daphne entschlossen und gab ihm das Handy zurück. »Wir müssen Varney finden, bevor es dunkel wird. Mit jeder Nacht kommt er uns näher und irgendwann wird er den Dachboden finden, wenn wir ihn nicht aufhalten.«

»Vor allem, wenn er ahnt, dass Pascal noch immer im Jenseits ist«, stellte Dominique fest.

»Genau. Was ich mir allerdings nicht erklären kann, ist, wie er …«

Daphne, die Dominique gerade durch die Eingangstür nach draußen bugsierte, war plötzlich verschwunden. Verwundert drehte Dominique seinen Rollstuhl einmal im Kreis. Wo steckte sie nur?

Auf einmal blickte er in das lädierte Gesicht von Marguerite Betancourt, die ihn aus ein paar Metern Entfernung neugierig ansah. Dominique begriff augenblicklich, warum Daphne geflohen war. Wahrscheinlich hatte sie die Kommissarin rechtzeitig entdeckt.

»Hast du etwas verloren?«, fragte die Kommissarin lächelnd.

Dominique wusste, dass er ihrem freundlichen Ausdruck nicht trauen konnte. Sie war im Dienst, auch wenn sie keine Uniform trug. Und bestimmt hatte sie eine gute Spürnase. Jedenfalls sah sie so aus.

»Ich ... ich suche einen Freund«, stammelte er.

Nach ihrem Gesichtsausdruck zu urteilen, hatte sie sein Stammeln neugierig gemacht.

»Verstehe«, sagte sie absichtlich langsam. »Ist ein bisschen früh, um die Schule zu verlassen, oder nicht?«

»Was geht Sie das an?«, hätte Dominique am liebsten gesagt. Doch er entschied sich für eine diplomatischere Variante: »Sind Sie wegen Delaveau hier?«

Marguerite runzelte die Stirn. *Sie* war es, die hier die Fragen stellte, obwohl sie gerade nur Small Talk betrieb. Sie war verärgert. »Wir reden ein andermal«, sagte sie und blickte auf die Uhr. »Einen schönen Vormittag.«

»Wiedersehen.«

Ohne sich noch einmal umzudrehen, ging die Kommissarin hinein ins Schulgebäude.

Versteckt hinter einer der Säulen in der Halle hatte Daphne alles beobachtet. Ein paar Minuten später bekam Dominique von Jules eine SMS, in der stand, dass Jules Besuch von einer Kommissarin gehabt habe, die allerlei hatte wissen wollen.

***

Nach weiteren zwei Stunden Fußmarsch legten sich die beiden in eine geschützte Ecke bei ein paar Felsen. Pascal, der noch immer müde war, nickte sofort ein.

Beatrice wollte ihn nicht wecken, und sie konnten sich die Pause gönnen. Die Route, die sie gewählt hatten, verkürzte die Strecke. Sie betrachtete Pascals schmutziges Gesicht, seine geschlossenen Augen und dachte sehnsüchtig an die Zeiten, als sie selbst noch das Bedürfnis nach Schlaf verspürt hatte. Vorbei, vorbei … so wachte sie über seine von Albträumen geplagte Ruhepause. Es war noch ein gutes Stück bis zum nächsten Kreis der Hölle, ihrem nächsten Bereich, und Pascal würde seine ganze Kraft benötigen.

Endlich erwachte er, mit schmerzendem Körper. Die Flecken auf seiner Kleidung erinnerten an das Erlebnis im Sumpf.

»Mir tut alles weh.« Er richtete sich auf.

Beatrice saß kerzengerade da und lächelte.

»Genieße es. Schmerz ist ein tolles Gefühl, es bestätigt einem, dass man am Leben ist.«

Sie mit ihren seltsamen Kommentaren.

»Ihr spürt keine Schmerzen?«, fragte er und öffnete nun seinen Rucksack, um den aus seiner Welt mitgenommenen Proviant herauszunehmen.

»Nicht so.«

Pascal runzelte die Stirn, fragte aber nicht weiter. Wenn sie also »irgendwie« Schmerz spürte, hieß das, dass sie ebenfalls andere Empfindungen haben konnte. Nachdenklich biss er in ein belegtes Brot.

»Danke, dass du Wache gehalten hast, während ich geschlafen habe«, sagte er. »Ich war sofort weg.«

»Gern geschehen«, erwiderte Beatrice. »Dafür bin ich da, um dir zu helfen. Und du hast es gebraucht. Wir sind bald bei unserer nächsten Station, dem Zeitfelsen.«

»Dann lass uns weitergehen, Michelle darf nicht zu tief in das Reich der Finsternis geraten«, schlug Pascal ungeduldig vor und biss erneut in sein Brot.

Beatrice rief sich die Anweisungen des Grafen ins Gedächtnis und betrachtete dann eingehend den dunklen Himmel: »Langsam, wir müssen noch warten«, sagte sie. »Der Zugang dorthin, zum nächsten Kreis der Hölle, ist noch nicht offen.«

Und sie streckte sich neben ihm aus, wobei ihr langes Haar seinen Unterarm streifte. War das ein Zufall gewesen?

Beatrice lag mit geschlossenen Augen da und Pascal betrachtete ihre vollen Lippen, ihre zarten Gesichtszüge, das kurze T-Shirt, unter dem ein flacher Bauch hervorschaute, und ihre Brüste, die sich nicht hoben und senkten, da sie nicht atmete. Ihr Schicksal war es, zu warten.

***

»Ich weiß nicht, was ich noch sagen soll«, fügte der Schuldirektor hinzu und zuckte mit den Schultern. »Ich bin bestimmt der Erste, der möchte, dass Sie den Mörder fassen.«

»Das kann ich mir vorstellen«, bemerkte Marguerite, die ihm an seinem Schreibtisch gegenübersaß und Notizen machte.

»Wir haben wirklich großes Pech«, sinnierte der Direktor. »Innerhalb weniger Tage sind drei Menschen, die mit dieser Schule zu tun hatten, Verbrechen zum Opfer gefallen. So etwas hat es noch nie gegeben.«

Die Kommissarin schluckte. Auch für sie war dieser schreckliche Fall trotz der vielen Dienstjahre bei der Polizei höchst ungewöhnlich. Es passierten unerklärliche Dinge, und auch das Verhalten von ihrem Kollegen Marcel, dem diese Verbrechen ziemlich nahezugehen schienen, war zumindest merkwürdig. »Es war wie ein Wunder für uns, dass Monsieur Varney hier erschienen ist, so fiel zumindest der Unterricht nicht aus«, fuhr der Direktor fort.

Marguerites Interesse war geweckt.

»Varney? Der Name sagt mir nichts.«

»Er ist der Nachfolger von Delaveau. Dann hat man ihn also nicht befragt?«

Marguerite schüttelte den Kopf.

»Warum sagen Sie, sein Erscheinen sei ein Wunder?«

Der Begriff »Erscheinen« ließ sie an alle möglichen übernatürlichen Dinge denken. Der Fall würde sie noch in den Wahnsinn treiben.

»Die Stelle war noch nicht einmal ausgeschrieben«, erklärte der Direktor, »weil uns der Vorfall ziemlich mitgenommen hatte. Varney hat mir gesagt, er habe vom Vater eines Schülers davon erfahren, und kam dann hierher, um sich vorzustellen.«

»Das war ja nicht gerade taktvoll«, stellte Marguerite fest, die dringend eine neue Spur benötigte.

»Ganz so ist es nicht. Er selbst hat mir gestanden, dass es ihm ein wenig gefühllos vorkam, sich unter diesen Umständen um eine Stelle zu bewerben.«

»Das heißt nicht unbedingt etwas. Sie werden nicht erwarten, dass ein Anwärter auf den Job Ihnen seine Freude über den Tod von Delaveau mitteilt.«

»Nein, das nicht.«

»Und was wissen Sie über ihn?«

»Erlauben Sie, dass ich seine Akte hole.«

Der Direktor erhob sich, um das Büro zu verlassen, und kam kurz darauf mit einer Mappe in der Hand zurück.

»Fünfunddreißig Jahre alt, alleinstehend, aufgrund der Schließung einer Privatschule arbeitslos geworden. Wie Sie sehen, der perfekte Kandidat, denn er hat Lehrerfahrung und war verfügbar.«

»Verstehe. Darf ich die Akte sehen?«

Der Direktor reichte sie ihr, und Marguerite blätterte sie kurz durch und machte sich ein paar Notizen.

»Wissen Sie, ob er allein lebt?«, wollte sie wissen.

»Keine Ahnung, ich versuche die Privatsphäre der Mitarbeiter zu respektieren.«

»Natürlich. Wie ich sehe, hat er keinen Festnetzanschluss. Und Handy?«

»Nein. Ich habe ihn auch darum gebeten, falls etwas Unvorhergesehenes passiert. Aber er hat keins.«

Marguerite dachte über das Tatmotiv für den Mord an Delaveau nach. Jemanden töten, um seinen Job zu bekommen? Das klang übertrieben, doch sie hatte gelernt, die Wirklichkeit nicht zu unterschätzen; alles war möglich, das hatte sie bei zahlreichen Gelegenheiten feststellen können. Und wenn dann noch jemand einen psychischen Knacks hatte …

Und wie stand dieser Todesfall mit den Morden im Park in Verbindung? Wenn dieser Varney der Täter war, fiel ihr nur eine Erklärung dafür ein: Raoul und Melanie wussten irgendetwas über das Verbrechen, das ihn verraten konnte, und vielleicht hatten sie ihn erpressen oder bei der Polizei anzeigen wollen. Das würde passen, obwohl es nur eine Hypothese war.

»Wann ist dieser Lehrer hier in der Schule?«, fragte sie.

»Lassen Sie mich nachsehen …« Der Direktor blickte auf den Stundenplan. »Heute Abend um zwanzig Uhr dreißig beginnt sein Unterricht. Früher wird er nicht da sein.«

»Kann ich sein Foto mitnehmen?«, bat sie.

»Einverstanden.«

Marguerite erhob sich und dankte dem Direktor für die Zeit, die er sich genommen hatte. Sie hatte noch ein paar Dinge zu erledigen, doch später würde sie Monsieur Varney einen Besuch abstatten.

37

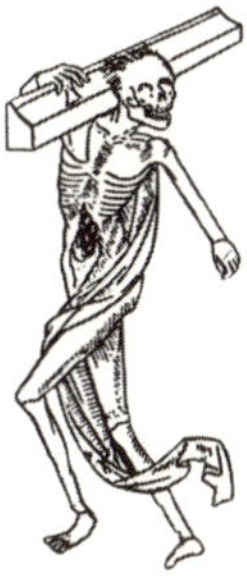

RUE CAMILLE PELETAN 24, ein vierstöckiges, gesichtsloses Gebäude in einer Gegend ziemlich weit vom Zentrum entfernt. Zwölf Uhr mittags.

Als eine Bewohnerin das Haus verließ, nutzten Daphne und Dominique die Gelegenheit, um in den Flur zu gelangen. Sie hatten ziemlich lange warten müssen. Drinnen studierten sie als Erstes die Briefkästen.

»Hier ist er«, sagte Dominique schließlich. »Erster Stock rechts. Varney.«

»Hast du den Briefkasten gesehen?«

Er warf einen Blick durch den Metallschlitz ins Innere. Er quoll vor Post fast über.

»Oh Mann!«, rief Dominique aus. »Wie lange ist der nicht geleert worden?«

Daphne verzog das Gesicht.

»Wahrscheinlich seit man ihn getötet hat.«

Dominique zog die Stirn kraus.

»Varney ist tot? Aber er hat doch gestern noch am Gymnasium unterrichtet ...«

Daphne biss sich auf die Lippen, während sie ihre Gedanken zu ordnen versuchte.

»Findest du es nicht komisch, dass ein Vampir aus dem Jenseits kommt und es schafft, von einer Schule unter Vertrag genommen zu werden?«, fragte sie. »Wie kann jemand, der vielleicht schon vor vielen Jahren gestorben ist, Dokumente beibringen und ein Vorstellungsgespräch meistern? Und die zweite Frage: Wozu sollte er das tun? Er braucht doch gar keine Arbeit!«

Mit einem schmalen Lächeln zuckte Dominique mit den Schultern.

»Ich verstehe überhaupt nicht, dass jemand arbeiten will, wenn er es vermeiden kann«, meinte er und grinste. Dann wurde er wieder ernst. »Aber ich nehme an, dass er mit seinen besonderen Fähigkeiten überall reinkommt.«

Daphne verwarf diese Möglichkeit.

»Nein, er wird mit seinen besonderen Fähigkeiten nicht hausieren gehen. Das würde ihn früher oder später verraten. Der Vampir möchte so lange unbemerkt bleiben, bis er sich des Wanderers zwischen den Welten entledigt hat, indem er die Dunkle Pforte zerstört. Deshalb hat er einen sehr diskreten Weg gewählt, um sich unter die Lebenden zu mischen: Er hat die Identität eines Sterblichen angenommen. Er muss ihn bereits in der ersten Nacht seiner Ankunft hier in unserer Welt getötet haben. Seine Kräfte erlauben es ihm, sich auch äußerlich an einen Menschen anzupassen.«

»Was willst du damit sagen?« Dominique war nicht sicher, ob er die letzte Bemerkung von Daphne richtig verstanden hatte.

»Dass er ein ähnliches Aussehen wie sein Opfer annehmen

kann. Und wenn in der Schule niemand den echten Lehrer Varney zuvor gesehen hat …«

»Dann hat sich der echte Varney also nicht in einen Vampir verwandelt, als er ermordet wurde?«

»Dafür hätte er gebissen werden müssen.« Daphne blickte ungeduldig zur Treppe, die in den ersten Stock des Mietshauses hinaufführte. »Das böse Wesen hatte kein Interesse daran, ihn ebenfalls in einen Vampir zu verwandeln, also wird er ihn auf andere Weise getötet haben.«

Dominique dachte einen Moment lang darüber nach.

»Und warum hat er sich ausgerechnet Varney ausgesucht?«

Daphne seufzte.

»Gute Frage. Wie wäre es mit: Er war ledig und lebte allein. Wahrscheinlich hatte er nicht einmal Familienangehörige. Er hat ihn sich ausgesucht, weil er perfekt zu seinen Plänen passte. Ein Vampir ist ein sehr berechnendes Wesen. Deshalb ist er in dieser Welt, wo er keinen ebenbürtigen Gegner hat, gefährlicher als eine Ebola-Epidemie. Seine verborgenen Kräfte haben ihm geholfen, den idealen Kandidaten zu finden, und das benutzt er dazu, um an die Dunkle Pforte heranzukommen.«

»Also nützen uns die ganzen Angaben, die wir in der Schule bekommen haben, gar nichts«, stellte Dominique ernüchtert fest, »denn sie führen uns nicht zu dem Vampir, sondern nur zu einem seiner Opfer. Wir stehen noch immer am Anfang: Wir wissen so gut wie nichts.«

»Sei nicht so voreilig«, besänftigte ihn Daphne, »wer sagt, dass sich das Monster nicht in Varneys Wohnung versteckt hält? Andernfalls finden wir vielleicht Spuren, die uns zu ihm führen können. Lass uns hinaufgehen.«

Dominique spürte, wie ihn eine Gänsehaut befiel.

»Du willst wirklich in die Wohnung?«, fragte er. »Und wenn das Monster tatsächlich dort ist, in irgendeiner dunklen Ecke?«

»Keine Sorge, es passiert schon nichts«, sagte Daphne. »Es würde ohnehin schlafen, sich ausruhen von der letzten Nacht. Aber, glaub mir, meine Intuition wird mich nicht täuschen. Wir werden niemanden in der Wohnung antreffen. Der Vampir hat einen anderen Schlupfwinkel. Dies Apartment hier ist nur Fassade.«

Dominique nickte dennoch beklommen, als sie zum Aufzug gingen.

»Zumindest«, sagte Daphne, »vertraue ich darauf, dass die Spuren, die dieses böse Wesen hinterlassen hat, uns einen Rückschluss über seinen Aufenthaltsort geben können.«

Eine Minute später überließ es Daphne ihrem Begleiter, sich am Türschloss zu schaffen zu machen. Er hatte es in kürzester Zeit geöffnet, da nicht einmal abgeschlossen worden war. Sie betraten eine winzige, an einem schmalen Lichtschacht liegende Dreizimmerwohnung, deren »Salon« kein Fenster besaß.

»So eine dunkle Wohnung habe ich noch nie gesehen«, bemerkte Daphne. »Selbst dieser Umstand ist dem Vampir noch zugutegekommen – Dominique«, beeilte sie sich dann zu sagen, »fass besser nichts an, deine Fingerabdrücke könnten dich später belasten, wenn der Leichnam des richtigen Varney gefunden wird.«

Dominique, der gerade nach ein paar Unterlagen greifen wollte, zuckte zurück.

»Daran habe ich gar nicht gedacht«, stammelte er. »Danke für den Hinweis.«

Sie warfen einen Blick in jeden der Räume, doch nichts sprang ihnen ins Auge. Alles war ganz normal, bis auf – in der Küche – die schmutzigen Teller neben der Spüle, die dort schon die ganze Woche stehen mussten.

Dominique entdeckte ein gerahmtes Foto, auf dem der Lehrer mit einem Mädchen abgebildet war. Mit einem Taschentuch fasste er es am Rahmen und reichte es Daphne. Vielleicht löste es ja irgendeine Intuition bei ihr aus.

»Das funktioniert nicht«, erklärte sie, »ich brauche etwas, das der Vampir berührt hat.«

Trotzdem sah sie sich das Foto einen Moment lang an und prägte sich das lächelnde Gesicht des jungen Mannes ein.

»Er ist es, und er ist es nicht«, sagte sie. »Das ist nicht der Lehrer, dem ich begegnet bin. Ich kann es nicht genau sagen, aber etwas in diesem Gesicht hier auf dem Foto passt nicht zu dem Varney, den ich in der Schule gesehen habe. Ich bin mir jetzt sicher, dass der Vampir sich seiner bemächtigt hat. Der echte Varney ist …«

Auf einmal konnte sie nicht weitersprechen, denn ein leichter Schwindel sagte ihr, dass ihre übersinnlichen Fähigkeiten aktiv wurden.

»Dieses Foto …« Daphne hatte die Augen geschlossen, strich im Millimeterabstand langsam über das Bild und ließ die Fingerkuppen am Rahmen entlanggleiten, ebenfalls ohne ihn zu berühren. »Ja, der Vampir muss es in der Hand gehalten haben, vielleicht hat es ihm sogar bei der Verwandlung geholfen. Bravo, Dominique.«

»Was siehst du?«, fragte er nervös.

Sie kniff ganz fest die Augen zu und versuchte, ein paar verschwommene Konturen klarer zu sehen.

»Ich sehe … Gräber«, teilte sie ihm mit. »Das Innere einer Gruft … den Friedhof kann ich nicht erkennen.«

»Sehr gut!«, rief Dominique aus. »Kannst du irgendeinen Namen auf einem der Gräber erkennen?«

Daphne versuchte sich zu konzentrieren.

»Ja …«, flüsterte sie. »Gautier … sämtliche Gräber tragen den Nachnamen Gautier … Es ist alles sehr schmutzig … und es gibt eine Treppe … und eine Falltür … Oh mein Gott, jemand hat einen Satansstern auf den Boden gemalt! Und es gibt Kerzen …« Dominique sah besorgt, wie Daphne unter der großen Anspannung zu zittern begann. Die Szenerie musste schockierend sein. »Ich nähere mich einem der Grabsteine … die Inschrift … gleich!« Daphne hielt den Atem an. »Luc, Luc Gautier! Das ist der wahre Name des Vampirs. Er benutzt sein eigenes Grab, um sich tagsüber zu verstecken.«

Dann drang ein hoher Schrei aus Daphnes Kehle und sie brach zusammen.

Augenblicke später schlug sie die Lider auf und blinzelte, während sie aus der Trance erwachte.

»Was ist passiert?«, fragte Dominique. »Was hast du gesehen?«

»Michelle … ich habe Michelle gesehen«, antwortete sie. »Sie war es, ganz sicher, ich habe sie aus einer anderen Vision erkannt, die ich unlängst hatte. Sie muss bei ihrer Entführung zu dieser Gruft gebracht worden sein, dem letzten Ort, den sie gesehen hat, bevor man sie von dieser Welt fortschaffte. Dort wurde auch die verbotene Zeremonie vollzogen. Die Dreistigkeit dieses Monsters kennt keine Grenzen.« Sie stöhnte. »Es ist ein mächtiges und erfahrenes Wesen.«

***

Marguerite war mit ihrer Arbeit im Büro fertig, wo sie unter anderem Daten geprüft hatte, um Luc Gautiers Verbleib ausfindig zu machen. Sie wühlte in der Vergangenheit, um die Gegenwart zu verstehen und ein Blutvergießen in der Zukunft zu verhindern.

Sämtliche amtliche Stellen wiesen den Tod Gautiers im Gefängnis nach, weshalb der leere Sarg in der Familiengruft nur noch mehr Fragen aufwarf. Doch wenn sie es recht überlegte, blieben nur zwei Möglichkeiten: Entweder machte sich jemand einen Spaß daraus, die Polizei auf eine falsche Fährte zu führen, oder es war ein ausgeklügelter Plan, der etwas bezweckte, das Marguerite bislang entgangen war.

Da sie keine Lust hatte, den Abend abzuwarten, bis Varney in der Schule aufkreuzte, beschloss sie, ihm zu Hause einen Besuch abzustatten. Im Wagen suchte sie auf einem Stadtplan die *Rue Camille Peletan* und machte sich auf den Weg dorthin.

Eine halbe Stunde später hatte sie die Straße erreicht, in der das gesuchte Haus stand. Sie fand einen Parkplatz auf der gegenüberliegenden Seite und bekam einen gehörigen Schreck, als sie beim Überqueren beinahe von einem alten roten Auto gestreift wurde. Mit überhöhter Geschwindigkeit rauschte es an ihr vorüber und grimmig blickte sie ihm kurz nach; dann ging sie hinüber. Hoffentlich war Varney zu Hause.

Die Kommissarin drückte auf die Klingel. Niemand antwortete, also versuchte sie es noch einmal.

»Sparen Sie sich die Mühe«, sagte eine freundliche Stimme hinter ihr. »Er muss verreist sein.«

Marguerite drehte sich um und stand einem älteren Herrn gegenüber, der in das Haus wollte. Er hatte helle Augen und dünnes Haar, und sein runzliges Gesicht wirkte sympathisch.

»Verzeihung?«

»Tut mir leid«, entschuldigte er sich, »ich habe gesehen, bei wem Sie geklingelt haben, ich bin der Nachbar. Mein Name ist Adam.« Sie reichten sich die Hand, während Marguerite sich ebenfalls vorstellte. »Sie suchen Varney, nicht wahr?«

»Ja, ich muss mit ihm sprechen. Es ist dringend.«

»Ich fürchte, das geht nicht«, bemerkte der Mann. »Er muss verreist sein, wir sind uns schon seit Tagen nicht mehr begegnet. Ich wohne auf demselben Stockwerk.«

»Sind Sie sicher?«, hakte Marguerite nach. »Schon seit Tagen nicht mehr?«

»Aber ja. Ich höre auch keine Geräusche, dabei sind die Wände in diesem Haus wie Papier …«

Die Kommissarin fluchte stumm. Vielleicht wohnte Varney woanders. Er hatte in der Schule ja nicht gefehlt, also konnte er nicht verreist sein.

»Ich weiß schon, was ich tun werde«, sagte sie in der Erwartung, dass der Nachbar seine Schlüssel zückte. »Ich werde ihm eine Nachricht an die Tür stecken. Wenn Sie so nett wären und mir öffnen würden.«

Adam, der alte Herr, lächelte.

»Selbstverständlich. Alfred ist ein netter Kerl, wissen Sie?

Schade, dass er seine Arbeit verloren hat. Hoffentlich findet er bald etwas anderes, denn unser Vermieter ist nicht besonders kulant …«

Die Kommissarin merkte sich diese Information. Alfred Varney hatte das Vorstellungsgespräch beim Schuldirektor vorigen Montag gehabt und die Stelle sofort bekommen. Wenn er also einen guten Draht zu seinem Nachbarn hatte, warum hatte er ihm dann noch nicht erzählt, dass er wieder eine Arbeit hatte? Es sah ganz danach aus, also wäre er die ganze Woche nicht in seiner Wohnung gewesen.

Adam ließ ihr den Vortritt, und Marguerite betrat den Hausflur. Dort blieb sie abrupt stehen – denn plötzlich fiel ihr siedend heiß etwas ein: das rote Auto, das sie vor ein paar Minuten beinahe überfahren hatte. Es war ein altes, ein sehr altes Auto gewesen. Mit einem defekten Rücklicht. Rot, alt und mit einem kaputten Rücklicht. Das war völlig unmöglich. Unter Millionen von Parisern.

Sie presste die Lippen zusammen, um einen Schwall von Flüchen zurückzuhalten. Eine Schläfenader pochte und ihre Augen glitzerten, als sie sich umdrehte und auf die gegenüberliegende Straßenseite starrte.

Unglaublich! Diese schrille alte Hexe! Es *musste* das Auto von Daphne gewesen sein! Wie sollte sie es nicht erkennen, wo sie es am Abend zuvor über eine Stunde verfolgt hatte? War diese Hellseherin auch diesmal wieder in Begleitung irgendeines Jungen? Und was hatte sie in dieser Gegend zu suchen?

Marguerites Gesicht nahm eine rote Färbung an: Ja, sie *waren* bereits in Varneys Wohnung gewesen. Daphne und einer ihrer Jungs waren ihr zuvorgekommen.

Wenn sie nur wüsste, was die beiden dort gewollt hatten. Sie runzelte die Stirn. Warum liefen sie sich ständig über den Weg? Das war unbegreiflich, es besaß keinerlei Logik. Doch auf einmal fiel ihr noch etwas ein: Marcel Laville, ihr Kollege, er war auch immer an den Orten gewesen, nur diesmal nicht. Oder vielleicht doch? Wer konnte garantieren, dass er nicht ebenfalls schon seinen Fuß in dies Haus gesetzt hatte?

War sie diejenige, die immer als Letzte kam? Lag es etwa daran, dass ihre Skepsis sie gegenüber bestimmten Themen blind machte? Sie wusste keine Antwort darauf.

»Verzeihung.« Marguerite wandte sich an Adam, der sie neugierig ansah. »Mir ist gerade wieder etwas Wichtiges eingefallen.«

»Das passiert.« Er lächelte verschmitzt und öffnete höflich die Eingangstür für sie.

Auf dem Weg zum Fahrstuhl registrierte sie den überfüllten Briefkasten Varneys. Tatsächlich war er seit Tagen nicht in seiner Wohnung gewesen.

Sie merkte gleich, dass sich an dem Schloss jemand zu schaffen gemacht hatte, also stieß sie die Tür auf und trat ein, allerdings nicht, ohne vorher ihre Pistole zu zücken.

Nachdem sie festgestellt hatte, dass niemand in der Wohnung war, schaute sie in sämtlichen Ecken, um sich eine Vorstellung von der Persönlichkeit des Lehrers zu machen.

Das Telefon im Wohnzimmer überraschte sie. Hatte es nicht geheißen, er habe kein Telefon? Marguerite trat näher und drückte die Taste des Anrufbeantworters, um eventuell Nachrichten abzuhören. Es waren sechs, und keine davon irgendwie verdächtig. Die letzte war vom vergangenen Samstag, dem Tag nach der Ermordung Delaveaus und der beiden Jugendlichen. Dem Tag nach Halloween.

Marguerite sah sich argwöhnisch um. Sie hob ein gerahmtes Foto von Varney hoch und betrachtete es eingehend. Schien ein netter Kerl zu sein. Obwohl die harmlosesten Zeitgenossen die schlimmsten Psychopathen und Verbrecher sein konnten.

Mit diesem Gedanken im Kopf fand Marguerite, dass das Gespräch mit Varney nicht warten konnte. Sie würde zur Schule fahren und vorgeben, dass man in seine Wohnung eingebrochen sei, damit er keinen Verdacht schöpfte.

Die Kommissarin entdeckte einen Laptop in dem kleineren Zimmer. Nein, die Hexe war nicht hier gewesen, um zu stehlen.

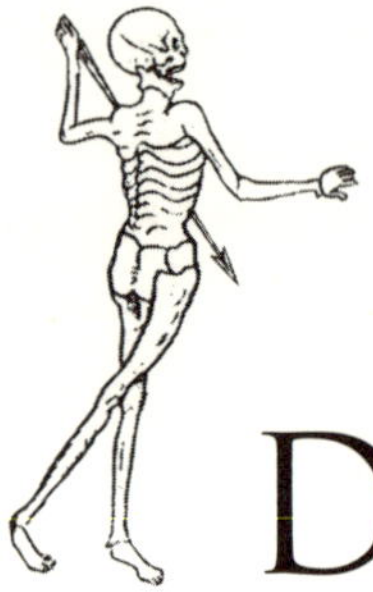

38

DIESER LUC GAUTIER muss schon vor Jahren gestorben sein«, dachte Daphne laut, »und als Vampir in der Hölle gehaust haben. Bis die Dunkle Pforte sich wieder geöffnet und ein unglücklicher Zufall ihn in diese Welt zurückgebracht hat. Hier hat er dann Varney getötet, um sein Äußeres anzunehmen, und seither versteckt er sich tagsüber in der Gruft seiner Familie, der Gautiers.«

So weit, so gut. Doch nun begann die Suche, und die war aufwendig und ermüdend. Es gab kein Grabregister auf den Friedhöfen von Paris, oder zumindest war es ihnen nicht zugänglich. Deshalb war ihnen nichts anderes übrig geblieben, als sich auf den Weg zu machen. Zuerst zu dem Friedhof von *Montmartre*, wo sie keine Gruft mit diesem Namen gefunden hatten, danach war *Montparnasse* an der Reihe, wo sie sich im Augenblick befanden.

»Zumindest wissen wir, dass es eine Gruft ist«, tröstete sich Daphne. »Wenn wir Grabstein für Grabstein absuchen müssten, bräuchten wir Monate.«

Beide ließen ihren Blick über das Meer von Kreuzen und

Grabmälern schweifen. Zehntausende Pariser lagen hier begraben.

»Nun, dann wissen wir ja zumindest *etwas*«, erwiderte Dominique lächelnd, »übrigens, hast du dieses seltsame Grab gesehen?«

Er zeigte auf eine Glasskulptur, die zwischen zwei unauffälligen Grabstellen aufragte. Es war ein riesiger Vogel mit roten Augen und goldenem Schnabel, der mit gespreizten Flügeln auf der Grabplatte aus dunklem Granit stand.

»Meinem Freund Jean Jacques, der zu früh fortgeflogen ist«, las Dominique.

»Er muss sehr jung gewesen sein, als er gestorben ist.« Daphne ließ ihren Blick über den Vogel gleiten und nutzte die Gelegenheit, um sich ein wenig auszuruhen. »Das macht mich jedes Mal traurig.«

Dominique nickte.

»Aber das Grab ist echt abgefahren.«

Daphne nickte abwesend und antwortete nicht. Sie betrachtete den Himmel, um abzuschätzen, wie viel Zeit ihnen noch bis zur Dämmerung blieb.

»Wir setzen unsere Suche besser fort«, meinte sie mit besorgtem Gesicht. »Wenn wir nicht aufpassen, könnte uns Varney finden, bevor wir *ihn* gefunden haben. Das darf nicht passieren.«

»Glaubst du, er weiß bereits, wo sich die Dunkle Pforte befindet?«, fragte Dominique und versuchte, sich seine Nervosität nicht anmerken zu lassen.

»Meine Ahnungen sind nur vage«, gestand sie, »ich kann es dir also nicht sagen. Er ist zweifellos nah dran. Hoffentlich kommt er nicht heute Nacht, denn sonst ... Wir brauchen einen Tag mehr, nur einen einzigen! Wenn wir den haben, dann können wir morgen seine Gruft auf dem Friedhof *Père Lachaise* suchen. Nach aller Suche – sie muss dort sein! Und dann schaffen wir ihn uns vom Hals, bevor es wieder dunkel wird. Das ist unsere einzige Chance.«

»Jules hat sich nicht mehr gemeldet«, stellte Dominique fest, »ich denke mal, es ist alles ruhig.«

»Das hoffe ich«, wünschte sich Daphne. »Hör mal, wir trennen uns besser. So werden wir schneller fertig.«

Menschen, die mit Blumen oder nur zum Spazierengehen auf dem Friedhof unterwegs waren, warfen ihnen neugierige Blicke zu.

***

Pascal und Beatrice waren in eine neue Zone des Totenreichs gelangt, den nächsten Kreis der Hölle, und hatten die Sumpflandschaft hinter sich gelassen. Der Boden, auf dem sie sich jetzt bewegten, war steinig und trocken, und das Meer aus Dunkelheit weit entfernt, hinter der Steilküste, wirkte wie dichte Nebelschwaden. Rechts von ihnen, ebenfalls in weiter Ferne, konnten sie vereinzelte Berge erkennen.

»Das sind Vulkane«, bemerkte Beatrice. »Es ist besser, sich nicht in ihrer Nähe aufzuhalten, denn sie können jeden Moment explodieren und die Lavaströme reißen alles mit sich. Alles hier, worauf wir laufen, ist erkaltete Lava.«

Pascal dachte an die Reise zum Golf von Neapel, gemeinsam mit seinen Eltern. Sie hatten ihn zu den Ruinen von Pompeji und Herculaneum mitgenommen, zwei römische Städte, die vor zweitausend Jahren einem Vulkanausbruch zum Opfer gefallen waren. Die Bewohner hatten keine Zeit, sich zu retten, als der Vesuv Feuer spie und sie unter Tonnen von Asche und Stein begrub. Ihre Überreste blieben vollständig erhalten und wurden Jahrhunderte später ausgegraben … Pascal dachte an einen von Asche und Tuff bedeckten, auf seinem Bett kauernden Mann, wo ihn der Ausbruch überrascht hatte. So wollte er nicht enden.

»Ist es noch weit?«

»Dort vorn.«

Beatrice zeigte geradeaus. Vor ihnen endete die Ebene und fiel wie eine gewaltige Rinne in einen atemberaubenden Abgrund. Darüber verlief eine weit geschwungene Hängebrücke, die zu einem mächtigen Felsen führte. Wie ein riesiger Bienenkorb ragte er in den düsteren Himmel: der Kronosfelsen, das Urgestein der Zeit. Sie waren da.

»Es … es ist beeindruckend«, stellte Pascal bewundernd fest.

Das konnte man wohl sagen. Auch Beatrice sah den mythologischen Felsen, der in so vielen Legenden erwähnt wurde, zum ersten Mal. An seiner Rückseite ging der Kronosfelsen in eine Bergkette über, wo verzweigte Geheimgänge auf den nächsten Level der Hölle führten.

»Wenn wir es schaffen, diese geheimen Gänge zu betreten«, bemerkte Beatrice, »können wir unseren Weg so stark abkürzen, dass wir die Chance haben, Michelle und ihre Entführer einzuholen.«

Pascal nickte und blickte zu dem Felsen hinüber. Angesichts dieses Massivs kam er sich winzig vor.

Von irgendwoher war auf einmal das Rennen und Traben vieler Füße zu hören. Beatrice gab Pascal rasch ein Zeichen und sie legten sich auf den Boden, bis nach ein paar Minuten die Gefahr vorüber war.

»Eine Horde Ghule«, stellte Beatrice fest. »Bis jetzt sind wir ihnen noch nicht begegnet, weil sie meistens in der Nähe der Leuchtpfade herumlungern. Sie denken, es ist einfacher, dort Beute zu machen.«

Pascal erhob sich und klopfte sich den Staub von der Jeans.

»Ist der Durchgang denn sicher?«, fragte er. »Diese geheimen Gänge …«

Beatrice zuckte die Schultern. »Ich weiß auch nur das, was der Graf De Polignac uns gesagt hat«, erwiderte sie. »Wir werden es erleben.«

Pascal erinnerte sich: Im Kronosfelsen gab es viele Kammern, exakt sechseckig in den Stein gehauen, und in jeder der Wände war eine Tür. Durchschritt man sie, so trat man eine Zeitreise an. Außerdem hatte der Graf gesagt: »Im Laufe seiner Existenz hat der Mensch immer wieder versucht, Himmel und Hölle zu finden. Vergeblich hat er sie unter der Erde und in schwindelnder Höhe gesucht. Bei dieser Suche nach dem Guten und dem Bösen ist es den Menschen lediglich gelungen, flüchtige Momente des Lichts und lange Zeiträume der Finsternis zu schaffen. Über die Jahrhunderte hinweg konnte der Mensch den Himmel nur streifen, während er selbst wahre Höllen geschaffen hat. Der Kronosfelsen wird euch durch diese Momente des Leids und der Angst führen, die die Sterblichen über Jahrtausende begleitet haben. Es ist ein Weg durch die Abgründe des menschlichen Lebens.«

Wie versteinert hatte Pascal den Worten des Grafen gelauscht, die eine Art Safari durch die schlimmsten Momente der Geschichte beschrieben.

»Nur wenn ihr den Felsen durchwandert, könnt ihr die nächste Zone erreichen und das Mädchen Michelle retten«, hatte De Polignac hinzugefügt.

»Die Verdammten in dieser Leidenszone können den Felsen nicht mehr verlassen«, erklärte Beatrice jetzt. »Niemals. Sie wandern von einem Schreckensszenario zum nächsten ... bis in alle Ewigkeit.« Und weiter erklärte sie: »Die Türen in den Seiten der Felsenräume führen jeweils in eine ganz bestimmte Zeit. Wenn sie einmal geöffnet sind, gibt es kein Zurück mehr. Jedes Mal also, wenn wir durch eine dieser Türen gehen, werden wir automatisch durch Zeit und Raum geschickt, ohne es rückgängig machen zu können. Das heißt also, wir müssen uns gut überlegen, welche wir öffnen.«

»Dafür haben wir den Stein«, sagte Pascal und berührte seine Hosentasche. »Mit diesem Kompass verirren wir uns nicht.«

»Das stimmt zwar, doch es gibt noch ein Zweites«, erklärte sie, »es geht auch um den kürzesten Weg.«

Pascal blickte sie jetzt fragend an.

»Jede Tür, die wir öffnen, führt uns zu einem schrecklichen Augenblick in der Geschichte«, versuchte es Beatrice noch einmal, »wo wir dein Leben und meinen Tod aufs Spiel setzen. Je weniger Zeitreisen wir absolvieren müssen, desto größer ist die Chance, den Felsen heil zu verlassen. Deshalb der kürzeste Weg.«

Pascal nickte.

»Und noch etwas«, sagte Beatrice. »Der Kronosfelsen ist ein

Mikrokosmos, der seine eigene Zeitrechnung hat. Vierundzwanzig Stunden ist das oberste Limit für jede Epoche, in der wir uns befinden. Wird diese Zeitspanne überschritten, sind wir für immer gefangen.«

»Für … immer«, wiederholte Pascal langsam.

»Ja, für immer, ohne Aussicht auf Befreiung. Wie hat der Graf es noch genannt? ›Verwandelt in Heimatlose der Zeit‹!«

Pascal dachte an seine Familie und seine Freunde. Ein Fehler, und sein Name würde auf der Liste verschwundener Personen landen – was auch das Ende für Michelle bedeutete.

»Wenn wir jetzt umkehren«, schlug Pascal vor, »könnten wir Michelle dann auf etwas weniger riskante Weise retten?«

Beatrice schüttelte den Kopf.

»Der Tross, in dem sie entführt wird, kommt zwar nur langsam voran, und sein Weg ist viel länger, aber er macht keine Pause. Und denk daran, dass wir ihr ab einem bestimmten Punkt nicht mehr folgen können, ohne uns selbst aufzugeben.«

Wieder nickte Pascal und sie gingen weiter, der Hängebrücke entgegen, die zum Felsen führte. Als sie dort anlangten, machte er ein paar Schritte darauf, blieb dann stehen und strich über die dicken Seile, die als Geländer dienten. Wenn sie diese wacklige Konstruktion aus Seilen und dünnen Holzbrettern überquert hatten – was erwartete sie dann?

Pascal steckte eine Hand in die Hosentasche und berührte den Zettel, den ihm seine Freunde bei seinem Aufbruch geschrieben hatten …

***

Jules half Dominique erneut die Treppe hinauf, die zum Dachboden führte.

»Ihr hattet also keinen Erfolg«, stellte er fest, während er Luft schöpfte.

»Zumindest wissen wir, wer er ist«, sagte Daphne und ließ sich erschöpft in einen Sessel sinken. »Er heißt Luc Gautier und versteckt sich in der alten Familiengruft.«

»Sie muss auf dem *Père Lachaise* sein«, behauptete Dominique. »Morgen finden wir ihn, bestimmt.«

Daphne betrachtete unruhig den Himmel durch das Oberlicht.

»Es ist dunkel, der Vampir ist bereits wach«, bemerkte sie. »Gut, dass wir jetzt nicht mehr da draußen sind. Aber hier …« Sie brach ab.

Dominique und Jules schauten sie an und wussten, dass diese Nacht vielleicht nicht so ruhig verlaufen würde wie die letzte.

»Glaubst du, dass er uns finden wird, heute?«, fragte Jules und genoss den Schauer, der ihm über den Rücken lief.

»Ich weiß es nicht«, sagte Daphne, »ich hatte dir ja schon erzählt, dass er Lehrer an eurer Schule ist. Zuerst wird er also auch heute unterrichten. Er will ja keine Aufmerksamkeit erregen. Danach wird er seine Suche fortsetzen.« Sie seufzte. »Meine Ahnungen sind recht vage, ich kann nicht genau sagen, ob er schon heute Nacht hier ankommen wird. Wir müssen jedenfalls darauf gefasst sein.«

Alle drei ließen ihre Blicke über den Dachboden schweifen, der dank Jules stark an einen Bunker erinnerte: schwere Möbel, um die Tür zu blockieren, Matratzen, Lebensmittel und Wasser, Taschenlampen, Knoblauch, Kruzifixe …«

»Du hast gute Arbeit geleistet«, beglückwünschte ihn Daphne.

»Danke, aber schließlich ist es nötig.«

»Und deine Eltern?«, fragte Dominique. »Schöpfen sie irgendeinen Verdacht? Haben sie dich irgendetwas gefragt?«

Jules lächelte.

»Sie denken wahrscheinlich, dass ich die nächste Party vorbereite. Aber das spielt keine Rolle, sie sind nämlich nicht zu Hause. Sie sind auf einer Hochzeit in *Fontainebleau* und kommen erst morgen wieder.«

Daphne ging jetzt mit dem prüfenden Blick eines Generals auf dem Dachboden umher.

»Versuchen wir, das Dachfenster mit einer Decke abzudichten«, schlug sie vor. »Wir müssen nur sehen, wie wir sie daran befestigen.«

»Wir sollten auch ausmachen, wer wann Wache hat«, schlug Dominique vor. »Es könnte sein, dass wir vor Müdigkeit einschlafen, falls der Vampir auf sich warten lässt.«

Daphne und Jules stimmten zu.

***

»Ich fühle mich leider nicht gut«, teilte Varney seinen Schülern mit, »also beenden wir den Unterricht für heute.«

Die Schüler, alles Erwachsene, packten daraufhin ihre Sachen und wandten sich dem Ausgang zu. Als sie gegangen waren, nahm auch Varney seine Aktentasche und machte sich – geschmeidig und ohne ein Geräusch zu verursachen – auf den Weg.

In der Eingangshalle verabschiedete er sich vom Pförtner und wollte gerade die Türklinke herunterdrücken, als er hinter sich eine Stimme hörte: »Monsieur Varney?«

Seine schmale Hand mit den langen Fingernägeln ließ die Klinke los, und er drehte sich um. Vor ihm stand eine pummelige Frau mittleren Alters, mit einer Verletzung im Gesicht.

»Ja, bitte?«, antwortete der Vampir mit einer gewissen Verdrossenheit, die Marguerite nicht entging. Seine Stimme klang tief und angenehm, doch angesichts der Eiseskälte, mit der seine Augen sie in Sekundenschnelle taxierten, musste sie einen Schreck überwinden.

»Ich bin Kriminalkommissarin Marguerite Betancourt«, stellte sie sich vor.

Die Augen des Lehrers verrieten auf einmal ein gewisses Interesse und Marguerite drückte seine eiskalte Hand.

»Was gibt es?«

Wieder diese Stimme, die sie wie ein böser Zauber umfing. Etwas an dem Mann passte nicht zu dem Foto, das sie in der *Rue Camille Peletan* gesehen hatte, doch sie konnte nicht genau sagen, was. Es war, als stimmte diese starke Persönlichkeit nicht mit der einfachen Fröhlichkeit des Mannes auf dem Foto überein.

»Ich fürchte, jemand ist ... in Ihre Wohnung eingebrochen.« Was war nur los? Sie hatte Mühe, den Satz zu beenden.

Varneys Gesichtszüge entspannten sich, eine Reaktion, die Marguerite nicht verstand.

»Oh«, machte er, doch seine Betroffenheit wirkte nicht sehr echt. »Das ist ja schrecklich. Ich schaue später nach, ob etwas fehlt, und erstatte morgen früh Anzeige. Vielen Dank.«

Marguerite gab sich noch nicht geschlagen.

»Wollen Sie nicht, dass wir jetzt hinfahren?«

»Nein, jetzt kann ich nicht.«

Marguerites Instinkt sagte ihr, dass etwas nicht stimmte. »So eilig haben Sie es«, erwiderte sie, »dass ein Einbruch in Ihrer Wohnung zweitrangig ist?«

Varney schwieg ein paar Sekunden und schien eine seltsame Energie auf Marguerite zu richten, die sie schwindlig machte. Dann blickte er zum Pförtner; außer ihnen war niemand mehr im Gebäude.

»Einverstanden«, sagte er schließlich. »Sie wissen ja, wo ich wohne. Wir treffen uns dort in anderthalb Stunden.«

Marguerite zögerte. War man nicht viel schneller dort? Wollte Varney sich auf dem Weg noch um etwas anderes kümmern?

»Soll ich Sie nicht mitnehmen?«, fragte sie.

»Nein, danke. Mein Wagen steht ganz in der Nähe.«

Gefolgt von der Kommissarin verließ Varney das Schulgebäude. Auf der Straße trennten sie sich, obwohl Marguerite nur so tat, als würde sie sich entfernen, denn sie wollte herausfinden, was für einen Wagen Varney fuhr. Sobald er um die Ecke gebogen war, lief sie hinter ihm her und blieb dort stehen, wo er verschwunden war. Vor ihr lag eine lange, schwach erleuchtete Straße, an deren Straßenrändern Autos parkten. Von Varney keine Spur.

Wie war das möglich, wo er doch gerade erst vor ein paar Sekunden verschwunden war? Sie kniff die Augen zusammen, ging die Straße entlang und blickte in das Innere der geparkten Fahrzeuge.

Nichts. Alle waren leer. Bei keinem gingen die Scheinwerfer

an und es fuhr auch keines los. Da war niemand, der Lehrer war verschwunden. Unbegreiflich.

Für Marguerite gab es nur eine Lösung: Varney war in irgendeinen Hauseingang geschlüpft. Alles, was diesen Lehrer umgab, war irgendwie seltsam. Seltsam und bedrohlich.

Marguerite war so in Gedanken, dass sie nicht merkte, wie zwei gelbe Augen sie aus einiger Entfernung beobachteten.

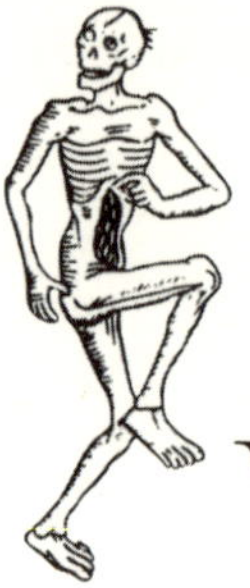

39

WARTE!«

Beatrices Stimme hielt ihn genau in dem Moment auf, als er den Fuß hob, um weiter auf die Brücke zu laufen, dem Fels entgegen.

»Was ist?«

»Komm zurück und lass mich zuerst hinübergehen, Pascal«, bat sie. »Diese Holzplanken sind ziemlich alt, und in der steten Dunkelheit vermodert alles noch schneller.«

Diese Opferbereitschaft entwaffnete Pascal. Seine Führerin nahm ein großes Risiko auf sich, um ihn, den Wanderer, zu beschützen. De Polignacs Worte fielen ihm wieder ein: »Du hast Vorrang, Pascal. Wichtig ist, dass du zurückkommst. Auch ohne das Mädchen.«

Er gehorchte, und im Handumdrehen hatte Beatrice bereits die Hälfte der Hängebrücke überquert.

»Bis hierher geht's!«, rief sie mit nervösem Lächeln. »Aber schau bloß nicht hinab in die Schlucht!«

Pascal hatte es nicht vor, denn sicher wäre ihm schwindlig geworden und er wäre hinabgestürzt.

Pascal betrat nun erneut die ersten Planken und setzte Schritt vor Schritt. Dann blieb er stehen. Die ganze Konstruktion wackelte ziemlich, und er musste schlucken. Er versuchte erst gar nicht, einen kämpferischen Eindruck zu machen. Dies hatte etwas von einer Mutprobe, und es erinnerte ihn daran, wie schwer es ihm immer gefallen war, ins Schwimmbecken zu springen. Jedes Mal war ihm das Wasser zu kalt gewesen, um sich einfach hineinzustürzen. Jeden Sommer das gleiche Lied.

Das war der wahre Pascal. Der wahre und jämmerliche Pascal, der noch nie Achterbahn gefahren war. Nein, er war kein Indiana Jones.

Aber er zwang sich, weiterzugehen. Die schlecht befestigten Holzplanken quietschten und wackelten unter seinen Füßen, doch zumindest machten sie einen einigermaßen stabilen Eindruck. Ganz vorsichtig folgte er Beatrice, die am anderen Ende schon den festen Boden betrat. Vor ihm lagen noch gut hundert wacklige Meter.

***

Varney, der Vampir, sah zu, wie Marguerite aus der Seitenstraße verschwand. Diese Sterbliche war einfach zu weit gegangen, hatte sich ihm mit selbstmörderischer Entschlossenheit in den Weg gestellt.

In dieser Nacht hatte er eigentlich Wichtigeres zu tun, als sich um sie zu kümmern, doch sie hatte ihn provoziert. Jetzt war sie also unterwegs. Zu einer Verabredung mit ihrem eigenen Tod.

Er lächelte; er ging davon aus, dass sie um diese Zeit niemandem Bescheid sagen würde, wohin sie fuhr. Er würde ihr einen qualvollen Tod bereiten, bei dem sie Schmerzen erleiden musste, die sie sich nicht einmal vorstellen konnte.

Niemand würde sie jemals finden, wenn er mit ihr fertig wäre. Die Reste würde er den Hunden vorwerfen. Der wütende Vampir war nicht bereit, sich bei seinem Plan, die Dunkle Pforte zu zerstören, durch polizeiliche Ermittlungen aufhalten zu lassen.

Varney wollte sich schon auf den Weg zu »seiner« Wohnung machen, als er plötzlich innehielt. Er spürte, dass jemand in seiner Nähe war. Er drehte sich um. Unter dem Schein einer Straßenlaterne erkannte er die Gestalt eines Mannes. Varney war nicht nur überrascht, dass ihn der Mann überhaupt bemerkt hatte, sondern auch von der Intensität, mit der er ihn anstarrte. Eine Anmaßung, die Varney nicht hinnehmen würde. Das war nur ein normaler Mensch, ein verwundbarer Lebender!

Er verließ sein Versteck und ging dem anderen, der sich nicht von der Stelle rührte, entgegen. Niemand sonst war unterwegs, die schmale Straße schien in der Dunkelheit regelrecht zu verschwinden. Nur das Rauschen des Verkehrs drang zu ihnen. Er ging weiter und spürte, wie seine Fangzähne wuchsen, seine Fingernägel sich krümmten und die Macht des Bösen Gift durch seine toten Venen pumpte.

Trotz seiner furchterregenden Verwandlung hatte sich der Mann, der unter der Laterne stand, nicht von der Stelle gerührt.

***

Sobald er die Hängebrücke hinter sich gelassen hatte, ließ sich Pascal auf die Knie sinken. Ein letzter Schauer lief ihm über den Rücken, als er den Boden berührte, und sein Gesicht bekam wieder ein wenig Farbe.

»Oh Mann, ich dachte echt schon, die Seile halten das nicht aus ...«

Beatrice lächelte und strich ihm über den Kopf.

»Dafür bist du zu leicht. Außerdem wäre es wirklich Pech gewesen, wenn die Brücke nach Jahrhunderten ausgerechnet unter dir zusammengebrochen wäre, meinst du nicht?«

»Wahrscheinlich.« Pascal lächelte zurück. Er stand auf und ging gemeinsam mit Beatrice weiter, die wenigen Schritte zum Kronosfelsen. Vor einer mannshohen Öffnung blieben sie stehen. Drinnen war es dunkel.

»Ein Gang«, flüsterte Beatrice. »Er führt uns zu dem Raum, wo die Türen sind ... Von der wir eine wählen müssen.«

Pascal nickte.

»Dort, wo wir landen werden«, fuhr sie fort, »egal in welcher Epoche, wirst übrigens nur du für die Verdammten sichtbar sein. Aber du kannst mich die ganze Zeit sehen.«

»Zum Glück.« Pascal war erleichtert, als er das hörte.

»Jede Epoche ist ein Schritt, ein Übergang«, rief Beatrice ihm noch einmal ins Gedächtnis. »Wir müssen einfach nur durchhalten und unbemerkt bleiben, bis wir die nächste Kammer mit den nächsten Türen finden, mehr nicht. Je schneller wir sie finden, desto weniger Zeit müssen wir in der jeweiligen Epoche verbringen und können den Felsen bald wieder verlassen, natürlich innerhalb des Zeitlimits von vierundzwanzig Stunden. Verstanden?«

»Ja, schon. Aber ist es denn leicht, diese Türen zu finden?«

Beatrice zuckte mit den Schultern.

»Keine Ahnung. Wir gehen einfach mal davon aus, würde ich sagen. Dumm ist nur, dass uns möglicherweise die Diener des Bösen verfolgen. Sie müssen sich allerdings in jeder Epoche an die realen Gegebenheiten anpassen, was ihre Möglichkeiten ziemlich einschränkt. Doch wir dürfen nicht vergessen, dass sie uns angreifen können. Bestimmt haben sie in der Zwischenzeit unsere Fährte aufgenommen und wissen, was wir vorhaben.« Beatrice blickte sich um.

»Das fehlte noch«, beschwerte sich Pascal. »Als wäre es nicht schon schwierig genug, den Felsen zu durchqueren.«

»Zumindest wirst du keine Verständigungsschwierigkeiten haben«, sagte Beatrice. »Für dich gibt es nur eine Sprache, also kannst du, egal wo wir sind, reden und alles verstehen. Das macht es doch leichter, oder nicht?«

»Natürlich«, antwortete er mit sarkastischem Unterton. »Gut zu wissen, wenn einen jemand umbringen will …«

»Sei doch nicht so.«

Pascal machte das nur noch mehr Angst. Als würde es ihm Sicherheit geben, griff er in seinen Rucksack und sah nach dem Proviant. Eine Botschaft aus der anderen Welt!

»Wenn der Stein uns richtig führt, was denkst du, wie viele Epochen wir dann durchlaufen müssen, um den Felsen wieder verlassen zu können?«, fragte er dann.

»Wenn alles gut läuft, müsste uns die dritte Kammer wieder nach draußen führen.«

»Meine Geschichtskenntnisse sind ziemlich armselig«, gestand er. »Und deine?«

»Auch nicht gerade glänzend.« Beatrice wurde sogar ein bisschen rot. Noch behielt sie für sich, dass ihnen auf dem Rückweg, egal ob mit oder ohne Michelle, nichts anderes übrig blieb, als den Felsen erneut zu durchqueren. Das bedeutete weitere Zeitreisen.

Pascal kratzte sich nachdenklich am Kopf. Der blinkende Stein in seiner Hosentasche konnte ihnen helfen, die Richtung zu finden, aber er zeigte nicht, wie sie sich in den unterschiedlichen Epochen zu verhalten hatten. Es war nur logisch, dass die Menschen in den verschiedenen Zeiten negativ auf einen Fremden reagierten.

Plötzlich fiel ihm etwas ein, das ihnen helfen konnte.

»Beatrice.«

»Ja.«

»Ich habe eine Idee. Kann ich vielleicht mit Daphne in Kontakt treten?«

Beatrice blickte sich noch einmal zur Brücke um, so als kalkulierte sie die Zeit.

»Ich denke schon«, sagte sie schließlich. »Wir sind allerdings ziemlich weit weg vom Zwischenreich, die Konzentrationsphase wird also ein bisschen anstrengender für dich. Trotzdem solltest du dich beeilen. Was willst du denn?«

»Etwas, das uns helfen kann, unsere fehlenden historischen Kenntnisse wettzumachen«, antwortete Pascal geheimnisvoll. »Damit wir vielleicht besser klarkommen mit den Bewohnern der Epochen, in die wir geraten.« Sofort versuchte er, eine Verbindung herzustellen.

***

»Lass sie in Ruhe«, befahl ihm der Unbekannte mit rauer Stimme.

Der überraschend herrische Tonfall ließ den Vampir innehalten. Nur ein paar Meter trennten sie noch voneinander.

»Triff die Kommissarin nicht«, fügte der Mann hinzu. »Sie hat nichts damit zu tun.«

Varney war irritiert; ein ganz normaler Lebender hatte ihn erkannt und wagte es sogar, ihm Anweisungen zu geben. Unbegreiflich.

Er leckte sich die Lippen. In wenigen Sekunden konnte er diese leichtsinnige Beute vernichten.

»Lass sie am Leben«, befahl der andere noch einmal, trotz der bedrohlichen Angriffshaltung, die der Vampir ihm gegenüber einnahm.

Der Unbekannte musste begriffen haben, dass der Vampir nicht bereit war, seiner Aufforderung Folge zu leisten – doch noch bevor Varney zum Sprung ansetzte, öffnete der Mann die oberen Knöpfe seines Mantels und brachte ein großes Goldmedaillon zum Vorschein. Trotz der Dunkelheit schimmerte es hell und löste eine heftige Reaktion in Varney aus: Als hätte ihn ein gleißendes Licht getroffen, riss er die Hände hoch, bedeckte schützend seine Augen und trat den Rückzug an. Er kannte das Medaillon, das der Mann trug. Es war das Siegel der Bruderschaft!

In diesem Augenblick wusste Varney, wen er vor sich hatte. Der Unbekannte war der Wächter der Pforte, und indirekt damit auch der Wächter des Wanderers. Beide waren sich gerade zum ersten Mal begegnet, etwas, das früher oder später geschehen musste, wie der Vampir wusste. Aber warum ausgerechnet hier und in diesem Moment? Warum mischte sich der Wächter ein, um sein, Varneys, nächstes Opfer zu retten, eine unbedeutende Lebende, eine Kommissarin, die nichts von den wirklichen Dingen wusste? Wieso bewachte er nicht lieber die Dunkle Pforte?

»Du entscheidest«, sagte der Mann mit dem Medaillon und schlug seinen Mantel auf, unter dem ein langes, silbernes Schwert zum Vorschein kam. »Aber der Moment ist noch nicht gekommen.«

Varney wägte seine Chancen ab. Obwohl er gute Lust hatte, diesen unerwarteten Gegner in Stücke zu reißen, wusste er, dass es kein leichter Kampf sein würde. Er durfte nichts überstürzen. Später war noch genug Zeit, um dieses Hindernis zu beseitigen.

Er beschloss, sich zurückzuziehen. Der Unbekannte hielt seinem hasserfüllten Blick die ganze Zeit stand, während die eine Hand auf dem Griff des Schwerts lag …

»Wir sehen uns wieder«, zischte Varney wie eine Schlange. »Bald sogar.«

»Denk daran«, warnte ihn der Wächter noch einmal. »Halte dich fern von Marguerite Betancourt.«

Der Vampir lächelte und zeigte dabei seine Fangzähne.

»Sie ist mir egal. Aber andere wirst du nicht retten können. Alle, die das Geheimnis der Dunklen Pforte kennen, sind zu einem Dasein als Untote verdammt. Bald fängt die Zeit der Vampire auf dieser Erde an.«

Der Unbekannte straffte sich. Er zeigte sich völlig ungerührt von den Äußerungen. Er wusste, dass der Vampir beim kleinsten Anzeichen von Schwäche seine Zurückhaltung aufgeben würde, und er musste einen Angriff um jeden Preis vermeiden.

Auch für ihn war dies eine Begegnung zur Unzeit.

***

Die Wachen waren eingeteilt und durch das große Dachfenster fiel ein Streifen Dunkelheit herein. Die angebrachte Decke hatte sich zum Teil gelöst und die Umrisse einiger Nachbardächer waren zu erkennen. Es war mitten in der Nacht und deshalb ratsam, die Decke wieder festzuklemmen, damit von draußen niemand hereinschauen konnte …

Drinnen fiel ein gelbliches Licht auf Möbel und Kisten, die Dunkle Pforte jedoch lag im Dunkeln.

Auf einmal richtete sich Daphne auf und verdrehte die Augen. Jules und Dominique sahen sie gespannt an. Sie wussten, was geschah: eine neue Trance befiel die Wahrsagerin, und sie warteten, ob sie wieder mit dem Jenseits in Verbindung treten und Nachrichten von Pascal übermitteln würde.

»Bestimmt versucht er, mit uns in Verbindung zu treten«, dachte Dominique. Er blickte auf Daphne, deren Körper sich versteifte, und trotz der Dramatik des Augenblicks schoss ihm ein Gedanke durch den Kopf und beinahe musste er lächeln: Diese Kommunikationsweise … sie war noch effizienter als zu chatten oder Mails zu schreiben.

»Hoffentlich ist es Pascal«, unterbrach Jules seine Gedanken. »Vergiss nicht, dass ein Medium Vermittler für alle möglichen Geister sein kann.«

Dominique ging auf diese Bemerkung nicht weiter ein und

konzentrierte sich ganz auf Daphne. Nach ein, zwei Minuten wurde sie ruhiger und ihr Blick verriet, dass sie unter dem Einfluss eines anderen Wesens stand.

»Sucht ... Mathieu«, formulierten ihre Lippen mit einer undefinierbaren Stimme. »Ich brauche ... seine ... Kenntnisse ... Sucht Mathieu ...«

Die Worte kamen ganz verzerrt und wie von einem Roboter gesprochen hervor. Jules und Dominique, die sich zu Daphne gebeugt hatten, interpretierten sie mehr, als dass sie sie verstanden. Jedenfalls war klar, dass Pascal sich auf diese Weise meldete. Doch was hatte Mathieu mit Pascal und mit ihnen und der Dunklen Pforte zu tun?

Die Verbindung brach ganz plötzlich ab, und die beiden mussten warten, bis Daphne wieder aus der Trance erwachte. Sobald sie bei sich war, berichteten sie ihr.

»Diesmal hat man dich ganz schlecht verstanden«, sagte Jules, »viel schlechter als beim ersten Kontakt.«

»Ein gutes Zeichen«, erwiderte sie. »Das bedeutet, dass euer Freund sich weiter entfernt hat von uns, also ist er vorangekommen und vielleicht schon in Michelles Nähe. Pascal hat das Zwischenreich offenbar verlassen und befindet sich jetzt im Reich der Finsternis. Aber nun zu uns hier in *dieser* Welt: Wer ist Mathieu?«

Jules war genauso neugierig wie sie.

»Ein Schulfreund«, sagte Dominique. »Er hat Michelle als Letzter gesehen. Du kennst ihn bestimmt vom Sehen, Jules. Ein großer, blonder Typ, sehr muskulös. Er ist in deiner Altersstufe, in einer anderen Klasse. Und er hat echt Ahnung von vielen Dingen, er ist sehr belesen.«

Jules nickte. »Ja, ich glaube, ich weiß, wen du meinst.«

»Er hat aber noch nichts von der Dunklen Pforte gehört, nehme ich an«, bemerkte Daphne, die noch immer Kräfte sammelte.

»Er hat keine Ahnung.« Dominique fiel das Gespräch wieder ein, das Pascal und Mathieu geführt hatten; über Zerberus, den Hund mit den drei Köpfen, der den Eingang zur Unterwelt bewacht. »Moment mal. Ich glaube, ich weiß, warum ihn Pascal kontaktieren will.«

»Schieß los«, bat Jules ungeduldig.

»Mathieu kennt sich auch mit Mythologie und Geschichte gut aus«, sagte Dominique und kratzte sich nachdenklich am Kinn. »Er wird ihn bestimmt etwas fragen wollen, was mit seinem Aufenthalt im Jenseits zu tun hat; vielleicht etwas Historisches, eine alte Legende. Wir wissen nicht genug darüber, und wir haben nicht einmal einen Internetanschluss hier oben. Unter diesen Umständen ist Mathieu die beste Quelle.«

Als Daphne das hörte, erhob sie sich und ging auf dem Dachboden auf und ab.

»Schade, dass ich meine Bücher nicht hier habe«, murmelte sie. »Ich ahne, was eurem Freund Pascal bevorsteht … Er versucht, in die zweite Zone zu kommen … Er ist beim Kronosfelsen.«

***

Verärgert blickte Marguerite auf ihre Armbanduhr. Sie lehnte neben dem Eingang des Wohnhauses in der *Rue Camille Peletan*. Zweimal hatte sie bereits geklingelt, doch ohne Erfolg. Erlaubte sich der Lehrer etwa, sie zu versetzen? In diesem Fall konnte er sich auf etwas gefasst machen.

Vor ein paar Stunden noch hatte sie sich gefragt, ob Varney womöglich etwas mit Delaveaus Tod zu tun hatte. Doch es war unmöglich, dass Varney Verdacht geschöpft hatte. Warum kam er also nicht, vor allem nachdem sie ihm mitgeteilt hatte, dass eingebrochen worden war? Das ergab keinen Sinn. Vielleicht war irgendetwas Unvorhergesehenes passiert, und weil er ihre Handynummer nicht besaß, konnte er sie nicht anrufen. Außerdem hatte er ihr ja gesagt, dass es ihm an diesem Abend eigentlich nicht passte ... Kein Grund jedenfalls, um eine offizielle Suche nach ihm zu starten. Sie konnte nicht aus einem Impuls heraus eine Polizeioperation anordnen. Im Grunde hatte der Lehrer gegen keinerlei Gesetz verstoßen.

Trotzdem kam ihr alles, was mit Varney zu tun hatte, merkwürdig vor. Die Lüge, was das Festnetztelefon anging, seine Fähigkeit, sich mitten auf der Straße in Nichts aufzulösen, seine Wohnung, die er tagelang nicht aufgesucht hatte ... Das war alles sehr merkwürdig.

»Nur wer etwas zu verbergen hat, benimmt sich so seltsam«, dachte sie.

Marguerite klingelte ein drittes Mal. Nichts. Sie konnte auch kein Auto sehen, das näher kam. Und es war schon spät.

Während sie also wieder auf ihren Wagen zusteuerte, kam ihr der Gedanke, morgen noch einmal die Leichname der beiden jungen Leute anzusehen, vielleicht war ihr etwas entgangen. »Tote reden«, sagte sie zu sich. Mit resigniertem Lächeln dachte sie an ihren Kollegen Marcel Laville, dem dieser Satz gefallen hätte.

Marguerite stieg in ihren Wagen. Obwohl es schon spät war, würde sie nicht nach Hause, sondern ins Kommissariat fahren, um noch ein bisschen zu arbeiten. Wenn sie diesen Varney schon nicht traf, konnte sie ihn zumindest überprüfen. Sie wollte alles über ihn wissen, und das war mehr, als in seiner Schulakte stand.

Besorgt blickte sie zum dunklen Himmel hinauf. Die Verbrechen, die sie gerade untersuchte, hatten nachts stattgefunden, und zwar in einer einzigen Nacht: Halloween. War die Ruhepause, die der Serienmörder ihnen, der Polizei, gegönnt hatte, womöglich vorbei?

Nur allzu gern hätte sie gewusst, was Varney gerade tat.

40

UNBEWUSST NAHMEN SICH Pascal und Beatrice bei der Hand, als sie in gespanntem Schweigen den dunklen Gang betraten, der sie in den Kronosfelsen hineinführte. Für Pascal war es, als ob dieser Eingang einen unsichtbaren Vorhang besaß, der das Innere von allem abschottete.

Sie gingen den Gang entlang, der in einen sechseckigen Raum führte, wo sich an jeder Wand wiederum eine sechseckige, geschlossene Tür befand. Die Ausgänge in die verschiedenen Epochen …

Pascal und Beatrice blieben stehen. Das war also die Kammer zu den Zeitreisen. Der Moment war gekommen, eine der Möglichkeiten auszuwählen. Pascal zog den durchsichtigen Stein aus seiner Hosentasche und richtete ihn auf jede Tür, um zu sehen, ob er zu blinken begann. Am Schluss blieben drei Türen übrig, bei denen der Stein am hellsten aufgeleuchtet hatte.

»Ob sie Mathieu wohl finden?«, fragte sich Pascal laut, während er abwechselnd die drei Türen betrachtete.

»Bestimmt.« Beatrice war in der Mitte des Raums stehen geblieben. »Deine Freunde sind die ganze Zeit für dich da. Mach dir keine Sorgen.«

Pascal holte tief Luft, dann deutete er vor sich.

»Welche nehmen wir?«

»Du bist der Wanderer. Du entscheidest.«

Die Türen sahen alle gleich aus.

»Überleg nicht lange«, fügte sie hinzu. »Nüchtern betrachtet, erwartet uns hinter jeder das Gleiche: eine dunkle, vergangene Epoche.«

»Du hast ja recht.«

Wieder beschlich ihn Angst, vor dem Unbekannten, vor Gefahren, denen er sich stellen musste … Allein der Gedanke an Michelle half ihm, diese Angst zu überwinden. Sich vorzustellen, dass sie eine Gefangene des Bösen war und er sie vielleicht in seiner Welt niemals wiedersehen würde, war einfach unerträglich.

Entschlossen zeigte Pascal auf einen der Ausgänge, in dessen Richtung der Stein hell blinkte, und sie gingen darauf zu.

»Bereit?«, wollte Beatrice wissen. »Sobald wir sie geöffnet haben, gibt es kein Zurück mehr.«

»Ja, bereit.«

Sie legten ihre Hände auf die sechseckige Tür und drückten dagegen. Ein schabendes Geräusch war zu hören, der Flügel öffnete sich, und in Sekundenbruchteilen wurden sie in die Dimension dahinter gesogen. Ihnen blieb nicht einmal Zeit zu einem erstaunten Ausruf; schon befanden sie sich in freiem Fall und stürzten blind in den Raum, während sich hinter ihnen die sechseckige Öffnung wieder schloss.

Sie spürten, wie sie flogen, auch wenn es keine festen Punkte gab, an denen sie das fixieren konnten. Das, was sie umhüllte, fühlte sich bisweilen sogar wie eine Flüssigkeit an, weshalb sie nicht ausmachen konnten, ob sie in diesem undefinierbaren Etwas schwebten oder schwammen.

Mit allen Sinnen versuchte Pascal zu erfassen, was mit ihm geschah, und überwältigt wurde ihm bewusst, dass er durch die Zeit reiste. Was für ein Gefühl!

***

»Es geht um ein Quiz, im Internet. Wir haben Geld darauf gewettet, und wir wollen nur von dir, dass du erreichbar bist.« Dominique sprach in sein Handy. »Mehr nicht.«

»Aber es ist Freitag«, beschwerte sich Mathieu. »Ich habe einen Typen kennengelernt und wir wollten gerade in eine schicke Kellerbar; dort hab ich bestimmt keinen Empfang. Kommt doch lieber auch hierher.«

»Dann warte ein bisschen mit der Bar. Wo bist du im Augenblick?«

»Neben dem ›Amnesie‹.«

»Was ist das?«

»Ein Pub im *Marais*.«

Das »Amnesie« war nicht weit weg von Jules' Haus. Dominique nahm kurz das Handy vom Ohr und wandte sich an Daphne: »Sollen wir ihn holen?«, fragte er. »Er ist ganz in der Nähe.«

»Nein! Bist du verrückt! Es ist dunkel draußen und der Vampir sucht uns. Außerdem würde dein Freund viel zu viele Fragen stellen, dafür ist jetzt keine Zeit. Wir rufen ihn an, sobald Pascal sich mit uns erneut in Verbindung setzt.«

Dominique nahm das Telefon wieder ans Ohr.

»Mathieu, bitte, könnt ihr nicht irgendwo etwas trinken, wo du Empfang hast?«

»Was ist denn so dringend, dass es nicht bis morgen warten kann?« Mathieu war schwer zu überreden. »Hey Leute, was ist eigentlich los mit euch, ihr …«

»Ja, es ist dringend«, schnitt ihm Dominique, dem langsam die Geduld ausging, das Wort ab. »Warum sollten wir dich sonst um diese Zeit anrufen? Bitte, es geht vermutlich um etwas aus der Geschichte, das ist dein Thema.«

Einen Moment lang war es still.

»Ihr spinnt doch! Aber okay!«, gab er seufzend nach.

»Danke, Mann. Wir schulden dir was.«

»Und ob. Hör mal, habt ihr was von Michelle gehört? Sie geht nicht an ihr Handy, und im Internat hieß es, sie sei verreist. Es ist komisch, dass sie mir nichts gesagt hat. Außerdem müssen wir bald unser Referat halten …«

»Bestimmt ist sie rechtzeitig wieder zurück, Mathieu. Ich muss jetzt Schluss machen. Also, sorg bitte dafür, dass du erreichbar bist, ja?«

»Geht klar. Ich warte auf euren Anruf.«

***

Die Substanz, die sie während ihrer Zeitreise schützend umgeben hatte, wurde plötzlich dunkel. Kurz darauf wurden Pascal und Beatrice aus der wabernden Hülle wieder ausgespuckt und landeten auf festem Boden. Pascal war, wenn man so wollte, wieder in seiner Welt. Wenn auch zu einer anderen Zeit.

Sie befanden sich in einem einfachen Haus, das aus roh behauenen Steinen und kantigem Holz gebaut war. Es schien gestampfter Lehm zu sein, auf dem sie lagen, und er war völlig verschmutzt. Ein Übelkeit erregender Dunst lag in der Luft; es roch nach Krankheit. Niemand war zu sehen und das Haus schien überstürzt verlassen worden zu sein.

Draußen hörte man Pferdegetrappel und laute Stimmen. Eine Stadt ohne Motoren, dachte Pascal. Wie weit sie wohl in der Zeit zurückgereist waren?

Sie standen auf und klopften sich ein wenig schwindlig und angeekelt von der schmutzstarrenden Umgebung die Kleider ab.

»Versteck deine Waffe«, empfahl Beatrice leise. »Ein bewaffneter Mann wird vielleicht als Bedrohung angesehen.«

Pascal, der sich die Nase zuhielt, nickte wortlos. Dann löste er den Schwertriemen, der quer über seine Brust führte, und zog T-Shirt und Pullover aus. Dann legte er den Riemen wieder um und steckte die Scheide mit dem Schwert in ein Hosenbein.

»So, jetzt kann man es nicht mehr sehen«, bemerkte Pascal.

Beatrice nickte, die leichte Ausbuchtung des Schwerts war unter dem Jeansstoff kaum zu erkennen. Es konnte losgehen.

»Wie es hier stinkt! Und jetzt?« Pascal sah sich um: ein Tisch und ein paar einfache Holzstühle; ein leicht qualmender Kamin, in dem glimmende Holzscheite lagen; ein offener Durchgang, der anscheinend zur Küche führte, denn man konnte

Töpfe und andere Küchenutensilien sehen; rechts an der Wand eine Treppe und daneben die Eingangstür aus Holz, die mit einem Querbalken verriegelt war. Pascal schätzte, dass sie mindestens anderthalb Jahrhunderte zurückgereist waren.

»Wir haben vierundzwanzig Stunden, um aus dieser Epoche wieder herauszufinden«, brachte ihm Beatrice noch einmal in Erinnerung. »Es muss eine versteckte Tür sein, sechseckig wie die, durch die wir hierhergekommen sind. Dein Stein wird uns hoffentlich die richtige Richtung zeigen.«

Pascal zog ihn aus seiner Hosentasche und sah, dass er auf einer Seite blinkte.

»Wohin?«, fragte Beatrice.

Pascal zeigte auf die Eingangstür, durch die noch immer Lärm und Stimmengewirr zu hören waren.

»Wir müssen hinaus«, sagte er ein wenig ängstlich angesichts der ersten Begegnung mit Menschen aus einer fremden Zeit.

»Mach dir keine Sorgen«, ermunterte ihn Beatrice und nahm ein paar Kleidungsstücke aus einem Schrank, den sie gerade entdeckt hatte. »Zieh dir das über, und du fällst gar nicht auf.«

Dann entfernten sie den Balken vor der Tür. Trotzdem wollte sie nicht aufgehen.

»Ist noch irgendwo ein Haken oder Riegel?«, fragte Pascal verwundert.

Beatrice nahm die Tür genau in Augenschein.

»Nein«, antwortete sie. »Die Tür wird nur durch diesen Balken gesichert.«

»Warum geht sie dann nicht auf? Klemmt sie vielleicht?«

»Ich weiß nicht.« Beatrice überlegte. »Wenn ich mich konzentriere, kann ich mich unsichtbar machen, körperlos, ohne

Materie, etwas, das nur in der Welt der Lebenden geht. Es müsste auch in dieser Epoche funktionieren. Ich werde es versuchen, um nach draußen zu kommen. Dann kann ich feststellen, woran es liegt, dass die Tür verschlossen bleibt.«

Beatrice schloss die Augen und nach und nach verblasste ihre Gestalt. Pascal sah interessiert, wenn auch gelassen zu; so leicht war er nicht mehr aus der Fassung zu bringen.

Es war, als wäre ein grauer Vorhang über Beatrice gefallen, der die Farben verlöschen ließ. Schließlich war sie nur noch ein blasser Schatten.

»Ich bin gleich zurück«, flüsterte sie.

***

Ihr Körper war gefangen, doch ihr Kopf war es nicht. Michelle stöhnte – könnte sie nur den Schmerz ignorieren, den ihr die Fesseln, der Knebel und die verkrampfte Haltung auf dem holpernden Karren verursachten. Sie war bewegungsunfähig, doch in Gedanken war sie noch immer frei, daran musste sie sich klammern. Es gab hier kein Licht? Dann würde sie es sich eben vorstellen: ein helles, strahlendes Licht. Und warm. Sie genoss das Bild mit geschlossenen Augen und stahl sich für einen Moment aus ihrer schlimmen Lage.

Warum auch sollte sie sich diese Welt hier anschauen? Gab es irgendetwas, wofür sie die Augen öffnen sollte, wo doch ringsherum nur Dunkelheit herrschte? Nicht einmal die Gesellschaft des anderen Gefangenen, zu ihr auf den Karren gekommen vor ein paar Tagen, war ein Trost in dieser düsteren Umgebung.

Michelle war in Fesseln, aber in Gedanken konnte sie entfliehen. Gerade hatte sie sich die helle Sonne vorgestellt, eine typische Sommersonne am Nachmittag, die die Brücken über der Seine in Gold tauchte. Plötzlich sah sie Pascal vor sich. Sie genoss seine Gesellschaft, stellte sich vor, wie sie seine Wange streichelte, während sie eines dieser Gespräche führten, die fortwährend von ihrem Freund Dominique unterbrochen wurden. Es war wundervoll, sich diese Momente vorzustellen.

Doch wie dorthin zurückkehren?

Wieder drängte sich Pascals Bild in den Vordergrund. Was empfand sie für ihn? Sie versuchte das Bedürfnis, ihn zu sehen, zu verdrängen. Was empfand sie für ihn? Sie musste sich eingestehen, dass sie nicht einmal jetzt eine Antwort darauf wusste.

Etwas Besonderes war zwischen ihnen, das stimmte schon. Etwas, das vielleicht über eine Freundschaft hinausging. Sie fühlte sich wohl in seiner Gegenwart. Aber war dieses »Etwas« genug, um eine Beziehung anzufangen?

Obwohl – worüber machte sie sich eigentlich Gedanken?! Es gab keine Garantie dafür, dass sie Pascal jemals wiedersehen würde; eher war es möglich, dass ihre Antwort auf Pascals Frage für immer unbeantwortet blieb.

Es war, als würde jemand anders für sie entscheiden. Und das machte sie so wütend, dass sie sich schlagartig erhob – erheben wollte …

Sie schluckte und öffnete die Augen. Der Traum war vorüber.

***

Geräuschlos und schnell huschte Varney über die Dächer. Die Abstände zwischen den Häusern überwand er mit katzenhaften Sprüngen; leichtfüßig bewegte er sich durch die Nacht.

Der Vampir lächelte trotz seiner Gier. Er fühlte sich frei und mächtig. Diese Nachtstunden eröffneten ihm sein Königreich. In der irdischen Welt gehörte die Dunkelheit ihm, und wenn er sich unter die Lebenden mischte, passte er sich äußerlich perfekt an sie an. Er konnte sie riechen und spürte ihren Herzschlag.

Den Ort der Pforte hatte er bereits entdeckt. Endlich. Er war ganz in der Nähe.

Varney machte angewidert einen Bogen um die Kirche *La Madeleine* und erblickte kurz darauf das Haus, zu dem er unterwegs war. Auf dem Dach konnte er einen schmalen Streifen Licht erkennen; mit seinen geübten Augen sah er ihn schon aus der Entfernung.

Auf einmal bemerkte er einen Mann, der auf der Terrasse des Penthauses nebenan stand und rauchte. Er hatte ihn gesehen und kniff die Augen zusammen, um besser erkennen zu können, was sich da in der Dunkelheit bewegte.

Ein Zeuge. Wie unpassend.

Der Mann durfte ihn nicht weiter beobachten. Mit wenigen Sprüngen war er bei ihm auf der Terrasse und schlitzte mit einer einzigen Bewegung die Kehle seines Opfers auf. Kein Laut war über dessen Lippen gegangen. Dann warf er den reglosen Körper über die Brüstung und leckte sich die Blutspritzer ab, die ihn im Gesicht getroffen hatten. Varney wartete, bis er den dumpfen Aufprall des Körpers unten auf dem Gehsteig hörte.

Die Leiche auf der Straße würde in Kürze für Aufruhr sorgen. Doch die Sache hatte auch ihr Gutes: Der »Vorfall« würde die Polizei ablenken und sie zu einem anderen Haus führen als dem, das den wertvollen Schatz, die Dunkle Pforte, beherbergte.

Außerdem freute er sich schon auf das Festbankett. Er hatte vor, sich mit dem frischen Blut der Beschützer der Pforte zu versorgen. Etwas Erleseneres konnte er sich nicht vorstellen; das perfekte Mahl für einen perfekten Sieg.

Auf einmal war aus dem Innern der Wohnung ein Geräusch zu hören und eine Lampe ging an. Varneys jüngstes Opfer schien nicht allein zu leben. Der Vampir wartete geduckt. Er konnte nicht einfach irgendwo eindringen, doch falls jemand auf die Terrasse kam …

»Frank?«, rief eine schläfrige Frauenstimme.

41

BEATRICE KEHRTE UMGEHEND wieder ins Haus zurück. Pascal hörte sie sprechen, noch während ihr Körper seine gewohnte Form annahm.

»Man hat von außen ein paar Bretter an die Tür genagelt, damit man sie nicht öffnen kann«, berichtete sie verwundert. »Und man hat mit Kalk ein paar Kreuze daraufgezeichnet.«

Pascal wusste zwar nicht, was das bedeutete, doch er war beunruhigt.

»Das klingt nicht gut, Beatrice. Hast du Leute gesehen, andere Häuser?«, fragte er.

»Viele Männer, Bauern, würde ich denken, andere auf Pferden und bewaffnet mit Schwertern«, teilte sie mit. »Es gibt Schweine und Ratten und offene Feuerstellen. Allzu viele Häuser sind es nicht. Ich glaube, wir sind im Mittelalter.«

Pascal nickte.

»Könnte zutreffen.« Er seufzte. »Solch einen großen Zeitsprung hatte ich nicht erwartet.«

Er drehte sich um und durchforschte erneut das Innere des Hauses, das noch immer von dem üblen Geruch durchzogen war. Sein Blick blieb an der Treppe hängen, die nach oben führte. Kein Geräusch war von dort zu hören.

»Lass uns dort oben nachsehen«, sagte Pascal nervös. »Vielleicht können wir durch irgendein Fenster klettern. Das ist immer noch besser, als die Aufmerksamkeit auf uns zu ziehen, indem wir die Tür aufbrechen.«

»In Ordnung.«

Pascal eilte die Treppe hinauf. Er sah auf die Uhr. Jede Zeitreise bedeutete einen unaufhaltsamen Countdown, und es waren bereits anderthalb Stunden von den vierundzwanzig vergangen, die sie zur Verfügung hatten.

Oben, wo der Gestank beinahe unerträglich wurde, befand sich ein mit wuchtigen Schränken ausgestattetes Zimmer; durch das geschlossene Fenster fiel nur spärliches Licht. Beatrice, die gleich nach Pascal heraufgekommen war, versuchte vergeblich, es zu öffnen.

»Es ist ebenfalls zugenagelt«, sagte sie und schob die schweren Vorhänge beiseite, damit mehr Licht hereinkam.

Da entdeckten sie ein Bett: Auf einem schmutzigen Strohsack lag der ausgemergelte Körper eines sterbenden Mannes.

Der Kranke befand sich in einem erbärmlichen Zustand: Er zuckte unter Fieberschüben, seine Haut war mit dunklen Flecken und blauen schillernden Pusteln übersät und am Hals hatte er mehrere Geschwülste, von denen ein paar vereitert waren.

»Verdammt …« Pascal trat zugleich angeekelt und mitfühlend zurück.

»Sieh«, sagte Beatrice mit zitternder Stimme.

Bleich folgte Pascal ihrem Finger. Sie zeigte auf eine Zimmerecke, wo auf einer einfachen Pritsche eine Frau lag, tot, mit ebensolchen Geschwüren wie der Mann.

Pascal stockte der Atem und er begriff, in welch eine Hölle die Kammern des Kronosfelsens sie schickten.

»Aber wie konnten sie die beiden hier nur einsperren?«, stammelte er schockiert. »Die Menschen haben kein Herz ...«

»Sie haben Angst«, dachte Beatrice und ahnte, welcher Bedrohung sie ausgesetzt waren.

»Pascal, du solltest rasch mit deinen Freunden sprechen«, empfahl sie ihm. »Wir müssen wissen, womit wir es hier zu tun haben.«

***

Daphne richtete sich schlagartig auf; eine neue Nachricht aus dem Jenseits hatte sie erreicht.

»Jungs!«, rief sie, solange sie ihren Körper noch unter Kontrolle hatte. »Pascal versucht, sich mit mir in Verbindung zu setzen. Ruft euren Freund Mathieu an und gebt ihm weiter, was ich euch übermittle!«

Nervös drückte Dominique Mathieus Nummer und betete, dass er ihn auch erreichen würde.

»Und was machen wir mit Mathieus Antworten?«, fragte Jules.

»Erzählt mir, was euer Freund euch sagt, langsam und deutlich. Wiederholt ...« Daphne begann zu zucken und verstummte. Kurz darauf begann sie zu reden ...

***

Mathieu, der am Tresen einer Kneipe saß, nickte mit konzentriertem Gesichtsausdruck, während er sein Handy ans Ohr hielt.

»Hmmmm … interessant … Was du da beschreibst, ist ziemlich eindeutig.«

»Na los, sag schon«, zischte Dominique ungeduldig.

»Das ist der Schwarze Tod«, behauptete Mathieu überzeugt. »Die Symptome sind typisch …«

»Der Schwarze Tod?«, wiederholte Dominique. »Du meinst, die Pest?«

»Ja, die Pest«, bestätigte Mathieu. »Im Mittelalter gab es zahlreiche Epidemien; im vierzehnten Jahrhundert ist ein Drittel der europäischen Bevölkerung ausgelöscht worden. Ein Drittel!«

»Einen Moment, warte.«

Dominique teilte Jules mit, was sein Freund gesagt hatte, damit dieser es Daphne, die weiter in Trance war, ganz langsam berichten konnte. Es klang horrormäßig.

»Diese Geschwülste am Hals, die du beschrieben hast«, fuhr Mathieu fort, »nennt man Beulen, daher die Bezeichnung Beulenpest. Die Bezeichnung Schwarzer Tod hat mit den dunklen Flecken auf der Haut zu tun. Und hast du nicht gesagt, das Haus des Kranken wäre verbarrikadiert und mit weißen Kreuzen gekennzeichnet?«

»Ja.«

»Das ist es. Weil man damals geglaubt hat, dass die Krankheit direkt von Mensch zu Mensch übertragen wird, wurden alle Häuser mit Kranken vom Rest der Gemeinschaft isoliert, zusammen mit der ganzen Familie, selbst wenn die anderen gesund waren. Stell dir vor, welch ein Elend für die Angehörigen, die man zum sicheren Tod verurteilte, indem man sie mit den Kranken einschloss. Grauenvolle Vorstellung, einfach auf den Tod zu warten. Es muss furchtbar gewesen sein. Ich hätte nicht im Mittelalter leben wollen …« Mathieu wurde gesprächig und stellte die Geduld seines Freundes auf die Probe. »Die Türen der Häuser, in denen die Pest wütete, wurden mit Kalkzeichen versehen, um die Leute zu warnen; fast niemand konnte lesen und schreiben.«

»Warte, warte bitte einen Moment.«

Dominique legte die Hand auf das Telefon und wiederholte die Worte für Jules. Dann wandte er sich wieder an Mathieu: »Das heißt, es hat gar nichts gebracht, die Leute in ihren Häusern einzusperren?«

»Natürlich nicht, weil die Ratten überall herumgewuselt sind, und sie waren die Hauptüberträger der Krankheit. Besser gesagt, ihre Flöhe.«

Dominique versuchte Mathieu davon abzuhalten, noch mehr ins Detail zu gehen: »Und wie konnten sie sich vor der Gefahr schützen?«

»Kaum, wirklich.« Mathieus Stimme, die die Hintergrundmusik übertönte, war anzuhören, dass ihm das Thema Spaß machte. »Sie starben wie die Fliegen, ihnen ging sogar das Holz für die Särge aus. Auch die Totengräber und die Ärzte sind gestorben …«

»Und dann?«

Mathieu überlegte kurz.

»Wenn sich jemand retten wollte, musste er die Stadt so schnell wie möglich verlassen, denn größere Ortschaften waren die schlimmsten Infektionsherde. Natürlich versuchten die Reichen, auf ihre Landsitze zu fliehen. Und bloß kein Wasser aus dem verseuchten Gebiet trinken, und schon gar keinen Kranken berühren. Wenn ein Kranker hustet, kann man sich auch über die Luft anstecken.«

»Augenblick mal, Mathieu.«

Wieder gab Dominique die Informationen an Jules weiter, allerdings nicht ohne sich vorher die beunruhigende Frage zu stellen, wo sich Pascal im Augenblick wohl befand.

»Die Krankheit«, schloss Mathieu, »ist einer der vier apokalyptischen Reiter ...«

***

Obwohl das Wort »Pest« Pascal in Angst und Schrecken versetzte, hörte er konzentriert zu. Sie befanden sich mitten in einer Pestepidemie! Beatrice war nicht in Gefahr, aber er ... Ohne die Kommunikation zu unterbrechen, riss er sich die Kleider vom Leib, die ihm Beatrice gegeben hatte, und schleuderte sie weit von sich. Er wollte sich lieber in seinen eigenen Klamotten zeigen, als eine Ansteckung zu riskieren. Wenn es nicht schon zu spät war.

Mit geschlossenen Augen folgte er den Worten, die aus der anderen Dimension zu ihm drangen, bis ihn ein Schrei von Beatrice aus seiner Versenkung riss.

»Die Treppe!«, schrie sie mit aufgerissenen Augen und bewegte sich rückwärts zum entgegengesetzten Ende des Raums.

Pascal, der die letzten Worte aus der fernen Welt der Lebenden nicht mehr mitbekommen hatte, öffnete die Augen und sah, was Beatrice erschreckt hatte: Die unverwechselbare Gestalt eines Ghuls kam die letzten Stufen der Treppe herauf. Wie war er nur hierhergekommen? Pascal fiel wieder ein, dass sich die Diener des Bösen problemlos durch die Zeitebenen des Kronosfelsens bewegen konnten. Bestimmt hatten sie von der Mission erfahren, die ihn als Wanderer ins Reich der Finsternis führte. Und bestimmt wollten sie sie vereiteln.

Daphnes Talisman, jetzt spürte Pascal es, musste schon vor einer Weile kalt geworden sein, denn er lag jetzt eisig auf seiner Haut. Seine Sorge wegen einer möglichen Ansteckung musste warten.

Pascal schluckte, als er das tiefe Knurren der hyänenhaften Gestalt mit ihrem Tentakel vernahm. Das kaum verweste Gesicht des Monsters verriet, dass es noch ziemlich jung war.

»Lauf, Beatrice!«, rief er ihr zu, ohne den Ghul aus den Augen zu lassen. »Ich sage dir Bescheid, wenn die Gefahr vorüber ist.«

»Ich bin hier, um dir zu helfen«, erwiderte sie mit dünner Stimme und warf der Bestie ein Holzscheit entgegen, das sie gefunden hatte. »Ich bleibe.«

Pascal wusste, dass sie ebenfalls alles riskierte; für das Böse stellten sie eine prächtige Beute dar. Der Ghul war nur noch wenige Meter entfernt, und sein plötzliches Geheul brachte Pascals Herz beinahe zum Stillstand. Keuchend umklammerte er den Griff des Schwerts. Es war eine Geste, die der Ghul interessiert verfolgte.

***

Jules war gerade dabei, die letzten Worte von Dominique zu wiederholen, als Daphne von einem heftigen Krampf geschüttelt wurde.

»Etwas ist passiert«, stellte sie endlich atemlos fest. »Die Verbindung ist ganz plötzlich unterbrochen worden, etwas ist mit Pascal passiert.«

»Verdammt …« Dominique nahm seine Kappe ab und wischte sich mit der Hand übers Gesicht. »Also wirklich, das ist zu viel für mich …«

Doch Daphne gab nicht auf.

»Wir können nicht einfach hier herumsitzen, diesmal werde ich versuchen, die Verbindung zu knüpfen …«

Jules und Dominique warteten gespannt, während Daphne sich in Trance zu versetzen versuchte. Minutenlang war es so still, dass sie ihren eigenen Atem hörten.

»Nichts«, stellte Daphne schließlich fest und ließ sich zurück in den Sessel sinken. »Keine Chance, ich kann mich nicht mit ihm verständigen. Das begreife ich nicht.«

»Vielleicht ist Pascal ja in einer Art Funkloch«, versuchte Jules sie zu beruhigen.

»Ich weiß es nicht, Jules«, gestand Daphne mit resignierter Miene. »Ich weiß es nicht.«

***

Pascal zückte seine Waffe und wieder spürte er eine Wärme durch seinen Körper strömen, die ihm die Stärke gab, die er brauchte. Sein Herzschlag beruhigte sich, und durch die Klinge ging in Erwartung des Gegners ein Zittern.

Der Ghul kam nicht dazu, sich auf sein Opfer zu stürzen. Die Schwerthiebe zwangen ihn zu heftigen Ausweichmanövern, um nicht getroffen zu werden. Hinter Pascal stand Beatrice, die nicht wusste, wie sie ihm helfen sollte.

In seiner Wut brüllte der Ghul erneut laut auf, und das Schwert nicht beachtend, sprang er Pascal entgegen. Doch die Waffe in Pascals Hand verteilte ihre Hiebe, immer schneller und kräftiger. Und im richtigen Moment hieb die Klinge in den Hals des Ghuls und köpfte ihn. Wie eine Marionette sank er zu Boden. Doch es blieb keine Zeit aufzuatmen; die soeben getötete Bestie war nicht allein gekommen. Ein zweiter Ghul kletterte die Treppe herauf.

Der Hunger des neuen Gegners ließ Pascal keine Zeit. Der Ghul stürzte sich wie ein Wirbelwind auf ihn, ohne sich von dem Schwert, das Pascal mit der Kraft der Verzweiflung schwang, beeindrucken zu lassen.

Einer Eingebung folgend, stellte Pascal sich dem stürmischen Angriff nicht entgegen, er wäre über den Haufen gerannt worden. Stattdessen sprang er einfach beiseite, kurz bevor ihn der Ghul packen konnte.

Die überraschte Bestie konnte nicht rechtzeitig abbremsen und schlug mit voller Wucht gegen das Fenster. Unter dem Aufprall zersplitterten die Bretter, die man davorgenagelt hatte, und er stürzte brüllend hinaus.

Von dem plötzlich hereinflutenden Sonnenlicht geblendet, schlossen Pascal und Beatrice die Augen.

Draußen hörte man Rufe und hastige Schritte; der Sturz des Scheusals aus dem Pesthausfenster musste Panik unter den Bewohnern des Dorfes ausgelöst haben. Vorsichtig blickten Pascal und Beatrice hinaus. Der Anblick, der sich ihnen bot, ließ sie erstarren: Ein Haufen Leute mit brennenden Fackeln umringte den Ghul, um zu verhindern, dass er weglief.

Die Pferde auf der Straße wieherten nervös, weil sie spürten, dass es sich um ein übernatürliches Wesen handelte, das da vom Feuer in Schach gehalten wurde.

»Das stimmt alles mit dem überein, was Mathieu gesagt hat«, stellte Pascal fest. »Weil der Ghul aus einem Pesthaus geflohen ist und halb verwest aussieht, glauben die Menschen, er sei todkrank. So verbrennen sie ihn eher bei lebendigem Leib, als dass sie ihn laufen lassen.«

Und wie aufs Stichwort trieben die Bauern den Ghul mit ihren Fackeln vor das Dorf, schlugen ihn mit Steinen, steckten seine Überreste in Brand.

Pascal hielt es nicht länger hier im Haus. Ein Blick auf das Bett des Kranken zeigte ihm, dass der in der Zwischenzeit sein Leben ausgehaucht hatte. Pascal vermeinte fast zu spüren, wie sich die tödlichen Bakterien in seine Blutbahnen einschlichen.

Rasch kletterte er auf das Fensterbrett und half dann auch Beatrice hinauf. Sie waren im ersten Stock und nicht besonders hoch, also sprangen sie einfach hinaus und rannten, was das Zeug hielt. Nur fort von diesem pestverseuchten Ort, hinaus aus dieser Zeit.

Sie mussten die Tür zur nächsten Kammer finden. Jetzt sofort.

42

HALLO, MARGUERITE.«

Die Kommissarin blickte vom Computer auf, als sie ihren Kollegen hereinkommen hörte. Ihr Gesicht hatte vom Licht des Bildschirms eine seltsame Färbung.

»Hallo, Marcel. Du warst nicht zu erreichen, dein Handy war ausgeschaltet. Ich habe erst morgen wieder mit dir gerechnet. Was tust du hier um diese Zeit?«

»Ich nehme an, dasselbe wie du. Der Fall Delaveau treibt uns um.«

Marguerite nickte. Dann zeigte sie auf die große Sporttasche, die Marcel über der Schulter trug.

»Und das da? Kommst du vom Training?«

Er lachte kurz auf.

»Nein. Das ist nur mein … Werkzeug. Ich werde es heute Nacht brauchen, ich spüre es.«

Marguerite verdrehte abwehrend die Augen. Sie wollte sich die Holzpflöcke und die anderen esoterischen Gegenstände in der Tasche gar nicht vorstellen.

»Willst du einen Kaffee?«, fragte sie und stand auf, um auf

den Flur zu gehen, wo der Kaffeeautomat stand. »Ich brauche einen.«

»Gern, danke.«

Als Marguerite den kleinen Raum verlassen hatte, ließ Marcel seinen Blick umherwandern, eine Angewohnheit, die er im Laufe der Jahre angenommen hatte. Sein Blick fiel auf Marguerites Pistole, die in ihrem Holster auf einem Regal lag. Marcel überlegte kurz, wann die Kommissarin wohl mit dem Kaffee wieder zurück wäre, und trat vor das Regal. Er nahm die Waffe und wiegte sie mit beiden Händen, um ihr Gewicht abzuschätzen. Dann zog er sie aus dem Holster; sie war vorschriftsmäßig gesichert. Er ließ das Magazin herausspringen und erlebte eine Überraschung. Es war die übliche Dienstpistole, eine 9 Millimeter Melcher HK USP Compact. Doch die Patronen wichen vom Üblichen ab. Marcel lächelte. Die Kommissarin hatte die Pistole mit Patronen aus Silber geladen! Wer hätte das gedacht? Offensichtlich hatte seine Hartnäckigkeit sie dazu gebracht. Er verstand, warum sie ihm nichts davon gesagt hatte; dazu war sie einfach zu stolz.

Der Kaffeeautomat draußen war nicht mehr zu hören, also legte er die Waffe wieder ins Regal und nahm auf der anderen Seite des Schreibtischs Platz.

Kaum saß er, ging die Tür auf. »Hier, bitte.« Marguerite reichte ihm einen der Plastikbecher. »Haben dir deine seltsamen Theorien dabei geholfen, etwas Neues über das Verbrechen herauszufinden?«

»So seltsam findest du sie doch gar nicht«, dachte er amüsiert und sagte laut: »Ich fürchte, nicht.«

Marguerite lächelte.

»Das überrascht mich nicht. Vielleicht findest du ja morgen Nacht bei Vollmond eine heiße Spur ... Oder ist das nur etwas für Wolfsmenschen?« Die Ironie war nicht zu überhören, und Marcel wunderte sich nun doch über die silbernen Patronen in ihrer Waffe.

»Mach mich nur fertig«, bemerkte er ironisch. »Ich kenne dich und weiß, dass du ein herzloser Mensch bist. Hat denn dein messerscharfer Verstand etwas entdeckt?«

Marguerite setzte eine überlegene Miene auf: »Ich will nicht voreilig sein«, gestand sie, »aber es gibt vielleicht einen Verdächtigen. Es geht um den Lehrer, der Delaveaus Job übernommen hat. Er heißt Varney und er hat etwas zu verbergen, das ist sicher. Mir gefällt überhaupt nicht, wie er sich verhält.«

Interessiert beugte sich Marcel vor: »Hast du ihn schon befragt?«

»Nein. Der Kerl weicht aus. Heute Abend ist er mir entwischt, aber morgen wird ihm das nicht so leicht gelingen ... sofern er unterrichtet. Ansonsten werde ich die Kollegen auf ihn hetzen. Falls er irgendetwas mit den Morden zu tun hat, werde ich ihn kriegen.«

Sie schwiegen einen Moment.

»Richtig zu befriedigen scheint dich die Sache aber nicht«, stellte Marcel fest.

»Wie gesagt, ich hatte ein Treffen mit Varney vereinbart, er ist nicht gekommen. Ich wäre beruhigter, wenn ich ihn hätte befragen können und vor allem, wenn ich wüsste, wo er jetzt ist. Glaubst du, dass es heute Nacht ein viertes Opfer gibt?«

»Daran will ich gar nicht denken. Mal nicht den Teufel an die Wand. Was weißt du über den Kerl?«

Marguerite zuckte mit den Schultern.

»Kaum etwas. Scheint ein ganz normales Leben zu führen. Ich habe unsere Datenbank durchsucht … Nichts. Es gibt keine Vorstrafen, kaum einmal einen Strafzettel.«

»Gib nicht auf«, empfahl ihr Marcel. »Die großen Mörder hatten nie Vorstrafen. Bis sie schließlich geschnappt wurden, erst dann wurden sie mit früheren Verbrechen in Verbindung gebracht. Vielleicht ist es hier ähnlich.«

»Hoffentlich, denn wenn nicht …«

Das Klingeln des Telefons unterbrach sie. Marguerite blickte auf die Uhr, bevor sie den Hörer abnahm. Ein Anruf um diese Zeit?

»Ja bitte?« Marcel blickte sie gespannt an. »Warum rufen Sie mich an, wenn es sich um einen Selbstmord handelt? Aha, es ist also in meinem Bezirk passiert, in der Nähe der *Madeleine* … Die Kehle durchgeschnitten? Dann ist es doch kein Selbstmord!«

Marcel Laville war bereits aufgestanden. Das Spiel begann, und er ahnte, dass der Mörder nicht weit war.

Nein. Der Vampir würde heute Nacht kaum zu seinem Grab zurückkehren, nicht, bis er sein Ziel erreicht hatte.

***

Die drei sahen sich an und verharrten schweigend. Seit der Unterbrechung hatten sie nichts mehr von Pascal gehört, und das Problem war, dass sie nicht wussten, wie sie das verstehen sollten. War es ein gutes Zeichen oder genau das Gegenteil?

Womöglich war ihm tatsächlich etwas zugestoßen, wie

Daphne es befürchtet hatte. Ja, das war unter den gegebenen Umständen nicht nur möglich, sondern sogar wahrscheinlich. Doch sie hatten keine Gelegenheit, es herauszufinden, und sie versuchten, jeder vor dem anderen, sich nicht anmerken zu lassen, wie sehr sie die Ungewissheit quälte.

Ganz zu schweigen von dem Vampir. Die Gefahr, dass er jeden Moment hier bei ihnen auftauchte, gehörte zu Daphnes vagen Ahnungen, und beinahe wünschten sie sich, dass es endlich passierte, damit sie etwas unternehmen konnten.

Die Wahrsagerin ließ ihren Blick über den Dachboden gleiten und prüfte zum zigsten Mal die Sicherheitsvorkehrungen. Ihr Blick blieb an der wollenen Decke hängen, mit der sie das Oberlicht verhängt hatten. Erneut hatte sich eine Ecke gelöst und hing herab.

Sie deutete nach oben. »Jules, könntest du das bitte wieder in Ordnung bringen? Ich will gar nicht daran denken, wie gut man das Licht von draußen sehen kann.«

»Klar!«

Jules ging zum Fenster und packte die lose Ecke, um sie wieder festzustecken. Doch er kam nicht dazu.

Plötzlich zersprang laut klirrend das Glas, von draußen schoss ein Arm hindurch und packte unter dem Scherbenregen Jules an der Brust und riss ihn hoch, als würde er nur ein paar Gramm wiegen.

Jules begann wie ein Verrückter zu schreien, während er in die Dunkelheit hinausgezogen wurde, doch dann verschloss ihm eine eisige Hand den Mund.

Daphne und Dominique reagierten so schnell wie möglich. Dominique raste zu seinem wild zappelnden Freund und umklammerte seine Beine. Daphne hängte sich ebenfalls an ihn, und gemeinsam zogen und zerrten sie aus Leibeskräften.

Doch es half nicht viel. Varney, der nun vor ihnen in dem zerborstenen Fenster auftauchte, hatte Jules an den Haaren gepackt und bog seinen Kopf zurück. Er näherte bereits seine Fangzähne dem Hals des Jungen, als Daphne geistesgegenwärtig ihr Amulett emporhielt.

Der Vampir fauchte, als er das heilige Objekt sah, und zog sich eilig zurück. Trotzdem hatte Daphne mitbekommen, dass die flinken Augen des Monsters die Dunkle Pforte entdeckt hatten.

Jetzt würde er von hier oben nicht weggehen, solange es ihm die Dunkelheit erlaubte.

Auf dem Dach kniend, zerrte Varney noch immer an Jules, was schließlich dazu führte, dass Dominique, der ebenfalls nicht losließ, aus dem Rollstuhl stürzte. Daphne zog mit Mühe ein Fläschchen Weihwasser aus ihrer Tasche, hob den Arm, so hoch sie konnte, und spritzte den Inhalt der Gestalt draußen ins Gesicht.

Der Vampir heulte laut auf, als er das Brennen spürte, das ihm das Weihwasser wie Säure auf seiner untoten Haut verursachte.

Für den Augenblick beschloss er, sich zurückzuziehen, um später noch einmal anzugreifen. Er ließ seine Beute schlagartig los, nachdem Jules' Schreie bereits dazu geführt hatten, dass in der Nachbarschaft die Lichter angingen, und verschwand so plötzlich in der Dunkelheit, wie er aufgetaucht war.

Jules fiel schwer zu Boden, er schnappte nach Luft, die Augen geschlossen.

Alle drei waren erschöpft. Doch den ersten Angriff hatten sie abgewehrt – wenn auch die Schlacht noch nicht gewonnen war und die Nacht noch lange nicht vorbei.

***

Dem Blinken des Steins folgend, liefen Pascal und Beatrice auf dem breiten Weg hinter dem Dorf. Noch immer beeilten sie sich. Sie mussten die Tür zur nächsten Kammer finden. Die Stunden vergingen unaufhaltsam und brachten sie von Minute zu Minute der Verdammnis näher.

Zwei Männer begegneten ihnen. Sie trugen seltsame Kleider und Masken mit langen Schnäbeln und strebten auf ein Haus zu, das entfernt auf einem Hügel lag

»Wer sind die beiden Kostümierten? Und warum gehen sie dort rein?«, rief Pascal, ohne stehen zu bleiben. »Sind sie verrückt?«

»Das müssen Ärzte sein!« Atemlos verlangsamte Beatrice ihren Schritt. In dieser Welt konnte sie sich nicht so leicht bewegen. »Wie schade, ihr Aufzug schützt sie kein bisschen vor der Pest … Sie werden sterben.«

Pascal bewunderte den selbstlosen Mut, mit dem die Männer sich dieser so grauenvollen Krankheit stellten. Ihm wurde bewusst, dass sie kaum Kenntnisse über sie besaßen noch eine wirksame Medizin kannten, mit der sie um das Leben kämpfen konnten. Was für eine schlimme Zeit! Sie rasten weiter, und Pascal blickte wieder und wieder auf seinen Stein und wechselte mehrfach abrupt die Richtung. Jetzt ging es auf ein paar verlassene Scheunen zu.

»Der Stein schimmert sehr hell«, bemerkte er. »Die Kammer muss dort drin sein.«

Beatrice blickte sich um.

»Du …«

»Hast du gehört, was ich gesagt habe?«, fragte Pascal ungeduldig. »Was ist los?«

»Sieh mal!«

Pascal blickte in die Richtung, in die sie zeigte: Eine Gruppe Männer mit Fackeln war ihnen auf den Fersen.

»Jemand muss uns gesehen haben«, flüsterte Pascal. »Vorhin, als wir aus dem Fenster gesprungen sind, aus dem Fenster des Pesthauses. *Merde*.«

»Was machen wir jetzt?« Beatrice überließ ihm die Entscheidung. »Wenn wir in die Scheune gehen und die Tür ist nicht dort, so schaffen wir es nicht mehr heraus. Sie werden das Gebäude niederbrennen mit dir, und ich werde dir nicht helfen können.«

Pascal überlegte fieberhaft. Sollten sie es riskieren?

***

Das fortgesetzte rhythmische Trommeln hallte in der Schlucht wie ein Donnern wider und gab den langsamen Takt vor, in dem sich der Tross vorwärtsbewegte. Michelle, deren Überlebensinstinkt langsam erwachte, stellte fest, dass ihre Passivität und Unterwerfung es ihren Entführern nur leicht machte. Das Gefühl von Einsamkeit und Kapitulation wich langsam dem Wunsch, sich zu wehren und den letzten Ausweg zu wagen: die Flucht.

Sogar die lähmende Angst vor den fürchterlichen Dingen, die sie links und rechts des Weges seit ihrer Entführung gesehen hatte, ließ nach. Immerhin stand ihr Leben auf dem Spiel.

Und auch das des Jungen, der reglos am anderen Ende des Karrens saß. Der zweite Gefangene. Mitfühlend sah sie ihn an. Sie kannten sich nicht, hatten sich noch nie gesehen, doch ihnen stand das gleiche Schicksal bevor.

Der Junge musste ungefähr zehn sein und er war sehr hübsch mit seinen großen Augen und dem blonden Haar, das ihm in Locken in die Stirn fiel. Wie konnte nur jemand zu diesem Kind so bösartig sein und ihm wehtun?

Sie musste irgendetwas unternehmen, selbst wenn die Aussicht auf Erfolg gering war. Sie musste fliehen, bevor sie das mysteriöse Ziel erreichten.

Michelle wünschte sich, der Weg wäre noch lang, um Zeit für einen Fluchtplan zu haben. Während sie nachdachte, tat sie so, als änderte sie ihre Sitzposition, und rieb die Seile, mit denen ihre Hände gefesselt waren, an einem der rollenden Räder des Karrens. Zum ersten Mal betrachtete sie die dunkle Dämmerung, in der sie dahinfuhr ... und ihre geisterhaften Begleiter beachteten sie kaum. Der Schmerz in ihren Handgelenken wurde stärker, doch sie machte weiter, ohne einen Laut von sich zu geben.

Zumindest konnte sie ihre Beine frei bewegen. Anscheinend ging niemand davon aus, dass ein Gefangener in dieser Umgebung, die endlos zu sein schien, fliehen wollte.

***

»Gehen wir hinein!«, befahl Pascal. »Der Stein weist noch immer in diese Richtung, los!«

Die beiden stürzten in die Scheune und sahen entmutigt den riesigen Raum, den sie absuchen mussten: Ecken, die mit einfachem Feldwerkzeug vollgestellt waren, Strohhaufen an den Wänden, in der Mitte ein beinahe drei Meter hoher, zylindrischer Behälter, in dem Getreide gelagert wurde …

»Die Kammertür ist ziemlich groß, also müssten wir sie finden«, bemerkte Beatrice und warf einen Blick zum Scheunentor, von wo die Rufe der Bauern kamen. »Fangen wir an.«

Hektisch begannen sie zu suchen, räumten Werkzeug beiseite, tasteten über den Boden, umrundeten den Getreidespeicher. Nichts. Begierig wanderten ihre Augen über jeden Zentimeter in der Scheune. Nichts.

Draußen versammelten sich mehrerere Dutzend Männer mit Fackeln, um die Scheune mit dem vermeintlich Kranken darin niederzubrennen. Pascal und Beatrice hörten von drinnen, wie ein paar Bauern sich um das Gebäude herum verteilten und auf ein Zeichen hin die Holzwände in Brand setzten. Innerhalb von Sekunden loderten riesige Flammen auf, fraßen sich hoch bis zum Dach und verwandelten es in Kürze in ein Flammenmeer. Dichter Rauch drang herein und Pascal hustete heftig. Zudem wurde es heißer und heißer. Er bedeckte den Mund mit seinem T-Shirt, und nachdem er einen Blick auf den Stein geworfen hatte, unternahm er einen letzten Versuch: »Der Speicher!«, rief er keuchend und packte mit beiden Händen eine kleine Leiter, die zu der Öffnung hinaufführte. »Sie muss hier sein, es gibt keine andere Möglichkeit!«

Der Boden des Behälters war zu einem Teil mit Getreide bedeckt, der frei sichtbare Bereich wies keine sechseckig geformte Struktur auf. So standen die beiden Sekunden später in dem Getreide und suchten panisch vor Angst nach einer verborgenen Tür.

In der Scheune war es jetzt heiß wie in einem Backofen; sie müsste von außen wie ein riesiger Feuerball aussehen. Auch Beatrice schwebte in großer Gefahr, nicht mehr lange, und sie musste sich entmaterialisieren.

Pascal wühlte in den Weizenkörnern. Ein Hustenanfall schüttelte ihn, er war kurz davor, das Bewusstsein zu verlieren. Auch Beatrice neben ihm grub nach der Tür, schaufelte mit den Händen das Korn zur Seite.

»Hier!«, schrie sie plötzlich triumphierend, als sie endlich den Rand eines Sechsecks fühlte, das in dem Speicherboden eingelassen war. »Hier ist es!«

Fieberhaft legte sie mehr von der Tür frei, packte Pascal, der kurz davor war zu ersticken, am Arm, legte seine Handfläche neben ihrer auf den freigelegten Türausschnitt und stieß einfach zu. Es funktionierte. Und hinter ihnen, genau in dem Moment, als die Tür sich wieder schloss, stürzte das brennende Dach herab auf den Boden und begrub alles, was noch unversehrt war, unter sich.

43

DA DER ERMORDETE keine Papiere bei sich hatte, konnte man ihn noch nicht identifizieren.

Marguerite kauerte sich auf den Boden, hob die Decke und beugte sich über den Mann. Mit der Hand im Latexhandschuh drehte sie den Kopf des Toten. Sie sah den tiefen Schnitt in der Kehle, dunkel von geronnenem Blut. Es war eine brutale Verletzung, von einer äußerst scharfen Waffe.

»Wie man sieht, hat er sich nicht das Leben genommen«, bemerkte Marcel neben ihr und richtete sich auf. Von wo ist er herabgestürzt?«

Die beiden blickten zu den Fassaden hinauf und betrachteten die Balkone und Fenster.

»Ein Körper ist schwer und sein Weg durch die Luft gerade, er schwebt nicht«, stellte Marcel fest. »Er muss also aus einem der Stockwerke direkt über uns gefallen sein. Die erheblichen Verletzungen, die er außer seiner Wunde hat, deuten darauf hin, dass er von weit oben fiel.«

»Du meinst also, aus einem der obersten Stockwerke.«

»Ganz bestimmt.«

»Damit können wir die Suche beschleunigen.«

Marguerite gab ein paar Polizisten den Befehl, zur Eingangstür zu gehen und in den obersten Stockwerken zu klingeln.

»Er trägt einen Pyjama, hat aber nicht geschlafen, als man ihn angegriffen hat«, teilte Marguerite ihnen mit.

Der Gerichtsmediziner hob fragend die Augenbrauen.

»Wie kannst du das wissen?«

»Er hatte ein Feuerzeug in der Tasche seiner Pyjamahose. Wer schläft schon mit einem Feuerzeug in der Hosentasche? Wahrscheinlich rauchte er gerade, als man ihn umbrachte.«

Sie blickte sich um; vielleicht hatte sie ja Glück und fand sogar die Kippe.

»Das passt zum Hergang«, sagte Marcel. »Möglicherweise hat er sich draußen auf dem Balkon die Zigarette angezündet und ist bei einem Angriff auf die Straße gestürzt.«

»Wer greift einen schon in der eigenen Wohnung an? Das ist merkwürdig.«

Marguerite blickte wieder zu den Fenstern hinauf.

»Die Freundin? Die Liebhaberin?« Marcel klang nicht sehr überzeugt. »Vielleicht handelt es sich hier um einen Fall von häuslicher Gewalt.«

Er ging in die Hocke, um erneut die Wunde zu betrachten.

»Die Ränder der aufgerissenen Haut … Die Klinge der Tatwaffe muss ziemlich ungleichmäßig gewesen sein«, stellte er fest. »Der Angriff wurde jedenfalls nicht mit einer konventionellen Waffe ausgeführt.«

»Womit ist er dann getötet worden?«, fragte Marguerite. »Ich hoffe, du denkst dabei nicht an Vampire oder Ähnliches, das hier sieht um einiges banaler aus.«

Marcel, der ihre Stichelei ignorierte, hätte ihr gern geantwortet, dass die Verletzung von langen, scharfen Fingernägeln verursacht worden war. Doch er ließ es bleiben.

Marguerites Blick wanderte zu den benachbarten Häusern, die um diese Uhrzeit dunkel und still dalagen.

»Jules Marceaux wohnt ganz in der Nähe«, bemerkte Marcel, »der Gastgeber der Halloweenparty in der Nacht der Tragödie.«

»Zufall?«, wollte sie wissen.

»Was meinst du?« Marcel wollte nicht zu deutlich werden, obwohl er eine eindeutige Meinung dazu hatte.

»Dieser Mord hat außer dem Stadtteil nichts mit denen von Delaveau und den beiden Jugendlichen gemeinsam«, sagte er bestimmt. »Aber bevor wir nicht die Wohnung des Opfers gesehen haben, können wir nichts Genaues sagen.«

Ein Polizeibeamter kam auf sie zu.

»Wir mussten mehrere Familien wecken und haben mit allen gesprochen«, teilte er mit. »Niemand hat etwas gehört oder gesehen. Und es wird auch niemand vermisst. Bleibt nur noch eine Wohnung, wo niemand aufgemacht hat. Sollen wir gewaltsam eindringen? Die Wohnung«, er zeigte nach oben zu einem schwachen Lichtschein, »gehört zu diesem erleuchteten Fenster.«

»Na gut«, sagte Marguerite, »anscheinend kommen wir der Sache langsam näher.«

»Gehen wir hinauf«, schlug der Gerichtsmediziner ungeduldig vor.

»Ja, hier sind wir fertig. Außerdem kommt gleich der diensthabende Richter, um den Toten freizugeben.« Sie wandte sich an den Polizisten. »Haben Sie schon mit demjenigen gesprochen, der die Leiche gefunden hat?«

»Ja, Madame. Man hat seine Aussage zu Protokoll genommen.«

»Dann gehen wir hinauf. Und wenn nötig, brechen wir die Tür auf.«

***

Zum Glück waren Jules' Eltern bei der Hochzeit in *Fontainebleau*. Sonst wären sie bei den Schreien ihres Sohns erschrocken auf den Dachboden gestürzt. Inzwischen hatten Daphne und die beiden Jungen die Situation in den Griff bekommen, und es war wieder Ruhe eingekehrt. Allerdings eine höchst gespannte Ruhe.

Noch immer schöpften alle drei nach Atem, der Angriff des Vampirs hatte höchstens eine Minute gedauert, doch ihnen war es wie eine Ewigkeit vorgekommen. Alles war schlagartig anders, seit das gefürchtete Monster tatsächlich aufgetaucht war. Durch das zerbrochene Glas des Dachfensters wehte ein kalter Wind herein. Sie erholten sich langsam von ihrem Schrecken und fühlten sich zugleich hilflos und ausgeliefert. Bevor es nicht hell wurde, konnten sie diesen Boden nicht verlassen. Und der Vampir konnte jeden Augenblick zurückkommen, sich auf sie stürzen und ihnen seine Zähne in den Hals schlagen.

Allerdings – nicht durch dieses Fenster! Von dort aus konnte er, wie er es versucht hatte, nur einen von ihnen an sich reißen, der sich unmittelbar dem Fenster näherte. Um auf den Dachboden selbst zu kommen, musste er eingeladen sein. Wenn sie also vorsichtig waren, sich nicht täuschen ließen, konnte er ihnen nichts anhaben.

Jules ging zwischen den Möbelstücken und Koffern hin und her und rieb sich den schmerzenden Kopf. Er war noch am Leben, dank Dominiques schneller Reaktion, die es Daphne ermöglicht hatte, zum Gegenangriff überzugehen. Mit einem gewissen Groll blickte er zu der großen Truhe. Sie hatte einen Traum für ihn wahr gemacht, der langsam zum Albtraum wurde.

»Aber alles hat seinen Preis …«, dachte er.

Nachdem die Wahrsagerin erleichtert festgestellt hatte, dass Jules unverletzt war, hatte sie sich erschöpft in ihren Sessel fallen lassen. Trotz ihrer ungeheuren Energie fühlte sie sich plötzlich alt und schwach.

Während sie und Dominique nun leise eine Unterhaltung begannen, ging Jules weiter unruhig auf dem Dachboden herum. Auf einmal merkte er, dass sein Handy vibrierte. Jemand rief ihn an. Wer konnte das um diese Zeit sein? Er blinzelte und blickte ungläubig auf das Display. Es war Michelles Nummer.

***

Pascal stürzte in eine Gruppe völlig verdreckter Männer, die, an Händen und Füßen gefesselt, gemeinsam in einer Zelle saßen.

Es stank nach Schweiß und Blut, und Ratten flitzten über den Fußboden.

Beatrice landete nach ihm ebenfalls ziemlich unsanft, allerdings ohne dass die anderen etwas davon mitbekamen. Sämtliche Anwesenden drehten sich erschrocken zu Pascal, der mit seinen angesengten Kleidern und dem rußgeschwärzten Gesicht gar nicht schlecht an diesen düsteren Ort passte. Allerdings, wie war er hierhergekommen? Den Männern stand der Mund offen über sein plötzliches Erscheinen. Keiner brachte auch nur ein Wort heraus. Doch die Überraschung hielt nicht lange an. Sie wurde abgelenkt von etwas anderem: Der Blick der Gefangenen richtete sich auf das Schwert Pascals, das unter den zerfetzten Kleidern hervorschaute. Eine Waffe, hier, inmitten von Wehrlosen, war von unschätzbarem Wert. Pascal sah sich um: Steinwände, Beleuchtung aus Kerzen und Fackeln, niedrige höhlenartige Decke, eine Tür mit einem Guckloch, draußen weitere Zellen … Es gab keine Fenster.

»Wir sind in einem Verlies«, flüsterte er Beatrice zu, »in einem verdammten unterirdischen Verlies.«

Die Männer in der Zelle suchten vergeblich nach demjenigen, mit dem er sprach, und an ihren Blicken konnte Pascal erkennen, dass sie ihn wohl für verrückt hielten.

»Schon kapiert«, antwortete sie, angewidert von der schmutzigen Umgebung. »Wie es aussieht, haben wir uns in der Zeitreise nicht besonders weit vom Pestjahrhundert entfernt. Benutze deinen Stein, damit wir hier so schnell wie möglich wegkommen.«

Pascal war überzeugt davon, dass das nicht leicht sein würde, und er hatte recht. Genau in diesem Moment kamen mehrere schwer bewaffnete Wachen, die weitere Gefangene brutal in die Zelle stießen.

»He!«, rief einer von ihnen, als er Pascal erblickte. »Seht ihr den da? Er hat eine Waffe!«

Augenblicklich stürzten sich die Soldaten auf ihn. Pascal rührte sich nicht von der Stelle, es wäre aussichtslos gewesen, etwas gegen so viele Angreifer zu unternehmen. Sie stießen ihn zu Boden und entrissen ihm das Schwert und den Rucksack. Beatrice schrie – für alle anderen unhörbar – vor Wut auf, doch Pascal bat sie mit einer Geste, nichts zu unternehmen. Es konnte ihre Lage nur noch verschlimmern. Das Wichtigste war, diese Epoche lebend zu verlassen.

Er warf einen Blick auf den Mann, der seine wertvolle Habe in der Hand hielt. Was würden die Wächter damit anstellen?

Noch immer lag er auf dem Boden, jetzt zog man ihn hoch und besah ihn misstrauisch. Auch wenn er entwaffnet war – dieser Bursche war ihnen unheimlich.

Sie packten ihn und schleiften ihn aus der Zelle.

In einem engen Gang blieb der Trupp stehen. Zwei von ihnen legten Pascal eiserne metallene Fuß- und Handfesseln an, die bald seine Haut aufreiben und höllisch wehtun würden.

Pascal stellte fest, dass ihn niemand irgendetwas gefragt hatte. Es brachte ihn zu der Überlegung, wessen all die Männer hier wohl angeklagt waren. Er hoffte, dass es nichts Schwerwiegendes war, denn es schien ihm, dass er dasselbe Schicksal erleiden würde wie sie.

Pascal seufzte. Ohne seine Habseligkeiten fühlte er sich nackt und schutzlos.

»In welchem Jahr sind wir?«, fragte er einen Wärter. Der brach in verächtliches Lachen aus.

»Im Jahr des Herrn 1502. Weißt du nicht einmal das?«

Pascal sah zu Beatrice, die sich in seiner Nähe hielt. Sie hatte recht gehabt, sie waren nicht weit von der Pestzeit gelandet.

»Beatrice«, flüsterte er, »lass den Rucksack nicht aus den Augen.«

***

Jules' Finger drückte die Annahmetaste, bevor er überhaupt begriff, was vor sich ging. Er tat es, ohne darüber nachzudenken, so unerwartet kam dieser Anruf – von Michelle!

Hätte er ein wenig gelassener reagiert, wäre ihm sofort aufgegangen, dass Michelle niemals zuerst ihn angerufen hätte, sondern Pascal oder Dominique. Doch er meldete sich umgehend.

»Ja?«

»Ich bin's, Michelle! Pascal hat mich befreit! Wo seid ihr?«

Jules wollte nicht glauben, was er da hörte. Doch es war Michelles Stimme, und sie vermittelte ihm augenblicklich das Triumphgefühl, das Böse besiegt zu haben. Sie war gerettet!

»Auf meinem Dachboden«, antwortete er zitternd vor Aufregung und wollte sich zu Daphne und Dominique umwenden, um ihnen zu erzählen, was passiert war.

»Das dachte ich mir«, sagte sie in munterem Tonfall. »Deshalb bin ich hier unten, an deiner Haustür. Kann ich reinkommen? Ich möchte euch so gern sehen!«

Jules überlegte nicht lange: »Na klar! Ich mach dir auf …«

Doch sobald er den Satz ausgesprochen hatte, befiel ihn eine düstere Ahnung. Er wollte sich auf die Zunge beißen, doch es war bereits zu spät.

»Michelle?«, fragte er. »Michelle?«

Keine Antwort. Sie hatte aufgelegt. Jules' Freude war wie weggeblasen. War er etwa in eine Falle getappt? Er wagte es nicht, an die Folgen zu denken.

Jules hatte während des angeblichen Telefonats mit Michelle die Stimme gehoben, und als Daphne den Namen des Mädchens hörte, sprang sie alarmiert auf.

»Habe ich das richtig vernommen? Michelle?«, rief sie und versuchte, die aufsteigende Panik in ihr niederzukämpfen. »Hast du gesagt, Michelle?«

Doch sie brauchte eigentlich nicht zu fragen. Der schuldbewusste Ausdruck in Jules' Gesicht genügte. Dennoch wollte Daphne, dass er seinen schweren Fehler eingestand, eine harmlose Strafe, verglichen mit dem, was er getan hatte.

Dominique, der noch nicht mitbekommen hatte, was passiert war, rollte langsam näher.

»Es war ihre Stimme …«, rechtfertigte sich Jules mit gesenktem Blick. »Ich dachte …«

»Und sie hat dich gebeten, hereingelassen zu werden …« schnitt sie ihm das Wort ab.

Jules sagte kein Wort.

»Antworte«, befahl ihm Daphne streng.

Doch er nickte nur wortlos. Dann holte er tief Luft.

»Aber es war nicht Michelle, stimmt's?« Zitternd hob er den Blick und sah in Daphnes blasses Gesicht. »Der Vampir hat mich wie einen Idioten an der Nase herumgeführt … aber es war ihre Stimme …«, wiederholte er weinerlich. »Du hättest es hören sollen …«

»Ja, das hätte ich auch getan«, sagte Daphne und betonte jedes einzelne Wort, »wenn ich denn gekonnt hätte. Stattdessen handelst du auf eigene Faust.«

Eine unerträgliche Stille entstand. Daphne war sich bewusst, dass Jules' Bekenntnis wahrscheinlich ihr Todesurteil bedeutete.

»Wir sind ein Team«, betonte Daphne ernst. »Du darfst nicht eigenmächtig handeln. Aber du hast es getan und uns damit alle in größte Gefahr gebracht, und Pascals Rückkehr … sie könnte unmöglich werden.«

Die Anschuldigungen wogen schwer. Dominique war längst zu ihnen gerollt und hörte zu, das Entsetzen machte sich auf seinem Gesicht breit.

»Ich …«, begann Jules noch einmal. »Ich wollte euch die Neuigkeit doch mitteilen …«

Daphne explodierte: »Welche Neuigkeit? Dass du den Vampir hereingebeten hast? Dass du ihm ermöglicht hast, alle Hindernisse zu überwinden, um hier heraufzukommen?«

Dominique schluckte. Was hatte Jules nur getan!

***

Ja, die Dachwohnung der Nummer drei in der *Rue Pasquier* war diejenige, die dem Mann mit der durchgeschnittenen Kehle, der in einer Blutlache auf dem Bürgersteig lag, gehörte. Doch er hatte nicht allein gelebt, wie der zweite Leichnam bewies, den die Polizei gerade gefunden hatte: Eine junge Frau lag, die Gliedmaßen verrenkt wie eine Puppe, auf der Terrasse.

Ihre weit aufgerissenen Augen und der verzerrte Mund verrieten schreckliche Furcht.

»Unser Mörder verbreitet Angst und Schrecken, nach dem Gesicht zu urteilen«, bemerkte Marguerite.

Marcel musste lächeln. Wenn sie wüsste …

Marguerite musste an Varney denken. Auch wenn sein Aussehen einem nicht gerade einen Schrecken einjagte, war sie sicher, dass jeder Unbekannte, der mit der Absicht zu töten in eine Wohnung eindrang, einen gewissen »Eindruck« machte.

Marguerite trat an das Geländer und blickte auf die Straße hinunter. Wo befand sich Varney in diesem Moment? Wenn er tatsächlich der Psychopath war, den sie verfolgten, trieb er sich vielleicht noch in der Nähe herum und genoss es, der Polizei bei der Arbeit zuzuschauen.

»Das wird dir gefallen, Marguerite«, bemerkte Marcel. »Man hat ihr das Blut abgesaugt.«

Marguerite spürte ein Schwindelgefühl. Sie hatte mit ihrer Vermutung also ins Schwarze getroffen; das Markenzeichen des gesuchten Mörders.

»Kannst du diesmal sagen, wie er das angestellt hat?«, fragte sie.

»Keine Ahnung. Doch es gibt Verletzungen am Hals, die bereits verheilt sind.«

»Verarsch mich nicht, Marcel. Fang nicht wieder mit deinen Geschichten an.«

Die beiden suchten nach weiteren Hinweisen, um den Hergang des Verbrechens zu rekonstruieren.

»Sie wurde überrascht, als sie auf die Terrasse hinausging«, schloss Marguerite aus ihren Beobachtungen und betrachtete das mit einem Nachthemd bekleidete Opfer. »Bis dahin war ihr anscheinend noch nichts Verdächtiges aufgefallen.«

»Klingt überzeugend. Wir müssen uns also vorstellen, dass sie zu ihrem Freund hinausging, der auf dem Balkon stand und rauchte.«

Marguerite beeilte sich, ihn zu korrigieren: »Der bereits tot war, denke ich. Man hat ihm die Kehle durchgeschnitten und ihn über die Brüstung geworfen. Unser Freund verschwendet keine Zeit.«

»Ja, in der Tat«, murmelte Marcel. Zwei Opfer in einer Nacht sind ihm wahrscheinlich zu wenig. Er hat bereits bewiesen, dass er drei schafft.« Er sprach leise, nachdenklich, wie zu sich selbst.

Jetzt war Marguerite alarmiert.

»Mein Gott, ich bin gar nicht auf die Idee gekommen ...«

Sie blickte besorgt zu den Nachbarhäusern. Noch nie war ihr Paris so groß vorgekommen. Wie konnte sie den Mörder finden, bevor er sein makabres Spiel vielleicht noch heute Nacht fortsetzte?

»Hör mal, Marguerite«, sagte Marcel, nun wieder mit klarer Stimme, ohne auf seine Kollegin einzugehen, »ich muss mal kurz weg. Ich bin gleich wieder da, okay?«

Die Kommissarin sah ihn verwundert an. »Um diese Zeit? Wohin willst du?«

Marcel lächelte.

»Privatsache, frag nicht.«

Sie zuckte mit den Schultern. Langsam gewöhnte sie sich an seine Eigenheiten. Solange dieser übernatürliche Quatsch seine Arbeit nicht beeinträchtigte ...

»Bleib aber bitte nicht zu lange«, bat sie.

»Keine Sorge.«

Marcel wandte sich mit seiner Tasche über der Schulter dem Ausgang zu. Auf dem Treppenabsatz standen Nachbarn mit verschlafenen Gesichtern, die nichts von dem Verbrechen mitbekommen hatten. Sie wollten Informationen haben, doch keiner der Polizisten gab irgendetwas preis.

Marcel Laville, der bereits an der Treppe stand, hielt plötzlich inne, überlegte einen Augenblick mit gerunzelter Stirn und kehrte dann in die Wohnung zurück.

»Marguerite!«, rief er bereits im Flur, noch bevor er den Raum erreicht hatte, wo seine uniformierten Kollegen Spuren sicherten.

Marguerite tauchte im Türrahmen auf. »Du bist ja immer noch hier?«, stellte sie verwundert fest.

Er trat zu ihr und fasste sie am Arm. »Können wir unter vier Augen sprechen?«

Marguerite zog ein ungeduldiges Gesicht.

»Was ist eigentlich los mit dir?«, beschwerte sie sich. »Erst sagst du, du musst weg, und jetzt kommst du zurück ... Hör auf, dich so komisch zu benehmen, diese Nacht ist entscheidend, das kann ich fühlen!«

»Und ob sie das ist«, stimmte er ihr zu. »Deshalb muss ich ja mit dir sprechen.«

Die Kommissarin verließ das Zimmer, in dem ihre Kollegen bei der Arbeit waren.

»Erzähl«, sagte sie. »Ich hoffe, es ist nicht wieder eine deiner fantastischen Theorien.«

Laville ignorierte diesen letzten Kommentar; sie hatten keine Zeit zu verlieren.

Er trat langsam an sie heran.

»Vertraust du mir? Ich muss jetzt, sofort, in dieser Sache tätig werden. Allein«, sagte er geradeheraus.

Marguerite schnaubte.

»Ich denke schon. Sollte ich etwa nicht?«

»Und wenn ich dir jetzt sage, dass ich weiß, wo unser Mörder gerade ist?«

Die Kommissarin sah ihn prüfend an.

»Das meinst du nicht im Ernst«, erwiderte sie.

»Lache ich vielleicht?«, entgegnete er ihr, wobei sich ihre Gesichter beinahe berührten.

»Angenommen, ich glaube dir«, sagte sie. »Dieser Mörder ist doch ein menschliches Wesen, oder?«

Marcel machte ein undurchdringliches Gesicht, sagte jedoch nichts.

»Einverstanden«, gab sie schließlich nach. »Was willst du von mir im Gegenzug für die Information?«

Ein unmerkliches Lächeln spielte um seine Lippen.

»Ich wusste, dass ich auf dich zählen kann«, stellte er fest. »Marguerite, du darfst keine Fragen stellen, du musst erst einmal hier warten und dann sofort kommen, wenn ich mich melde. Es ist gefährlich.«

Sie überlegte, während sie ihren Kollegen unverwandt anschaute. Dieser plötzliche Wandel in seinem Verhalten, nicht mehr länger mit Informationen hinter dem Berg zu halten, ergab keinen rechten Sinn, aber was ergab schon einen Sinn in diesem Fall? Aber es bestätigte Marguerites Eindruck, dass er von Anfang an mehr gewusst hatte. Wenn alles vorbei war, würde er ihr ein paar Dinge erklären müssen. Doch jetzt war es erst einmal wichtig, den Serienmörder zu schnappen.

»Du gehst also jetzt?«, wollte sie wissen.

Er nickte.

»Willst du wirklich nicht, dass ich dich begleite? Es sind schon genug Leute gestorben, und dieser Kerl muss wirklich eine Bestie sein.«

»Danke, aber es ist mir lieber so.«

»Sei vorsichtig, ich will keinen Freund verlieren, auch wenn er ein bisschen verrückt ist.«

Marcel lächelte.

»Ich muss los, ich werde ganz in der Nähe sein. Warte auf meinen Anruf.«

»Ich bin für dich da. Überrasch mich, Marcel.«

Er ging, und Marguerite blickte ihm nach, bis er auf der Treppe verschwunden war. Nachdenklich biss sie sich auf die Lippen.

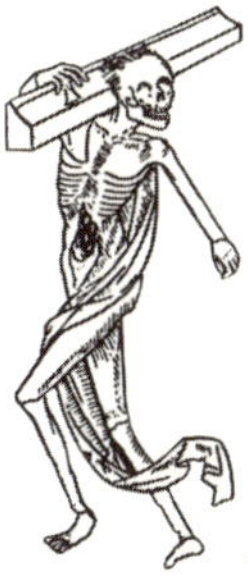

44

MICHELLE VERSUCHTE NOCH immer, sich zu befreien, und merkte, wie das Seil, mit dem man ihre Hände gefesselt hatte, dank der permanenten Reibung am Rad langsam zerfranste. Ab und zu drehte sich eine der neben dem Karren laufenden Gestalten zu ihr um, doch sie bemerkten nichts von ihren Absichten.

Der Junge, der sie aus nächster Nähe beobachtete, machte einen völlig geschwächten Eindruck. Es tat ihr weh, dass für ihn in ihrem Fluchtplan kein Platz war; sie konnte ihm nicht helfen. Es schmerzte sie umso mehr, da sie intuitiv wusste, dass er sie nicht verraten würde … Doch die Tatsache, dass sie jetzt ein konkretes Ziel hatte, gab Michelle ihren Kampfgeist zurück. Angst und Resignation waren verschwunden und hatten energischer Entschlossenheit Platz gemacht.

Es war noch nicht alles verloren, oder zumindest blieb die Möglichkeit, bis zum Schluss zu kämpfen. Auch wenn sie nicht wirklich wusste, was man mit ihr vorhatte, waren diese dunkle Welt und die Art und Weise ihrer Entführung Hinweis genug, dass ihr Leben ernsthaft in Gefahr war.

Sie fühlte sich wie ein Tier, das zur Schlachtbank geführt wurde, was sie indes nur noch wütender machte. Und sie bedauerte, keinerlei Waffen zu haben.

***

»Ich bin Pater Martinus, und ich bin hier, um die Ketzerei auf Erden zu bekämpfen. Ihr seht aus, als wärt Ihr der Anführer dieser Truppe«, behauptete er und zeigte mit seiner beringten Hand auf ihn. »Deshalb hat man Euch hierhergebracht. Am besten gesteht Ihr Eure Vergehen; Ihr erspart Euch damit Tränen und Schmerzen – Euch und den anderen.«

Pascal war von den Wärtern zu einem hochgewachsenen Mann geführt worden, der in ein kostbares Habit gekleidet war und mit erhabenen Bewegungen einen prachtvoll ausgestatteten Saal durchschritt. Er trug eine dicke Goldkette um den Hals, von der ein Kruzifix hing. Sein Ton verriet Kälte, Unnachgiebigkeit und Härte.

»Welche Vergehen?«, wagte Pascal zu fragen.

Pater Martinus setzte ein sarkastisches Lächeln auf.

»Ich hätte Euch für intelligenter gehalten«, erwiderte er. »Auch mit dem Strafmaß verringert sich die Leidenszeit. Ihr tragt nicht gerade dazu bei, es zu verringern …«

Es war deutlich, dass der Kirchenmann Pascals Frage als Widersetzlichkeit aufgefasst hatte.

»Wollt Ihr nicht reden?«, fragte er, das Gesicht zu einem der großen Fenster gewandt, so als würde er Pascals nichtswürdige Anwesenheit kaum bemerken. »Wir Dominikaner sind sehr geduldig, doch alles hat seine Grenzen.«

Er sprach, ohne seine Stimme zu heben, und modulierte seine Worte wie jemand, der die Macht über Leben und Tod in Händen hielt. Beatrice trat unruhig zu Pascal.

»Was sollen wir tun?«, flüsterte sie, obwohl niemand außer ihm sie hören konnte.

Pascal schaute sie verstohlen an, antwortete jedoch nicht; er wollte nicht den Eindruck vermitteln, nicht ganz richtig im Kopf zu sein, weil er mit sich selber sprach. Mehrere Wachen hinter ihm warteten auf Befehle.

Der Dominikaner machte eine Handbewegung, und ein Soldat, der den durchsichtigen Stein in der Hand hielt, trat zu ihm. Der Kirchenmann nahm ihn in die Hand und betrachtete ihn.

»Was ist das? Benutzt Ihr das für einen heidnischen Ritus? Ich kann Euch nur raten, verständig zu sein, denn früher oder später kommen wir wieder an denselben Punkt. Alle, die sich zunächst weigern, sprechen am Ende doch. Die Schmerzen an ihren sündigen Körpern hätten sie sich wahrhaft ersparen können.«

Einen Moment lang sah es so aus, als wollte Pater Martinus den Stein zu Boden schleudern. Pascal hielt den Atem an. Doch sein Gegenüber schien es sich anders zu überlegen. Bevor er nicht herausgefunden hatte, wozu der seltsame Stein diente, würde er ihn nicht zerstören.

»Schafft den Jungen weg«, befahl er schließlich mit verächtlicher Miene. »Morgen werde ich Euch erneut rufen lassen, und dann erzählt Ihr mir, was Ihr wisst. Und zwar alles.«

Pascal überlief ein Schaudern angesichts der versteckten Drohung. Noch wusste er nicht, was von ihm erwartet wurde, was er verbrochen haben sollte, hier, in dieser Epoche. Er brauchte Informationen von Mathieu.

Sobald er die Gelegenheit dazu hätte, würde er versuchen, mit Daphne in Kontakt zu treten. Er durfte allerdings nicht vergessen, dass der Countdown auch für diese Epoche schon eine Weile lief.

Sie zerrten ihn durch die finsteren Gänge, zurück in die Verliese des Palasts. Beatrice folgte unbemerkt. Sie hatte beobachtet, wo der Dominikaner den Stein verwahrte, bevor sie den Saal verlassen hatte. Natürlich würde sie ihn holen müssen.

***

Es dauerte nicht lange, und Daphne hatte sich wieder beruhigt. Sie verzieh Jules den Fehler. Schließlich waren weder Dominique noch er geübt im Umgang mit solchen Gefahren. Im Grunde hatte sie selbst etwas falsch gemacht: Zu ihren Aufgaben gehörte es auch, ein Auge auf die beiden zu haben.

»Es genügt, wenn du ab jetzt hundertprozentig bei der Sache bist«, sagte sie zu Jules und legte ihm freundschaftlich eine Hand auf die Schulter, »so machst du deinen Fehler wieder gut, in Ordnung?«

Jules nickte dankbar für diese zweite Gelegenheit. Trotzdem wurmte ihn, wie schnell er in Varneys Falle getappt war. Er kam sich wie ein Dummkopf vor.

»Komm schon«, ermunterte ihn Dominique, während er den Riegel an der Tür zum Treppenhaus überprüfte. »Ins Haus gekommen ist er bestimmt irgendwie. Doch diesmal erwischt er uns wenigstens nicht unvorbereitet.«

Daphne fragte sich, wieso der Vampir noch nicht angegriffen hatte. Was führte er im Schilde? Ihr Gedankengang wurde jäh unterbrochen, als sie ein vertrautes Kribbeln in den Fingern spürte. Gleich würden die Krämpfe beginnen und schließlich eine weitere Trance einsetzen.

Es konnte nur Pascal sein, der da Kontakt mit ihr suchte.

»Jungs, ruft Mathieu an, vielleicht brauchen wir ihn zum zweiten Mal. Ich bekomme Zeichen aus der anderen Welt.«

Dominique fürchtete, dass Mathieu um diese Zeit bereits zu Hause war, in seinem Bett lag und schlief. Trotzdem nahm er das Handy und wählte seine Nummer.

***

Varney lief eilig die Treppe hinauf, die um den Aufzugsschacht herumführte. Alles in ihm lechzte nach Blut. Ja, er würde sich genussvoll stärken, bevor er dann zur Zerstörung der Dunklen Pforte schritt. Einer Aufgabe, die, war sie erst erledigt, der Grundstein war für alles Kommende, für ein Goldenes Zeitalter der Vampire … Er hetzte weiter die Stufen hinauf, voller Vorfreude, doch als er den vierten Stock mit den um diese Uhrzeit leeren Büros erreichte, musste er stehen bleiben.

Oben auf dem Treppenabsatz stand eine Gestalt, die er bereits kannte: der Wächter der Pforte. Der Mann, der sich von seinem Erscheinen nicht aus der Ruhe bringen ließ, wie schon bei ihrer ersten Begegnung. Jetzt zog er sein silbernes Schwert und brachte es in Anschlag. Um seinen Hals hing das Medaillon der Bruderschaft, die seit Jahrhunderten die Wächter für die Dunkle Pforte abstellte.

»Ich habe dich erwartet«, sagte der Wächter und blickte das blutrünstige Monster aufmerksam an.

»Du«, stieß Varney mit kaum hörbarer Stimme hervor. »Du bist wirklich ein leichtsinniger Dummkopf. Dein letztes Stündlein hat geschlagen.«

Der Wächter aber reagierte nicht auf diese Provokation. Würdevoll stand er an seinem Platz und versperrte den Weg zum Dachboden.

»Die Dunkle Pforte muss geschützt werden«, bemerkte er. »Gib dein Vorhaben auf und beuge dich dem Licht. Oder ich töte dich, und du wirst auf ewig in der Finsternis verschwinden.«

Varney lachte laut auf.

»Dummkopf!«, brüllte er und zeigte seine Fangzähne. »Glaubst du wirklich, du kannst mich aufhalten?«

»Du solltest es ernst nehmen«, sagte der Wächter mit klopfendem Herzen. »Ich kann dich töten. Und ich werde es tun, wenn nötig.«

»Ernst nehmen?« Varneys Körper veränderte, verwandelte sich und nahm ein bedrohliches Aussehen an. »Ich bin die Angst, du Träumer! Ich bin die Angst!«

Das Monster riss seinen Rachen auf und bewegte genüsslich die Klauen mit den gekrümmten Krallen.

»Genieß den letzten Augenblick, in dem noch Blut durch deine Adern fließt, Sterblicher …«

Der Wächter hatte noch nie einen Vampir in Aktion gesehen, und was sich da vor seinen Augen abspielte, überstieg sein Vorstellungsvermögen. Varney setzte zu einem gewaltigen Sprung an. Einen Augenblick schwebte er über ihm in der

Luft, um sich auf ihn zu stürzen. Doch der Wächter machte eine abwehrende Bewegung mit dem Schwert, die Silberklinge, das Medaillon an der Kette blitzten auf und Varney musste sich zurückziehen. Er fauchte und startete den nächsten Angriff. Diesmal gelang es ihm. Mit seinen langen Krallen fuhr er dem Wächter über die Brust und brachte ihn zum Zurückweichen. Blut trat durch die zerfetzte Kleidung seines Gegners und floss warm herab. Beim Anblick der roten Flüssigkeit geriet der Vampir außer sich. Unruhig wie ein Tier im Käfig sprang er hin und her, brüllte laut und fletschte seine Fangzähne. Dann stürzte er sich mit wehendem Umhang auf ihn. Diesmal gelang es dem Wächter, dem Vampir geschickt eine Verletzung an der Flanke zuzufügen.

Varney heulte auf vor Schmerz und mit dem nächsten Schlag warf er den Wächter die Treppe hinunter. Doch er hatte nicht mit dem Silberschwert gerechnet. Wie von allein fuhr es durch die Luft und brachte dem Vampir eine zweite Wunde am Arm bei. Wütend hielt sich das Monster den Arm, doch es war noch nicht am Ende – zumal der Beschützer der Dunklen Pforte stöhnend auf den Treppenstufen lag. Varney machte sich bereit, seinen Gegner zu vernichten, doch er kam nicht dazu: Ein Stockwerk über ihnen ging eine Tür auf.

»Ist da jemand?«, fragte Blanche Pelen, die einzige Mieterin hier im Gebäude, und beugte sich über das Geländer.

Varney blickte erst zu dem Wächter, der hilflos auf der Treppe lag und auf den nächsten Angriff wartete, und dann zu dem Gesicht über sich.

Erschrocken erriet der Wächter von seinem Platz aus, was der Vampir vorhatte.

»Zurück, Madame!«, schrie er und mühte sich trotz seiner Schmerzen, aufzustehen. »Schließen Sie die Tür und kommen Sie nicht mehr heraus!«

Doch es war zu spät. In Windeseile hatte der Vampir die Stufen erklommen und Sekunden danach lag ihr Leichnam auf der Treppe. Das Untier hatte ihm den Kopf abgerissen und musste sich zusammennehmen, um nicht von dem Blut zu lecken, das über die Stufen rann. Dazu war nachher noch Zeit.

***

»Morgen ist zwar Samstag, aber das geht jetzt doch ein bisschen zu weit«, beschwerte sich Mathieu mit einem Gähnen am Telefon. »Ich hab schon geschlafen!«

Dominique entschuldigte sich hastig, und er klang so nervös, dass selbst der schläfrige Mathieu es bemerkte.

»Ich hoffe, ihr erklärt mir irgendwann alles …«

»Na klar«, beeilte sich Dominique zu versichern. Der Vampir konnte jeden Moment auftauchen.

»Na los, was ist es diesmal?«, murmelte Mathieu.

Dominique wiederholte alles, was Daphne von sich gab. Zuerst wollte Pascal durch sie wissen, worin Ketzerei bestand und was genau ein Ketzer war. Dominique hätte selbst eine ungefähre Antwort geben können, ohne Mathieu um Hilfe zu bitten. Doch er beschränkte sich auf seine Rolle als Vermittler.

»Also …«, Mathieu versuchte seine Kenntnisse zusammenzufassen. »Ketzerei ist alles«, erklärte er, »das gegen die Glaubensregeln des Christentums verstößt.«

Dominique gab diese Information weiter und stellte seinem Freund dann weitere Fragen.

»Und Dominikaner? Am Anfang des 16. Jahrhunderts?« Mathieu war jetzt hellwach. »Es geht um die Heilige Inquisition. Ein tolles Thema! Das war eine Organisation der Katholischen Kirche, damit beauftragt, gegen Ketzerei in Europa vorzugehen, um die Macht der Kirche in Rom zu sichern. Sie bestand mehrere Jahrhunderte und war so mächtig, dass selbst Könige sich vor ihr fürchteten. In Spanien trat ein berühmter Großinquisitor auf. Tomás de Torquemada. Er war vom Orden der Dominikaner. In seine Hände zu fallen, war das Schlimmste, das einem Menschen, der als Ketzer angeklagt war, geschehen konnte.«

»Warum?«

»Glaub nicht, dass die Inquisition sich große Mühe gemacht hätte, ihre Anschuldigungen zu beweisen. Wenn jemand in den Verdacht geriet, von der rechten Lehre abzuweichen, wurde er verhaftet, sein Besitz wurde konfisziert und er landete im Verlies. Aber das ist noch nicht alles.«

»Noch etwas?« Dominique konnte sich nicht vorstellen, was Pascal mit all diesen Informationen wollte, doch er fürchtete, dass er, wie auch immer, erneut in Schwierigkeiten war.

»Die Inquisitoren waren Meister der Folter«, fuhr Mathieu fort. »Wenn sie keine Beweise hatten, um einen Gefangenen einer Verfehlung in ihrem Sinne zu bezichtigen, brauchten sie sein Geständnis, und, was für ein Zufall, fast alle Gefangenen bekannten sich der Ketzerei schuldig. Und dies, obwohl sie wussten, dass es ihr Todesurteil bedeutete. Sie wurden hingerichtet, manchmal auf dem Scheiterhaufen.«

Mathieu schwieg einen Moment, ehe er weitersprach.

»Ich kann mir schon vorstellen, wie sie die Gefangenen dazu gebracht haben, sich schuldig zu bekennen … Sie haben sie gefoltert, bis sie alles und jedes zugaben, was ihre Peiniger von ihnen hören wollten. Sie saßen wochenlang in Kerkern und wurden mit grässlichen Instrumenten gefoltert, zum Beispiel mit der Streckbank, die den Körper so weit auseinanderzog, bis die Knochen brachen, oder mit glühenden Eisen und Peitschen … Fast niemand hat diese sogenannten Befragungen überlebt.«

»War es den Inquisitoren denn gleichgültig, wenn Menschen so grausam gequält, so misshandelt wurden?«

»Nun … Sie waren überzeugt davon, dass es sich um einen heiligen Auftrag handelte, den sie ausführten. Deshalb hatte es ein Angeklagter verdammt schwer, die Richter von seiner Unschuld zu überzeugen.«

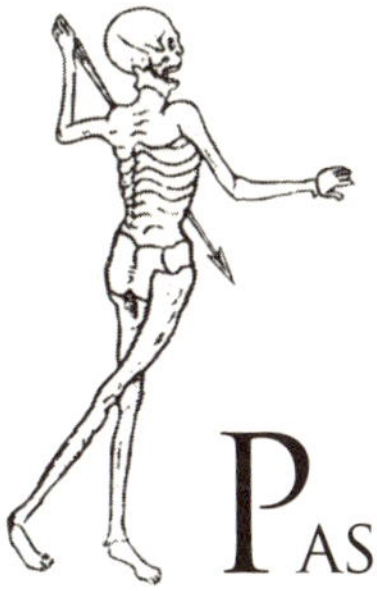

45

PASCAL ERWACHTE DIESMAL viel langsamer aus seiner Trance als zuvor. Die Verständigung mit der Welt der Lebenden wurde immer schwieriger. Er rieb sich die Handgelenke, die von den Fesseln rot und entzündet waren. Seinen Fußknöcheln ging es nicht besser.

»Wir müssen hier unbedingt raus«, sagte er zu Beatrice. »Und zwar auf dem schnellsten Weg. Es hat keinen Sinn, diesen Pater Martinus von irgendetwas überzeugen zu wollen. Mathieus Antwort hat nur meinen Verdacht bestätigt: Wir befinden uns in Händen der Inquisition.«

Hin und wieder hörten sie das Stöhnen anderer Gefangener, die in den Nachbarzellen eingesperrt waren. Gefangene, die schon lange hier waren, ohne je die Sonne zu sehen, und die die »Kunst« der Folter bereits am eigenen Leib erfahren hatten.

»Das haben dir deine Freunde gesagt?«, fragte Beatrice. »Dass Reden zwecklos ist?«

»Ja. Es schadet mir eher noch. Anscheinend ist Pater Martinus ein Inquisitor. Er wird mich niemals aus diesem Verlies entlassen. Höchstens, wenn es zur Hinrichtung geht, ans Töten. Vermutlich hat er Angst, dass andere aufgehetzt werden könnten.«

»Aufgehetzt? Womit?«

Pascal zuckte mit den Schultern.

»Mit neuen Gedanken. Dass nichts bleiben muss, wie es ist.«

Beatrice nickte.

»Die Mächtigen werden gefährlich, wenn sie sich bedroht fühlen«, bemerkte sie. »Eine alte Geschichte, vielleicht die älteste der Welt.«

Pascal trat an das Fallgitter vor seiner Zellenöffnung und strich über die Eisenstäbe.

»Ich kann für andere Augen nicht unsichtbar werden wie du, Beatrice …«

Sie überlegte noch, was sie ihm antworten konnte, da waren plötzlich Schritte zu hören. Vier bewaffnete Wärter erschienen, von denen einer, ein Bärtiger, einen riesigen Schlüssbund trug.

»Du bist an der Reihe«, teilte ihm der Bärtige mit und zeigte seine halb verfaulten Zähne. »Mal sehen, ob du Lust bekommst, uns etwas zu erzählen, Ketzer.«

Pascal blickte Beatrice erschrocken an. Sie hob verzweifelt die Hände.

»Sag mir, was ich tun soll«, rief sie und Tränen stürzten ihr aus den Augen. »Bitte.«

»Ich weiß es nicht«, war das Letzte, was Pascal zu flüstern wagte. »Ich weiß es nicht …«

***

Eine beklemmende Stille herrschte. Es fehlte nur noch das gleichmäßige Ticken einer Uhr, um das Warten zur Folter zu machen. Stand etwa der Tod vor der Tür des Dachbodens? Der Untod, korrigierte sich Dominique.

»Habt ihr das gehört?«, fragte Daphne jetzt mit leiser Stimme. »Es kommt von der Treppe.«

»Ja«, bestätigte Dominique. »Klingt wie ein Streit. Varney muss ganz in der Nähe sein.«

»Haltet die Waffen bereit, die ich euch gegeben habe!«, mahnte sie.

Dominique und Jules zeigten ihre Silberdolche und Weihwasserfläschchen.

»Ich hoffe nur, der Nachbarin passiert nichts«, flüsterte Jules. »Der Lärm hat sie vielleicht geweckt. Und wenn sie hinausgegangen ist, um nachzusehen …«

Die Vorstellung ließ ihn verstummen.

»Du hast recht«, seufzte Daphne schließlich. »Vielleicht ist etwas passiert. Aber jetzt ist es zu spät, um etwas auszurichten.«

Zu spät, um etwas auszurichten … Plötzlich befiel Jules die nackte Angst. Ihre bedrohliche Lage brachte ihn zum ersten Mal auf den Gedanken, dass der Vampir ihn töten könnte. Bislang hatte er trotz seiner Angst diese Möglichkeit gar nicht ins Auge gefasst. Und ein Blick zu Dominique, in sein blasses Gesicht, verriet ihm, dass er genau das Gleiche dachte.

Das wirkliche Leben gab keine Garantie auf ein Happy End.

»Jetzt reicht's aber!«, unterbrach Daphne das düstere Schweigen der beiden. Sie sah, was in ihnen vorging. »Wir dürfen nicht resignieren, uns passiert schon nichts! Wir sind drei gegen einen, wir wissen, was wir zu tun haben, und was am wichtigsten ist: Wir wissen, wonach Varney sucht. Er kann uns nicht überraschen. Diesmal nicht. Außerdem hilft uns die Dunkle Pforte.«

Auch Jules straffte sich. Er holte tief Luft und versuchte ein Lächeln.

»So ist es besser«, lobte Daphne die beiden Jungs. »Und jetzt gehen wir noch einmal unseren Schlachtplan durch«, sie räusperte sich. »Viel Gelegenheit werden wir dazu nicht mehr haben.«

***

Schweißgebadet spannte Pascal die Muskeln an, in Erwartung des nächsten Peitschenhiebs. Er stöhnte durch die zusammengebissenen Zähne. Dann vernahm er das brutale Pfeifen, mit dem die Peitsche die Luft durchschnitt, und schrie vor Schmerz auf, als das Leder auf seinen Rücken niederfuhr. Es waren fünf Hiebe insgesamt, und der Schmerz war unerträglich. Obendrein hatten sie ihm die Uhr abgenommen, sodass er nicht mehr genau sagen konnte, wie viel Zeit vergangen war.

Beatrice weinte, als sie ihn so sah. Mit dem Gesicht nach unten auf einer Pritsche und so festgebunden, dass er sich nicht bewegen konnte.

»Nimmst du endlich Vernunft an?«, fragte einer der Wärter und hielt mit einer Handbewegung den Schläger vom nächsten Hieb ab. »Es genügt, wenn du dich zur Ketzerei bekennst, dann hören wir auf. Sonst wird dein Folterer zu deinem Henker.«

Pascal antwortete nicht und nutzte die Unterbrechung, um seine verletzten Rückenmuskeln zu entspannen. Er konnte nicht mehr.

Er wollte, dass das aufhörte, er hätte sich sofort der Ketzerei für schuldig erklärt, nur um den nächsten Schlag zu verhindern. Doch er hatte Angst davor, dass dies seine Hinrichtung nur beschleunigen würde, bevor er die Gelegenheit zur Flucht hatte. Er musste mehr darüber wissen, wie die Inquisition in solchen Fällen vorging – obwohl er sich nicht dazu in der Lage fühlte, Verbindung mit der Welt der Lebenden aufzunehmen.

Er musste durchhalten.

»Wie ich sehe, bist du ein überzeugter Sünder«, bemerkte der Bärtige mit dem Schlüsselbund, der ihn befragte. »Dafür musst du büßen.«

Beatrice war kurz davor, einzugreifen; es musste Schluss sein. Doch Pascal wollte es ihr noch immer nicht erlauben. Worauf wartete er? Darauf, dass sie ihn töteten?

»Pascal«, sie strich ihm über das feuchte Haar, »wenn ich ihnen wie ein Gespenst erscheine, werden sie vor Schreck davonlaufen. Dann kann ich dich befreien …«

»Nein«, flüsterte er. »Am Ende beschuldigen sie mich auch noch der Hexerei, das ist noch viel schlimmer. Außerdem liege ich in Ketten, und mein Schwert haben wir auch noch nicht wieder …«

»Hast du etwas gesagt, Sünder?«, fragte der Wächter. »Ich kann dich nicht verstehen!«

»Ich habe gebetet!«, antwortete Pascal provozierend, was er sogleich bereuen sollte.

»Wie ich sehe, hast du noch Kraft genug, um zu lügen …«

Es knallte, und die Lederpeitsche sauste erneut auf Pascal herab. Seine Schreie hallten durch das Kellergewölbe und übertönten das Stöhnen und Jammern anderer Gefangener, das in diesem Teil des Verlieses stets in der Luft lag.

Beatrice hielt es nicht länger aus, mit anzusehen, wie Pascal litt. Vorsichtig legte sie sich auf seinen Rücken.

»Was … was machst du da?«, fragte Pascal mit dünner Stimme.

Beatrice spannte all ihre Kräfte an.

»Es ist an der Zeit, herauszufinden, ob ich Schmerzen spüren kann, wenn ich körperlos bin.«

Pascal versuchte, ihr sein schweißüberströmtes Gesicht zuzuwenden.

»Tu das nicht … Geh runter …«

»Nein. Wir brauchen dich lebend. Du musst Michelle finden. Ich bin nicht so wichtig.«

»Betest du noch immer?«, fragte der bärtige Schläger erneut. »Und zu welchem Gott? Anscheinend schenkt er dir kein Gehör. Die Hölle wartet auf Leute wie dich.«

Pascal fand, dass er längst dort war.

Wieder und wieder war das Knallen der Peitsche zu hören, doch diesmal spürte Pascal sie nicht. Dafür vernahm er hinter sich ein gequältes Stöhnen und spürte die Feuchtigkeit ihrer Tränen, die ihm über den wunden Rücken liefen. Beatrice hatte die Peitschenhiebe abbekommen, und das freiwillig.

Beatrices Frage wurde mit einem brennenden Schmerz beantwortet: Ja, sie konnte körperlichen Schmerz spüren! Und in ihr Bewusstsein drang das geflüsterte »Danke schön!« von Pascal.

Der Wächter ließ ab von seinen Schlägen.

»Du bist zwar nicht gerade kräftig gebaut, aber du hältst etwas aus. Wenn ich damit weitermache, haben wir bis morgen kein brauchbares Geständnis von dir.«

Man konnte sehen, wie er seine Macht genoss. »Das würde Pater Martinus nicht gefallen, Ketzer. Deshalb versuchen wir etwas anderes.«

Pascal zitterte. Was kam jetzt?

Seine Peiniger machten ihn von der Pritsche los und schleiften ihn in einen anderen Raum, der voller abgenutzter und blutbefleckter Foltergeräte stand. In diesen vier Wänden, in die nie Sonne kam, konnte man die tausendfachen Schreie der Gequälten erahnen, denen geübte Folterknechte die Leiden in die Länge zogen, bis sie um den Tod bettelten.

Pascal begriff jetzt die Worte von Pater Martinus: Sie würden ihn in kurzer Zeit dazu bringen, dass er etwas gestand. Dazu waren nicht einmal vierundzwanzig Stunden nötig. Wer sollte dieser Marter auch standhalten? Er war jedenfalls nicht bereit, noch mehr zu ertragen, also würde er irgendetwas zugeben, egal was: Hexerei, Ketzerei, Mord ... Doch halt, eine letzte rettende Idee schoss ihm durch den Kopf.

Er flüsterte: »Beatrice, weißt du, wo sie meinen Rucksack hingetan haben?«

Beatrice, die noch immer die Peitschenhiebe auf ihrem Rücken spürte, antwortete mit zittriger Stimme. »Ja, ich hab aufgepasst«, sagte sie. »Sie haben ihn zusammen mit dem Schwert in ihre Wachstation gebracht.«

Pascal holte tief Luft.

»Haben sie ... ihn durchsucht?«, stammelte er.

»Ja, aber sie haben die Innentasche nicht gefunden, also müsste das Armband noch drin sein.«

»Sehr … gut. Dann versuchen wir …«

Doch weiter kam er nicht, denn die Wächter packten ihn und warfen ihn auf das nächststehende Folterinstrument. Es war eines der schlimmsten: die Streckbank. Pascal hatte noch die Worte Mathieus im Ohr, die Daphne ihm bei seinem Kontakt mit ihr übermittelt hatte. Mit Entsetzen sah er auf die Räder und Riemen, die dazu dienten, den Körper des Gefangenen zu strecken und seine Muskeln, Gelenke und Knochen zu zerreißen … Niemand überlebte diesen langsamen und unendlich schmerzhaften Prozess. Wenn der Folterknecht es wollte, konnte er das Ziehen und Zerren so langsam ausüben, dass der Gefangene erst nach vielen Stunden, manchmal sogar Tagen, starb.

Pascal bekam eine Gänsehaut. Die Wächter gingen mit unbewegten Gesichtern vor, als würden sie etwas ganz Alltägliches tun. Sie streckten seine Arme, bis sie sie an den Lederriemen eines Handrads festmachen konnten, und zurrten sie so straff wie möglich fest. Das Gleiche taten sie mit seinen Füßen: auch sie wurden schmerzhaft festgebunden. Gleich würde die Prozedur beginnen. An jedem Handrad stand einer der Folterknechte, und auf das Zeichen des Bärtigen begannen sie langsam an ihnen zu drehen, bis Pascal vor Körperspannung beinahe über der Bank schwebte. »Bring mit das Armband«, bat er stöhnend Beatrice und versuchte, mit geschlossenen Augen durchzuhalten. »Bitte. Schnell.«

Beatrice verschwand und schluchzend und stöhnend wartete Pascal auf ihre Rückkehr. Schon spürte er ein heftiges Stechen im Bauch und hatte das Gefühl, gleich zu explodieren. Auf jedes Zeichen des Anführers hin drehten geübte Hände die Räder einen Deut weiter, bis Pascal das Gefühl hatte, seine Knochen würden beinahe aus den Gelenken springen. Die Schmerzen waren unerträglich und er war kurz davor, das Bewusstsein zu verlieren.

»Willst du noch immer nicht reden?«, fragte der Anführer mit einem boshaften Lächeln. »Schlecht für dich …«

Noch konnte Pascal die Lippen zusammenpressen, doch er wusste, es würde nicht mehr lange dauern … Aber da erschien Beatrice schon neben ihm und ein tiefes erleichtertes Stöhnen kam aus seiner Brust. Sie hatte das Armband dabei.

»Denk daran«, sagte sie neben seinem Ohr, »du verlierst nicht das Bewusstsein, aber dein Körper wirkt, als wäre er tot. Sie werden keinen Puls mehr feststellen können und deine Atmung wird so schwach sein, dass sie sie nicht mehr wahrnehmen.«

»Streif … streif mit das Band über«, gelang es ihm zu flüstern. »Ich tu so … als hätte mich die Streckbank umgebracht. Behalte mich im Auge! Greif nur ein, wenn … wenn du siehst, dass sie … etwas mit meinem Körper machen wollen.«

Beatrice nickte eilig. Sie sah, die Folterknechte waren mehr mit dem Gerät als mit Pascal beschäftigt, und die Lederriemen verdeckten zum Teil seine Handgelenke. So konnte sie ihm das Armband unbemerkt umlegen. Genau in diesem Moment kippte Pascals Kopf zurück und seine zu Fäusten geballten Hände wurden schlaff. Seine Schreie verstummten in ihm und er spürte nichts mehr. Ein Gefühl der Taubheit befiel seinen Körper. Es war die Erlösung. Augenblicklich unterbrachen die

Wächter ihre Arbeit, erschrocken darüber, dass sie offensichtlich zu weit gegangen waren. Pater Martinus brauchte ein Geständnis des Gefangenen über eigene Verfehlungen, aber auch über die anderer. Er brauchte Namen, um seinen Auftrag – »Tod für alle Ketzer« – erfüllen zu können. Im Falle Pascals nun wurde daraus nichts, und den Folterknechten drohte eine schwere Strafe.

46

MICHELLE KONNTE ES nicht sehen, doch sie spürte, wie sich die Fessel auf einmal von ihren Handgelenken löste und das Brennen der Schürfwunden nachließ. Sie hatte es geschafft, ihre Hände waren frei. Doch sie veränderte ihre Haltung nicht, um keinen Verdacht bei ihren Entführern zu wecken, und blieb mit den Händen auf dem Rücken neben dem Rad sitzen.

Noch immer gab die Trommel den Rhythmus vor, den Takt in einer leblosen Welt, wo Zeit keine Rolle mehr spielte.

Michelle blickte voller Mitgefühl zu dem gefangenen Jungen hinüber. Ihr fiel auf, dass man ihn brutal gefesselt hatte; nicht nur Seile, sondern auch Ketten waren bis hinauf zur Taille um seinen Körper geschlungen. Sogar der Knebel, der in seinem Mund steckte, schien größer zu sein als der ihre. Warum diese Maßnahmen gegen ein Kind? War es nicht viel wahrscheinlicher, dass sie, Michelle, versuchen würde zu fliehen?

Der Junge tat ihr unendlich leid, und plötzlich wusste sie, dass sie ihn nicht allein zurücklassen konnte, wenn sie floh. Es verringerte zwar ihre eigenen Chancen auf Rettung, doch ihr wurde eines klar: Wenn es ihr tatsächlich gelingen sollte, sich zu befreien, dann würde sie für immer mit dem Bewusstsein einer tiefen Schuld leben müssen. Wie sollte eine Zukunft in Freiheit aussehen, wenn Kinderblut an ihren Händen klebte? Wie sollte sie jemals wieder ruhig schlafen können bei dem Gedanken, einen unschuldigen Jungen seinem Schicksal überlassen zu haben?

Michelle betrachtete die Umgebung, die sich verändert hatte. Endlich lag die Schlucht hinter ihnen, und es breitete sich, so weit das Auge reichte, eine wüstenhafte Ebene aus; sie war von tiefen Kratern durchzogen, aus deren Mitte dunkler Rauch aufstieg. In der Ferne schwebten dicht über dem Boden Wolken, die sich langsam wie Nebel bewegten.

Es war noch immer dunkel, doch zumindest konnte sie zwischen den Schattierungen einen Horizont erkennen. Diese Öffnung der Landschaft gab ihr Hoffnung. Sie war entschlossen, sich aus ihrer schrecklichen Lage zu befreien. Ganz gleich, ob es ein Albtraum war oder nicht, sie würde kämpfen. Ihr einziges Ziel war, wieder in ihre Welt zurückzukehren, die Welt, aus der sie herausgerissen worden war.

Sie bewegten sich weiter durch diese endlose Kraterlandschaft. Wäre Michelle näher an die überall rauchenden Schlote herangekommen, sie hätte sehen können, dass mit jeder neuen schwarzen Wolke menschliche Überreste hochgeschleudert wurden.

***

Ticktack, ticktack. Jules ertappte sich dabei, wie er dem Ticken seiner Armbanduhr lauschte. Noch nie war ihm Stille so nah, so fühlbar vorgekommen. Es war die Ruhe vor dem Sturm.

Auch Dominique neben ihm empfand diese lastende Stille.

Er dachte an Pascal … und an Michelle. Er hatte keine Vorstellung davon, was beide vielleicht jetzt, gerade in diesem Augenblick, durchmachten. Doch er wusste, dass sie alles, wirklich alles daransetzten, den Gefahren um sie herum zu trotzen und sie zu bestehen. Das gab ihm Mut und Entschlossenheit.

Der Vampir war auf dem Weg zu ihnen, sie wussten, er war schon ganz nah. Alle drei konnten sie die Aura des Bösen spüren, die von ihm ausging. Eine gewaltige Macht. Daphne, die sah, wie angespannt die Jungen waren, versuchte etwas dagegenzusetzen. »Wir sind in großer Gefahr, wir wissen es alle«, sagte sie. »Es gibt keinen Zauber, um diesen großen Raum vor den Kräften der Vampirs zu schützen. Aber ich habe ein altes Dokument über die Dunkle Pforte gelesen, und darin steht, dass um sie herum eine Art Kraftfeld besteht, welches das Böse schwächt. Solange wir nah genug an der Truhe bleiben, kann uns dies Kraftfeld bis zu einem gewissen Grad schützen.«

»Echt?« Die Information beruhigte Jules ein wenig. »Die Pforte hat also einen Verteidigungsmechanismus.« Er lächelte. »Tolle Ausstattung. Aber er wird den Vampir nicht völlig außer Gefecht setzen, oder?«

»Leider nicht«, gestand Daphne. »Aber er wird ihn schwächen, und das ist schon was.«

Wieder schwiegen sie. Die Sekunden dehnten sich endlos. Nichts war zu hören, nicht einmal Straßenlärm drang zu ihnen herauf. Es war, als würde jeder Laut verdrängt von dem, was auf sie zukam.

Plötzlich bemerkten sie einen Verwesungsgeruch, der ihnen verriet, dass ihr Gegner nunmehr ganz in der Nähe war. Und mit einem Schlag gingen alle Lichter aus. Ein Stromausfall, der den beruhigenden Schein der Lampen, die sie auf den Dachboden geholt hatten, auslöschte. Sie saßen im Dunkeln.

Daphne bekam eine Gänsehaut, als sie Varneys Anwesenheit spürte, seinen tierhaften Geruch, seine Gier. Sie saß wie angewurzelt in ihrem Sessel, während Jules, der seine Waffen fest umklammert hielt, aufgestanden war. Dominique saß kerzengerade in seinem Rollstuhl und hatte noch im Dunkeln wie zur Beruhigung seinen Blick auf Daphne gerichtet.

***

Weil sie ihn für tot hielten, hatten sie Pascal in einer leeren, stockdunklen Zelle achtlos auf den Boden geworfen. Beatrice mit ihren unsichtbaren Armen sorgte dafür, dass er sich beim Aufprall nicht den Kopf aufschlug. Dann hatten sich die Folterer davongemacht, voller Angst, Pater Martinus die Nachricht überbringen zu müssen. Wenigstens hatten sie dabei das Armband nicht abgemacht, das Pascal noch immer am Handgelenk trug.

Eine Ratte war, angezogen von den Wunden, näher gekommen, doch Beatrice verjagte sie, bevor sie sich wieder Pascal zuwandte.

»Sie sind weg«, flüsterte sie ihm zu.

»Endlich, ich dachte schon, sie würden nie gehen.«

Pascal blinzelte ein paarmal und streifte das Armband ab, um seinen Herzschlag wieder zu aktivieren. Mühsam hob er den Kopf und sah sich um. Man konnte Schreie von anderen Gefangenen hören, was ihm Schauer über den Rücken jagte. Allein der Gedanke, noch immer von diesen schrecklichen Instrumenten zermalmt zu werden …

»Wir sind ganz in der Nähe der Folterkammer«, erklärte ihm Beatrice. »Im Stockwerk unter den Kerkern des Palastes. Wie fühlst du dich?«

Pascal bot mit seinem geschundenen nackten Oberkörper und den verdreckten Jeans ein Bild des Jammers.

»Mir tut alles weh«, murmelte er. »Aber ich bin am Leben. Ich dachte schon, ich schaffe es nicht, Beatrice. Wenigstens mache ich mir wegen der Pest keine Sorgen mehr«, sagte er mit einem schwachen Grinsen.

Aufmunternd lächelte sie ihn an.

»Kannst du aufstehen?«

Pascal seufzte; er hätte am liebsten zwölf Stunden hintereinander geschlafen, was, zumindest vorerst, unmöglich war. Flüchtig dachte er an sein altes Leben, was ihm einen schmerzlichen Stich versetzte, und er verscheuchte den Gedanken.

»Es bleibt mir wohl nichts anderes übrig«, antwortete er. »Die Zeit vergeht und wir müssen so schnell wie möglich diese Epoche wieder verlassen.«

Pascal wusste, dass die Zeit drängte, die nächste Kammer des Kronosfelsens zu erreichen, die sie aus diesem Zeitkosmos, in dem sämtliche menschlichen Höllen vereint zu sein schienen, wieder hinausführen konnte. Dieser Gedanke gab ihm Kraft und ein wenig benommen setzte er sich auf.

»Ich kann das Schwert nicht zurückholen«, sagte er nachdenklich. »Wenn man mich entdeckt, ist alles verloren.«

»Keine Sorge, ich habe es zusammen mit dem Rucksack versteckt, als ich dir das Armband brachte. Ich hole die Sachen sofort hierher. Was willst du so lange machen?«

»Mich wieder tot stellen, was sonst. Aber beeil dich, ohne das Schwert bin ich äußerst verwundbar.«

»Ich mach so schnell ich kann, versprochen«, erwiderte sie und huschte aus der winzigen Zelle. Pascal legte sich wieder auf den Boden, allerdings diesmal mit offenen Augen. Es gab einfach zu viele hungrige Nager um ihn herum …

Es vergingen nur wenige Minuten und Beatrice war wieder zurück.

»Hier«, sagte sie, »Schwert und Rucksack. So langsam kriegen wir das wieder in den Griff, oder?«

»Ja, obwohl ich ganz schön kaputt bin«, seufzte er.

Die Streckbank hatte ihm mehr zugesetzt, als er wahrhaben wollte. Mit schwerfälligen Bewegungen stand er auf und legte sich das Lederband des Schwertes wie zuvor quer über die Brust. Der Griff des Schwerts war nun wieder auf Höhe seiner Hüfte, und er konnte es bei drohender Gefahr sofort zum Einsatz bringen. Vorsichtig hängte er sich dann den Rucksack über die Schulter, um seinen wunden Rücken zu schonen. Beatrice bot an, ihn zu tragen, doch er lehnte ab.

»Der Sprung durch die nächste sechseckige Tür, der uns in eine weitere Epoche bringt«, sagte sie zu ihm, als er startbereit war, »wird dafür sorgen, dass all deine Verletzungen und Schmerzen verschwinden. Die Substanz zwischen den Kammern, in der wir da schwimmen und schweben, sorgt dafür.

Pascal dachte kurz darüber nach und musste ihr zustimmen.

»Ich glaube, du hast recht«, meinte er dann zuversichtlich. »Ich habe mich in den Stunden dieses Übergangs irgendwie befreit gefühlt. Und kein Gedanke mehr daran, dass ich mich vielleicht mit der Pest angesteckt haben könnte.«

»Die Pest ist zurückgeblieben. Nur wenn wir dort nicht mehr weggekommen wären, hättest du dich angesteckt.«

»Klingt einleuchtend«, sagte Pascal und versuchte, seine letzten Reserven zu mobilisieren. »Noch ein Grund mehr, schleunigst von hier zu verschwinden, Beatrice. Beeilen wir uns …«
Plötzlich ertönten Schritte und Waffengeklirr, und eine knurrige Stimme sagte: »Aha. Hab ich mir's doch gedacht.«

Langsam drehte Pascal sich um und blickte in das Gesicht des bärtigen Anführers der Folterknechte. Der sah ihn mit spöttischem Ausdruck an und zückte sein Schwert. »Die Streckbank hat dich also nicht getötet. Das war zu früh, selbst für so ein schmales Bürschlein, wie du es bist. Ich muss gestehen, das war nicht schlecht: Wie hast du das gemacht? Ketzer, Teufelsbrut …«

»Tut mir leid, dass ich Ihnen Ärger gemacht habe.« Pascal, der sich seine Schmerzen nicht anmerken ließ, hatte einen herablassenden, ironischen Tonfall angeschlagen, der den Wachmann ärgerte.

»Wie ich sehe, hast du neben der Fähigkeit zu sprechen auch deinen Hochmut zurückgewonnen.« Er schüttelte mit gespieltem Mitleid den Kopf. »Abschaum ist und bleibt Abschaum, das ist gewiss.«

»Pascal«, flüsterte Beatrice, »was soll ich tun?«

Ohne etwas zu erwidern, legte Pascal vorsichtig den Rucksack ab, wobei er den Mann nicht aus den Augen ließ. Niemals hatte er seine Waffe gegen Lebende richten wollen, doch der Mistkerl musste bestraft werden. Er packte den Griff seines Schwerts mit solcher Entschlossenheit, dass die Wärme, die er spürte, ihn wie ein Schlag durchströmte.

Der Folterknecht grinste über diese Geste. Er musste dreißig Kilo mehr wiegen als Pascal, und sein Schwert sah absolut bedrohlich aus. Zudem bot Pascal in seiner zerfetzten Jeans und barfuß und verletzt, wie er war, einen so jämmerlichen Anblick, dass der Mann seine Truppe erst gar nicht rief.

»Pascal …«, Beatrice wollte den Zweikampf gern vermeiden.

»Nun also …«, provozierte ihn sein Gegenüber, »zwing mich dazu, dich zu töten …«

»Hieß es nicht, Pater Martinus will mich lebend?«

Der Mann stieß ein Lachen aus.

»Du hast mir eine überzeugende Erklärung geliefert: ein Fluchtversuch. Wir werden eben irgendeinen anderen Ketzer foltern, um diesen Verlust auszugleichen …«

Der Kerl war hinterhältig, und kaum dass er den Satz beendet hatte, griff er mit einem ersten Schwertstoß an. Pascal konnte gerade noch ausweichen. Funken sprühten, als die Klinge eine Wand traf.

Beatrice schrie auf und sah sich nach etwas um, das sie nach dem Angreifer werfen konnte. Doch nichts bot sich ihrem Blick, kein Stein, kein loses Holz …

Pascal zog seine Waffe, doch bevor er zurückschlug, führte er ein paar kraftvolle und sichere Hiebe durch die Luft, die seinen Gegner verblüfften.

Pascal spürte die magische Kraft des Schwerts und nahm nun eine herausfordernde Pose ein. Er tat es absichtlich, um den anderen zu verunsichern. Dieser griff erneut an, allerdings ohne Pascal auch nur zu streifen. Fast ohne sich zu bewegen, parierte er die Schläge aus dem Handgelenk und wehrte sie beinahe spielerisch ab.

Der Wachmann sah, dass er den Gefangenen unterschätzt hatte, und wollte nach den anderen rufen.

Doch er kam nicht dazu. Mit der gleichen Eleganz, mit der Pascal die Angriffe abgewehrt hatte, entwaffnete er nun seinen Gegner und setzte ihm die Schwertspitze auf die Brust. Der war so überrascht, dass er nach Luft schnappte. Doch dann, mit einer blitzschnellen Bewegung, griff er an seinen Gürtel, zog einen Dolch und hob den Arm zum Stoß. Pascal aber war schneller. Aus dem Augenwinkel nahm er die Bewegung seines Feindes wahr und stieß ihm den Stahl des Schwerts in die Brust. Nicht einmal ein Stöhnen war zu hören, als der Folterer nach hinten kippte.

Erschöpft ließ er sich auf die Knie sinken und blieb eine Weile stumm sitzen. Nachdenklich betrachtete er den Mann; ein Monster zu töten war schon nicht einfach, aber das Leben eines Menschen zu beenden, wog schwer. Er hatte es nicht vorgehabt, wollte ihm nur eine Lektion erteilen, ihn außer Gefecht setzen. Doch am Ende war es unvermeidlich gewesen. »Töten oder sterben«, sagte er sich zur Beruhigung.

Beatrice streichelte ihn sanft.

»Beeindruckend«, sagte sie voller Bewunderung. »Das Schwert wird immer mehr ein Teil von dir. Ihr seid ein großartiges Team.«

Pascal schluckte. »Jetzt fehlt uns nur noch der Stein«, bemerkte er, ohne auf ihre Worte einzugehen. »Nur mit ihm finden wir die nächste Tür.«

Beatrice nickte, sie hatte es nicht vergessen.

»Gehen wir, ich führe dich dorthin, wo Pater Martinus den Stein aufbewahrt.«

»Okay«, sagte Pascal und deutete auf den Toten, »aber zuerst müssen wir diesen Kerl fortschaffen. Wenn ihn jemand entdeckt, schlägt er bestimmt Alarm, und dann wird es schwierig, hier herauszukommen.«

47

NOCH IMMER WAR es still auf dem dunklen Dachboden, obwohl Daphne wusste, dass der Vampir nur wenige Meter von ihnen entfernt sein konnte.

Plötzlich flog die Tür krachend aus den Angeln, und die vor ihr aufgetürmten Möbel wirbelten durch die Luft. Der Vampir war der Einladung gefolgt. Im Gegenlicht sahen sie seine Gestalt wie einen Schattenriss, sahen den leeren Glanz seiner gelben Augen, allerdings nicht sein schmales Lächeln.

Als der Untote den Raum betrat, wurde er von einer Lähmung überrascht, die ihn plötzlich befiel. Was war los? Die Verletzung, die ihm der Wächter zuvor beigebracht hatte, war nur oberflächlich. Verärgert stellte er fest, dass es die Nähe der Dunklen Pforte war, die ihm zusetzte. Doch es war ihm egal. Nichts würde ihn aufhalten.

»Noch könnt ihr euch retten«, verkündete er mit tiefer Stimme. »Geht jetzt, und ihr kommt mit dem Leben davon.«

Daphne wusste, dass dieses Angebot ein Bluff war. Allein die Tatsache, dass sie sein wahres Wesen kannten, musste für das Monster ihr Todesurteil bedeuten.

»Monsieur Varney … oder sollte ich lieber sagen Luc Gautier?«, fragte Daphne provozierend, um ihm deutlich zu machen, dass sie im Bilde waren. »Glauben Sie wirklich, dass wir Ihnen das abnehmen?«

Varneys Augen blitzten wütend.

»Verschwinden Sie«, sagte Dominique mit fester Stimme. »Kehren Sie in Ihr Grab zurück.«

Der Vampir lachte dröhnend, kam ein paar Schritte näher, und in dem hereinfallenden Licht aus dem Treppenhaus sahen sie, wie er mit seinen großen, blutbeschmierten Händen wedelte.

»Wie mutig.« Sein Tonfall war wütender Sarkasmus. »Und wie leichtsinnig. Ich nehme mal an, das liegt euch im Blut, Sterbliche. Ihr wehrt euch vielleicht, aber das wird euch nichts nützen. Ich habe euch bereits auf meinen Speiseplan gesetzt, das ist der Preis für eure Frechheit.«

Nachdem er zu Ende gesprochen hatte, ging er langsam auf sie zu. Dominique war der Erste, an dem Varney seinen Zorn auslassen wollte, und er ließ den Rollstuhl des Jungen immer schneller auf sich zufahren. Voller Panik bemerkte Dominique, dass er sein Gefährt nicht abbremsen konnte. Jules sprang dazwischen, doch wurde er von einer unsichtbaren Kraft gegen einen der alten Schränke geschleudert, dass dessen dünne Türen beim Aufprall zerbarsten.

»Es … es ist nichts passiert!«, rief Jules stöhnend und erhob sich wieder.

Doch der Rollstuhl Dominiques bewegte sich noch immer auf das Monster zu.

»Spring!«, rief Daphne. »Spring, Dominique!«

Endlich reagierte er und schwang sich in voller Fahrt von seinem Sitz. Er knallte auf den Boden und ein heftiger Schmerz durchfuhr ihn auf der rechten Seite. Trotzdem versuchte er, zu Daphne zu robben.

Varney lachte. Ohne Eile ging er tiefer in den Raum hinein. Sein Knurren jagte den Jungen einen Schauer über den Rücken.

***

Zuerst stützte sich Pascal noch auf Beatrice, doch schon bald konnte er allein durch die finsteren Gänge des Verlieses gehen. Also machte sie die Vorhut, um festzustellen, ob auf dem Weg zum oberen Stockwerk des Palastes die Luft rein war. Ein paarmal forderte sie Pascal auf, sich zu verstecken, dann wieder musste er in einer Nische ausharren, bis ein Trupp Bewaffneter vorüberkam.

Erst jetzt, im Fackelschein, wurde ihnen deutlich, wie viele Gefangene in diesen Kellerkerkern saßen. Es waren Hunderte, die auf ihre Folterung warteten, oder auf ihre Hinrichtung … Endlich erreichten sie die gewundene Treppe, die zu einer schweren Tür hinaufführte.

»Dahinter liegt der herrschaftliche Teil des Palasts«, bemerkte sie, »wo uns der Dominikanerpater empfangen hat.«

Die Tür war verschlossen. Unruhig sahen sie sich um. Es konnte jederzeit jemand auftauchen.

»Keine Sorge«, sagte Beatrice, »das ist kein Problem für mich, wie du weißt.«

Nach ein paar Sekunden verblasste ihre Erscheinung und

verwandelte sich in eine Art Nebelschwaden, der durch das dicke Holz drang und verschwand.

Innerhalb von Sekunden wurde der Riegel drinnen zurückgeschoben und die Tür schwang auf. Rasch trat Pascal in den breiten Gang, der sich ihm darbot. Dann zückte er sein Schwert und hieb mit einem Schlag den Riegel entzwei.

»Falls noch jemand fliehen will«, erklärte er mit triumphierendem Gesicht. Das helle Tageslicht blendete ihn. Durch hohe Fenster schien die Sonne herein, und er verharrte einen Augenblick, spürte, wie das Licht in jede Pore seines Körpers einzudringen schien. Was für ein Gefühl!

»Wo ist er?«, fragte er endlich Beatrice. »Wo ist der Saal, in dem uns dieser Pater empfangen hat?«

»Hinter der Tür am anderen Ende.«

»Was willst du tun?«, fragte Beatrice. »Er wird dir den Stein nicht freiwillig geben.«

»Das ist richtig«, erwiderte Pascal, »aber ich will keine Gewalt anwenden, so lange wie möglich unbemerkt bleiben.«

»Was dann?«

»Wir müssen den Dominikaner irgendwie dazu bringen, den Saal eilig zu verlassen, so schnell, dass er gar nicht auf die Idee kommt, irgendetwas mitzunehmen.«

Die beiden sahen sich an; sie hatten die gleiche Idee.

»Beatrice«, sprach Pascal es aus, »ich würde gern den Menschen helfen, die unten in den Kellern eingesperrt sind …«

»Ich weiß. Das sollte auch kein Problem sein. Ich gehe wieder hinunter zu den Kerkern. Man kann mich ja nicht sehen, also werde ich die Schlüssel stehlen. Und dann so viele Zellen wie möglich aufschließen. Und da der Türriegel nun zerstört ist, können die Gefangenen heraufkommen, das gibt einen herrlichen Tumult.«

»Genau das, was wir brauchen. Hoffentlich gelingt es ihnen zu fliehen. Bis hier das Chaos ausbricht und Pater Martinus herauskommt, suche ich mir etwas zum Anziehen, so falle ich viel zu sehr auf.«

»Ich gehe.«

»Warte, sag mir noch, wo der Pater den Stein aufbewahrt; ich hole ihn dann, sobald die Gelegenheit günstig ist.«

***

Der Wächter der Pforte hatte sich von seinem Sturz im Treppenhaus erholt und erklomm die Stufen. Trotz der Schmerzen ging er aufrecht. Sein Gesicht zeigte einen entschlossenen Ausdruck. Er wusste jetzt, wie stark dieser Vampir war, mit dem er es zu tun hatte – doch die Gefahr für die Dunkle Pforte hatte seinen Kampfgeist geweckt.

Der Clan der Wächter, die Bruderschaft, übergab dem Auserwählten nicht nur das Medaillon mit ihrem Wappen, sondern stattete ihn auch mit den entsprechenden körperlichen und geistigen Merkmalen aus, damit er dem Kampf mit jedwedem Wesen, das die Dunkle Pforte angriff, gewachsen war. Doch es hatte schon lange keinen solchen Angriff mehr gegeben, weshalb er noch keine Gelegenheit gehabt hatte, seine Fähigkeiten unter Beweis zu stellen. Deshalb hatte er, überrascht von den Fähigkeiten Varneys, beim ersten Mal den Kürzeren gezogen.

Das würde nicht wieder geschehen. Er wusste jetzt, wie sein

Gegner vorging, und er fühlte sich bereit für den nächsten Kampf. Er würde ihn in die Hölle schicken, für immer und ewig. Er fasste nach dem Silberschwert, das Erbe eines Samurai-Zauberers von vor über zweihundert Jahren …

Es war schwierig gewesen, sich ein Leben lang zu tarnen, seiner Arbeit nachzugehen, den Alltag zu leben wie alle anderen Menschen auch, doch nun trat der Wächter zum Vorschein.

Er beschleunigte seinen Schritt.

48

WEIL SIE UNSICHTBAR war, konnte Beatrice ihr Vorhaben problemlos durchführen. In wenigen Minuten öffnete sie die Fallgitter an den Zellen, und der Aufruhr, der augenblicklich in dem Verlies entstand, war beträchtlich. Hunderte von Misshandelten versammelten sich in den unterirdischen Gängen und drängten schließlich in Richtung der Treppe nach oben. Die Wärter, die gegen die Menge nichts ausrichten konnten, wurden auf der Stelle getötet. Pascal wartete in seinem Versteck, einer kleinen Nische im Gang, hinter irgendeiner antiken Skulptur. Eine Gruppe Soldaten stürmte an ihm vorbei, der Treppe entgegen, die zu den Kerkern hinunterführte, um den Ansturm aufzuhalten.

Kurz darauf flog die Tür zu dem großen Saal auf und Pater Martinus stürzte heraus.

»Ich hoffe, sie werden einem heiligen Kirchenmann nichts antun«, stammelte er. In Händen hielt er mehrere Aktenbündel. »Wie konnte das nur geschehen? Jemand wird dafür bezahlen müssen!«

Der Pater wurde von vier bis zu den Zähnen bewaffneten

Wachleuten eskortiert, und sie beeilten sich, aus der Gefahrenzone zu kommen. Durch eine Tür in dem langen Gang, versteckt in einem mächtigen Schrank, machten sie sich davon. Pascal versicherte sich noch einmal, dass die Luft rein war, verließ die Nische, in der er ausgeharrt hatte, und betrat dann den großen Saal, aus dem Pater Martinus gerade geflohen war. Pascal hatte zuvor ein Mönchshabit gefunden, das er sich übergezogen hatte, damit man ihn nicht als Gefangenen erkennen konnte. Er schloss die Tür hinter sich, rief sich ins Gedächtnis, was Beatrice ihm gesagt hatte – wo der Stein sich befand –, und stieß einen Seufzer der Erleichterung aus, als er ihn in den Händen hielt.

»Jetzt habe ich alles wieder beisammen.«

Bis auf seine wertvolle Uhr, klar. Doch es war zu spät, um sie zu suchen; sie hatten schon zu viel Zeit in dieser Epoche verbracht, und sie mussten schleunigst die nächste Tür finden …

In diesem Moment materialisierte sich Beatrice neben ihm und sie machten sich auf den Weg.

»Du siehst aus wie ein Mönch, eine gute Idee!«, bemerkte sie. »Konntest du den Stein finden?«

»Ja. Du hast ja ein ausreichendes Durcheinander angerichtet, echt stark.« Er gab ihr einen Kuss auf die Wange. »Hoffentlich schaffen es die Gefangenen tatsächlich zu fliehen; ich würde es ihnen wünschen.«

»Ja, hoffentlich.«

Er sah sie einen Moment lang an. Trotz der ganzen Aufregung hatte Beatrice noch immer diesen sanften Gesichtsausdruck. Sie strahlte, weil sie sah, dass Pascal sich wieder erholt und Mut geschöpft hatte. Und er war frei.

»Los, gehen wir!«, sagte sie, denn die Situation, in der sie sich befanden, war wie eine Zeitbombe. »Wenn hier erst Verstärkung kommt und der Palast abgeriegelt ist, kommen wir nicht mehr heraus.«

***

Der Tross hielt an. Michelle befürchtete, dass die Skelettgestalten ihre von den Fesseln befreiten Hände entdecken würden, und sie wartete ängstlich ab. Wenn sie zu nahe an sie herankämen, würde sie vom Karren springen und versuchen, wegzulaufen; was auch immer dann mit ihr geschähe.

Doch bis auf ein paar, die hin und wieder ihre leeren Augenhöhlen auf sie richteten, schenkten ihr diese Wesen der Finsternis weiterhin keine Beachtung. Michelle war dankbar, dass sie jetzt, bei ihrem Halt, mit anderem beschäftigt waren; allein die Vorstellung, sie aus der Nähe anzusehen und womöglich die Berührung ihrer Knochen zu spüren, verursachte ihr Übelkeit.

Der Junge weinte, während er die Bewegungen ihrer Bewacher verfolgte.

Doch diese schienen – zumindest für den Augenblick – nichts Bedrohliches mit den Gefangenen auf dem Karren vorzuhaben.

Sie knieten sich an Ort und Stelle nieder und stimmten in einer unbekannten Sprache ein Lied an. Es musste ein Psalm sein, der allerdings Furcht einflößend klang.

Ungläubig betrachtete Michelle die Szene: Sie beteten! Ihre Vermutung, dass sie sich in den Händen einer satanischen

Sekte befand, wurde langsam zur Gewissheit. Das geheimnisvolle Gebet, dieser düstere Gesang, den ihre Entführer zum Himmel richteten, ließ ahnen, dass die Göttlichkeit, an die sie sich wandten, nicht besonders wohlwollend war. Sie schluckte. In den Händen von jemandem zu sein, der böse Götter verehrte, bedeutete eine unkalkulierbare Bedrohung.

Ein Kind und sie als unschuldige Opfer einer makabren Religion, das passte. Sollte am Ende ihrer Reise ein Menschenopfer auf dem Plan stehen? Wollten sie sie nach Erreichen ihres Ziels etwa töten?

Ihre Entschlossenheit, gemeinsam mit dem Jungen zu fliehen, nahm konkrete Züge an. Es war gut zu wissen, dass der Tross manchmal stehen blieb. Michelle überlegte; den ersten Halt hatte sie nicht zur Flucht genutzt, er war einfach zu überraschend gekommen. Das würde ihr nicht noch einmal passieren. Nur schade, dass sie den Jungen in ihren Plan nicht einweihen konnte …

***

Pascal und Beatrice liefen weiter in die Richtung, die ihnen ihr Stein anzeigte. Er führte sie zu einem Friedhof hinter einer kleinen Kirche. Pascal warf einen Blick über die Mauer, die das Gelände umgab, und sah die stille Landschaft aus Grabsteinen und Kreuzen. Wie zur Bestätigung blickte er noch einmal auf den Stein.

»Es stimmt, wir müssen auf den Friedhof.«

Ganz in ihrer Nähe sahen sie einen Bauern auf dem Feld, der mit einer Sichel das Getreide schnitt. Er beachtete sie nicht.

»Wenn wir vorsichtig sind, nimmt er auch weiter keine Notiz von uns«, sagte Beatrice. »Wir tun einfach so, als wollten wir das Grab eines Verwandten besuchen, dabei halten wir Ausschau nach der Tür.«

Pascal schluckte und berührte wieder den Zettel mit der aufmunternden Nachricht seiner Freunde, den er in der Hosentasche trug.

»Vorwärts«, flüsterte er.

Die beiden traten durch das Friedhofstor und gingen an den Gräbern entlang. Der Bauer, dessen gebeugte Gestalt sie im Blick behielten, arbeitete gleichmäßig weiter.

Auf einmal fing die Erde leicht zu beben an, und sie blieben wie angewurzelt stehen.

Pascal spürte am Hals die Kälte des Medaillons: Das Böse war ganz in der Nähe.

»Ich weiß nicht, was los ist, doch ich habe ein mieses Gefühl«, sagte er unruhig.

»Wir beeilen uns besser«, erwiderte Beatrice, die am ganzen Körper zitterte, »langsam wird es brenzlig.«

Das Beben der Erde nahm zu, und sie sahen, dass die Gräber sich langsam hoben. Wieder blickten sie auf den Bauern und stellten fest, dass er sich dem Friedhof zugewandt hatte. Als Pascal sein Gesicht sah, erbleichte er.

»Oh mein Gott!«, rief er aus und wich zurück.

Beatrice begriff nicht, was Pascal so entsetzte, fragte auch nicht nach, da sie eine Hand entdeckte, die aus einem der Gräber fuhr; die Toten verließen ihre Ruhestätten und ein vielstimmiges Stöhnen drang aus dem Untergrund.

»Pascal, schnell, wir müssen von hier verschwinden!«

Pascal hörte ihr weder zu, noch hatte er die Gestalten bemerkt, die aus der Erde hervorkamen. Er starrte noch immer wie gebannt auf den Bauern, der das Gesicht von ... Henri Delaveau hatte!

Er war es, ganz sicher. Jetzt kam er auf sie zu und schwang mit bedrohlichem Lächeln die Sense.

»Dieser ... dieser Mann«, stammelte Pascal, »war Lehrer an meiner Schule. Man hat ihn umgebracht ...«

Beatrice, die an seinem Arm zerrte, begriff endlich, was vor sich ging.

»Er ist ein Verdammter«, sagte sie, »sonst wäre er nicht hier, ein Diener des Bösen, kein Mensch! Gehen wir, bevor es zu spät ist!«

Pascal fing sich wieder und sah endlich, was um sie herum auf dem Friedhof vor sich ging.

»Lauf!«, rief er und hielt den blinkenden Stein hoch. »Noch haben wir Zeit!«

Beatrice folgte ihm erleichtert, doch sie kamen nicht weit, weil der Stein in Pascals Hand auf einmal rundherum blinkte und keine Richtung mehr anzeigte. Ein paar der Toten hatten inzwischen ihre Gräber ganz verlassen und taumelten auf sie zu.

»Was soll das denn jetzt?«, fragte Pascal voller Panik. Beatrice war es, die trotz ihrer Furcht begriff, was das Blinken bedeuten sollte.

»Wir sind an der Tür, Pascal, wir stehen genau darauf!«

Rasch trat er ein paar Schritte zur Seite, und das Blinken veränderte sich.

»Beatrice, du bist ein Genie!«

Sie entdeckten eine Schaufel, die an der Kirchenwand lehnte, und Pascal stürzte darauf zu, während er mit seinem Schwert die Zombies ringsum abzuwehren suchte. Es gelang ihm, die Schaufel zu schnappen, und er kehrte zu der Stelle zurück, an der sie die Tür vermuteten, die sie in Sicherheit bringen würde. Ein Toter packte ihn am Bein und hätte ihn beinahe zu Fall gebracht. Angewidert stach Pascal mit dem Schwert nach ihm und rannte zu einer schreienden Beatrice, der die Toten ebenfalls auf den Leib rückten. Pascal sah, dass nun auch Delaveau auf sie zukam, und drückte Beatrice die Schaufel in die Hand, um kampfbereit zu sein. Delaveau war viel gefährlicher als all die Gestalten, die über den aufgeworfenen Friedhof krochen.

»Grab du!«, bat er und hob das Schwert. »Ich halte uns Delaveau vom Leib!«

Beatrice grub wie im Fieber; und sie tat ihr Bestes, obwohl die Schaufel viel schwerer war, als sie gedacht hatte. Plötzlich vernahm sie das metallische Geräusch zweier sich kreuzender Klingen; Delaveaus Sense war auf das Schwert Pascals getroffen.

»Bitte beeil dich!«, bat Pascal, der fürchtete, dass die Schläge der riesigen Sense seine Waffe zerstören könnten.

»Ich tu, was ich kann!«, antwortete sie keuchend und grub eifrig weiter.

Noch immer klirrten die Klingen aufeinander. Doch dann machte Delaveau einen Fehler. Seine Sense war so sperrig, dass er sie für einen Moment nicht dirigieren konnte. Er hob die Arme und Pascal nutzte die Gelegenheit. Mit Macht stieß er Delaveau das Schwert in den Leib.

Delaveau fiel röchelnd auf die Knie, und sein Körper fiel in sich zusammen, löste sich auf zu einem Häufchen Asche. Pascal hatte einen letzten Blick auf Delaveaus Gesicht erhascht; es trug auf einmal heitere und sanfte Züge, aus denen das Böse verschwunden war. Später sollte er verstehen, dass er mit seiner Waffe einen Geist befreit hatte, der nicht anders handeln konnte, als er es getan hatte. Man konnte niemanden verurteilen, der nicht frei war.

Die Toten aus den Gräbern krochen auf sie zu und brachten Pascal zurück in das grausige Geschehen. Beatrice neben ihm schrie auf, doch es war ein Schrei der Hoffnung. In dem Loch, das sie gegraben hatte, waren die Umrisse von etwas aufgetaucht, das Teil eines Sechsecks sein konnte.

»Los!«, rief Pascal, »mach weiter!«, und wirbelte mit seinem Schwert herum.

Sie gehorchte, bis sie irgendwann die Schaufel fallen ließ, sich auf den Boden warf und mit bloßen Händen weitergrub, ohne dem Höllenspektakel, das sich um sie herum abspielte, Beachtung zu schenken.

Ganz in der Nähe war auf einmal lautes Wiehern und das Trappen von Hufen zu hören. Ein durchgegangenes Pferd, vermutete Pascal, während er sich weiter gegen die Zombies zur Wehr setzte. Das Schnauben und Wiehern wurde lauter, und Pascal, der es sich nicht erlauben konnte, in die Richtung zu schauen, aus der es kam, fragte sich, was ein Pferd an diesem Ort hier zu suchen hatte.

Die Antwort ließ nicht lange auf sich warten: Ein Reiter sprengte auf den Friedhof, der sein Pferd mit wütenden Peitschenhieben antrieb. Pascal begriff, dass dem Mann nicht bewusst war, wo er hinritt; er musste zu den Gefangenen gehören, die aus den Kerkern der Inquisition geflohen waren, und achtete offensichtlich mehr darauf, ob er verfolgt wurde, als auf das, was da vor ihm lag. Das Tier bäumte sich wütend auf und weigerte sich, dem Reiter zu gehorchen. Doch sie waren bereits von Toten umgeben und konnten nicht mehr zurück. Sie saßen in der Falle, umringt von den Gestalten an den Gräbern, die ihre Arme nach ihm und dem Pferd ausstreckten. Aus ihren halb verwesten Gesichtern schrie der Hunger. Vergeblich stellte der Mann sich auf den Sattel, um ihnen zu entfliehen. Sein Pferd spürte die ersten Bisse und wieherte voller Entsetzen … und wurde leiser und leiser. Längst war es tot – und stand nur noch auf den Beinen durch den Andrang der Zombies, die sich unter seinem Bauch drängten und das Gemetzel fortsetzten.

In der Menge von Toten, die den gesamten Friedhof bevölkerten, gab es nur zwei menschliche Wesen, die erbitterten Widerstand leisteten: der Mann auf dem toten Pferd und Pascal, der mit dem Schwert um sich schlug, wenn auch vor Erschöpfung immer langsamer. Er versuchte Beatrice zu beschützen, während sie noch immer einen Teil des Sechsecks freilegte. Als sie glaubte, dass es genügen würde, um den Mechanismus auszulösen, sah sie auf.

»Pascal, ich hab's!«, schrie sie, damit er sie in dem Lärm, den die Monster verursachten, überhaupt hören konnte.

In diesem Moment ging der halb verschlungene Pferdeleichnam zu Boden, und die Zombies machten sich über die Reste her, die innerhalb kürzester Zeit unter Grunzen und Schmatzen verschwunden waren. Der Reiter rettete sich mit einem Satz zu Pascal und Beatrice. Nach ein paar letzten abwehrenden Schwerthieben pressten sie eilig ihre Hände gegen die freigelegte Kammertür.

Ohne das bedrohliche Schwert konnte nichts mehr die Bestien aufhalten, und ihr dumpfes Knurren senkte sich auf Pascal und Beatrice herab, während der Schatten der wilden Horde den Himmel über ihren Köpfen verdunkelte.

***

Dominique robbte noch immer auf dem Fußboden entlang und hatte das Gefühl, dass der Vampir über ihm war.

»Dominique!«

Daphnes Warnruf bestätigte seine Vermutung. Er blieb liegen, drehte sich aber, den Silberdolch in die Luft gereckt, auf den Rücken. Varney, der sich mit gespreizten Krallen auf ihn stürzen wollte, musste vor Dominiques Waffe zurückweichen. Der Vampir entdeckte die scharfe Silberklinge gerade noch rechtzeitig. Wütend verpasste er Dominique einen Prankenhieb in die Seite. Der unterdrückte einen Schmerzensschrei. Er fuhr über seine zerfetzten Kleider und spürte die Wärme seines Bluts. Doch hatte er auch den zweiten Angriff überstanden.

»Komm, ich bin hier!«, rief Daphne dem Vampir zu, um ihn von Dominique und Jules fortzulocken. »Traust du dich etwa nicht, es mit einer alten Frau aufzunehmen?«

Wütend drehte sich Varney zu ihr um. Er spürte einen wachsenden Schmerz von der Wunde, die ihm der Wächter der Pforte zugefügt hatte, und das brachte ihn auf. Er war in dieses Haus mit seiner ganzen Überlegenheit und dem Wissen um seine Macht gekommen und hatte nicht damit gerechnet, auf ernsthaften Widerstand zu stoßen.

So ging er auf Daphnes Provokation nicht ein, noch nicht.

Der Vampir machte einen Satz und warf sich Jules entgegen. Unter Jules' erschrockenen Schreien und dem hungrigen Fauchen Varneys stürzten sie zu Boden und rissen Möbel und Kisten mit sich. Die Panik verlieh Jules einen gewaltigen Energiestoß, doch nicht genug, um die Bestie, die ihn bald an Händen und Füßen umklammert hielt, außer Gefecht zu setzen. Varney öffnete den Mund und zeigte seine Fangzähne, während er den Kopf zu Jules' Halsschlagader senkte.

»Varney!«, schrie Daphne in dem Versuch, den Vampir abzulenken. Flüchtig wandte er sich zu ihr um. Daphne, die näher gekommen war, warf mit aller Kraft ein Glasfläschchen in seine Richtung – doch er ließ Jules für einen Moment los und fing es geschickt auf. Er lächelte boshaft.

»Ist das alles, was du kannst, Hexe?«, fragte er amüsiert.

Indessen war Dominique mit dem Dolch in der Hand näher herangerobbt. Der Vampir sah sich auch nach ihm um und schenkte ihm einen verächtlichen Blick, als wäre er ein Wurm.

Die zwei, drei Sekunden der Unaufmerksamkeit dieser Bestie nutzte Jules. Das helle Klingen von Glas war zu hören. Zwar wandte Varney blitzschnell seinen Kopf zurück, zu dem Jungen vor ihm auf dem Boden, doch nicht schnell genug. Er hatte sein Weihwasser geöffnet und spritzte nun die volle Ladung auf den Vampir.

Varney heulte vor Schmerz auf, als sein totes Fleisch verbrannte. Er beugte sich über sein Opfer, um sich durch einen

Biss in dessen Hals zu rächen. Die beiden rollten über den Boden, und Jules konnte sich wehren, dank der Schwäche des Vampirs, der vom Schmerz geschüttelt wurde.

Varney schnappte nach Jules und zerkratzte ihn am ganzen Körper. Doch schließlich musste er von seinem Opfer ablassen, weil das Weihwasser sich weiter wie Säure in seinen Körper fraß.

Der Vampir verschwand in einer Ecke des Dachbodens, um abzuwarten, dass die Schmerzen nachlassen würden. Dominique stellte besorgt fest, dass Jules sich nicht bewegte. Er lag ganz ruhig am Boden. Zu ruhig.

»Jules!«, rief er. »Jules! Was ist los?!«

Er bekam keine Antwort.

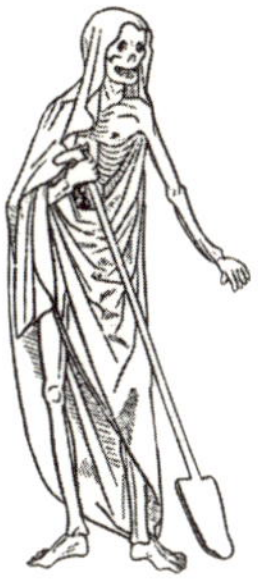

49

DIE LETZTEN MINUTEN in dieser Epoche waren chaotisch verlaufen, doch die gierigen Zombies hatten sie nicht erwischt. Die Tür war aufgegangen und hatte sie vor einem grausamen Ende gerettet.

Damit war eine weitere Etappe überwunden und sie konnten ihren Weg zu Michelle fortsetzen. Jetzt mussten sie nur noch herausfinden, ob die nächste Zeitreise sie aus dem Kronosfelsen befreien würde oder ob ein weiteres Abenteuer auf sie wartete.

Pascal nutzte die Gelegenheit und öffnete seinen Rucksack, um sich zu stärken. Er musste dringend etwas essen und trinken.

Während sie auf die neue Kammer zuschwebten, trat eine dritte Gestalt in Pascals Wahrnehmung: Der Gefangene, der sich auf dem Pferd erfolgreich zur Wehr gesetzt hatte, war genau in dem Moment zu ihnen herabgesprungen, als sich die Tür geöffnet hatte, und war so mit ihnen in den Zeitstrom geraten.

Pascal stellte sich eine beunruhigende Frage, die auch Beatrice beschäftigte: Gehörte der Unbekannte zu den Verdammten? Eigentlich hatte Pascal nichts gegen seine Anwesenheit einzuwenden. Er war ihm sogar sympathisch, weil er sich so heftig gewehrt hatte, und er freute sich, weil er ihn – wenn auch nur indirekt – gerettet hatte.

Letzteres beschäftigte ihn sehr. Dass ihm so viele Leute begegneten, hier auf seiner Reise von Epoche zu Epoche, denen er nicht helfen konnte, die er ihrem Schicksal überlassen musste. Er war der Wanderer und konnte ihnen dennoch nicht helfen. Wie ein Tourist kam er sich vor, der leidvolle Szenen aus der Ferne betrachtete … Nun gut, wenigstens dieses Mal hatten nicht nur sie, Pascal und Beatrice, es vermocht, sich zu retten, dem Schicksal ein Schnippchen zu schlagen. Auch der blinde Passagier hatte es mit ihnen geschafft. Der arme Kerl wusste vielleicht noch gar nicht, welches Glück er gehabt hatte.

Pascal schlief ein. Die Anstrengung forderte ihren Tribut, und hier in der geschützten fließenden Umgebung ließ die Anspannung in ihm endlich nach. Beatrice bemerkte es und lächelte; Schlaf war das Beste, um die Stunden der Zeitreise zu nutzen.

***

Jules reagierte noch immer nicht. Doch Daphne konnte sich jetzt nicht darum kümmern; dem Vampir durfte keine Gelegenheit gegeben werden, sich zu erholen. Sie bekreuzigte sich und näherte sich ihm langsam, das Medaillon auf ihrer Brust gut sichtbar und mit einem angespitzten Pflock in Händen.

Leise murmelte sie dabei Zaubersprüche, uralte Formeln, die ihn, zusammen mit der Aura der Dunklen Pforte, weiter schwächten. Das Monster spürte die Kräfte der alten Frau, trotzdem gelang es ihm, als sie die Ecke, in der er lag, erreichte, ihr einen Stoß zu versetzen und den Pflock zu entreißen. Daphne stürzte schwer gegen mehrere Sessel und blieb wie benommen liegen. Auf einmal waren feste Tritte zu hören, doch Varney achtete nicht darauf. Er konzentrierte sich, um endlich diese Wahrsagerin loszuwerden, die ihm andauernd einen Strich durch die Rechnung machte.

»Gautier!«, rief da eine männliche Stimme.

Alle hörten die Stimme, und die Ruhe und Nachdrücklichkeit, die in ihr lagen, erfüllten auf einmal den Raum.

Daphne erhob sich und ihre Lebensgeister kehrten zurück, als sie den Neuankömmling als den Gerichtsmediziner erkannte, auf den sie im *Institute Anatomique Forense* getroffen war. Daphne brauchte nicht lange, um das Schwert zu identifizieren, das er bei sich trug, und auf einmal fiel es ihr wie Schuppen von den Augen: Er war der Wächter der Pforte. Also war es doch kein Mythos.

Überrascht musste der Vampir feststellen, dass er den Mann von der Bruderschaft nicht getötet hatte, und er machte sich bereit zum Kampf. Doch sein Gegner hatte nicht die Absicht, ihm eine Gelegenheit zum Angriff zu geben; zu viel Blut war in den letzten Tagen durch dieses Ungeheuer vergossen worden. Varney sah gerade noch, wie Marcel Laville mit seinem japanischen Schwert nach ihm stieß und ihn mit der Silberklinge durchbohrte. Der Vampir brüllte, als er das brennende Silber spürte. Seine unmenschlichen Augen füllten sich mit dunklem Blut und traten aus den Höhlen, doch der Wächter ließ sich nicht einschüchtern. Er hielt aus und stieß tiefer, bis der Griff seiner Waffe auf die Brust des Vampirs traf. Dann trat er einen Schritt zurück, um den Todeskampf dieses schrecklichen Wesens mit anzusehen. Das Schwert ragte weit aus dem Rücken des Vampirs hervor, die Klinge bedeckt von Resten dunklen, verwesten Fleischs. Doch nun geschah etwas Überraschendes: Mit zitternden Händen packte Varney den Griff des Schwerts, und ohne den Blick von seinem Angreifer abzuwenden, zog er es langsam wieder aus seinem Körper, während er sich rückwärts entfernte.

Marcel Laville, der Wächter, war wie gelähmt. Selbst jetzt noch war der Vampir in der Lage, ihn und die anderen mit seiner Kraft zu beeindrucken. Er fragte sich, was wohl nötig war, um dieses Höllenwesen endgültig zu vernichten.

Der Vampir lächelte, und von seinen Lippen tropfte schwärzliches Blut, das über seinen Hals bis hinab zu der offenen Wunde lief. Seine zunehmende Schwäche gab ihm plötzlich ein menschliches Aussehen. Seine Fingernägel waren keine tödlichen Waffen mehr, und seine Gesichtszüge wurden weich und sahen nun dem echten Varney viel ähnlicher. Seine spitzen Eckzähne allerdings besaß er noch.

Noch immer war Laville bewegungslos, was der Vampir nun als seine letzte Chance erkannte. Er holte zu einem Gegenschlag aus, der den Wächter völlig unvorbereitet traf.

Blitzschnell war er bei Marcel und legte seine Eiseshände fest um seinen Hals. Dann drückte er zu.

Die beiden stürzten zu Boden, und obwohl sich Marcel mit aller Kraft wehrte, gab Varney nicht nach.

Das Gesicht des Wächters verzerrte sich, während er vergeblich versuchte, sich aus dem stählernen Griff zu befreien, der ihm die Luft abschnürte. Dominique versuchte, sich zu ihnen schleppen, um das Weihwasser zum Einsatz zu bringen, das er auf dem Boden wiedergefunden hatte. Auch Daphne setzte sich in Bewegung, um Laville zur Hilfe zu eilen.

In diesem Moment donnerte eine Stimme: »Polizei! Hände hoch, Varney, oder ich schieße!«

Die offene Tür des Dachbodens füllte eine massige Gestalt, die ihren Revolver auf den Vampir gerichtet hielt.

50

ALS PASCAL ERWACHTE, fühlte er sich viel besser.

Der schützende Zeitkanal spuckte sie aus, und die drei landeten auf Felsboden, in einer Landschaft, die ihnen mehr als bekannt vorkam: Sie hatten es geschafft, heil aus dem Kronosfelsen herauszukommen. Endlich!

Seine Augen gewöhnten sich langsam an das Dämmerlicht. Bald konnte er feststellen, dass sich die Umgebung tatsächlich kaum verändert hatte; eine trostlose Ebene mit Tälern und Felserhebungen.

Der blinde Passagier, der sich ein wenig abseits von Pascal und Beatrice hielt, wirkte hilflos, nach allem, was mit ihm geschehen war; die Flucht, seine Zeitreise, und nun dies hier … Die beiden sahen sich unentschlossen an. Sie hatten nicht die geringste Vorstellung davon, was sie mit ihm machen sollten.

»Hallo.« Pascal wandte sich an den Mann, der sich ziemlich verloren vorkam und voller Misstrauen war. Ohne den Gruß zu erwidern, entfernte er sich, behielt Pascal und das Mädchen jedoch im Auge.

Beatrice betrachtete den Unbekannten ebenfalls stumm. Wusste sie vielleicht, ob es sich um einen Verdammten handelte? Pascal forschte unauffällig in ihrem Gesicht, doch es verriet ihm nichts. Dann wandte er sich ab und suchte das Terrain vor ihnen ab. Die kahle Ebene, auf der sie standen, breitete sich bis zum Horizont aus, und ihre Felserhebungen, die er zuvor schon ausgemacht hatte, besaßen, wie er nun sah, glänzende Krater, aus denen zuweilen zischende Gase und auch Fontänen fester Substanz schossen. Darüber hinweg zogen schwarze Wolken, als würden sie von einem Wind getrieben.

Schon wollte Pascal sich Beatrice wieder zuwenden, als er etwas Merkwürdiges beobachtete. Eine der Wolken, mit weichen, schwammartigen Rändern, kam direkt auf sie zu, senkte sich herab auf ein paar Dutzend Meter Höhe und nahm eine Schwärze an, die alles übertraf, was Pascal bisher gesehen hatte. Er blickte nun zu Beatrice, doch was er in ihren Augen sah, ließ sein Herz stocken. Es war die nackte Angst. Pascal folgte ihren Augen und sah wieder hin zu der schwarzen Wolke. Sie nahm an Geschwindigkeit zu und näherte sich schneller, als es den Anschein gehabt hatte.

»Beatrice, sag mir bitte, was los ist.«

Sie hatte sich nicht von der Stelle gerührt.

»Ich habe diese Wesen nie zu Gesicht bekommen, aber ich habe von ihnen gehört. Es sind ›dunkle Wolken‹«, sagte sie zögernd, »die aus Schatten bestehen. Schnell! Wir müssen von hier verschwinden!«

»Schatten?«, fragte er und zückte sein Schwert. »Was meinst du damit?«

Auf einmal sah er, wie der mit ihnen gereiste Mann, der

blinde Passagier, in Panik losrannte, und zwar genau auf die Wolke zu.

»Warte!«, rief er ihm nach. »Komm zurück, wir tun dir nichts!«

Womöglich war es das entschlossene Zücken der Waffe gewesen, das den Mann so erschreckt hatte. Aber sie konnten ihn nicht zurückholen. Und die dunkle Wolke senkte sich noch tiefer. Pascal fühlte, dass gleich irgendetwas Schlimmes passieren würde.

Der Mann rannte noch immer. Als die Wolke beinahe über ihm war, stoppte er abrupt. Anscheinend hatte er etwas gesehen, das ihn zutiefst erschreckte.

Auf einmal stieß er einen Schrei aus und versuchte zurückzuweichen. Doch die Wolke über ihm löste sich auf und begann, sich in Umrisse menschlicher Schatten zu verwandeln. Überdimensional große Schatten.

»Siehst du dasselbe wie ich?«, wollte Pascal von Beatrice wissen.

»Ja. Wie ich es mir gedacht habe, verbinden sich die Schattenwesen, die du siehst, zu einer Wolke und machen sich auf die Suche nach Beute. Wenn sie nah genug sind, trennen sie sich wieder voneinander und ...«

Mehr musste sie nicht sagen, denn die Szene, die sich vor ihren Augen abspielte, sprach für sich; die düsteren Schemen der vormaligen Wolke stürzten herab und umschlangen den Körper des Mannes, ohne dass er etwas dagegen hätte tun können.

Sie zogen ihm die Kleider vom Leib und ließen sie zu Boden fallen. Als er nackt war, umschlangen sie ihn weiter von allen

Seiten mit fließenden Bewegungen, die jedoch etwas Schlimmes bewirkten.

»Warum schreit der Mann so?«, fragte Pascal. »Kann er die Berührung dieser Wesen denn spüren?«

»Ja«, sagte Beatrice mit gepresster Stimme. »Er schreit vor Schmerz. Die Schatten bedecken nicht nur den Körper ihres Opfers, sie reißen ihm die Haut Schicht um Schicht herunter. Es ist ihre Art, ihn zu verschlingen.«

Entsetzt drehte Pascal sich zu ihr.

»Das ist nicht möglich. Es sind nur Schatten ...«

Beatrice sah ihn nachsichtig an.

»Wie haben sie ihm dann die Kleider ausgezogen?« Sie strich ihm über die Wange. »Pascal, diese Welt unterscheidet sich völlig von deiner. Du darfst keinerlei Erscheinungsbild trauen. Was du dort siehst ... sind nicht einfach nur Schatten.«

Als wollte die Wirklichkeit Beatrices Worten Gewicht verleihen, erreichte der Kampf zwischen dem Mann und den fliegenden Wesen eine neue Phase. Erschüttert sah Pascal, wie diese schwarzen, fließenden Schemen sich spannenweit von ihrem Opfer entfernten und ihm, wie Beatrice gesagt hatte, dabei die Haut in Streifen abzogen.

Der Ärmste brüllte vor Schmerz. Pascal musste den Blick abwenden und entsetzt hielt er sich die Ohren zu.

»Du kannst nichts für ihn tun«, stellte Beatrice fest, die wusste, was in ihm vorging. »Dein Schwert ist bei diesen Wesen nutzlos, man kann nicht die Luft durchschneiden.«

»Wie soll ich mich nur an den Gedanken gewöhnen«, sagte Pascal und seufzte, »nicht helfen zu können ... Jemand, der gerade erst dem Tod entronnen ist ...«

»Du verstehst nicht«, fügte sie hinzu. »Wir dürfen es nicht einmal versuchen.«

»Warum?«

»Er war ein Verdammter«, erwiderte sie. »Frei war er nur, als er noch zur Welt der Lebenden gehörte. Wir dürfen uns nicht in das Schicksal einmischen. Es war so vorherbestimmt.«

Pascal wusste nicht, was er darauf sagen sollte. Er war kein Richter, sein Denken war allein von Mitgefühl bestimmt.

Beatrice packte ihn nun am Arm: »Besser, wir gehen, bevor die Wolke mit dem Mann fertig ist und sich über uns hermacht. Noch einmal: Wir können nichts für ihn tun.«

Pascal nickte bedrückt, er gab nach. Und nachdem sie mithilfe des Steins die Richtung bestimmt hatten, entfernten sie sich eilig. Sie mussten sich auf das konzentrieren, was vor ihnen lag; ihre Aufgabe, wegen der sie unterwegs waren – sie ließ sich nun einmal nur erfüllen, wenn sie am Leben blieben … Ihre Vorsicht sollte sich bald als richtig erweisen, denn eine andere Wolke, die in einer entfernten Senke geschwebt hatte, kam nun auf sie zu. Das Schattengebilde hatte sie zweifellos entdeckt. Und die Gestalten, aus denen es bestand, waren hungrig.

***

Diese dröhnende Stimme und die massige Gestalt im Türrahmen … Dominique und Daphne erkannten sie sofort: Es war die Kommissarin Marguerite Betancourt. Dies war die Nacht der Überraschungen; alles schien zur Dunklen Pforte gerufen worden zu sein.

Der Vampir zerrte Marcel Laville halb zur Seite, ohne seinen Griff zu lockern, und wandte sich ihr höhnisch zu. Eine Sterbliche mit einer harmlosen Schusswaffe würde ihn nicht daran hindern, den Wächter zu erdrosseln. Er würde sich später um sie kümmern.

Marguerite, die sah, dass die Situation prekär war, wiederholte ihren Befehl nicht noch einmal. Reaktionsschnell nutzte sie die Blöße, die Varney ihr bot, und schoss. Der Vampir spürte, wie das Projektil in ihn eindrang, und fühlte einen viel größeren Schmerz, als er erwartet hatte. Es war Silber.

Nun wusste er, dass es für ihn keine Rettung mehr gab, und in letzter ohnmächtiger Wut wollte er den Wächter töten. Das Geschoss im Leib, drückte er ihm weiter die Kehle zu und bemerkte, wie die Kräfte des Wächters schwanden. Varney opferte die letzte Chance zu fliehen, um jenen, der schuld an seinem Scheitern war, umzubringen.

Marguerite änderte ihre Position und schoss erneut, diesmal auf sein Herz. Einmal, zweimal, dreimal. Ein lautes Heulen drang aus dem Mund des sterbenden Vampirs, der sich unter jeder Kugel wand – jedoch ohne seinen eisernen Griff zu lockern. Marguerite konnte es nicht begreifen; noch nie hatte sie erlebt, dass ein Körper solchen Verletzungen widerstand.

Sie drückte noch einmal ab. Die vierte Kugel blies dem Vampir einen Teil seines Kopfes weg, und wie ein Sack stürzte er zu Boden.

Zur Sicherheit gab die Kommissarin zwei weitere Schüsse ab, Varney röchelte ein letztes Mal, dann rührte er sich nicht mehr.

Marcel lehnte an der Wand. Er atmete schwach, kurz davor,

das Bewusstsein zu verlieren, und rutschte langsam auf den Boden. Marguerite eilte zu ihm und stellte fest, dass er mehrere Verletzungen hatte.

»Marcel! Hörst du mich? Halte durch! Gleich kommt Verstärkung!«

Er nickte mühsam.

»Er ist tot, Marcel«, versuchte Marguerite ihn zu beruhigen.

»Schon seit Jahren«, dachte er, und fast musste er lächeln.

»Das war das letzte Mal, dass du mich zu so einer Party nicht mitnimmst«, warf sie ihm liebevoll vor und wischte mit einem Taschentuch sein Gesicht ab. »Zum Glück trau ich dir nicht und bin dir gefolgt! Als du nicht mehr aus dem Haus kamst, bin ich eben reingegangen. Und als ich dann die tote Frau auf der Treppe gesehen habe ...«

Dann informierte Marguerite über Handy ihre Kollegen, die auf der Straße standen und rätselten, woher die Schüsse gekommen waren. Schließlich wandte sie sich den anderen Anwesenden hier auf dem Dachboden zu. Erleichtert stellte sie fest, dass niemand ernsthaft verletzt war.

Marguerite bemerkte es nicht, doch Daphne und Dominique starrten die ganze Zeit zu dem Oberlicht hinauf, dem Dachfenster, mit dessen Bersten vor ein paar Stunden alles begonnen hatte. Sie wollten nur noch eins: dass die längste Nacht ihres Lebens endlich zu Ende ging.

Jules lag währenddessen mit blutverschmiertem Gesicht am Boden, bewusstlos, doch am Leben.

***

Jetzt. Sie war bereit. Sobald der Tross wieder haltmachte, würde Michelle den Jungen vom Karren stoßen, und sie würden die Beine in die Hand nehmen und in der Dunkelheit verschwinden.

Ihr Plan war, sich in irgendeinem der Krater zu verstecken, die über das Gelände verstreut waren. Es gab viele davon, und wenn es ihnen gelang, diese Skelettwesen mit ihrer Flucht zu überraschen, hatten sie vielleicht eine Chance. Alles war besser, als zu resignieren. Michelle sagte sich pausenlos, dass sie ganz allein auf sich gestellt war, dass sie sich davon aber nicht unterkriegen lassen durfte, im Gegenteil; sie musste Kraft daraus schöpfen, jene unbändige Energie, hervorgebracht nur von einer Chance, die als die letzte gilt.

Und dann waren da noch die tief hängenden schwarzen Wolken; sie wirkten wie dichte Nebelschwaden, die es den Skelettwesen schwer machen würden, ihnen zu folgen.

»Nicht alles in dieser feindlichen Welt ist ein Hindernis«, machte sie sich Mut.

Sie beschloss, auf eine dieser Wolken zuzulaufen, um ihre Entführer abzuschütteln. Und war dies gelungen, so hoffte sie, auf der weiteren Flucht nicht die Orientierung zu verlieren, irgendwann in die falsche Richtung zu laufen.

***

»Weg hier!«, rief Beatrice. »Sie kommt auf uns zu!«

Die dunkle Wolke wurde deutlich schneller. Sie blieb dabei dicht über dem Boden und behielt ihre kompakte Form bei.

Pascal gehorchte und rannte hinter Beatrice her. Zumindest

folgten sie der Richtung, die ihnen der Stein anzeigte, und wurden nicht von mächtigen Kräften des Bösen angezogen.

»Gib mir deine Hand!«, rief sie, ohne stehen zu bleiben.

Pascal streckte seinen Arm aus, bis er ihre Hand erwischte. Ein Vorteil der umherirrenden Seelen war ihre Schnelligkeit, wie Pascal jetzt feststellen konnte. Sie zog ihn mit sich, und so konnten sie einen gewissen Abstand zu den Schatten, dem Wolkengebilde, gewinnen.

Doch trotz aller Schnelligkeit, es war klar, dass sie nicht ewig in diesem Tempo laufen konnten.

»Wir müssen uns verstecken und abwarten, bis diese gefräßigen Schatten verschwunden sind. Sonst erwischen sie uns am Ende doch.«

»Und wo verstecken wir uns?«

»In einer Erdspalte.«

Eine andere Möglichkeit gab es in dieser trostlosen Gegend nicht.

»Und wenn sie uns entdecken?« Nachdem er die Qualen des Mannes vorhin miterlebt hatte, dies Unausweichliche, mit dem die schwarzen Gebilde handelten, konnte er sich nicht vorstellen, dass sie beide irgendwo reglos ausharrten und solch eine hungrige Wolke ganz in der Nähe vorbeizog, ohne sie zu bemerken.

»Sie werden uns nicht entdecken, wenn wir es gut anstellen.«

»Werden sie nicht. Und falls doch, werde ich dich festhalten und wir rennen, so schnell wir können.«

Pascal nickte, wenn auch nicht sehr überzeugt. Seine Zweifel spielten keine Rolle, da es sowieso keine andere Möglichkeit gab. Wenn sie einfach nur weiterliefen, würde die dunkle Wolke sie früher oder später erwischen.

Beatrice entschied sich für einen steilen Abhang, und sie ließen sich über den Rand gleiten. Je tiefer sie hinunterrutschten, desto dunkler wurde es um sie her.

»Warten wir hier«, flüsterte Beatrice und starrte nach oben in den Himmel.

»Einverstanden.«

Aus dem Inneren der Erde war ein Gurgeln zu hören. Pascal und Beatrice wussten von den Geysiren, weshalb sie sich von den tieferen Felsspalten fernhielten.

Das Geräusch wurde lauter, bis der Boden unter ihren Füßen zu vibrieren begann, eine der Spalten noch weiter aufbrach und ein Strahl heißer dampfender Gase herauszischte und hoch in die Luft schoss. Mit dem Gas, das einen widerlichen Gestank verbreitete, flogen auch Feststoffe nach oben, die Pascal zu seinem Entsetzen als menschliche Überreste identifizierte. In dem Schmutz und der Nässe konnte er ein Bein, ein Stück Arm und einen Torso mit hervorstehenden Rippen erkennen, außerdem zwei Köpfe mit leeren Augenhöhlen.

Pascal machte ein entsetztes Gesicht.

»Der Albtraum hört wohl nie auf«, sagte er. »Und das alles soll Michelle aushalten? Ganz allein?«

Beatrice packte ihn an den Schultern und schüttelte ihn.

»Wir sind auf dem Weg zur Hölle, was hast du erwartet?« Sie blickte wieder nach oben; die Schattenwolke sollte sie nicht überraschen. »Das ist jetzt nicht der richtige Moment, um schlappzumachen, Pascal. Glaub mir, sie wird genauso tapfer sein wie du.«

Pascal zuckte mit den Schultern. Nach allem, was er bisher erlebt hatte, die Schrecken ganz zu Beginn im Zwischenreich, die furchtbaren Ghule, die es auf ihn abgesehen hatten, die Gefahr, in der er gesteckt hatte in jenem Pestjahr, in dem er gelandet war, nicht zuletzt sein gemarterter Körper auf der Streckbank noch vor Stunden … Und jetzt diese grässlichen hautabziehenden Schatten … Er hatte plötzlich das Gefühl, dass alles, was er bis hierhin erduldet und getan hatte, umsonst gewesen war, dass sie noch immer am Anfang standen.

»Und obendrein«, stellte er düster fest, »wissen wir ja gar nicht, ob wir Michelle überhaupt finden. Es ist alles so … endlos …«

»Wie immer sind die schlimmsten Feinde die unsichtbaren«, dachte Beatrice. Sie sah, dass Pascal plötzlich den Mut verlor; und das war kaum verwunderlich. Für einen Sterblichen musste all dies hier ein gewaltiger Schock sein – und dennoch, er durfte nicht aufgeben. Und dies nicht nur, weil er zu Besonderem berufen war …

Beatrice war bewusst, dass sie etwas gegen seine Stimmung unternehmen musste; Michelles Leben hing davon ab, dass sie beide auf der letzten Etappe ihrer Mission hundertprozentig einsatzbereit waren.

»Pascal!« Sie rüttelte ihn noch einmal. »Was ist los mit dir? Was sollen diese Bemerkungen? Du bist der Wanderer!«

Pascal schüttelte müde den Kopf.

»Ich kann nicht mehr, Beatrice. Ich brauche Licht, ich brauche Schlaf, ich brauche Sicherheit. Es geht nicht mehr.«

»Aber wir sind kurz vor dem Ziel …«, versuchte sie ihn zu bestärken und blickte erneut nach oben zu der großen Krateröffnung. Um Himmels willen, wenn jetzt auch noch die schwarze Wolke käme …

Pascal, der Beatrices Wachsamkeit nicht registrierte, sah sie an.

»Welchem Ziel? Zu sterben?«

»Sag das nicht. Ich spüre, dass Michelle ganz in der Nähe ist, wirklich. Ich schwör's dir.«

Pascal schöpfte Mut.

»Bist du sicher?«

»Ja. Ihr werdet euch in Kürze gegenüberstehen, du und … und sie.« Es fiel ihr manchmal nicht ganz leicht, Michelles Namen auszusprechen, denn es war so, dass sie … dass ihr Pascal ziemlich gut gefiel.

»Stell dir vor, was das für Michelle bedeutet, wenn sie erfährt, dass du gekommen bist, um sie zu retten.«

Pascals Gesicht hellte sich weiter auf. Beatrice war eine umherirrende Seele und sie spürte und erfühlte mehr als Lebende, viel mehr. Sollte sie tatsächlich recht haben? Sollte ihr Ziel wirklich in Reichweite sein? Das wäre tatsächlich ein großer Antrieb. Er wünschte sich so sehr, Michelle zu sehen …

»Nach allem, was wir durchgemacht haben, um hierherzukommen«, fügte Beatrice hinzu, »kannst du jetzt nicht aufgeben. Bitte, du musst deine Kräfte bündeln, du brauchst deinen alten Kampfgeist zurück.«

Pascal zog das Schwert aus der Scheide, damit die Wärme dieser Waffe, die ihm mehrfach das Leben gerettet hatte, seinen Körper durchströmte. Er dachte an seine Eltern und Freunde und langsam erholte er sich wieder, kam wieder zu sich. Er lächelte sogar.

Beatrice umarmte ihn.

»Ich klettere wieder hinauf«, teilte sie ihm mit. »Wir sind schon eine ganze Weile hier unten. Ich schau mal nach, ob die Schattenwolke verschwunden ist.«

Pascal schluckte.

»Pass auf dich auf.«

Beatrice küsste ihn auf die Wange.

»Mach ich.«

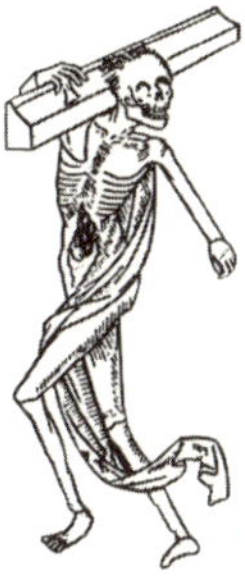

51

SIE HATTEN SIE beinahe gewaltsam zwingen müssen, den Dachboden zu verlassen. Jules, der noch immer bewusstlos war, bekam nichts davon mit, aber Dominique und Daphne hatten versucht, sich zu widersetzen; sie wollten nicht, dass die Dunkle Pforte ohne Aufsicht blieb, bevor Pascal nicht wieder zurück war. Da sie der Kommissarin gegenüber jedoch keinen vernünftigen Grund für ihr Bleiben hatten nennen können, mussten sie schließlich klein beigeben. Dominique hatte nach wie vor heftige Schmerzen im Bereich seiner Rippen, er musste behandelt werden.

Marguerite verstand absolut nicht, warum die beiden nur widerstrebend vom Dachboden herabstiegen – immerhin waren sie nur knapp dem Tod entronnen –, doch sie schrieb es dem Schock zu, den sie ohne Zweifel erlitten hatten.

Jetzt, wo sie im Krankenhaus waren, wurden Daphne und Dominique von Schuldgefühlen geplagt. Die Sorge darüber, ob es Pascal gelingen würde, heil und in Begleitung von Michelle zurückzukehren, mischte sich mit der Vorstellung ihrer Ankunft auf einem verlassenen und chaotischen Dachboden, ein unangemessener Empfang nach allem, was sie erlitten haben mussten.

Doch am wichtigsten war, wie Daphne fand, dass Pascal die Hindernisse im Jenseits überwand und es rechtzeitig zurück in die Welt der Lebenden schaffte. Alles andere war zweitrangig.

***

»Du wirst morgen entlassen«, teilte Marguerite ihrem Freund, dem Gerichtsmediziner, in seinem Krankenzimmer mit. »Die beiden Jugendlichen und die …«, sie zögerte einen Moment, »Wahrsagerin werden gerade untersucht.«

Diese letzte Information klang in Marcels Ohren vielversprechend. Bisher hatte er noch keine Gelegenheit gehabt, mit den anderen zu sprechen. Und er musste es tun, um sich eine »offizielle Version« zurechtzulegen, die die wahren Ereignisse auf dem Dachboden der Marceaux verschleierte. Das Auftauchen von Marguerite während des Kampfes mit dem Vampir hatte seine Pläne vollkommen durcheinandergebracht. Trotzdem konnte er sich noch immer eine Ausrede zurechtlegen, mit der sich die Polizei zufriedengeben und er sein Geheimnis bewahren konnte.

»Also haben sie noch nicht ausgesagt?«, wollte er wissen.

»Nein, das hat keine Eile. Wichtig ist vor allem, dass ihr wieder gesund werdet.«

Genial. Marcel versuchte sich aufzurichten, aber die Schmerzen waren zu heftig.

»Nach allem, was sie erlebt haben, wollten der Junge im Rollstuhl und diese Hexe sogar noch an dem düsteren Ort bleiben«, bemerkte Marguerite verwundert. »Dieser Fall gibt mir bis zum Schluss Rätsel auf. In Paris gibt es schon eine Menge verrückter Leute.«

»Kopf hoch, es dauert nicht mehr lange, bis du die Sache ad acta legen kannst. Wie geht es übrigens diesem Jules? Wie es scheint, ist er von dem Mörder direkt attackiert worden.«

Marguerite nickte.

»Ja, ihn hat es am schlimmsten erwischt. Er hat mehrere Verletzungen abgekriegt: im Gesicht, am Hals und an der Brust, doch keine davon ist wirklich schwer. Das sagen zumindest die Ärzte.«

»Armer Kerl. Ich nehme an, seine Eltern sind hier …«

»Ja, natürlich. Dominiques Eltern auch; wir haben sie verständigt. Sie haben sich alle schon wieder beruhigt. Gott sei Dank sind ihre Kinder diesem Psychopathen nicht zum Opfer gefallen.«

»Sie haben wirklich Glück gehabt.«

Marcel überlegte. Es waren nur noch wenige Stunden bis Tagesanbruch, der Kampf auf dem Dachboden und die Kugeln auf den angeblichen Lehrer des Marie-Curie-Gymnasiums würden wie ein Lauffeuer die Runde machen, und auch Pascals Eltern würden davon erfahren.

»Gott sei Dank hatten sie Glück«, stimmte Marguerite zu. »Leider kann man das von der Nachbarin der Familie Marceaux nicht sagen. Was für ein Pech, dass sie ausgerechnet die Wohnung verlassen hat, als der Mörder im Treppenhaus war.«

»Wie so oft«, bemerkte Marcel. »Zur falschen Zeit am falschen Ort.«

Nachdenklich verstummten sie und ließen in Gedanken die Ereignisse der letzten Nacht Revue passieren.

»Eine ganz schöne Bestie, dieser Lehrer«, meinte Marguerite schließlich. »Nicht einmal zu viert habt ihr den Kerl kleingekriegt …«

»Ja, er hatte enorme Kräfte«, sagte Marcel vieldeutig. »Ich hatte keine Ahnung, dass es so schwierig sein würde. Zugetraut hatte ich es mir.«

»Ich war ganz in der Nähe, und du hast mich nicht verständigt …« Marguerite schüttelte den Kopf. »Seit wann bist du so unprofessionell? Ich weiß nicht, ob ich dir das verzeihen werde.«

»Ich hatte es wirklich vor«, entschuldigte er sich, was natürlich eine Lüge war. »Aber alles ist auf einmal so schnell gegangen, ich hatte gar keine Gelegenheit dazu.«

Mit einer Handbewegung signalisierte Marguerite, dass sie bereit war, die Sache zu vergessen.

»Natürlich, Marcel. Bestimmt hast du bemerkt, dass unser Mörder entgegen deiner … Theorien sehr menschlich war, oder? Ein durchgedrehter Lehrer, wenn auch ziemlich intelligent und berechnend.« Im Stillen sagte sie sich, dass sie diese Silberkugeln absolut nicht gebraucht hätte, die sie albernerweise in ihrem Revolver hatte. Fast schüttelte sie über sich selbst den Kopf, wie sie überhaupt auf diesen Blödsinn gekommen war …

Marcel lächelte. Er konnte sich vorstellen, worüber Marguerite gerade nachdachte … Doch um sie zu bestärken, tat er so, als gäbe er sich absolut geschlagen. Als Marguerite auf dem Dachboden aufgetaucht war, hatte der Vampir schließlich sein menschliches Antlitz fast vollständig wieder angenommen. Das einzige ungelöste Problem waren die Fingerabdrücke des Leichnams, die auf Luc Gautier verwiesen und so erneut auf den übernatürlichen Charakter dieses Falles. Hinzu kam, dass sie auch seine eigene Tarnung auffliegen lassen konnten. Er musste unbedingt dafür sorgen, dass sich niemand an dem Leichnam des Vampirs zu schaffen machte, bis er sich selbst darum kümmern konnte.

»Meine Fantasie ist mit mir durchgegangen«, fügte er unschuldig hinzu. »Das ist alles.«

Marguerite nickte zufrieden.

»Es genügt mir, wenn du deine verrückten Ideen zu den Akten legst und Ferien machst, sobald der Fall endgültig abgeschlossen ist.«

»Schon gut. Aber versprich mir vorher, dass niemand Varneys Leichnam anrührt und ich die Autopsie vornehmen kann. Versteh das bitte, es ist etwas Persönliches. Ich will diesen Mistkerl, der mich verletzt und so viele andere Menschen getötet hat, selbst auseinandernehmen.«

Marguerite zuckte mit den Schultern.

»Von mir aus. Er ist tot, also wird er sich kaum beschweren.«

Marcel musste über diesen offenkundigen Irrtum seiner Freundin lächeln. Varney konnte sich wohl »beschweren«. Untotes floss noch immer durch seine Adern und ein Monster versteckte sich in diesem reglosen Körper, der nur eine Hülle für ihn war. Auch deshalb war diese letzte Bitte von äußerster Wichtigkeit. Man musste dem Vampir einen Holzpflock durchs Herz stoßen, bevor er sich von den Schusswunden der Silberkugeln wieder erholte.

Zumindest würde niemand die Kugeln entfernen, bis Marcel seine Aufgabe erledigt hätte. Mit seiner Tätigkeit als Gerichtsmediziner hatte das allerdings nicht mehr viel zu tun.

***

Die Gefahr war vorüber. Die schwarze Wolke war weitergezogen und verschwand am Horizont im fauligen Ausstoß der Kraterfontänen. Beatrice machte Pascal ein Zeichen, dass er ihr Versteck verlassen und wieder nach oben klettern sollte. Kurze Zeit später marschierten beide zügig über die Ebene.

Es dauerte nicht lange, bis sie etwas entdeckten, das Pascal Herzklopfen verursachte: Licht. Winzige, schwach schimmernde Punkte, die sich weit entfernt von ihnen fortbewegten. Pascal vermochte nicht zu sagen, was das war, aber Beatrice.

»Fackeln! Das sind Fackeln!«, stellte sie fest und blickte angestrengt weiter in die Richtung der Lichtpunkte. »Irgendwas oder irgendwer ist dort unterwegs.«

»Dann …« Pascal wagte nicht, es auszusprechen. Er wollte sich keine falschen Hoffnungen machen. Konnte es denn wirklich wahr sein, dass sie kurz vor dem Ziel waren?

»Ja, wir haben es beinahe geschafft«, stellte Beatrice fest, als hätte er die Frage laut gestellt.

»Das da kann nur so etwas wie … eine Karawane sein. Und sie marschiert auf das Böse zu. Das sind bestimmt die Entführer von Michelle.« Ihre Stimme überschlug sich vor Freude und Erleichterung.

Pascal schluckte. »Und was jetzt?«, fragte er. Die Stunde, die er sich immer und immer wieder vorgestellt hatte, war also nun gekommen; das Wiedersehen mit seiner Freundin – es stand bevor … und es machte ihn hilflos …

»Erst einmal müssen wir uns beruhigen«, empfahl Beatrice, ohne das ferne Blinken der Fackeln aus den Augen zu lassen. »Wir dürfen jetzt keinen Fehler machen.«

»Einverstanden.«

»Wir sollten vor allem näher ran«, schlug sie vor, »um ganz sicherzugehen, dass Michelle wirklich bei ihnen ist, und um herauszufinden, wie wir sie befreien können.«

»Ja, gut«, stimmte Pascal zu. »Aber wir müssen äußerst vorsichtig sein, dass sie uns nicht bemerken. Sonst ist alles verloren!«

»Genau. Übrigens …«

»Was ist?«

Beatrice blickte ihn ernst an: »Eines will ich dir noch sagen: Wenn alles gelingt und du deiner Freundin bald gegenüberstehst«, sie räusperte sich, ehe sie weitersprach, »dann … Dann fühle dich in deinem Handeln frei.«

Pascal nickte.

»Danke, Beatrice. Ist es so einfach, meine Gedanken zu lesen?«

Sie lächelte.

»Extreme Erfahrungen sind eben so; man lernt in kürzester Zeit eine Unmenge dazu. Wir haben viel gemeinsam durchgemacht, es ist, als würden wir uns schon ein Leben lang kennen.«

»Du meinst, diese verdammte Tour durch diese Welt der Finsternis ist, wie drei Jahre in dieselbe Klasse zu gehen und dieselben Freunde zu haben …«

Wieder ging ein Lächeln über das Gesicht des Mädchens.

»So ungefähr«, sagte sie. »Jedenfalls verstehst du, was ich meine.«

Pascal sah ihr in die Augen. Natürlich verstand er.

***

Marguerite, die keine Ahnung von dem hatte, was ihrem Freund durch den Kopf ging, sprach noch einmal den Fall Delaveau an.

»Mich wundert, dass dieser verrückte Varney mich gestern Abend versetzt hat«, überlegte sie laut. »In seiner Wohnung hätte er mich problemlos ausschalten können. Ich war ja völlig arglos. Und Zeugen hätte es auch keine gegeben. Warum ist er dann nicht gekommen?«

Marcel erinnerte sich an seine Begegnung mit Varney, etwas, das er ihr nicht erzählen konnte. Wenn sie wüsste, dass sie ihm ihr Leben verdankte …

»Ich nehme an, er wollte keine Probleme kriegen«, spekulierte er. »Du wärst ein unbequemes Opfer gewesen. Vergiss nicht, dass viele Kriminelle der Polizei lieber aus dem Weg gehen. Außerdem hatte er sich seine Opfer für diese Nacht schon ausgesucht.«

»Wahrscheinlich hast du recht.« Marguerite verstummte einen Moment, sie sah ihren Kollegen an.

»Sag mal, wir reden und reden. Dabei solltest du dich lieber ausruhen. Wir machen morgen weiter.«

Doch Marcel wollte trotz seiner Schmerzen und der Erschöpfung die Tarnung aufbauen, die er sich zurechtgelegt hatte.

»Es geht mir gut. Wir können ruhig reden.«

»Sicher?«

»Ja, ja.«

Marguerite zog ihr Notizbuch aus der Tasche.

»Also, wenn du anfangen willst … Wie bist du darauf gekommen, dass Varney sich …«

Marcel hatte sich seine Version genauestens zurechtgelegt. Er musste aufpassen, dass er nicht davon abwich, sonst würde sie wieder misstrauisch werden. Vor allem galt es zu verhindern, dass sie dahinterkam, wer er in Wahrheit war …

»Bei meinen Untersuchungen habe ich herausgefunden«, begann er, »dass am Abend, als Delaveau starb, ein Zeuge zufällig gesehen hat, wie Varney zur fraglichen Zeit die Schule verließ; der Zeuge war Dominique.«

Marguerite bekam fast einen Wutanfall.

»Warum hat er das denn nicht erwähnt!? Wir haben doch mit ihm gesprochen!«

»Angst, Unsicherheit«, vermutete Marcel. »Der Junge war sich auch nicht ganz sicher; vergiss nicht, dass er den Mann lediglich beschreiben konnte. Er kannte ihn ja nicht … Marguerite murrte noch ein bisschen vor sich hin, ließ ihn aber weiterreden.

»Varney hat anscheinend bemerkt, dass man ihn beobachtete, also hat er seine Pläne geändert. Er musste den Jungen zum Schweigen bringen, und zwar indem er ihn tötete. Mitten auf der Straße war das nicht möglich, weshalb er ihm zu Jules Marceaux gefolgt ist. Dominique war auf dem Weg zur Halloweenparty, und Varney ist ums Haus herumgestrichen und hat auf seine Gelegenheit gewartet.«

»Lass mich raten«, unterbrach ihn Marguerite. »Dominique hat auf der Party Raoul und Melanie erzählt, was er gesehen hat.«

»Genau. Varney hat zwar Dominique töten wollen, kam aber nicht an ihn heran und musste nun zunächst … anderweitig tätig werden. Und das war das Todesurteil für die beiden Schulfreunde.«

Marguerite runzelte die Stirn.

»Wie ist Varney denn dahintergekommen, dass die beiden darüber Bescheid wussten, was Dominique gesehen hatte?«

Marcel zuckte mit den Schultern.

»Keine Ahnung, und es ist mir beim derzeitigen Stand der Dinge auch egal.« Er versuchte, gleichgültig zu erscheinen, denn Marguerite hatte den Schwachpunkt seiner Geschichte gefunden. »Vielleicht hat er die beiden darüber reden hören, als sie die Party verlassen haben. Fakt ist, dass Raoul und Melanie in den Park *Monceau* gegangen sind und Varney die Gelegenheit beim Schopf gepackt hat.«

Marguerite dachte darüber nach.

»Jetzt verstehe ich, warum Dominique uns am Montag nichts gesagt hat«, stellte sie fest.

Marcel nickte.

»Natürlich. Nach dem zufälligen Verschwinden seiner Schulkameraden wollte er lieber nicht mehr daran denken … um nicht das nächste Opfer zu sein.«

»Na großartig«, regte sich Marguerite auf. »So hat er es dem Mörder ganz schön leicht gemacht.«

»Du kannst nicht erwarten, dass ein Jugendlicher so denkt wie du, Marguerite.«

»Nun gut«, versuchte sie abzuwiegeln. »Der ursprüngliche Zeuge war also noch am Leben. Wie ging es weiter?«

»Nun, Dominique hätte den Mörder wiedererkennen können, als der am Schauplatz des Verbrechens einen Job annahm. Also wartete Varney auf eine Gelegenheit, um den Zeugen zu beseitigen. Und gestern Abend bot sie sich bei Jules Marceaux; Dominique, dessen Eltern nicht da waren, hatte sich mit Jules auf dem Dachboden verabredet; vielleicht wollten sie irgendwelche alten Klamotten heraussuchen … was weiß ich … Jedenfalls ist es Varney gelungen, sie dort zu überraschen.«

»Nicht ohne vorher der Nachbarin auf der Treppe zu begegnen und sie zu töten.«

»So ist es gewesen. Und ich habe eine solche Aktion an dem Abend für möglich gehalten«, gestand Marcel und verlagerte ein wenig sein Gewicht. »Ich hatte so eine Ahnung, dass unser Psychopath wieder auftauchen würde, und ich hatte recht. Allerdings war ich auf der Suche nach einem handfesten Beweis, bevor ich dich alarmiere. Du musst verstehen, dass ich nichts überstürzen wollte. Nach meinen übernatürlichen Theorien hättest du einen weiteren Irrtum nicht sehr gut aufgenommen.«

»Wir sind Freunde, Marcel!«, rief sie aus. »Und so blöd bin ich auch wieder nicht. Oder vielleicht doch«, murmelte sie nach kurzem Nachdenken.

Sie begann im Zimmer auf und ab zu gehen.

»Und was ist mit diesem Silberdolch, den wir auf dem Dachboden gefunden haben?« Sie sah Marcel scharf an. »Es gab alle möglichen Spuren darauf, und Varney trug Verletzungen einer Stichwaffe …«

Marcel senkte den Blick und tat beschämt.

»Dir ist doch klar, dass ich ihn benutzt habe«, gestand er. »Es gab noch immer ein paar Sachen, die nicht passten, deshalb hatte ich meine Theorien noch nicht ganz aufgegeben. Vergiss es.«

»Jedenfalls ist das kein Blut auf der Klinge, sondern eine ziemlich merkwürdige Substanz, die gerade analysiert wird«, schnaubte sie. »Was ist eigentlich mit deiner Pistole? Wie konntest du mit einer solch alten Schwertwaffe gegen Varney antreten?«

»Unser Mörder hat auch keine Schusswaffen benutzt«, verteidigte sich Marcel. »Kein einziges Mal.«

»Das stimmt. Obwohl mich das nicht gerade beruhigt. Du hättest schießen sollen.«

Marcel reagierte mit einem Lächeln. Er wollte weg von diesem Detail und bediente sich dazu des kleinen Geheimnisses von Marguerite, von dem sie sicher nicht wollte, dass es ans Licht kam.

»Soll ich die Munition, die ich Varneys Leichnam entnehmen werde, an die Ballistik schicken?«, fragte er mit Unschuldsmiene.

»Nicht nötig«, beeilte sie sich mit einer gewissen Gereiztheit zu sagen. »Außer mir hat niemand geschossen.«

»Einverstanden, Marguerite. Wie du meinst.«

»Der Mörder muss es ziemlich eilig gehabt haben«, bemerkte sie, während sie über ihre Amethystkette strich. »Jeder Tag, den Dominique noch am Leben war, erhöhte das Risiko, dass er etwas ausplauderte.«

»Deshalb war er an diesem Abend so unvorsichtig. Seine ersten Verbrechen dagegen waren perfekt. Besonders der Mord an dem Lehrer.«

Marguerite wiegte den Kopf.

»Aber warum an den Ort des Verbrechens zurückkehren? Warum dieser seltsame Schachzug, sein Opfer zu ersetzen, anstatt sich aus dem Staub zu machen? Hat er ihn etwa deshalb getötet? Um an diese Schule zu kommen?« Nachdenklich befingerte sie ihre Kette. »Und warum hat er ihm das Blut abgezapft? So vieles ist noch ungeklärt … Auch das leere Grab von Luc Gautier. Jetzt spielt es keine Rolle mehr, aber was ist mit der Leiche passiert? Vielleicht ist dieser Gautier ja nie dort begraben worden …«

Marcel seufzte.

»Ich weiß auch nicht auf alles eine Antwort.«

»Kein Wunder. Denk nur an das Paar auf der Dachterrasse, das in dieser letzten Nacht ermordet wurde. Das Blutabzapfen bei der Frau, das ist Varneys Handschrift. Es gibt keinen Zweifel, dass er der Täter ist. Aber warum hat er sie umgebracht, bevor er zu Jules Marceaux gegangen ist?«

Marcel sah sich gezwungen zu improvisieren und setzte dazu eine erschöpfte Miene auf: »Womöglich hat er das Apartment dazu benutzt, Jules' Zuhause zu beobachten, um festzustellen, wann Dominique dort eintraf.«

»Schon möglich. Trotzdem kommt es mir ziemlich an den Haaren herbeigezogen vor.«

»Alles dreht sich doch um das Motiv für den Mord an Delaveau. Ich fürchte, Varney hat es mit ins Grab genommen, und damit die Antwort auf die übrigen Fragen, die ich mir ebenfalls stelle. Doch das war es wert gewesen, oder nicht?«

Marguerite blieb stehen und drehte sich zu ihm um.

»Wie meinst du das?«

»Dass es besser ist, ein paar ungelöste Fragen zu haben, dafür aber das Blutbad beendet ist. Er wird nicht mehr töten, Marguerite. Das ist entscheidend.«

Sie blickte ihn nachdenklich an, bevor sie antwortete.

»Du hast wohl recht, Marcel. Doch in deiner Geschichte fehlt noch etwas: Daphne.«

Marcel seufzte erneut und machte sich bereit, den letzten Teil seiner Version zu erzählen.

***

Bald waren sie nah genug, um feststellen zu können, woher die Lichtpunkte, die sie gesehen hatten, rührten. Es handelte sich tatsächlich um eine Karawane, eine Gruppe von zehn Gestalten in Kutten, die im Rhythmus einer Trommel langsam voranschritten und mit ihren Fackeln den Weg beleuchteten.

Sie geleiteten einen Karren.

Beatrice und Pascal versuchten noch mehr zu erkennen und kämpften gegen ihre Angst, dass es sich dann doch nicht um die Entführer von Michelle handeln könnte.

Doch da entdeckten sie sie. Gefesselt und geknebelt saß sie gemeinsam mit einem weiteren Gefangenen, offenbar ein Kind, auf dem Karren. Pascals Herz machte einen Satz, und beinahe hätte er laut aufgeschrien.

»Sie ist es«, flüsterte er und wäre am liebsten aus ihrer Deckung vorgestürzt, um sie augenblicklich aus den Klauen dieser Mönchsgestalten zu retten.

»Ganz ruhig«, sagte Beatrice. »Spar deine Kräfte, du wirst sie noch brauchen.«

»Du hast recht. Aber es kommt mir so vor, als hätte ich sie tausend Jahre nicht gesehen …«

»Fast ist es ja so. Wir haben eine weite Strecke in Raum und Zeit zurückgelegt, um sie zu finden.«

»Und es hat wirklich funktioniert.«

»Wir sollten den Tag nicht vor dem Abend loben. Jedenfalls sieht es so aus, als ginge es Michelle gut, oder?«

»Das hoffe ich. Wenn sie ihr etwas angetan haben …«

Beatrice wurde ernst.

»Pascal, bitte, beruhige dich. Jede Minute zählt. Wir sollten besser überlegen, wie wir es anstellen werden …«

Die beiden beobachteten noch einen Moment den unheimlichen Zug, der sich im Rhythmus der Trommel vorwärtsbewegte. Da wandte sich einer der Fackelträger um, und sie konnten sehen, was sich unter der Kapuze verbarg.

»Skelette«, stellte Beatrice fest. »Das war ja zu erwarten.«

Pascal runzelte die Stirn.

»Skelette?«, fragte er.

»Ja. Es sind Skelette, böse Wesen, die sich überall in den dunklen Zonen des Totenreichs aufhalten. Es sind typische Helfer des Bösen, denn im Gegensatz zu den Ghulen können sie denken. Sie sind weniger … animalisch.«

»So ein Mist.« Er schnaubte. »Und sind sie so aggressiv wie die Ghule?«

»Leider ja. Sie sind zwar nicht so stark, aber sie haben eine wirkungsvolle Waffe: ihre Zähne.«

»Willst du damit sagen, dass sie beißen?«

Nach allem, was er bereits erlebt hatte, kam Pascal das gar nicht so schlimm vor.

»Sie beißen, und sie nennen es ›den Giftbiss‹. Sie übertragen die Verwesung wie ein Gift, es greift sogar uns umherirrende Seelen an, denn es zersetzt unseren hiesigen Körper, wodurch die Seele ihnen völlig ausgeliefert ist. Für einen Lebenden wie dich ist es nicht viel anders. Jeder Biss würde auf der Stelle Wundbrand auslösen, und dein Körper würde sich in kürzester Zeit zersetzen; ein qualvoller Tod. Es gibt kein Gegenmittel, das den Prozess aufhalten könnte. Vor langer Zeit wurde der vierte Wanderer zwischen den Welten von ihnen angegriffen. Er trug nur einen Kratzer am Bein davon, doch schon nach ein paar Stunden brach er zusammen; die inneren Organe waren von dem Gift befallen und er starb.«

Pascal schwieg. Ein Grausen überkam ihn, und zudem wurde ihm bewusst, dass er sich noch mit keinem Wort nach den anderen Wanderern vor ihm erkundigt hatte. Wie viele waren wohl in dieser Rolle zu Tode gekommen? Und wieder fragte er sich, ob es ein Privileg oder eine Strafe war, dass er nun diese Rolle übernommen hatte.

»Ich verstehe, dass du mich auf das vorbereiten willst, was da auf uns zukommt«, sagte er dann zu Beatrice, »aber mir wäre es lieber, du erzählst mir nur das Nötigste.«

Sie nickte schuldbewusst.

»Entschuldige, ich rede manchmal zu viel. Ich wollte dich nicht erschrecken. Konzentrieren wir uns also auf Michelle. Ich nehme an, du hast einen Plan …«

Er nickte, froh, dass nun endlich der letzte Akt ihrer Reise vor ihnen stand, und kniff die Augen zusammen.

»Ich denke, dass du schneller bist als diese Skelette, oder?«, begann er.

»Ja.«

»Und weil du zum Zwischenreich gehörst, stellst du für sie einen richtigen Leckerbissen dar …«

Beatrice runzelte die Stirn.

»Ich glaube, ich weiß, was du vorhast. Du willst mich als Köder benutzen.«

Pascal lächelte unsicher.

»Aber es kann funktionieren«, verteidigte er seine Idee. »Und für dich, denke ich, würde es keine besonders große Gefahr bedeuten. So schnell, wie du bist.«

»Verstehe.«

»Du müsstest dich nur kurz zeigen, damit die Skelette die Verfolgung aufnehmen.«

»Glaubst du denn, dass sie den Karren unbewacht zurücklassen?«, fragte sie skeptisch.

»Nein, das glaub ich nicht«, erwiderte Pascal. »Doch vor wem sollten sie sich denn mitten im Reich der Finsternis schützen wollen? Das ist ihr Territorium. Sie werden vielleicht ein, zwei von ihnen zurücklassen, und das sollte kein Problem sein … Jedenfalls wäre dein Auftauchen hier viel zu überraschend, und ihre Gier viel zu groß, als dass sie überlegt reagieren würden.«

»Wenn du willst, kannst du ganz schön aktiv sein«, bemerkte sie.

Wieder lächelte Pascal. »Du kennst mich und du weißt, dass ich eigentlich nicht der Typ bin, der unbedingt die Initiative ergreift. Aber dies hier, was jetzt vor uns steht, ist keine Frage des Wollens, sondern der Notwendigkeit. Es gibt keine andere Wahl; ich muss handeln.«

»Okay, das klingt alles nicht schlecht«, meinte Beatrice nach kurzem Schweigen. »Es ist riskant, doch was ist nicht riskant auf dieser Mission? Und ich habe keine andere Idee.«

»Es ist eine einfache Lösung. Wenn sie hinter dir her sind, setze ich die Wachen außer Gefecht und flüchte mit Michelle. Und dir«, wiederholte er eindringlich, »wird nichts geschehen.«

»Und wo treffen wir uns, wenn alles glückt?«

»Sag du. Wir warten dann dort auf dich und gehen gemeinsam zum Kronosfelsen zurück.«

»Hoffentlich schaffe ich das«, sagte Beatrice, während sie wieder zu dem Zug der Skelette blickte. »Du weißt, dass das Böse eine starke Anziehungskraft besitzt, und diese Gestalten dort sind seine Diener.«

»Du bist so schnell, dass du das ausgleichen kannst«, versicherte ihr Pascal. »Du schaffst das. Übrigens …«

»Was?«

»Das Schwert funktioniert doch auch bei denen, oder?«

»Ja. Du musst sie köpfen, dann können sie sich nicht mehr bewegen. Das ist am wirkungsvollsten.«

»Einverstanden.« Er blickte sie ernst an. »Wir wollen auch wieder zurückkommen. Alle.«

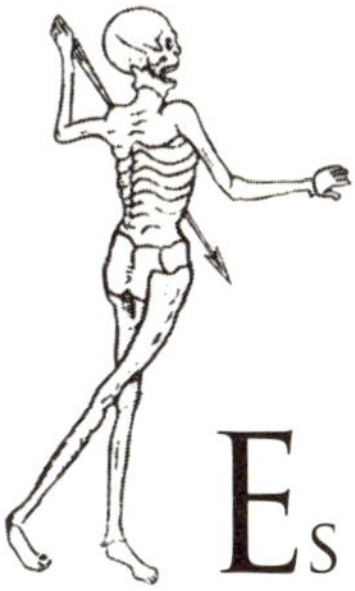

52

Es war bereits früher Vormittag. Daphne kam aus dem Untersuchungsraum und setzte sich neben Dominique, der mit verbundenen Rippen auf sie wartete. Der Polizeipsychologe, der die ganze Zeit bei ihnen gewesen war, hatte sich verabschiedet. Endlich waren sie allein, nachdem die Polizisten Dominiques aufgeregte Eltern gebeten hatten, in einem Raum nebenan zu warten, bis alle Untersuchungen abgeschlossen waren.

Sie zauste freundlich Dominiques Haare und betrachtete sich still in der Glastür eines Medikamentenschranks. Sie hatte mehrere Prellungen, doch ansonsten ging es ihr gut. Auch Dominique war einigermaßen versorgt, blieb nur Jules, der von den Klauen des Vampirs übel zugerichtet worden war. Die Ärzte gaben ihm Antibiotika, um einer gefährlichen Infektion entgegenzuwirken.

»Varney ist noch nicht ganz tot«, flüsterte Daphne Dominique neben sich zu, »doch der Wächter kümmert sich darum. Im *Institute Anatomique Forense*, wie er mir gesagt hat. Dann können wir die Sache endgültig vergessen.«

»Hoffentlich«, antwortete der Junge tonlos mit gesenktem Blick. Daphne hatte ihn auf der Fahrt ins Krankenhaus leise davon unterrichtet, wer dieser Gerichtsmediziner in Wahrheit eigentlich war – der Wächter der Pforte, und Dominique war voller Dankbarkeit, dass er auf dem Dachboden aufgetaucht war. Wer weiß, wie es ihnen ergangen wäre, hätte er nicht plötzlich in der Tür zum Boden gestanden. Doch nun war Dominique erschöpft und er schwieg vor sich hin. Außerdem beschäftigte ihn noch etwas anderes.

Daphne sah ihn besorgt an.

»Woran denkst du?«, fragte sie ihn, obwohl sie die Antwort schon kannte.

»An Pascal. An Pascal und Michelle. Wo sie wohl gerade sind? Und werden sie wirklich zurückkommen?«

Daphne verstand, dass ihn jetzt, nach den eigenen schlimmen Erlebnissen mit der Macht des Bösen, diese Fragen besonders bewegten.

»Schlechte Nachrichten verbreiten sich in Windeseile«, sagte sie beruhigend. »Also müssen wir das Ausbleiben von Nachrichten als gutes Zeichen interpretieren. Pascal erfüllt seine Mission. Wir müssen Vertrauen haben.« Sie nickte Dominique zu. »Er ist bestimmt kurz vor dem Ziel, und seine Rückkehr in diese Welt ist nicht mehr gefährdet. Denn, wie gesagt, Marcel Laville, der Wächter, wird dem Vampir endgültig den Garaus machen.«

So war es. Die Dunkle Pforte würde nicht mehr bedroht sein. Und dann gab es für Pascal und Michelle nur noch die Gefahr der Zeitüberschreitung im Zwischenreich. Daphne vertraute darauf, dass Pascal dies bedachte.

»Wann kommen sie wohl zurück?«, fragte Dominique unruhig. »Wenn sie in der Truhe landen, ist vielleicht niemand auf dem Dachboden, um sie in Empfang zu nehmen.«

Daphne blickte ihn mitfühlend an.

»Glaub mir, nach allem, was sie auf ihrer Reise erlebt haben, ist ein leerer Dachboden nebensächlich. Und wir beide werden ja auch bald aus dem Krankenhaus entlassen.« Mit verschmitztem Gesichtsausdruck nahm sie einen Schlüsselbund aus der Tasche. »Deine Eltern bringen dich bestimmt nach Hause, aber ich werde wieder zur Dunklen Pforte zurückkehren. Mach dir also keine Sorgen, Pascal und das Mädchen werden nicht allein sein. Und vergiss nicht, er kann sich jederzeit auch mit mir in Verbindung setzen.«

Dominiques Anspannung ließ ein wenig nach, und an der tiefen Müdigkeit, die ihn befiel, bemerkte er, wie sehr ihn die Nacht angestrengt hatte.

Er brauchte Schlaf. Sie alle brauchten Schlaf, einen langen, erholsamen Schlaf ohne Albträume. Er versuchte zwar, sich dagegen zu wehren; solange er von Pascal nichts Neues gehört hatte, kam er sich wie ein Verräter vor. Doch es war zwecklos, sein Körper verlangte nach Ruhe.

»Jules geht es anscheinend besser«, hörte er Daphnes Stimme noch sagen, und bevor er in Schlaf versank, stellte er sich eine letzte, schmerzhafte Frage: Und wenn es Pascal doch nicht gelang, Michelle zu befreien? Und es gab sogar noch eine schlimmere Variante: Wenn es auch Pascal nicht gelang, zurückzukommen?

***

»Ich weiß schon, dass du an solche Sachen nicht glaubst«, bemerkte Marcel, bevor er Marguerite nun eine weitere dicke Lüge vorsetzte. »Aber die Wahrsagerin, Daphne, die Hexe, wie du sie gern nennst, hatte einen Traum, in dem sie gesehen hat, wie Varney Delaveau tötete.«

»Okay«, gestand Marguerite ihm zu, »bei den Theorien, die du mir unterbreitet hast, kommt mir das nicht einmal besonders abwegig vor. Es soll ja Leute mit solchen Fähigkeiten geben. Weiter.«

»In diesem Traum tauchte auch Dominique auf, also wusste sie, dass der Junge ein wichtiger Zeuge war … und dass er in höchster Gefahr schwebte. Deshalb hat sie sich mit ihm in Verbindung gesetzt.«

»Kannte sie ihn schon?«

»Ja, er war zuvor schon einmal bei ihr gewesen, um sich die Zukunft voraussagen zu lassen.«

Marguerite setzte wieder ihre skeptische Miene auf.

»Verstehe«, sagte sie spitz.

»Sie hat ihn jedenfalls gefunden; sie hatte ja Namen und Adresse.«

»Hat sie ihm nicht gesagt, dass er sich an uns wenden soll, an die Polizei? Das hätte sie gleich tun sollen …«

»Daphne vertraut der Polizei nicht besonders, du weißt doch, wie so jemand ist. Sie haben beschlossen, erst einmal nach einem handfesten Beweis für das zu suchen, was Dominique in der Halloweennacht meinte gesehen zu haben …«

»Die Leute sind ganz schön leichtsinnig. Ich nehme an, dass sie und Jules Marceaux deshalb zu dem verlassenen Haus gefahren sind.«

»Genau. Das Haus ist anscheinend ebenfalls in Daphnes Traum aufgetaucht, auch wenn sie in dem alten Palais nichts gefunden haben.«

»Ich will lieber nicht mehr daran denken. Dazu passt aber auch, dass ich die ... die Wahrsagerin im Park *Monceau* gesehen habe, nachdem man die Leichen von Raoul und Melanie entdeckt hatte.«

»Ja, sie hat sich selbst auf Spurensuche gemacht, während die Jungs in der Schule waren.«

»Aber die Frau war nicht mit Dominique, sondern mit Jules in dem verlassenen Haus.«

Marcel hatte schon darauf gewartet, dass Marguerite deshalb nachhaken würde.

»Sie haben ihn ebenfalls in ihre Nachforschungen eingeweiht«, antwortete er. »Deshalb hat er sie auch hin und wieder begleitet.«

»Sie haben ihn eingeweiht? Das klingt wirklich unglaublich«, sagte sie gereizt. »Es ist ja, als würden sie irgendein Spiel spielen!«

Marcel beeilte sich weiterzuerzählen; er musste zum Ende seiner Story kommen, bevor Marguerite noch mehr Einwände fand.

»Letzte Nacht wollten sich die drei bei Jules auf dem Dachboden treffen, um ungestört über ihr Geheimnis zu reden. Nach einigem Hin und Her haben sie dann beschlossen, zur Polizei zu gehen. Sie hatten zwar noch immer keine Beweise, aber die Gefahr, in der sie schwebten, war untragbar geworden. Doch Varney, der ihnen die ganze Zeit hinterherspioniert hatte, wusste von der Verabredung; für ihn war es die perfekte

Gelegenheit: alle, die ihm etwas anhaben konnten, waren am selben Ort versammelt, und ohne Zeugen.«

Die Kommissarin nickte nachdenklich. »Nun ja, und fast wäre das auch aufgegangen.«

***

Pascal musste einen großen Bogen schlagen, um unbemerkt auf die Seite des Karrens zu kommen, auf der Michelle und der gefangene Junge in ihren Fesseln saßen. Jetzt musste er nur noch in parallelem Abstand dem düsteren Zug folgen, ohne bemerkt zu werden, bis Beatrice auftauchen und die Aufmerksamkeit der Skelette auf sich lenken würde.

Sein Part schien einfach zu sein, solange ihn das Schwert nicht im Stich ließ. Ihm wurde etwas mulmig bei dem Gedanken, dass er sich mit Beatrice während der Operation nicht in Verbindung setzen konnte. Ihr Vorhaben musste also auch ohne den Kontakt funktionieren. Beatrice konnte jeden Augenblick aus der Dunkelheit auftauchen.

Er umklammerte fest sein Schwert und achtete genau auf den Weg, um nicht zu stolpern. Hin und wieder warf er einen Blick in die Umgebung, weil die Skelette nicht die einzige Gefahr waren. Er dachte an die schwarzen Wolken, und auch die Ghule fielen ihm ein …

Von Vorteil für sie war, dass niemand ihrer Feinde ahnte, wie weit sie bereits gekommen waren. Sie befanden sich in der letzten Zone, von wo aus sie noch problemlos ins Zwischenreich zurückkehren konnten. Erreichte das Satansgefolge den nächsten Bereich, auf den sie sich unablässig zubewegten, wäre

Michelle verloren. Also musste es jetzt passieren. Eine Alternative gab es nicht.

Ein kehliger Laut schallte auf einmal durch die Dunkelheit und riss Pascal aus seinen Gedanken. Die weithin hallenden, gleichmäßigen Trommelschläge verstummten. Der Zug der Skelette war stehen geblieben, und ein Stück davon entfernt tat eine unverkennbare Gestalt so, als hätte sie Angst und würde stolpernd die Flucht ergreifen.

Beatrice war ziemlich nah herangegangen an die Mönchsgestalten. Sie wusste, wie viel von ihrem Part abhing, und sie riskierte eine Menge. Pascal bewunderte wieder einmal ihren Mut. Sie war wirklich stark und zu allem bereit. Das weckte seinen Ehrgeiz, und er wollte ihr in nichts nachstehen.

Die Reaktion der Skelette erfolgte noch in der gleichen Sekunde. Mit einem Aufschrei stürzten sie der Fliehenden nach und verfolgten sie. Doch ihre Gier verhinderte ein planvolles Vorgehen, jeder der Kuttenträger wollte der Erste sein, um über die Beute herzufallen. Und – sie hatten lediglich drei Wachen zurückgelassen.

***

Der Karren stoppte so ruckartig, dass Michelle das Gleichgewicht verlor. Reflexartig versuchte sie, sich mit ihren Händen abzustützen. Zum Glück beachtete sie in diesem Moment keiner ihrer Bewacher, sodass niemand von ihnen bemerkte, dass sie keine Fesseln mehr trug. Sie beeilte sich, ihre vorherige Position wieder einzunehmen.

Die schrecklichen Gestalten gaben ein Heulen von sich,

während sie einen Augenblick lang alle wie gebannt in dieselbe Richtung starrten und plötzlich losstürzten. Michelle wusste, dies war die Chance, auf die sie gewartet hatte. Jetzt, wo der Karren stillstand, musste sie handeln.

Sie warf einen raschen Blick den davonhastenden Skeletten nach, und auf einmal konnte sie die Ursache für den Aufruhr sehen: Dort lief ein Mädchen!

Wegen ihr waren die Mönchsskelette davongestoben. Ein Mädchen wie sie selbst.

Abgesehen von ihrem Mitgefangenen war es das erste menschliche Wesen, das sie in dieser Welt entdeckte. Eine wohltuende Wärme durchströmte sie. Ja, dies war der richtige Moment! Sie sah zu den Wachen. Es waren nur drei, also überlegte sie nicht lange. Sie befreite sich von dem Knebel, um besser atmen zu können, und sprang. Bevor die zurückgebliebenen Wachen, die gespannt die Hetzjagd verfolgten, etwas merkten, hatte Michelle den Jungen gepackt, vom Karren gezerrt und ihn sich aufgeladen. Nicht weniger schnell als ihre Peiniger zuvor war sie in der Dunkelheit verschwunden. Noch in der letzten Sekunde vernahm Michelle ein merkwürdiges Geräusch, doch sie blieb nicht stehen, um herauszufinden, was es war.

Jede Sekunde zählte.

***

Pascal klopfte bei Michelles Anblick das Herz bis zum Hals. Sie war so nah … Man hatte sie gefesselt, doch sie saß aufrecht da, und er fand, ihr Blick war trotzig. Aufmerksam achtete sie auf das, was um sie herum geschah, als hätte sie irgendetwas vor. Ja, das war Michelle, wie er sie kannte, selbstbewusst und wach mit allen Sinnen. Er sah ihr Haar, erahnte ihren schlanken Körper unter dem seltsamen weißen Umhang und konnte nur noch an eins denken: sie in die Arme zu schließen. Doch darauf musste er noch ein wenig warten.

Lautlos schlich er auf die abseits stehenden Wachen zu, die mit ihren Blicken die Jagd auf Beatrice verfolgten. Erst als er ganz nah heran war, gab er den Schutz der Dunkelheit auf, tat ein paar Sprünge und stürzte sich auf die erste Gestalt, indem er ihr mit einem Schwerthieb den Schädel samt Kapuze abschlug. Die enthauptete Gestalt sackte zusammen und verwandelte sich in einen Haufen bleicher Knochen. Die Fackel, die sie getragen hatte, lag brennend daneben.

Weitere Fackeln fielen zu Boden. Die beiden anderen Mönchsskelette hatten bemerkt, was vor sich ging, und versuchten, sich auf ihn zu stürzen. Doch die Hitze, die das Schwert aussandte, und die Sicherheit, mit der Pascal es führte, halfen ihm, den ersten Angriff abzuwehren.

Diese Wesen waren tatsächlich intelligenter als die Ghule. Aufeinander abgestimmt, attackierten sie ihn und stürzten sich gleichzeitig auf Pascal. Die Impulse seines Schwerts beschleunigten sich und mit ungeheurer Schlagkraft bildeten sie eine Art Schutzschild um ihn herum. Mit einer so heftigen Gegenwehr hatten die beiden Skelettwesen nicht gerechnet und gingen unter dem Stakkato der Hiebe zu Boden. Einen von ihnen hatte Pascal verstümmelt, und bevor er sich wieder aufrichten konnte, hieb er ihm den Schädel ab. Der andere nutzte die Gelegenheit, um zu fliehen und seine Begleiter zu alarmieren. Doch so weit sollte es nicht kommen. Pascal stürzte hinter ihm her und machte auch mit ihm kurzen Prozess. Er gönnte sich keine Verschnaufpause, wirbelte herum und rannte zu dem Karren zurück. Was er sah, ließ ihn erstarren: Der Karren war leer.

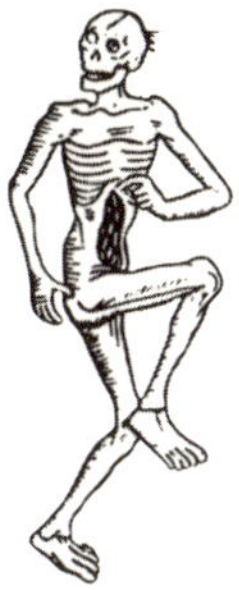

53

MICHELLE RANNTE, OHNE sich umzuschauen, und zerrte den Jungen mit sich. Sie stolperten häufig, verringerten jedoch aus Angst, wertvolle Sekunden zu verlieren, nicht ihr Tempo.

Michelle hatte sich nicht einmal die Zeit genommen, den Jungen von seinen eisernen Ketten um Arme und Brust zu befreien, sondern ihm nur den Knebel abgenommen, damit er besser atmen konnte. Dann waren sie weitergehetzt. Verzweifelt suchte sie nach einer Möglichkeit, sich vor den Mönchsskeletten, die näher und näher kamen, verstecken zu können. Wenn sie nicht bald aus dem Sichtfeld ihrer Verfolger verschwanden, war nichts mehr zu machen. Dann wäre ihre Flucht wie das heftige Zappeln eines Fischs, den man aus dem Wasser gezogen hatte.

Doch plötzlich schälte sich aus der Dunkelheit eine Felsgruppe, bestehend aus mehreren gewaltigen, ineinander verschachtelten Blöcken. Dazwischen fanden sie einen kleinen Unterschlupf und schöpften erst einmal Luft. Michelle machte sich sofort daran, dem Jungen die Ketten abzunehmen, doch ohne richtiges Werkzeug gelang es ihr lediglich, sie ein wenig zu lockern.

»Wir dürfen jetzt keinen Lärm machen«, sagte sie zu ihm. »Versuchen wir es später noch einmal, okay?«

Der Junge nickte. Michelle hatte ihn noch nichts sagen hören, seit dieser Albtraum begonnen hatte, den sie miteinander erlebten, doch er verstand sie. Sie umarmte ihn, um ihm ein wenig Wärme und Sicherheit zu geben. Dabei bemerkte sie, dass er sich ziemlich kalt anfühlte.

»Ich heiße Michelle, und du?«, fragte sie ihn.

»Marc.«

»In Ordnung, Marc. Wir verhalten uns jetzt ganz still und warten, bis die Gefahr vorüber ist, ja?«

»Ist gut.«

Mehr sagte er nicht.

Michelle drehte sich um und warf einen Blick aus ihrem Versteck, betrachtete die weite Ebene, deren Horizont im Dunkeln lag. Sie wusste, dass es schier unmöglich war, hier zu überleben; ohne Wasser und Nahrung und ohne jede Orientierung in einer Landschaft, die sich womöglich über Tausende von Quadratkilometern erstreckte. Und wer wusste schon, welche Gefahren noch überall lauerten.

Nach und nach wurde es deutlich für Michelle, dass ihr hoffnungsvoller Fluchtplan ihnen jetzt nicht mehr weiterhalf. Wenn sie keine Hilfe fänden, würden sie sterben.

Tränen liefen ihr plötzlich still übers Gesicht, und sie versuchte, sie vor dem Jungen zu verbergen. Dem Jungen, der jetzt von ihr abhing und dem sie nicht die letzte Hoffnung rauben wollte. Hatte sie ihm nicht ein schlimmeres Schicksal beschert, als das, was ihm zugedacht gewesen war, indem sie ihn jetzt zur Flucht gezwungen hatte?

Etwas näherte sich, wurde immer bedrohlicher. Keuchen, Flüstern und das Klappern von Knochen. Die Skelettwesen suchten nach ihnen. Michelle und Marc pressten sich gegen den kalten Fels, als wollten sie mit ihm verschmelzen. Ihre Angst war so groß, dass sie keinen klaren Gedanken mehr fassen konnten.

***

Durch das Fenster seines Krankenzimmers hatte Marcel über Stunden die Sonne über den Himmel von Paris wandern sehen. Trotz ihrer winterlichen Blässe verströmte sie ein wohltuendes Licht für ihn.

Licht, das er brauchte.

Er saß auf dem Bett, um sich die Schuhe anzuziehen. Es würde noch ein paar Stunden dauern, ehe sie ihn entlassen würden, doch so lange konnte er nicht warten. Er blickte auf die Uhr. Um keinen Preis wollte er zulassen, dass Varney im Institut, wo er eingeliefert worden war, wieder zu Kräften kam, denn mit jeder Stunde regenerierte sich das untote Gewebe des Vampirs, auch wenn die Silberkugeln, die in seinem Körper steckten, diesen Prozess verlangsamten.

Marcel beeilte sich. Mit dem Monster konnte er nur fertigwerden, wenn er es in geschwächtem Zustand und bei Tageslicht überraschte. Insofern waren die Umstände ideal.

Der Gerichtsmediziner ging zur Tür, wo er ein paar Sekunden stehen blieb, bevor er die Klinke herunterdrückte. Er trat hinaus, ging langsam, um den Schwestern und Stationsärzten nicht aufzufallen, den langen Flur entlang, und Minuten später verließ er das Krankenhaus durch den Haupteingang. Auf der Straße winkte er ein Taxi heran, denn er war zu schwach, um bis zur nächsten Metrostation zu laufen, obendrein hatte er es eilig.

Zwanzig Minuten später befand er sich im *Institute Anatomique Forense*, was angesichts des dichten Verkehrs an diesem Samstagmorgen schnell gegangen war. Der Pförtner öffnete die Tür, sobald er ihn erkannte, und grüßte freundlich.

»Guten Tag, Edgar«, erwiderte Marcel den Gruß.

»Sie sind ja ganz blass, Herr Doktor? Haben Sie heute Notdienst?«

Eigentlich nicht; sein Kollege würde gleich kommen. Besser also, er hielt sich an die Wahrheit.

»Nein«, antwortete er, ohne stehen zu bleiben, »aber ich muss noch etwas erledigen.«

Das stimmte sogar. Deshalb war er hier. Um etwas zu erledigen. Und als Direktor des Instituts war er sowieso niemandem eine Erklärung schuldig.

In seinem Büro zog er sich den grünen Kittel an, nahm seine Instrumente und ging die Treppe ins Kellergeschoss hinunter, wo sich der Kühlraum befand. Er verschloss von innen die Tür und ging zu den Aufbewahrungskammern. Er las die Namen und fand den Gesuchten: Alfred Varney.

Marcel zog am Griff, bis er den Körper des Vampirs vor sich hatte; er sah seine weiße Haut mit den Schussverletzungen, ein paar Verbrennungen und die Wunde, die das japanische Schwert des Wächters, sein Schwert, verursacht hatte.

»Wie oft bist du schon gestorben, du böse Kreatur?«, flüsterte er, während er sich auf das Tötungsritual vorbereitete.

An den Metallwänden der Kammer, die den Leichnam umgab, waren keine Anzeichen von Kratzern zu sehen. Varney war also tatsächlich nicht wieder aufgewacht in den letzten Stunden, hier in dieser Kammer. Er befand sich in einem Dämmerzustand und nährte sich von seiner eigenen Fäulnis, um erneut aus dem unbekannten Jenseits aufzutauchen. Marcel würde das verhindern, würde das Übel an der Wurzel packen, indem er dieses Wesen, den Samen des Bösen, endgültig auslöschte.

Er setzte den Pflock über dem Herzen Varneys an und holte weit aus, um ihm mit dem Holzhammer einen kräftigen Schlag zu versetzen. In diesem Moment war eine Stimme von draußen zu hören.

»Marcel?«, rief jemand. »Bist du da drin?«

»Scheiße!«, dachte er und hielt inne. Es war sein Kollege Thierry Darget.

»Hallo, Thierry.« Er klang angespannter, als ihm lieb war, und er schwitzte.

»Was machst du hier?«, fragte der andere. »Du hast heute doch gar keinen Dienst!«

Marcel, der noch immer über Varney gebeugt war, seufzte.

»Ich weiß, aber ich wollte noch etwas erledigen.« Seine Worte klangen laut in dem kahlen Kühlraum. »Wir sehen uns später!«

Aus Richtung der Tür war ein Quietschen zu hören und die Klinke bewegte sich.

»Hast du etwa abgeschlossen?«

Marcel fluchte im Stillen, bevor er antwortete.

»Ich will nicht gestört werden«, rief er unwirsch und hoffte, dass der andere abzog. »Ich bin gleich fertig.«

»Ist gut«, kam es mit einer gewissen Verwunderung zurück. »Bis gleich.«

Marcel wandte sich wieder dem Leichnam zu. Obwohl er noch immer friedlich dalag, hatte sich etwas verändert. Das Monster hatte mit einer Hand die Spitze des Pflocks umklammert.

Marcels Herz machte einen Sprung, etwas, das dem Vampir gewiss nicht entgangen war, denn er schlug die Augen auf.

***

Quälend verstrich die Zeit, und vom reglosen Dasitzen verkrampften sich langsam ihre Muskeln. Doch sie hielten durch, wollten nicht aufgeben. Michelle und Marc waren noch immer nicht entdeckt worden. Mehrmals hatten sie den Atem angehalten, als die Kapuzengestalten um die schützenden Felsen herumgegangen waren. Mit aller Macht verboten sie sich jede Bewegung und hielten sich still. Das hatte ihnen das Leben gerettet, zumindest vorerst.

Michelle wartete ziemlich lange, sogar noch, als die Mönchsskelette schon weit entfernt waren. Erst als sie sah, dass ihre Fackeln im Dunkel verschwanden, entspannte sie sich ein wenig. Das war knapp gewesen. Erleichtert und wie zum Zeichen der Anerkennung hob sie die Hand, um dem Jungen übers Haar zu streichen, doch da weiteten sich seine Augen plötzlich und starrten auf irgendwas hinter ihr. Michelle wollte sich umwenden, aber plötzlich legte sich eine Hand auf ihren Mund und erstickte ihren Schrei.

Ihr wurde schwarz vor Augen, in ihren Ohren dröhnte es, die Flucht war missglückt und sie würden sterben. Es war aus.

In ihrer Panik merkte Michelle kaum, dass die Finger, die sich über ihre Lippen gelegt hatten, aus Fleisch und Blut waren. Es konnte keines der Skelette sein …

Doch bevor sie sich aus dem Griff winden konnte, wurde sie zurück an den Felsen gezogen, von der Person, die sie gepackt hatte, und ein Flüstern war an ihrem Ohr … Nein, das konnte nicht sein! Wie war das möglich? Michelle erschlaffte, gab jeden Widerstand auf. Es war Pascal.

Er nahm die Hand von ihrem Mund, überzeugt, dass sie nicht mehr schreien würde. Mit jedem lauten Geräusch, das die reglose Stille durchbrochen hätte, wären die Skelette, wenn auch weit entfernt, vielleicht auf sie aufmerksam gemacht worden.

»Pascal …«, war alles, was Michelle über die Lippen brachte, nachdem sie ihren Freund unter der schmutzigen und blutbefleckten Kapuze und in den zerfetzten Kleidern erkannt hatte. Sie brach in Tränen aus und zitternd umschlang sie ihn. Sie verstand nicht, wie er hierhergekommen war, aber das war egal; vielleicht hatte sie ja Halluzinationen, egal.

Dieser wunderbare Moment, ganz gleich, wie flüchtig er wäre, war von unschätzbarem Wert. Sie strahlte vor Glück.

»Michelle …« Auch Pascal weinte, während sie sich umschlungen hielten und keiner von beiden sich traute, die Magie dieses Augenblicks zu durchbrechen. »Ganz ruhig … ich bin gekommen, um dich zu holen …«

Sie schaute zu ihm auf, und sie sahen sich in die Augen. Für einen langen Moment vergaßen sie die Gefahr um sich herum. Michelle streichelte ihn, spürte seine Wärme, seinen Atem, seinen Herzschlag.

Der Junge sah derweil die Szene wie hypnotisiert mit an, und was er sah, erfüllte ihn mit einem wohligen Gefühl. Doch dabei blieb er, den Rücken an den Felsen gelehnt, die ganze Zeit wachsam.

***

Sein geschwächter Zustand und das draußen herrschende Tageslicht, das er nur erahnen konnte, machten es Varney unmöglich, auch nur den kleinsten Laut von sich zu geben. Er schaffte es lediglich, Marcel mit seinen ausdruckslosen Katzenaugen anzustarren. Der Gerichtsmediziner spürte, dass die Kälte des Untoten wie ein Gift langsam in ihn eindrang. Ein Grund mehr, sich zu beeilen und sein Vorhaben zu Ende zu bringen.

Ihm fiel wieder ein, dass man einem Vampir nicht in die Augen schauen durfte, und so konzentrierte er sich auf seine Aufgabe.

Plötzlich löste sich die Spitze des Pflocks von der Brust des Vampirs, was zum zweiten Mal den Hammerschlag verzögerte. Verblüfft sah Marcel, wie es Varney gelang, den Pflock ein paar Zentimeter anzuheben und trotz des Gegendrucks durch seinen Überwinder in der Luft zu halten. Ohne den Pflock loszulassen, betrachtete Marcel die langen Finger, die sich wie Schlangen um die Spitze der tödlichen Waffe schlangen.

Marcel entriss ihm den Pflock, und zusammen mit dem Hammer legte er ihn auf den Tisch neben sich. Dann zog er einen Silberdolch aus seiner Tasche.

»Du wirst mich nicht länger ärgern, Geschöpf des Bösen«, sagte er drohend, hob den Dolch und stieß dem Vampir entschlossen die Klinge durch die Hand. Der stöhnte fast unhörbar auf, und sein Arm fiel schlaff herab.

Marcel griff nach der anderen Hand, um auch sie mit aller Kraft zu durchstechen. Der Vampir sah ihn mit hasserfülltem Blick an, doch Marcel ignorierte es.

Erneut setzte er den Pflock auf die Brust des Ungeheuers und ließ, ein Gebet murmelnd, den Holzhammer niedersausen. Der Pflock drang tief in den Körper des Vampirs ein, und er bäumte sich so heftig auf, dass seine Wirbel krachten. Davon würde die Kreatur sich nicht mehr erholen. Marcel wich keinen Zentimeter zurück. Er war der Wächter der Pforte, und dieses Wesen aus der Hölle durfte nie wieder zu einer ernsthaften Gefahr werden. Erneut schlug er zu, und der Pflock traf das Herz des Vampirs. Seine zuckenden Bewegungen wurden schwächer, bis sein Körper mit dem wie ein Mast aufragenden Pflock reglos dalag.

Und nun wohnte der Mediziner einer ungewöhnlichen Transformation bei: Varneys Leichnam verwandelte sich in einen anderen Toten.

»Luc Gautier, nehme ich an«, sagte Marcel mit sarkastischem Unterton. »Sehr erfreut.«

Er musste an den echten Alfred Varney denken, der nur deshalb ermordet worden war, um seine Identität zu übernehmen. Wer weiß, was der Vampir mit seiner Leiche gemacht hatte.

Marcel übernahm nun den zweiten Teil des Rituals. Er musste den Leichnam enthaupten, was er mit dem entsprechenden Instrument tat.

Minuten später schleppte er unter Schwindel und Schmerzen den verstümmelten Vampir aus dem Kühlraum.

Im Obduktionssaal lehnte er ihn an die Wand. Er musste erst feststellen, ob die Luft rein war, bevor er mit seiner Last hinausging.

Er wollte ihn zu einem nahe gelegenen Krematorium bringen, um den letzten notwendigen Schritt zu vollziehen: die Einäscherung.

Niemand hinderte ihn daran.

***

Michelle und Pascal war klar, dass sie jetzt keine Zeit für Erklärungen hatten. Wenn sie erst in Sicherheit waren, konnten sie in aller Ruhe miteinander reden.

»Ich habe euch nach dem ersten Schreck noch weglaufen sehen, kurz bevor die Dunkelheit euch dann verschluckte«, sagte Pascal, um zumindest sein unmittelbares Auftauchen hier zu erklären. »Das war wirklich Glück, weil es sonst unmöglich gewesen wäre, euch zu finden. Ich bin euch gefolgt, bis zu diesem Versteck in den Felsen, aber da kamen schon die Skelette und ich musste mich ebenfalls verbergen. Wenn sie euch entdeckt hätten, hätte ich mich natürlich einschalten müssen. Zum Glück war das nicht nötig.«

Michelle nickte überrascht. War dieser energische Junge wirklich Pascal? Hätte er sich ihretwegen diesen Monstern tatsächlich entgegengestellt? Und überhaupt … dass er gekommen war, um sie hier in dieser Welt zu suchen. Sie sah auf das Schwert, das an Pascals Taille hing. Natürlich, es war jetzt keine Zeit, aber Michelle wollte ihn tausend Sachen fragen: Wo sie waren, ob alles nur ein Albtraum war oder diese Mönche wirklich existierten. Doch sie stellte nur eine Frage: »Bist du allein gekommen?«

Pascal schüttelte den Kopf.

»Nein«, antwortete er. »Beatrice hat mich hierhergeführt; ihr werdet sie gleich kennenlernen. Wir haben uns nicht weit von hier verabredet. Kommt, verlieren wir keine Zeit.«

Michelle nickte, und während Pascal voranging, spürte er auf einmal das Amulett auf seiner Brust. Es war kalt, was bedeutete, dass das Böse ganz in der Nähe war. Wie immer.

»Das ist Marc«, sagte Michelle nun, um auch ihren Begleiter vorzustellen, und zeigte auf den Jungen. »Sie haben ihn ebenfalls verschleppt. Er kommt mit uns … Es macht dir doch nichts aus, oder?«

Pascal lächelte verkrampft. Eine weitere Person, für die er Verantwortung übernehmen sollte. Konnte er das überhaupt leisten, in dieser feindlichen Welt?

Michelle las seine Gedanken.

»Sollte ich ihn zurücklassen?«, rechtfertigte sie sich und sah ihn dabei an. »Sie hätten uns beide getötet. Bestimmt.«

Pascals besorgte Miene änderte sich nicht, doch er war unfähig, etwas einzuwenden. So trat er zu Marc und zückte sein Schwert.

»Keine Angst«, sagte er, als der Junge erschrocken zurückwich. »Ich befreie dich von deinen Fesseln.«

Marc schloss die Augen und mit einem Hieb fielen die Ketten von ihm ab. Er trat beiseite, rieb sich die Arme, die ganz taub waren, und murmelte ein leises »Danke schön«.

»Gehen wir«, sagte Pascal knapp und blickte Michelle an. »Schnell.«

Sie lächelte dankbar und wandte sich an Marc. »Wir brechen auf, Kleiner. Bist du bereit?«

»Ja.«

»Wir müssen leise sein«, mahnte Pascal, während er seinen Talisman betastete, der noch immer kalt war. »Oder wir werden dafür bezahlen.«

***

Daphne hatte das Krankenhaus so schnell wie möglich verlassen. Kurz darauf nahm sie den Dachboden in Augenschein, der von der Polizei durchsucht worden war. Natürlich ignorierte sie die Absperrung, die während der laufenden Ermittlungen den Zutritt verbot – im Übrigen auch verhindern würde, dass jemand von Jules' Familie heraufkam und sie neben der mittelalterlichen Truhe überraschte.

»Immerhin etwas«, sagte sie sich und hoffte, dass auch kein Polizist plötzlich hier auftauchte.

Sie betrachtete die riesige Truhe und musste trotz ihrer Anspannung lächeln. Sie dachte an die vielen Menschen, die letzte Nacht ganz in der Nähe der Pforte gewesen waren … ohne von ihrer wahren Bedeutung etwas zu ahnen. Das war der beste Schutz für den Übergang in die andere Welt; ein harmloses, unauffälliges Versteck.

Nur der Wächter hatte davon gewusst. Daphne konnte sein unerwartetes Auftauchen noch immer nicht glauben. Es handelte sich um eine geheime Bruderschaft, so geheim, dass selbst von jenen, die mit dem Übersinnlichen vertraut waren, viele meinten, dass es sich nur um einen Mythos handelte, eine Legende. Doch die Wirklichkeit hatte das Gegenteil gezeigt.

Daphne blickte auf ihre Uhr. Es war schon Mittag und es gab noch immer kein Lebenszeichen von Pascal. Dominique hatte von seinem Handy aus bereits eine Nachricht an Pascals Eltern geschickt, um Zeit zu gewinnen. Doch wenn er bis zum Abend nicht auftauchte, würde sich die Familie nicht mehr mit Anrufen von Dominique zufriedengeben.

Was Daphne allerdings am meisten beschäftigte, war Pascals Schweigen. Warum setzte er sich nicht mit ihnen in Verbindung? Sie hatte es von sich aus versucht, doch er musste so weit weg sein, dass ihre Energie nicht ausreichte, um zu ihm durchzudringen.

Also blieb ihnen nichts anderes übrig, als abzuwarten.

***

Sie kamen nur langsam voran, versteckten sich immer wieder, vergewisserten sich, dass sie tatsächlich allein waren und dass die Mönchsskelette ihre Suche weit entfernt von ihnen fortsetzten. Aber wer sagte, dass diese die Einzigen hier waren, die ihnen gefährlich werden konnten? Obwohl sich um sie herum nichts regte, durften sie nicht vergessen, dass sie sich auf feindlichem Gebiet befanden.

Sie waren eine ausgesprochen attraktive Beute.

Und jetzt, wo sie in der entgegengesetzten Richtung gingen, die der durchsichtige Stein anzeigte, lähmte die Anziehungskraft des Bösen ihre Schritte wie das zurückströmende Wasser einer starken Brandung.

Obwohl er am Anfang nicht ganz sicher war, erkannte Pascal bald die Senke, die er und Beatrice als Treffpunkt vereinbart hatten. Er hoffte, dass ihr in der Zwischenzeit nichts zugestoßen war.

»Da ist es«, sagte er und zeigte mit dem Finger darauf, »rasch.«

Michelle und Marc gehorchten und ließen sich nacheinander den kurzen Abhang hinunterrutschen.

Beatrice, die unten auf sie wartete, konnte ihre Erleichterung nicht verbergen.

»Endlich!«, sagte sie mit gedämpfter Stimme. »Ihr habt aber lange gebraucht, ich hab mir schon schreckliche Sorgen gemacht.«

Pascal zeigte sich ebenfalls erleichtert.

»Die Skelette haben lange nach uns gesucht«, verteidigte er sich. »Wie ist es dir ergangen?«

»Ebenfalls schwieriger, als ich gedacht hatte«, gestand sie. »Diese Monster geben wirklich nicht so leicht auf. Ich dachte, sie würden früher von mir ablassen, ich musste ganz schön weit rennen.«

»Umso besser, damit hast du uns ein wenig Luft verschafft.« Er lächelte.

»Ja, alles hat seine Vorteile«, gab sie ebenfalls mit einem Lächeln zurück.

Doch nun wurde Pascal ernst. »Beatrice«, sagte er mit bewegter Stimme, »ich danke dir, dass du dies Wagnis auf dich genommen hast. Ich war mir sicher, dass du es schaffst, aber hundertprozentige Sicherheit gibt es nicht, erst recht nicht hier in der Welt der Finsternis.«

»Schon gut«, erwiderte Beatrice. »Ich habe es gern getan.«

Michelle betrachtete das Mädchen, das so mutig gehandelt hatte. Sie war ihr unendlich dankbar, dass sie ihr Leben für sie aufs Spiel gesetzt hatte.

Pascal drehte sich zu ihr um.

»Michelle, noch einmal: Das ist Beatrice. Ihr hast du es zu verdanken, dass ich bis hierher gelangt bin. Ohne ihre Hilfe hätte ich es nicht geschafft.«

»Vielen, vielen Dank«, sagte Michelle. »Das kann ich nie wieder gutmachen.« Und sie trat auf das Mädchen zu und küsste es auf die Wange.

»Und das ist Marc«, fuhr Pascal fort. »Er war auch ein Gefangener der Skelette. Wir haben ihn mitgenommen. Das war zwar nicht vorgesehen, aber …«

Beatrice beugte sich zu ihm hinunter, um ihn zu begrüßen, doch er wich ängstlich zurück. Beatrice lächelte verständnisvoll und wandte sich wieder an Pascal.

»Wir müssen sofort aufbrechen«, sagte sie. »Je früher wir den Kronosfelsen erreichen, desto besser. Wenn Michelles Entführung tatsächlich eine Taktik des Vampirs war, um dich hierherzulocken, und wir uns jetzt beeilen, dürften wir kaum Probleme haben. Niemand ahnt auch nur, dass du so weit gekommen bist.«

Pascal nickte.

»Ich konnte es mir ja selbst nicht vorstellen. Und ich hoffe, dass meine Freunde daheim die Dunkle Pforte beschützt haben und wir tatsächlich zurückkönnen.«

Beatrices Gesicht nahm bei dieser Bemerkung einen traurigen Ausdruck an. Dies rief ihm wieder einmal ins Gedächtnis, dass sie verschiedenen Wirklichkeiten angehörten; Beatrice würde nie die Pforte passieren können …

»Hoffentlich gelingt es«, stimmte Beatrice ihm trotzdem zu. »Die Dunkle Pforte muss auch in Zukunft die Lebenden und die Toten miteinander verbinden.«

Michelle lauschte den beiden, worüber sie sprachen, und ihre Verwunderung nahm noch einmal zu. »Dunkle Pforte … die Lebenden und die Toten miteinander verbinden«. Was war das alles? Sie hoffte, dass wirklich bald Zeit war, mehr darüber zu hören.

»Wir müssen los«, sagte Pascal jetzt und sah sie und Marc an. »Seid ihr fit genug?«

Sie nickten. Ihre Gesichter verrieten, dass sie diese Welt der Finsternis so schnell wie möglich verlassen wollten. Sie würden ihre letzten Kraftreserven dafür mobilisieren.

»Wir gehen im Gänsemarsch«, erklärte Beatrice. »Ich gehe voran und gebe das Tempo vor. Schaust du mal auf unseren Stein, Pascal? Wir brauchen die Richtung.« Aber vergiss nicht, wir bewegen uns jetzt entgegen seiner Weisung – weg von dem Bösen, das er anzeigt.«

Pascal nickte, und während er den Stein hervorholte, fragte Marc: »Gehen wir zum Kronosfelsen?«

Verblüfft drehten sich Beatrice und Pascal zu ihm um. Woher kannte er ihn? Michelle blickte wieder einmal verständnislos von einem zum anderen und wartete ab.

»Du kennst den Kronosfelsen?«, fragte Pascal neugierig.

Marc nickte.

»Ich komme aus der Zwischenwelt«, erklärte er mit unschuldiger Miene, »und bin schon öfter im Kronosfelsen gewesen. Als ich dieses Mal nach einer Reise zurückkehren wollte, haben mich die Skelette erwischt, wie schon ein paarmal ... Nun ja, aber ich kenne mich inzwischen einigermaßen gut aus.«

Ihre Überraschung wuchs. Dieser zehnjährige Junge wusste Dinge, die ihnen womöglich sehr nützlich sein konnten.

Michelle begriff jetzt, wieso Marc auf halbem Wege plötzlich auf dem Karren aufgetaucht war. Man hatte ihn wie schon öfter eingefangen, weshalb er auch so stramm gefesselt worden war, und wollte ihn dem gleichen Schicksal zuführen wie sie.

»Du kennst dich also aus«, sagte Pascal. »Wo bist du gewesen? Erzähle es uns doch einmal«, forderte er ihn auf.

»Nun ja, es ist ziemlich weit weg.«

»Wie weit?« Pascal sah ihn gespannt an.

Marc brauchte ein paar Sekunden, bis er antwortete. Mit stockenden Worten beschrieb er einen der Orte, die er kannte. Doch Beatrice und Pascal genügte es, um wissende Blicke zu tauschen: Es musste sich um den Wachturm handeln, jenen Turm, von dem aus verhindert wurde, dass die Verdammten der Finsternis auf das Gebiet des Zwischenreiches wechseln konnten. Unglaublich.

Wollte der Junge damit etwa sagen, dass er einen anderen Weg kannte, der sie direkt vor die Pforten des Zwischenreichs führte?

»Könntest du uns dorthin bringen?«, wagte Pascal zu fragen.

Marc kratzte sich am Hals.

»Ja, kann ich«, antwortete er. »Der Weg ist ziemlich verschlungen; wir könnten uns verlieren.«

Das war kein Hindernis, sie hatten ja den Stein, er würde sie, entgegengesetzt zu seinem Blinken, zumindest theoretisch zum Zwischenreich leiten.

Pascal und Beatrice traten ein wenig beiseite, um sich zu beraten.

»Was meinst du?«, wollte Pascal von ihr wissen.

Sie zuckte mit den Schultern.

»Keine Ahnung. Aber wenn er den Kronosfelsen kennt, weiß er vielleicht tatsächlich, wovon er redet. Ich denke, wir können ihm wohl vertrauen.«

»Ja, so sehe ich das auch«, sagte Pascal. »Aber dennoch ... ihm einfach so zu folgen ... Damit riskieren wir eine Menge.«

»Das tun wir sowieso«, sagte Beatrice in aller Offenheit. »Gehen wir zum Kronosfelsen, so kann es gut sein, dass uns an einem Eingang üble Wesen der Finsternis erwarten. Das ist, denke ich, noch viel riskanter. Und noch eins«, jetzt schluckte sie und sah Pascal nicht an. »Ich bin mir nicht sicher, ob wir diese Zeitreisen überhaupt zu viert machen können.«

Jetzt war es an Pascal, überrascht zu sein.

»Du hast mir überhaupt nicht gesagt, dass wir auf dem Rückweg auch durch diese entsetzlichen Epochen reisen müssen«, warf er ihr mit gedämpfter Stimme vor.

»Ich wollte dich nicht entmutigen«, verteidigte sie sich. »Manchmal ist es besser, man weiß nicht alles.«

Pascal musste zugeben, dass das stimmte. Jedenfalls hatte es keinen Sinn, länger darüber nachzudenken. Nicht unter diesen Umständen.

»Du denkst, es funktioniert nicht, wenn wir zu viert unterwegs sind?«

»Ich sage nur, dass ich es für schwierig halte. Es war schon schwierig, hierherzukommen. Sehr schwierig sogar.« Sie seufzte. »Ich will ehrlich sein. Ich glaube es wirklich nicht, dass wir vier es auf demselben Weg zurück ins Zwischenreich schaffen.«

Pascal schnaubte.

»Du hast dich also entschieden«, stellte er fest, »der Junge soll uns anführen.«

Sie nickte.

»Niemand sonst kennt den Kronosfelsen«, behauptete sie. »Außerdem hat er das Tor des Wachturms perfekt beschrieben. Mir genügt das. Auf seiner Route umgehen wir außerdem das gefährliche Sumpfgebiet, vergiss das nicht.«

Obwohl Pascal wusste, dass sie es eilig hatten, nahm er sich einen Augenblick Zeit, um darüber nachzudenken. Es hing zu viel von dieser Entscheidung ab.

»Einverstanden«, sagte er schließlich, »es scheint das Vernünftigste zu sein. Folgen wir also dem Jungen. Doch falls er zögern sollte oder seine Wege uns nicht überzeugen, gehen wir sofort zum Kronosfelsen.«

»In Ordnung.«

54

Unter Marcs Führung, der tatsächlich genauestens Bescheid zu wissen schien, marschierten sie durch eine hügelige, öde Landschaft.

Sie gingen die ganze Zeit im Gänsemarsch. Die bedrückende Stille um sie her wurde bisweilen von unheimlichen Schreien durchbrochen, die der Wind aus großer Entfernung zu ihnen trug. Kehlige Laute, Wesen des Bösen …

Hin und wieder entdeckten sie am Horizont dunkle Flecken, die sich dicht über dem Boden bewegten oder in den Senken verschwanden. Es waren die gefürchteten schwarzen Wolken, denen sie auszuweichen versuchten, auch wenn das zahlreiche Umwege bedeutete und ihre Ankunft am Wachturm an der Grenze zum Zwischenreich, von dem Marc gesprochen hatte, verzögerte.

Während eines dieser Ausweichmanöver trafen sie plötzlich auf zwei der Mönchsskelette, die noch immer nach ihnen suchten. Zum Angriff bereit sprangen sie hinter einem Felsen hervor, klapperten laut hörbar mit ihren gefährlichen Kiefern und streckten beim Anblick von so viel Beute gierig ihre Arme nach ihnen aus. Michelle konnte einen Angstschrei nicht unterdrücken, während Marc, der Junge, mit einem Ausdruck von Hass und Angst zurückwich. Pascal, der vorangegangen war, ließ sich jedoch nicht einschüchtern. Nun denn, wenn der Kampf nicht aufzuhalten war, so musste er ihn eben durchstehen. Er biss die Zähne zusammen und stemmte die Füße fest auf den Boden. Keinen Millimeter würde er zurückweichen. Sie waren kurz vor dem Ziel und niemals würde er erlauben, dass diese Gestalten all ihre Hoffnungen zunichtemachten.

»Sie müssen sich getrennt haben, um uns zu verfolgen«, sagte Beatrice und trat beschützend zu dem Jungen und zu Michelle. »Denk daran, dass sie dich nicht beißen dürfen, Pascal. Und lass sie nicht entwischen.«

Pascal hatte bereits sein Schwert gezückt. Wieder strömte die machtvolle Wärme der Waffe in seinen Körper und verlieh ihm das Selbstvertrauen und die Fähigkeit, sie zu führen. Die scharfe Klinge fuhr zischend durch die Luft.

Doch die Skelette hielt diese Drohgebärde nicht auf. Nur einen Moment verharrten sie, dann stürzten sie sich auf Pascal. Unter seinen wütenden Schwerthieben brachen und splitterten ihre Knochen, und er sah ihre schnappenden Kiefer mehr als einmal gefährlich nah an seinem Körper. Beatrice, die unmöglich nur stehen und zuschauen konnte, hatte einen kräftigen Stock vom Boden aufgehoben und ging damit auf die Angreifer los. Wenn ihre Schläge auch nicht viel Schaden anrichteten, konnte sie doch die Skelette zumindest ablenken und Pascal ein wenig Luft verschaffen. Michelle, die atemlos verfolgte, was sich abspielte, war sichtbar beeindruckt. Was für eine Szene! Pascal agierte so sicher und souverän gegen die

Kreaturen des Bösen … fast vergaß sie, dass es hier um Leben und Tod von ihnen allen ging. Und Pascal fuhr fort in diesem Kampf und ruhte nicht eher, bis die Knochen der Skelette weit über den Boden verstreut waren.

Marc hatte das Geschehen mit viel größerer Selbstverständlichkeit betrachtet als Michelle. Als es vorbei war, zeigte er auf ein paar Hügel in der Ferne.

***

Sie schaffen es. Sie schaffen es nicht. Sie schaffen es. Sie schaffen es nicht …

Zweifel und quälendes Warten.

Dominique war zu Hause und wälzte sich unruhig in seinem Bett hin und her. Trotz der Erschöpfung, die er nach der schrecklichen Nacht verspürte, konnte er nicht einschlafen. In Erwartung einer Nachricht von Daphne starrte Dominique immer und immer wieder auf sein Handy. Jeden Moment konnte die Ungewissheit vorbei sein; zum Guten oder Schlechten. Würde sich die Dunkle Pforte schließen und Pascal eine Rückkehr in die Welt der Lebenden unmöglich machen? Dominique hoffte, dass er das Zeitlimit im Zwischenreich nicht überschritten hatte.

Sein Handy gab ein Zeichen, und Dominiques Herz machte schon einen freudigen Satz. Falscher Alarm; Pascals Telefon empfing die Antwort auf eine SMS, die er, Dominique, kurz zuvor seiner Mutter geschickt hatte.

Okay, aber heute Abend kommst du nach Hause. Gruß, Mama.

Dominique seufzte. Was für ein Drama sich abspielen würde,

wenn Pascal und Michelle nicht rechtzeitig die Pforte erreichten und damit nie wieder zurückkamen. Zum ersten Mal in seinem Leben war ihm überhaupt nicht nach Lachen zumute; das Schlimmste war für ihn, dass er keinerlei Einfluss auf das Geschehen jenseits der Pforte hatte.

Jetzt klingelte sein eigenes Handy. Pascals Mutter ließ nicht locker und versuchte es jetzt bei ihm. Dominique ging nicht ran. Er seufzte. Er hatte einfach keine Kraft mehr für weitere Lügen.

***

Sie waren eine gute Stunde unterwegs, als der Junge sie vor einem der Hügel anhalten ließ. Suchend blickte er auf die Erhebung, hielt schließlich inne, nickte und führte sie zu einer Öffnung im steinigen Erdreich.

»Hier müssen wir rein«, sagte er dann und blickte die anderen ungeduldig an.

Der unterirdische Gang, von dem Marc gesprochen hatte.

Pascal und Beatrice traten näher, um in die Öffnung zu spähen. Auch wenn das Rund selbst kaum mehr als einen halben Meter Durchmesser hatte, gewann es rasch an Höhe, sodass ein Erwachsener geduckt hindurchgehen konnte. Der Rest verlor sich in der Dunkelheit, weit von dem schwachen Schimmer des Steins entfernt, den Pascal zu Hilfe genommen hatte. Er war unschlüssig: Es war eine geschlossene Erdspalte, die tief hinabführte. Sollten sie da wirklich hineinkriechen?

»Machen wir's?«, fragte Beatrice mit leiser Stimme; auch sie war unsicher.

Pascal, geradezu erdrückt von der Verantwortung für die ganze Gruppe, antwortete nicht.

»Ich würde es wagen«, sagte da hinter ihnen eine entschlossene Stimme.

Es war Michelle. Sie war näher gekommen und schenkte Pascal ein Lächeln, das ihm fast wie eine sanfte Berührung vorkam. Eine warme Welle ging durch seinen Körper. »Dann los«, sagte er. »Ich hoffe, Marc, du bist dir wirklich sicher. Wir riskieren unseren Hals.«

Der Junge nickte stumm und seine Augen blickten ernst. »Also gut!« Das Schwert in der einen und den Stein in der anderen Hand, kroch Pascal als Erster durch die Öffnung. Beatrice folgte als Letzte.

»Nicht die Wände berühren«, flüsterte Marc.

Er begründete nicht, weshalb sie das nicht tun sollten, doch Pascal ahnte, dass die Erklärung dafür nicht lange auf sich warten lassen würde. Nach dem zu schließen, was die Geysire ausgespuckt hatten, war anzunehmen, dass diese unterirdische Strecke, die sie zurücklegen wollten, kein Spaziergang würde. Eine Erde, die Tote ausspuckte, konnte in ihrem Inneren nur Tod und Verwesung beherbergen.

Zu Anfang wirkten die Wände noch fest und gleichmäßig, doch je tiefer sie hinabstiegen, desto mehr verschwand die glatte Struktur und nahm eine Konsistenz wie von dunklem Schlamm an, der an manchen Stellen Blasen warf. Ein intensiver Gestank erfüllte den engen Schlauch, und im schwachen Licht, welches hier herrschte, sahen sie, dass von der Decke spitze, rötlich tropfende Gebilde hingen, denen sie auf Schritt und Tritt ausweichen mussten.

»Das sind Blutstalaktiten«, erklärte Beatrice. »Es braucht sehr viele Tote über einen langen Zeitraum, ehe sie sich bilden. Ich habe noch nie zuvor welche gesehen.«

Vor Entsetzen brachte keiner ein Wort über die Lippen. Angespannt setzten sie ihren Weg fort. Das schmatzende Geräusch, das ihre vorsichtigen Schritte machten, verursachte ihnen noch größere Übelkeit als der Verwesungsgestank.

Mehrere Stunden vergingen. Ihre Augen hatten sich an das schwache Dämmerlicht gewöhnt. Hin und wieder ruhten sie sich einen Moment aus, indem sie vorsichtig in die Hocke gingen und die Hände auf die Knie stützten. Sich irgendwo anzulehnen oder auf den feuchten Boden zu setzen, unterließen sie tunlichst.

Zumindest gab es keine feindlichen Wesen auf diesem unterirdischen Weg, der sich in zahlreichen Windungen immer tiefer in die Erde bohrte. Hin und wieder kamen sie an eine Abzweigung. Dann benutzten sie ihren leuchtenden Stein.

Die schlammigen Wände wiesen immer bizarrere Verformungen auf; mal zogen sie sich trichterförmig ein oder sie blähten sich auf, als wollten sie zerplatzen, sodass kaum genug Platz war, um daran vorbeizukommen. All diese weichen Verformungen vibrierten und gaben glucksende Geräusche von sich, als führten sie ein Eigenleben.

Irgendwann geschah es. Eine dieser Blasen brach direkt neben Pascal auf, und er machte einen Satz zurück. Aus der Wand schloss der Torso eines mit zähem Schleim überzogenen toten Mannes hervor, der im nächsten Moment wieder verschlungen wurde, und die Öffnung, als wäre nichts geschehen, schloss sich hinter ihm. Alle waren vor Entsetzen stehen geblieben.

Pascal schluckte schwer und versuchte, sich Mut zu machen, um den Weg fortzusetzen.

»Das ist so etwas wie ... wie ein Verdauungssystem«, sagte Michelle mit belegter Stimme. »Hier drin werden die ...«

»... die Verdammten verdaut, denen nicht vergeben worden ist«, beendete Beatrice den Satz. »Und zu ihrem Unglück dauert es sehr lange. Doch es ist nur eins der vielen Schicksale, die im Reich der Finsternis möglich sind. Denkt einfach nicht dran. Wir müssen weiter.«

Michelle, die wieder kaum begriff, was hier geschah, fragte sich, ob es wirklich eine gute Idee gewesen war, diesen schrecklichen Weg zu wählen. Konnten sie vielleicht noch zurück?

Sie verharrten unschlüssig in ihrer gebückten Haltung. Beatrice sah die Zweifel in den Gesichtern der anderen.

»Pascal ...«, drängte sie.

»Also los«, sagte er schließlich mit gespielter Entschlossenheit und packte energisch sein Schwert. »Wir müssen weiter, eine andere Möglichkeit gibt es nicht.«

Die Gruppe setzte sich wieder in Bewegung, jeder mit seinen eigenen Ängsten beschäftigt. Nach einer Weile spürte Michelle ein Kitzeln auf ihrem Arm und sie fasste unbewusst danach. Ihr stockte der Atem, als ihre Finger einen kleinen, länglichen und wie aus mehreren Ringen bestehenden Körper berührten, der sich außerdem weich anfühlte.

»Auf meinem Arm sitzt ein Tier«, sagte sie voller Ekel.

Pascal stürzte zu ihr. Im Schein des blinkenden Steins konnte er es sehen: Es war eine Art überdimensionaler Blutsauger, faste eine Handspanne lang, mit Saugnäpfen am ganzen Körper.

Michelle bewegte sich nicht und kämpfte tapfer gegen ihren Ekel an, während die anderen hektisch überlegten, wie sie das Tier entfernen könnten. Beatrice betrachtete es eingehend.

»Zum Glück ist dieser Wurm erst seit Kurzem in Körperkontakt mit dir«, beruhigte sie Michelle, und zu Pascal gewandt: »Töte es, schnell. Diese Parasiten saugen nicht nur, sondern legen auch ihre Eier ab!«

Pascal verlor keine Zeit. Vorsichtig schob er die Klinge seines Schwerts unter den Blutsauger, der sofort losließ, als er dessen Wärme spürte. Als er auf dem Boden lag, zerquetschte Pascal ihn mit einem einzigen Tritt.

Michelle fasste sich. »Danke, Pascal«, sagte sie und versuchte ein Lächeln. »Du weißt ja, ich stehe nicht besonders auf Insekten …«, sagte sie beschämt.

Pascal grinste.

»Freut mich, dass sich das nicht geändert hat. So bist du mir etwas schuldig.«

Sie nickte.

»In Ordnung.«

»Du bist echt cool, Michelle«, sagte er mit unverkennbarer Bewunderung in der Stimme. »Ich weiß nicht, aber manch einer hätte vielleicht laut geschrien, wenn er das Ding auf seinem Arm gespürt hätte.«

»Ich wollte uns nicht in Gefahr bringen«, sagte sie. »Wer weiß, was sich noch so in diesem Tunnel herumtreibt und nur auf einen Laut von etwas Lebendigem wartet …? Außerdem«, fügte sie etwas forsch hinzu, »müsste solch ein Tier in der Zwischenzeit ein bisschen größer sein, um mich einzuschüchtern.«

Pascal sah sie an.

»Ich habe dich so vermisst, Michelle.«

»Ich dich auch, glaub mir.« Sie wendete sich ab. Hatte Pascal richtig gesehen in diesem schwachen Licht? War sie ein bisschen rot geworden?

Beatrice trat nun zu ihnen. »Wir müssen ganz schön aufpassen«, warnte sie mit leiser Stimme. »Michelle ist davongekommen, weil sie das Tier so schnell bemerkt hat. Hätte es länger gedauert ...«

»So gefährlich sind diese Viecher?«, fragte Pascal.

»Sobald sie ihre Eier unter der Haut abgelegt haben, kann man nicht mehr viel tun. Man sieht nichts davon, und die Larven schlüpfen schnell. Sie reifen in weniger als einer Stunde und reproduzieren sich zu Tausenden, und bevor man es merkt, fressen sie einen von innen auf.«

Pascal lief ein Schauer über den Rücken.

»Die anderen müssen davon wissen.«

»Keine Sorge, ich sag's ihnen. Auch wenn es vielleicht nicht nötig ist. Wir haben sowieso alle viel zu große Angst, um nicht aufzupassen.«

***

Endlich führte der Weg durch den Tunnel nicht mehr bergab, sondern begann leicht anzusteigen, was die erschöpfte Gruppe dankbar registrierte. Er war noch immer sehr verschlungen, doch zumindest hatten alle jetzt nicht mehr das Gefühl, einem Abgrund entgegenzugehen.

An den Wänden brachen neue Geschwüre auf und gaben

den Blick auf das Innere frei: schleimüberzogene Körper, die sich unter gurgelnden Lauten im Todeskampf wanden.

Einer dieser Verdammten beugte sich weit hinaus, als Beatrice vorbeiging, und schlang seine Arme um sie. Grünliche Spritzer trafen sie, und sie schrie, als sie ein heftiges Brennen auf ihrer Haut verspürte. Die Flüssigkeit verätzte augenblicklich ihre Haut. Währenddessen ließ der halb verweste Tote nicht locker und versuchte sie unter Geheul mit sich zu ziehen.

Als Pascal sah, wie Beatrice der Wandöffnung immer näher kam, überlegte er nicht zweimal: Er trat zu der Wand und ließ einen Regen von Schwerthieben auf den Toten niederprasseln. Die grünen Spritzer, die ihn trafen, taten bei ihm keine Wirkung.

Sein Einsatz hatte Erfolg: Nach und nach konnte sich Beatrice aus der Umklammerung des verstümmelten Toten befreien, der auf einmal wieder von der Wand verschlungen wurde.

Pascal nahm Beatrice auf seinen Rücken, und rasch entfernten sie sich von dieser Stelle des Gangs.

»Wie geht's dir?«, fragte er, als er sie wieder herunterließ. »Können wir etwas für dich tun?« Seine Miene war ernst.

»Keine Sorge«, erwiderte sie stöhnend, während sie ihre Verbrennungen begutachtete. »Mir geht's gleich wieder besser.«

Tatsächlich dauerte es nicht lange, bis sie wieder auf eigenen Füßen stehen konnte. »Im Zwischenreich wird man mich behandeln«, sagte Beatrice. »De Polignac, der Graf, ist ein erfahrener Mann, auch in solchen Dingen. Los, gehen wir weiter.«

»Ich kann als Letzte gehen«, bot Michelle an.

Pascal wollte schon ablehnen, doch natürlich hatte sie recht. Sie war an der Reihe.

»Einverstanden«, stimmte er zu und wollte verbergen, dass er Angst um sie hatte. »Aber pass auf. Du darfst unter keinen Umständen zurückfallen.«

Michelle lächelte.

»Ich bin doch nicht verrückt.«

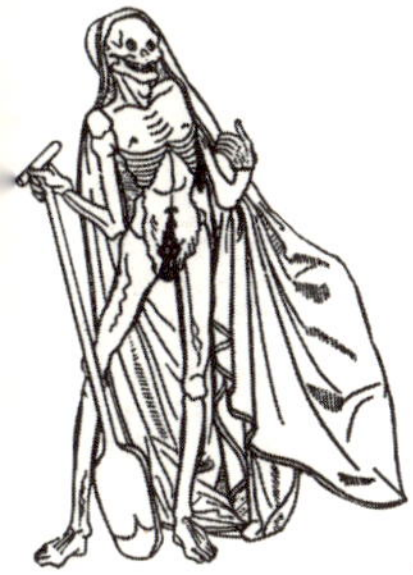

55

MIT JEDEM SCHRITT kamen sie der Oberfläche näher, und es drang Luft zu ihnen, die im Vergleich zu dem verpesteten Gestank im Tunnel frisch erschien.

Pascal hatte sich nicht im Traum vorstellen können, dass er einmal den schwarzen und leeren Himmel des Totenreichs für sich herbeisehnen würde. Und ebenso wünschte er sich, all den Schrecknissen ihres unterirdischen Wegs endlich entrinnen zu können. Wenn diese Dinge, die sie gesehen hatten, noch gar nicht die Hölle waren, was für unvorstellbare Grausamkeiten würde es dann dort geben? Er hoffte, es nie herausfinden zu müssen.

Nachdenklich ging Pascal weiter. Etwas hörte nicht auf, ihn zu beunruhigen. Sein Amulett hatte in den vergangenen Stunden keinen Moment lang seine Kälte verloren. Er verstand es nicht und schrieb es dem monströsen Tunnel zu, durch den sie sich bewegten. Und er tröstete sich mit dem Gedanken, dass sie diese stinkende Röhre bald verlassen würden.

Marc wirkte beunruhigt, je näher sie dem Ausstieg kamen, so als fürchtete er, dass sich ihnen im letzten Augenblick noch etwas in den Weg stellen könnte. Eine Angst, die die anderen teilten und die jeder zu überspielen versuchte.

Die Tunnelwände nahmen eine größere Festigkeit an, was ebenfalls ein Anzeichen dafür war, dass sie demnächst an die Oberfläche gelangen würden. Plötzlich weitete sich der Gang vor ihren Augen und bildete eine Art höhere Kammer, von der drei weitere enge Tunnel abgingen. Und während sie noch rätselten, welchen dieser Tunnel sie nehmen sollten, vernahmen sie ein Geräusch, das sie zusammenfahren ließ. Es war ein Knurren, das immer wiederkehrte, ohne dass man die Richtung, aus der es kam, genau hätte bestimmen können.

Sie standen wie angewurzelt. Niemand sagte etwas. Pascal blickte auf den Stein. Er zeigte ihm jetzt den mittleren Gang, der als einziger weiter anstieg, als den richtigen an. Und wenn genau dort die Gefahr lauerte?

Pascal kam das Knurren außerdem vertraut vor, beunruhigend vertraut sogar. Während er sich umsah, versuchte er sich zu erinnern: die Riesenwürmer! Das war's.

Erneut hallte das Geräusch von den Wänden wider. Allerdings war es diesmal lauter.

Pascal hatte keinerlei Zweifel mehr. Es handelte sich um dieselben Monster, die ihn seinerzeit angegriffen hatten; in dem weiten Raum hinter dem Badezimmerspiegel seiner Großmutter. Doch er musste den anderen gar nicht erklären, was sich ihnen da näherte, denn der Verursacher des bedrohlichen Knurrens wurde im linken Tunnel sichtbar und kam mit beträchtlicher Geschwindigkeit näher. Das war wie ein Startschuss für alle: »Durch den mittleren Tunnel, los!«, rief Pascal. »Beatrice, kannst du rennen?«

»Ja, los!«

Mit klopfendem Herzen ließ Pascal die anderen vorbei und stürzte dann ebenfalls los. Er hatte den transparenten Stein Michelle gegeben, damit sie die anderen führte; eine Geste, die für sie sehr wichtig war. Sie übernahm Verantwortung.

Für Pascal war sofort klar, dass er der Letzte sein musste, weil nur er eine Waffe besaß, die den Riesenwurm vielleicht abwehren konnte. Mit knapper Not schafften sie es, dem hervorstürzenden, hungrigen Monster zu entkommen, und rannten weiter in Richtung Tunnelende. Pascal blickte über die Schulter, um die Entfernung abzuschätzen, die sie von dem Wurm trennte, und er registrierte, dass die Distanz sich rasend schnell verringerte.

Während sie weiterhetzten, bemerkten sie auf einmal eine Veränderung. Ein schwacher Lichtschein drang zu ihnen, was nur eines bedeuten konnte: Der Ausgang aus dem unterirdischen Gang war ganz nah.

Allerdings war der Wurm ihnen auf den Fersen, und sein Knurren vermischte sich mit dem Keuchen der Fliehenden. Alle waren sie völlig außer Atem, und die zunehmende Helligkeit gab ihnen die Kraft durchzuhalten.

Schließlich schossen sie geradezu durch die Felsöffnung hinaus ins Freie und rollten kopfüber einen Hügel hinunter. Der Himmel in diesem noch immer feindlichen, aber vom Zentrum des Bösen weit entfernten Gebiet war wie erwartet düster, aber er wirkte friedlich auf sie. Und in nicht allzu weiter Ferne ragte ein Turm auf, den Pascal und Beatrice sofort als den Wachturm über dem Tor zum Zwischenreich erkannten. Bis auf Michelle, die nicht sogleich wusste, worum es sich bei diesem Bauwerk handelte, stimmten alle ein Triumphgeschrei an.

Sie hatten es geschafft. Sie waren dem Monsterwurm entkommen und obendrein tatsächlich dort gelandet, wohin sie wollten. Als sie sich einigermaßen sicher fühlten, blieben sie stehen und umarmten sich gegenseitig. Michelle stellte fest, dass Beatrice sich noch immer ganz kalt anfühlte, doch es war ihr egal. Nur Marc ließ sich nach wie vor nicht anfassen und stand ein wenig abseits. Unruhig blickte er zu dem Tor in der Mauer.

»Ganz ruhig, gleich haben wir's geschafft«, versuchte Pascal ihn zu beruhigen. »Das Schlimmste ist vorbei. Du bist bald wieder zu Hause.«

Marc antwortete nicht, und Pascal folgte seinem Blick zum dunklen Horizont, wo die Grenze zwischen dem Bösen und dem Zwischenreich lag. Zwei getrennte Welten, deren einziger Zugang von der Welt der Lebenden von Charon und seinem schrecklichen Hund mit den drei Köpfen bewacht wurde. Doch der Wanderer durfte passieren. Pascal lächelte zufrieden. Es gab so viel, was er Michelle erzählen wollte.

Doch zuerst musste er in seine Welt zurück, das Zeitlimit durfte nicht überschritten werden.

Er ließ den Blick weiterschweifen. Er tat es ohne bestimmten Grund, vielleicht nur als eine Art Abschied von dieser Dimension, die er für immer verlassen wollte. Doch was er plötzlich sah, riss ihn jäh aus seinen Gedanken: In der Ferne konnte er zahlreiche Silhouetten ausmachen, die größer und größer wurden. Er schluckte. Sie kamen näher, und zwar mit atemberaubender Geschwindigkeit.

Pascal merkte, wie ihm das Herz bis zum Hals schlug. Die Gefahr für sie alle war noch nicht vorüber. Noch waren sie nicht in Sicherheit. Er kniff die Augen zusammen und erkannte, dass sich die Schar mit plumpen Bewegungen und dicht an dicht wie eine Herde vorwärtsbewegte. Es waren Ghule.

»Wir müssen hier weg. Sofort!«

Erschrocken drehten sich Beatrice, Michelle und Marc zu ihm um. »Was ist?«, fragte Beatrice.

Pascal zeigte in die Richtung, aus der die Bedrohung kam, während er sein Schwert zückte und den Rucksack auf seinem Rücken festzurrte. Die anderen reagierten sofort. Selbst Michelle war augenblicklich klar, dass das, was da auf sie zukam, eine tödliche Gefahr bedeutete.

Sie rannten auf das Tor zu, so schnell sie nur konnten, doch Pascal registrierte, dass die Ghule unglaublich schnell aufholten. Man konnte bereits ihr Heulen und ihre wilden Rufe hören. Es war ein halbes Dutzend. Völlig außer Atem rannten sie weiter. Sie mussten es schaffen, mussten das Tor durchqueren, das allein würde sie retten. Schon konnten sie den imposanten Steinbogen erkennen und darüber den ovalen Turm, in dem sich die Wächter befanden. Es war nicht mehr weit. Plötzlich entlud sich ein heftiger Blitz am dunklen Himmel und erhellte den Durchgang fünf, sechs Meter vor ihnen für einen Moment: Sie sahen eine imposante Riege Männer von kräftiger Statur und in Militäruniformen. Was war los? Die Wächter hatten sich nicht gezeigt, als Pascal und Beatrice das Zwischenreich verlassen hatten. Warum ausgerechnet jetzt? Würden sie den Wanderer und seine Begleiter nicht hindurchlassen?

Sintflutartig begann eine trübe Flüssigkeit herabzuregnen, und klebrige Pfützen bildeten sich. Unbeirrt, wenn auch mit größerer Mühe, rannten sie weiter. Sie wussten nicht, was sie tun würden, wenn sie bei den Wächtern anlangten, doch stehen bleiben kam auf keinen Fall infrage.

Ein zweiter Blitz jagte über den Himmel, und wieder bot sich ihnen das gleiche Bild: Kräftige Gestalten von über zwei Metern, deren Gesichter von Helmvisieren verdeckt waren, standen in einer geschlossenen Reihe nebeneinander. Sie trugen große Hellebarden aus Silber, die im Licht der Blitze schimmerten, genau wie die Brustpanzer, die sie schützten. Ihre Hände steckten in metallenen Handschuhen, die mit spitzen Dornen besetzt waren.

Trotz des Aufruhrs um sie herum standen sie reglos da, während die Gruppe der Flüchtenden unmittelbar vor dem Tor anlangte, wenige Meter vor der imposanten menschlichen Barriere, die in Abständen von Blitzen erhellt wurde. Die Ghule waren fast heran.

Sollte ihr Abenteuer jetzt auf so jämmerliche Weise zu Ende gehen? Würden sie an der Grenze zum Zwischenreich, ihrer Zuflucht, von den bestialischen Kreaturen der Hölle verschlungen werden?

»Ich begreife das nicht!«, rief Beatrice angsterfüllt. »Wie ist es möglich, dass die Wächter den Wanderer nicht durchlassen? Das ergibt keinen Sinn!«

»Wächter!«, rief Pascal verzweifelt. »Ich bin der Wanderer! Lasst uns passieren, ich flehe euch an!«

Michelle fiel in die Bitten ein. Nur Marc blieb stumm und wirkte noch scheuer als zuvor. Nur noch Sekunden, und die

Ghule hatten sie erreicht. Das Geheul wie von wütenden Hyänen war unerträglich.

Pascal wusste, dass er handeln musste. Mit entschlossenem Gesicht drehte er den Wächtern den Rücken zu. Er würde nicht sterben, ohne zu kämpfen. Er zückte sein Schwert, bereit, bis zum Schluss Widerstand zu leisten und die zu verteidigen, die von ihm abhingen: Michelle, Beatrice und der Junge.

»Stellt euch hinter mich«, rief er ihnen zu. »Ich versuche die Monster so lange wie möglich mit meinem Schwert aufzuhalten. Wenn ihr könnt, geht durch das Tor. Wartet nicht auf mich.« Doch nur der Junge gehorchte. Beatrice und Michelle begannen hastig den Boden abzusuchen. Steine und Stöcke in Händen, richteten sie sich wieder auf. Sie würden ihn nicht im Stich lassen.

Pascal spürte die Wärme des Schwerts mit überwältigender Intensität. Es war, als würde die Waffe ahnen, dass sie gegen die bisher größte feindliche Übermacht zum Einsatz kommen sollte, und ihre scharfe Klinge begann mit einer solchen Helligkeit in Grüntönen zu leuchten, dass die vier die Augen schließen mussten. Die Ghule wichen bei dem Anblick erschrocken zurück.

Der grüne Schimmer breitete sich aus, bis er sich mit dem Glanz der Waffen verband, die die Wächter hinter ihnen trugen. Jetzt erst, in diesem Augenblick, mit diesem Zeichen, erkannten sie den Wanderer, und die Reihe öffnete sich, um die Gruppe durchzulassen.

Es herrschte auf einmal völlige Stille. Die wütenden Bestien waren mit dem magischen Farbenspiel zum Schweigen gebracht worden, und dieser Effekt hielt an, während Pascal und die anderen durch das Spalier der Wächter schritten und das Tor durchquerten. Sobald die vier den Leuchtpfad dahinter erreicht hatten, schloss sich die Reihe wieder.

Sie hatten es geschafft.

***

Die Zeiger ihrer Taschenuhr rückten unaufhaltsam vor. Vier Uhr nachmittags. Daphne war es in der Zwischenzeit völlig gleichgültig, ob man sie auf dem Dachboden entdeckte. Sie würde sich nicht von der Stelle rühren. Erst wenn sicher wäre, dass Pascal nicht zurückkam, würde sie von der mittelalterlichen Truhe weichen, die dann für die nächsten hundert Jahre wieder nur ein einfaches Möbelstück wäre. Sie strich mit ihren Fingern über den Deckel, während sie die Truhe umrundete. Vier Uhr nachmittags. Noch war es nicht zu spät.

Unermüdlich konzentrierte sie sich, versuchte, eine Vision zu erhaschen, um die Ereignisse vorwegzunehmen. Doch nichts passierte. Das Jenseits behielt seine Informationen für sich.

Viertel nach vier.

***

Sobald sie den rettenden Leuchtpfad des Zwischenreichs erreicht hatten, ließen sie sich auf die Knie sinken. Sie hatten das Bedürfnis, diesen Boden, von dem nichts Böses ausging, zu berühren. Sogar Michelle, die geradezu körperlich fühlte, dass sie in dieser anderen Welt nicht mehr in Gefahr war, war ihrem

Beispiel gefolgt. Marc stand wie zumeist im Abstand von ihnen. »Bestimmt werden wir bald abgeholt«, bemerkte Beatrice mit einem strahlenden Lächeln. »Die Nachricht von unserer Rückkehr wird sich wie ein Lauffeuer verbreiten. Man wird uns bestimmt einen tollen Empfang bereiten …«

In die Freude Pascals mischte sich, jetzt, wo er dem Ende seiner Mission so nahe war, zum ersten Mal die Sorge, ob wohl daheim, auf dem Dachboden von Jules, alles in Ordnung war. Seine Rückkehr war nicht nur abhängig von dem guten Ausgang seiner Mission. Er brauchte die Truhe, die intakte Dunkle Pforte, für seinen Übertritt in seine Welt. Wenn es dem Vampir womöglich gelungen war, sie zu zerstören, hätte er ein gewaltiges Problem. Er würde sich so bald wie möglich mit Daphne in Verbindung setzen, um herauszufinden, ob seine Sorge begründet war.

Schließlich begann er zu rechnen, im Hinblick auf das Zeitlimit, das ihm für einen Besuch im Zwischenreich zustand. Er wollte sich dessen noch einmal versichern und wandte sich an seine Begleiterin.

»Beatrice«, sagte er und unterbrach sie in ihrem Freudentaumel, »jetzt, wo wir zurück im Zwischenreich sind, fängt die Uhr doch wieder an zu ticken, oder?«

»Genau«, bestätigte Beatrice. »Aber mach dir keine Sorgen, ihr habt Zeit genug, um in eure Welt zurückzukehren.«

Pascal seufzte erleichtert, obwohl ihm klar war, dass hinter den beruhigenden Worten auch Beatrices Wunsch stand, die Rückkehr so lange wie möglich hinauszuzögern. Auch ihm wurde bei dem Gedanken daran schwer ums Herz.

»Seltsam, dass nicht mehr Zeit vergangen ist, nach allem, was wir erlebt haben«, stellte Pascal fest. »Ich werde bestimmt unter Jetlag leiden, wenn wir zurück sind.«

Beatrice lachte leise.

»Natürlich. Was für ein abgefahrener Trip. Und denk daran, dass hier die Zeit weiter vergangen ist, auch wenn sie für dich im Reich der Finsternis eine Weile stillstand. Ich würde schätzen, dass in deiner Wirklichkeit … ungefähr zwei Tage vergangen sind.«

»Du liebe Güte!« Pascal erschrak. »Dann muss ich so schnell wie möglich zurück. Dominique weiß bestimmt schon nicht mehr, wie er mich decken soll, damit meine Eltern nicht merken, dass ich weg bin. Wenn es ihnen nicht sowieso schon aufgefallen ist …«

»In ein paar Stunden bist du bei ihnen«, beruhigte ihn Beatrice und wiederholte: »Mach dir keine Sorgen.«

»Ich muss mich mit meinen Freunden in Verbindung setzen; sie sind bestimmt schon ganz außer sich …«

»Was ist eigentlich mit Marc?«, unterbrach sie jetzt Michelle. Sie war so froh gewesen, ihn in der Finsternis nicht im Stich gelassen zu haben, und hätte gern gewollt, dass er teilhätte, gemeinsam mit den anderen, an der Freude über die gelungene Ankunft hier. Doch sie sah ihn nirgends. Pascal und Beatrice blickten sich verwundert um. Sie waren so daran gewöhnt, dass er immer ein wenig abseits blieb, dass sie ihn bis zu diesem Moment gar nicht vermisst hatten.

»Seltsam«, bemerkte Beatrice, »er ist auf jeden Fall mit uns durchs Tor gegangen.«

»Vielleicht will er ein bisschen für sich sein«, mutmaßte Pascal.

Beatrice schüttelte den Kopf. »Um auf den Leuchtpfaden außer Sichtweite zu kommen, muss man ganz schön weit weg sein. Selbst wenn er gerannt wäre, würden wir ihn noch immer sehen.« Sie setzte eine besorgte Miene auf. »Außer …«

»Außer er hat den Leuchtpfad verlassen?«, wollte Michelle wissen. »Ich fürchte, wir müssen ihn suchen gehen …«

Besorgt sahen sich Pascal und Beatrice an. »So einfach ist das nicht, Michelle«, sagte Pascal vorsichtig. »Außerhalb des Pfads gibt es ebenfalls gefährliche Wesen. Wir müssen uns von der Dunkelheit fernhalten. Sogar in dieser Welt.«

»Aber wir können ihn doch nicht einfach sich selbst überlassen!«, erwiderte Michelle. »Er ist bestimmt ganz in der Nähe. Immerhin haben wir ihm die Abkürzung durch den Tunnel zu verdanken …«

Beatrice machte ein nachdenkliches Gesicht. »Das stimmt zwar, aber das ist vielleicht nicht die Frage«, sie schwieg einen Augenblick, »sondern, warum er das gemacht hat.«

Michelle begriff nicht. Pascal hingegen meinte zu verstehen, in welche Richtung Beatrices Überlegungen gingen.

»Kein Kind, das sich hier auskennt, würde sich freiwillig in die Dunkelheit begeben; abseits der leuchtenden Wege«, erklärte Beatrice und runzelte die Stirn. »Er muss sich regelrecht hineingestürzt haben, sobald wir hier angekommen sind, eine andere Möglichkeit gibt es nicht. Und das ist …«

»Aber er ist noch ein Kind«, unterbrach Michelle sie. Ihr war nicht klar, worauf Beatrice hinauswollte, und sie wehrte sich gegen den Gedanken, nichts zu unternehmen. Pascal hielt sich zurück.

»Aber sein Verhalten ist merkwürdig«, beendete Beatrice

nun ihren Satz und sah Pascal eindringlich an. »Wo ist Marc aufgetaucht, Pascal? Was wisst ihr über ihn?«

»Also …« Pascal zögerte mit der Antwort. »Eigentlich wissen wir nichts. Michelle, er war bei dir, als wir dich gerettet haben. Erzähl du.«

»Was spielt denn das im Moment für eine Rolle?«, wehrte sie ab. »Am wichtigsten ist doch, dass wir ihn finden, oder?«

»Nein.« Beatrices Antwort war schneidend und fast ein wenig grob.

Michelle ärgerte sich, dass Pascal sie nicht verteidigte. »Nein, ich weiß nichts über ihn«, gestand sie. »Er war mit mir auf dem Karren gefangen, und man hatte ihm zahlreiche Fesseln angelegt …«

In düsterer Vorahnung kaute Beatrice auf ihrer Unterlippe. Pascal wusste nicht, was er davon halten sollte, auch wenn er sicher wusste, dass er sich nicht in die Dunkelheit begeben würde, um den Jungen zu suchen.

»Marc hat sich nie anfassen lassen«, überlegte sie laut. »Hast du ihn einmal berührt, Michelle?«

Sie zuckte mit den Schultern. »Einmal.«

»Wie war das?«

»Ich weiß nicht, was du meinst. Er war ganz kalt, der Arme. Ich war überrascht davon, das ist alles.«

Beatrice stöhnte auf.

Pascal sah sie ungläubig an. »Willst du damit sagen, der Junge ist tot? Eine umherirrende Seele wie du?«

Beatrice nickte.

»Michelle verkörpert die Ausnahme«, bemerkte sie. »Du, Michelle, warst im Zug der Mönchsskelette die einzige Lebende,

Opfer eines verbotenen Rituals, das dich, ohne zu sterben, aus deiner Welt gerissen hat. Der Junge hingegen … er muss ein zur Hölle Verdammter sein, und deshalb ist er mitgenommen worden. Weil er von dort entwichen ist. Dieser … Marc war für dieses Schicksal bestimmt«, sagte sie, »er ist ein böser Geist. Ein Teufel, da er die Fähigkeit besitzt, sein Äußeres zu verwandeln. Deshalb kannte er auch die Abkürzung. Und wir …«, die Stimme versagte ihr, »wir haben ihn vor seiner gerechten Strafe gerettet. Wir haben ihn hierhergebracht, ins Zwischenreich. Wie konnten wir nur so blind sein? Und die Folgen … sie sind unabsehbar …«

Pascal nickte.

»Deshalb war mein Amulett die ganze Zeit kalt in seiner Gegenwart. Und deshalb haben die Wächter uns erst hindurchgelassen, als die Ghule schon ihre Krallen nach uns ausstreckten«, stellte er fest. »Sie haben erkannt, dass er ein böser Geist ist. Nur um uns zu retten, haben sie ein ehernes Gesetz durchbrochen … Marc wusste, dass wir ihn zurücklassen würden, wenn wir herausgefunden hätten, dass er tot ist. Jetzt verstehe ich auch, warum er sich die ganze Zeit von uns ferngehalten hat.«

»Natürlich«, gab Beatrice ihm recht. »Wenn wir versucht hätten, ihn loszuwerden, hätten ihn die Diener des Bösen, die damit beauftragt sind, die verdammten Seelen an ihren Bestimmungsort zu bringen, schnell wieder eingefangen …«

»Aber es ist doch nur ein Kind!«, explodierte Michelle. »Wovon redet ihr eigentlich?«

Pascal und Beatrice sahen sie an; beide schüttelten leise den Kopf.

»Okay«, sagte Michelle widerstrebend, »ich hab keine Ahnung, was los ist oder wo wir überhaupt sind. Ich kann ja nicht einmal mehr auseinanderhalten, was wirklich ist und was nicht. Ihr bewegt euch so selbstverständlich in dieser komischen Welt ... Warum hat sich nur alles so verändert? Ich habe genug von diesem Albtraum. Manchmal denke ich, dass alles, was ich einmal gekannt habe, gar nicht mehr existiert ... vielleicht sogar nie existiert hat ...«

Pascal vergaß einen Moment lang ihre neue Sorge und nahm Michelle in den Arm.

»Bald sind wir wieder in unserem Paris, aber du wirst das Ganze hier noch vorher verstehen, das verspreche ich dir«, sagte er und legte sein Gesicht an das von Michelle. »Ich werde dir alles haarklein erzählen. Und du kannst wieder in dein altes Leben zurück, glaub mir. Der Albtraum ist vorbei.«

Mit Marc im Zwischenreich war das allerdings fraglich. War er der nächste Untote, dem es gelang, hier von der Zwischenwelt in die ihre zu wechseln? War er der nächste Vampir, der Angst und Schrecken verbreiten würde? Darüber wollte Pascal nicht nachdenken, nicht jetzt und nicht hier. »Danke für deine Rücksicht, Pascal«, sagte Michelle. »Ich bin mir fast sicher, dass du mir noch längst nicht alles erzählt hast«, fügte sie hinzu, als kenne sie seine Gedanken. »Aber ich muss wenigstens wissen, was mit Marc los ist. Sagt es mir schon, ich bin schließlich kein kleines Kind mehr.«

Pascal und Beatrice nickten. Michelle hatte ein Recht darauf. »Ich glaube, dass dieser Marc – nennen wir ihn einmal so – sein kindliches Aussehen nur angenommen hat, um Mitleid zu erregen. Es ist eine Tarnung, denn er ist bereits tot und verdammt. Er hat unschwer erkannt, dass du zu den Lebenden gehörst, und hat dich getäuscht. Irgendwie muss er geahnt haben, dass jemand kommen würde, um dich zu retten, und er wollte die Gelegenheit nutzen, um seiner Strafe zu entgehen. Im Grunde hat er uns alle belogen, und es hat funktioniert.«

Michelle musste das erst mal verarbeiten.

Stille trat ein. Die Gesichter von Beatrice und Pascal verrieten ihr jedoch, dass sie von dem überzeugt waren, was sie sagten. Und dass dies, was geschehen war, ernste Konsequenzen haben konnte.

Wie auf ein unsichtbares Zeichen hin traten alle drei an den Rand des Leuchtpfads und starrten stumm in die Dunkelheit. Sie stellten sich vor, wie dieser »Junge« in die Finsternis entschwand und sich vielleicht ein letztes Mal umwandte, um sich mit einer spöttischen Geste von ihnen zu verabschieden. Sie seufzten. Welche Gestalt würde er nun wohl annehmen?

Sie wandten sich ab von der Dunkelheit, da über den Leuchtpfad eine Gruppe winkend auf sie zukam, in der Pascal und Beatrice vertraute Gesichter erkannten. Es war nicht der Moment, um sich Sorgen zu machen, sondern um den Erfolg ihrer Mission zu feiern. Sie mussten es genießen, dass alles so gut verlaufen war, ihre Fröhlichkeit zurückgewinnen.

Pascal hatte seinen Arm auf die Hüfte Michelles gelegt, zögernd und behutsam, und beide blickten sie den näher kommenden Gestalten, die freundlich lächelten, entgegen. Pascal genoss die Berührung und fragte sich, was die Erlaubnis dazu genau bedeutete. Doch Michelles Gesichtsausdruck verriet es ihm nicht. Er musste sich noch ein Weilchen gedulden. Sein Blick wanderte zu Beatrice. Beatrice …

Er sah ihr an, was in ihr vorging. Sie musste Michelle und ihn beobachtet haben, doch es lag Traurigkeit auf ihrem Gesicht. Pascal wusste, dass noch immer ein schlagendes Herz in ihr war, gegen das sie nichts ausrichten konnte. Und er wusste, es war ihr klar, dass es nicht die geringste Möglichkeit gab … für sie beide.

Sie wandte sich ab und ging den Toten entgegen, die sie in Empfang nehmen wollten. Bald würde sie sich von ihren Verletzungen erholen, die sie sich in dem unterirdischen Gang zugezogen hatte, und es gab so viel zu erzählen …

Pascal warf einen letzten Blick in die Dunkelheit jenseits des Pfades. Er bemerkte es ganz plötzlich. Da war etwas. Etwas lauerte dort draußen. Dank seiner Fähigkeiten als Wanderer spürte er einen angehaltenen Atem und konnte das Gefühl nicht loswerden, dass er beobachtet wurde, dass etwas sich seine Gesichtszüge und seine Gestalt in all seinen Einzelheiten einprägte. Vielleicht war es das Wesen, das sie unfreiwillig gerettet hatten, diese Seele aus dem Reich der Finsternis, die sich ihrer Tarnung nun entledigt hatte. Ein dunkles Wesen, das sich das Bild des Wanderers einprägte, um es nicht zu vergessen, um ihn in Zukunft wiederzuerkennen …

***

Die Ärzte hatten Jules' Eltern gebeten, das Krankenzimmer ihres Sohnes zu verlassen, damit er sich ausruhen konnte. Jules hatte Schmerzen am ganzen Körper, doch vor allem in seinem zerschundenen Gesicht. Er wollte es berühren, doch seine Fingerspitzen spürten nur den Verband.

In seinem Kopf wirbelte alles durcheinander, obwohl er ahnte, dass seine Anwesenheit in einem Krankenhaus ein gutes Zeichen war. Sie mussten den Vampir erledigt haben. Sonst wären sie jetzt alle tot ... oder schlimmer noch. Man hatte ihm außerdem gesagt, dass Daphne und Dominique wohlauf waren. Er vertraute darauf, dass man ihn nicht anlog, aus Rücksicht, wie er es schon oft in Filmen gesehen hatte.

Jetzt mussten nur noch Pascal und Michelle zurückkommen, aus der anderen Welt, sonst wäre alles umsonst gewesen.

Bei dem Gedanken an die Mitbewohnerin des Hauses, Blanche Pelen, befielen ihn heftige Gewissensbisse. Eine nette Frau, die er vor der Gefahr in dieser Nacht nicht gewarnt hatte, weil auch er nicht damit gerechnet hatte, dass der Vampir mit allen Mitteln in das Gebäude eindringen würde. Allein die Erinnerung an das Monster verursachte ihm Gänsehaut, und unbewusst strich er sich über den Hals. Seine Hand stockte, als er eine feine Narbe spürte. Jules schluckte schwer und sein Kopf begann zu rasen. Der Mund wurde ihm trocken und er starrte ins Leere. Doch dann spürte er unter der Narbe den gleichmäßigen Puls seiner Halsschlagader.

Er beruhigte sich wieder. Außerdem konnte diese fast verheilte Verletzung nicht von der vergangenen Nacht stammen; sie musste älter sein.

Oder nicht?